이견지 夷堅志 병지 丙志

【一】

이견지夷堅志 병지丙志【一】

1판 1쇄 발행   2024년 12월 31일

저 자 | 홍매洪邁
역주자 | 유원준 · 최해별
발행인 | 이방원
발행처 | 세창출판사
　　　　신고번호 제1990-000013호
　　　　주소 03736 서울시 서대문구 경기대로 58 경기빌딩 602호
　　　　전화 02-723-8660 팩스 02-720-4579
　　　　이메일 edit@sechangpub.co.kr 홈페이지 www.sechangpub.co.kr
　　　　블로그 blog.naver.com/scpc1992 페이스북 fb.me/Sechangofficial 인스타그램 @sechang_official
ISBN 979-11-6684-386-0 94820
ISBN 978-89-8411-820-1 (세트)

이 번역도서는 2018년 정부(교육부)의 재원으로 한국연구재단의 지원을 받아 수행된 연구임
(NRF-2018S1A5A7039016).

이견지 夷堅志 병지 丙志

An Annotated Translation of

Yijianzhi (Bingzhi)

【一】

[송宋] 홍 매洪邁 저

유원준 · 최해별 역주

세창출판사

이 책은 송대宋代(960~1279)의 홍매洪邁(1123~1202)가 편찬한『이견지』가운데 초지初志의 갑지와 을지에 이어 병지와 정지 각 20권을 번역하고 독자들의 이해를 돕기 위해 상세한 주해를 더한 것이다.『이견지』는 송대 명문 사대부 가문에서 태어나 고위 관료를 지낸 홍매가 중앙과 지방에서 재직하며 수집한 각종 일화를 모은 책으로서 대략 12세기 말경 편찬된 것으로 추정한다. '이견夷堅'이라는 제목은『열자列子』「탕문湯問」에서『산해경山海經』을 가리켜 "우禹가 다니다 그것을 보고, 백익伯益이 확인한 후 이름 붙였으며, 이견夷堅이 이를 듣고 기록하였다"라고 한 데서 유래한 것으로, 홍매 스스로 박문다식博聞多識한 '이견'이라는 인물을 자처하며 지은 것이다.『이견지』는 편찬 당시 총 420권에 달하였지만 현재 전해지는 것은 그 절반에 불과하다.

저자 홍매는 자가 경로景盧, 호는 용재容齋・야처野處이며, 강남동로 요주 파양현(江南東路 饒州 鄱陽縣, 현 강서성 상요시 파양현江西省 上饒市 鄱陽縣) 사람이다. 아버지 홍호洪皓(1088~1155)는 금조에 사신으로 파견되었다가 15년이나 억류되었음에도 불구하고 시종 충절을 지켰던 인물로 유명하다. 홍호는 금조에 대한 강경책을 주장하며 주화파인 진회秦檜와 대립하였기에 사회적 명망에 비해 정치적으로는 불우하였다. 이런 정치적 입지로 인해 홍매를 비롯한 그의 자식들도 한때 어려움에 처하였다.

홍매는 소흥紹興 15년(1145)에 진사가 되어 여러 관직에 올랐고, 부친에 이어 금조에 사신으로 다녀왔으며, 길주吉州 지사, 감주贛州 지사, 무주婺州 지사 등을 역임하면서 지역 발전에 힘썼다. 순희淳熙 13년(1186) 한림학사翰林學士가 되었으며 그 후 영종寧宗 시기 단명전학사端明殿學士에 오른 후 관직에서 물러났다. 만년에는 향리에 머물면서 저술에만 전념했으며, 그가 남긴 저술로는『이견지』외에『용재수필容齋隨筆』과『야처유고野處類稿』및『사기법어史記法語』등이 있다.

『이견지』는 홍매가 관리로서 도성을 비롯해 각 지방에 재직하며 전해 들은 민간의 이야기를 집록한 것이다. 그런 만큼 그 내용은 매우 다양하고 풍부하다. 정치와 행정, 전쟁과 군사, 범죄와 사법, 상업과 교통, 문학과 교육, 과거 응시와 당락, 음식과 술, 혼인과 애정, 질병과 의약, 죽음과 저승, 점복占卜과 민간신앙, 불교와 도교 등 당시 사람들의 삶을 총체적으로 보여 주는 다양한 주제들이 포함되어 있으며, 정사正史에서 보기 힘든 황제와 고위 관료의 일화를 비롯해 금조와의 외교관계까지 총망라되어 있다.

물론 수록된 일화 가운데 현재 우리의 합리적 상식으로는 이해하기 힘든 기이하고 괴상한 이야기奇談怪事가 상당수 포함되어 있다. 그래서 그동안『이견지』는 당시 사회상을 잘 반영하는 기록이라기보다는 지괴소설의 하나로 더욱 주목받아 왔다. 하지만『이견지』속의 기이한 일화가 홍매 자신이 지어낸 것이 아니라 각지에서 사실로 인식되고 있었던 이야기를 집록했다는 점이 중요하다. 이는 당시 계층에 상관없이 대다수 사람이 그러한 정신적·정서적 형태를 지니고 있었음을 말해 준다. 또한 어떤 일화이건 그것이 인구에 회자되기 위해서는 당시 현실을 반영한 측면이 있어야 한다. 이런 점에서 홍매의 『이견지』는 당시 사람들의 집체적인 심성을 우리에게 그대로 전해 주는 매우 귀중한 자료이다.

　최근 송대 연구자들이 『이견지』의 가치에 대해 높이 평가하고 주목하는 것도 바로 이 때문이다. 기존 사서와 달리 필기소설이라는 문학적 특성에 힘입어 『이견지』는 일반 사료에서는 찾아볼 수 없는 그 시대의 호흡과 감정을 고스란히 담고 있다. 특히 성과 사랑, 질투와 욕망, 금기와 기복, 사후세계에 대한 집단 상상 등 기존의 관찬 사서나 사대부의 문집에는 수록되지 않은 당시 사람들의 생생한 삶의 모습이 이야기의 형태로 가감 없이 드러나 있다. 따라서 『이견지』는 일반 사료로는 접근하기 어려웠던 일상사·미시사·심성사 등에 대한 연구를 가능하게 해 준다는 점에서 각별한 의미를 지닌다.

　또 그동안 『이견지』의 한계로 지적되어 온 '객관성' 문제 역시 새로운 이해와 접근이 필요하다. 저자 홍매는 그의 글에서 『이견지』의 사실성과 객관성을 확보하기 위하여 고심하였음을 밝힌 바 있다. 홍매는 『이견을지夷堅乙志』 서문에서 이전의 대표적인 지괴 문학인 간보干寶의 『수신기搜神記』와 서현徐鉉의 『계신록稽神錄』 등을 거론하며, 그 내용이 허무환망虛無幻茫한 데 반해 자신의 기록은 분명한 사실에 근거하고 있다고 강조하였다. 또 일화를 전한 사람의 이름을 명기하여 일화의 사실성을 증명하고자 하였다. 또 홍매는 『이견지』에 기괴한 일화가 포함되어 있음을 인정하면서도 이는 『춘추』나 『사기』 같은 정통 사서에도 포함된 것이라며 그 가치를 당당히 주장했다. 동시대를 살았던 육유陸游도 『이견지』를 '역사서의 보완(史補)' 이상의 것으로 평가하였다.

　사실 객관성이라는 것 역시 시대적 한계를 지닌다는 점에서 현재의 관점으로 송대 사유 방식의 객관성을 재단하는 것이 과연 타당한 일인지 다시 생각해 보게 된다. 무엇보다도『이견지』의 일화를 덮고 있는 운명론적 · 신비주의적 베일을 걷어 내면 오히려 우리가 찾고 있던 송대의 사회상을 더욱 가까이 마주할 수 있게 된다.

그럼에도 불구하고『이견지』의 활용에는 적지 않은 제약이 따른다. 우선 그 내용이 매우 방대하고 편찬 체례가 체계적이지 않다. 주제별 · 인물별 · 지역별 범주 없이 2,600여 개의 짤막한 일화가 뒤섞여 있기 때문에 그 활용이 쉽지 않다. 문체도 상당히 난해한 편인데, 고위 관료인 저자의 문어체와 설화의 특성상 구어체가 뒤섞여 있어 해석의 어려움이 크다. 더구나 수천 개의 짧은 일화 속에 당시의 정치 · 제도 · 법률 · 문물 · 지명 · 관습 등과 관련된 용어가 전후 맥락 없이 대거 등장한다.

따라서『이견지』의 번역과 주석은 매우 필요한 작업이다. 중국학계에서는 일찍이 백화白話 번역이 진행되어 현재 중주고적출판사본(中州古籍出版社本, 1994), 그리고 완역본인 구주도서출판사본(九州圖書出版社, 1998) 등이 있다. 한국에서는 2019년『이견지』(갑 · 을지)의 역주본이 출간되었고(유원준 · 최해별 역주, 세창출판사), 일본에서도 비슷한 시기 갑 · 을지의 일본어 역주본이 출간되었다(汲古書院, 2014~2019). 또, 일본에서는 최근까지 병지 상 · 하권과 정지 상권의 일본어 역주본이 출간되었다(汲古書院, 2020~2024). 이번『이견지』(병 · 정지) 역주본은 갑 · 을지에 이어 한국학계의 중요한 성과로 평가받을 수 있을 것이다.

『이견지』는 원래 초지初志, 지지支志, 삼지三志, 사지四志의 순서로 발행되었고, 모두 합해 420권으로 이루어져 있었다. 하지만 합본合本은 원대元代에 이미 산일되었던 것으로 추정된다. 지금까지 전하는

8

판본은 여러 종류가 있다. 우선 광서光緖 5년(1879)에 육심원陸心源이 송본宋本을 중각重刻한 육심원본陸心源本 80권(甲, 乙, 丙, 丁 각 20권)이 있다. 두 번째로는 완위별장본宛委別藏本 79권이 전하며, 세 번째로는 필기소설대관본筆記小說大觀本 50권이 있다. 네 번째로 현재 가장 많은 내용을 수록하고 있는 것으로, 함분루涵芬樓에서 인쇄한『신교집보이 견지新校輯補夷堅志』가 있는데, 초지·지지·삼지 중 남아 있는 부분에 다 보유補遺를 더해 총 206권으로 편찬했다. 1981년 중화서국中華書局에서는 함분루본을 저본底本으로 삼아 표점을 찍고 교감을 한 뒤『영락대전永樂大典』등에서 집록해 낸 일문佚文 26개를「삼보三補」편으로 추가해 207권에 달하는 고체소설총간古體小說叢刊『이견지』를 편찬해 냈다. 중화서국본은 현존하는『이견지』가운데 가장 완정한 내용을 담고 있다고 할 수 있다. 본 역주는 중화서국본 등 여러 판본을 참고하여 진행하였다.

한편 전체 분량 가운데 상당한 부분을 차지하는 기담奇談이나 괴사怪事 등을 서사 자료로 활용하기 위해서는 당시 사회에 대한 정보가 충분히 제공되어야 한다는 점을 고려하여 각주에서 관련 인물, 지명, 관직, 사건에 대한 배경 지식을 가급적 상세히 담고자 하였다. 특히 이번 병·정지의 작업 과정에서는 역사를 전공하지 않는 일반 독자들의 이해를 돕기 위해 중국 역사나 문화와 관련된 주요 명사에 대해 그것이 처음 등장할 때 되도록 상세한 각주를 넣고자 노력하였고, 일화 속 언급되는 지명에 대해서는 해당 지역의 옛 지명과 현 지명에 대해 상세한 설명을 추가하여 일화가 발생한 공간에 대한 이해도를 높이고자 하였다. 필기 소설이기에 풍부하게 표현된 상상력과 송대 인의 감정을 최대한 생동감 있는 문체로 재현해 내는 것도 번역자에게 주어진 과제였지만 번역의 정확성과 가독성 사이에서 만족스러운 해답을 찾기란 쉽지 않았다. 아무쪼록 이번 작업이 『이견지』가 대중들에게 널리 읽히고 또 연구자들이 활용하는 데 도움이 되기를 바라며 오류가 있는 부분에 대해서는 독자들의 거침없는 질정도 부탁드린다.

이번 역주 작업은 갑지와 을지에 이어 병지와 정지 각 20권을 번역한 것이니 분량으로는 현존 『이견지』의 1/5 정도 된다. 앞으로도 『이견지』 역주의 후속 작업은 계속될 예정이다. 이번 역주 작업을 통해 『이견지』가 지괴소설을 넘어 송대 사회의 여러 복합적인 모습을 담고 있는 귀중한 사료로 자리매김하고, 『이견지』의 활용을 더욱 촉진시켜 송대 사회 더 나아가 전통시대 중국에 대한 우리의 이해가 더욱 깊어지길 고대한다.

2024년 12월 역주자 드림

범 례

❶ 본 문

- 한문 원문을 먼저 수록하고 번역문을 뒤에 수록한다.
- 가독성을 높이기 위해 번역문에서는 한자의 사용을 최소화한다.
- 지명은 주와 현을 명기하고, 각주를 통해 지리적 정보를 충분히 제공하고자 하였다.
- 대화체 문장은 가급적 본래의 어감을 살려 번역하며, 신분제의 특성을 반영하기 위해 존칭과 비칭을 수용하였다.
- 직접 대화체 문장은 '말하길, 대답하길, 묻길' 등으로 표기한 뒤 줄을 바꿔서 " "로 처리하고, 간접 대화체 문장은 ' '로 표기한 뒤 줄을 바꾸지 않고 처리하는 것을 원칙으로 한다.
- 기원전·후는 (전38~후10)으로 표기한다.

❷ 각 주

- 표제어는 검색의 편의성을 고려하여 관명은 가능한 정식 명칭을, 이름은 본명을 기준으로 한다.
- 관직과 행정명은 북송 말을 기준으로 하되 남송 때의 사안은 당시의 관직과 지명을 따른다.

❸ 이체자

- 이체자는 아래와 같이 통용자로 바꾸어 표기한다.

    舉→學, 敎→教, 宮→宮, 玘→玘, 曁→曁, 薂→椴, 甯→寧, 凭→憑, 令→令, 呉→吳, 汚→汚, 臥→臥, 衞→衛, 飮→飲, 益→益, 刺→刺, 巓→巓, 巓→巓, 顚→顚, 足+厨→躕, 直→直, 真→眞, 鎭→鎭, 厨→廚, 值→值, 鬪→鬪, 邨→邨

❹ 국호 및 호칭

- 漢文 사료에는 거란의 국호가 여러 차례 바뀌었지만, 거란문자로 된 사료에는

시종 '하라치딴哈喇契丹'으로 표기하고 있다. 이에 통상 거란으로, 특별한 경우에는 원문에 따라 번역한다.

- 遼 · 宋 · 金 등 국호가 모두 외자이므로 '거란 · 송조 · 금조'로 번역한다. 연호를 표시할 경우에는 거란 · 송 · 금 등으로 표기한다.
- 金에 대한 『이견지』 내의 국호 사용례는 금金 · 금국金國 · 여진女眞 · 북로北虜 등 다양하며, 문맥에 따라 어의가 다르다. 문맥에 무리가 없으면 '금조'로 번역하고 그 외는 한자를 병기한다.
- 오늘날의 漢族에 해당하는 漢人 · 漢民 · 漢兒 · 漢家 등은 '한인', 거란과 여진은 가급적 '거란인', '여진인'으로 번역한다.

❺ 용 어

- 字와 출신 지역, 관직, 이름 순 표기를 원칙으로 한다.
- '원년'은 '1년'으로 표기한다.
- 陰府 · 冥府 · 幽府 · 地府 · 冥司 · 陰典 · 陰君: 府 · 司 · 典 · 君 등의 관명이 있을 경우 '명계의 관부 · 관아 · 왕'으로 번역하였다. 반면 陰 · 西 · 地下는 '저승'으로 번역하되 앞뒤 관계를 보아 '명계'로도 번역하였다.

이견지夷堅志 병지丙志

【一】

| 차 례 |

14

이견지 夷堅志 병지 丙志

【二】

이견병지【一】

이견병지 【一】

始予萃『夷堅』一書, 顓以鳩異崇怪, 本無意於纂述人事及稱人之惡
也. 然得於容易, 或急於滿卷帙成編, 故頗違初心. 如甲志中人爲飛禽,
乙志中建昌黃氏冤·馮當可·江毛心事, 皆大不然, 其究乃至於誣善.
又董氏俠婦人事, 亦不盡如所說. 蓋以告者過, 或予聽焉不審, 爲竦然
以慚. 旣刪削是正, 而冗部所儲, 可爲第三書者, 又已襞積. 懲前之過,
止不欲爲, 然習氣所溺, 欲罷不能, 而好事君子, 復縱臾之, 輒私自恕
曰:"但談鬼神之事足矣, 毋庸及其它." 於是取爲丙志, 亦二十卷, 凡二
百六十七事云. 乾道七年五月十八日, 洪邁景盧敍.

당초 내가 『이견지』라는 책을 엮으려고 했을 때, 오로지 특이한 것
이나 괴이한 것을 모으려고 하였지 사람의 일을 찬술하거나 인간의
악함을 드러내려는 뜻은 본래 없었다. 그러나 그런 이야기를 쉽게 접
하게 되고, 또 책의 권수를 빨리 채워 완성하는 데 급급하여 초심과
다소 어긋나게 되었다. 예를 들어, 『갑지』의 사람이 새가 되는 일화
라든가, 『을지』의 건창 사람 황씨의 억울함,[1] 풍당가,[2] 강모심사 등이
모두 처음의 뜻과 같지 않으며, 그 내용을 살펴보면 착한 사람을 중

---

[1] 建昌은 江南西路 建昌軍(현 강서성 중동부 撫州市) 또는 江南東路 南康軍 建昌縣
(현 강서성 九江市 永修縣)이다. 『夷堅甲志』, 卷2-12, 「神告方」에 建昌人 黃襲이
등장하고, 『夷堅甲志』, 卷9-4, 「黃履中禱子」에 建昌人 黃鉞이 등장하나, 여기서
말하는 『을지』의 건창 사람 황씨는 아닌 것 같다.
[2] 풍당가와 관련된 일화는 『이견병지』, 卷2-1, 「무양후 사묘」에서 보인다.

상 모략하는 데 이른다. 또 동씨의 의협심 있는 부인 일화[3] 역시 앞서 말한 처음의 뜻과 부합하지 않는다. 이는 대개 그런 이야기를 해 주는 자가 많고, 또 내가 이야기를 들을 때 세심히 살피지 못한 것이니, 실로 놀랄 만치 부끄럽다. 기왕 삭제하여 바로잡으려니 남고 모아 둔 것이 세 번째 책을 만들어도 될 만큼이니 이미 옷의 주름같이 쌓였다. 앞의 잘못을 뉘우치며 다만 그렇게 하지 않으려고 하여도 습관이 이미 몸에 배어 그만하려 해도 그럴 수 없었다. 일을 벌이기 좋아하는 사람들은 다시 나를 부추겨 권하는데, 그럴 때마다 나는 스스로 다독이며 되뇌어 말하길,

"귀신의 이야기를 담으면 족할 것이다. 다른 것은 논할 필요가 없다."

이에 『병지』로 모으니 역시 20권이 되었고, 모두 267개의 일화다.

건도 7년(1171) 5월 18일, 경로 홍매가 쓰다.

---

3 관련 일화는 『이견을지』, 卷1-8, 「의협심 있는 부인」 참조.

이견병지 【一】

이견병지

夷堅丙志
卷 1

`

　　永嘉薛季宣, 字士隆, 左司郎中徽言之子也. 隆興二年秋, 比鄰沈氏母病, 宣遣子泫與何氏二甥問之. 其家方命巫沈安之治鬼, 泫與二甥, 皆見神將, 著戎服, 長數寸, 見於茶托上, 飲食言語, 與人不殊. 得沈氏亡妾, 挾與偕去, 追沈母之魂, 頃刻而至. 形如生, 身化爲流光, 入母頂, 疾爲稍間. 泫歸, 夸語薛族, 神其事.

　　時從女之夫家苦魈怪, 女積抱心恙, 邀安之視之. 執二魈焉, 狀類猴而手足不具. 神將曰:"其三遠遁, 請得追迹." 俄甲士數百, 建旗來前. 旗章畫三辰八卦, 舒光煥然. 器械悉具, 弩梁施八龍首, 機藏柄中, 觸一機則八龍張吻受箭, 激而發之, 躍如也. 無何, 縛三魈至. 又執二人, 一青巾, 一鬠髻, 皆木葉被體. 命置獄考竟, 地獄百毒, 湯鑊剉碓, 隨索隨見, 鬼形糜碎, 死而復甦屢矣, 訖不承. 安之呼別將藍面跨馬者訊治, 叱左右考鞫, 親折鬼四支, 投于空而承以架, 大抵不能過前酷, 而鬼屈服受辭, 其口乃宅旁樹.

　　刳其腹, 得一卷書, 曰:"此女魂也." 投之於口, 亦入其頂中. 是夕小愈. 明日, 神將言:"魈黨三輩, 挾大力不肯就逮, 方以兵見拒, 請擊之." 遽發卒數萬, 且召會城隍·五嶽兵, 偵候絡繹. 旣而告敗, 或有爲所剿刖竄而歸者, 曰:"通郡郭爲戰場, 我軍巷鬪皆不利." 又遣鐵幘將率十倍之衆以往, 亦敗. 安之色不怡, 燒符追玉笥三雷院兵爲援, 會日暮, 不決. 後二日, 始有執旗來獻捷者, 如世間捷旗, 而後加'謹報'二字. 得一酋, 冕服而朱纓, 械之.

　　大靑鬼稱爲雷部, 憑空立, 雲氣覆冒其體, 鼓於雲間, 霆聲再震, 金蛇長數丈, 乘電光入幽囷中. 泫及何甥謂與常雷電亡異, 而餘人不覺. 其夜, 神將曰:"聞遠方神物爲諸鬼地, 且將劫吾獄." 命檻車錮囚於內, 羅甲卒衛守. 安之焚楮鏹數萬以犒士, 旣焚, 則已班給, 人纔得七錢. 數日, 女疾如故, 安之復領神將來, 曰:"女魂又爲鬼所奪矣." 於是解髮禹步, 仗劍呵祝, 每俘獲必囚之.

何甥自是無所睹. 沄見神將形漸長大如人, 揖季宣就席, 與論鬼神之事, 曰:"是非眞有, 原皆起於人心, 人心存而有之. 無無有有, 蓋無所致詰." 又語沄問學, 曰:"當讀睿智・顯謨兩先生文集." 告以世無此書, 曰:"書已爲秦政焚滅矣. 承烈先生者, 顯謨先生子也." 其意蓋指帝堯及文王・武王. 又曰:"人無信不立, 果知自信, 則先生之道, 可由學而致." 宣外甥久病瘵, 女兄睹此事, 敬異之. 神卽傍顧曰:"聞親戚間有鬼瘵, 可幷案也." 安之不許. 明日, 女兄來, 假室治甥病.

神降者三人, 其一類左司公, 呼宣小字曰:"虎兒, 吾汝父也. 今爲天上明威王, 位在岳飛右. 吾兄吏部, 待制・姻家孫秘丞分將五雷兵, 亦爲三, 明當與孫公過汝, 宜治具以待." 凡捕得七鬼, 悉繫獄. 迨夜下漏, 呼囚, 大略如人世.

明日, 神將來甚衆, 自此不復離堂戶, 或稱南北斗・眞武・嶽帝・灌口神君・成湯・高宗・伊尹・周公・陳摶・司馬溫公者. 又言:"堯舜在天爲左右相, 文王典樞密, 孔子居翰苑." 其語多鄙野可笑. 閻羅王續至, 望神將再拜謁, 勑陰吏索薛氏先亡者, 得男女十有六人, 宣父母及外舅孫公咸在, 皆公服帔裳, 一家婢僕悉見. 席罷, 曰:"獄事未竟, 明當再來. 今日饌具殊薄惡, 後必加豐, 令足以成禮." 遂去, 獨留兩偏將徼巡.

沄出, 見吏士塞途, 所經祠廟, 主者迎謁. 一走卒還白曰:"上天以下元考功, 吾王轉飛天大神, 王以元帥董督五院矣." 五院者, 安之所行法也. 宣兄寧仲竊怪之, 誦言曰:"此奇鬼附託, 不足復祀." 宣曰:"鬼神固難知, 旣稱吾先人, 安得不祭?" 神將稍不懌, 爲奏誣寧仲等不孝, 請于帝, 減其算. 旋得詔報可, 意欲以懼宣. 明夜, 十六人復集, 自設供張, 變堂奧爲廣庭, 幄幕皆錦繡, 器用皆金玉. 男子貂蟬晃服, 婦人褕衣, 侍女珠翠. 金石備樂如塤・篪・柷・敔之屬, 沄所未嘗見.

酒旣酣, 奏妓爲潑寒胡・曼延・龍爵之戲, 千詭萬態, 聽其音調, 若因風自遠而至. 伶官致語多識未來事, 或誚不己信者, 皆粗俗持兩端, 自相繆戾, 頗覺人議己. 左司者哭而言曰:"汝謂死而無知, 可乎? 殆有

相熒惑者, 非汝之過, 可繪我與孫公像幷所事神將祠于室." 宣曰: "大
人死爲天神, 甚善! 子孫當蒙福, 不宜見怪以邀非正之享. 今其絶影響,
勿復來."應曰: "諾."

詰旦, 久未起. 妻淑者, 祕丞女也, 亦疑以爲不可復祀, 宣未對, 所謂
左司祕丞者已泣于床隅, 曰: "眞絶我乎?"淑曰: "阿舅阿父幸見臨, 何
爲造兒女子床下?"皆大慚, 曰: "汝言是也, 吾卽去."遂跨虎以出. 淑
謂長姒: "吾翁吾父皆正人, 必不爲此, 殆是假其名而竊食者."語竟, 卽
有驅先二人來, 曰: "此等皆妄也, 眞飛天王使我捕之."宣叱曰: "汝輩
魑魅亡狀, 又欲以眞飛天誑我."拔劍擊之, 則復其本質. 少焉, 盡室皆
魑, 移時乃沒.

明日, 沄誦書堂上, 又有啓戶者曰: "二魑已伏誅, 吾來報子."宣以劍
拂其處, 血光赫然, 它奇形異狀者踵至, 皆計窮捨去. 其一槃辟於廷曰:
"晝日吾無可奈何, 夜能苦子耳."及夜, 徑來逼沄, 宣抱之於懷. 魑將以
物置沄口, 宣掩之. 沄於手中得藥, 投諸地, 有聲, 墮宣指間, 瘡卽隱
起, 已, 又投食器中, 淑取食之, 無傷也. 夜半不去, 沄困急, 悶悶不自
持, 默誦『周易』「乾卦」, 似小定, 旣而復然. 淑取眞武象掛于傍, 沄覺
如人噀水入身中, 冷若冰雪, 魑化爲光氣, 穿牖而滅, 精神始寧.

薛氏議呼道士行正法, 魑歷指其短, 惟不及張彥華. 偶隨請而至, 魑
詐稱舊僕陳德. 華叱令吐實, 曰: "我西廟五通九聖也. 沈安之所事, 皆
吾魑屬. 此郡人事我謹, 唯薛氏不然, 故因沈巫以給之, 欲害其子. 今
手足俱露, 請從此別."華去之. 明日 妖復作, 攻沄益甚, 華始命考召.
沄見神人散髮飛空, 乘鐵火輪, 魅以藥瓢迎拒之, 人輪皆喪. 九聖者自
稱神將, 著紗帽褚服, 與道士並步罡噀水, 略無忌憚.

華歸, 焚章上奏, 掃室爲獄, 置灰焉. 明旦, 閱灰跡, 一鬼一婦人就
繫, 獄吏朱衣在傍立. 空中鬼反呼正神爲賊將, 言曰: "勿得以戈搂我,
我爲王邦佐, 鐵心石腸人也. 汝何能爲? 趣修我廟乃已."宣不復問, 領
僕毀其廟, 悉斷土偶首. 初, 沄夢爲群猴昇入穴, 靑色鬼牽虎龂龂然,
於是□其像. 廟旣壞, 邦佐方引咎請於沄. 宣還家, 續又七人至, 其一
自名蕭邦貢, 沄呼曰: "神將胡不擒此?"卽有大星出中庭, 雲烝其下, 三

魖扶搖而上, 旋致于灰室, 其四脱走. 火輪石斧交湧雲際, 凡俘鬼二十一, 皆斬首. 其十五尸印火文于背, 曰:"山魖不道, 天命誅之." 其六尸印文稱:"古埋伏尸, 不著墳墓害及平人者, 竿梟其首以徇."

是夕啓獄, 灰迹從橫凌亂, 而縶者才五輩. 將上送北鄷, 金甲神持黄紙符勅示沄, 上爲列星九, 中畫黑殺符. 下云:"大小鬼神邪道者並誅之." 沄錄示華, 華喜曰:"上帝有命矣." 質明, 詣獄問吏, 吏曰:"制勅已定, 行刑可也. 首惡非王邦佐, 實蕭文佐・蕭忠彦・李不逮, 餘不可勝計, 姓名不足問也." 甲卒以木驢・石砭・火印・木丸之屬列廷下, 吏具成案, 律書盈几, 呼軍正案法. 一吏捧策書至, 曰:"已有特旨, 無庸以律令從事." 先列罪於漆板, 易以朱榜, 金填之, 立大旗, 書太清天樞院, 下揭牌曰:"奉勅某神將行刑." 吏以引示沄曰:"有勅, 諸魖幷其所偶, 一切案誅之."

五雷判官進曰:"元惡斃以陰雷, 皆三生三死, 次十五人支解, 餘陰雷擊之." 引三魖震于前, 酌水灌頂, 旋復活, 如是三擊乃死. 以籃盛尸去, 三朱榜標其後, 曰九聖, 曰山魖, 曰五通, 罪皆有狀, 使徇于廟, 相次以驢牀釘二男四女及六魖. 劊者朱帕首, 虎文衣, 亦各書其罪. 一人乃舊婢華奴, 以震死而爲厲者, 一人非命而爲木魅者, 男强死而行疫者, 魖正神而邪行者, 詐稱九聖者, 竊正神之廟食者, 生不守正, 死爲邪鬼, 殺人誤國無所不至, 而蹤跡詭祕如某人者, 皆先喑以食, 吞以木丸而後釁之. 其斃於雷火者又二十二人, 竟刑, 皆失所在.

武吏持天樞院牒致宣曰:"山魖之戮, 非本院敢違天律, 爲據臣僚奏請, 專勅施行, 牒請照會." 初, 郡人事九聖淫祠, 久爲民患, 及是, 光響訖熄. 自沈巫治從女病, 以十月七日迨二十八日, 乃畢事, 首尾蹂再旬. 彦華所降天人與沈巫之怪無以異, 弟語音如鐘磬金玉, 細若嬰兒, 而怪聲則重濁類人云. 宣恨其始以輕信召禍, 自爲文曰「志過」, 記本末尤詳. 予採取其大概著諸此. 沄時方十四五歲.

자字가 사융인 온주 영가현 사람 설계선[1]은 상서성[2] 좌사랑중[3]을 지낸 설휘언[4]의 아들이다. 융흥 2년(1163) 가을, 이웃에 사는 심씨의 어머니가 병이 들었다. 설계선은 아들 설운과 하씨 성의 두 조카를 함께 보내 병문안하도록 했다. 그 집은 바야흐로 무당 심안지를 시켜 귀신을 내쫓으려고 하였는데, 설운과 두 조카 모두 융복戎服을 입은 신장神將을 보았다. 신장의 키는 몇 촌寸밖에 되지 않았지만, 찻잔 받침대 위에 앉아 음식을 먹으며 이야기하는 것이 여느 사람과 다르지 않았다. 신장은 심씨의 죽은 첩에게 오라고 하더니 옆에 끼고 함께 심씨 어머니의 혼귀를 쫓아가더니 곧바로 돌아왔다. 그들의 형체는 살아서와 같았는데, 몸이 흐르는 빛처럼 변하여 심씨 어머니의 정수리로 들어갔다. 그러자 병이 조금씩 차도를 보였다. 설운이 돌아와

---

1 薛季宣(1134~1173): 자는 士隆이며 兩浙路 溫州 永嘉縣(현 절강성 溫州市 永嘉縣) 사람이다. 大理寺 主簿・大理正・湖州 지사를 지냈으며 조세・兵法・지리・水利 등 다양한 분야의 연구에 주력하였다. 鄭伯熊・陳傅良 등과 함께 經世的 학문을 중시하는 永嘉學派 창시자로 꼽힌다.

2 尙書省: 수・당대 상서성은 吏・戶・禮・兵・刑・工 등 6부와 부마다 3개씩 총 24개의 司로 구성되어 거의 모든 행정업무를 망라하던 중앙 행정기관이었다. 북송 초에 의전 업무만 주관하는 기관으로 축소되었으나 元豐 3년(1080)의 관제 개혁을 거치면서 기능이 다소 회복되고 28司로 늘어났지만, 관습상 여전히 24司라고 칭하였다. 6부 내 이견이나 논란이 된 사안은 합의 처리했고, 관리의 상벌 문제도 주관하였다.

3 左司郎中: 상서성 내 吏房・戶房・禮房을 비롯해 추밀원 機速房 문건 등을 관장하는 左司의 낭중을 말한다. 元豐 3년(1080)의 관제 개혁 이후 정6품의 職事官이 되었다. 24司 郎中의 별칭인 尙書郎의 하나이다.

4 薛徽言: 자는 德老이며 兩浙路 溫州 永嘉縣(현 절강성 溫州市 永嘉縣) 사람이다. 紹興 2년(1132)에 湖南의 민심을 수습하기 위해 權監察禦史로 파견되었는데, 조정의 허락을 받지 않고 轉運使에게 명하여 기근을 구제하도록 하였다. 이 일로 승진에서 탈락하였으나 후에 상서성 낭중을 거쳐 起居舍人으로 발탁되었는데, 秦檜의 화의 추진에 강력히 반대하였다. 본문의 내용과 달리 『송사』「열전」에는 右司郎中을 지낸 것으로 적혀 있다.

과장된 말로 설계선 집안사람들에게 말하자 모두 그 일을 신기하게 여겼다.

당시 설계선 조카딸의 시댁도 도깨비의 장난으로 어려움을 겪고 있었다. 조카딸이 오랫동안 마음의 병으로 고생하였기에 무당 심안지를 불러 조카딸을 살펴보게 하였다. 심안지가 도깨비 둘을 잡았는데, 원숭이처럼 생겼으나 손과 발이 온전하지 못하였다. 신장이 말하길,

"도깨비 셋은 멀리 도망갔습니다. 그 뒤를 쫓아갔으면 좋겠습니다."

잠시 후 갑옷을 입은 병사 수백 명이 깃발을 세우고 앞으로 나왔다. 깃발에는 '삼진'[5]과 팔괘가 그려져 있었고, 빛이 찬란하였다. 병장기를 모두 갖추었는데, 쇠뇌의 몸통에는 용머리가 여덟 개로 나누어져 있었다. 방아쇠는 손잡이 안에 숨겨져 있는데 방아쇠를 한 번 누르니 여덟 개의 용머리가 입을 벌려 화살을 물었고, 당겨서 그것을 쏘니 달리는 듯 빨리 날아갔다.

곧 세 도깨비를 잡아서 묶어 데리고 왔다. 또 사람처럼 생긴 도깨비 둘을 잡았는데, 하나는 푸른 건을 쓰고 있었고, 하나는 양쪽으로 머리를 묶어 올렸는데, 둘 다 나뭇잎으로 몸을 가리고 있었다. 형벌 도구를 설치하고 혹독하게 고문하니 지옥의 백 가지 혹형, 특히 "가마솥 끓는 물 지옥"과 "방아에 찧기는 지옥"[6] 등이 택하는 대로 나타

---

5 三辰: 3진은 '해 · 달 · 별'을 가리키는 말로서 '天明 · 天道'를 상징하기도 한다.
6 鑊湯剉碓: 불교의 지옥은 크게 8熱지옥과 8寒지옥으로 이루어졌지만, 그곳에 가는 도중에 설치된 관문마다 별도의 지옥이 있다고 한다. '鑊湯지옥'은 펄펄 끓는 가마솥에 사람을 꿰어 넣고 끓이는 지옥으로서 살생을 일삼는 사람에게 벌주는 지

이견병지【一】

났다. 도깨비는 그 형태가 문드러져 죽었다가 다시 살아나기를 여러 차례 했지만 끝내 승복하지 않았다.

심안지는 말을 타고 있던 남색 얼굴을 한 다른 장수를 불러 고문하게 하자, 그는 고문하던 좌우 부하들을 꾸짖더니 직접 도깨비의 사지를 절단하여 공중에 던진 다음 떨어지는 것을 창으로 찌르니 대저 눈앞의 잔혹함을 차마 그냥 지나칠 수 없을 지경이었다. 그러자 도깨비가 공초의 내용을 모두 인정하며 자신이 집 옆의 나무 정령이라 상세히 말하였다.

그 나무의 줄기를 가르니 한 권의 책이 나왔는데 심안지가 그것을 보고 말하길,

"이것은 여자의 혼귀이다."

그 책을 조카딸의 입에 넣은 뒤 신장에게 다시 조카딸의 정수리 가운데로 들어가게 하였다. 그날 저녁 병세가 조금 좋아졌다. 다음 날 신장이 말하길,

"도깨비 셋이 힘이 센 것을 믿고 체포를 거부하고 있습니다. 지금 병사들을 시켜 막고 있으니 청컨대 그들을 공격하도록 해 주십시오."

급히 병졸 수만 명을 동원하고 또 성황묘[7]와 오악묘[8]의 병사까지

옥이라고 한다. '剉碓지옥'은 맷돌에 사람을 넣고 갈거나 돌절구에 넣고 디딜방아로 짓찧는 지옥이다. 가축을 도살한 벌이라고 하며 '石磑지옥'이라고도 한다.

7 城隍廟: 성황신은 마을의 수호신으로서 주민의 생사화복을 주관한다. 도시의 발달에 따라 남북조부터 일정한 형식을 갖추었고 唐代에 발전하여 宋代에는 국가 제사에 포함되었다. 明代 이후로는 冥界의 지방신으로 인정되어 전국의 행정체계에 대응하는 성황신계가 갖춰졌다. 城隍祠라고도 한다.

8 五嶽廟: 산신 숭배와 오행 관념에 황제의 封禪의식 등이 더해지면서 확고하게 자리 잡은 도교적 의식은 漢 宣帝의 조서를 통해 공식화되었다. 隋 文帝 이후 오악은

불러 모아 계속해서 정탐하게 하였다. 하지만 오래지 않아 패하였는데, 코와 발꿈치가 베인 채 달아나 숨었다가 돌아온 한 병사가 말하길,

"고을 성곽 모두가 전쟁터가 되었고, 우리 군대는 거리에서 항전하고 있지만 모두 불리합니다."

다시 철제 망건을 쓴 장수에게 10배의 무리를 이끌고 가게 하였는데 또 패하였다. 심안지의 안색이 좋지 않았고, 부적을 태우며 옥사삼뢰원의 병사들을 구원병으로 파견하였는데, 날이 저물어 가는데도 결판이 나지 않았다. 이틀 후, 비로소 깃발을 들고 와서 승전을 알리는 자가 있었는데, 세간의 승전 깃발과 같되 뒤에 '삼가 알립니다^{謹報}'라는 두 글자가 더해져 있었다. 한 우두머리를 잡았는데, 제왕의 옷을 입고 붉은 갓끈을 매고 있었다. 그를 형틀에 묶었다.

대청귀는 벼락신 계통에 속하는데, 공중에 의지해 서면 구름의 기운이 그 몸을 다 덮고, 구름 사이에서 북소리가 나며 천둥소리가 거듭 울렸다. 길이가 몇 길이나 되는 금색 뱀이 번개의 빛을 타고 어두운 감옥 안으로 들어갔다. 설운과 조카 하씨는 그것이 일반적인 천둥번개가 사라지는 것과 다르다고 생각했지만 다른 사람들은 느끼지 못했다. 그날 밤 신장이 말하길,

"멀리 있는 신의 땅이 여러 귀신의 땅이 되었을 뿐 아니라 곧 우리 감옥으로 쳐들어온다고 합니다."

중악 嵩山(하남성 登封市)·동악 泰山(산동성 泰安市)·서악 華山(섬서성 華陰市)·남악 衡山(호남성 衡陽市)·북악 恒山(산서성 大同市)으로 확정되었으며, 지역 州府에서 제사를 주관하게 하였다. 그 밖에도 전국 각지에 다양한 규모의 오악 묘가 세워졌다.

이견병지【一】

곧 함거를 가져와 우두머리를 그 안에 가두고 단단히 막은 뒤 갑옷을 입은 병졸들에게 둘러싸고 지키게 하였다. 심안지는 명전 수만 장을 태워 병사들을 격려하였고, 다 태운 뒤 곧 분배하여 나눠 주었으나 1인당 겨우 7전밖에 안 되었다. 며칠이 지나도 조카딸의 병세는 여전히 호전되지 않았다. 심안지는 다시 신장에게 오라고 한 뒤 말하길,

"이 여자의 혼을 다시 귀신에게 빼앗겼다."

이에 머리를 풀어헤치고 칠성의 기를 받기 위한 걸음걸이를 하면서[9] 검을 차고 큰 소리로 축문을 외웠다. 포로를 잡을 때마다 반드시 감옥에 가두었다. 이때부터 조카 하씨는 아무것도 보지 못하였지만, 설운은 신장의 형체가 점점 커져 사람 크기가 되더니 설계선에게 읍하며 앉으라고 권하고 더불어 귀신에 관한 일을 논하였다. 신장이 말하길,

"이것은 진짜 있는 것이 아닙니다. 원래 모두 사람의 마음에서 일어나는 것이죠. 사람의 마음에 있으면 있는 것이니 있다거나 없다거나 하며 모두 따질 바가 아닙니다."

신장은 또 설운에게 학문에 관하여 물어보더니 말하길,

"마땅히 예지와 현모 두 선생님의 문집을 읽어야 합니다."

설운이 세간에는 이 책들이 없다고 말하자 그가 대답하길,

"그 책들은 이미 진시황[10]의 분서로 없어졌습니다. 승렬 선생이라

---

9 禹步: 도교의 齋醮의식 가운데 하나로 별에 대해 예를 올리고 신령을 부르는 동작이다. 28宿과 9宮 8卦가 그려진 罡罼이라는 천 위에서 별자리를 밟고 지그재그로 걷는다. 罡이란 북두성의 자루를 뜻한다. 이에 步罡踏斗 또는 步北斗라고도 하며 통상 禹步라고 칭한다. 禹步란 우임금이 창안하였다고 해서 붙여진 이름이다.

는 분은 바로 현모 선생의 아들입니다."

그 말뜻은 대개 요임금[11]과 서주의 문왕,[12] 그리고 무왕[13]을 가리키는 것 같았다. 또 말하길,

"사람은 신뢰가 없으면 입신할 수 없으며, 꽉 찬 지식은 자신에 대한 믿음에서 나옵니다. 그런즉 선왕의 도는 배움으로 이를 수 있습니다."

---

10 秦政: 秦始皇(前259~前210, 재위 前246~前210)을 가리킨다. 성은 嬴, 씨는 趙, 이름은 政이다. 13세에 秦王에 즉위하여 22세에 친정을 시작하였다. 10년 동안 6개국을 멸하고 통일을 달성한 뒤 최초의 황제에 즉위하였다(前230년~前221). 봉건제를 폐지하고 전국을 36개 郡과 1,400여 개 縣으로 재편하고 태수와 현령을 파견하는 중앙집권제를 추진하며 오랜 봉건사회의 기득권을 전혀 인정하지 않았다. 또 문자를 비롯해 화폐·도량형·도로 등의 표준화 작업을 충실히 시행하고 법가중심의 강력한 사상 통제를 추진하여 명실상부한 통일제국을 건설하였다. 그러나 지나치게 급격하고 강압적인 통일 정책을 추진하고 대규모 토목공사를 남발한 결과, 그의 사후 5년 만에 秦은 멸망하였다. 그래서 오랫동안 폭군으로 평가되기도 하였으나 후에 그의 정책을 따르지 않은 황제가 없었고, 중국의 최대 특색인 황제제도와 통일제국이란 유산을 남겨 놓았다는 점에서 중국사에서 가장 큰 영향력을 끼친 인물로 재평가되고 있다.

11 堯: 전설상의 고대 제왕으로. 성은 祁이고, 이름은 放勳이다. 陶에서 살다가 唐(현 산서성 臨汾市 일대)을 근거지로 하였기 때문에 陶唐氏 또는 唐堯라고도 칭한다. 자식 대신 舜에게 선양하였으며, 흔히 태평성세의 대명사로 쓰인다.

12 文王(前1152?~前1056?): 성은 姬, 이름은 昌이며 西伯·姬伯·周侯·周方伯이라고도 칭한다. 商의 제후로 西周 창업의 기반을 마련하였다. 한때 商의 紂王에 의해 羑里에 갇히기도 하였다. 伯夷·叔齊 등의 현신을 중용하고 덕치에 힘쓰며 呂尙을 軍師로 삼아 영토를 확장하여 商으로부터 서방 제후의 패자로서 西伯의 칭호를 사용하도록 허락받았다. 문왕 사후 10년 뒤인 前1046년 아들 武王이 商을 멸망시킨 후 그를 文王으로 추존하였다.

13 武王(?~前1043?): 주 문왕의 아들로 성은 姬, 이름은 發이다. 즉위 후 姜太公 등 현신을 중용하고 동생 姬旦·姬奭 등의 보좌를 받아 국가를 발전시켰다. 前1048년에 孟津에서 800여 제후를 규합하여 세력을 공고히 한 뒤 前1046년 '酒池肉林'으로 유명한 商의 紂王을 공격하여 멸망시키고 鎬京을 도읍으로 하는 周를 건국하고 봉건을 실시하였다. 그러나 3년 만에 사망하였다.

설계선의 조카가 오랫동안 학질을 앓았는데, 설계선의 누나가 신장에 관한 일을 보고는 경이롭게 여겼다. 신장이 옆에서 돌아보며 말하길,

"듣기로 친척 중에 학질로 고통받는 이가 있다 들었는데 제가 한꺼번에 봐 드릴까요."

심안지는 허락하지 않았다. 다음 날 설계선의 누나가 찾아와 조카의 병을 치료하게 집을 빌려 달라고 하였다. 세 명의 신장이 내려왔는데, 그 가운데 한 명이 상서성 좌사랑중을 지낸 부친 설휘언이었다. 그는 설계선의 아명을 부르며 말하길,

"호아야, 나는 너의 아버지다.[14] 지금 천상에서 명위왕이 되었는데, 자리는 악비[15] 오른쪽이란다. 이부의 관직을 지낸 큰형님 설가언,[16]

---

14 薛季宣의 조부 薛强立은 薛家言, 薛昌言, 薛弼, 薛徽言 등 4명의 아들을 두었다. 넷째인 설휘언의 아들이 바로 본문의 薛季宣이다.

15 岳飛(1103~1142): 자는 鵬擧이며 河北西路 相州 湯陰縣(현 하남성 安陽市 湯陰縣) 사람이다. 靖康 1년(1126) 宗澤 휘하에서 군공을 세우기 시작해 정국의 혼란과 高宗의 소극적 태도로 우여곡절 속에서도 계속 군공을 세워 紹興 4년(1134)에 淸遠軍절도사 · 荊湖北路襄陽府潭州制置使가 되었다. 紹興 10년(1140)에 鄭州와 洛陽을 수복하고 開封 인근 朱仙鎭까지 진격하여 도성 탈환을 눈앞에 둔 상황에서 高宗과 秦檜가 12차례나 철군을 요구하는 金字牌를 보낸 것은 곧 큰 논란이 되었다. 적극적인 전략과 뛰어난 전공으로 민중의 절대적 지지를 받은 악비가 큰 정치적 부담이 되자 고종과 진회는 송금 화의가 진행되는 와중에 악비에게 모반의 누명을 씌워 살해하였다. 사후 孝宗에 의해 명예를 회복했고, 韓世忠 · 劉光世 · 張俊과 함께 中興四將으로 손꼽혔으며, 계속된 외세의 침략 속에서 점차 최대의 영웅으로 부상하여 공자와 함께 文武廟에 안치되었으나 金의 후예인 淸朝에 의해 점차 關羽로 대치되는 부침을 겪었다. 시호는 忠武이며 鄂王에 봉해졌다.

16 薛嘉言: 자는 獻可이며 兩浙路 溫州 永嘉縣(현 절강성 溫州市 永嘉縣) 사람으로 薛强立의 큰아들이다. 政和 5년(1115)에 과거에 급제하여 司封郎中 · 舒州 通判과 台州 지사를 지냈다.

부문각대제를 지낸 셋째 형님 설필,[17] 사돈인 비서승[18] 손단조가 각각 다섯 개 벼락 부대와 별도로 세 개의 부대를 통솔하고 있다. 내일 손 공과 함께 너에게 갈 것이니 마땅히 잘 준비해서 접대하도록 해라."

모두 일곱 귀신을 잡아다 감옥에 가두었다. 한밤중이 되자 구멍을 뚫고 감옥에 갇힌 죄수들을 불렀는데 인간 세상과 똑같았다. 다음 날 아주 많은 신장이 왔으며, 이때부터 다시는 집을 떠나지 않았다. 어떤 이들은 남두육성군과 북두칠진군[19]라 불리었고, 진무대제,[20] 동악 천제인성제,[21] 관구신군,[22] 성탕,[23] 상의 고종,[24] 이윤,[25] 주공,[26] 진

---

17 薛弼: 자는 直老이며 兩浙路 溫州 永嘉縣(현 절강성 溫州市 永嘉縣) 사람이다. 湖南轉運判官으로 岳飛를 도와 楊么의 반란을 진압하는 데 공을 세워 直秘閣이 되었으며 紹興 6년(1136)에 直徽猷閣·荊南府 지사·京西宣撫司參議官으로 악비와 함께하였다. 이듬해 악비군 위무에 힘썼고, 소흥 8년에 戶部侍郎이 되었다. 악비가 숙청될 때 연루 혐의로 위기에 처했지만, 秦檜와의 사적 인연으로 살아남았다. 이후 福州 지사 겸 福建路 經略安撫使·廣州 지사를 거쳐 敷文閣待制를 역임하였다.

18 秘書丞: 도서와 國史 편찬, 천문과 제사용 축문 작성 등을 담당한 秘書省 소속으로 元豐 3년(1080) 관제 개혁 후 職事官이 되었다. 종7품으로 太常丞·宗正丞과 함께 3丞이라 칭하였다.

19 南北斗: 南斗六星君과 北斗七眞君의 약칭이다. 남두육성군은 세상의 사람·요괴·신령·신선 등 모든 생령을 총괄하는 신이며, 북두칠진군은 북두칠성을 관장하는 신이다.

20 眞武大帝: 북방의 신으로 玄天上帝·玄武大帝라고도 칭하며 祠廟인 眞武廟는 통상 성곽의 북쪽에 위치하여 北極廟라고도 칭한다. 갑옷을 입고 손에 칼을 들고 거북이를 밟고 서 있는 위풍당당한 모습으로 형상화되며, 옆에는 三界의 공과와 선악을 기록하는 金童玉女가 시립하고 있다. 명 永樂帝가 북경을 근거지로 쿠데타를 일으키면서 자신을 북방의 신인 진무대제의 화신이라고 주장한 뒤 더욱 성행하였다.

21 東岳天齊仁聖帝: 송 眞宗이 東岳인 泰山의 신에게 책봉한 封號로서 정식 명칭은 '大宋東岳天齊仁聖帝'이다.

22 灌口神: 수리와 수해 방지, 그리고 농경을 비롯해 매우 다양한 분야를 관장하는 민간신이다. 본래 都江堰을 만든 秦代의 李冰을 모시는 데서 출발하여 成都府路 永

단,²⁷ 온국공 사마광²⁸ 등이라 불리었다. 또 말하길,

康軍 灌县(현 사천성 成都市 都江堰市)에 처음 세워졌다. 이후 사천의 지역신으로
五代부터 숭상되었고, 송대 중기 이후 개봉에서 널리 숭배되면서 조정의 정식 제
사 대상이 되었다. 정식 명칭은 郎君神이지만 민간에서는 통상 二郎神이라고 칭
하였고 사묘의 명칭도 二郎祠라고 하였다. 하지만 灌口神을 비롯해 灌口二郎 · 二
郎眞君 · 二郎顯聖眞君 · 淸源神 · 淸源妙道眞君 · 赤城王 · 靈顯王 · 昭惠顯聖仁佑
王 등 수많은 별칭이 있다.

23 成湯(~前1588?): 夏의 桀王을 물리치고 商을 건국한 왕으로 商湯 또는 成湯이라고
도 한다. 어진 통치를 베푼 왕으로『서경』과『시경』등에 기록되어 있다. 亳(현
하남성 商邱市)을 수도로 삼았다.

24 商高宗(재위 前1250~前1192): 상의 전성기를 구가한 제22대 왕 武丁의 廟號다.
현재 安陽에서 출토되는 상의 갑골문과 청동기 대부분은 무정 시기 것이며, 그의
왕후인 婦好의 분묘에서 출토된 유물도 대단히 풍부하다. 상의 왕위 계승은 형제
상속이 일반적이었으나 무정 사후 처음으로 부자 상속이 시작되었다.

25 伊尹: 夏의 桀王을 물리치고 商을 건국하는 데 지대한 공을 세운 공신이며, 명재상
으로 선정을 베푸는 데 크게 기여한 인물로 알려졌다.

26 周公: 성은 姬, 이름은 旦이며, 周文王의 넷째 아들로서 商을 물리친 周武王의 동
생이다. 姜太公 · 召公 奭과 함께 서주 창건의 주역이었으며 魯나라의 제후로 봉
해져서 魯나라의 시조가 되었다. 무왕이 죽은 뒤 어린 成王이 즉위하자 攝政으로
반란 세력을 진압하고 국세를 신장시켰으며, 封建制와 宗法制를 확립하였고, 공자
에 의해 유학의 창시자로 존중되어 唐代까지 공자와 함께 문묘에 배향되었으나 후
대 정권을 노리는 야심가마다 주공을 자처하였기 때문에 통치자들에 의해 점차 기
피인물이 되었고, 문묘에서 顏淵 · 孟子 등으로 대체되었다.

27 陳摶: 자는 圖南이며 오대부터 송 초까지 활동한 도가학자로서 內丹의 대가이다.
文德 1년(888)에 昭宗에게 淸虛處士, 顯德 3년(956)에 후주 세종에게 白雲先生,
송 태종에게 希夷先生이라는 호를 각각 하사받았다.

28 司馬光(1019~1086): 자는 君實이며 河東路 陝州 夏縣(현 산서성 運城市 夏縣) 사
람이다. 仁宗 때 진사가 되었고, 英宗 때 龍圖閣直學士가 되었다. 왕안석 신법에
대해 본래 적극 반대하지 않았지만 靑苗法 시행을 계기로 분명하게 반대 입장을
표하였다. 神宗이 樞密副使로 임명하였지만 사양하고 정계를 떠나 15년간『資治
通鑑』편찬에 주력하였다. 哲宗 즉위 후 재상이 되어 모든 신법을 철저히 폐지하
는 등 극단적인 면모를 보였지만 8개월 만에 사망하여 정치적 불안정성을 키웠고,
지나친 반동으로 당쟁의 화근을 심었다. 사후 溫國公에 추증되었으나, 곧 蔡京에
의해 '元祐黨人'에 포함되었다가 靖康 1년(1126) 金軍의 공세를 맞아 민심 수습을
위해 복권되었다.

"요·순[29]임금은 하늘에서 좌·우상이 되었고, 문왕은 추밀사[30]를 맡았으며 공자는 한림원[31]에 거한다."

그 말이 대체로 비루하고 조야해서 가소롭기만 했다. 염라대왕이 뒤이어 도착하였는데, 신장들이 거듭 배알하는 것을 보고는 명계의 관리들에게 설씨 집안사람 중 먼저 죽은 이들을 찾으라고 명했다. 남녀 16명을 찾아냈는데, 설계선의 부모와 장인 손공이 다 포함되어 있었고, 모두 관복에 배자와 치마를 입고 있었다. 온 집안의 남녀 노복들도 모두 볼 수 있었다. 연회가 파하자 말하길,

"옥사가 아직 다 끝나지 않았으니 내일 다시 와야만 한다. 오늘 준비한 음식은 너무 소략하고 형편없으니 앞으로는 반드시 더욱 풍성하게 준비하여 예를 갖추도록 해라."

---

29 舜: 전설상의 고대 제왕으로서 성은 姚 또는 嬀이고, 씨는 虞이며, 이름은 重華이다. 뛰어난 효자였으며, 蒲阪(현 산서성 運城市 永濟市 일대)을 근거지로 虞라는 나라를 세웠으며, 堯임금에게 선양을 받았다.

30 樞密使: 국방 관련 업무를 총괄하는 樞密院의 장관으로 당말에는 환관을, 오대에는 무관을, 송대에는 문관을 임명하였다. 다른 직책을 맡으면서 추밀사를 겸직하면 知樞密院事라고 하였지만, 실질적인 구분은 없었다. 행정 관련 업무를 총괄하는 中書省과 함께 '二府'라고 불리는 국정 최고 기관의 장이어서 재상 겸직을 원칙적으로 금하였지만, 재상 呂夷簡에게 겸직시키면서 判추밀원사로 임명한 경우도 있었다. 또 휘종은 宣和 3년(1121)부터 知樞密院事를 임명하지 않고 차관인 簽書樞密院事에게 대행하게 했다가 政和 7년(1117)에 첨서추밀원사 대신 領樞密院事를 신설하여 童貫을 임명하였다. 이렇게 지추밀원사를 임명하지 않고 차관만 임명하였기 때문에 영추밀원사가 사실상 지추밀원사 권한을 행사하였다. 영추밀원사는 靖康 1년(1126)에 폐지되었다.

31 翰林院: 唐初에 처음 설치된 한림원은 황제의 개인 취미와 오락을 담당하는 기구지만, 정식 관아는 아니었다. 당 玄宗은 翰林院과 별도의 學士院을 설치하고 한림학사를 선발하여 內廷에서 각종 문서를 작성하게 하면서 권한이 강화되었다. 송조도 한림학사와 한림원의 기능을 나누었다. 한림원은 御書院·醫官院·天文院·圖畫院 등 4院을 운영하였다.

이들은 곧 떠났고, 두 명의 부하 장수를 남겨 순찰하게 하였다.

설운이 집을 나와 보니 관병들이 길을 막고 있었고, 사묘[32]를 지날 때 책임자가 나와 인사하였다. 한 전령이 돌아와 보고하길,

"천계에서는 하원절[33]에 사람들의 공덕을 조사하는데, 우리 왕께서는 비천대신으로 올라가실 것이고 원수의 신분으로서 '오원'을 감독하실 것입니다."

오원이란 심안지가 법술을 행하였던 곳이다. 자가 영중인 설계선의 형 설계수薛季隨는 그것을 괴이하게 여겨 대놓고 말하길,

"이것은 요괴가 당부한 것이다. 제사를 다시 준비할 필요는 없어 보인다."

설계선이 답하길,

"귀신의 일은 정말로 알기 어렵습니다. 저들이 이미 우리의 조상이라 칭하고 있는데 어찌 제사를 올리지 않을 수 있겠습니까?"

신장이 약간 불쾌해하면서 설계수 등이 불효하다고 상주하여 무고하였고, 상제에게 청하기를 그 수명을 감해 달라고 하였다. 허가한다는 조칙이 곧 내려왔는데, 그 속내는 설계수를 두렵게 하는 데 있었

---

32 祠廟: 조상에 대해 제사를 지내는 건물을 가리켜 '祠'라고 하며 속칭은 '宗祠·祠堂'이다. 황제의 경우 '太廟', 명문가의 경우 '家廟', 제왕급의 신이나 인물에 한해 孔廟·關帝廟·岳王廟 등 묘라고 칭하게 하여 일반의 '祠'와 구분하였다. 하지만 후대로 내려가면서 土地廟·瘟神廟 등 신의 등급과 상관없이 廟라는 용어가 남용되어 조상을 모시는 사당의 개념은 물론 등급에 따른 사와 묘의 구분이 모호해졌다. 이에 특별히 구분되는 경우가 아니면 '사묘'로 번역하였다.

33 下元節: 음력 10월 15일로서 1월 15일의 上元節(元宵節), 7월 15일의 中元節(盂蘭盆節)과 함께 三元節의 하나다. 도교에서는 복을 내려 주는 天官의 상원절, 죄를 용서해 주는 地官의 중원절, 액을 풀어 주는 水官의 하원절로 구분한다. 그래서 하원절을 水官節이라고도 한다.

다. 다음 날 밤 16명이 다시 모였는데, 스스로 진설하여 꾸미면서 집의 깊숙한 곳을 넓은 뜰로 바꾸었고, 휘장과 장막을 쳤는데 모두 수놓은 비단이었다. 그릇과 용구는 모두 금과 옥으로 되어 있었다. 남자는 초선관과 정중한 예복[34]을 입고, 부인들은 위의[35]를 갖춰 입었으며, 시녀들은 구슬과 취옥을 매달았다. 금속과 돌로 만든 악기를 준비하였는데 훈·호·축·어[36] 등으로서 설운이 일찍이 보지 못했던 것들이었다.

연회가 달아오르자 연주하는 기녀들은 발한호희,[37] 어룡만연희,[38] 용작희 등의 극을 올렸다. 수없이 많은 기이한 형태가 연출되었고, 그 음조를 들으니 바람에 따라 아주 멀리서 들려오는 듯했다. 배우들의 대화는 대체로 미래의 일에 관한 조짐에 대한 것이었고, 어떤 이는 믿지 않는 자들을 꾸짖었는데 모두 촌스러웠고 양극단을 달려 자

---

34 冕服: 본래 황제가 중요 의례를 주관할 때 면류관을 쓰고 그에 상응하는 복식을 갖춰 입는 것을 뜻하나 大夫 이상의 고관이 吉禮 때 갖춰 입는 예모와 예복을 뜻하기도 한다. 예모는 변함이 없으나 예복은 행사에 따라 달랐다.

35 褘衣: 朝服이나 祭服을 입을 때 앞에 늘이는 헝겊인 蔽膝을 뜻한다. 꿩을 그려 넣은 황후의 祭服이란 뜻도 있다.

36 塤箎柷敔: '훈'은 '원통형의 질그릇 나팔'이며, '지'는 옆으로 부는 구멍이 8개인 대나무 피리이다. '축'은 네모난 나무통 위에 구멍을 뚫고 나무 방망이로 내리쳐 연주의 시작을 알리는 타악기이며, '어'는 엎드린 호랑이 등에 27개의 홈을 파고 채로 긁어 소리를 내는 목제 악기로 연주의 종료를 알린다.

37 潑寒胡戲: 페르시아 등의 풍속을 담은 극이며 唐代에 실크로드를 통해 전해졌다. 말을 탄 채 깃발을 들고 행진하면서 시작해 가면을 쓰거나 나체로 서로 물을 뿌리며 놀기도 하고 격렬한 집단 군무를 통해 병마를 억누르려는 기원을 표출하기도 한다. 玄宗 이후 금지하여 쇠퇴하였다.

38 魚龍曼延戲: 태평무사함을 기리기 위해 재상을 비롯한 고관을 초청해 盛春殿에서 어룡만연희를 3일 연속으로 진행하였다고 하는데, 그 구체적인 내용은 확인하지 못하였다.

기끼리도 서로 모순되어 자못 사람들로 하여금 건주어 보게 하였다.
상서성 좌사랑중이라는 자가 울면서 말하길,

"너희는 우리가 죽어서 아무것도 모른다고 여기는구나, 그렇지? 서
로 현혹하게 한 이가 없지는 않으니 너희들 잘못이 아닐 것이다. 나
와 손공의 형상을 그리도록 하고, 모시는 신장의 사당을 집에 꾸미도
록 하여라."

설계선이 말하길,

"아버지께서 돌아가신 후 천계의 신이 되신 것은 매우 좋은 일입니
다. 자손들이 응당 복을 받아야 하는데 기이한 형태로 나타나 올바르
지 않은 제사를 요구하시는 것은 적절치 않아 보입니다. 이제부터 영
향을 끼치는 일은 그만두시고 다시 오지 마십시오."

대답하길,

"알았다."

설계선은 새벽이 되어도 한참 동안 일어나지 못했다. 그의 아내 손
숙은 비서승의 딸인데, 역시 의심하며 다시 제사를 올리지 말아야 한
다고 여겼으나 설계선은 대답하지 않았다. 이른바 상서성 좌사비서
승이라는 자가 벌써 침상 끝에서 울며 말하길,

"진실로 우리를 끊어 내려 하는가?"

손숙이 대답하길,

시아버님, 친정아버님이 행차하여 내려오셨는데, 어찌 자식들의
침상 아래에 계십니까?"

모두 크게 부끄러워하며 말하길,

"네 말이 맞구나. 우리는 즉시 떠나겠다."

마침내 호랑이에 걸터앉아 떠났다. 손숙이 손위 동서에게 말하길,

"우리 시아버님과 친정아버님은 모두 올바른 군자셨는데 절대로 이렇게 오실 일이 없습니다. 아마도 그 이름을 빌려서 몰래 제사 음식을 먹으러 온 귀신일 것입니다."

말이 끝나자 곧 앞서 잡은 두 사람을 끌고 오라고 하자 그들이 말하길,

"그들은 모두 요망한 귀신들이다. 진짜 비천왕께서 우리를 보내 그들을 잡아 오라고 하셨다."

설계선이 꾸짖어 말하길,

"너희 도깨비 잡것들이 또 진짜 비천왕을 들먹이며 우리를 속이려고 하는구나!"

검을 빼내어 그들을 공격하니 나무로 만든 원래의 모습대로 곧 돌아갔다. 잠시 후 온 집안에 도깨비들이 가득하더니 순식간에 사라졌다.

다음 날, 설운이 서재에서 책을 읽고 있는데, 또 어떤 이가 문을 열고 말하길,

"두 도깨비가 이미 죄를 자복하여 내가 그대에게 이 사실을 알리러 왔소."

설계선이 검을 들어 그가 있는 곳을 향해 휘둘렀다. 핏빛이 환하게 빛났고, 서로 다른 기이하고 이상한 모양을 한 자들이 뒤이어 왔으나 모두 계책이 궁해지자 그곳을 버리고 떠났다. 그 가운데 하나가 뜰에서 빙빙 돌며 오가다가 말하길,

"대낮에는 내가 어찌할 수 없어도 밤에는 너희들을 힘들게 할 수는 있다."

밤이 되자 곧바로 와서 설운을 괴롭혔다. 설계선이 설운을 품에 안

이견병지 【一】

자 도깨비가 곧 여러 물건을 설운의 입에 넣으려 하였고, 설계선은 입을 가려 주었다. 설운은 수중에 약을 갖고 있었는데, 약을 땅에 던지니 소리가 났고, 설계선의 손가락 사이로 떨어지자 종기가 살포시 일어났다. 잠시 후 또 식기 안으로 던져 손숙이 그것을 갖다 먹었는데 아무 탈도 없었다. 한밤중이 되도록 도깨비들이 떠나지 않으니, 설운은 곤궁함이 급박하고 답답하여 스스로 견디지 못해 속으로 『주역』의 '건괘'를 외웠다. 조금 안정되는 것 같았지만 얼마 지나지 않아 다시 반복되었다. 손숙은 진무대제의 초상을 가져와 옆에 걸었는데, 설운은 마치 누군가가 몸 안에 물을 뿌린 것처럼 느껴졌는데, 얼음이나 눈처럼 몹시 차가웠다. 도깨비는 빛의 기운으로 변하더니 들창을 통해 빠져나가 없어졌다. 그러자 설운은 비로소 정신이 들었다.

설씨 집안사람들은 도사를 불러 정법을 행해야겠다고 논의하는데 도깨비가 나타나 몇 차례 그의 단점을 지적하며 자기들은 오직 장언화만 이길 수 없다고 하였다. 마침 장언화를 청하여 그가 이르자 도깨비들은 예전의 노복인 진덕이라 사칭하였다. 장언화가 사실대로 말하라고 꾸짖자 이르길,

"나는 서묘의 오통구성 신장이다. 심안지가 받드는 신들 모두 우리 도깨비 무리이다. 이곳 온주 사람들 모두 나를 조심해 모시는데 오직 설씨 집안만 그렇지 않았다. 이에 무당 심안지를 속여 설씨 아들을 해하려고 하였다. 지금 수족이 모두 들켰으니 여기에서 이별을 고하고자 하노라."

장언화가 그를 보내 주었다. 하지만 다음 날 요괴가 다시 행동하여 설운을 더욱 심하게 공격하자 장언화는 비로소 도깨비를 소환하라고[39] 명하였다. 설운은 신인이 산발하고 허공에서 나는데 쇠로 만든

불 수레를 타고 있는 것을 보았다. 도깨비는 약을 담은 바가지로 그것을 막았는데, 신인과 불 수레가 모두 없어졌다. 오통구성은 스스로 신장이라고 칭하였는데, 비단 모자를 쓰고 붉은색 옷을 입고 있었으며 도사와 나란히 칠성의 기를 받기 위해 걸으면서 물을 내뿜고 있었다. 대체로 거리끼는 것이 없어 보였다.

장언화가 돌아와 문서를 태워 상제에게 상주하고 집을 치우고 감옥으로 만든 뒤 재를 뿌렸다. 다음 날 아침 재의 흔적을 살펴보니 귀신 하나와 여자 한 사람이 와서 묶여 있고, 붉은 옷을 입은 옥리가 옆에 서 있었다. 공중에서는 귀신이 정신正神을 오히려 적장賊將이라 부르며 말하길,

"창으로 나를 찌르지 말라. 나는 왕방좌다. 철로 된 심장과 돌로 된 장을 가진 사람이다. 네가 무엇을 할 수 있겠는가? 어서 가서 나의 사묘나 꾸미거라."

설계선은 다시 묻지 않고, 노복에게 그 사묘를 부수라고 시켰고, 사묘에 있는 토우 머리를 모두 잘랐다. 애초 설운은 꿈에 한 무리의 원숭이가 서로 들어 올려 구멍으로 들어가는 것을 보았는데, 푸른색 귀신이 호랑이를 이끌며 화를 내었다. 이에 그 모양을 기억해 두었다. 사묘가 다 부서진 뒤 왕방좌는 곧 자기의 잘못을 말하며 설운에게 죄를 청하였다. 설계선이 집에 이르자 연이어 또 일곱 사람이 왔는데, 그 가운데 한 사람이 스스로 소방공이라 하였다. 설운이 큰 소

---

39 考召: 도교에서는 질병과 재앙을 邪鬼의 소행이라 보고 이들을 소환하거나 축출하는 법술을 사용한다. 考召는 邪鬼를 소환하여 공초하고 처분하는 것으로서 통상 憑依 등의 방법을 활용한다.

이견병지 【一】

리로 말하길,

"신장께서는 어찌 저자를 잡아가지 않는지요?"

곧 커다란 별이 대청 중앙으로 나왔고 구름이 그 아래로 모여들더니 세 도깨비가 서로 붙들고 흔들리며 올라갔다가 곧 재로 덮인 방으로 떨어졌다. 나머지 네 도깨비는 도망갔다. 불 수레와 돌도끼가 구름 사이로 서로 솟아나며 무릇 귀신 스물하나를 잡아서 왔기에 모두 참수하였다. 15구 시체의 등에 불로 글자를 새겼는데, 쓰이길,

"산도깨비가 도리에 어긋나서 하늘이 주살할 것을 명하셨다."

그 외 6구의 시체에도 글자를 새겨서 칭하길,

"옛날에 시체를 매장할 때 평범한 사람에게 해를 미친 자에게는 분묘를 만들어 주지 않았고, 그 머리를 대나무 장대에 걸어서 알렸다."

이날 저녁 옥사가 열렸고, 재의 흔적이 종횡으로 어지러이 나 있었는데, 잡혀 온 자들은 겨우 다섯뿐이었다. 장차 나풍산[40] 북쪽으로 보내려고 하는데, 금색 갑옷을 두른 신장이 누런색 종이에 쓴 칙령을 들고 와서 설운에게 보여 주었다. 위에는 아홉 개의 별이 그려져 있었고, 가운데는 '흑살부'라 쓰여 있었다. 아래에는 이르길,

"크고 작은 귀신과 사악한 도를 따르는 자들을 모두 주살하라."

설운은 이 문건을 장언화에게 보여 주자 장언화가 기뻐하며 말

---

40 北酆: 현 중경시 酆都縣 名山鎮에 있는 羅酆山의 북쪽을 말한다. 東漢 말 張陵이 창시한 五斗米道는 장릉의 손자 張魯에 이르러 漢中을 중심으로 한 종교적 색채가 강한 일종의 할거 정권을 세웠다. 이때 도교에 불교의 일부 교리가 결합되어 현 중경시 酆都縣 名山鎮에 자리한 羅酆山이 泰山과 함께 저승으로 통하는 또 하나의 통로로 주목받았다. 北陰 酆都大帝가 다스린다는 명계이며 이곳의 洞天 六宮에 사는 신들이 인간의 생사화복을 주관한다고 한다. 그 통로가 羅酆山 북쪽에 있다고 하여 北酆이라고도 한다.

하길,

"상제께서 명령을 내리셨다."

해가 막 뜰 무렵 옥사에 가서 서리에게 물으니, 서리가 답하길,

"제칙이 이미 정해졌으니 형 집행이 가합니다. 가장 악한 자는 왕방좌가 아니라, 실제로 소문좌·소충언·이불체이며 나머지는 이루 다 헤아릴 수 없을 지경이라 성과 이름을 물어볼 필요도 없습니다."

갑옷을 입은 병졸들이 목로·돌침·낙인·나무 환약[41] 등의 형구를 대청 아래에 진열했고, 서리는 모두 안건을 갖추었으며 법전이 책상 위에 가득했다. 군정[42]을 불러 법을 살피라 하였다. 한 서리가 책서를 받들고 와 이르기를,

"이미 성지가 특별히 내려왔으니 율령에 따라 일을 처리할 필요는 없습니다."

먼저 칠판에 죄목을 열거하고, 다시 붉은색 방문에 금색으로 새겨 넣었다. 큰 깃발을 세우고, 거기에는 '태청천추원'이라 쓰고, 아래에는 푯말을 세워 이르길,

"칙명을 받들어 모모 신장이 형벌을 집행한다."

서리가 푯말을 가져와 설운에게 보여 주며 말하길,

"칙명이 내려왔으니 여러 산도깨비와 그 무리를 모두 심문하여 주살할 것이다."

오뢰판관이라는 자가 와서 말하길,

---

41 木丸: 則天武后 때 만든 고문 도구로서 나무를 구슬처럼 둥글게 깎아 범인의 입에 넣어서 소리를 낼 수 없게 하는 데 썼다.
42 軍正: 군 법무관을 가리키는 말이다. 춘추전국시대부터 漢代까지 설치하였다.

이견병지【一】

"제일 악한 자는 저승의 벼락으로 죽이는데 모두 세 번 살아났다 세 번 죽어야 한다. 그다음 15명은 팔과 다리를 각각 자르고 나머지 부위에는 저승의 벼락을 가격한다."

세 도깨비를 끌어내 앞에서 우레로 가격하고, 정수리에 물을 따르니 곧 다시 살아났다. 이같이 세 번 가격하니 비로소 죽었다. 소쿠리에 시체를 가득 담아 가져간 뒤 세 개의 붉은 방문으로 그 뒤에 표지하였는데, 하나는 구성이라 하였고, 또 하나는 산도깨비, 다른 하나는 오통이라 하였다. 죄상은 모두 문서로 처리하였고, 그것을 들고 사묘를 돌게 하였다.

다음에는 남자 둘, 여자 넷, 그리고 도깨비 여섯을 차례로 목로에 앉히고 못으로 박았다. 목이 잘릴 자는 붉은 휘장으로 머리를 싸고 호랑이 무늬 옷을 입히고, 역시 각각 그 죄목을 썼다. 한 사람은 바로 예전의 노비인 화노인데, 천둥소리에 죽어 여귀가 되었고, 한 사람은 비명횡사하여 나무 도깨비가 되었다. 한 남자는 갑자기 죽더니 전염병을 옮기는 여귀가 되었고, 도깨비로 정신正神 행세를 하며 사악한 일을 행하거나 구성이라 사칭하여 정신을 모신 사묘의 음식을 훔쳐 먹은 자도 있었다.

살아서는 바르게 살지 못하고 죽어서 사악한 귀신이 되어 사람을 죽이고 나라를 망치는 등, 하지 못한 나쁜 일이 없었다. 어떤 사람인 척 속이고 숨긴 자들을 조사해서 모두 먼저 음식을 먹이고 나무로 만든 둥근 구슬을 삼키게 한 뒤 저미어 죽였다. 천둥 불에 죽임을 당한 자는 또 22명이었다. 형을 다 집행하자 모두 사라졌다.

군관이 천추원의 문서를 갖고 있다가 설계선에게 주며 이르길,

"산도깨비에게 내려진 형벌은 본 천추원이 감히 천계의 율령을 어

기며 한 것이 아닙니다. 신료들의 주청에 의거하여 오로지 칙명에 따라 시행된 것이니 문서를 통해 확인시켜 드립니다."

본래 온주 사람들은 비공인 사묘[43]인 구성을 섬겨서 오랫동안 주민들의 우환이 되었는데, 이때에 이르러 그 큰 영향력이 사그라지기 시작했다. 무당 심안지가 조카딸의 병을 치료한 것이 10월 7일에서 28일까지였으니 일이 끝날 때까지 앞뒤로 스무날이 넘게 걸렸다. 장언화가 내린 천인과 심안지가 내린 도깨비들은 모양이 다르지 않았다. 다만, 그들의 말소리는 종소리나 금옥 소리처럼 가는 것이 어린아이 같았고, 도깨비의 소리는 곧 무겁고 탁한 사람 소리 같았을 따름이었다. 설계선은 처음에 가벼이 여겨 화를 부른 것을 자책하여 스스로 「지과」라는 글을 지어 그 본말을 더욱 상세하게 기록하였다. 내가 그 대략적 내용을 취하여 여기에 적는다. 설운은 당시 겨우 14,5세였다.

---

43 淫祠: 송대에는 조정으로부터 扁額이나 懸板을 받았느냐의 여부가 공인된 사묘와 비공인 사묘를 판가름하는 중요한 기준이었다. 따라서 본래 음사란 賜額이 없는 (額外)의 사묘를 가리키지만, '淫·邪' 등의 卑稱을 통해 비정통·비공인을 강조하는 뜻으로도 쓰였다.

晉江主簿陳舜民, 被檄詣福州, 未至三驛, 已就館, 從者皆出外, 獨
坐于堂. 有婦人自東偏房出, 著淡黃衫, 靚裝甚濟, 徘徊堂上, 歌‘新水
詞’兩関. 舜民知其鬼物, 默誦‘天蓬呪’. 殊不顧, 緩步低唱, 其容如初.
舜民益疾誦呪, 聲漸. 婦人頩然怒曰: "何必如此." 趨入房, 乃不見. (梁
叔子參政說.)

　천주 진강현⁴⁴의 주부⁴⁵ 진순민은 공문을 받고 복주⁴⁶로 향하고 있
었다. 세 번째 역참⁴⁷에 도착하기 전에 한 여관에 투숙하게 되었는데,
시종들은 모두 외출하고 홀로 대청에 앉아 있었다. 한 여인이 동쪽
작은 방에서 나왔는데, 옅은 황색 적삼을 입고 있었고 나무랄 데 없
이 잘 단장하고 있었다. 대청 위를 배회하며 '신수사' 두 편을 노래하

44　晉江縣: 福建路 泉州 소속으로 泉州灣에 연한 해안 평야지대이며 현 복건성 동남
　　부 泉州市 남쪽의 晉江市에 해당한다.

45　主簿: 주된 업무는 문서 작성, 문서·인장 관리, 물품 출납이며, 중앙과 지방 관아
　　에 모두 두었다. 품계는 기관과 시기에 따라 다른데, 중앙 관아의 주부는 元豐 관
　　제 개혁 이후 종8품이었고, 縣主簿는 元祐 연간(1086~1094) 이후 정9품에서 종9
　　품 사이였다. 현의 편제는 지사, 縣丞, 主簿, 縣尉로 이루어졌다.

46　福州: 福建路의 치소로서 6개 주, 2개 군, 47개 현을 관할하였다. 치소는 閩縣과
　　侯官縣(현 복건성 福州市 城區)이고 관할 현은 12개이며 州格은 節度州이다. 현
　　복건성 북동부의 閩江과 해안이 만나는 河口盆地에 해당한다.

47　驛: 원래 공무로 오가는 관리의 숙박과 식사, 驛馬 제공을 위해 운영하는 시설로
　　驛長과 驛夫가 근무하였다. 통상 驛站이라고 칭하며 驛舍·郵舍·傳舍·旅店 등
　　다양한 별칭이 있다.

였다. 진순민은 그녀가 귀신임을 알아차리고 속으로 '천봉주'[48]를 외웠다. 그녀는 전혀 개의치 않고 천천히 걸으며 낮게 읊조렸는데, 그 모습이 처음과 같았다. 진순민은 더욱 빨리 주문을 외웠고, 소리도 점점 크게 내었다. 여인은 창백한 표정으로 화가 나서 말하길,

"어찌 그렇게까지 하오?"

그녀는 급히 방으로 들어가 사라졌다.(이 일화는 자가 숙자인 참지정사[49] 양극가[50]가 말한 것이다.)

---

48 天蓬呪: 道教 上淸派의 대표 경전인 『上淸大洞眞經』 권2에 실린 154자의 주문이다. 陶弘景의 『眞誥』 卷10에도 실려 있는데 귀신을 斬하는 司名의 이름을 외워 귀신을 제압할 수 있다고 하였다.

49 參知政事: 唐代에 中書令·侍中·尙書僕射 이외의 관리가 재상 업무를 맡게 될 경우, 임시 파견직임을 밝히기 위해 생긴 관명이지만, 송대에는 상설 부재상으로서 同平章事·樞密使·樞密副使와 함께 宰執의 일원이었다. 송 초에 본래 재상 曹彬의 보좌역으로 설치하였다가 조보의 전횡을 막기 위해 권한이 강화되었다. 元豐 3년(1080) 관제 개혁으로 폐지되었다가 남송 때 다시 회복되었다. 정원은 통상 2~3명이었고, 남송 때에는 3명을 유지하였지만 1~4명인 경우도 있었다. 약칭은 參政이다.

50 梁克家(1127~1187): 자는 叔子이며 福建路 泉州 晉江縣(현 복건성 泉州市 晉江市) 사람이다. 紹興 30년(1160)의 과거에서 장원급제하였고 中書舍人·對金 사신을 지냈다. 給事中을 거쳐 端明殿學士·簽書樞密院使·參知政事 겸 知院事를 역임하고, 우승상 겸 樞密使가 되었다. 금과의 관계에서 주화론을 주장하여 주전론자인 좌승상 겸 추밀사 虞允文과 대립하였다. 매우 강직한 성품의 소유자였고, 朱熹를 천거하였다.

　　臨安貢院, 故多物怪, 吏卒往往見之. 乾道元年秋試, 黃仲秉・胡長
文・芮國瑞・昌禹功爲考試官. 國子監胥長柳榮獨處一室, 病痁晝臥.
一男子一婦人攜手而入, 招榮曰: "門外極可觀, 君奈何獨塊處此?" 榮
不應, 就榻强挽之. 榮起坐, 澄念誦'天蓬呪', 才數句, 兩人卽趨出. 禹
功之僕取湯於中堂, 覺如人疾步相躡者, 心頗動, 望堂上燈光, 方敢回
顧, 乃白鵝一群, 叱之卽沒. 長文之小史從堂後中間過, 遇婦人高髻盛
服凭闌坐, 不見其足, 稍前視之, 已失矣. 持更者言, 每夕必見此鬼往
來云.

　　임안부[51]의 과거 시험장은 예로부터 요괴가 많아 서리와 아역들이
가끔 요괴를 보곤 했다. 건도 1년(1165) 가을, 해시[52]를 앞두고, 자가
중병인 황균,[53] 자가 장문인 호원질,[54] 자가 국서인 예휘,[55] 자가 우공

51　臨安府: 남송 浙西路의 치소로서 建炎 3년(1129)에 府로 승격하였다. 치소는 仁和
　　縣과 錢塘縣(현 절강성 杭州市 城區)이고 관할 현은 10개이며 州格은 節度州이다.
　　吳越 이래 경제와 문화의 중심지로 번성하였으며, 남송의 수도로 번영을 계속 유
　　지하였다. 현 절강성 북부 錢塘江의 하류이며 長江 삼각주의 남단에 해당한다.

52　解試: 송대 과거의 1차 과정으로서 州學에서 주관하는 鄕試, 轉運司에서 주관하
　　는 漕試, 국자감에서 주관하는 太學試 등이 포함된다. 해시는 가을에 실시하며,
　　해시에 합격한 擧人은 추천 절차를 거쳐 겨울에 도성에 집결한 뒤 이듬해 봄 禮
　　部에서 주관하는 시험인 省試에 응시하였다. 그래서 해시를 秋試, 성시를 春試라
　　고도 한다.

53　黃鈞: 자는 仲秉이며 成都府路 漢州 綿竹縣(현 사천성 德陽市 綿竹市) 사람이다.
　　乾道 2년에 著作佐郞・起居舍人이 되었고, 이후 太常少卿 겸 國史院 編修官을 거
　　쳐 瀘州 지사・鎭江府 지사・荊湖南路轉運使・權兵部侍郞・實錄院 同修撰을 역

인 창영[56]이 시험관이 되었다. 국자감 서장[57]인 유영은 홀로 방을 쓰고 있었는데, 학질을 앓고 있어서 낮에도 누워 있었다. 그런데 한 남자와 여자가 손을 잡고 들어와 유영을 부르며 말하길,

"문밖에 볼 만한 것들이 아주 많은데 그대는 어찌하여 홀로 이곳에 누워 있단 말이오?"

유영이 대꾸하지 않자 침상으로 와서 유영을 강제로 끌어당겼다. 유영이 일어나 앉아 생각을 안정시키고 '천봉주'를 외웠다. 채 몇 구절도 안 외었는데 두 사람은 급히 나가 버렸다.

창영의 노복은 중간 대청에서 탕을 마시고 있었는데, 누군가가 빠르게 걸어와 함께 대청으로 올라오는 것이 느껴져 심장이 막 요동쳤다. 바라보니 대청 위에 등불이 켜졌고 막 용기를 내어 뒤를 돌아보자 바로 흰색 거위 한 무리가 있었다. 그들을 꾸짖자 곧 사라졌다. 호원질의 노복은 건물 뒤편의 중간쯤을 지나고 있었는데, 머리를 높이

임하였다.

54 胡元質(1127~1189): 자는 長文이며 兩浙路 蘇州(현 강소성 蘇州市) 사람으로 洪邁의 사위이다. 太平州·建康府 지사, 起居舍人 겸 權中書舍人 겸 國史院 編修官이 되었고, 四川制置使 겸 成都府 지사를 역임하였다. 敷文閣學士로 사임하였다.

55 芮輝: 자는 國瑞이며 兩浙路 湖州 烏程縣(현 절강성 湖州市 吳興區) 사람이다. 紹興 18년(1148) 과거에 급제하였고, 提擧浙西常平·江西轉運判官·國子監祭酒·兵部尙書를 지냈다. 재상 趙汝愚의 측근이었고 韓侂胄가 寧宗을 즉위시키고 주자학을 僞學으로 몰아 관직 임용을 금하는 慶元黨禁을 추진할 때 朱熹의 일파로 몰려 사직하였다.

56 昌永: 자는 禹功이며 江南東路 宣州 涇縣(현 안휘성 宣城市 涇縣) 사람이다. 북송 멸망 때 태학생을 이끌고 항전에 나서 進義校尉가 되었으며 紹興 연간(1131~1162)에 太常寺丞이 되었다.

57 胥長: 國子監 소속 서리 가운데 가장 상위직이며 정원은 1명이다. 국자감 문서 및 업무 전반을 처리하며, 서리로 근무한 지 30년이 되고 서장으로 5년을 마치면 종9품의 將仕郎(政和 6년에 迪功郎으로 개칭함)에 보임하여 주었다.

묶고 정장한 여인이 난간에 기대어 앉아 있는 것을 보았다. 그런데 그녀의 발이 보이지 않았다. 조금 앞으로 다가가 보니 이미 사라지고 없었다. 교대하는 자가 이르길 매일 저녁마다 이 귀신이 오가는 것을 꼭 보게 된다고 하였다.

　동교의 토지신東橋土地

> 李允升者, 以進士登第, 用樞密使汪明遠薦, 得上元令, 歸宜興待闕.
> 夢縣之東橋土地遣人來迎云: "當作交代." 允升辭以當赴官, 不願爲此
> 職. 土偶甚怒曰: "汝且去上元滿一任." 允升到官二年, 以事去, 竟用贓
> 罪徙嶺南.

　　이윤승이라는 자는 진사[58] 급제하여 추밀사 왕명원[59]의 추천을 받아 강령부 상원현[60] 지사로 임명되어 고향인 상주 의흥현[61]으로 돌아가 발령이 나기를 기다리고 있었다. 꿈에 의흥현 동교의 토지신이 사람을 보내와 그를 맞으며 말하길,

　　"응당 저와 교대해야 합니다."

　　이윤승은 상원현 지사로 부임해야 한다는 이유를 대며 사양하였는데, 토지신이 되길 원하지 않았기 때문이다. 토지신이 보낸 흙 인형

58　進士: '爵位를 進授할 수 있는 士人'이란 뜻으로서 과거의 최종 단계인 殿試를 통과한 합격자를 가리킨다. 송대에는 전시 합격자인 진사와 구분하여 전시 응시자를 擧進士라고 하였는데 통상은 擧人이라고 칭하였다.

59　汪明遠: 紹興 19년(1149)에 侍御史를 지냈고, 隆興 연간(1163~1164) 初에 參知政事를 지냈다.

60　上元縣: 江南東路 江寧府 소속으로 현 강소성 남서부 南京市의 남서쪽 江寧區에 해당한다.

61　宜興縣: 兩浙路 常州 소속으로 본래 義興郡이었는데 태종 趙光義의 이름을 피휘하여 宜興縣으로 고쳤다. 太湖 서쪽의 평야지대로 현 강소성 남부 無錫市의 서남쪽 宜興市에 해당한다.

이 몹시 화를 내며 말하길,

"너는 상원현에 가서 단 한 번의 임기만 채워라."

이윤승이 상원현 지사가 된 후 2년 만에 어떤 일에 연루되어 사직
하게 되었는데, 결국 뇌물죄로 영남[62]으로 유배되었다.

---

62 嶺南: 영남은 강서성·호남성과 광동성·광서자치구 사이를 가르는 大庾嶺·騎
田嶺·都龐嶺·萌渚嶺·越城嶺 등 5개 산맥, 즉 五嶺산맥 이남 지역을 뜻한다. 북
송의 廣南東路와 廣南西路가 이에 해당하며 별칭은 嶺外이다.

林衡, 字平甫, 平生仕宦, 以剛猛疾惡自任. 嘗知秀州, 年過八十, 乃
以薦被召, 除直敷文閣. 旣而言者以爲不當得, 罷歸. 歸而病, 病且革,
見吏抱案牘來, 紙尾大書閻羅王林, 請衡花書名. 衡覺, 以語其家:"前
此二十年, 蓋嘗夢當爲此職, 祕不敢言, 今其不免矣." 家人憂之, 少日
遂卒. 卒之夕, 秀州精嚴寺僧十餘人, 同夢出南門迎閻羅王. 車中坐者,
儼然林君也. 衡居於秀之南門外, 時乾道二年.(三事方務德說.)

　　자가 평보인 임형은 평생 관직에 있었는데, 강직하고 용맹하여 악
을 제거하는 것을 자기의 소임이라고 여겼다. 일찍이 수주[63] 지사로
재임하던 중 나이가 여든이 되자 추천으로 조정에 불리어 가서 부문
각[64] 직학사[65]에 제수되었다. 얼마 지나지 않아 임형에게 부문각직학

63　秀州: 兩浙路 소속으로 孝宗의 潛邸여서 慶元 1년(1195)에 嘉興府로 승격하였다.
　　치소는 嘉興縣(현 절강성 嘉興市 南湖區)이고 관할 현은 4개이며 州格은 刺史州이
　　다. 五代에 蘇州에서 분리되어 설치되었으며 太湖 동남단에 형성된 비옥한 杭嘉
　　湖 평야의 일부로 京杭대운하가 지나간다. 현 절강성 북동부에 해당한다.
64　敷文閣: 송조는 황제 사후 조서를 비롯한 관련 문서를 총괄 보존하는 건물을 차례
　　대로 세웠다. 건립 순서는 龍圖閣 · 天章閣 · 寶文閣 · 顯謨閣 · 徽猷閣 · 敷文閣 ·
　　煥章閣 · 華文閣 · 寶謨閣 · 寶章閣 · 顯文閣이었다. 이 건물의 주인을 가리켜 閣主
　　라고 하는데, 敷文閣은 徽宗의 유관 문서를 보존하기 위해 紹興 10년(1140)에 건
　　립하였다.
65　直學士: 학사는 고위 관료에 대한 명예직인데, 宰執 자격자에게는 觀文殿 · 資政
　　殿 · 端明殿學士 등 殿學士를, 侍從 자격자에게는 龍圖閣 · 天章閣 · 寶文閣 · 徽猷
　　閣 · 敷文閣 등 주요 전각마다 정3품인 閣學士, 종3품인 直學士, 종4품인 待制를
　　두었다. 敷文閣直學士는 紹興 10년(1140)에 처음 설치하였고, 서열은 徽猷閣直學

사를 제수한 것이 부당하다고 간관들이 주장해서 곧 물러나 고향으로 돌아왔다. 고향에 돌아와 곧 병이 났는데, 병세가 더욱 위독해지자 한 서리가 문서를 들고 오는 것을 보았다. 문서의 말미에는 '염라왕 임씨'라고 크게 쓰여 있었다. 그 서리는 임형에게 서명해 달라고 청하였다. 임형이 깨어나 가족들에게 말하길,

"일찍이 20년 전의 꿈에 이 직책을 맡은 적이 있었는데 숨기고 감히 말하지 못했지만, 이제는 피할 길이 없구나."

가족들은 이 일로 걱정하였는데 며칠 지나지 않아 임형이 세상을 떴다. 사망한 날 밤, 수주의 정암사[66] 승려 십여 명이 남문으로 나가서 염라대왕을 맞이하는 꿈을 동시에 꾸었다. 수레에 앉은 자는 분명히 임형이었다. 임형은 수주 남문 밖에 살고 있었는데, 이때가 건도 2년(1166)이었다.(위의 세 가지 일화는 자가 무덕인 방자[67]가 말한 것이다.)

土: 바로 아래이다.

66 精嚴寺: 현 절강성 嘉興市에 있는 사찰로서 東晉 때 창건된 고찰이다. 본래 靈光寺였으나 大中祥符 연간에 精嚴寺로 개칭하였고 여러 차례 중창되었다. 현재 가흥시 최대의 사찰이다.

67 方滋(1102~1172): 자는 務德이며 양절로 嚴州 桐廬縣(현 절강성 杭州市 桐廬縣) 사람이다. 淮西와 紹興의 按撫制置大使, 廣南西路轉運使를 비롯해 각지 지방관을 역임하였으며 權刑部侍郎과 權戶部侍郎을 지냈다. 두 차례 금국에 사신으로 다녀왔으며 재정 관리로서 상당한 성과를 내었으나 廣東經略使로 있으면서 고급향료를 섞어 만든 비싼 향초를 秦檜에게 뇌물로 보내 獵官운동한 것으로 유명하다.

乾道三年四月, 永州文氏女及笄, 已定昏. 將嫁前兩夕, 夢黃衣人領
至官曹, 判官綠袍戴幘, 迎謂曰: "且得汝來, 此間錯了公事, 起大獄十
五六年, 累人不少, 汝且歸, 明日復來." 遂覺, 以白父母, 殊不曉其言.
次夕, 又夢至殿下, 王者據案坐, 判官抱文牘以上, 王判云: "改正." 卽
有人持湯一杯於廷下, 飮之, 極腥惡, 出門而寤, 則化爲男子矣. 父母
驚遣報壻, 壻家以爲本非女子, 特以詐紿人, 投牒訟于州. 案驗得實,
乃已. 其語音態度猶與女不異, 但改衣男服爾. 壻家復欲妻之以女云.

건도 3년(1167) 4월, 영주⁶⁸의 문씨 집안 딸은 시집갈 나이가 되자
혼처를 정하였다. 혼례를 치르기 이틀 전 밤, 꿈에 누런 옷을 입은 자
가 와서 그녀를 데리고 관아로 가자 녹색 도포를 입고 건을 쓴 판관⁶⁹
이 그녀를 맞으며 말하길,

"지금 너를 데리고 왔지만, 그새 한 안건이 잘못 처리되어 큰 옥사
가 일어난 지 15~16년이 되었고 연루된 사람도 적지 않았다. 너는 잠
시 돌아갔다가 내일 다시 오거라."

68　永州: 荊湖南路 소속으로 치소는 寧陵縣(현 호남성 永州市 零陵區)이고 관할 현은
　　3개이며 州格은 刺史州이다. 湘江의 상류로 南嶺산맥을 경계로 광동성과 잇닿아
　　있으며 현 호남성 남부 永州市의 북서쪽에 해당한다.
69　判官: 唐代 採訪使・節度使・觀察使・經略使 등 使職官에게 1~2명씩 배정한 고
　　위 보좌관으로 시작하여 五代에는 막료 직을 포괄하는 용어로 사용되어 송대로 이
　　어졌다. 송조의 三司・開封府・宣撫使司・經略安撫使司・市舶司 등에 모두 설치
　　되었다. 推官의 상위직이다.

그녀는 깨어나자마자 부모에게 말하긴 했지만, 그 말이 무슨 뜻인지 전혀 이해하지 못하였다. 다음 날 저녁 또 꿈에 대전 아래 이르렀는데, 왕이 탁자에 기대어 앉아 있었고, 판관이 문서를 안고 가서 올리자 왕이 판결하며 말하길,

"바르게 고쳐라."

곧 한 사람이 대청 아래로 탕 한 잔을 가져와 그녀에게 먹이니 매우 비리고 역했다. 문을 나와 깨어나 보니 남자로 변해 있었다. 그녀의 부모는 놀라 사람을 보내 사위 될 사람에게 이 사실을 알리니 사돈댁에서는 본래 여자가 아니었는데 공연히 사람을 속인 것으로 생각하고 서류를 준비해 영주 관아에 고소하였다. 수사하여 사실이 밝혀지자 이에 소송을 그만두었다. 그 말소리나 태도가 여전히 여자와 다름이 없었고, 그저 남자 옷으로 갈아입었을 따름이었다. 사돈댁에서는 그 딸을 아내로 다시 맞고자 한다고 말하였다.

신이 주렴을 요청하다神乞簾

永州譙門相對有小廟, 廟神見夢于錄事參軍何生曰: "吾一方土地神
耳, 非王侯也. 郡守每出入, 必徑祠下, 我輒趨避之, 殊不自安, 就君乞
一簾蔽我." 如其言, 明日, 夢來謝.(化州守何休說, 錄事之子也.)

망루가 있는 영주의 성문[70] 바로 맞은편에 작은 사묘가 있는데, 사
묘의 신이 녹사참군사[71] 하씨의 꿈에 나타나 말하길,

"나는 한 지역의 토지신일 뿐 왕이나 제후에 해당하는 신이 아니외
다. 영주 지사께서 매번 성문을 드나드실 때마다 반드시 사묘 아래를
지나시니 나는 그때마다 서둘러 피하느라 아주 불편하오. 그대에게
청하니 발 하나를 걸어서 나를 덮어 주시오."

그의 말대로 해 주니 다음 날 꿈에 다시 와서 감사를 표하였다.(화
주[72] 지사 하휴가 말한 것이다. 하휴는 녹사참군사의 아들이다.)

70　譙門: 성문 가운데 망루가 있는 성문을 뜻한다.
71　錄事參軍事: 州·軍에서 감옥 관리와 속관에 대한 규찰 업무를 주관하였던 관리로
　　서 약칭은 錄事參軍·錄事이다. 품계는 7~8품관이었으나, 元祐 연간 이후로는 종
　　8품이었다.
72　化州: 廣南西路 소속으로 치소는 石龍縣(현 광동성 茂名市 化州市)이고 관할 현은
　　2개이며 州格은 刺史州이다. 본래 辯州였는데 980년에 化州로 바꿨다. 현 광동성
　　서남부 雷州반도의 북동쪽에 해당한다.

李撝, 字德粹, 濟南人. 建炎初, 度江寓居縉雲, 調台州教授, 單車赴
官. 與州鈐轄趙士堯善, 以官舍去學遠, 請以趙, 願易其處, 趙許之. 旣
徙家往居, 撝稍葺鈐轄廨, 且謁告歸迎妻子, 未還. 教授廨內有小樓,
趙氏之人至其上, 聞馳馬呼噪聲, 恐而下, 則歌吹間作, 如大合樂, 遽
以告趙, 卽日反故宅. 撝還, 亦但處元廨中.

久之, 從容謂趙曰: "吾前生爲天曹錄事, 坐有過, 謫居人間. 而吾平
生操心復不善, 故所享殊弗永, 去此半月, 當發惡瘡死, 敢以後事累
君." 趙啞然曰: "必無是理, 勿妄言!" 才旬日, 疽生于腦, 信宿, 侵淫見
骨, 果死.

死數日, 家方飯僧, 庖婢在房, 擧止驟與常異, 自稱教授來, 遣僕急
邀趙. 趙至, 婢泣而言曰: "撝死矣, 以在生隱惡, 受譴至重. 可令吾家
用今夕設醮, 謝罪於天." 趙卽呼道士, 如其請. 婢著青袍, 執簡戴幘,
雍容出拜. 外間聞之, 爭入觀. 婢炷香跪爐, 與官人無少異. 醮竟, 又謂
趙曰: "已蒙道力, 得脫苦趣, 猶當爲異類, 只在郡城某橋下. 過三日,
幸一視我." 三日往焉, 見巨黑蟒蟠屈土中, 半露其脊, 趙酹之以酒.

他日, 婢復作撝來, 又邀趙, 謂曰: "蟒禍已免, 今爲南嶽判官, 威權
況味, 非陽官可及, 得請於上帝, 許般家矣. 遺骸滿室, 唯君是託焉."
趙責之曰: "君爲士人, 豈不知書? 不孝有三, 無後爲大. 君旣不幸早世,
而令一家共入鬼錄, 可乎?" 婢不復答. 少頃, 卽蘇. 未幾, 撝妻繼亡. 三
子皆幼, 凡其送終之事, 趙悉辦之. 撝從兄德升尙書後居天台, 始收邮
其孤云.(趙之子不拙說.)

자가 덕수인 제남⁷³ 사람 이척은 건염 연간(1127~1130) 초, 장강⁷⁴을

건너 처주 진운현[75]에 잠시 거주하였다가 태주[76] 주학 교수[77]가 되어 홀로 수레를 타고 부임하였다. 그는 태주 검할[78] 조사효와 잘 지냈는데, 관사가 학교에서 멀리 떨어져 있기에 조사효에게 거처를 바꿔줬으면 좋겠다고 청하자 조사효가 그 제안을 허락하였다. 이척은 곧 이사하여 머물면서 검할의 관아를 조금 수리한 뒤 고향으로 돌아가 처자를 데리고 오겠다며 잠시 휴가를 청하였다.

---

73 濟南: 京東西路 齊州로서 춘추전국시대 齊國에서 유래한 齊州, 濟水의 남쪽이란 데에서 취한 濟南이 지명으로 함께 쓰였으며 政和 6년(1116)에 濟南府로 승격되었다. 치소는 巨野縣(현 산동성 濟南市 歷城區)이고 관할 현은 5개이며 州格은 節度州이다. 서북쪽의 황하와 동남쪽의 태산산맥 사이에 형성된 낮은 구릉지와 평야에 자리하였으며 산동성 중서부에 해당한다.

74 江: 현 長江을 가리키는 말이다. 長江의 본래 명칭은 '江·江水'였고, 東漢 말부터 長江이라고 칭하기 시작하여, 南北朝~五代에 長江이라는 명칭이 정착되었다. 그런데 송대 蘇軾의 詞인 「念奴嬌·赤壁懷古」가 대유행하면서 그 첫 구절인 '大江東去, 浪淘盡'에서 유래한 大江이 인구에 회자되면서 大江으로 바뀌어 淸末까지 이어졌다. 1911년 남경 임시정부가 전근대적 호칭 등을 바꾸는 제반 조치와 함께 大江을 長江으로 개칭한다는 결정을 내리면서 현 지명으로 자리를 잡았다.

75 縉雲縣: 兩浙路 處州 소속으로 현 절강성 남중부 麗水市 북동쪽의 縉雲縣에 해당한다.

76 台州: 兩浙路 소속으로 치소는 臨海縣(현 절강성 台州市 臨海市)이고 관할 현은 5개이며 州格은 刺史州이다. 靈江의 하구에 자리하였으며 현 절강성 동중부에 해당한다.

77 敎授: 至道 1년(995)에 司門員外郎 孫蝸을 황실 자손의 교육기관인 宗子學의 '교수'로 임명한 것이 최초의 學官 직으로서의 교수였다. 州學 교수는 慶曆 4년(1044)부터 轉運使·주지사가 주현의 관리나 향시 합격자(擧人) 가운데 선발하여 임명하였다. 熙寧 6년(1073)부터는 中書門下省에서 京朝官 가운데 선임하되 부득이한 경우 하급 관리인 選人이나 擧人 가운데 선발하도록 하였다.

78 鈐轄: 兵馬鈐轄이라고도 칭한다. 북송 초에는 임시 파견직이었으나 후에 상근 파견직으로 바뀌었다. 관직 고하에 따라 都鈐轄·副都鈐轄·鈐轄·副鈐轄로 나뉘며, 관할 지역도 1州·1路, 혹은 2~3개 路 등 다양하였다. 都鈐轄은 轉運使의 아래지만 고관에게 부여하였고, 鈐轄은 군에 관한 사항을 知州와 함께 상의하는 직위였다. 兵鈐이라고도 한다.

이견병지【一】

이척이 아직 돌아오지 않았을 무렵인데, 교수 관사 안에 작은 다락이 있기에 조사효 집안사람이 그 위에 올라가 보니 말을 타는 듯한 떠들썩한 소리가 들려왔다. 무서워서 얼른 내려왔는데 곧 노래와 악기 소리가 사이사이 들리는데 마치 「대합락부」[79] 같았다. 급히 조사효에게 가서 고하니 조사효가 그날로 전에 살던 검할 관사로 이사하였다. 이척은 돌아와서 그 역시 원래의 검할 관아에 잠시 머물고 있었다. 오래지 않아 이척은 조사효에게 조용히 말하길,

"나는 전생에 천계 관아에서 문서를 담당하던 관리였는데, 죄를 지어 인간계로 유배되어 거하게 되었소. 나는 악한 일을 다시 하지 않으려 평생 마음을 졸이며 지냈기에 누릴 수 있은 수명이 아주 짧소이다. 앞으로 보름이 지나면 악창이 터져 죽을 것이니 감히 후사를 그대에게 부탁하오."

조사효가 깜짝 놀라 말하길,

"그런 법이 어디 있소? 함부로 말하지 마시게!"

열흘이 되자 이척은 뇌에 종기가 났고 이틀이 지나자 점차 안쪽으로 번져 뼈가 드러났으며 정말로 죽고 말았다. 죽은 지 며칠이 지나 가족들이 승려들에게 음식을 대접하고 있는데, 주방에서 일하는 여종이 방에 있었는데, 갑자기 행동거지가 여느 때와 달라지더니, 스스로 교수 이척이 왔다고 말하였다. 급히 노복을 보내 조사효에게 와 달라고 청하였다. 조사효가 다다르자 여종이 울며 말하길,

"저 이척은 죽었지만 살아생전에 지은 악행을 숨기어 무거운 벌을

---

79 大合樂: 唐代 白行簡이 지은 賦의 명칭이다. 원래 명칭은 「天地陰陽交歡大合樂賦」이다. 敦煌 석굴에서 146行의 殘本이 발견되었다.

받고 있다오. 우리 집사람들에게 오늘 밤 제단을 쌓고 하늘에 사죄하도록 하게 해 주시오."

조사효는 곧 도사를 불러 그가 청하는 대로 해 주었다. 여종은 청색 도포를 입고, 문서를 들고 망건을 쓴 채 조용히 나와 절하였다. 바깥에서는 사람들이 이 소식을 듣고 다투어 들어와 구경했다. 여종은 향을 피우고 화로 앞에 꿇어앉았는데 관원의 모습과 조금도 다르지 않았다. 초재를 마치자 또 조사효에게 말하길,

"이미 도력에 힘입어 말 못 할 고통에서 벗어날 수 있게 되었으나 여전히 사람이 아닌 동물이 되어 그저 태주성 어떤 다리 아래 있게 되었소이다. 사흘 후에 와서 나를 한번 봐 주시면 좋겠소."

사흘이 지나서 가 보니 커다란 검은 이무기가 흙에서 똬리를 틀며 움츠리고 있었고, 척추가 반은 드러나 있기에 조사효가 술을 부어 주었다. 다른 날 그 여종이 다시 이척의 행세를 하며 조사효에게 와 달라고 청한 뒤 말하길,

"이무기가 되는 화를 이미 면하였고, 지금은 남악 형산[80]의 판관이 되었는데, 권위와 형편은 양계의 관원에 비할 바가 아니라오. 상제에게 청하여 가족들을 이곳으로 이사할 수 있게 하였으니 온 집안에 유해가 가득할 것이외다. 오직 그대에게 부탁할 수밖에 없구려."

조사효는 그를 꾸짖으며 말하길,

"그대는 사인[81]으로서 어찌 경서의 내용을 모른단 말이오? 불효에

---

80 衡山: 호남성 남부 衡陽市 南嶽區에 있으며 5嶽 가운데 南嶽에 해당하는 명산이다. 도교 36개 洞天·72개 福地 가운데 4개가 자리한 도교 全眞派의 성지이다.

81 士人: 송대 사대부는 그 시대의 고유한 정체성을 지니고 있어 선비 또는 독서인이라는 일반적 용어로 번역하기에는 적절하지 않다. 또 독서인·지식인의 의미를

이견병지 【一】

는 세 가지가 있는데 후손이 없는 게 가장 크오. 그대가 불행히 일찍 세상을 떠났다고 해서 가족 모두를 저승의 명부에 올리려고 하니 그 것이 과연 가당한 일이오?"

여종이 대답하지 못하더니 조금 뒤 깨어났다. 오래지 않아 이척의 아내가 세상을 떴다. 세 아들 모두 어려서 장례 치르는 모든 일을 조 사효가 도맡아 처리하였다. 이척의 종형으로 자가 덕승인 상서[82] 이 씨가 후에 태주 천태현[83]에 살게 되자 비로소 고아가 된 이척의 자식 들을 거두었다고 한다.(조사효의 아들 조부졸이 말한 것이다.)

지닌 사인과 과거 응시와 합격을 전제로 한 사실상 관리와 같은 의미의 사대부를 구분할 필요가 있다는 견해가 있으며 洪邁도 양자를 엄격하게 구분하였다. 이에 '사인'이란 용어를 따로 번역하지 않고 그대로 썼다.

82 尙書: 상서성 소속 6부의 장관, 즉 吏部·戶部·禮部·兵部·刑部·工部尙書를 가리킨다. 황제 옆에서 문서 수발을 담당하는 관직에서 유래한 관명으로서 元豐 관제 개혁 이후 종2품의 職事官이 되었다. 元祐 연간부터 정2품이 되었으나 남송 때 다시 종2품이 되었다.

83 天台縣: 兩浙路 台州 소속으로 절강성 동중부 台州市 북서쪽의 天台縣에 해당 한다.

이견병지
夷堅丙志
卷 2

馮當可爲萬州守, 郡有舞陽侯樊噲廟, 民俗奉之甚謹. 馮以爲噲從
漢高祖入蜀漢, 未久卽還定三秦, 取項羽, 未嘗復西, 而萬州落南已深,
與黔中接, 非噲所得至也. 是必夷祆之鬼假託附著以取血食爾, 法不當
祀, 卽日撤其祠.

未幾, 出視事, 見偉丈夫被甲持戟, 儀狀甚武, 坐於公庭上. 馮知其
怪也, 叱之. 掀髥怒曰: "吾乃漢舞陽侯, 廟食於茲地千歲矣, 何負於君,
而見毁撤? 吾無所歸, 今當與君同處此." 馮以所疑質責之, 其人自言
爲眞噲不已. 馮奮曰: "借使眞樊噲, 亦何足道!" 歷詆其平生所爲不少
愒. 神無以爲計, 奄奄而滅. 自是雖不復形見, 然日撓其家. 馮之子年
七八歲, 屢執縛於大木之杪, 如是數月. 馮用公事去郡, 然後已.

풍당가가 만주[1] 지사가 되었는데, 만주에는 무양후 번쾌[2]의 사묘가
있어서 주민들이 매우 극진히 모시는 풍속이 있었다. 풍당가는 번쾌
가 한 고조[3]를 따라 촉한[4]으로 갔다가 오래지 않아 돌아와 삼진[5]을 평

---

1 萬州: 夔州路 소속으로 치소는 南浦縣(현 중경시 萬州區)이고 관할 현은 2개이며
　州格은 刺史州이다. 현 重慶市 중북부의 長江 연안에 해당한다.
2 樊噲(前242~前189): 沛縣(현 강소성 徐州市 沛縣) 사람이다. 蕭何·曹參과 함께
　劉邦의 오랜 친구로서 미천한 신분이었으나 鴻門에서 유방의 목숨을 구해 주었고,
　각종 전투에서 승리를 거듭하는 등 혁혁한 무공을 세워 한의 개국공신이 되었다.
　건국 후에도 각종 반란을 진압하며 정권 안정에 힘썼다. 후덕한 성품과 한 고조와
　동서지간이라는 점 때문에 여후 집권 기간에도 무사할 수 있었으며, 후에 舞陽侯
　에 봉해졌다.
3 漢高祖(前247~前195, 재위 前206~前202): 자는 季이며 邦이란 이름은 즉위 후에

정하여 항우[6]에게서 빼앗은 뒤 일찍이 서쪽으로 되돌아온 적이 없다
고 생각하였다. 그리고 만주는 아주 남쪽으로 떨어져 있어 검중[7]과
접하고 있기에 번쾌가 올 수 있는 곳이 아니라고 여겼다. 따라서 번
쾌 사묘는 필시 오랑캐 잡귀가 거짓으로 번쾌에 의탁하여 백성들의
고혈과 음식을 취하는 것이니 응당 제사를 모셔서는 안 된다 생각하
고 그날로 사묘를 철거하였다.

　얼마 후 관청에 나와 일을 보고 있는데, 위풍당당한 한 장부가 갑
옷을 입고 손에 창을 들고 있는 모습이 보였다. 무인의 풍채를 온전
하게 갖추고 관아의 대청에 앉았다. 풍당가는 그가 요괴인 것을 알
고 질책하였다. 그러자 그는 구레나룻을 쓸어 올리더니 화를 내며

사용한 것으로 보인다. 楚의 沛縣(현 강소성 徐州市 沛縣) 사람으로 평범한 집안
에서 태어났으나 진의 폭정에 맞서 봉기하여 수도 咸陽을 점령하고 항우와의 대결
에서 승리한 뒤 漢을 건국함으로써 중국식 통일왕조의 전형을 이루었다. 諡號는
高皇帝이고 廟號는 태조이며, 陵號는 長陵이다. 『史記』에서 '漢高祖'라고 하여 일
반적인 칭호로 굳어졌다.

4　蜀漢: 蜀은 사천성의 별칭이며 삼국시대 劉備가 成都를 도읍으로 221년에 건국한
　　국가의 이름이다. 樊噲가 한 고조를 따라 촉한으로 갔다는 것은 사천으로 갔다는
　　뜻으로 이해할 수 있다.

5　三秦: 項羽가 秦의 발상지인 섬서성 關中 지역을 셋으로 나누어 秦에서 투항한 3
　　명의 장수를 왕으로 분봉한 데서 유래한 지명이다.

6　項羽(前232~前202): 성은 姬, 씨는 項, 이름은 籍, 자는 羽이며 泗水郡 下相縣(현
　　강소성 宿遷市) 사람이다. 秦2세 1년(前209)에 陳勝의 난에 호응하여 會稽에서 거
　　병한 이후 反秦 세력의 중심이 되어 章邯의 20만 대군을 坑殺하고 관중으로 진군
　　하여 권력을 장악하였다. 이어 西楚霸王이라 자칭하고 彭城을 수도로 정한 뒤 제
　　후를 분봉하였으나 곧 유방의 반발로 전란이 발생하였다. 항우는 전투에서 거듭
　　승리를 거두었지만, 전략적 실패로 결국 수세에 몰려 垓下에서 패사하였다.

7　黔中: 夔州路 소속 검주의 郡號이자 별칭이다. 전국시대 楚가 설치한 黔中郡(치소
　　는 현 호남성 懷化市, 관할 지역은 현 호남성 남부와 사천성 및 귀주성의 일부)에
　　서 유래하였다.

말하길,

"나는 서한의 무양후로 이곳 사묘에서 제사를 받은 지 천여 년이나 되었다. 네가 그대에게 무슨 잘못을 했다고 지금 이렇게 철거한단 말인가? 나는 돌아갈 곳이 없으니 지금부터 이곳에서 그대와 함께 사는 것이 당연할 것이다."

풍당가가 의심스러운 바를 들어 그를 질책하니, 그 사람은 자신이 진짜 번쾌라고만 말할 뿐이었다. 풍당가가 더욱 격분하여 말하길,

"설령 진짜 번쾌라 하더라도 무슨 할 말이 있단 말이냐!"

풍당가는 조금도 무서워하지 않고 그가 평생 행했던 바를 낱낱이 꾸짖었다. 그 귀신은 방법이 없자 가는 숨을 쉬며 사라졌다. 이때부터 비록 그 형체를 다시 드러내지는 않았지만, 매일 풍당가의 집을 어지럽혔다. 풍당가의 아들은 나이가 7~8세였는데 여러 차례 줄에 묶인 채 커다란 나뭇가지 끝에 매달려 있곤 하였다. 이와 같은 일이 수개월 지속되었으나 풍당가가 공무로 만주를 떠나자 비로소 멈추었다.

成都雙流縣宇文氏, 大族也. 卽僧寺爲書堂, 招廣都士人魏君誨其
群從子弟. 它日, 家有姻禮, 張樂命伎, 優伶之戲甚盛, 諸生皆往觀. 至
暮, 僮僕數輩亦委去. 魏獨處室中, 心頗動, 上堂欲尋僧, 而諸僧適出
民家作佛事, 闔寺悄然, 乃反室張燈而坐.

夏夜盛熱, 窗牖穿漏, 松竹凄戛, 明月滿庭, 一婦人數往來, 知其鬼
也. 外戶猶未閉, 不敢起, 益添膏油, 數挑燈, 擧手顫掉, 誤觸燈滅, 不
勝恐, 急登床引帳自蔽. 時時望庭下婦人, 固自若也. 旣又觸帳, 繩絶,
帳隨墜, 蕩然一榻, 空無遮闌, 愈益懼, 不覺昏睡. 及寤, 婦人已在側.
魏蒼黃無計, 運枕擲之. 婦人悵怏驚起, 不復出外, 但繞室徘徊, 且笑
且泣, 雞初鳴, 忽趨出. 少焉僧盡歸, 呼語其故. 乃三日前民家椓一柩
於此, 今所見蓋其魄云.

성도부 쌍류현[8]의 우문씨 집안은 명문가였다. 일찍이 한 절을 서당
으로 삼아 성도부 광도현[9]의 사인인 수재[10] 위씨를 초청하여 집안의
여러 자제를 가르치게 하였다. 어느 날 집안에 혼례가 있어 악기를

---

8 雙流縣: 成都府路 成都府 소속으로 현 成都市 도심 서쪽의 雙流區에 해당한다.

9 廣都縣: 成都府路 成都府 소속으로 西漢 때 설치된 광도현을 隋煬帝 楊廣의 이름
을 피휘하여 雙流縣으로 바꿨다가 唐代에 다시 廣都縣으로 바뀌 송대로 이어졌
다. 현 成都市 도심 서쪽의 雙流區에 해당한다.

10 秀才: 西漢 시기 孝廉을 통한 관리 선발제도이며, 東漢 때 光武帝 劉秀를 피휘하여
'茂才'로 고쳐 부르기도 하였다. 당·송대에는 학교의 生員이나 과거에 응시한 수
험생의 통칭으로 쓰였고, 명·청대에는 府·州·縣學의 학생을 뜻하였다.

펼쳐 놓고 연주를 하였는데 배우들의 공연이 매우 성대하여 여러 학생이 모두 가서 참관하였다. 저녁 무렵 어린 노복 여럿도 모두 가서 구경하였다. 수재 위씨 홀로 방 안에 있었는데 가슴이 몹시 두근거려서 대청으로 올라가 스님을 찾으려 하였다. 그러나 스님들도 마침 민가로 가 불사를 행하던 중이어서 온 절간이 고요했다. 그는 다시 방으로 돌아와 등을 켜고 앉았다.

무더운 여름밤이었는데, 구멍 뚫린 창문 사이로 소나무와 대나무가 비벼 대는 소리가 처량하게 들렸고, 밝은 달빛이 온 대청에 가득하였다. 한 여인이 여러 차례 배회하는 것을 보고 위씨는 그녀가 귀신임을 알았다. 하지만 바깥문이 아직 닫혀 있지 않아 감히 일어날 수 없었다. 기름을 더 붓고 여러 차례 등촉을 돋우려 손을 들어 움직이다 잘못하여 그만 등불을 꺼트리고 말았다. 두려움을 이기지 못해 급히 침상에 올라 장막을 치고 몸을 가린 뒤 수시로 대청 아래 여인을 바라보니 아주 태연자약하였다.

얼마 후 다시 장막을 건드리자 끈이 끊어져 장막이 아래로 떨어지니 곧 침상이 온전히 드러나 아무것도 가릴 것이 없어 더욱 두려워 떨다 그만 혼수상태에 빠졌다. 깨어나 보니 여인은 이미 그의 옆에 있었고, 위씨는 창망한 가운데 어찌할 수가 없어 베개를 들어 던졌다. 여인은 몹시 아쉬워하며 놀라 일어났으나 다시 밖으로 나가지 않고 그저 방안을 돌며 배회하였고, 때론 웃다가 때론 울다가 하였다. 첫닭이 우니 갑자기 서둘러 나갔다. 잠시 후 스님들이 모두 돌아오자 위씨가 불러 어찌 된 일인지 물어보았다. 스님들은 사흘 전 민가에서 초빈한 관 하나를 이곳에 두었는데, 오늘 본 것이 아마도 그 혼귀인 것 같다고 했다.

舊傳蜀州州治有所謂紅梅仙者. 紹興中, 王相之爲守, 延資中人李
石爲館客. 石年少才雋, 勇於見異, 戲作兩小詩書屛間以挑之. 明日,
便題一章于後, 若相酬答. 他日, 郡宴客, 中夕方散. 石已寢, 見一女子
背榻踞胡床而坐, 問之, 不對. 疑司理遣官奴來相汚染爲謔, 或使君侍
妾乘主父被酒而私出者, 不然, 則鬼也. 自謀曰: "三者必居一于此矣.
不如殺之, 猶足以立淸名于世." 取劍奮而前.

女子起行, 相去數步間, 逐之出戶. 俄躍升高木上, 奄冉而滅. 石始
大恐, 欲反室, 足弱不能動. 會持更卒振鈴至前, 乃與俱還. 次夕, 又
至, 初覺暗中如小圓光, 漸隱隱辨人物, 已而成人形. 雖不敢與語, 然
財合眼必見之. 其友趙莊叔逹輩兩三人, 同結科擧課, 來共宿, 石囑之
曰: "必相與喚我, 無令熟寐, 以墮鬼計." 然自是不復可脫, 後如成都,
亦隨以至. 或敎之曰: "靑城丈人觀, 神仙窟宅也. 君第往, 彼必不敢
來." 旣而亦然. 石追悔前戲, 付之於無可奈何. 久之, 歸東川, 過靈泉
縣朱眞人分棟山下, 將入簡州境, 始不見. 蓋藏餘乃絶. 石字知幾, 乾
道中爲尙書郞.

예로부터 전하길, 촉주[11] 관아에 이른바 홍매라는 여자 신선이 있
었다. 소흥 연간(1131~1162) 왕상지가 촉주 지사로 있을 때, 자주 자

---

11 蜀州: 成都府路 소속으로 치소는 晉原縣(현 사천성 成都市 崇州市)이고 관할 현은
4개이며 州格은 刺史州이다. 紹興 14년(1144)에 高宗의 潛藩이라서 軍額은 崇慶
軍, 州格은 節度州로 승격되었고, 淳熙 4년(1177)에 다시 崇慶府로 승격되었다.
현 成都市 도심의 서쪽에 해당한다.

중현[12] 사람 이석[13]을 초청하여 식객으로 있게 하였다. 이석은 나이가 어리지만, 재주가 뛰어나고 기이한 것을 용감하게 보면서 재미로 두 구절의 짧은 시를 지어 병풍에 써 붙여 신선 홍매를 자극하였다. 다음 날 그 뒤에 시 한 구가 쓰여 있어 마치 서로 시를 주고받은 것 같았다.

하루는 주 관아에서 손님을 불러 연회를 베풀었고, 한밤중이 돼서야 사람들이 돌아갔다. 이석은 이미 침상에 누웠는데, 한 여자가 침상을 등지고 접이의자[14]에 걸터앉아 있는 것이 보였다. 누구냐고 물으니 대답이 없었다. 이석은 하룻밤 재미 보라고 사리참군사[15]가 관노비를 보낸 것이 아닐까, 아니면 지사가 술에 취한 틈을 타 지사의 시첩이 몰래 빠져나온 것이려니 의심하면서 만약 그렇지 않다면 곧 귀신일 것이라고 여겼다. 스스로 생각하며 말하길,

"반드시 이 셋 중 하나일 것이다. 저 여자를 죽여서 오히려 세상에 깨끗한 이름을 남기는 것이 오히려 나을 것이다."

그는 칼을 꺼내 앞으로 달려 나갔다. 그러자 여자가 일어나 움직여 서로 몇 걸음 거리를 두고 그녀를 밖으로 쫓아냈다. 그 여자는 잠시 후 높은 나무 위로 뛰어오르더니 천천히 사라져 버렸다. 이석은 비로

---

12 資中縣: 梓州路 資州 소속으로 현 사천성 동부 內江市 서북쪽의 資中縣에 해당한다.

13 李石: 자는 知幾이며 梓州路 資州 資中縣(현 사천성 內江市 資中縣) 사람이다. 太學博士와 상서성 左司郎中을 거쳐 合州·黎州·眉州 지사를 역임하였고 成都府路 轉運判官으로 관직을 마쳤다. 본문에 등장하는 친구 趙逵를 태학박사로 추천하였다.

14 胡床: 접이의자를 뜻한다. 胡牀·交床·交椅·繩床이라고도 한다.

15 司理參軍事: 각 州의 刑事 사건을 전담하는 기관인 司理院의 책임자다. 품계는 주의 크기에 따라 종8품~종9품이었다. 약칭은 司理·司理參軍이다.

소 몹시 두려워하며 다시 방안으로 돌아가려는데 발에 힘이 빠져 움직일 수가 없었다. 마침 교대하는 병졸이 종을 치며 앞으로 와 그와 함께 돌아올 수 있었다. 다음 날 저녁 그녀가 또 나타났다. 처음에는 어두운 가운데 작고 둥근 빛처럼 느껴졌지만, 점점 은근히 드러나 누구인지 알 수 있었고 다시 곧 사람의 형태를 모두 갖추었다. 비록 감히 더불어 말을 나눌 수는 없었지만, 두 눈을 감으면 비로소 그녀가 분명히 보였다.

자가 장숙인 이석의 친구 조규[16] 등 두세 사람이 함께 과거를 준비하는 모임을 만들고 관아에 와서 함께 머무르고 있었다. 이석이 그들에게 당부하며 말하길,

"반드시 다 함께 나를 불러 줘, 깊은 잠에 빠져 귀신의 계략에 넘어가지 않게 해 주게."

하지만 이때부터 그녀로부터 다시 벗어날 수 없었고, 후에 성도부[17]로 가는데 그곳까지 따라왔다. 어떤 사람이 이석에게 알려 주길,

"청성산[18] 장인관[19]은 신선의 거처이다. 자네가 만약 그곳으로 간

---

16 趙逵(1117~1158): 자는 莊叔이며 梓州路 資州 資中縣(현 사천성 內江市 資中縣) 사람이다. 紹興 21년에 對策에서 1등으로 선발되었으나 秦檜가 知擧를 파직할 정도로 趙逵를 싫어하여 사천의 지방관으로 내보냈다. 진회 사후에 비로소 給事中・中書舍人에 기용되었는데, 강직하고 청렴하였으며 뛰어난 문재를 지녀 高宗이 '小東坡'라 칭찬한 인물이다. 또 杜莘老・唐文若・孫道夫 등 사천의 인재를 다수 추천하였다.

17 成都府: 成都府路의 치소로 1개 부, 12개 주, 2개 군, 1개 감, 58개 현을 관할하였다. 府의 치소는 成都縣과 華陽縣(현 사천성 成都市 城區)이고 관할 현은 9개이며 州格은 節度州이다. 757년에 府로 승격된 이래 사천의 경제와 문화의 중심지로 번성하였으나, 북송 초기 王小波・李順의 반란 등으로 成都府와 益州로 승격과 강격되는 일이 몇 차례 있었다.

18 青城山: 사천성 成都市 都江堰市 서남쪽에 있는 도교의 4대 명산 가운데 하나다.

이견병지 【一】

다면 저 여귀가 감히 오지 못할 걸세."

하지만 그것도 잠시였을 뿐, 상황은 여전하였다. 이석은 전에 시를 써서 희롱한 것을 후회했지만 이미 어찌할 수가 없었다. 한참 후에 동천로[20]로 돌아가는 길에 주진인[21]이 있는 성도부로 영천현[22] 분동 산[23] 아래를 지나서 간주[24] 경내로 들어가려 하자 비로소 그녀가 보이지 않게 되었다. 대략 일 년여가 돼서야 비로소 끝난 것이다. 이석의 자는 지기이며 건도 연간(1165~1173)에 상서성 낭중[25]이 되었다.

---

19 丈人觀: 成都市 都江堰市의 靑城山 丈人峰에 있는 도교 사원으로서 五岳丈人으로 봉해진 寧封眞人을 모시는 곳이다. 丈人行宮이라고도 한다.

20 東川路: 太平興國 2년(977)에 西川路 利州(현 사천성 廣元市)를 廣元府로 승격시키고 사천 북동 지역을 분리하여 신설하였다. 이로써 사천의 행정구역은 東川路·西川路·峽路 등 3개로 나누어졌다. 하지만 太平興國 7년(982)에 동천로는 다시 서천로에 편입되어 폐지되었다. 치소는 廣元府이며 12개 州를 관장하였다.

21 朱眞人: 본명은 朱桃椎이며 成都府路 靈泉縣 分棟山 사람이다. 성 밖의 초막에 살면서 기행을 일삼았고, 益州지사의 초청과 선물을 거부하였다고 한다. 후에 신선이 되었다고 전해지며 통상 '영천 주진인'으로 널리 알려졌다.

22 靈泉縣: 成都府路 成都府 소속으로 현 成都市 도심의 동쪽이며 龍泉山 서쪽에 해당한다.

23 分棟山: 사천분지 서쪽에 있으며 岷江과 沱江의 분수령이다. 天聖 4년(1026)에 기존의 靈池縣을 靈泉縣으로 개칭하면서 靈泉山으로 이름이 바뀌었고, 正德 8년(1513)에 다시 龍泉山으로 바뀌었다.

24 簡州: 成都府路 소속으로 치소는 陽安縣(현 사천성 成都市 簡陽市)이고 관할 현은 2개이며 州格은 刺史州이다. 현 사천성 동남부 資陽市의 서북쪽에 해당한다.

25 尙書郞: 尙書省 소속 24司의 책임자인 郞中의 별칭이다. 원풍 관제 개혁 후 28司로 늘었지만 수·당대 이래의 오랜 관습으로 여전히 24司 郞中이라고 칭하였다. 6부의 장관인 尙書와 차관인 侍郞 바로 아래의 직급으로 국정 실무를 처리하는 중요 직책이다. 주지사 경력이 있으면 郞中을, 없으면 員外郞을 임명하였다. 원풍 관제 개혁 이후 종6품이었다. 郞·郞官·尙書郞 등의 별칭이 있다.

漢州德陽人劉小五郎, 已就寢, 聞門外人爭鬨. 一卒入呼之, 不覺隨
以行, 回顧, 則身元在床上, 審其死, 意殊愴然. 才及門, 見老嫗攜一女
子, 氣貌悲忿. 別有兩大神, 自言城隍及里域主者, 取大鏡照之, 寒氣
逼人, 毛髮皆立, 其中若人相殺傷狀. 二神曰: "非也. 此女自爲南劍州
劉五郎所殺, 君乃漢州劉小五郎, 了無相干. 吾固知其誤, 而早來必欲
入君門, 所以紛爭者, 吾止之不聽故也. 今但善還, 無恐." 女子聞此言,
汯然泣下, 歎曰: "茫茫尋不得, 漠漠歸長夜." 遂捨去. 劉生卽蘇.

한주 덕양현[26] 사람 유소오랑은 이미 잠자리에 들었는데 문밖에서
사람들이 다투는 소리가 들렸다. 한 병졸이 들어와 그를 불렀는데,
자기도 모르게 따라 걷고 있었다. 뒤를 돌아보니 자기 몸은 침상에
그대로 있어 자세히 살펴보니 죽어 있어 마음이 매우 슬펐다. 막 대
문에 다다르자 한 노파가 어떤 여자를 데리고 오는 것을 보았는데,
몹시 분해하며 슬퍼하는 모습이었다. 그 밖에도 두 명의 높은 신이
보였는데, 자신들이 성황묘와 이역사[27]의 신이라고 하였으며 큰 거울
을 가져와 유오소랑을 비추었다. 순간 한기가 엄습했고 모발이 모두
곧추섰으며, 거울 가운데는 사람들이 서로 죽이고 부상을 입히는 모

26　德陽縣: 成都府路 漢州 소속으로 현 사천성 중부의 德陽市 旌陽區로 成都市 북부
　　와 잇닿아 있다.
27　里域司: 도교의 신계 가운데 州縣의 城隍神 아래에 있는 하위 단위의 신으로서 坊
　　과 社를 관장하였다. 里域神祠라고도 한다.

습이 보였다. 두 신이 말하길,

"잘못되었다. 이 여자는 남검주[28]의 유오랑에 의해 살해되었다고 하였는데, 그대는 한주의 유소오랑이니 이 일과 전혀 관련이 없다. 내가 잘못된 것을 잘 알고 있었기에 일찍이 너의 집으로 가서 꼭 문을 열고 들어가려 했었다. 문 앞에서 싸웠던 것은 내가 말렸는데도 듣지 않았던 까닭이다. 지금 그저 잘 돌아가기만 하면 되니 두려워할 것 없다."

여자는 이 말을 듣고, 눈물을 흘리며 탄식하길,

"아득하구나, 찾아도 찾을 수가 없고, 막막하구나, 긴 밤을 돌아가야 하네."

마침내 포기하고 떠났다. 유소오랑은 곧 깨어났다.

---

28 南劍州: 福建路 소속으로 치소는 黔浦縣(현 복건성 南平市 延平區)이고 관할 현은 5개이며 州格은 刺史州이다. 四川의 劍州와 구분하기 위해 太平興國 4년(979)에 南劍州로 개칭하였다. 武夷山脈의 동남측으로 閩江과 建溪의 합류점이며 현 복건성 북서부에 해당한다.

羅赤脚名晏, 閩中人. 少時遇異人携以出, 歸而有所悟解. 宣和中, 或言於朝, 賜封'靜應處士', 張魏公宣撫陜・蜀, 延致軍中. 金虜攻饒風關, 盡銳迭出, 大將吳玠禦之, 殺傷相當, 猶堅持不去, 公以爲憂. 羅曰: "相公勿恐, 明日虜遁矣. 有如不然, 晏當伏鈇質以受誤軍之罪." 明日, 果引而歸. 公始敬異之, 連奏爲太和沖夷先生.

好遊漢州, 每至必館於王志行朝奉家, 王氏傳三世見之矣. 其事志行夫婦禮甚敬, 曰: "吾前身父母也." 紹興丙辰歲, 蜀大饑, 志行買妾於流民中, 姿貌甚麗. 羅見而駭曰: "此人安得在公家? 留之稍久, 得禍將不細, 當相爲除之." 命煮水數斗, 取竈下灰一籃, 喚妾前, 以巾蒙其首, 而注湯於灰上, 煙氣勃勃然, 妾即仆地, 蓋枯骨一具也. 羅曰: "渠來時經女僧否? 今安在?" 曰: "在某處." 亟呼之. 伺且至, 則又以巾蒙枯骨, 復爲人形, 擧止姿態與初時不異, 遂付于僧而取其直.

志行從弟志擧登第歸, 羅見之他所, 授以書一卷, 緘其外, 戒曰: "還家逢不如意事則啓之." 及家三日, 而聞母訃, 試發書, 乃畫一官人綠袍騎馬, 前列賀客, 最後輿一柩, 凶服者隨之而哭. 廣都龍華寺者, 宇文氏功德院也. 羅與主僧坐, 忽起曰: "房令人來." 僧驚問何在, 曰: "入祠堂矣." 僧謂其怪誕. 明日, 宇文侍中信至, 其妻房氏, 正以前一日死.

嘗往楊村鎭, 館於陳氏, 夜如廁, 奔而還曰: "異事異事! 適四白衣人踰垣入圈中." 陳氏皆懼. 羅曰: "無預君事, 明晨當知之." 及旦, 圈人告羊生四子. 紹興三十年, 在鹽亭得疾, 寓訊如溫江, 求迎於李芝提刑家. 李遣數僕來, 羅病良愈, 即上道. 戒其僕曰: "自此而左, 唯金堂路近, 且易行, 然吾不欲往, 願從廣漢或它塗以西, 幸無誤." 僕應曰: "諾." 退而背其言. 行抵古城鎭, 羅悶然不怡曰: "汝諸人必置我死地, 固語汝勿爲此來, 今無及矣." 是夕, 病復作. 古城者, 金堂屬鎭也. 又溫江而殂, 蜀人以爲年百七八十歲矣. 士人往問科名得失, 奇應如神, 茲不載.

자가 적각인 나안은 낭중[29] 사람이다. 어렸을 때 기인을 만났는데 그가 나안을 데리고 떠났고, 돌아왔을 때는 무엇인가 깨달은 바가 있었다. 선화 연간(1119~1125)에 어떤 사람이 조정에 청을 넣어 '정응처사'라는 봉호를 하사받았다. 위국공 장준[30]이 사천·섬서선무처치사[31]로 있을 때[32] 나안을 초청해 군중에서 지내게 하였다. 금로金虜[33]가 요풍관[34]을 공격해 오자 도통제[35] 오개[36]는 정예군을 번갈아 모두 출전

---

29 閬中: 利州路 閬州(현 사천성 南充市 閬中市)의 별칭이다. 秦惠王이 前314년에 閬 中縣을 설치한 이래 오래 사용된 지명이었다.

30 張浚(1097~1164): 자는 德遠이며 成都府路 漢州 綿竹縣(현 사천성 德陽市 綿竹 市) 사람이다. 아들 張栻과 함께 주전파의 대표적 인물이며 吳玠·劉錡·楊沂 中·虞允文 등과 楊萬里를 발탁하는 등 인재 발굴에도 큰 공을 세웠다. 建炎 3년 (1129) 苗傅와 劉正彦이 주도한 반란(苗劉兵變)의 와중에서 고종의 복위에 공을 세워 樞密院 지사가 되었다. 紹興 7년 劉光世 파직 후 갈등이 발생, 酈瓊이 반란을 일으켜 4만 병력을 이끌고 大齊로 투항하여 재상에서 물러났다. 秦檜가 권력을 쥔 뒤 20년간 한거하였다가 孝宗에 의해 발탁되어 북벌에 나섰지만, 符離에서 대패하였다. 隆興 1년(1163)에 魏國公에 봉해졌다.

31 宣撫處置使: 宣撫使는 변경의 군사 업무를 처리하기 위해 임시 설치한 고위 군 지휘 기구인 宣撫使司의 장관으로서 재상부터 최하 殿閣學士까지 從3품 이상의 고관이 맡았으며, 制置使·招討使·安撫使·轉運使·鎭撫使 등 모든 使職을 통제하였다. 한편 宣撫處置使는 단독 처결권을 부여한 데서 붙여진 명칭이다. 唐 開元 22년(734)에 지방 주현을 감찰하기 위해 采訪處置使를 처음 임명하였고, 후에 觀察處置使·都統處置使 등으로 다양해졌다. 宣撫處置使는 建炎 3년(1129)에 처음 임명하였다.

32 張浚은 建炎 4년(1130)에 川陝宣撫處置使로 부임하였다. 당시 장준이 관장하던 병력은 45,000명이었고 말은 5천 필이었다.

33 金虜: 북송 말 금을 가리키는 蔑稱으로, 金虜 외에 北虜로 쓰기도 하였다. 당시 대외 인식을 나타내는 용어이기에 그대로 사용하고 한자를 병기한다.

34 饒風關: 현 섬서성 安康市 石泉縣에 있는 관문이다. 紹興 3년(1133) 1월, 金軍이 섬서의 商州와 興元府(현 섬서성의 商洛市·漢中市)를 공격할 때 흥원부 지사 劉 子羽와 和尙原에 주둔하고 있던 吳玠의 원군이 합류하여 금군과 6일간 치열한 전투가 전개되었다. 결국 송군은 우회한 금군의 협공에 패하였으나 금군도 더 이상 전진할 수 없어 철군하였고, 송군은 추격전을 펴서 실지를 회복하였다.

시키며 막았다. 금군은 사상자가 상당하였으나 공세를 견지하며 물러나지 않자 장준이 근심하였다. 나안이 말하길,

"상공께서는 두려워하지 마십시오. 내일 금군이 물러날 것입니다. 만약 그렇지 않다면 제가 마땅히 도끼에 죽임을 당해 군대를 잘못 이끈 벌을 달게 받도록 하겠습니다."

다음 날, 과연 금군이 철수하였다. 이에 비로소 장준은 나안을 각별하게 공경하며 여러 차례 조정에 상주하여 '태화충이선생'이라는 봉호를 하사받게 해 주었다.

나안은 한주[37]로 놀러 가기를 좋아하여 매번 갈 때마다 반드시 조봉대부[38] 왕지행의 집에 머물렀다. 왕씨 집안의 3대가 그를 보았다. 그가 왕지행 부부를 모실 때 매우 공경하며 예를 다하였는데, 그가 말하길,

"내 전생의 부모셨습니다."

---

35 饒風關 전투가 발생할 무렵 吳玠의 직책은 鎭西軍節度使 겸 宣撫處置使都統制였다.

36 吳玠(1093~1139): 자는 晉卿이며, 秦鳳路 德順軍 隆德縣(현 감숙성 平涼市 靜寧縣) 사람이다. 젊은 나이에 西夏와의 전쟁에서 큰 공을 세웠고, 張浚이 富平戰에서 패한 뒤 都統制로서 잔여 부대를 모아 동생 吳璘과 함께 사천을 공략하려는 兀術 병력을 和尙原에서 격파하여 금과의 전투에서 최초의 대승을 거두었다(1131). 이듬해에는 仙人關에서 10만 금군을 다시 격파하여 사천·섬서로 진격하려던 금군의 공세를 차단하여 금군이 강남 공략에 집중할 수 없도록 하였다. 병력을 정예화하여 예산을 절감하고 둔전과 수리 개발에 힘써 주민의 지지를 받는 등 혁혁한 공적으로 開府儀同三司 및 四川宣撫使가 되었으나 과로로 사망하였다. 후에 涪王으로 추증되었다.

37 漢州: 成都府路 소속으로 치소는 雒縣(현 사천성 德陽市 廣漢市)이고 관할 현은 4개이며 州格은 刺史州이다. 현 사천성 중부 德陽市의 남쪽에 해당한다.

38 朝奉大夫: 문관 寄祿官 29개 품계 중 11위로 정5品上이었으나 원풍 3년(1080) 관제개혁 후 문관 寄祿官 30개 품계 중 19위, 종6품으로 바뀌었다.

이견병지 【一】

소흥 병진년(3년, 1133) 사천 지역에 큰 기근이 들었다. 왕지행이 유민 중에서 첩 한 명을 사들였는데, 그 용모가 매우 아름다웠다. 나안이 그녀를 보고는 놀라서 말하길,

"이 여자가 어찌하여 어르신의 집에 들어오게 되었습니까? 그녀를 조금이라도 오래 머물게 하면 장차 닥칠 화가 작지 않을 것입니다. 마땅히 제가 어르신을 대신해서 저 여자를 쫓아 버리겠습니다."

나안은 사람들에게 명해 물 몇 말을 끓이게 하고 아궁이 바닥의 재를 한 바구니 가져오게 한 뒤 그 첩을 앞으로 오라고 해서 수건으로 그 머리를 가리고 재 위에 끓는 물을 부어 김이 폴폴 올라오자마자 첩이 곧 땅에 엎어졌다. 그저 마른 해골 한 구에 불과하였다. 나안이 말하길,

"그녀를 데려올 때 중개인의 소개를 거쳤는지요? 그 중개인은 지금 어디에 있는지요?"

왕지행이 대답하길,

"모처에 있습니다."

나안은 급히 그 중개인을 불러오게 했다. 중개인이 오기를 기다려 다시 수건으로 해골을 덮자 첩은 다시 사람의 모양으로 바뀌었고, 행동거지와 자태가 처음과 다르지 않았다. 마침내 그 중개인에게 그 여자를 돌려주고 돈도 돌려받았다.

왕지행의 종형제인 왕지거가 과거에 합격하여 돌아왔는데, 나안은 다른 처소에서 그를 보더니 왕지거에게 책 한 권을 주면서 책 바깥 부분을 봉하고는 주의하라면서 말하길,

"집으로 돌아가 원하지 않는 일을 당하거든 열어 보시오."

집에 도착하여 사흘이 되었을 때 어머니가 돌아가셨다는 부음을

들게 되자 시험 삼아 그 책을 펼쳐 보았더니 한 관원이 녹색 도포를 입은 채 말을 타고 있고, 앞으로는 하객들이 줄지어 있으며, 마지막에 영구를 모신 상여와 상복을 입은 자들이 수레를 따르며 울고 있는 그림이 있었다.

성도부 광도현의 용화사는 우문씨의 공덕원[39]이다. 나안은 주지와 함께 앉아 있다가 갑자기 일어나 말하길,

"영인[40] 방씨가 오십니다."

주지가 놀라 어디에 계시느냐고 묻자, 나안이 대답하길,

"사당으로 들어가셨습니다."

주지는 나안의 말이 괴이하고 황당하다고 여겼다. 다음 날 시중[41] 우문씨가 편지를 보내와 알리기를 그의 아내 방씨가 바로 하루 전날 죽었다고 하였다.

일찍이 나안이 양촌진에 갔을 때 진씨 집에서 머물렀는데, 밤에 변소를 가다가 뛰어 돌아와 말하길,

"기이한 일이다, 기이한 일이야! 마침 백색 옷을 입은 자 네 명이 담을 넘어 채마밭으로 들어오고 있어!"

---

39 功德院: 송대에는 황실과 사대부는 물론 富商에 이르기까지 사당 대신 가묘 부근에 가묘를 관리하고 제사 지낼 수 있는 사찰을 세우는 것이 일반적인 풍조였다. 그 규모와 권한 등에 따라 功德寺·墳寺·墳庵 등으로 나누지만 명확한 구분이 있는 것은 아니며 통상 功德院 또는 功德墳寺라고 칭하였다. 공덕분사는 개인 재산에 속하였고, 특권층 소유여서 지나친 확대로 인한 부작용이 적지 않았다.

40 令人: 종4품인 太中大夫 이상, 종3품인 侍郞 이하의 관원 아내와 모친에게 부여한 外命婦 호칭이다.

41 侍中: 秦에서 처음 설치한 이래 주로 재상에 대한 加官으로 쓰였다. 송조는 재상 가운데 시중 직을 받은 이가 5명에 불과할 정도로 매우 높은 명예직이었다.

이견병지 【一】

진씨 집안 사람들은 모두 두려워했다. 나안이 말하길,

"당신 집에 별 영향이 없을 것이오. 내일 새벽이 되면 마땅히 알게 될 것이오."

새벽이 되자 양이 새끼 네 마리를 낳았다고 채마밭을 관리하는 사람이 알려 왔다.

소흥 30년(1160), 나안은 동천부 염정현[42]에서 병이 들었다. 그는 성도부 온강현[43]으로 편지를 보내서 제점형옥공사[44] 이지의 집에서 맞아 주기를 청했다. 이지가 여러 명의 노복을 보내왔다. 나안의 병은 조금 좋아져 곧 길을 나섰다. 그는 노복들에게 당부하길,

"여기서부터는 왼쪽으로 갑시다. 성도부 금당현[45]을 경유하는 길이 가깝고 가기에도 쉬우나 나는 그리로 가기를 원치 않는다오. 원컨대 한주나 또는 다른 길을 이용해서 서쪽으로 가면 좋을 것 같으니 착오가 없길 바라오."

노복들은 "알겠습니다"라고 대답하고는, 물러나더니 그의 말을 어기었다. 고성진에 이르렀을 때 나안은 답답해하고 언짢아하며 말하길,

"너희들이 분명 나를 사지로 몰아넣었구나. 너희에게 이 길로 절대 오지 말라고 말했는데. 지금은 후회해도 이미 늦었구나."

---

42 鹽亭縣: 潼川府路 潼川府 소속으로 현 사천성 북중부 錦陽市 동남쪽의 鹽亭縣에 해당한다.
43 溫江縣: 成都府路 成都府 소속으로 현 成都市 도심 서북쪽의 溫江區에 해당한다.
44 提點刑獄公事: 각 路의 법률·사건 수사·형사 업무·권농·관리 고과 등을 맡은 提點刑獄司의 장관이다. 그 지위는 京畿路를 제외하고는 轉運使 바로 아래 직급이기 때문에 주지사를 역임한 고위직 관리로 보임하였다. 약칭은 提刑이다.
45 金堂縣: 成都府路 成都府 소속으로 현 成都市 동북부 金堂縣에 해당한다.

이날 저녁 나안의 병이 다시 심해졌다. 고성진이라는 곳은 금당현 관할의 진이다. 다시 온강현에 다다랐을 때 죽고 말았다. 사천사람은 그의 나이가 이미 170~180세가 되었다고 여겼다. 사인들은 왕왕 그에게 찾아가 과거의 급제 여부 등을 물었는데 기묘하게도 귀신같이 잘 맞췄다. 여기에서는 일일이 적지 않겠다.

趙縮手者, 不知其名, 本普州士人也. 少年時, 父母與錢, 令買書於成都, 及半塗, 有方外之遇, 遂棄家出遊. 至紹興末, 蓋百餘歲矣. 喜來彭·漢間, 行則縮兩手於胸次, 以是得名. 人延之食, 不以多寡輒盡. 飮之酒, 自一盃至百盃, 皆不辭. 或終日不飮食, 亦怡然自樂. 嘗於醉中放言文潞公入蜀事, 歷歷有本末. 他日, 復詢之, 曰: "不知也."

黃仲秉家寫其眞事之. 成都人房偉爲贊云: "養氣近術, 談道近禪, 被褐懷玉, 其樂也天. 欲去卽去, 欲住卽往, 縮手袖間, 孰測其故?" 趙見而笑曰: "養氣安得謂之術? 禪與道一也, 安有二? 我縮手於胸, 非袖間也." 取筆續曰: "似驢無嘴, 似牛無角, 文殊·普賢, 摸索不著." 又自贊曰: "紅塵中, 白雲裏, 好箇道人活計. 無事東行西行, 有時半醒半醉. 相逢大笑高談, 不是胡歌虜沸. 除非同道方知, 同道世間有幾?"

綿竹人袁仲舉久病, 起, 遇趙過門, 邀入, 飮以酒, 問曰: "吾疾狀如此, 先生將奈何?" 趙不答, 但歌詞一闋曰: "我有屋三間, 柱用八山, 周回四壁海遮闌. 萬象森羅爲斗栱, 瓦蓋靑天, 無漏得多年, 結就因緣. 修成功行滿三千, 降得火龍伏得虎, 陸地通仙." 云: "此呂洞賓所作也, 吾亦有一篇." 又歌曰: "損屋一間兒, 好與支持. 休敎風雨等閑欺, 覓箇帶修安穩路, 休遣人知. 須是著便宜, 運轉臨時. 祆知險裏卻防危, 透得玄關歸去路, 方步雲梯." 歌罷, 滿引數杯, 無所言而去. 仲秉正與偕行, 徐問其故, 曰: "觀吾詞意可見矣." 後旬日, 袁果死.

什邡縣風俗, 每以正月作衛眞人生日, 道衆畢會. 趙亦往, 寓於居人謝氏, 先一夕告之曰: "住君家不爲便, 假我此榻, 吾將有所之." 拂旦, 徑趨對門小寺, 得一室, 據榻趺坐. 傍人怪其不言, 就視, 已卒矣. 會者數千人, 爭先來觀, 以香火致敬. 越三日火化, 其骨鉤聯如鎖子云.

조축수라는 이는 그 이름을 알 수 없는데, 본래 보주[46]의 사인이었다. 어렸을 때 부모가 그에게 돈을 주며 성도부에 가서 책을 사서 가져오라고 하였는데, 가는 도중 도사를 만나자 마침내 집을 버리고 떠나 유랑하였다. 소흥 연간(1131~1162) 말년에 이르러 대개 백여 세가 되었다. 그는 팽주[47]와 한주 사이를 오가며 지내는 것을 좋아하였고, 다닐 때는 두 손을 가슴에 가지런히 모으고 다니어 '축수'라는 이름을 얻었다.

사람들이 그를 청해 음식을 대접할 때는 많고 적음을 가리지 않고 매번 다 치웠다. 술을 마실 때는 한 잔이건 백 잔이건 사양하는 일이 없었다. 하지만 어떤 날은 종일 음식을 먹지 않아도 또한 스스로 즐거이 지냈다. 일찍이 취한 중에 노국공 문언박[48]이 사천에 들어왔던 일에 대해 마구 떠들기도 하였는데, 그 본말을 정확히 말하였다. 하지만 다른 날 그에게 다시 물어보니 답하길,

"모릅니다."

자가 중병인 황균의 집에서는 그의 초상을 그리고 모셨다. 성도부

---

46 普州: 梓州路 치소는 安岳縣(현 사천성 資陽市 安岳縣)이고 관할 현은 3개이며 州格은 刺史州이다. 현 사천성 중동부의 資陽市 동북쪽과 遂寧市의 남쪽에 해당한다.

47 彭州: 成都府路 소속으로 치소는 九隴縣(현 사천성 成都市 彭州市)이고 관할 현은 3개이며 州格은 刺史州이다. 현 成都市 城區의 서북쪽에 해당한다,

48 文彦博(1006~1097): 자는 寬夫이며 河東路 汾州 介休縣(현 산서성 晉中市 介休市) 사람이다. 潞國公에 봉해져 潞公이라고도 칭한다. 92세까지 장수하였고, 仁宗·英宗·神宗·哲宗까지 4대에 걸쳐서 추밀사와 재상은 물론 太師 등 고위직을 맡아 出將入相하기를 50년, 극심한 당쟁의 와중에도 관직을 유지하여 관운이 좋기로 유명하였다. 왕안석의 신법에 반대하였으며, 서하의 공세를 성공적으로 막았고, 조세부담을 줄여 주기 위한 병력 감축과 군 정예화를 주장하였다. 서예가로도 유명하다.

사람 방위가 그 초상화에 찬문[49]을 쓰길,

기를 양생하는 것은 도술術에 가깝고 도를 논하는 것은 선禪에 가까우며,
어질고 유덕하나 세상에 알려지기를 원치 않으니[50] 그 즐거움은 하늘의
것이라.

가고자 하면 가고 오고자 하면 오며,
손을 모아 소매 사이에 두니 누가 그 까닭을 알리오?

조축수가 이를 보고 웃으며 말하길,
"기를 양생하는 것을 어찌 도술이라 일컬을 수 있소? 선과 도는 하
나인데 어찌 둘이라 할 수 있겠소? 나는 손을 가슴에 모을 뿐 소매 사
이는 아니라오!"
그는 붓을 들어 계속하여 쓰길,

당나귀와 비슷하나 주둥이가 없고, 소와 비슷하나 뿔이 없으니,
문수보살과 보현보살은 더듬어 찾아도 찾을 수 없네.

또 스스로 찬문을 쓰길,

속세에 있는 것도 자연 속에 있는 것도
모두 도인의 살 궁리라네.

---

49 贊文: 인물에 대한 頌揚을 주 내용으로 하는 문장 형식을 말한다. '贊'이라고도 한다.
50 被褐懷玉: 어질고 덕 있는 사람이지만 세상이 알지 못하거나 알려지기를 원치 않
     는다는 말이다. 가난한 출신이지만 진정한 재능과 학식을 갖추고 있다는 뜻으로
     도 쓰인다. 『道德經』에서 유래하였다.

아무 일 없이 동쪽으로 가고 서쪽으로 가며,
어떨 때는 반쯤 깨어 있고 어떨 때는 반쯤 취해 있네.

서로 만나면 크게 웃고 고담준론을 나누노니,
오랑캐의 노래나 울분은 아니리라.

오직 같은 길을 가는 사람만이 비로소 알 것이나,
같은 길을 가는 사람이 세간에 몇이나 되리?

한주 면죽현[51] 사람 원중거는 오랜 병으로 앓고 있었는데, 일어나
더니 조축수가 집 앞을 지나는 것을 보고 그를 맞이하여 들어오게 하
고는 술을 대접하며 묻길,
"나의 병세가 이와 같으니 선생에게 어떤 방법이라도 있습니까?"
조축수는 대답은 하지 않고 아래와 같은 한 편의 가사만 써 주었다.

나는 세 칸의 집이 있는데,
주변의 여덟 개 산을 기둥으로 삼았고,
주위의 네 벽은 바다로 난간을 삼았네.

삼라만상이 두공이며,[52] 푸른 하늘로 기와를 삼아,

---

51 綿竹縣: 成都府路 漢州 소속으로 현 사천성 중부 德陽市 북서쪽의 綿竹市에 해당
한다.
52 斗栱: 목조 건축물에서 처마를 지탱하기 위해 기둥 위에 엮은 까치발의 목조 구조
물을 말한다. 斗는 凹자형의 받침목이고, 拱은 ㄴ자형으로 길게 뻗은 목재로서 두
부재를 교차해서 조금씩 밖을 향해 쌓아 올려서 처마 끝을 높이 쳐들게 한다. 송대
에는 두공을 鋪作, 청대에는 斗科라고 했고, 강남에서는 牌科라 불렀다. 우리나라
에서 拱包라고 했고, 배치에 따라 柱心包 · 多包 · 翼工樣式으로 구분한다. 이 가
운데 주심포 양식은 남송 건축양식의 영향을 받은 것이다.

새는 곳 없이 여러 해를 지냈으며, 모두 맺어져 인연이 되었네.

삼천 년 가득 공덕을 닦아 채웠으니,
아래로 내려오면 화룡이 되고, 엎드려 기면 호랑이가 되며,
육지에서 신선이 되었네.

그가 이르길,
"이것은 여동빈[53]이 지은 것이오. 나 역시 한 편을 지었다오."
그가 다시 읊조리길,

낡은 집 한 칸, 겨우 지탱하고 있다네.
한가로이 바람과 구름더러 은근히 쉬어 가라 하고,
허리띠를 찾아 편안하고 좋은 길을 닦으며,
한가로이 사람을 보내 그 일을 맡게 했네.

반드시 편의에 따르면 될 것이며,
움직이는 것은 시간에 따르면 되는 것.

괴이하게도 험난한 가운데 곧 위기를 막아야 할 것을 알지만,
현관을 뚫어야 돌아갈 길이 있으니,
바야흐로 구름사다리를 건너는 수밖에 없다네.

---

53 呂洞賓: 이름은 嵒 또는 巖이고, 자는 동빈, 호는 純陽子이며, 唐 河東道 芮州 芮城
縣(현 산서성 運城市 芮城縣) 사람이다. 終南山에서 수도한 八仙의 한 사람으로
전해지며 많은 신비한 고사의 주인공이 되었다. 華陽巾을 즐겨 쓰고 황백색의 襴
衫을 입고 검을 들고 큰 비단 끈을 매고 다닌다고 알려졌으며, 잡극의 주인공으로
송대 민간에서 가장 환영받는 신선 가운데 하나였다.

노래가 끝나자 여러 잔을 술로 가득 채워 마시고는 아무런 말도 없이 가 버렸다. 마침 황중병이 그와 동행하고 있었기에 천천히 그 까닭을 물어보니 조축수는 답하길,

"나의 노래 가사의 뜻을 보면 알 수 있다오."

열흘이 지나니 정말로 원중거가 죽고 말았다.

한주 십방현[54] 풍속에는 매번 정월을 위진인의 생일로 삼아 도사들이 반드시 모이곤 하였다.[55] 조축수 역시 가서 주민 사씨의 집에 머물렀다. 위진인 생일 전날 저녁 사씨에게 말하길,

"그대의 집에 머무는 것은 편하지 않소이다. 나에게 이 침상을 빌려주면 내가 곧 갈 곳이 있소."

새벽이 되자 곧바로 문 앞의 작은 절로 가서 방 한 칸을 얻어 침상에 의지하여 가부좌를 틀고 앉았다. 옆에 있던 사람들은 그가 아무 말도 하지 않는 것을 괴이하게 여겼다. 가서 보니 이미 죽어 있었다. 그곳에 모인 자가 수천 명이었는데 앞다투어 와서 보며 그에게 예를 다하여 향을 피웠다. 조축수는 사흘 후 화장하였는데, 그 뼈가 모두 쇠사슬처럼 연결되어 있었다고 한다.

---

54 什邡縣: 成都府路 漢州 소속으로 현 사천성 중부 德陽市 북서쪽의 什邡市에 해당한다.

55 大中祥符 2년(1009)에 眞宗이 전국 주현마다 도관인 天慶觀을 건립하게 하여 도교가 번성하게 되었는데, 이들 도관과 상인 조직인 行會가 결합하여 지방신을 모시는 '香會' 활동이 크게 성행하게 되었다. 본문의 위진인 관련 기록도 이런 향회활동의 일부로 보인다.

興州長道民以釣魚爲業. 家在嘉陵江北, 每日必挐小舟過江南, 垂
綸於石上, 至晡而返. 老矣, 尙自力不輟. 一日, 且暮, 猶不歸, 妻子遙
望之, 民宛然據石如常. 時而呼之, 不應, 疑以爲得疾. 其子遽鼓棹往
視, 見蓑衣覆其體. 是日未嘗雨, 民元不持蓑笠行. 旣至, 已死. 但蚯蚓
遍滿身中, 唓嗸不置, 若披蓑茸茸然. 蓋平生取魚用蚓爲餌也.

홍주 장도현[56]의 한 촌민은 낚시질로 업으로 삼고 있었다. 집은 가
룽강[57]의 북쪽에 있었는데, 매일 작은 배를 끌고 강의 남쪽으로 건너
가 반석 위에서 낚시를 드리우고 저녁이 되어서야 돌아갔다. 늙어서
도 열심히 일하며 멈추지 않았다. 하루는 해가 저물 무렵인데도 여전
히 돌아가지 않고 있었다. 아내가 멀리서 바라보니 남편이 여느 때와
전혀 다름없이 반석에 웅크리고 있었다. 가끔 남편을 불렀지만 대답
하지 않아 혹 아픈 것이 아닌지 의아해하였다. 노인의 아들이 급히
노를 저어 가서 보니 도롱이로 그 몸을 덮고 있는 것 같았다. 그날은

---

56 長道縣: 秦鳳路 岷州 長道縣(현 감숙성 隴南市 禮縣)과 利州路 西和州 長道縣(현
　감숙성 隴南市 宕昌縣)이 있다. 반면 利州路 興州(현 섬서성 漢中市 略陽縣)에는
　장도현은 없고 長擧縣(현 略陽縣 白水江鎭)이 있다. 이들 3개 현 모두 현 감숙과
　섬서의 경계선에 있어 인접하긴 했지만 홍주에 장도현이 없으므로 오류가 있어 보
　인다.
57 嘉陵江: 섬서성 寶鷄市 鳳縣의 秦嶺산맥에서 발원하여 감숙과 사천을 경유하여 중
　경시에서 장강과 합류하는 강이다.

비가 온 일이 없었고 노인은 원래 도롱이와 삿갓을 가지고 가지 않았었다. 가까이 가서 보니 이미 죽어 있었다. 다만 지렁이가 온몸에 기어 다니고 있었는데, 그를 물어뜯으며 놓아주지 않았다. 지렁이가 몸을 덮은 것이 마치 도롱이를 엮은 풀처럼 보인 것이다. 아마도 평생 물고기를 낚으며 지렁이를 미끼로 삼았기 때문일 것이다.

　장로 수약 스님 守約長老

漢州楊村鎮三聖寺長老守約, 彭州人, 元受業於州之白鹿山. 旣死,
其弟子在山中者夢之曰: "吾已託身異類, 只在山下某人家, 宜來視我."
弟子覺而泣. 明日, 往訪焉, 得一犬, 四體純黑, 唯腹下白毛一叢, 儼然
成'守約'兩字, 乃贖取以歸.

한주 양촌진의 삼성사 장로 스님 수약은 팽주 사람인데, 원래 팽주
의 백록산[58]에서 공부하였다. 그가 죽고 난 뒤, 그 제자 가운데 산중
에 있는 자가 꿈에서 그를 보았는데, 수약이 말하길,

"나는 이미 다른 부류로 환생하여 산 아래 모씨 집에 있으니 마땅
히 와서 나를 보아야 하지 않겠느냐."

제자가 잠에서 깨어나 울고는 다음 날 찾아가 보니 개 한 마리가
있었다. 개의 몸은 온통 검은 털로 덮여 있었으나 배의 아래쪽에만
하얀색 털로 뒤덮인 부분이 있었고, 분명하게 '수약' 두 글자가 쓰여
있었다. 제자는 돈을 주고 그 개를 데려왔다.

58　白鹿山: 사천성 成都市 彭州市에 있다.

주 진인^{朱眞人}

成都民李氏, 居郡城北. 嘗有丐者至, 容體垢汚可憎, 與之錢, 不肯
去, 叱逐之, 入于門側, 遂隱不見. 李氏雖怪吒, 然不測爲何人. 後三
日, 別一道士至, 顧其家人言曰: "汝家光采頓異, 殆有神仙過此者."
曰: "無之." 道士指左扉拱手曰: "此靈泉朱眞人象也." 始諦視之, 面目
冠裳, 歷歷可辨. 道士曰: "眞人來而君不識, 豈非命乎? 吾能以繪事加
其上, 當爲君出力, 使郡人瞻仰." 卽探囊中取丹粉之屬, 隨手點綴, 俄
頃間而成. 美髥長眉, 容采光潤, 宛然神仙中人. 李氏驚喜, 呼妻子稽
首百拜. 道士曰: "猶有一處未了, 吾只在對街天慶觀, 今姑歸, 晚當復
來." 不揖而出. 過期, 杳不至. 就問之, 蓋未嘗有此人也. 李氏愈恨其
不遇, 揭扉施觀中. 張忠定參政爲府帥, 爲建小殿以奉焉.

성도부 주민 이씨는 부성의 북쪽에 살고 있었다. 한번은 어떤 거지
가 집에 왔는데 온몸에 때와 덕지덕지해 역겨울 정도였다. 그에게 돈
을 주었는데도 가려고 하지 않자 꾸짖으며 내쫓았는데, 사립문 옆으
로 들어가더니 곧장 숨어서 보이지 않았다. 이씨는 비록 괴이하다고
여기면서도 그가 어떤 사람인지 알 수 없었다. 사흘 후 한 도사가 와
서 이씨 집안사람들을 돌아보며 말하길,

"당신네 집은 광채가 남다르니 신선이 이곳을 다녀간 것이 분명할
것이외다."

가족들이 말하길,

"그런 일 없었습니다."

도사가 왼쪽 사립문을 가리키더니 손을 모으고 말하길,

"이는 영천 주 진인의 모습입니다."

비로소 자세히 살펴보니 얼굴과 의관을 분명히 판별해 낼 수 있었다. 도사가 말하길,

"주 진인이 오셨어도 그대가 알아보지 못하였으니, 어찌 운명이 아니랄 수 있겠소? 내가 능히 그 위에 진인의 모습을 그려 둘 터이니, 진인이 마땅히 그대를 위해 힘쓸 것이오. 성도부 주민에게 와서 보고 모시게 하시오."

곧 자루에서 단사 가루 같은 것을 꺼내어 손이 가는 대로 선을 이으니 잠시 후 초상화가 완성되었다. 아름다운 수염과 긴 눈썹에 광채 나는 얼굴빛까지 완연한 신선의 모습이었다. 이씨가 놀라고 기뻐하며 아내를 불러 머리를 조아리고 백 번 절하게 하였다. 도사가 말하길,

"아직 한 곳이 마무리되지 않았다오. 나는 맞은편 거리에 있는 천경관[59]에 머물고 있는데, 잠시 돌아갔다가 저녁이 되면 다시 돌아오겠소."

그는 인사도 하지 않고 나갔으나 시간이 지나 어두워져도 오지 않았다. 가서 물어보니, 천경관에는 그런 사람이 본래부터 없었다. 이씨는 그를 만나지 못할까 더욱 걱정되어 사립문을 걸어 천경관에 시주하였다. 참지정사 장영[60]은 당시 익주[61] 지사였는데,[62] 작은 전각을

---

[59] 天慶觀: 玉淸元始天尊·上淸靈寶天尊·太淸道德天尊 등 도교의 최고신을 모시는 곳이다. 북송 眞宗은 澶淵의 맹약을 체결한 뒤 수세에 몰린 자신의 정치적 위상을 제고하기 위해 天書를 조작하고 전국 각지의 도관을 천경관으로 개칭하게 하고 적극적으로 후원하였다.

세워 모시게 하였다.

60 張咏(946~1015): 호는 乖崖이며 京東西路 濮州(현 산동성 荷澤市 郞城縣) 사람이
다. 북송이 사천 지역을 점령한 뒤 잔폭한 수탈을 일삼아 王小波・李順 등의 반란
이 발생하였다. 장영은 益州 지사로 부임하여 반란의 후유증을 잘 수습하여 御史
中丞으로 승진하였고 工部尙書・禮部尙書를 역임하였다. 후에 忠定으로 추증되
었다. 장영은 景德 2년(1005)에 세계 최초의 지폐인 交子를 만든 인물로도 유명하
다. 본문에서 장영을 가리켜 참지정사라고 했으나 장영은 참지정사를 역임한 것
이 아니라 정3품인 樞密直學士에 그쳤다.

61 益州: 成都府路 成都府(현 사천성 成都市)이다. 益州는 사천과 漢中분지를 포괄하
는 지명으로 『尙書』 「禹貢」에 처음 등장하였고, 한 무제 元封 5년(前106)에 전국
13개 州의 하나로 益州가 설치된 뒤 蜀과 함께 사천을 가리키는 행정지명으로 쓰
였다. 至德 2년(757) 成都府가 설치되면서 익주와 번갈아 사용되었는데 嘉祐 4년
(1059)에 益州路가 成都府路로 바뀌면서 익주가 더는 성도를 가리키는 지명으로
쓰이지 않았다.

62 淳化 4년(993)에 일어난 王小波와 李順의 반란을 진압하고 成都府를 탈환한 이듬
해, 태종은 반군의 본거지인 成都府를 益州로 강격시켰다. 그리고 張咏을 익주 지
사로 임명하였다. 익주는 嘉祐 4년(1059)에 다시 성도부로 승격되었다.

　　儀州華亭人聶從志, 良醫也. 邑丞妻李氏, 病垂死, 治之得生. 李氏
美而淫, 慕聶之貌, 他日, 丞往傍郡, 李僞稱有疾, 使邀之. 伺其至, 語
之曰: "我幾入鬼錄, 賴君復生. 顧世間物無足以報德, 願以此身供枕席
之奉." 聶驚懼, 但巽詞謝. 李垂涕固請, 辭情愈哀. 聶不敢答, 趨而出,
徑還家. 再招不復往. 迨夜, 李盛飾冶容, 扣門就之, 持其手曰: "君必
從我." 聶絶袖脫去, 乃止, 亦未嘗與人言.

　　後歲餘, 儀州推官黃靖國病, 陰吏逮入冥證事. 且還, 一吏揖使少留,
將有所睹. 又行, 至河邊, 見獄吏捽一婦人, 持刀剖其腹, 擢其腸而滌
之. 傍有僧語曰: "此乃子同官某之妻也. 欲與醫者聶生通, 聶不許. 見
好色而不動心, 可謂善士. 其人壽止六十, 以此陰德, 遂延一紀, 仍世
世賜子孫一人官. 婦人減算, 如聶所增之數. 所以蕩滌腸胃者, 除其淫
也."

　　靖國素與聶善, 旣甦, 密往詢之. 聶驚曰: "方私語時, 無一人聞者,
而奔來之夕, 吾獨處室中, 此唯婦人與吾知爾, 君安所得聞?"靖國具以
告, 由是播於衆口. 時熙寧初也. 王敏仲『勸善錄』書其事, 他曲折甚
詳, 然頗有小異, 又無聶君名及李氏姓. 聶死後, 一子登科. 其孫曰圖南,
紹興中爲漢州雒縣丞, 屬仙井喻迪孺汝礪作隱德詩數百言, 以發潛德.

　　其詞曰: 太虛八境初無二, 中有道人常洞視. 借問道人何等公? 從志
其名聶其氏. 華亭春酣戰桃李, 香氣入簾人破睡. 凌波微步度勞塵, 梔
子同心傳密意. 道人不動如澄水, 看破新裝小年紀. 回身向郎郎忍棄,
愁眺月華空掩涕. 含羞轉態春百媚, 而我定心初不起. 世人悠悠初未
知, 故有冥籍還見記.

　　儀州判官臨穎生, 良原甲夜黃衣吏. 手提淡墨但倉黃, 門列陰兵更
奇傀. 昧爽堂皇勢呀豁, 玉帶神君氣高厲. 靖國再拜呼使前, 案頭吏抱
百葉紙. 數行具書一善事, 聶君夜却淫奔李. 由來胸中無濁見, 前塵百

暗心常止. 一室超然方隱几, 入眼狂花亂飄墜. 定情豈復顧條脫, 合歡
未許同陽燧. 坐令密行動幽祇, 棘使華年增一紀.

出門仍問紫衣翁, 陰誅與世無差異. 百葉部中分次第, 忠孝棄捐神
所劓. 殺生之報定何如? 朝生暮死蜉蝣爾. 踏翠裁紅可憐姝, 濯足瓊漿
被鞭箠. 房公湖邊秋色裏, 阿孫圖南前拜跪. 扣頭授我如上事, 願謁英
篇書所以.

我聞南曹北曹尺有咫, 天知地知元密邇. 豈惟妙藥徹五藏, 況復寶
鑑懸千里. 幽中諒有鬼能言, 密處須防牆有耳. 諸生擧止雖細微, 動念
觀心實幽邃. 端知天上戊申錄, 記盡人間不平地. 東鄰西舍總不知, 卻
有鬼神知子細. 障礙爲壁通爲空, 只有此心難掩蔽. 云何是中有明暗,
至行通神裁一理. 道人兩眼無赤眚, 揩定人間幾眞僞. 趙驊已矣馬元
死, 郡有隱德如君子.

嗟我諸生苦流轉, 奔色奔聲復奔味. 其間貪魃尤陰詭, 收索携提入
饞喙. 都兒阿對共揶揄, 笑殺官人常夢寐. 雖云幽暗巧規避, 僮僕羞之
那不愧? 哀哉詭譎王冀公, 未省胡顔向祁睿. 我愛昔人尤簡貴, 寡欲淸
眞有高氣. 曠然澹處但眞獨, 胸中豈復留塵累. 生死幽明了不期, 是心
默與神明契. 王忱繡被下庭堂, 李約寶珠存含襚. 九原可作吾與歸, 斂
膝容之想幽致.

喻公詩頗奇澀, 或不可曉云.(此卷皆黃仲秉云.)

의주 화정현[63] 사람 섭종지는 훌륭한 의사이다. 현승[64]의 아내 이

63 華亭縣: 秦鳳路 儀州 소속인데 徽宗 때 渭州 관할로 바뀌었다. 현 감숙성 동중부
   平涼市 남쪽의 華亭市에 해당한다.
64 縣丞: 현에서 지사의 뒤를 잇는 2인자로서 현의 업무 전반에 대해 관할하였다. 天
   聖 4년(1026)에 처음 임명하기 시작하여 崇寧 연간(1102~1106)에는 전국의 모든
   현에 다 임명하였다. 紹興 28년(1158)부터 1만호 이상의 큰 현에만 임명하였고,
   작은 현에서는 主簿가 겸직하였다. 품계는 현의 크기에 따라 정8품에서 정9품이

씨가 병으로 거의 죽어 가던 참이었는데 치료하여 살려 주었다. 이씨는 아름다웠으나 음란하여 섭종지의 풍모를 사모하게 되었다. 어느 날 현승이 이웃한 주에 간 사이 이씨는 거짓으로 병이 났다며 사람을 보내 성종지를 청해 오게 하였다. 그가 오기를 기다렸다가 말하길,

"저는 죽어서 저승의 명부에 거의 들어갈 뻔하였는데, 그대 덕분에 다시 살아날 수 있었습니다. 이 세상의 물건으로는 족히 그 덕을 갚을 길이 없으니 원컨대 이 몸을 바쳐 모심으로써 은혜를 갚으려 하나이다."

섭종지는 놀라 두려워하며 그저 공손한 말로 사양하였다. 이씨는 눈물을 흘리며 간곡하게 청하는데, 그녀의 말과 뜻이 더욱 애달팠다. 섭종지는 감히 대답하지 못하고 급히 나와 곧바로 집으로 돌아왔고, 그 뒤 다시 자신을 찾더라도 가지 않았다. 이씨는 밤을 틈타 화려하게 차려서 입고 야하게 화장한 후 섭종지 집의 문을 두드리며 들어와 손을 잡으며 말하길,

"그대는 꼭 내 말을 따라 주세요."

섭종지가 소매를 끊어 내고 도망가자 비로소 포기하였다. 섭종지 또한 일찍이 누구에게도 이 일을 발설한 일이 없었다.

일 년여가 지난 뒤, 의주 추관[65] 황정국이 병이 들어 명계의 서리가 체포하여 데려가더니 과거에 한 일을 입증하라 하였다. 돌아오려는

었다.

65 推官: 節度使·觀察使·防禦使·團練使·采訪處置使 등 군 지휘관을 보좌하는 幕職官으로서 節度推官·觀察推官·防禦推官·團練推官·軍事推官 등이 있으며 判官 바로 아래 직급이다. 원풍 관제 개혁 후 절도추관만 종8품이고 그 밖에는 정9품이었으나, 元祐 연간(1086~1093) 이후로는 모두 종8품이었다.

길에 한 서리가 읍을 하며 잠시 머물라고 하여 직접 본 바가 있었다. 다시 길을 나서서 강변에 이르자 한 옥리가 어떤 여자를 잡고 손에 든 칼로 배를 갈라 창자를 꺼내 물로 씻었다. 옆에 한 승려가 있어 말하길,

"이 여자는 그대의 동료 관원 모씨의 아내이다. 의사인 섭씨와 사통하고자 하였으나, 섭씨가 허락하지 않았다. 아름다운 여인을 보고도 동요하지 않았으니 섭씨는 훌륭한 사인이라 할 만하다. 그 사람은 수명이 60세까지였으나 이 음덕으로 12년이 더 연장되었고, 또 자손 가운데 대대로 한 명씩 관직에 오르게 될 것이다. 이 여자의 수명은 섭종지에게 수명이 더해진 해만큼 감해졌다. 내장을 꺼내 씻은 까닭은 그 음란함을 제거하기 위함이다."

황정국은 본래 섭종지와 잘 아는 사이로 다시 깨어나자 몰래 가서 그 일을 물어보았다. 섭종지가 놀라 말하길,

"당시 사사로이 말이 오갈 때 그 누구도 들은 이가 없었소. 도망 나온 저녁에도 나 홀로 방에 있었으니 그 일은 오직 그 부인과 나만 알 뿐인데 그대가 어디서 그 말을 들었소?"

황정국은 이에 모든 것을 상세히 말해 주었고, 이때부터 뭇 사람들 사이에 퍼지게 되었다. 그때가 희령 연간(1068~1077) 초였다. 자가 민중인 왕고[66]는 『권선록』에 이 일을 기록하였는데, 그 전후 사정을 매우 상세하게 적었지만 조금씩 다른 내용도 제법 있었다. 또 섭종지의

---

66 王古: 자는 敏仲이며 開封府(현 하남성 開封市) 사람이다. 廣州 지사와 禮部侍郎을 역임하였으며 선종에 심취하였다. 광주 지사로 있을 때 친우 蘇軾의 도움을 받아 대나무 통을 이용한 수도 시설을 만든 것으로도 유명하다.

이름도, 부인 이씨의 성도 누락되었다. 섭종지가 죽은 뒤 아들 하나
가 과거에 급제하였다. 손자인 섭도남은 소흥 연간(1131~1162)에 한
주 낙현[67]의 현승이 되었는데, 자가 적유인 선정감[68] 사람 유여려[69]에
게 조부의 은덕을 기리는 시 수백 자를 부탁하여 그 덕을 찬미하고자
하였다. 그 은덕시의 내용은 다음과 같다.

태허의 여덟 경지는 처음부터 둘이 아니며,
그 가운데 도인이 있어 항상 이를 꿰뚫어 보네.

삼가 여쭤보니 그 도인은 어떤 분인지요?
그의 이름은 종지이고 성은 섭이라.

화정현에 봄이 무르익어 복숭아 오얏이 다투어 자라니,
그 향기 드리워진 발 사이를 넘어와 사람들의 잠을 깨우네.

가볍고 얌전한 발걸음으로 세상살이의 번뇌를 건너오더니,
치자에 물들 듯 한마음이 되자며 은밀한 뜻 전해 왔네.

---

67 雒縣: 成都府路 漢州 소속으로 현 사천성 중부 德陽市 남쪽의 廣漢市에 해당한다.

68 仙井監: 成都府路 소속으로 치소는 仁壽縣(현 사천성 眉山市 仁壽縣·樂山市 井
     研縣)이며 관할 현은 2개이며 염정이 1개이다. 본래 陵州였는데(965~1071), 陵井
     監을 거쳐(1072~1112), 政和 3년(1113)에 仙井監으로 개칭하였다. 현 사천성 중
     남부의 眉山市 동쪽와 樂山市 북동쪽에 해당한다.

69 喻汝礪: 자는 迪儒이며 호는 三嵎로서 成都府路 眉州(현 사천성 眉山市) 사람이
     다. 금군의 공세에 직면하여 천도 논의가 있을 때 반대하였고, 張邦昌 즉위에 직언
     하고 관직을 버렸다. 建炎 1년(1127)에 四川撫諭官이 되었고 그 뒤로도 提點夔州
     路刑獄과 潼川府路轉運副使 등 사천에서 오래 활동하였으며, 禮部員外郎과 直秘
     閣學士를 역임하였다.

도인의 요동하지 않은 마음은 정화수 같아,
예쁘게 꾸민 마음 꿰뚫어 보니 그녀의 수명 12년이나 줄었네.

님을 차마 포기할 수 없기에 몸을 돌려 님을 향하곤,
근심 어린 마음으로 달빛을 바라보며 공연히 눈물을 훔치네.

부끄러움 머금은 봄날의 저 경치, 저 아름다운 자태,
그러나 내 확고한 마음은 처음부터 동하지 않네.

세상 사람들은 한가로이 처음에는 알지 못하다가,
명계를 다녀온 이가 있어 돌아와 기록으로 남았네.

의주의 판관 임영생은,
진실로 갑일 밤 누런색 옷을 입은 명계의 옥리를 만났네.

손에는 묽은 먹물을 들고 있어 오직 당황하였고,
문밖에 서 있는 명계의 병사들은 더욱 괴이하였네.

아득하나 맑고 크고 성대한 그 기세가 넓고 크며,
옥대를 한 신은 그 기세가 높고 엄했네.

황정국이 재배한 뒤 앞으로 불려 나갔고,
서리가 안고 있는 문서는 백여 장이라.

몇 줄에 걸쳐 한 가지 선한 일을 자세히 기록하고 있는데,
섭종지가 밤에 음란을 물리치고 이씨를 쫓아낸 것이라.

원래부터 마음속에는 탁한 생각이 없었고,
세속⁷⁰의 온갖 어둠에도 마음은 항상 그 자리였네.

이견병지【一】

온 방이 초연한 가운데 바야흐로 은밀하게 함께하려 했으니,[71]
억센 꽃 어지러이 날리다 떨어져 눈 안에 들어왔네.

애정의 징표가 있는데 어찌 다시 남의 팔찌를 돌아보겠나,[72]
남녀 결합의 기쁨은 같은 오목거울[73]을 허용치 않네.

마침내 은밀히 명계를 움직여,
곧바로 수명이 12년 늘어났네.

이에 문밖으로 나와 자색 옷을 입은 노인에게 물어보니,
명계의 징벌은 속세의 것과 다를 바 없다네.

백여 장의 문서 가운데는 순서가 나누어져,
충효가 버려지면 신은 코를 벤다네.

살생의 응보는 어떻게 정해져 있는가?
아침에 살고 저녁에 죽는 하루살이 신세일 뿐이네.

화려한 생활을 택한[74] 가련한 기녀여,

---

70 前塵: 불교에서는 '色·聲·香·味·觸·法'을 '6塵'이라 하고 눈 앞에 펼쳐진 이
  세상이 6진으로 이루어진, 일종의 虛幻이라고 하여 前塵이라 칭하였다. 후에 종전
  또는 과거의 경험한 일을 뜻하는 말로 쓰였다.
71 隱几: '낮은 탁자 위에 엎드려 잠을 잔다'는 뜻인 '隱几而臥'의 준말이다.
72 定情條脫: '定情'은 연인관계를 표하기 위해 서로 교환한 물건을 뜻하며 '條脫'은
  한 쌍으로 이루어진 나선형 팔찌를 뜻한다.
73 陽燧: 구리 등을 이용해 만든 금속제 오목거울로서 곡면율을 크게 하여 햇빛을 모
  은 뒤 말린 쑥에 불을 붙이는 일종의 부싯돌 역할을 하였다. 가장 양기가 성한 午
  월 午일 午시에 금속을 녹여 거울을 만들면 사악한 기운을 제압할 수 있는 신비한
  힘이 있다고 생각해 몸에 지니는 풍속이 있었다.
74 踏翠裁紅: 본래 '꽃을 꺾다'는 말로서 '화려함을 선택한다'는 비유로 쓰는 '裁紅點

맑게 씻은 발과 패옥, 풀 먹인 옷 위로 채찍이 내려치네.

방과 관청 옆 호수 가에는 가을 색이 완연한데,
손자 도남이 앞으로 나와 절을 하며 무릎 꿇었네.

머리를 조아리며 나에게 위와 같은 이야기를 하며,
글을 청하여 그 시말을 잘 써 주기를 원하였네.

내가 듣기로 남쪽 관아 북쪽 관아 모두 모르는 것이 없으니,[75]
원래의 비밀은 하늘이 알고 땅이 안다.

어찌 신통한 약만이 오장을 다스린단 말인가,
하물며 귀한 거울을 천리 밖에 다시 걸어 두리오.

그윽한 가운데 진실로 귀신은 능히 말할 수 있고,
비밀스러운 곳이라도 반드시 담장 너머에서 누가 들을 수 있음에 유의해
야 하리라.

무릇 사람의 행동거지는 비록 작고 미미하나,
생각을 요동시키고 마음을 관찰하는 것은 실로 아득하고 심오한 일이라.

때마침 천상의 『무신록』[76]을 알게 되니,

翠'를 변용한 것으로 보인다.

75 尺有咫: 陳惠公이 공자에게 돌화살촉이 달린 1척 1지(8寸) 길이의 화살을 보여 주
고 이것이 어디서 온 것인지 묻자 공자는 주 武王이 肅愼에게 공납 받은 화살을 딸
에게 주었고, 딸이 출가하면서 陳으로 가져온 것이라고 고증해 주었다. 이에 진혜
공이 창고에서 확인해 본 결과 공자의 말이 맞았음을 알게 되었다는 내용이다. 이
후 척유지는 박학다식함을 상징하는 말로 쓰인다. 『孔子家語』, 권4 「辯物」 제16
에서 유래하였다.

76 戊申錄: 사람들이 세상에서 행한 선악을 기록한 명계의 문서를 뜻한다.

불공평함으로 인한 인간사 분노를 모두 다 기록하였네.

동쪽의 이웃이나 서쪽의 사람들 모두 모르는데,
오히려 귀신만 자세히 알고 있었네.

가로막는 것은 벽이 되어 텅 빈 것과 통하니,
오직 이 마음만은 덮어 가릴 수가 없네.

어느 것이 중간이며 명암이 있는지 묻는다면,
지극한 행동으로 신과 통해야 하나의 이치를 헤아릴 수 있다네.

도인의 양쪽 눈에는 백태가 낀 일이[77] 없으리니,
인간의 일을 바르게 결정하여 진위를 헤아리네.

조화[78]도 세상을 떴고 마원도 사망하였는데
고을의 은덕이 있는 자는 군자와 같네.

아, 우리의 모든 살아서 겪는 고통은 돌고 돌며,
여색에 빠지고 음락에 빠지고 다시 탐식에 빠져드네.

그사이 탐욕스러운 가뭄의 귀신은 더욱더 음침하고 괴이해지며,
우리를 찾고 끌어들여 탐욕의 주둥이로 들어가게 하네.

---

77 赤眚: 赤眚은 전란의 재앙이 있을 징조를 뜻하나 眚은 '백태·허물' 또는 '일식·월
   식'을 뜻한다.
78 趙驊: 자는 雲卿이며 德州(현 산동성 德州市) 사람이다. 開元 연간에 과거에 급제
   하였으며 뛰어난 재능과 의협심을 지녔으나 관운은 순탄하지 못하였다. 乾元 연
   간 이후 비로소 試大理寺直 겸 監察御史, 試司議郞 겸 殿中侍御史, 膳部·比部員
   外郞, 膳部·倉部郞中을 거쳐 秘書少監을 역임하였다. 『新唐書』 권202에서는 趙
   驊를 顔眞卿 등과 함께 名士로 높이 평가하였다.

도성의 아이들이 마주하며 모두 야유하고,
관인들을 비웃으며 죽이고 항상 더러운 꿈을 꾸네.

비록 암암리에 교묘히 법규를 피한다고 하더라도,
어린 노복이 그것을 부끄러워하니 그건 부끄럽지 않나?

슬프도다! 왕흠약[79]은 간교하게 속이고도,
아무 반성도 없이 무슨 면목으로 황상을 바라보는가.

나는 옛사람들의 간결하고 고귀한 것을 좋아하는데,
욕심을 줄이고 청진한 것에 높은 기상이 있음이라.

확 트인 맑은 곳에 단지 진실만 홀로 있으니,
가슴속에 어찌 다시 속된 세상사와 연루되길 바랄까.

살고 죽는 것, 이승과 저승 모두 기약할 수 없으니,
이는 마음으로 묵묵히 신과 맺은 약속일세.

왕침의 좋은 댓자리는 대청 아래 펼쳐졌고,[80]

---

[79] 王欽若(962~1025): 자는 定國이며 江南東路 臨江軍 新喩縣(현 강서성 新餘市) 사람이다. 한림학사・西川安撫使를 거쳐 參知政事가 되었으나 景德 1년(1004), 거란군의 대공세를 맞아 남경으로 천도할 것을 주장하였으나 주전과 寇準이 진종을 설득하여 澶淵에서 거란군의 공세를 저지하고 맹약을 체결함으로써 정치적 위기에 몰렸다. 이후 진종에게 구준이 국가를 걸고 도박을 했으며 세폐를 주기로 한 전연의 맹약은 사실상 城下之盟에 불과하다고 참소하여 구준을 제거하였다. 이후 진종의 자존심을 회복시킨다며 天書를 조작해 封禪을 하는 등 황당한 사기극을 연출하며 재정 파탄과 허위의식의 만연을 초래하였다. 당시 조야에서는 왕흠약을 비롯한 4명을 '五鬼'라며 경멸하였다. 간교하고 술수에 뛰어난 인물로 혹평을 받았지만 1017년, 강남 출신으로서 처음 재상이 되어 두 차례 재상을 역임하였다. 『冊府元龜』편찬 책임자였고, 冀國公에 봉해졌다.

이견병지 【一】

이약[81]의 보석은 장례 때 함께 수의와 함께 묻혔다네.[82]

구원[83]은 능히 나와 함께 돌아갈 수 있는 곳이니,
무릎을 모아 이를 받아들이며 그윽한 경치를 생각하네.

유여려 공의 시는 다소 기이하고 어려워 어떤 사람들은 그 뜻을 알
수 없다고 말한다.(권2의 일화 모두 자가 중병인 황균이 말한 것이다.)

80 王忱(?~392): 자는 元達이며 태원 晉陽(현 산서성 太原市) 사람이다. 東晉의 명문
   가 출신이자 수재로 널리 알려졌으며 荊州자사를 역임하였다. 친구인 王恭이 좋
   은 대자리를 가지고 있는 것을 보고 '會稽에서 왔으니 좋은 대자리를 많이 갖고 있
   을 터이니 나에게 달라'고 청하였다. 이에 왕공이 흔쾌히 왕침에게 대자리를 주었
   는데 알고 보니 왕공은 단 하나의 대자리만 가지고 있었다. 평소 청렴하고 재물욕
   이 없던 왕공은 늘 여분의 물건을 가지고 있지 않았다. 여기에서 '王恭送席'이라는
   고사성어가 생겨났다.
81 李約: 자는 存博이며 宋州 宋城縣(현 하남성 商邱市 睢陽區) 사람이다. 兵部員外
   郎을 지냈는데 평생 여색을 멀리하였고 서예·그림·골동 등에 대한 조예가 깊었
   다. 또 陸羽와 교류하면서 茶에 심취한 것으로도 유명하다.
82 含襚: 장례를 치르면서 사자의 입에 옥구슬을 물리는 것을 가리켜 '含占'라고 하
   고, 수의를 입히는 것을 가리켜 '襚喪'이라고 한다.
83 九原: 춘추시대 晉國의 卿大夫 묘지가 있던 현 산서성 新絳縣 북쪽에 있는 산의 이
   름이다. 후에 九泉과 함께 묘지나 저승을 가리키는 말로 자리 잡았다.

이견병지 夷堅丙志 卷 3

成都人楊起, 字成翁. 政和中, 與鄉人任皐同入京赴省試. 出散關
下, 行黃花右界中, 此地素多寇, 不敢緩轡, 馬瘏僕痡, 正暑倦困, 入道
旁僧舍少憩. 長廊闃寂, 不逢一僧, 兩客即堂上假寐. 楊睡未熟, 一靑
衣童, 長二尺, 面色蒼黑, 自外來, 持白紙一幅, 直至于傍, 欲以覆其
面. 相去尺許, 若人掣其肘, 不能前. 童卻立咨嗟久之, 掩泣而去. 楊以
爲不祥, 洒淚自悼, 亦不敢語人.
　是夕, 泊村店中, 方就枕, 童亦至. 徑造皐側, 以所携紙蒙之, 退而舞
躍, 爲得志洋洋之態, 皐不覺也. 明日, 行三十里間, 逢淸溪流水, 二人
往濯足. 畢事, 楊先登, 皐方以滌蕩爲愜, 未忍去. 忽大聲疾呼, 楊回首
視之, 已爲虎銜去矣, 始知所見蓋倀鬼云. 楊是年登科.

　자가 성옹인 성도부 사람 양기는 정화 연간(1111~1118)에 고향 사
람인 임고와 함께 도성으로 가서 성시¹에 참여하고자 하였다. 대산
관²을 나서서 황화령³ 서쪽으로 두 주의 경계 지역을 지나고 있었다.
이 지역은 본래 도둑이 많아 감히 고삐를 늦출 수 없는 곳이었지만,

1　省試: 尙書省 禮部에서 주관하는 시험이며, 禮部試 · 省闈 · 禮闈 등의 별칭도 있
　다. 解試에 합격한 擧人은 가을에 추천 절차를 거쳐 겨울에 도성에 집결한 뒤 이듬
　해 봄에 禮部에서 주관하는 省試에 응시하였다.
2　大散關: 섬서성 寶雞市 남쪽에서 동서로 뻗은 秦嶺산맥의 大散嶺에 설치된 관문이
　다. 西周 때 散國이 있던 곳이어서 散關이라는 이름이 붙여졌다. 동쪽의 函谷關, 남
　쪽의 武關, 북쪽의 蕭關과 함께 關中의 서쪽을 방어하는 전략적 요충지로 유명하다.
3　黃花嶺: 西安市 남단에서 柞水縣 및 鎭安縣를 잇는 간선도로에 위치하였다. 秦嶺
　산맥 終南山 서쪽을 넘는 고개이다.

말도 지치고 노복도 지쳐 병난 데다 더위마저 심해서 피곤하여 길가의 절간으로 들어가 잠시 쉬고자 하였다. 절간의 긴 회랑은 인적이 끊겨 고요했으며 단 한 명의 승려도 보이지 않았다.

두 사람은 건물에 들어가 잠시 잠이 들었다. 양기는 잠들기는 했으나 아직 깊이 잠들지 못한 상태였는데, 키가 2척 정도 되고 검푸른 얼굴색을 한 푸른색의 옷을 입은 한 동자가 밖에서 들어오더니 곧바로 양기의 옆으로 다가와 가지고 온 백지 한 장을 얼굴에 덮으려 하였다. 그런데 동자가 불과 1척 정도 떨어진 곳까지 왔을 때 누군가가 동자의 팔꿈치를 끌어당기며 말리는 것 같았고, 동자도 더는 앞으로 가지 못하였다. 동자는 일어나 한참 탄식하더니 눈물을 훔치며 떠났다. 양기는 불길한 일이라고 생각하곤 눈물을 흘리며 홀로 슬퍼했으나 다른 사람에게 감히 이 일을 말하지 못했다.

이날 저녁 한 촌락의 점포에 이르러 막 침상에 들었는데 동자가 다시 나타나 곧바로 임고의 옆으로 갔다. 가져온 종이로 임고의 얼굴을 덮고 뒤로 물러나더니 춤추듯 뛰어오르며 득의양양한 모습이었으나 임고는 깨닫지 못했다. 다음 날 30리 정도 걸어갔을 때 맑은 시냇물이 흐르는 계곡에 이르러 두 사람은 가서 발을 씻었다. 다 마치고 양기가 먼저 물 밖으로 올라왔지만 임고는 막 발을 씻고는 상쾌하여 물에서 나오려 하지 않았다. 그런데 갑자기 부르짖는 큰 소리가 들렸고, 양기가 고개를 돌려 보니 임고는 이미 호랑이에게 물려 사라진 상태였다. 양기는 비로소 그가 밤에 본 것이 창귀[4]임을 알게 되었다. 양기는 그해 과거에 급제하였다.

---

4 倀鬼: 호랑이에게 물려 죽은 사람이 귀신이 되어 호랑이에게 먹잇감을 인도하는데, 그 귀신을 가리키는 말이다.

낙거라존자諾距那尊者

眉州靑神縣中巖山, 諾距那尊者道場也. 山下三石筍, 峭拔鼎立, 遊
人齋戒往宿, 多獲見華幢豪光之瑞. 臨邛宋似孫過其地, 逢一僧在前,
酣醉跌宕, 掛新筍三枝於杖頭, 時方午暑, 殊可憎, 然未嘗語也. 僧回
首咄曰: “我不飮酒, 君何得以犯戒謗我?” 宋怒不對, 猶以其醉, 强忍不
與校. 僧又曰: “知君是依政宋官人, 薄有淨緣, 故得至此.” 宋忽悟其人
負三筍, 豈非尊者示現乎? 下車欲致敬, 無所睹矣.

미주 청신현[5] 중암산[6]에는 낙거라존자[7] 도량[8]이 있다. 산 아래에는
날카로운 세 개의 석순이 있는데 마치 솥의 세 발처럼 우뚝 서 있다.
지나가는 사람들이 재계하고 묵다가 화려한 경당[9]과 호광[10]의 상서로

5　靑神縣: 成都府路 眉州 소속으로 현 사천성 중부 眉山市 남쪽의 靑神區에 해당한
　　다.
6　中巖山: 청신현 현성 동남쪽 9km에 위치한 산으로 岷江의 동쪽에 연해 있다.
7　諾距那尊者: 羅漢은 부처가 되지는 못했지만, 생사윤회를 거듭하지 않는 최고의
　　깨달음을 얻은 성자이므로 존중받을 자격을 갖추었다 하여 尊者 또는 應供이라고
　　존칭한다. 이들은 미륵불이 하생할 때까지 중생을 제도하기 위해 세상 곳곳에서
　　활동한다고 알려져 있다. 낙거라존자는 그 가운데 하나로 본래 용맹한 전사였다
　　고 하며 靜坐한 장사의 모습으로 상징된다. '諾距羅'로 표기하기도 한다.
8　道場: 부처나 보살이 도를 얻으려고 수행하는 곳, 또는 도를 얻은 곳을 뜻하며 승
　　려들이 모인 사찰을 이르기도 한다. 통상 '도량'이라고 칭한다. 낙가라존자의 묘는
　　중암산 암벽을 파서 만들어져 있다.
9　華幢: 사원의 정전 앞에 주로 세워지는 표면에 경문을 새긴 石柱를 뜻하는 經幢이
　　다.
10　豪光: 부처의 두 눈썹 사이에 있는 흰털인 白毫에서 나는 빛을 뜻한다. 불상에서는
　　통상 이마에 보석을 박아서 지혜를 상징하는 백호를 나타낸다.

움을 보는 이가 많았다. 공주 임공현[11] 사람 송사손은 그 지역을 지나다 한 스님이 앞에 가는 것을 보았는데, 술에 취하여 비틀거리고 있었다. 지팡이 위에는 새로 딴 죽순 세 개가 걸려 있었다. 때는 마침 무더운 여름의 정오여서 특히 그가 밉살스러웠으나 아무런 말도 하지 않았다. 그런데도 스님은 머리를 돌려 꾸짖더니 말하길,

"나는 술을 마시지도 않았는데, 그대는 어찌하여 내가 계율을 어겼다고 비방하는가?"

송사손은 화가 났지만 상대하지 않은 채 여전히 그가 취했다고 생각하고 일부러 참으며 그와 따지려 들지 않았다. 스님이 다시 말하길,

"그대는 조정의 일을 하는 관인 송씨 아니시오. 조금이나마 정연[12]이 있어 이곳에 오게 되었구려."

송사손은 갑자기 그 스님이 세 개의 죽순을 매달고 있는 것을 깨닫고는 낙거라존자가 현현한 것이리라는 생각이 들어 수레에서 내려 예를 다하려고 했으나 이미 사라져 보이지 않았다.

---

11 臨邛縣: 成都府路 邛州 소속으로 현 成都市 서남부의 邛崍市에 해당한다.
12 淨緣: 불교에서는 인연을 크게 나누어 청정한 좋은 인연인 정연과 좋지 않은 인연인 染緣으로 구분한다. 정연은 聲聞·緣覺·보살·부처 등 四聖으로 이어지나 염연은 아귀나 축생의 업보로 이어진다고 한다.

이견병지 【一】

李弼違者, 東州人, 建炎間入蜀, 後爲蜀州江原宰. 與邑人胡生遊.
胡生妾, 四川都轉運使之女, 女嘗陷虜, 後乃嫁胡. 弼違每戲侮之, 至
作小詩以資嘲誚. 胡積不能堪, 採撫其公過, 肆溢惡之言售於都漕. 所
善張君適爲幹官, 證以爲然, 下其事於眉州. 州令錄事參軍閻忞典治,
逮捕邑胥十餘人下獄, 必欲求其入已贓. 弼違當官淸白, 無過可指, 但
得嘗買鐵湯瓶, 爲價錢七百五十, 指爲臟直. 忞以爲非辜, 難卽追攝.
郡守畏使者, 不從忞言, 立遣吏逮之. 弼違不勝忿, 自刎死.

死財一月, 眉之獄吏與郡守相繼亡, 都漕與胡生亦卒. 忞官罷, 赴調
成都, 過雙流縣, 就郭外民家宿. 夜且半, 聞扣寢門者, 問爲誰, 曰:"弼
違也." 又問之, 答曰:"弼違姓李, 君豈不憶乎? 君雖不開關, 吾自能穿
隙以過." 語畢, 已在牀前立. 忞甚懼, 回面向壁臥. 弼違曰:"君不欲見
我, 當以項下不絜潔之故, 吾今自掩之." 卽解腰間帛, 匝其頸. 忞不獲
已起坐.

弼違曰:"吾前冤已白, 無所憾. 然連坐者衆, 非君來證之不可. 君固
知我者, 今祿命垂盡, 故敢奉煩一行. 尙有未到人甚多, 天符在是, 可
一閱也." 取手中文書示忞, 如黃紙微淺碧, 其上皆人姓名, 而墨色濃淡
不齊. 弼違指曰:"此卷中皆將死, 墨極濃者期甚近, 最淡者亦不出十
年. 所以泄天機者, 欲君傳於人間, 知幽有鬼神, 可信不疑如此." 揖別
而去. 故略能記所書, 它日, 其人病, 豫告其家, 此必不起, 已而果然.
蓋以所見驗之也. 忞少時亦卒.

동쪽 지역에서¹³ 살던 이필위라는 이가 건염 연간(1127~1130)에 사
천 지역으로 들어왔다가 후에 촉주 강원현¹⁴ 지사가 되었다. 그는 현

성 사람 호씨와 친하게 오가며 지냈다. 호씨의 첩은 사천[15] 도전운
사[16]의 딸이었다. 그녀는 일찍이 북로北虜[17]에게 잡혀갔다가 후에 호
씨에게 시집왔다. 이필위는 매번 장난삼아 그 일을 거론하며 놀렸고,
심지어 짧은 시를 지어 조롱거리로 삼았다. 호씨는 점차 감정이 쌓여
참을 수가 없게 되자 이필위의 공무상 과오를 찾아서 모은 뒤 과도한
질책의 언사를 덧붙여서 도전운사에게 간교하게 흘렸다. 평소 잘 알
고 지내는 장씨가 마침 도전운사 간판공사[18]로 있어 이를 사실이라고

13 東州: 동쪽의 州를 가리키는 범칭이다. 동한 말~삼국시대에는 사천에서 長安(현
　　섬서성 西安市) 주변의 三輔, 南陽(현 하남성 南陽市) 일대를 지칭하는 용어였고.
　　북송 때도 마찬가지였다.
14 江原縣: 成都府路 蜀州 소속으로 현 成都市 도심 서부의 崇州市에 해당한다.
15 四川: 乾德 3년(965), 북송은 後蜀을 멸망시키고 成都府(현 사천성 成都市)를 치소
　　로 한 西川路를 설치하였다. 開寶 6년(973)에 서천로 동부지역을 분리하여 夔州를
　　치소로 하는 峽路를 신설하여 至道 3년(997)의 전국 15개 路 체제를 완성하였지
　　만, 太平興國 2년(977)에는 북동 지역을 분리하여 東川路를 신설하였다. 이로써
　　西川路・東川路・峽路 등 3개 路가 만들어졌는데, 太平興國 7년(982)에 東川路를
　　다시 西川路에 편입하여 2개 路가 되었다. 그러다가 咸平 4년(1001), 西川路를 益
　　州路로 바꾸고 일부를 분리하여 興元府를 치소로 하는 利州路를 설치하였다. 또
　　陝路를 夔州路로 바꾸고 서남부 지역을 분리하여 梓州를 치소로 한 梓州路를 설치
　　하였다. 얼마 후 익주로를 成都府路로 바꾸면서 마침내 成都府路・利州路・夔州
　　路・梓州路 등 4개 로가 성립되어 '川峽四路' 또는 '四川路'라고 칭하게 되었고, 梓
　　州路는 남송 때 潼川府路로 명칭을 바꿨다. '사천'이 현재와 같이 사천성을 총괄하
　　는 지명으로 자리 잡은 것은 원대부터이다.
16 都轉運使: 각 로의 전운사로서는 처리하기 힘든 더 광범위한 지역의 업무 수행을
　　위해 端拱 1년(988)에 처음 임명하였다. 병참 업무가 집중된 하북・하동・섬서・
　　川峽 4로에 주로 임명하였다. 남송 때는 상설기구가 아니어서 남송 초에 9로 도전
　　운사를 임명한 일도 있었지만, 건국 초의 임시방편이었고 사천도전운사도 紹興 5
　　년~15년(1135~1145)에만 존치하였다. 전운사 경험이 있고 5품관 이상의 중신을
　　주로 임명하였다.
17 北虜: 북송 말 금(여진족)을 가리킬 때 蔑稱인 虜, 北虜, 金虜 등을 사용하였다. 당
　　시 사람들의 대외 인식을 나타내며, 여기에서는 편의상 '북로'로 쓰고 한자를 병기
　　한다.

증언해 주어 그 일을 미주[19] 관아에 이첩하였다.

미주에서는 녹사참군사 염민에게 책임지고 처리하도록 명하였고, 강원현의 서리 10여 명을 붙잡아 하옥시켜 그가 뇌물을 수수한 일을 반드시 찾고자 하였다. 이필위는 지사로 있으면서 청렴결백했고, 특별히 지목할 만한 잘못이 없었다. 다만 일찍이 철로 만든 주전자를 구매한 적이 있는데 가격이 750전이라 손해 본 바가 있을 것이라 지적했다. 하지만 염민은 이를 큰 잘못이라 보기 힘들다고 여기어 그를 곧바로 체포하기는 어렵다고 생각했다. 미주 지사는 도전운사를 무서워하는 자여서 염민의 말을 듣지 않고 곧장 서리를 보내서 이필위를 체포했다. 이필위는 분을 이기지 못해 스스로 자결했다.

죽은 지 한 달 정도 지났을 때, 미주의 옥리와 지사가 연이어 죽었고, 도전운사와 호씨 역시 죽었다. 염민은 녹사참군사 직을 마치고 성도부로 전보되었는데, 가는 도중에 쌍류현을 지나면서 현성 밖 민가에 투숙하였다. 한밤중이 되자 잠자던 방의 문을 두드리는 소리가 들려 누구냐고 물으니, 대답하길,

"필위입니다."

누구냐고 다시 묻자 대답하길,

"제 이름은 필위이고 성은 이씨입니다. 그대는 어찌 저에 대해 기

---

18 轉運司幹辦公事: 轉運司 내 하위직이지만 轉運使가 관할 구역을 순시하기 위해 출타할 때 관아에 남아 치소 州縣의 관리 감독하는 업무를 맡았기 때문에 현지사 급의 京朝官을 임명하였다. 본래 명칭은 勾當公事였는데 高宗의 이름 趙構의 '구'와 발음이 같아 피휘를 위해 개칭하였다. 약칭은 幹官이다.

19 眉州: 成都府路 소속으로 치소는 眉山縣(현 사천성 眉山市)이고 관할 현은 4개이며 州格은 防禦使州이다. 현 사천성 중남부에 해당한다.

억하지 못하고 계십니까? 그대가 문을 열어 주지 않더라도 나는 능히 틈 사이로 지나갈 수 있습니다."

말이 끝나자마자 이필위는 이미 침상 앞에 서 있었다. 염민은 몹시 두려워 얼굴을 돌려 벽을 향해 누웠다. 이필위가 말하길,

"그대가 나를 보려고 하지 않는다면, 필시 목 아래가 깨끗하지 않기 때문일 것이오. 내가 지금 그곳을 가려 주겠소."

그는 허리를 묶고 있던 비단을 풀어 목을 감싸 주었다. 이에 염민은 부득이 일어나 앉았다. 이필위가 말하길,

"내가 전에 겪었던 억울함은 이미 밝혀져서 유감스러운 바는 없다오. 그러나 연좌된 이가 많아 그대가 와서 증언해 주지 않으면 안 되겠소. 그대가 실로 나를 잘 아는 데다 지금 그대의 관운이 거의 다했기에 감히 한번 와 달라 부탁하는 것이외다. 아직도 명계에 잡혀 오지 않은 자가 매우 많소. 하늘에서 준 공문이 여기 있으니 한 번 훑어보시오."

손에 들고 있던 문서를 염민에게 보여 주었는데, 누런색 종이에 연한 녹색을 띠고 있고 그 위에 적혀 있는 것은 모두 사람의 이름이었는데, 먹색의 농담이 일정하지 않았다. 이필위가 이를 가리키며 말하길,

"이 장부에 있는 자들은 곧 죽을 것이고, 먹색이 매우 진한 자는 그 기한이 매우 가깝다는 것을 의미하며 가장 연한 자라도 10년을 넘기지 못할 것이오. 이처럼 천기를 누설하는 것은 그대가 인간 세상으로 가서 명계에 귀신이 있음이 이처럼 의심할 바 없이 확실함을 알리게 하기 위함이오."

그는 읍하며 이별을 고한 후 떠나갔다. 그는 공문에 쓰여 있던 것

을 대략 기억할 수 있었고, 훗날 그 사람이 병나면 그 집에 가서 반드시 일어나지 못할 것이라 미리 알려 주었는데, 과연 그러했다. 대개 그가 본 것이 입증된 것이다. 염민 역시 젊어서 죽었다.

費樞, 字道樞, 廣都人. 宣和庚子歲入京師, 將至長安, 舍於燕脂坡下旅館, 解擔時日已銜山. 主家婦嫣然倚戶, 顧客微笑, 發勞苦之語. 中夜, 獨身來前曰:"竊慕上客風致, 願奉頃刻之歡, 可乎?"費愕然曰:"汝何爲者? 何以得至此?"曰:"我父京師販繒主人也. 家在某里, 以我嫁此店子. 夫今亡, 貧無以歸, 不能忍獨宿, 冒恥就子."費曰:"吾不欲犯非禮, 汝之情吾實知之, 當往訪汝父, 令遣人迎汝, 汝勿怨."婦人羞愧, 不樂去.

費至京, 他日, 過某里, 得所謂販繒者家, 通名欲相見. 主人曰:"客何人? 安得與我有故?"答曰:"吾蜀人費樞也. 比經長安, 邂逅翁女, 有所託, 是以來."翁躡履出迎曰:"疇昔之夜, 夢神告, 吾女將失身於人, 非遇費秀才, 殆矣. 君姓字眞是也, 願聞其說."具以告. 翁流涕拱謝曰:"神言君且爲貴人, 當不妄."退而計其夢, 果所見女之時. 卽日遣長子取女歸而更嫁之. 明年, 費登科, 官至大夫, 爲巴東守.

자가 도추인 성도부 광도현 사람 비추는 선화 경자년(2년, 1120) 도성으로 가는 길에 장안[20]에 이르러 연지파[21] 아래 여관에 머물렀다. 짐을 풀 무렵 해는 이미 서산에 걸려 있었다. 주인집 아낙이 상긋한

---

[20] 長安: 永興軍路 京兆府(현 섬서성 西安市)의 옛 지명이다. 後唐 때 長安을 경조부로 개칭하여 송대로 이어졌지만 前200년부터 천년 도읍으로 각광을 받아서 송대에도 여전히 장안이라고 불렀다.

[21] 臙脂坡: 수·당대 長安에 있던 6개의 언덕 가운데 하나로서 지명은 妓坊이 있던데서 유래하였다.

미소를 지으며 문에 기대더니 비추를 쳐다보며 미소를 짓고는 수고 많으셨다는 인삿말을 던졌다. 한밤중에 그 여자가 홀로 다가와 말하길,

"남몰래 그대의 풍모를 사모하게 되었으니 원컨대 잠깐이나마 즐거운 시간을 드리고 싶은데 어떠신지요?"

비추가 깜짝 놀라 말하길,

"너는 어떤 사람이냐? 어찌하여 이렇게까지 하느냐?"

그녀가 대답하길,

"저의 아버지는 도성에서 비단을 파는 가게 주인입니다. 우리 집은 도성의 모 리里에 있으며 저는 이 저점²²으로 시집왔습니다. 지금 남편은 죽고 없으며 가난하여 시집갈 수도 없습니다. 홀로 지내는 것을 참을 수 없어 부끄럼을 무릅쓰고 그대에게 왔습니다."

비추가 말하길,

"나는 예가 아닌 일을 범하고 싶지 않다. 너의 마음은 내가 충분히 알겠다. 마땅히 너의 아버지를 찾아가 사람을 보내 너를 데려오게 할 테니 원망하지 않았으면 한다."

여자는 부끄러워하며 나가려 하지 않았다.

비추가 도성에 도착하여 하루는 그녀가 말한 리里를 지나면서 그녀가 말했던 비단 파는 집을 찾을 수 있었고, 자신의 이름을 알려 주며 주인에게 만나길 청하였다. 주인이 말하길,

---

22 店子: 본문에서는 費樞가 투숙한 곳을 '旅館·店子'라고 각기 다르게 썼다. 이는 비추가 투숙한 곳이 客商을 위해 상품 보관과 교역, 숙소의 기능을 함께 행하던 邸店임을 말해 준다. 邸閣·邸舍·邸肆·邸鋪·塌坊·塌房이라고도 한다.

"손님은 어떤 분이신지요? 어찌 나에게 볼일이 있습니까?"

비추가 답하길,

"나는 사천 사람 비추라 하오. 근래 장안을 지나오다가 댁의 따님과 우연히 만난 일이 있고, 부탁한 바가 있어 이렇게 왔소이다."

그 노인은 신발을 신고 문밖으로 나와 비추를 맞이하며 말하길,

"전의 어느 날 밤 꿈에 신이 나타나 말씀하시길, 내 딸이 누군가에게 정조를 주려 하는데, 수재 비씨가 아니면 위태로울 것이라 하셨소. 그대의 성과 자가 실로 현몽한 것과 같으니 무슨 얘기인지 듣고 싶소이다."

비추는 있었던 일을 모두 말해 주었다. 노인은 눈물을 흘리며 두 손 모아 감사해하며,

"신께서는 그대가 귀인이라고 말씀하셨는데, 실로 헛된 소리가 아니었구려."

비추가 물러간 뒤 노인은 자신이 꿈꾼 날을 헤아려 보니 정말 비추가 자신의 딸을 만난 그때였다. 노인은 당일로 큰아들을 보내 딸을 데리고 온 뒤 재가시켰다. 이듬해 비추는 과거에 급제하였고, 관직이 대부[23]까지 올랐으며 파동[24]의 지사가 되었다.

---

23 大夫: 문관 寄祿官 29개 품계 중 3위인 光祿大夫부터 11위인 朝散大夫까지 관명에 大夫가 포함된 종2품~종5품下 관을 통칭한다. 元豐 3년(1080) 관제 개혁 후에는 30개 품계 중 3위인 光祿大夫부터 19위인 朝奉大夫까지의 정2품~종6품관을 통칭하는 것으로 바뀌었다.

24 巴東: 前316년에 현 중경시와 사천성 일부 지역에 처음 巴郡이 설치되었으나 武德 1년(618)에 渝州를 설치하면서 행정지명으로서의 파군은 더는 존재하지 않았다. 따라서 파동의 지사는 渝州(현 중경시 도심) 지사로 보는 것이 타당할 것이다.

楊希仲, 字季達, 蜀州新津人, 未第時爲成都某氏館客. 主人小婦少
而蕩, 詣學舍調客, 欲與綢繆. 希仲正色拒之, 遂去. 其妻在鄕里, 是夕
夢人告曰: "汝夫獨處他鄕, 能自操持, 不欺暗室, 神明擧知之, 當令魁
多士以爲報." 妻覺, 不知何事也. 歲暮, 夫歸, 始言其故. 明年, 全蜀類
試, 希仲爲第一人.

자가 계달인 촉주 신진현[25] 사람 양희중은 과거에 급제하기 전에 성도부의 모씨네 여관에 머물렀다. 여관 주인의 첩은 젊고 음탕하여 사인들의 숙소에 와서 양희중을 유혹하며 함께 관계하기를 원했다. 하지만 양희중이 정색을 하며 거절하자 마침내 포기하였다. 당시 양희중의 아내는 고향에 있었는데, 그날 밤 꿈에 어떤 사람이 말하길,

"당신 남편은 홀로 타향에 있지만 스스로 능히 지조를 지킬 것이며 아무도 보지 않는 곳이라고 해서 양심에 가책되는 일을 하지는 않을 것이요. 신명께서 그것을 모두 아시니 응당 그로 하여금 여러 사인 가운데 으뜸으로 세워 보답해 줄 것이오."

아내는 꿈에서 깨어난 뒤에도 무슨 영문인지 몰랐다. 그해 말 남편이 돌아와 비로소 그 일을 이야기해 주었다. 이듬해 사천 전역을 대

---

25 新津縣: 成都府路 蜀州 소속으로 현 成都市 도심 남쪽의 新津區에 해당한다.

상으로 하는 유시[26]에 참여한 사인 가운데 양희중이 장원으로 급제하
였다.

---

26 類試: 남송 건국 초, 전란으로 도성인 臨安府까지 과거를 보러 가기 힘들게 되자
   지역에서 별도의 과거를 보게 했던 것을 이른다. 1등으로 합격할 경우 전시 3등으
   로 대우해 주었다.

邛州南十里白鶴山張四郎祠, 蓋神仙者流. 山下碑甚古, 字畫不可
識. 郡人云: "四郎所立, 以禦魑魅, 救疾疫. 後人能辨其字者, 則可學
仙." 靑城唐耜爲邛守, 好遊其地, 冀有所遇, 每立碑下, 摩挲讀之. 忽
能認一字, 曰: "豈非某字乎?" 傍有人應曰: "然." 耜惡其儳言, 叱使去,
旣而悔之, 不見其人矣. 又嘗出遊, 逢道人立路左作戲, 呼曰: "使君,
奉贈一土鏡." 命從吏取之, 乃頑塊也. 怒以爲侮己, 將執以歸, 細視其
塊, 果耿耿有光采, 始疑爲異人, 俄亦不知所在. 唐氏至今寶此土. 耜
字益□, 仕至祕閣修撰.

공주[27] 관아에서 남쪽으로 10리 떨어진 곳에 있는 백학산[28]에 있는
장사랑 사묘는 대개 신선들이 찾는 곳이다. 산 아래에는 매우 오래된
비석이 있었는데 자획을 알아볼 수 없을 정도였다. 공주 사람들은 이
르길,

"이 비석은 장사랑이 세운 것으로, 도깨비의 장난을 막아 주고 질
병에서 구해 준다. 후대 사람 가운데 능히 그 글자를 판별할 수 있는
자들은 신선의 경지를 배울 수 있다."

영강군 청성현[29] 사람 당사는 공주 지사가 되어 백학산 일대를 즐

27　邛州: 成都府路 邛州 소속으로 치소는 臨邛縣(현 사천성 成都市 邛崍市)이고 관할
　　현은 6개이며, 監은 1개이고 州格은 刺史州이다. 현 成都市 서남쪽에 해당한다.
28　白鶴山: 사천성 成都市 邛崍市에 있는 산으로 漢代의 학자 胡安得이 득도한 뒤 백
　　학을 타고 날아올랐다는 전설에서 취한 이름이다.

겨 유람하였다. 뜻하는 바를 이루길 소망하며 매번 비석 아래 이를 때마다 비석을 쓰다듬으며 읽어 보려 하였다. 그러다 갑자기 한 글자를 알아볼 수 있게 되었다. 당사가 말하길,

"이는 어떤 글자가 아니겠는가?"

옆에 있던 사람이 대꾸하듯,

"그런 것 같습니다."

당사는 그 사람이 말참견하는 것이 싫어서 저리 가라고 질책했지만, 곧 그런 말을 한 것을 후회하였다. 하지만 그 사람은 보이지 않았다. 또 당사가 일찍이 놀러 나갔는데, 한 도인이 길옆에서 장난치고 있는 것을 보았다. 도인이 그를 부르길,

"여보시오, 지사님, 내가 흙으로 만든 거울을 하나 드리리다."

당사는 수행하던 서리를 시켜 그것을 가져오라 하였는데, 그저 딱딱한 흙덩이에 불과했다. 도인이 자신을 놀린 것이라 여겨 화가 났지만 그래도 그것을 가지고 집으로 돌아가려다 그 흙덩이를 자세히 보니 정말로 반짝반짝 광채가 났다. 당사는 그 도인이 기인이라 여겼지만 잠시 후 어디로 사라졌는지 알 수 없었다. 당사는 지금까지 그 흙덩이를 보물처럼 간직하고 있다. 당사는 자가 익口이며, 관직은 비각[30] 수찬[31]에 이르렀다.

---

29 靑城縣: 成都府路 永康軍 소속으로 成都 평야의 서북쪽 가장자리로 岷江과 만나는 곳이며 수리 시설 都江堰이 있는 곳이다. 현 성도시 서북부의 都江堰市에 해당한다.

30 秘閣: 본래 궁중에서 도서를 보관하는 장소를 일컫는 말이었는데, 宋 태종 端拱 1년(988)에 唐代부터 내려오던 史館·昭文館·集賢院 등 3館을 설치한 崇文院에 秘閣을 추가 건설하고 直秘閣·秘閣校理 등의 관원을 임명하면서 숭문원 내 관명이 되었다. 숭문원은 元豊 3년(1080) 관제 개혁 이후 비서성 소관으로 바뀌었다.

비각의 주된 업무는 소장한 전적의 보관 및 편수였지만, 황제의 자문에 응하는 업무가 더 중시되어 고위직으로 승진하는 첩경으로 각광을 받았다.

31 修撰: 實錄院에서 實錄 편수를 담당하는 사관인 實錄院修撰의 약칭이다. 송대에는 翰林學士·給事中·尙書·侍郎 등 황제의 측근에서 근무하는 侍從官의 하나로서 매우 명예로운 관직으로 인정받아 明·淸代에도 통상 장원 급제자에게만 修撰 직을 하사하였다. 侍從官으로서 修撰 직을 맡더라도 직급이 약간 낮으면 實錄院同修撰이라고 하였고, 侍從官이 아니면서 修撰 직을 맡으면 權實錄院同修撰이라고 구분하였다. 송 초에는 集賢殿修撰·直龍圖閣·直祕閣 3등급이었으나, 政和 6년(1116)에 集英殿修撰·右文殿修撰·祕閣修撰·直龍圖閣·直天章閣·直寶文閣·直顯謨閣·直徽猷閣·直祕閣 등 9등급으로 늘어났다. 紹興 10년(1140) 뒤에는 다시 直敷文·煥章·華文·寶謨·寶章·顯文閣 등으로 등급이 더 늘어나면서 그 위상이 현저하게 떨어졌다.

嘉州僧常羅漢者, 異人也, 好勸人設羅漢齋會, 故得此名. 楊氏媼嗜
食雞, 平生所殺, 不知幾千百數. 旣死, 家人作六七齋, 具黃籙醮. 道士
方拜章, 僧忽至, 告其子曰: "吾爲汝懺悔." 楊家甚喜, 設坐延入. 僧顧
其僕, 去街東第幾家買花雌雞一隻來. 如言得之. 命殺以具饌, 楊氏子
泣請曰: "尊者見臨, 非有所愛惜. 今日正啓醮筵, 擧家內外久絶葷饌,
乞以付鄰家." 僧不可, 必欲就煮食. 旣熟, 就廳踞坐, 析肉滿盤, 分置
上眞九位, 乃食其餘. 齋罷, 不揖而去. 是夕, 賣雞家及楊氏悉夢媼至,
謝曰: "坐生時罪業, 見責爲雞. 賴常羅漢悔謝之賜, 今解脫矣." 自是郡
人作佛事薦亡, 幸其來以爲冥塗得助. 紹興末卒, 今肉身猶存.

가주[32]의 승려 상나한이라는 자는 기인이다. 사람들에게 나한재회
를 진설하기를 자주 권하기에 그에게 붙은 이름이다. 노파 양씨는 닭
고기를 매우 좋아하였는데 평생 잡은 닭이 몇천 마리인지 알 수 없을
정도였다. 노파가 죽은 후 집안사람들은 육십칠재를 지내 주기 위해
황록초재[33]를 준비하였다. 도사가 바야흐로 축문을 올리려는데 상나
한이 홀연히 이르러 그 아들에게 말하길,

"내가 당신들에게 제사를 지내 드리겠소."

32　嘉州: 成都府路 소속으로 치소는 龍游縣(현 사천성 樂山市 市中區)이고 관할 현은
5개이며, 監은 1개이고 州格은 刺史州이다. 현 사천성 중남부에 해당한다.

33　黃籙醮: 제사를 통해 신을 불러 죄를 참회하고 선계에 가기 위한 도교의 潔齋 의식
이다. 모든 符籙을 황색으로 쓴 데서 붙여진 이름이다. 黃籙·黃籙齋라고도 한다.

양씨 집안사람들은 매우 기뻐하며 자리를 마련하여 그를 들어오라고 하였다. 상나한은 집안 노복을 보더니, 거리 동쪽 몇 번째 집에 가서 화모계[34] 한 마리를 사서 가지고 오라고 하였다. 노복이 시키는 대로 사 오자 닭을 잡아 음식을 만들라고 명하니 양씨의 아들은 눈물을 흘리며 청하건대,

"존자께서 친히 오셨는데, 저희가 닭 한 마리를 아까워서 이러는 것이 아닙니다. 오늘 마침 재를 시작했고, 온 집안 식구들이 한참 동안 육식을 하지 않았으니 옆집으로 보내 주었으면 좋겠습니다."

상나한은 안 된다며 반드시 요리해서 먹어야 한다고 고집하였다. 요리가 다 되자 대청으로 나와 걸터앉은 뒤 고기를 잘라 그릇에 가득 담아서 아홉 자리의 신위에 올리고 그 나머지를 먹었다. 재가 파한 후에는 인사도 하지 않고 가 버렸다. 이날 밤 닭을 팔았던 집과 양씨 가족 모두 꿈에 양씨 노파를 보았다. 노파가 감사하며 이르길,

"살아생전에 지은 업으로 벌을 받아 닭이 되었었다. 상나한이 사죄를 해 준 덕택에 지금 벗어날 수 있었다."

이때부터 마을 사람들은 불교에 의지하여 망자를 위한 제사를 모셨고, 모두 상나한이 와서 망자가 순탄하게 명계에 갈 수 있기를 원했다. 상나한은 소흥 연간(1131~1162) 말에 죽었지만, 그의 육신은 지금까지도 여전히 잘 보존되어 있다.

---

[34] 花母雞: 깃털의 색깔이 화려하고 아름다운 암탉의 한 종류를 이른다.

永康青城山, 每歲二月十五日爲道會, 四遠畢至. 巨室張氏・唐氏
輪主之, 會者旣集, 則閉觀門, 須齋罷乃啓. 一日, 方齋, 有道人扣門欲
入, 閽者止之, 呼罵不已. 閽往告張氏子, 張慮其撓衆, 堅不許. 其人不
樂, 乃往山下賣茶家少駐, 索筆題壁間, 脫所頂笠掛其上, 祝主人曰:
"爲我視此, 徐當復來." 去未久, 笠如轉輪, 旋繞於壁上. 見者驚異, 走
報觀中人, 共揭笠觀之, 得詩一首, 其語曰: "偶乘青帝出蓬萊, 劍戟崢
嶸遍九垓. 綠履黃冠俱不識, 爲留一笠不沉埋." 衆但相視, 悔恨無及
矣.

영강군³⁵의 청성산에서는 매년 2월 15일 도교의 행사가 열리는데,
사방에서 모두 모여들었다. 유력한 부자인 장씨와 당씨 집안이 돌아
가며 그 모임을 주관하였는데, 사람들이 모두 모이면 도관의 문을 닫
고 반드시 재를 다 마친 뒤에야 문을 열었다. 하루는 막 재를 올리고
있는데, 한 도인이 문을 두드리며 들어가고자 하였다. 문지기가 그를
막으니 소리치며 욕하기를 멈추지 않자 문지기는 장씨의 아들에게
가서 이를 알리니, 장씨는 그 자가 사람들을 동요시킬까 걱정하여 절

---

35 永康軍: 成都府路(현 사천성 成都市 都江堰市) 소속으로 치소는 灌口鎭(현 사천성
成都市 都江堰市)이고 관할 현은 2개이다. 乾德 4년(966)에 기존의 灌州를 永安軍
으로, 太平興國 3년(978)에 永寧軍으로, 얼마 뒤 다시 永康軍으로 개칭하였다. 熙
寧 5년(1072)에 永康軍을 永康寨로 격하시키고 관할 導江縣을 彭州로, 青城縣을
蜀州로 편입시켰다가 元祐 1년(1086)에 永康軍을 다시 회복시켰다. 현 성도시 서
북쪽에 해당한다.

대 열어 주지 말라고 하였다. 도인은 불쾌해하며 산 아래로 내려가 차를 파는 집에 이르러 잠시 머물렀다. 그는 붓을 찾아 벽에 글을 썼는데, 쓰고 있던 삿갓을 벗어 그 위에 걸어 두고 주인에게 부탁하며 말하길,

"나 대신 이 삿갓을 잘 봐 주시오. 잠시 후 다시 오겠소."

그가 떠나고 얼마 되지 않아 삿갓이 바퀴처럼 움직여 벽 위에서 빙빙 돌았다. 이를 본 자가 경이롭게 여겨서 달려가 도관 사람들에게 이를 알렸다. 모두 함께 삿갓을 들고 와서 자세히 보니 시 한 수가 적혀 있었는데, 다음과 같이 쓰여 있었다.

우연히 청제[36]를 만나 봉래산[37]을 나오니,
칼과 창이 아홉 구비 험한 산속에 널려 있네.[38]

녹색 신발과 황색 모자를 모두 알아보지 못하나,
삿갓 하나를 남겨 놓으니 숨겨질 리 없네.

사람들은 그저 서로 안타깝게 바라볼 뿐 후회를 해도 이미 소용이 없었다.

---

36 靑帝: 계절은 봄, 방위는 동쪽, 색은 청색을 담당한 신을 뜻한다. 음력 2월 15일의 종교행사이므로 봄을 맞이하는 의미가 있어 이런 중의적인 표현을 사용한 것으로 보인다.
37 蓬萊山: 신선이 산다는 전설 속의 산으로서 바다에 있다고 한다. 봉래산과 함께 方丈山·瀛洲山을 三神山이라고 칭한다.
38 九垓: 본래 중앙과 8極(동·서·남·북, 동남·서남·동북, 서북)의 모든 땅을 가리키는 말이자 하늘을 뜻하는 말이기도 하다.

楊望才, 字希呂, 蜀州江原人. 自爲兒童, 所見已異. 嘗從同學生借錢, 預言其笥中所攜數, 啟之而信. 旣長, 遂以術聞. 蜀人目爲楊抽馬, 容狀醜怪, 雙目如鬼, 所言事絶奇. 其居舍南大木蔽芾數丈, 忽書揭於門曰: "明日午未間, 行人不可過此, 過則遇奇禍." 縣人皆相戒勿敢往. 如期, 木自拔仆地, 盈塞街中, 而兩旁屋瓦略不損.

然所爲初乃類妖誕, 每持縑帛賣于肆, 若三丈, 若四丈, 主人審度之, 償錢使去. 旣而驗之, 財三四尺爾. 或跨騾訪人, 而託故暫出, 繫騾其庭, 行久不反, 騾亦無聲. 視之, 剪紙所爲也. 或詣郡告其妖, 云: "每祠祀時, 設爲位六, 虛其東偏二位, 而楊夫婦與相對. 又一僧一道士坐其下." 左道惑衆, 在法當死, 坐是執送獄. 獄吏素畏信之, 不敢加械杻, 又慮逸去. 楊知其意, 謂曰: "無懼我, 我當再被刑責, 數已定, 吾含笑受之. 吾前日爲某事某事, 法所不捨, 蓋魔業使然. 度此兩厄, 則成道矣."

司理楊忱, 夜定獄, 楊言曰: "賢叔某有信來乎? 殊可惜." 忱不答. 暨出戶, 而成都人來, 正報叔訃. 他日, 又謂忱曰: "明年君家有喜, 名連望字者四人及第." 忱一女年十六七歲, 暴得疾, 更數醫不效, 則又告之曰: "公女久病, 醫陳生用某藥, 李生用某藥, 皆非是. 此獨後庭朴樹內蛇祟爾, 急屛去藥. 須我受杖了, 爲以符治之, 女當平安, 勿憂也." 忱歸語其妻, 且疑且信. 蓋常見小蛇延緣樹間, 而所說易醫用藥, 皆不妄. 後楊受杖歸, 書符遣忱, 使掛于樹, 女卽洒然. 明年, 忱輩從兄弟類試, 果四人中選, 曰從望・民望・松望・泰望.

先是, 楊取倡女爲妻, 一日, 招兩杖直至其居, 與錢三萬, 令用官大杖撻己及妻各二十下. 兩人驚問故, 曰: "吾夫婦當罹此禍, 今先禳之." 皆不敢從而去. 及獄成, 與妻皆得杖, 如所欲禳之數, 而持杖者正其所招兩人.

晚來成都, 其門如市. 士人問命, 應時卽答. 或作賦一首, 詩數十韻, 長歌序引, 信筆輒成. 每類試, 必先爲一詩示人, 語祕不可曉. 迨揭牓, 則魁者姓名必委曲見於詩. 或全牓百餘人, 豫書而緘之, 多空缺偏傍, 不成全字, 等級高下, 無有不合. 四川制置司求三十年前案牘不得, 以告楊. 楊曰: "在某室某匱第幾帙中." 如言而獲.

眉山師琛造其家, 鄉人在坐, 新得一馬, 黑體而白鼻. 楊曰: "以此馬與我, 君將不利." 客恚曰: "先生恃有術, 欲奪吾馬. 吾用錢百千, 未能旬日, 而可脅取乎?" 楊曰: "欲爲君救此厄, 而不吾信, 命也. 明年五月二十日, 寃當督報. 謹志之, 勿視其芻秣, 善護左肋. 過此日或可再相見." 客愈怒, 固不聽, 亦忘其語. 明年是日, 親飼馬, 馬忽跑躍, 踶其左肋下, 卽死.

關壽卿爲果州敎授, 致書爲同僚詢休咎. 僕未至, 楊在室告其妻, 令以飯犒關敎授僕. 飯已具, 僕方及門. 又迎問之曰: "不問己事, 而爲他人來, 何也?" 僕驚拜, 殊不知所以然.

與華陽富家某氏子遊甚暱, 嘗貸錢二十千, 富子慳不與. 夜處外室, 聞扣門聲, 曰: "我乃東家女, 夫壻使酒見逐, 夜不可遠去, 幸見容." 富子欣然延納, 與共寢. 慮父母覺, 未曉, 呼使起, 杳不應. 但聞血腥滿帳, 挑燈照之, 女身首斷爲三, 鮮血橫流, 如方被刑者, 駭悸幾絕. 自念奇禍作, 非楊君無以救, 奔詣其家, 排闥入告急.

楊曰: "與君遊久, 緩急當同之. 前日相從假貸, 拒不我與. 今急而求我, 何故?" 富子哀泣引咎. 楊笑曰: "此易爾, 無庸憂. 持吾符歸置室中, 亟閉戶, 切勿語人." 富子謝曰: "果蒙君力, 當奉百萬以報." 曰: "何用許? 但當與我所需二萬錢." 遂以符歸, 惴惴竟夜. 遲明, 潛入室, 不見尸, 一榻皎然, 若未嘗有漬汚者, 不勝喜. 卽日携謝錢, 且携酒殽過楊所.

楊曰: "吾家冗隘不可飮, 盍相與出郊乎?" 遂行. 訪酒家, 命席對酌. 視當壚婦, 絕似前夕所偶者, 唯顏色萎黃爲不類. 婦亦頻屬目, 類有所疑. 呼問之, 對曰: "兩日前, 夢人召至一處, 少年郎留連竟夕. 暨睡醒, 體中殊不佳, 血下如注, 幾二斗乃止. 今猶奄奄短氣, 平生未嘗感此疾也." 始悟所致蓋其魂云.

자가 희려인 촉주 강원현 사람 양망재는 어릴 때부터 소견이 매우 남달랐다. 일찍이 같이 공부하는 친구로부터 돈을 빌린 적이 있는데, 그 옷상자 안에 가지고 온 액수를 예언한 뒤, 열어 보았더니 적중하였다. 어른이 되어서는 마침내 도술로 이름을 날렸다. 사천 사람들은 그를 양추마라고 불렀는데, 용모가 추하고 괴이하였으며 두 눈은 마치 귀신같았다. 하지만 그가 말하는 일들은 아주 기묘하게 맞아떨어졌다.

그가 사는 집 남쪽에는 커다란 나무가 있었고, 잎이 우거져 그 길이가 몇 장丈이나 되었다. 양추마가 갑자기 대문에 글을 하나 써 붙이길,

"내일 오시와 미시 사이 행인들은 이곳을 지나서는 안 된다. 지나가면 기이한 화를 당할 수 있다."

강원현 사람들은 모두 서로 경계하며 감히 지나가지 않았다. 그 시간이 되자 나무는 스스로 뽑혀 땅에 엎어졌고, 길 한가운데를 다 막았으나 양쪽에 있는 집의 기와는 거의 부서지지 않았다.

그러나 그가 한 행동들은 처음부터 요망스럽고 황당하였는데, 매번 비단을 가지고 가게에 팔 때마다 3장인 것 같기도 4장인 것 같기도 하여 주인이 자세히 헤아려 보고 돈을 주었는데 그가 가고 난 뒤

얼마 지나지 않아 다시 살펴보면 겨우 3~4척에 불과하였다. 한번은 노새를 타고 다른 사람 집을 방문하였는데, 일이 있어서 잠시 나갔다 오겠다며 노새를 뜰에 묶어 두었다. 하지만 나간 지 한참 지나도 돌아오지 않고, 나귀도 아무 소리를 내지 않아서 가 보니 종이로 만든 노새였다.

어떤 사람이 주 관아에 그 요망함을 고소하며 말하길,

"매번 사당에서 제사를 모실 때마다 여섯 자리를 준비하고 동쪽 두 자리를 비워 둔 후 양씨 부부가 서로 마주한다. 또 승려 한 명, 도사 한 명을 그 아래 앉게 한다."

잘못된 도술로 군중을 현혹하였으니 법으로 따지면 응당 사형에 처해야 했으므로 양추마는 법규를 위반한 혐의로 체포된 뒤 감옥에 보내졌다. 하지만 옥리는 본래 그를 믿으며 두려워하여 감히 형틀을 씌울 수가 없었고, 걱정하다 마침내 도망치려 생각하였다. 양추마는 그의 마음을 이해하고 일러 말하길,

"나를 두려워할 필요가 없다. 나는 마땅히 한 번 더 형벌을 받게 될 것이다. 운명이 이미 정해져 있으니 나는 웃으며 형벌을 받을 뿐이다. 나는 전에도 어떠어떠한 일로 법을 피할 수 없었는데, 대개 내가 행한 도술의 업보로 그리된 것이다. 이 두 번의 액을 잘 넘기면 곧 도를 이루게 될 것이다."

사리참군사 양침은 밤에 심리를 종결하였는데, 양추마가 말하길,

"그대의 숙부 모씨로부터 소식이 왔나요? 매우 안타깝네요."

양침은 아무런 대답도 하지 않고 관아의 문을 나서는데 성도부에서 사람이 와서 바로 숙부의 부고를 알리었다. 다른 날 또 양침에게 말하길,

"내년에 사리참군사 집안에 기쁜 일이 있을 것인데 이름에 '망'자가 있는 네 사람이 모두 급제할 것입니다."

양침에게는 16~17세 되는 딸이 있었는데 갑자기 병이 나서 여러 명의 의사를 바꿔 청해서 치료했는데도 나아지지 않았다. 양추마는 다시 그에게 말하길,

"댁의 딸은 오래 병을 앓고 있는데, 의사 진씨는 어떤 약을 쓰고 있고 의사 이씨는 어떤 약을 쓰고 있는데 모두 틀렸습니다. 이 병은 오직 후원의 박나무 안에 있는 뱀의 요괴가 장난친 것이라 급히 약을 물리치셔야 합니다. 필시 제가 곤장을 맞고 난 뒤 부적을 써서 뱀을 다스리면 따님이 평안해질 것이니 걱정하지 마십시오."

양침은 귀가하여 아내에게 말하면서도 반신반의하였다. 대개 작은 뱀이 나무 사이를 기어다니는 것은 늘 보는 일이지만, 양추마가 말한 의사와 약을 바꾼 것이 모두 헛소리가 아니었기 때문이다. 이후 양추마가 곤장형을 받고 돌아와 부적을 써서 양침에게 보내고 나무에 걸어 두라고 하였는데, 그렇게 하자 딸의 병이 곧 말끔히 나았다. 이듬해 양침의 사촌 형제들이 사천 유시에 참가하였는데, 정말로 네 명이 합격하였다. 이들의 이름은 각각 종망, 민망, 송망, 태망이다.

이보다 앞서 양추마는 창녀를 취하여 아내로 삼았는데, 하루는 두 장직[39]을 자기의 집으로 오게 하여 돈 3만 전을 주고 관에서 사용하는 큰 곤장으로 자기 부부를 각각 20대를 치라고 하였다. 두 장직은 깜짝 놀라서 그 까닭을 묻자 양추마가 답하길,

---

39 杖直: 관아에서 곤장형을 집행하는 사람을 가리킨다.

이견병지 【一】

"우리 부부는 마땅히 이 화를 당해야 하는데, 지금 먼저 손을 써서 화를 물리치기 위해서라오."

두 사람 모두 감히 따를 수가 없어 가 버렸다. 결국은 옥사가 이루어졌고, 양추마는 아내와 함께 장형을 받았는데, 그가 일전에 미리 피하고자 했던 곤장 수와 같았고, 곤장을 들고 온 장직 역시 바로 그때 그가 불렀던 두 사람이었다.

말년에는 성도부로 와서 살았는데, 그의 집은 늘 문전성시를 이루었다. 사인들이 자신의 운명에 관하여 물어보면 그 즉시 답해 주었다. 어떤 때는 시를 한 수 지어 주는데, 시의 운이 수십 개나 되고, 긴 노래와 서문도 붓 가는 대로 써서 곧 완성했다. 매번 유시가 있을 때마다 반드시 먼저 시를 한 수 지어 사람들에게 보여 주었는데, 은유적으로 시를 썼기에 이해하기 어려웠으나 합격자 방문이 붙은 무렵이 되면 장원 급제자의 성과 이름 등이 모두 시 안에 완곡하게 드러나 있었다. 혹은 합격자 방문의 전체 백여 명의 이름을 미리 써서 봉해 놓기도 하였는데, 대부분 왼쪽 부수가 비어 있어 온전한 글자가 되지 못했지만, 등급과 순위는 부합하지 않은 것이 없을 정도였다.

사천제치사사[40]에서 30년 전의 문서를 찾았지만 찾을 수 없자 양추마에게 물어보았다. 양추마가 말하길,

---

40 制置使司: 전선 지휘를 총괄하는 임시 총사령부인 經略安撫制置使司의 약칭이다. 唐 大中 5년(851)에 黨項을 공격하기 위해 行營都統制置等使를 임명한 것이 효시다. 太平興國 4년(979) 北漢을 공격할 때 潘美가 北路都招討制置使를 맡은 것처럼 임시 임명직 총지휘관이었으며, 신종 때는 서하와의 전쟁으로 상설직인 經略安撫使가 있는데도 불구하고 經略安撫使兼制置使를 임명하여 여러 路를 총지휘하게 하였다. 남송에서는 더욱 늘어나 각 路의 군사를 관장하였으며 대부분 安撫大使를 겸임하였는데, 고위 관료가 맡으면 制置大使라고 하였다.

"어느 방 어느 함의 몇 번째 문건 안에 있습니다."

그의 말대로 찾을 수 있었다.

미주 미산현[41]의 사침이 그의 집을 찾았을 때 고향 사람이 옆에 앉아 있었다. 그 고향 사람은 새로 말을 한 마리 샀는데, 온몸이 검었고 코만 흰색이었다. 양추마가 말하길,

"그 말을 나에게 주시오, 그렇지 않으면 그대에게 좋지 않을 것이오."

그 사람이 화를 내며 말하길,

"선생은 도술을 부릴 줄 아는 것을 믿고 내 말을 뺏으려 하고 있소. 내가 돈 10만 전을 들여 이 말을 사고 아직 열흘도 지나지 않았는데 어찌 협박해서 뺏으려 한단 말이요?"

양추마가 대답하길,

"그대를 액운에서 구해 주려 한 것인데 내 말을 믿지 못하는 것도 당신의 운명이외다. 내년 5월 20일 억울하겠지만 큰 응보를 받게 될 것이오. 삼가 이를 잘 기억하고 있으시오. 말이 꼴을 먹는 것을 보지 마시고, 왼쪽 갈비뼈를 잘 보호하고 있으시오. 그날이 지나면 혹 다시 만날 수도 있을지 모르겠소."

그 손은 더욱 화를 내며 고집스럽게 말을 듣지 않았고 양추마가 해준 충고까지 까먹었다. 이듬해 그날 그는 직접 말을 먹이고 있었는데 말이 갑자기 뛰어오르더니 그의 왼쪽 갈비뼈를 밟았고 그는 즉사했다.

---

[41] 眉山縣: 成都府路 眉州 소속으로 본래 通義縣이었는데 太平興國 1년(976)에 眉山縣으로 바꿨다. 眉州의 치소였고 현 사천성 중남부 眉山市의 城區인 東坡區에 해당한다.

이견병지【一】

관수경이 과주[42] 교수로 있을 때 양추마에게 편지를 보내 동료의 앞날의 길흉을 물어보았다. 편지를 든 노복이 도착하기도 전에 양추마는 집에서 그 일을 아내에게 말하였고, 음식을 준비하여 관 교수가 보낸 노복에게 먹이게 하였다. 음식 준비가 다 되었을 무렵 노복이 막 도착하였다. 그들은 그 노복을 맞이하며 묻길,

"자기 일은 묻지 않고 다른 사람을 위해 왔으니, 어쩐 일이냐?"

노복은 놀라 절을 하였지만, 그가 하는 말의 연유를 전혀 알지 못했다.

양추마는 화양군[43]의 부잣집 모씨의 아들과 교유하며 매우 친하게 지냈다. 일찍이 그에게 돈 2만 전을 빌리고자 하였는데, 모씨는 인색하게 굴며 빌려주지 않았다. 그 자가 밤에 홀로 바깥채의 방에 있었는데 누군가 문을 두드리는 소리가 들렸다.

"나는 동쪽 이웃집의 아낙인데 남편이 술에 취해 난동을 부려 쫓겨났고, 밤이라 멀리 갈 수가 없으니 바라건대 저를 하룻밤만 재워 주십시오."

부잣집 아들은 흔쾌히 그녀를 받아들여 그녀와 함께 하룻밤을 보냈다. 부모에게 발각될까 걱정이 되어 새벽이 오기 전 그녀를 불러 깨웠는데, 아무런 대꾸도 반응도 없었다. 그런데 피비린내가 침실 휘장에 가득하여 등잔 심지를 곧추세워 불을 밝게 하고 비추어 보니 여

---

42 果州: 梓州路 소속으로 寶慶 3년에 理宗의 潛藩이라서 順慶府로 승격하였다. 치소는 南充縣(현 사천성 南充市 城區)이고 관할 현은 3개이며 州格은 團練使州이다. 현 사천성 동북부에 해당한다.

43 華陽郡: 남조의 梁에서 설치한 행정지명으로서 송대에는 利州路 廣元府(현 사천성 廣元市)에 해당한다.

자의 몸과 머리가 세 덩어리로 잘려져 있고 뻘건 피가 옆으로 흘러넘쳐 마치 방금 처형된 것 같은 모습 같았다. 놀라고 무서워 거의 기절할 뻔하였다. 스스로 생각하길 기이한 화가 닥친 것이라 싶어 양추마가 아니면 구해 줄 수 없을 것이라 여겨 양추마의 집으로 달려가 문을 열고 들어가 급한 사정을 알렸다. 양추마가 대답하길,

"그대와 교유한 지 꽤 시간이 흘러 좋은 일이건 나쁜 일이건 함께 하였는데, 전날 내가 돈을 빌려 달라고 할 때는 거절하며 빌려주지 않다가 지금 급한 일로 나를 찾으니 어찌 된 일이오?"

부잣집 아들은 서럽게 눈물을 흘리며 잘못을 뉘우쳤다. 양추마가 웃으며 말하길,

"이는 어렵지 않은 일이니, 걱정하지 마시오. 내가 준 부적을 가지고 가서 방에 두고 급히 문을 닫아걸고 절대 다른 사람에게 말하지 마시오."

부잣집 아들은 감사를 표하며 말하길,

"만약 그대의 도움을 받아 해결하면 돈 백만 전으로 보답하겠소."

"그렇게 많은 돈이 무슨 소용이 있겠소. 다만 내가 원래 필요로 했던 2만 전만 주시오."

곧 부적을 가지고 돌아갔고, 두려워 떨며 밤을 보냈다. 새벽이 되자 몰래 방으로 들어갔더니 시체가 보이지 않았고, 침상은 매우 깨끗하였다. 일찍이 더러웠던 일이 없었던 것과 같아 기쁘기 그지없었다. 그날 즉시 사례비와 술, 안주를 가지고 양추마의 집으로 갔다. 양추마가 말하길,

"우리 집은 좁고 지저분해서 마실 수가 없으니 우리 함께 교외로 나가지 않겠소?"

이견병지 【一】

두 사람은 곧 밖으로 나가서 어느 한 술집에 간 뒤 자리를 마련해 달라고 하고 대작하였다. 그때 술집의 아낙을 보게 되었는데, 전날 밤 찾아와 만났던 그 여자와 분명히 똑같았다. 오직 안색이 마르고 누런빛인 것만 달랐다. 그 아낙 역시 번번이 뚫어지게 보더니 무언가 의심하는 바가 있는 듯 보였다. 그녀를 불러 물어보니, 대답하길,

"이틀 전 꿈에 어떤 사람이 불러 어느 한곳에 이르렀는데, 나이 어린 남자가 나를 머물게 하여 밤을 보냈습니다. 막 잠이 깨었는데 온몸이 매우 불편하였고, 피가 물이 새듯 흘러서 거의 두 말 정도나 돼서야 비로소 피가 멈추었죠. 지금도 여전히 가쁜 숨을 몰아쉬니 평생 이러한 병에 걸려 본 적이 없습니다."

그리고 겪은 바가 대개 귀신에 홀린 것이었음을 비로소 깨달았다고 말하였다.

승상[44] 우윤문[45]이 양양[46]과 형주[47]에서 도성으로 소환되자 아들 우

---

44 丞相: 秦은 고위 정책자문단인 相邦을 설치하였는데(前334), 西漢에서는 劉邦을 피휘하여 相國으로 고치고 丞相을 두어 상국을 보좌하게 하였다. 그러나 실제로는 相國의 권력을 제한하기 위해 승상만 임명하였고, 曹操가 승상이 되면서 丞相 제도가 정착되어 후대로 이어졌다. 丞相은 정식 관명인 데 비해 宰相은 최고 행정 장관에 대한 통칭으로 송대 재상의 정식 명칭은 同中書門下平章事이다.

45 虞允文(1110~1174): 자는 彬父 또는 彬甫라고 하는데 본문에서는 幷甫라고 하였다. 成都府路 眉州 仁壽縣(현 사천성 眉山市 仁壽縣) 사람이다. 紹興 30년(1160) 금조에 사신으로 갔다가 금의 전쟁 준비를 확인하고 대비책 강구를 촉구하였으며, 소흥 31년(1161), 금군의 전면 공세를 맞아 지휘관 부재의 악조건 속에서 1만 8천 병력으로 금군 15만 대군을 采石磯에서 격파하고 진퇴양난으로 몰아넣었다. 이에 금군 내부 동요가 발생하여 海陵王이 피살되고 화의를 제기하기에 이르렀다. 이로써 우윤문의 명망은 일세를 풍미하였다. 이후 川陝宣諭使로 吳璘과 함께 陝西 일부를 수복하였고, 參知政事·樞密院使를 거쳐 재상에 올랐으며 左丞相 겸 樞密使 직을 추가로 받았다. 王應辰을 비롯한 많은 인재를 발탁한 공적도 높이 평가받았다.

46 襄陽府: 京西南路의 치소로서 1개 부, 7개 주, 1개 군, 31개 현을 관할하였으며 宣

공량[48]이 양추마에게 편지를 보내 앞으로의 일에 대해 가르침을 청하였다. 양추마가 대답하길,

"알 수 있을 듯도 하고 알 수 없을 듯도 합니다. 보름 뒤 '동[49]첨서[50]'로 가시게 될 것입니다."

우윤문은 '첨서' 직책에 '동'자를 쓰지 않은 지 이미 오래되어 이상하다고 생각하였는데, 곧 소대[51] 지사가 되었고, 부임한 지 보름 만에 '동첨서추밀원사'가 되었다. 당시 전처화가 먼저 첨서가 되었고, 그래서 '동'자가 더해진 것이다.[52] 이와 같은 일은 매우 많아서 일일이 다 적지 않겠다.

和 1년(1119)에 襄陽府로 승격되었다. 府의 치소는 襄陽縣(현 호북성 襄陽市 城區)이고 관할 현은 6개이며, 州格은 節度州이다. 하남과 호북을 연결하는 요충지이며 漢江을 사이에 두고 襄陽과 樊城이 마주 보고 있어 난공불락의 상징이다. 현 호북성 중북부에 해당한다.

47 荊州: 荊湖北路의 치소인 江陵府의 옛 지명이다. 한 무제 元封 5년(前106)에 荊州刺史部를 처음 설치하고, 開元 21년(733)에 江陵府를 처음 설치한 뒤 형주와 강릉이 현 형주시의 지명으로 계속 사용되었다.

48 虞公亮: 虞允文의 3남 가운데 장남이며 奉議郎으로 直秘閣을 역임하였다.

49 同: 자신의 품계보다 높은 직급을 대행하는 것을 뜻한다. 唐代 후기에 관원을 파견하면서 업무의 성격에 따라 '知·權·攝·判·同·守·試' 등의 호칭을 붙여 구분하였는데, 송대에는 더욱 제도화하여 미세한 직급의 차이를 표하게 하여 정해진 품계 이외의 다양한 등급 차를 만들고, 관료 내 위계질서를 확립하는 데도 활용하였다. 知는 주관 관원임을, 權은 임시 대리를, 攝은 대리나 겸직을, 守는 자신의 품계보다 높은 직급을 임시 署理하는 것을, 判은 자신의 직급보다 낮은 직급을 겸직하는 것을, 試는 일종의 試補를 뜻한다.

50 簽書: 통상 樞密院 차관인 簽書樞密院事를 가리킨다. 본래 簽署樞密院事라고 하였으나 송 英宗의 이름 趙曙를 피휘하여 '簽書'로 개칭하였다.

51 蘇臺: 춘추시대 吳王 闔閭가 蘇州 姑蘇山 위에 세운 臺의 이름으로 후에 소주를 뜻하는 용어로 쓰이게 되었다.

52 同簽書樞密院事: 송대 동첨서추밀원사는 직무와 품위는 첨서추밀원사와 같으나 두 사람이 동시에 임명될 때 '동'자를 더하였다.

成都孔目吏王生, 住大安門外. 每五鼓趨府, 必誦'大隨求呪'一通, 將及門, 率值婦人行汲, 如是久之. 一旦, 有惑志, 誦呪稍輟. 婦人忽至前曰: "我每旦將過此, 吾主公必夙興, 如有□敬者, 故我汲水不敢緩. 今日獨否, 君豈有所慢乎?" 王生竦然而去, 固不曉其語. 晚歸, 過江瀆廟, 心動, 亟入瞻謁, 見壁畫一婦人, 手持汲器, 蓋平生所見者.

성도부의 공목리[53]인 왕씨는 대안문[54] 밖에 살고 있었다. 매일 5경이 되면 관아에 가면서 '대수구주문'을 꼭 한 번씩 암송하였다. 하루는 대안문에 다다를 무렵 갑자기 한 여인이 물을 길어 오는 것을 우연히 마주치고 한참을 물끄러미 바라보았다. 어느 날 아침 미혹된 바가 있어 주문 암송을 잠시 멈추었다. 그러자 그 여인이 홀연 앞으로 다가와 말하길,

"매일 아침, 내가 이곳을 지날 때면 주인께서 반드시 일찍 일어나시며 매우 경건한 바가 있었습니다. 그래서 제가 물 긷는 일을 감히 더디게 할 수 없었습니다. 그런데 오늘은 유독 그렇지 않으시니 주인

---

53 孔目吏: 唐代에 州와 方鎭에 설치한 孔目院의 관리로서 문서 관리와 재정회계 등을 포함한 전반적 업무를 담당하였다. 宋朝도 學士院·崇文院·三司·開封府·殿前司·馬步軍司 등에 모두 공목원을 설치하였다. 책임자인 都孔目官과 부책임자인 孔目官은 모두 8품으로서 서리 가운데 최상급에 해당한다.

54 大安門: 成都府의 北門에 해당한다. 前蜀 때 만든 新城의 성문 이름으로 河南과 통하는 蜀道의 출발점이다.

께서는 왜 태만하신가요?"

왕씨는 덜컥 겁이 나서 자리를 떴으나 그 말이 무슨 뜻인지 실로 알 수 없었다. 저녁에 집으로 돌아가는 길에 강독묘[55]를 지났고 마음이 동요하여 급히 들어가 위를 바라보니 벽화 속의 한 여인을 볼 수 있었다. 손에는 물동이를 들고 있었는데, 평소 보았던 바로 그 여인이었다.

---

55 江瀆廟: 長江의 신을 모시는 사묘로서 秦代에 건립되었으며, 송대에 크게 중건되었다. 특히 成都府 지사 겸 四川制置使로 부임한 范成大에 의해 淳熙 3년(1175)에 209칸 규모로 확충되었다. 仁宗은 매년 立夏에 제사를 지내도록 규정하였다.

이견병지【一】

唐八郎者, 本靑城趙氏子. 父曰趙老, 居山下, 喜接道流. 唐年十許
歲, 似有所遇, 家人失之. 踰兩月, 得於山後磐石上, 取以歸, 自是率意
狂言. 嘗升木杪大呼曰: "靑城市中水且至." 明日, 縣乃大火. 又嘗摩挲
一巨木, 吝嗟其傍. 或問之, 曰: "是將爲吾父柩." 居亡何, 趙老果死.

久之, 告人曰: "張天師在仙井, 我將從之遊." 棄家而行. 至仙井, 每
夜臥室中, 白氣被其體如月, 外間皆見. 邑人員彦材, 老矣, 自謂行運
與何文縝丞相同, 必繼魁多士. 紹興庚午, 赴廷試. 旣行, 唐訪其家, 悉
取器皿之屬, 倒置于地, 曰: "秀才出去狀元歸, 可賀也." 一家皆喜. 彦
材旣入試, 誤有所識於白襴上, 爲內侍所發, 當罷歸, 以有升甲恩, 特
旨列於五甲末, 乃悟倒置之意. 士子十數輩將應擧, 來謁唐. 唐云: "君
輩皆非虞任之比." 任之者, 虞育也. 是年, 育免擧, 衆士俱不利.

員顯道家以肉葅作餠, 食而餘其四. 其日晚, 唐至, 索食. 顯道曰:
"適無一物可以爲先生供." 唐笑曰: "肉餠尙有四枚, 何靳也." 凡所見
皆類此. 隆興初, 成都村民挽車入市, 逢道人, 遺交子二千, 授以書,
曰: "倩汝送與仙井唐八郎." 民接書卽行, 同輩稍黠者咤曰: "吾聞八郎
異人也, 書中得非有奇藥方書乎?" 發視之, 白紙也, 急復緘封之. 纔至
仙井, 唐迎罵曰: "何不還吾書?" 民再拜謝罪. 唐執書再三讀, 歎曰: "又
遲了我二十四年." 不樂而去, 至今猶存.(此卷皆員興宗顯道說.)

당팔랑은 본래 영강군 청성현 사람 조씨의 아들이다. 조씨 노인이
라 칭하던 당팔랑의 아버지는 산 아래 살면서 도인들과 교류하기를
좋아하였다. 당팔랑이 열 살쯤 되었을 때, 마치 무슨 일이라도 있었
던 것처럼 집안사람들은 그를 찾을 수 없었다. 두 달이 지나서 뒷산

아래 너럭바위 위에서 그를 찾아서 데리고 돌아왔다. 이때부터 멋대로 말을 지껄여댔다. 한번은 나뭇가지 끝에 올라 큰소리로 외치길,

"청성현 시장에 강물이 이를 것이다."

다음 날 현성에 큰 화재가 있었다. 또 일찍이 큰 나무를 어루만지며 그 옆에서 탄식하였다. 어떤 사람이 까닭을 묻자 답하길,

"이 나무는 장차 아버님의 관이 될 것이오."

오래지 않아 조씨 노인은 과연 죽고 말았다. 한참 후 사람들에게 이르길,

"장천사[56]가 선정감에 있으니 나는 그를 따라 배워야겠다."

그리고는 집을 버리고 떠났다. 선정감에 이르러 밤마다 집안에 누워 있으면 하얀 기운이 달빛처럼 그의 몸을 덮었고, 바깥에서 모두 이를 쳐다보았다. 성안 사람 원언재는 나이가 들었는데도 자신의 운세가 자가 문진인 재상 하율[57]과 같을 것이라며 계속 과거에 응시하

---

56 張天師: 도교 天師道의 창시자인 張陵(34~156)의 계승자를 말한다. 張道陵이라고도 하며 豊縣(현 강소성 徐州市 豊縣) 사람이다. 太學生 출신으로 江州 지사를 지냈고 사천에서 수도한 뒤 '天師'를 자칭하며 '天師道'라고 하는 도교를 창시하였다. 張道陵은 老子를 '太上老君'이라 칭하며 鼻祖로 존숭하고 『道德經』을 기본 경전으로 삼고 『老子想爾注』를 편찬하였으며 符籙・符水를 중시하였다. 장도릉은 섬서성의 漢中을 중심으로 종교적 공동체를 건설하였는데, 신도에게 5말의 곡식을 내게 하여 세칭 '五斗米道'라 칭하여졌다. 天師의 직위는 아들 張衡, 손자 張魯에게 계승되었고, 4대 張盛은 근거지를 강서성 鷹潭市 貴溪市에 있는 龍虎山으로 옮겨 후대로 이어졌기에 통상 張天師라고 칭하였다.

57 何㮚(1089~1127): 자는 文緽이며 成都府路 仙井監(현 사천성 眉山・樂山市) 사람이다. 북송의 마지막 과거인 政和 5년(1123) 과거에서 장원급제하고 起居舍人・中書舍人으로 중용되었다. 이후 御史中丞이 되어 권신 王黼의 간악한 행위 15개 항목을 지적하는 상소를 7차례나 올렸다가 泰州 지사로 밀려났으나 欽宗 즉위 후 翰林學士・尚書右丞 겸 中書侍郎・參知政事로 중용되었다. 금군이 개봉을 포위하자 하율은 尚書右僕射 겸 中書侍郎이 되어 康王을 天下兵馬大元帥로 임명하도

면 반드시 여러 사인 가운데 장원으로 급제할 것으로 생각하였다. 소홍 경오년(20년, 1150), 원언재가 전시[58]에 참여하게 되었다. 막 출발하려는데 당팔랑이 그 집을 방문하여 모든 그릇을 다 가져다 바닥에 거꾸로 세우며 말하길,

"수재께서는 오늘 나가시면 장원급제하여 돌아올 것입니다. 축하드립니다."

온 집안사람들이 모두 기뻐했다. 원언재가 들어가 시험을 치는데 외워야 할 것을 흰색 난의[59] 위에 적었다가 잘못해서 내시에 의해 발각되었다.[60] 그 자리에서 쫓거나 집으로 돌아오는데 '승갑[61]'의 성은

록 하여 남송 건국의 단초를 열었다. 尙書右僕射 兼 中書侍郎으로 금군과의 협상에 나서기도 하였다. 개봉 함락 후 금군과 협상하다 억류되었고 북송 멸망으로 포로가 되어 압송되던 중 단식하여 39세에 사망하였다.

58 廷試: 尙書省 禮部에서 주관하는 시험인 省試를 통과한 수험생을 대상으로 황제가 직접 주관하는 시험을 말한다. 통상 殿試라고 하며 廷試·廷對·御試라고도 한다. 당 高宗 때 처음 시작되어 송 태조에 의해 제도화되었다. 嘉祐 2년(1057)부터 전시는 합격 여부와 무관하고, 등수만 결정하는 것으로 바뀌었고, 황제와 합격자의 관계를 단순한 君臣지간에서 더욱 가까운 師弟지간으로 만드는 등 정치적 효과가 대단히 컸다.

59 襴衣: 저고리와 치마를 잇대어 만든 士人의 긴 예복으로서 옷소매가 나팔처럼 벌어졌다.

60 송대 州에서 주관하는 解試는 通判이 모든 시험 업무를 감독하였으나 尙書省에서 주관하는 省試나 황제가 주관하는 殿試에는 본래 별도의 監試官이 없었다. 본문의 경우 殿試이기 때문에 내시가 실무를 관여한 것으로 보인다. 省試는 嘉定 13년(1220)에 비로소 臺諫官을 監試官으로 임명하여 과거 업무를 주관하는 관리를 감독하게 하였다.

61 升甲: 송대에는 과거 합격자를 등수에 따라 1甲~5甲으로 구분하고 1~2甲에는 진사급제, 3~4甲에는 진사출신, 5甲에는 同진사출신이라는 칭호를 하사하였다. 그 가운데 1甲은 총 3명이어서 三鼎甲이라고도 하고, 2甲과 3甲의 정원은 별도로 정해지지 않았지만 3甲까지 모두 臚唱의 특전을 누리므로 통상 3甲까지도 진사급제라고 칭한다. 升甲은 황제 재량에 의해 위의 甲에 포함시켜 준다는 뜻이다.

을 입어 특별히 오갑의 끝에 포함해 주라는 황제의 성지가 내려왔다. 이에 비로소 그릇을 거꾸로 놓은 뜻, 즉 뒤에서 일등을 뜻하는 것임을 깨닫게 되었다. 또 사인 십여 명이 과거 응시를 앞두고 당팔랑을 찾아왔다. 당팔랑이 말하길,

"그대들은 모두 우임지와 비할 수 없을 것이오."

우임지라는 자는 우육을 말한다. 이해에 우육은 해시를 면제[62]받게 되었고, 그 밖의 사인들은 모두 낙방하였다.

자가 현도인 원홍종의 집에서 절인 고기를 소로 전병을 만들었는데 다 먹고 나니 네 개가 남았다. 날이 저물어 당팔랑이 와서 먹을 것을 달라고 하였다. 원홍종이 말하길,

"마침 선생에게 대접할 음식이 하나도 없습니다."

당팔랑이 웃으며 말하길,

"고기로 만든 전병이 네 개나 남아 있는데, 어찌 그리 아까워하시는지요?"

무릇 그가 예측한 것이 모두 이와 같았다.

융흥 연간(1163~1164) 초, 성도부의 촌민이 수레를 끌고 시장으로 가다가 한 도인을 만났다. 그 도인이 교자 2천 전과 편지를 주며 말

---

62 免擧: 建炎 1년(1127), 高宗은 북송의 멸망과 전쟁의 혼란 속에서도 揚州에서 과거를 거행하면서 응시 자격을 대폭 완화해 주었고, 建炎 3년(1129)에는 省試 불합격자에게도 同進士出身을 소급 적용해 주었다. 또 紹興 1년에는 轉運司에 조서를 내려 元符 이후 과거에 응시하였거나 태학에서 공부한 관련 문건 등을 禮部로 올리게 하여 이런 특혜의 근거로 삼았다. 아울러 解試에 합격한 뒤 관련 증빙 문건을 잃어버리거나 훼손한 자에게는 京官 2명의 보증을 조건으로 소재지 州軍에서 해시 합격 증서를 발급해 주도록 하였다. 이런 혜택을 입은 자를 가리켜 '免解擧人', '免解進士'라고 한다.

이견병지 【一】

하길,

　"나를 대신하여 이 편지를 선정감에 있는 당팔랑에게 전해 주시게."

　그 촌민이 편지를 받고 곧 떠나려는데 동료 중 교활한 자가 군침을 흘리며 말하길,

　"당팔랑은 기인이라 들었소. 편지에는 분명 기묘한 약방문 같은 것이 들어 있지 않겠소?"

　그런데 열어서 보니 백지였기에 급히 다시 봉투를 봉하였다. 겨우 선정감에 이르렀을 때 당팔랑이 그를 기다리며 욕하길,

　"왜 내 편지를 돌려주지 않느냐?"

　촌민이 거듭 절을 하며 사죄하였다. 당팔랑이 편지를 보고 두세 번 읽더니 탄식하며 말하길,

　"또 24년이나 늦어졌네그려."

　당팔랑은 침울해하며 자리를 떴다. 그는 아직도 살아 있다.(이 3권의 일화 모두 자가 현도인 원홍종이 말한 것이다.)

이견병지 夷堅丙志 卷 4

靑城道會時, 會者萬計, 縣民往往旋結屋山下, 以鬻茶果. 有賣餠家
得一店, 初啓肆之日, 一客被酒, 造其居, 醉語無度, 袒臥門左, 餠師殊
苦之. 與之錢, 不受; 飼以餠, 不納. 先是, 有風折大木, 居民析爲二橙,
正臨門側, 以待過者. 店去江頗遠, 方汲水, 二器未及用, 客忽起, 縛茢
帚, 蘸水洗木, 捫捫踰兩時, 又臥其上. 往來望見者皆惡之, 及門卽返,
餠終日不得泄. 客亦捨去, 謝主人曰: "毋怒我, 我明日攜錢償汝直, 當
倍售矣." 遂行. 或詣橙旁欲坐, 見光采爛然, 乃濃墨大書"呂先生來"四
字. 取刀削之, 愈削愈明, 深透木底, 上下若一, 觀者如堵. 自此餠果大
售. 時紹興三十二年二月. 關壽卿親見其洗木時, 云: "一清瘦道人也."

영강군 청성현에서 도교 집회가 있을 때면 모이는 이가 만 명에 이
르러 현의 주민들이 종종 돌아가며 산 아래에 초막을 짓고 차와 과일
을 팔았다. 전병을 파는 집도 가게를 하나 열었는데, 가게를 연 첫날,
한 과객이 술에 취해 머물 곳을 찾았다. 취하여 횡설수설하면서 웃통
을 벗고 문 왼쪽에 누워 있어 가게 주인은 아주 곤혹스러웠다. 그에
게 돈을 주었지만 받지 않았고 전병을 주어도 받지 않았다. 이에 앞
서 바람이 불어 큰 나무가 부러졌다. 주민들은 나무를 쪼개어 두 개
의 걸상을 만들고 바로 문 앞에 두어 지나가는 이들이 앉을 수 있게
하였다.

가게는 강에서 제법 멀리 떨어져 있었는데, 막 물을 길어 온 두 개
의 물통을 사용하기도 전에 그 과객이 갑자기 벌떡 일어나더니 띠 풀

을 묶어 빗자루를 만들고 물에 담근 후 걸상을 씻기 시작하였다. 무려 네 시간을 넘게 힘써 닦아내더니 다시 그 걸상에 누웠다. 지나가는 사람들이 그를 보곤 모두 싫어하며 가게 문에 들어서다가도 곧 돌아갔다. 가게의 전병은 종일토록 줄지 않았다. 그 과객 또한 일어나 떠나려 하더니 주인에게 감사해하며 말하길,

"나에 대해 너무 노여워 마시오. 내일 돈을 가져와서 당신에게 사례할 예정이오. 전병을 두 배로 팔 수 있을 것이오."

그는 마침내 떠나갔다. 어떤 사람이 걸상 옆에 다가와 앉으려 하였는데 광채가 찬란한 것을 보고 진한 먹으로 "여동빈 선생이 오셨다"라고 크게 네 글자를 썼다. 칼을 가져와 글자를 새기니 새기면 새길수록 더욱 빛이 나서 나무 밑 부분까지 아래위가 하나로 연결된 듯 빛이 났다. 구경 나온 이들이 주위를 담장처럼 빙 둘러쌌고, 정말로 그때부터 전병이 많이 팔리기 시작하였다. 이때가 소흥 32년(1162) 2월이었다. 관수경은 그 술 취한 과객이 걸상을 씻는 것을 직접 보았는데, 그가 이르길, "한 명의 맑고 야윈 도인이었다"라고 하였다.

이견병지 【一】

마고동에서 만난 부인들 麻姑洞婦人

青城山相去三十里有麻姑洞, 相傳云亦姑修眞處也. 丈人觀道士寇
子隆獨往瞻謁, 至中塗, 遇村婦數輩自山中擔蘿蔔中出, 弛擔牽裳, □
道上清泉跣足洗菜. 見子隆至, 問: "尊師何往?" 曰: "將謁麻姑." 一婦
笑曰: "姑今日不在山, 無用去." 取蘿蔔一顆授子隆曰: "可食此." 食之,
遂行. 竊自念曰: "彼皆村野愚婦, 豈識麻姑爲何人, 得非戲我歟?" 忽焉
如悟, 回首視之, 無所見矣. 自是神清氣全, 老無疾病, 爲人章醮, 自稱
火部尙書. 壽過百歲, 隆興中乃卒.

청성산에서 30리 정도 떨어진 곳에 마고동이라는 곳이 있다. 전하
는 말에 의하면 마고[1]가 수도[2]하던 곳이라 하였다. 장인관의 도사 구
자융은 마고를 배알하고자 홀로 길을 나섰다. 가던 도중에 우연히 촌
부 여러 명이 산중에서 무를 지고 나오는 것을 보았다. 그들은 지고
온 무를 내려놓고 치마를 여미며 길가의 맑은 샘가에 가서 발을 담그
고 채소를 씻었다. 그들은 구자융이 오는 것을 보고는 묻길,

"도사께서는 어디를 가십니까?"

1　麻姑: 도교의 여신으로 장수를 관장한다고 알려져서 壽仙娘娘이라고도 한다. 마
　고의 道場은 현 강서성 撫州市 南城縣에 있는 麻姑山이다. 마고산은 도교의 36개
　洞天, 72개 福地 가운데 28번째 洞天, 10번째 福地로 인정되었다. 마고산의 원래
　이름은 丹霞山이었다.
2　修眞: 도교에서는 최고 경지를 眞人·眞仙으로 보고, 그에 이르는 수행 과정을 '修
　眞'이라 칭한다.

그가 대답하길,

"마고를 뵈러 가는 길이오."

한 부인이 웃으며 말하길,

"마고께서는 오늘 산에 안 계시니 가셔도 소용없을걸요."

그러고는 무 하나를 집어 구자융에게 주며 말하길,

"이거 좀 드셔 보시지요."

구자융은 무를 먹고는 곧 길을 떠났다. 그러다가 혼자 가만히 생각하며 중얼거리길,

"저들은 모두 촌락의 우매한 여자들인데 어찌 마고가 누구인지 알았을까? 설마 나를 놀린 것인가?"

그런데 갑자기 깨달은 바가 있어 머리를 돌려 되돌아보니 아무것도 없었다.

이때부터 구자융은 정신이 맑고 기력이 온전해져 늙어서까지 질병이 없었고, 사람들을 위해 제례[3]를 지내 주었으며 스스로 '화부상서'[4]라 자칭하였다. 나이가 백 세를 넘도록 살았고 융흥 연간(1163~1164)에 비로소 세상을 떴다.

---

3 章醮: 도교의 제례 의식 가운데 하나로 제단을 설치하고 기도문을 올리는 것을 가리킨다.
4 火部尙書: 8개 분야를 다루는 도교의 신선 가운데 하나이다. 8部正神은 雷部·火部·水部·財部·瘟部·痘部·鬥部·太歲部이다.

青城縣外八十里老人村, 土人謂之老澤. 『東坡集』中所載不食鹽酪
年過百歲者, 蓋此也. 平時無人至其處. 關壽卿與同志七八人, 以春暮
作意往游. 未到二十里, 日勢薄晚, 鳥鳴猿悲, 境界凄厲, 同行相顧, 塵
埃之念如掃, 策杖徐進. 久之, 山月稍出, 花香撲鼻. 諦視之, 滿山皆牡
丹也.

幾二更, 乃得一民家. 老人猶未睡, 見客至, 欣然延入, 布葦席而坐.
諸客謝曰: "中夜爲不速之客, 庖僕尙遠, 無所得食, 願從翁賖一飱, 明
當償直矣." 翁曰: "幸不以糲食見鄙, 敢論直乎?" 少頃, 設麥飯一鉢, 菜
羹一盆, 當席間環以椀, 揖客共食, 翁獨據榻正中坐. 俄烝一物如小兒
狀, 置于前, 衆莫敢下箸, 獨壽卿擘食少許. 翁曰: "吾儲此味六十年,
規以待老. 今遇重客, 不敢愛, 而皆不顧, 何也?" 取而盡食之, 曰: "此
松根下人參也."

明日, 導往傍舍, 亦皆喜, 爭相延飲饌, 曰: "茲地無稅租, 吾斸山爲
壠, 僅可播種, 以贍伏臘. 縣吏不到門, 或經年無人跡, 諸賢何爲肯臨
之?" 留三日, 始送出山. 凡在彼所見數百人, 其少者亦厖眉白髮, 略無
小兒女曹. 後不暇再往.(右三事皆關壽卿說.)

영강군 청성현 교외로 80리를 가면 노인촌이 있는데, 그 지역 사람
들은 이를 '노택'이라 불렀다. 『동파집』[5]에는 소금과 유제품 등을 먹

---

5 『東坡集』: 蘇軾의 시문집으로 소식 생전에 이미 『東坡集』30卷, 『後集』20권, 『內
制』10권, 『外制』3권을 포함해 5集을 비롯해 말년의 작품을 모은 『和陶詩』4권
이 출간되었다. 남송 때 사천에서 나온 『蘇東坡集』에 『應詔集』10권이 추가되었
고 명대에 『續集』이 더해져 통칭 『東坡七集』이라는 현 판본의 기본이 갖춰졌다.

지 않으며 나이가 백 세를 넘은 자들이 사는 곳이 있다고 적혀 있는데 대개 이런 곳을 두고 한 말 같다. 평상시 이곳을 찾는 이는 아무도 없었다.

관수경과 그의 친구들 7~8명이 늦은 봄에 뜻이 맞아 유람을 떠났다. 20리를 채 못 갔을 때 날이 저물기 시작하자 새 소리와 원숭이 울음소리가 처연하게 들렸다. 동행하던 이들끼리 서로 바라보니 속세의 먼지 같은 상념들이 깨끗이 사라지는 듯하여 지팡이에 의지해서 천천히 앞으로 나아갔다. 한참 후 산속에 달이 조금씩 나오더니 꽃향기가 코를 자극하였다. 주위를 자세히 살펴보니 온 산에 모란이 가득하였다.

2경이 다 될 무렵 한 민가를 발견하였다. 주인 노인이 아직 잠들지 않았는데 과객들이 오는 것을 보더니 기뻐하며 들어오라 청하였고, 갈대로 만든 자리를 펴며 앉으라고 하였다. 여러 사람이 감사하며 말하길,

"한밤중에 갑자기 나타난 불청객입니다. 요리하는 노복들이 아직 멀리서 따라오고 있어 먹을 게 없으니 어르신께서 저녁밥 한 끼를 빌려주시면 내일 마땅히 사례하겠습니다."

노인은 말하길,

"우리 집 거친 음식을 싫다고 하지만 않으신다면 드리지요, 무슨 값을 바라겠습니까?"

잠시 후 보리밥과 채소로 만든 탕 한 그릇씩을 가져오고 자리 사이에 그릇들을 빙 둘러놓으며 손님들에게 같이 먹으라고 하고, 노인 혼자 침상 가운데 기대어 앉았다. 잠시 후 어린아이처럼 생긴 음식 하나를 쪄서 가져와 그들 앞에 놓는데, 아무도 감히 젓가락을 드는

이견병지 【一】

이가 없어 관수경 혼자 조금 덜어다 먹었다. 노인이 말하길,

"이것은 내가 60여 년을 저장하여 둔 것이오. 늙어서 먹으려고 하였다오. 지금 귀한 손님들을 만났으니 감히 아껴 둘 수가 없어 꺼낸 것인데, 모두 쳐다보지도 않으니 어찌 된 일이오?"

노인은 그것을 가져다 다 먹은 후 말하길,

"이것은 소나무 뿌리 아래 있었던 인삼이오."

다음 날 노인은 그들을 데리고 이웃집으로 가니 그들 역시 다 기뻐하며, 앞다투어 그들을 데려가 음식을 대접하고자 하였다. 그들이 말하길,

"이곳은 조세를 내야 할 필요도 없고, 우리는 그저 산을 일구어 밭을 만들면 그런대로 파종할 만하고 생활도 유지할 만합니다.[6] 현의 서리들도 오지 않고, 여러 해 동안 찾는 이도 없다오. 그런데 여러 사인께서 어찌하여 이곳까지 오게 되었소?"

사흘을 머문 후에야 비로소 그들을 산 밖으로 보내 주었다. 그곳에서 본 사람들은 모두 수백 명이나 되지만 젊다고 해도 희끗희끗한 눈썹에 흰 머리카락의 중년이었으며 어린아이들은 없었던 것 같다. 후에 여유가 없어 다시 가 보진 못하였다.(위 세 가지 일화 모두 관수경이 말한 것이다.)

---

6 伏臘: 본래 여름 三伏과 겨울철 동지 이후에 지내는 제사를 뜻한다. 복제는 송대에 이미 자취를 감췄고, 동지로부터 세 번째 戌日에 지내는 연말 제사는 조상신과 대문·안문·창문·마당·아궁이 등 집안의 신을 모시는 것이었다. 복랍은 생활에 필요한 물건을 가리키는 말로도 쓰인다.

眉山人孫斯文, 文懿公抃曾孫也, 生而美風姿. 嘗謁成都靈顯王廟,
視夫人塑象端麗, 心慕之. 私自言曰: "得妻如是, 樂哉!" 是夕還舍, 夢
人持鋸截其頭, 別以一頭綴項上. 覺而摸索其貌, 大駭. 取燭自照, 呼
妻視之, 妻驚怖卽死. 紹興二十八年, 斯文至臨安, 予屢見之於景靈行
香處, 醜狀駭人, 面絶大, 深目倨鼻, 厚脣廣舌, 鬢髮鬐鬐如薑. 每啖物
時, 伸舌捲取, 咀嚼如風雨聲, 赫然一土偶判官也. 畫工圖其形, 鬻於
市廛以爲笑. 斯文深諱前事, 人問者, 輒曰: "道與之貌也." 楊公全識其
未換首時, 曰: "與今不類." 蜀人目之爲孫鬼腦云.

　　미주 미산현 사람 손사문은 문의공 손변[7]의 증손자로서 태어나면
서 풍채가 빼어났다. 일찍이 성도부의 영현왕묘[8]를 배알한 일이 있는
데, 영현왕 부인의 소조상을 보고 단아하고 아름답다고 여겨 마음으

7　孫抃(996~1064): 자는 夢得이며 成都府路 眉州 眉山縣(현 사천성 眉山市 東坡區)
　사람이다. 吏部郎中・右諫議大夫・權御史中丞 등의 요직을 거쳐 參知政事를 역
　임하였고, 觀文殿學士로 사임하였다. 英宗이 즉위한 뒤 戶部侍郎이 되었으나 연
　로하여 사임하였다. 시호는 문의이다. 겸손하고 소탈한 품성을 지니고 있었고 여
　러 요직과 고관을 지냈지만 특별한 치적을 남기지는 못하였다.
8　靈顯王廟: 수리와 수해 방지, 농경 등 다양한 분야를 관장하는 민간신을 모시는 사
　묘이다. 五代부터 사천의 지역신으로 숭상되어 송대 중기 이후 개봉에서 널리 숭
　배되면서 조정의 정식 제사 대상이 되었다. 정식 명칭은 郎君神이지만 민간에서
　는 통상 二郎神이라고 칭하였고 사묘의 명칭도 二郎祠라고 하였다. 하지만 灌口
　神을 비롯해 灌口二郎・二郎眞君・二郎顯聖眞君・淸源神・淸源妙道眞君・赤城
　王・靈顯王・昭惠顯聖仁佑王 등 수많은 별칭이 있다.

로 그녀를 흠모하였다. 혼자서 말하길,

"이런 여자를 아내로 맞는다면 얼마나 좋을 것인가!"

이날 저녁 숙소로 돌아와 자는데 꿈에 어떤 사람이 톱을 가져와 그의 머리를 자르더니 다른 사람의 머리를 자기의 목 위에 이어 붙였다. 깨어나 자기 얼굴을 만져 보고 대단히 놀랐다. 촛불을 가져와 자신을 비춰 보고는 아내를 불러 보라고 하자 아내가 놀랍고 두려워 그 자리에서 죽고 말았다.

소흥 28년(1158), 손사문이 임안부에 왔을 때, 나는 경령궁[9]의 향 피우는 곳에서 여러 차례 그를 보았는데, 추한 모습이 사람을 놀라게 할 정도였다. 얼굴이 매우 크고, 깊이 들어간 눈에 구부러진 코. 두꺼운 입술에 넓은 혀를 가지고 있는 데다 귀밑머리와 헝클어진 머리가 전갈 같았다. 매번 음식물을 먹을 때마다 긴 혀를 뻗어 둘둘 말아 먹어 치우고 음식을 씹을 때는 비바람이 부는 소리가 났으니, 마치 토우로 만든 몹시 화난 저승의 판관 같은 모습이었다. 화공이 그 모습을 그려 재미로 시장에 내다 팔기도 했다. 손사문은 전에 있었던 일을 심히 꺼리며 말하지 않았고, 사람들 가운데 묻는 이가 있으면 그때마다 말하길,

"어느 도인이 나에게 이런 외모를 주었소."

양공전은 머리가 바뀌기 전 모습을 알고 있었는데, 말하길,

"지금과는 완전히 달랐소."

사천 사람 가운데 그를 본 자들은 '귀신의 머리를 한 손씨'라 불렀다.

---

9 景靈宮: 남송 황제들이 매년 춘하추동의 첫 달인 1·4·7·10월마다 조상에 대해 제사를 지내던 곳이다. 남송 때 御街(현 中山中路)에 자리하고 있었다.

閬州通判之子, 數遣小兵貨物於市. 嘗持象笏至富民家, 民詰之曰: "此吾家物, 汝從何得之?" 兵以實告. 民入索篋中, 果不見, 證其爲盜, 執而訟于官. 時同郡數家被盜, 所失財物甚衆, 立賞迹捕, 莫能得, 及聞是事, 皆詣府投牒. 吏就鞫問, 其對如初. 郡守韓君以語倅, 倅心疑其子, 潛入書室, 見所陳衣服·器皿·玩好, 皆非己所有, 大駭. 呼問之, 以竊對, 父震怒曰: "吾不幸生子而以穿窬爲罪, 世間之辱, 何以過此?" 命擒縛送府, 子殊無懼色.

守以美言誘之曰: "吾與汝父同寮, 當爲汝地. 但還諸人元失物, 必不窮竟也." 遣兵官監詣其室, 盡取所藏. 子具言某物某家者, 某物某家者, 乃各以付失主. 但餘皮鞾一雙, 無主名. 子再拜懇請曰: "願以見賜." 守問何所用? 對曰: "頃登子城, 見此物在城下, 試取著之, 便履空如平地. 自是入人家, 白晝亦不能覺." 守益不信, 還其鞾, 且驗焉. 子欣然, 才著畢, 騰升屋端, 了無滯礙, 其去如飛, 竟失所往. 予婦姪張寅爲臨桂丞, 聞之於靈川尉王琨. 琨云: "此近年事, 不欲顯其姓名, 特未審也."

낭주[10] 통판[11]의 아들은 여러 차례 어린 병사들을 보내 물건들을 가

---

10 閬州: 利州路 소속으로 치소는 閬中縣(현 사천성 南充市 閬中市)이고 관할 현은 9개이며 州格은 節度州이다. 嘉陵江에 연해 있으며 현 사천성 동북부의 南充市 북쪽에 해당한다.

11 通判: 州의 지사를 도와 민정·재정·조세·사법 등의 업무를 담당하는 부지사이다. 정식 명칭은 知事通判·通判州事로서 通判·州監·州佐·主倅·倅 등으로 불린다. 직급은 지사보다 낮았지만, 상관인 지사를 포함한 관리들에 대한 감찰과

져다 시장에 팔게 하였다. 일찍이 상아로 된 홀을 가져다 부잣집에 팔게 하였는데, 그 부잣집 사람이 캐묻길,

"이것은 우리 집 물건인데, 너는 어디에서 이 물건을 얻었느냐?"

병사는 사실대로 말하였다. 그 부자가 자기 집 방으로 들어가 상자 안을 찾아보니 과연 홀은 보이지 않았고, 병사가 훔친 것이 입증되어 그를 잡아서 관에 고소하였다. 이때 낭주에서는 여러 집들이 도난당하여 잃어버린 물건이 매우 많았다. 도둑맞은 집에서는 현상금을 걸어 도둑을 잡고자 하였지만 잡을 수가 없었다. 그런데 이 일이 알려지자 다들 관아로 가서 고소장을 제출하였다. 서리가 심문하자 병사는 처음에 말한 것과 똑같이 대답하였다.

낭주 지사 한씨는 이를 통판에게 말했고, 통판은 속으로 아들이 의심스러웠다. 몰래 아들의 공부방에 들어가 보니, 의복·그릇·골동품 등이 놓여 있었는데, 모두 자기네 집 것이 아니어서 매우 놀라 아들을 불러 물어보니, 훔친 것이라 대답하였다. 아버지는 진노하여 말하길,

"내가 불행하여 친아들이 도둑질하는 죄를 지었으니 세간의 치욕 중에서 이보다 더한 것이 어디 있겠는가?"

그는 주위에 명해 아들을 붙잡아 관아로 보냈다. 아들은 특별히 두려워하는 기색도 없었다. 지사는 좋은 말로 타이르길,

"나는 너의 아버지와 동료로서 너의 처지를 생각하는 것이 마땅하다. 그저 사람들에게 원래 잃어버렸던 물건을 돌려준다면 반드시 더

황제에 대한 직보 권한이 부여되어 황제의 지방 통제권 강화에 중요한 역할을 담당하였다.

는 죄를 묻지 않을 것이다."

그는 군관을 보내 그 집에 가서 감독하며 숨겨 둔 것을 모두 가져오게 하였다. 그 아들은 어떤 물건은 어떤 집의 것이고, 어떤 물건은 어떤 집의 것인지 상세히 말하였다. 그리고 원래 주인에게 각각 돌려주었다. 다만 남은 가죽 양말 한 켤레가 있었는데, 주인의 이름을 몰랐다. 그 아들이 거듭하여 절을 하며 간절하게 청하길,

"원컨대 이것은 저에게 주십시오."

그 물건이 어디에 쓸모가 있냐고 지사가 묻자 대답하여 말하길,

"예전에 자성子城에 올랐을 때 이 물건을 성 아래에서 봤습니다. 시험 삼아 그것을 가져다 신어 보니 곧 공중에서 걸을 수가 있었는데 마치 평지처럼 느껴졌습니다. 이때부터 다른 사람의 집에 들어갔는데 대낮인데도 들키지 않을 수 있었습니다."

지사는 더더욱 믿지 않았다. 그 양말을 돌려주며 시험 삼아 해보라고 했다. 통판의 아들은 기뻐하며 양말을 신자 바로 지붕 위 끝까지 오르더니 조금도 머뭇거림이나 방해되는 것이 없는 것처럼 보였고, 그가 걸어가는 것이 나는 듯했다. 마침내 어디로 갔는지 알 수 없었다. 나의 처조카인 장인이 계주 임계현[12] 현승이었는데, 이 일을 계주 영천현[13] 현위[14] 왕곤에게서 들었다고 한다. 왕곤은 이르길,

---

12 臨桂縣: 廣西南路 桂州의 治所이며 현 광서자치구 북동부 桂林市 城區 서남쪽의 臨桂區에 해당한다.

13 靈川縣: 廣西南路 桂州 소속으로 현 광서자치구 북동부 桂林市 城區 북쪽의 靈川縣에 해당한다.

14 縣尉: 縣의 치안을 담당한 관리로서 知事·縣丞·主簿의 아래 직급이며 弓手라고 칭한 縣尉司의 병력을 이끌고 주로 縣城을 관리하였다. 품계는 현의 크기에 따라 북송 전기에는 8品下~9品下였고, 元祐 연간(1086~1094) 이후에는 정9품~종9품

"이는 근래의 일이다. 그 성명을 밝히지 않은 것은 특별히 아직 사실 여부를 자세히 조사하지 못했기 때문이다."

사이였다. 궁수는 향촌에 배정된 職役 가운데 하나로 통상 中等戶가 차출되었다.

廬州自酈瓊之難, 死者或出爲厲, 帥守相繼病死. 歷陽張晉彦作詩千言, 諷邦人立廟祀之. 廬人如其戒, 郡治始寧. 其詩曰:

平湖阻城南, 長淮帶城西. 壯哉金斗勢, 吳人築合肥. 曹瞞狼顧地, 符秦又顚擠. 六飛駐吳會, 重兵鎭邊陲. 紹興丁巳歲, 書生綰戎機. 酈瓊刧衆叛, 度河從僞齊. 蒼黃驅迫際, 白刃加扶持. 在職諸君子, 臨難節不虧. 尙書徇國事, 旣以身死之. 罵賊語悲壯, 捲喉聲喔咿. 嗚呼趙使君, 忠血濺路歧. 喬·張實大將, 橫尸枕階墀.

至今遺部曲, 言之皆涕洟. 法當爲請諡, 史策垂淸規. 法當爲立廟, 血食安淮圻. 奈何後之人, 邈然弗吾思. 官居潭潭府, 神不芘茅茨. 冤氣與精魄, 皇皇何所依? 所以州宅內, 鬼物多怪奇. 月明廷廡下, 髣髴若有窺. 謦欬聞動息, 衣冠儼容儀. 士民日凋瘵, 嶽牧嬰禍罹. 一紀八除帥, 五喪三哭妻. 張侯及內子, 遍體生瘡痍. 爬搔疼徹骨, 脫衣痛粘皮. 狂呿據聽事, 夫人憑指揮. 玉勒要烏馬, 雲鬟追小姬. 同殂頃刻許, 異事今古稀.

磊落陳閣學, 文章李紫微. 築城志不遂, 起廢止於斯. 杜侯在官日, 夜寢鬼來答. 拔劍起驅逐, 反顧出戶幃. 曰杜二汝福, 卽有鼓盆悲. 德章罷郡去, 厭厭若行尸. 還家席未煖, 凶問忽四馳. 安道移嘉禾, 病骨何尫羸. 於時秋暑熾, 絮帽裹頷頤. 餘齡亦何有? 幹在神已睽. 師說達吏治, 通材長拊綏. 東來期月政, 簡靜民甚宜. 傳聞蓋棺日, 邑里皆號啼. 近者吳徽閣, 魚軒發靈輀. 營卒仆公宇, 廐馭裹敝帷. 行路聞若駭, 擧家驚欲癡.

昔有鄈中守, 迥諱姓尉遲. 後周死國難, 英忠未立祠. 及唐開元日, 刺史多艱危. 居官屢謫死, 未至先歔欷. 仁矣張嘉祐, 下車知端倪. 廟貌嚴祀典, 滿考遷京畿. 兄弟列三戟, 金吾有光輝. 吳競繼爲政, 神則加冕衣. 自此守無患, 史書信可推.

伯有執鄭政, 汰侈荒於嬉. 出奔復爲亂, 羊肆死猖披. 强魂作淫厲,
殺人如取攜. 其後立良止, 祭祀在宗枝. 罪戮彼自取, 禍福尙能移. 族
大所馮厚, 子産豈吾欺! 寒溫五種瘥, 蹠跼一足夔. 或能爲病祟, 祈禱
烹伏雌. 況我義烈士, 品秩非賤卑. 凜凜有生氣, 爲神復何疑? 勺水不
酹地, 敢望壺與鷤? 片瓦不覆頂, 敢望題與榱? 邦君寄民社, 此責將任
誰? 旣往不足咎, 來者猶可追. 儻依包孝肅, 或依皇地祇. 經營數楹屋,
豐儉隨公私. 丹靑羅像設, 香火奉歲時. 尙書名位重, 正寢或可施.

呂姬徇夫葬, 義婦嚴中闈. 淸賢列兩廡, 後先分等衰. 當時同難士,
物色不可遺. 張陳李鮑韓, 勢必相追隨. 德章病而去, 去取更臨時. 尊
罍陳儼雅, 劍佩光陸離. 匠事落成日, 醮祭鐍州治. 靑詞奏上帝, 册祝
告神知. 若曰物異趣, 人鬼安иран栖? 茲焉卜新宅, 再拜迎將歸. 悲笳響
蕭瑟, 風馭行差池. 穹旻亦異色, 道路皆慘悽. 巍峨文武廟, 千載無傾
欹. 使君享安穩, 高堂樂融怡.

豈弟布惠政, 吉祥介繁禧. 遂紆紫泥詔, 入侍白玉墀. 斯民獲後福,
年穀得禳祈. 坎坎夜伐鼓, 欣欣朝薦犧. 人神所依賴, 時平物不疵. 中
興天子聖, 群公方倚毗. 明德格幽顯, 和風被華夷. 典章粲文治, 昭然
日月垂. 臣工靡不報, 秩祀當緝熙. 四聰無壅塞, 百揆欽疇咨. 咨爾淮
西吏, 不請奚俟爲. 露章畫中旨, 施行敢稽遲. 太常定廟額, 金牓華標
題. 特書旌死節, 大字刻豐碑. 碑陰有堅石, 鐫我盧州詩.

여주[15]는 역경의 난[16] 이후로 죽은 자가 여귀가 되어 나타나고, 안

---

15 盧州: 淮南西路 소속으로 建炎 2년(1128)에 壽州에 이어 회남서로 治所가 되었다.
   치소는 合肥縣(현 안휘성 合肥市 城區)이고 관할 현은 3개이며 州格은 節度州이
   다. 본래 지명은 合淝이며 東淝河와 南淝河의 발원지에서 유래하였다. 安徽의 오
   랜 중심지였고 현 안휘성의 중앙에 해당한다.

16 酈瓊(1104~1153): 자는 國寶이며 河北西路 相州 臨漳縣(현 하남성 邯鄲市 臨漳
   縣) 사람이다. 북송 말, 정국이 혼란스럽게 되자 무예를 배워 淮南東路 兵馬鈐轄

무사[17]가 연이어 병들어 죽었다. 화주 역양현[18] 사람으로 자가 진언인 장기[19]가 일천 자에 달하는 시를 지어 지역 사람들에게 사당을 지어 그들을 모시기를 제안하였고, 여주 사람들이 그의 가르침에 따라 주자 여주가 비로소 안정되기 시작하였다. 그 시는 다음과 같다.

잔잔한 호수는 성의 남쪽을 막고 있고,[20]
긴 회하[21]는 성의 서쪽을 휘감고 있네.[22]

이 되었으며, 高宗의 근왕병으로 활동하면서 光州를 함락하였다. 劉光世 휘하에 있었으나 유광세가 실각하고 군대를 재편하는 과정에서 王德이 도통제, 자신이 부통제가 되자 사사건건 충돌하였다. 이에 송조는 역경을 제거하려 했고, 역경은 4만 병력을 이끌고 大齊에 투항하는 이른바 '淮西兵變'을 일으켰다(1137). 이 사건으로 남송은 군사전략에서 일대 혼란에 빠졌다. 역경은 그 후 별다른 업적을 이루지는 못했으나 절도사가 되어 권력을 누렸다.

17 安撫使: 唐代 전기에 전란이나 재난 지역을 안정시키기 위해 대신을 임시 파견하면서 나온 관명이다. 송조 역시 처음에는 임시직이었지만 陝西 · 河東 · 河北 · 兩廣 등 국경 지역에는 상설직으로 임명하였다. 각 路의 민정과 군정을 장악하고 '便宜行事'할 권한을 갖고 있어 실제로는 路의 장관과 마찬가지였으므로 각 路에서 가장 중요한 府 · 州의 지사를 겸직하였다. 안무사는 太中大夫 이상이나 侍從官 역임자만 맡을 수 있고, 2品 이상의 관리에게는 '安撫大使', 이하에게는 '主管某路安撫司公事'나 '管勾安撫司事'라고 칭하여 엄격하게 구분하였다. 南宋 초에는 路마다 安撫使司를 설치하되 廣南東路 · 廣南西路만 '經略安撫使司'라고 하였다. 寧宗 이후 각 路의 민정과 군정을 都統制司 등과 나누어 관장하게 하면서 점차 한직이 되었다.

18 歷陽縣: 淮南西路 和州 소속으로 현 안휘성 동중부 馬鞍山市를 흐르는 長江의 서안 和縣에 해당한다.

19 張祁: 자는 晉彦이며 淮南西路 和州 烏江縣(현 안휘성 馬鞍山市 和縣) 사람이다. 매우 강직한 성품으로 권신 秦檜를 비판하여 구금되었다가 진회 사후 풀려나 直祕閣 · 淮南轉運判官을 역임하였다. 금군이 침공할 것이라는 상주문을 거듭 올렸다가 파직되었으나 이듬해 금군이 대거 침공함으로써 장기의 예측이 적중하였다.

20 廬州의 남동쪽에 있는 巢湖를 가리킨다.

21 淮河: 하남성 桐柏山에서 발원하여 하남성 · 호북성 · 안휘성을 거쳐 강소성 洪澤湖에 유입된 뒤 두 갈래로 갈라져 장강을 거쳐 바다로 나가는 강이다.

장엄하구나 금두성[23]의 기세여,
강남의 오나라 사람들이 합비성을 세웠다오.[24]

조조[25]가 낭패하여 이곳을 돌아보았고,[26]
전진의 부견[27]도 여기에서 곤란과 좌절을 겪었는데.

황제[28]께서는 강남[29]에 머물고,

---

22 盧州(合肥)는 회하와 장강의 분수령에 자리하여 북쪽은 淮河水系에, 남쪽은 長江
　　水系에 속한다.

23 金斗: 盧州(合肥)는 안휘성의 중요한 전략적 요충지여서 성곽의 파괴와 중건이 거
　　듭되었다. 그 가운데 唐 초에 淝河 남쪽 언덕 위에 새로 성곽을 쌓고 '金斗城'이라
　　고 칭한 뒤 금두는 합비의 별칭이 되었다. 합비 출신 상인을 가리키는 '金斗幇'도
　　여기서 유래하였다.

24 合肥: 삼국시대 합비는 위와 오의 중요한 격전장이었지만 본문의 서술과 달리 합
　　비는 시종 魏의 관할 지역이었고 曹操가 吳를 공략하기 위해 東淝河와 南淝河를
　　잇는 운하를 건설하였다.

25 曹操(155~220): 자는 孟德이고 아명은 阿瞞이며 譙縣(현 안휘성 亳州市) 사람이
　　다. 東漢 말의 혼란기에 정국을 주도하여 정치·군사·문학 등 다방면에서 탁월
　　한 성취를 이루고 魏 건국의 초석을 다진 인물이다. 董卓을 토벌하고 황건 잔당을
　　모아 靑州軍을 편성하였으며 獻帝를 받아들여 정권을 장악한 뒤 官渡전투에서 袁
　　紹를 격파하고 烏桓을 정벌하여 화북을 통일한 뒤 丞相이 되었고, 荊州를 차지하
　　였으나 赤壁에서 패하여 통일을 이루는 데는 실패하였다. 魏王에 봉해졌다.

26 赤壁大戰(208)에서 패한 曹操가 후퇴하며 合淝城을 되돌아봤다고 한 것, 그리고
　　황제로 추존된 조조를 굳이 아명으로 서술한 것 모두 조조에 대한 폄하의 의도가
　　있다. 이는 당시 조조에 대한 부정적 인식이 이미 만연했음을 보여 준다.

27 符堅(337~385, 재위 357~385): 오호16국시대 前秦의 제3대 황제로서 분열과 대립
　　으로 점철된 화북지방을 통일함은 물론 사천과 회하 일대까지 점령하였다. 부견
　　은 명신 王猛을 중용하여 국정은 안정시키고 새로운 점령지에 대해서는 관대한 정
　　책을 펼쳐 전진의 전성기를 열었다. 하지만 왕맹의 충고를 무시하고 천하통일을
　　위해 東晉 공략에 80만 대군을 동원하는 등 국력을 총집결하였으나 淝水에서 패
　　한 뒤 국가가 급속히 분열되어 결국 혼란 속에서 살해되었다.

28 六飛: 6마리 말이 끄는 황제의 마차가 나는 듯이 빠르다는 뜻에서 나온 말로 황
　　제·황권을 뜻하기도 한다.

29 吳會: 唐代 이래 蘇州의 별칭으로 널리 쓰였지만 본래 秦이 會稽郡을 설치하면서

대군이 변방을 지키고 있었다오.

소흥 정사년(1137)에,
전쟁을 모르는 서생들이 군의 기무를 장악하였네.

역경이 무리를 겁박하여 반란을 일으켜,
회하를 넘어 위제[30]를 따랐구나.

다급하여 허둥대며 내몰리는 사이,
번쩍이는 칼날로 반군을 부지하였으나.

관직에 있던 여러 군자,
난을 당하여도 절개를 저버리지 않았다네.

병부상서[31] 여지[32]는 국사를 돌보느라,

치소를 吳縣에 두면서 나온 말이라서 회계군 전역을 뜻하기도 한다. 淮西兵變 발생 당시 高宗이 杭州에 머물고 있었기 때문에 '강남'이라고 번역하였다.

30 僞齊(1130~1137): 금이 북송을 멸망시킨 뒤 화북지역을 간접 통치하기 위해 濟南府 지사였던 劉豫를 내세워 만든 괴뢰정권이다. 국호는 大齊이지만 통상 劉齊로 칭하며, 송의 사료에서는 僞齊로 표기하고 있다. 정권의 태생적 한계와 金軍의 남정을 돕기 위한 가렴주구로 민심을 얻지 못하였고, 거듭된 패전으로 이용 가치가 없어지자 금에 의해 7년 만에 소멸되었다.

31 兵部尙書: 尙書省 兵部의 장관이지만, 樞密使가 국방 업무를 주관하였기 때문에 실제로는 국가 대례 때 鹵簿使를 맡고 武擧·廂軍 명단 관리 등 병무 행정만 맡았다. 품계는 전기에는 정3품, 원풍 이후 종2품이었다.

32 呂祉(?~1137): 자는 安老이며 福建路 建州 建陽縣(현 복건성 南平市 建陽區) 사람이다. 荊湖提刑으로 도적을 진압하는 데 공을 세웠고(1131), 建康府 지사로서 대금 강경론을 주장하였다. 戶部·刑部侍郎을 거쳐 兵部尙書로 승진하였다. 紹興 7년(1137), 劉光世가 파직된 뒤 그의 부대를 岳飛에게 귀속시키기로 하였으나 재상인 秦檜와 張浚 모두 반대하였다. 결국 장준이 겸직한 都督府에서 직접 관할하기로 하고 呂祉를 節制로 임명하였다. 呂祉는 인사에 거듭 불만을 표하는 酈瓊을 파

이미 자기 몸을 던지어 죽음으로 막았고.[33]

역적을 물리치는 욕설은 비장하여,
아부하는 자들의 말을 짓찧었다네.

오호라, 지사 조강국趙康國이여,[34]
충신의 피 길가에 흩뿌려졌으며,

통제관[35] 교중복喬仲福과 장경張璟은 진정 대장일진대,
억울하게 죽은 시신이 섬돌에 누워 있네.[36]

지금까지 부하[37]들이 남아 있어,
그들을 말하는 자마다 모두 눈물과 콧물을 흘리니.

직하려다 오히려 반란을 일으킨 역경에게 살해되었다.

33 張浚은 병권이 해제된 劉光世 군대를 직접 관장하기로 하고 유광세의 部將 王德을 左護軍都統制, 酈瓊을 副都統制으로 임명한 뒤 兵部尙書·都督府參謀軍事 呂祉를 節制로 임명하여 이들을 감독하도록 하였다(1137). 酈瓊은 자신의 직책이 王德보다 낮은 것에 거듭 불만을 표하였으나 무시당했고, 여지가 자신을 파직하려고 하자 반란을 일으켜 여지를 살해하고 4만 병력을 이끌고 大齊로 투항함으로써 남송에 커다란 충격을 주었다.

34 使君: 使君은 본래 漢代에 太守·刺史에 대한 호칭이었는데, 후에 주지사에 대한 존칭으로 썼다. 廬州 지사였던 趙康國을 말한다.(중화서국본 원주 참조)

35 統制官: 中軍·前軍·後軍·左軍·右軍 등 5軍 편제 시 각 군의 지휘관을 가리킨다.

36 統制官 喬仲福과 張璟은 반란에 따르지 않았다는 이유로 주의 치소에서 살해당했다.(중화서국본 원주 참조)

37 部曲: 본래 군인을 뜻하는 용어였으나 서한과 동한 말의 혼란기에 豪族의 영향권에 속한 많은 이들이 私兵이 되자 사적 주종관계를 이루는 이들을 칭하는 용어가 되었다. 부곡은 唐代부터 본격적으로 隸屬民으로 변했으나 그 법적 신분과 사회적 관계는 매우 다양하다. 송대에는 다시 장수 휘하의 부하를 뜻하는 말로 쓰였다.

법으로는 응당 시호를 청해야 하며,
사서에 기록해 깨끗한 본보기를 후세에 전해야 하리.

법으로는 응당 사묘를 세워,
제사를 올려 회하 일대를 안정시켜야 하나.

어찌 된 것인가, 후대 사람들이여,
사리를 분별하지 못하니 내 생각과 다르구려.

관원은 깊고 깊은 좋은 저택에 살면서,[38]
신명에게는 초막 지붕조차 덮어 주질 않았으니.

원통한 기운,
정신과 넋은 허둥거리며 어디에 의지할 것인가?

그런 까닭에 주의 경내에,
귀물이 많아 괴이하고 기이한 일이 벌어지니.

달빛은 관아의 대청 복도 아래를 밝게 비춤이,
마치 엿보기라도 하는 듯.

공연히 기침하여 자신들의 동정을 알리고,
의관을 갖추고 용모와 거동에 어울리게 하니.

사인과 백성들은 날로 쇠락하고 병들며,
지방관들은 재앙과 화를 안게 되었네.

---

38 潭府: 상대방의 집을 높여서 부르는 말이다. 潭第라고도 한다.

이견병지 【一】

12년 동안 제수된 8명의 안무사,
다섯이 죽고 셋은 아내를 잃었고.[39]

장종안[40]과 그의 아내는,
온몸에 종기가 났다오.

곪고 곪어 통증이 뼈를 뚫고 지나갔고,
옷을 벗으면 통증이 피부에 달라붙었지.

한 미치광이 촌민이 청사에 올라와 자리를 잡고,
부인에 빙의되어 지시하였지.

옥으로 만든 재갈을 채운 검은 말을 원하며,
젊고 예쁜 여자에게 작은 아씨를 따르라 하였지만.

이들 모두 순간에 다 함께 죽었으니,
이런 기이한 일은 고금에 드문 일일세.[41]

39 소흥 8년(1138)에 지사 張宗顏 부부가 죽었고, 소흥 11년(1141)에 지사 겸 회서안
    무사 陳規가 부임 직후 사망하였다. 또한 尙書左司員外郞 鮑琚, 舍人 李誼, 大夫
    韓沃이 모두 사망하였다. 觀察使 杜琳, 徽猷閣待制 吳玧 등은 아내를 잃었다.(중
    화서국본 원주 참조. 또 『建炎以來繫年要錄』 등에는 鮑琚가 우사원외랑으로 기록
    되어 있다.)
40 張宗顏(1096~1139): 자는 希賢이며 鄜延路 延州(현 섬서성 延安市) 사람이다. 무
    관 집안 출신으로 御營軍統制 張俊의 部將으로 발탁되어 군공을 세워 御前中軍統
    制가 되었으며, 明州에서 금군을 격파하고 李成의 반란을 진압하였다. 環慶路馬
    步軍副總管이 되어 금군에게 패하였으나 紹興 6년 大齊를 대파하여 龍神衛四廂都
    指揮使가 되었다. 紹興 8년 廬州 지사 겸 保信軍節度使로 부임하였으나 이듬해 사
    망하였다.
41 張宗顏의 아내가 이미 죽었는데, 하루는 어떤 촌민이 미친 듯 달려 들어와 청사에
    오르더니 앉아서 장종안의 아내에 빙의되어 집안일을 원망하였고, 또 검은 말과
    어린 여종을 취했으면 좋겠다고 말하였다. 잠시 후 모두 죽었다.(중화서국본 원주

마음이 광명정대한 현모각[42] 직학사[43] 진규陳規,
문장가인 자미 이의李誼.

축성의 뜻은 이루지 못하고,
시작과 끝이 이곳에서 멈추었구려.

두림杜琳이 관직에 있을 때,
밤에 자다가 귀신이 와서 곤장을 치기에.

일어나 검을 빼고 내쫓으니,
귀신이 뒤돌아보며 문을 나서네.

이르길, '두이여, 너는 복이 있구나,
하지만 곧 아내를 잃는 슬픔[44]이 있으리라.'[45]

자가 덕장인 포거鮑琚가 여주 지사직을 마치고 떠나는데,

참조)
42 顯謨閣: 황제 사후 관련 문서를 총괄 보존하는 건물로 龍圖閣 · 天章閣 · 寶文閣 · 顯謨閣 등을 잇달아 건립하였는데, 顯謨閣은 神宗의 조서 등 유관 문서를 보존하는 건물이므로 神宗을 閣主라고 한다.
43 閣學士: 황제 사후 관련 문서를 총괄 보존하는 건물로 龍圖閣 · 天章閣 · 寶文閣 · 顯謨閣 등을 건립하고, 각 閣마다 고위 관료에게 명예직인 學士를 부여하였는데, 閣學士는 정3품 관에게 수여하였다. 본래의 관직에 추가되는 일종의 명예직이라서 貼職이라고 한다.
44 鼓盆: 莊子가 아내의 상을 당해 슬픔에 빠진 딸을 위로하기 위해 질그릇(盆)을 두드리며 노래를 했다. 그리고 '생사란 본래 기의 변화일 뿐, 사계절의 순환과 같은데 울고불고할 필요가 없다'고 하였다. 그래서 고분은 죽음에 과하게 집착하지 말라는 뜻과 함께 아내를 잃은 슬픔을 가리킨다.
45 밤에 통제관 喬仲福과 張璟이 와서 곤장을 치기에 杜琳이 칼을 뽑아 그들을 찌르려고 했다. 그러자 그들은 곧 돌아보며 "杜二여, 너는 복이 있구나"라고 말하였다.(중화서국본 원주 참조)

이견병지【一】

병든 모습이 걸어가는 송장과 같더니.[46]

집으로 돌아와 앉은 자리에 온기가 돌기도 전에,
갑자기 부고가 사방으로 전해졌네.

왕안도[47]는 수주[48]로 거처를 옮기는데,
병든 몸 어찌 그리 허약하고 파리해졌는가.[49]

아, 때는 초가을 더위가 성한데도,
두건으로 턱을 다 감쌌다네.

남을 생이 어찌 다시 있으리오?
중요한 건 신의 마음, 이미 어그러진 것을.

자가 사열인 한옥은 행정에 통달하여,
많은 재능을 겸비하였으나 백성을 안무함이 가장 큰 장점이라.

동쪽 조정에서 날아든 매달의 업무,
간단하고도 가볍게 해 주니 백성도 매우 합당하다 여겼지.

관을 덮는 날짜가 전하여지니,
동네마다 모두 소리 내어 슬피 울었다오.[50]

---

46 鮑琚: 尙書左司員外郞으로 廬州 지사에 부임하였으며 자는 德章이다.(중화서국본
   원주 참조)
47 王安道: 고종의 어의였던 王繼先의 아들로서 소흥 13년(1143)에 武泰軍承宣使와
   兩浙西路馬步軍副都總管을 지냈다.
48 嘉禾: 兩浙路 秀州(현 절강성 嘉興市)의 郡號이다. 군호는 封爵을 위한 郡額으로
   政和 연간(1111~1118)에 嘉禾郡을 설치한 데 따른 것이다.
49 廬州 安撫使 王安道는 병이 심해지자 조정에 청을 올려 秀州로 가던 중 사망하였
   다.(중화서국본 원주 참조)

근자의 휘유각[51]대제[52] 오경吳坰의 아내,
상여가 나아갔네.[53]

심부름하던 사졸 관아에서 죽고,
마구간의 말도 해진 휘장으로 감싸 묻었으니.

길 가던 사람들이 듣고는 매우 놀랐고,
온 집안사람들이 놀라 멍할 정도였다오.[54]

옛날에는 업성[55]의 지사,
이름은 형이고 성은 위지인 자가 있었다네.[56]

---

50 韓沃: 大夫로서 盧州 지사에 부임하였으며 字는 師說이다.(중화서국본 원주 참조)

51 徽猷閣: 송조는 황제 사후 조서를 비롯한 관련 문서를 총괄 보존하는 건물을 차례대로 세웠다. 徽猷閣은 哲宗의 유관 문서를 보존하는 건물이다.

52 待制: 황제의 명령을 대기하는 시종관 직책을 말한다. 唐太宗 때 5품 이상의 京官에게 中書省과 門下省에서 숙직하며 황제의 방문에 대비하게 한 데서 출발하였다. 송대에도 龍圖閣 · 天章閣 · 寶文閣 등 궁중 주요 전각마다 정3품인 閣學士, 종3품인 直學士, 종4품인 學士와 待制를 두었다. 종4품관 이상의 고관이고 황제의 측근이라는 점에서 중시되었는데, 직급은 學士와 같으며 같은 직급의 경우 서열은 전각의 설치 순에 따랐다. 역대 대제 가운데 송대의 위상이 가장 높았다.

53 魚軒: 귀족 부녀자가 타던 수레로서 물고기 비늘 모양의 장식을 한 데서 유래한 명칭이다. 후에 婦人을 가리키는 용어로 쓰였다.

54 吳坰의 아내가 죽어 상여가 들어와 막 열리려고 하는데, 차와 술을 나르는 졸병과 한 마리 말이 함께 죽었다.(중화서국본 원주 참조)

55 鄴中: 삼국시대 魏의 수도였던 鄴城(현 하북성 邯鄲市 臨漳縣)이다. 현 하북성 남부 邯鄲市의 남쪽에 해당한다.

56 尉遲迥(516~580): 자는 薄居羅이며 代郡 平城(현 산서성 大同市) 사람이다. 선비족으로 北周 文帝 宇文泰의 조카였다. 총명하고 용맹하여 西魏에서 驃騎대장군 · 尙書左僕射 · 開府儀同三司 등의 고위직을 지냈고, 사천을 평정하여 寧蜀公에 봉해졌다. 北周 건국 후 柱國대장군 · 大司馬 · 蜀國公이 되었다. 후에 隋를 건국한 대승상 楊堅과 대립하여 거병하였으나 패하고 자살하였다.

이건병지【一】

후에 북주를 위해 국난에 사망했으나,

영웅과 충신을 위한 사당을 미처 짓지 않았으니.

당 개원 연간(713~741)에 이르자,

자사[57]들은 많은 어려움과 위기에 처하였다네.

지사 직에 있던 자들은 여러 차례 폄적되어 죽자,

부임하기도 전에 한숨부터 쉬게 되었으나.

인자한 장가정[58]은,

부임하던 수레에서 내리자마자 그 단서를 알아차렸네.

사묘의 신상 앞에서 엄숙하게 제사를 올리니,

임기를 마치고 도성으로 승진해 갈 수 있었고.

형제가 '삼극'의 반열에 올랐으며,[59]

금오위장군[60]의 광휘가 빛났네.

---

57 刺史: 본래 秦의 지방 감찰관인 監御史로 설치되어 점차 지방관으로 변하였으며
    수·당대에는 太守로 바뀌었으나 여전히 관습적으로 자사라고도 칭하였다. 송대
    에는 무신에 대한 명예직으로서 전환되어 북송 전기에는 從3品~정4品下였으나
    원풍개혁 때 종5품으로 조정되었다. 節度使·承宣使·觀察使·防禦使·團練使
    에 이어 正任 무관계의 최하위직에 속하였다.
58 張嘉貞: 자는 嘉祐이며 范陽(현 하북성 保定市 涿州市) 사람이다. 監察御史와 中
    書舍人을 지냈고, 玄宗 때 中書侍郎·同中書門下平章事를 거쳐 中書令으로 선정
    을 베풀었으며 청렴하였다. 鄩城 지사로 있으면서 훌륭한 치적을 남겨 그를 칭송
    하는 민요가 전해진다.
59 三戟: 당대에는 3품 이상의 고위 관원은 집 앞에 창을 세울 수 있었다. 3극이란 세
    형제 모두 3품 이상의 고위직에 올랐음을 가리킨다.
60 金吾衛將軍: 唐의 16衛 가운데 2개 위에 해당하는 좌·우금오위의 장군이다. 금오
    위는 궁중 및 도성의 주야간 경계, 황제의 출행 시 수행 및 경계 업무를 담당했으
    며, 직제는 상장군·대장군·장군 등 48개 계급이 있는데, 상장군은 종3품, 대장

오긍⁶¹이 계속하여 주관하였다면,
신께서는 관직을 더하셨을 것이네.⁶²

이때부터 업성 지사직을 수행함에 근심이 없었다고 하였으니,
사서에서는 신뢰하여 공경할 만하다 쓰여 있네.

자가 백유인 양소가 정나라의 국정을 맡아,
사치와 황음에 빠졌고⁶³

옹량으로 도망쳤다 다시 들어와 난을 일으켰지만,
양을 파는 시장에서 창피하게 죽고 말았네.⁶⁴

강한 혼백들은 여귀가 되어,
사람 죽이길 물건 가져가듯 하였네.⁶⁵

군은 정4품, 장군은 종4품이며 모두 별도의 정원은 없었다. 본문에서는 張嘉貞의
동생 張嘉祐가 左金吾衛將軍이 된 것을 말한다.

61　吳兢(670~749): 당의 汴州 浚儀縣(현 하남성 開封市) 출신이다. 역사에 해박하여
　　각종 사서 편찬에 힘써 修文館學士로서 위진남북조와 수의 사서를 편찬하는 데 큰
　　업적을 세웠다. 태종 때 정치적 사안을 논한 것을 항목별로 분류하여 저술한 『貞
　　觀政要』는 제왕학의 교범으로 널리 알려졌다. 본문에서는 80세까지 장수하면서
　　역사서 편찬을 주관하였던 점을 우회적으로 언급한 것으로 보인다.

62　冕衣: 고대 제왕과 大夫 이상의 고위 관원이 제례 때 쓰던 예모와 복장을 말한다.

63　良霄(?~前 543): 성은 姬, 씨는 良, 이름은 霄이며 자는 伯有이다. 鄭國의 卿으로
　　국정을 담당하면서 사치와 교만, 지나친 음주의 과오가 있었으며, 公孫黑와의 권
　　력 투쟁에 밀려 雍梁으로 도피했다가 다시 잠입해 싸우다 패하여 양을 파는 시장
　　에서 피살되었다.

64　猖披: 본래 '옷의 허리띠를 매지 않는 등 단정하지 못한 모양'을 가리킨다. 법도를
　　준수하지 않고 제멋대로 행동한다는 뜻으로도 쓰인다.

65　良霄가 죽고 8년이 지난 뒤, 한 사람의 꿈에 갑옷을 입은 양소가 나타나 자기를 패
　　배시킨 駟帶와 公孫段을 죽여 버리겠다고 하였다. 그리고 이들 두 사람이 연이어
　　죽자 양소의 원혼이 저지른 일이라 하여 도성의 민심이 극도로 흉흉해졌다.

그 후 양소의 아들 양지가 대부가 되고,
종족들에게 바르게 제사 지내었네.[66]

죄와 죽음은 저들 스스로 취한 것,
화복은 오히려 능히 옮길 수 있는 것.

종족이 크면 의지할 바도 큰 법,
자산[67]이 어찌 우리를 속이겠는가!

추웠다 더웠다를 반복하는 다섯 종류의 학질,
절뚝거리는 외발 괴수 같네.

혹 누군가가 병을 일으킬까,
간절히 기도하며 닭을 삶아 바치는데.

하물며 우리와 같이 의로운 사대부들,
품계도 결코 낮지 않으며.

의젓하고 당당하며 생기가 넘치니,
신께서 다시 무엇을 의심하시리오?

---

66 민심을 수습하기 위해 실권자 子産은 양소의 아들 良止를 大夫로 임명하였고, 그 뒤로 원혼에 관한 일이 사라졌다.

67 子産(?~前522): 성은 姬, 씨는 公孫, 이름은 僑이며 자는 子産이다. 良霄의 난이 수습된 뒤 국정을 담당하며 중국 최초의 성문법을 만들고 토지제도를 정비하였으며 강대국 사이에서 균형외교를 추진하여 鄭나라의 중흥을 주도하였다. 뛰어난 정치가이자 지혜와 겸손함, 의와 자애를 조화한 현인 정치인으로도 유명하다. 공자는 자산의 사망 소식을 듣고 울면서 '그에게는 옛 성현이 남긴 백성에 대한 사랑이 있었다'고 애도하였다. 본문은 종족 위주의 춘추시대에 역시 자산이 믿을 만하다는 칭송의 말이다.

물 한 잔 땅에 부어 강신도 하지 않는데,
어찌 감히 술과 고기를 바라리오.

기와 조각이나마 지붕을 다시 덮지 않으니,
어찌 서까래에 상량문을 쓰길 바라겠소?

지방관[68]은 토지신에 대한 주민의 제사에 의지하면서,
이 책임을 장차 누구에게 맡긴단 말이오.

기왕의 일은 나무랄 필요 없되,
앞으로의 일은 오히려 따져야 하리.

당당한 효숙 포증[69]을 모시든,
혹은 지신을 모시든.[70]

여러 차례 집을 수리하고 관리하니,
풍요로움과 검박함 모두 공사의 제사에 따랐네.

단청을 칠하고 나한상을 진설하고,
세시마다 향을 피웠네.

---

68 邦君: 제후에게 분봉하면서 그 크기가 크면 邦, 작으면 國으로 구분하였다. 그래서
    邦君은 제후국의 왕을 뜻하였으나 후에는 고위직 지방관을 뜻하기도 한다.
69 包拯(999~1062): 字는 希仁이며 淮南西路 廬州 愼縣(현 안휘성 合肥市 肥東縣) 사
    람이다. 감찰어사와 京東·陝西·河北路 전운사를 거쳐 知諫院이 되어 고위직 탄
    핵을 서슴지 않았다. 河北都轉運使·揚州 지사·개봉부 지사·三司使·天章閣待
    制·龍圖閣直學士를 역임하였다. 시호는 孝肅이며 禮部尙書로 추증되었다. 청렴
    하고 강직하였으며, 백성들의 어려움을 잘 대변하여 '包靑天·包孝肅'이란 칭호를
    얻었고, 후에 신으로 숭배되었다. 민간에서는 포증이 奎星의 현신이라고 알려졌다.
70 성안에 后土를 모시던 폐기된 사당이 있었는데, 옛 包拯의 고택이었다고 한다. 높
    고 밝은 곳이어서 합사하여 모실 만하였다.(중화서국본 원주 참조)

이견병지 【一】

상서의 이름과 지위가 매우 중하니,
정침을 세워 줄 만하다네.

병부상서 여지의 부인은 자진하여 남편을 따라 죽으니,[71]
의로운 부인이 규방의 엄중함을 드러내네.

청렴하고 현명한 이들이 양쪽 곁채에 늘어서 있고,
서까래는 선후와 등급이 나누어져 있네.

당시 국난을 함께한 사대부들,
당시의 정황[72]을 남길 수가 없다네.

장종안, 진규, 이의, 포거, 한옥에 대해서,
반드시 모두 살피어 제사를 지내 주어야 하리.

자가 덕장인 포거는 병으로 죽었는데,
거취가 임시로 바뀌었네.

술잔과 술독이 근엄하고 우아하게 진설되고,
허리에 찬 칼 빛 찬란하네.

사묘 공사가 다 끝나는 날,
제사가 주 관아에서 이루어졌네.

---

71 병부상서 呂祉의 신체 일부(머리카락을 모은 것)가 蘇州로 돌아오자 부인 오씨는
   自盡하여 남편을 따랐다.(중화서국본 원주 참조)
72 物色: 본래 '제사용 희생의 털 색깔'을 뜻하는 말에서 유래하여 각종 물품 · 모양 ·
   풍경 등을 가리키는 말이 되었다. 한편 '일정한 기준에 따라 찾는다'는 뜻도 있다.
   본문에서는 당시의 상황을 뜻한다.

청사73를 상제께 올리고,
축문을 신명에게 고하였네.

만약 괴이한 존재가 온다면,
사람과 귀신이 어찌 함께 거하리오?

이곳이 새로운 거처로 정해지려니,
재배하며 귀환을 맞으리라.

슬픈 피리 소리와 쓸쓸한 거문고 소리 울리는데,
바람을 타고 끊어질 듯 이어지네.

하늘은 또 다른 색을 보이고,
도로 위는 참혹하고 쓸쓸하네.

높디높은 문무묘,74
천년이 지나도 기울어짐이 없으니,

그 신들로 하여금 편안함을 누리게 하며,
높은 당상에서 화락과 기쁨을 즐기네.

어찌 은혜로운 정치만 펼치겠는가,
길함과 상서로움이 번화함과 기쁜 일에 모두 어우러져 있으리.

---

73 靑詞: 도교에서 신에게 올리는 글은 푸른 종이에 붉은 글씨로 쓰는 것이 관행이다.
   여기에서 '靑詞'라는 용어가 나왔으며 '靑辭' 또는 '綠素'라고도 한다.
74 文武廟: 開元 27년(739) 唐 玄宗이 공자를 文宣王으로 봉하면서 공자 사당을 문선
   왕묘로 개칭하였는데, 文廟는 그 약칭이다. 또 唐代부터 武廟에서 關羽를 모시기
   시작하였고, 송대 이후에는 岳飛로 대치되기도 하였다. 워낙 비중이 큰 인물을 모
   신 사묘어서 정권 교체나 지역 상황과 무관하게 잘 관리되었다.

무도의 자색 진흙으로 봉해진 조서를 받고,[75]
궁전의 백옥석 계단을 오르네.

이곳 주민들은 제사 뒤에 있을 복을 얻고,
매년 수확한 곡식으로 제사를 모시며.

쿵쿵 밤새 북을 치며,
기쁨으로 아침에 제물을 올리네.

사람과 신이 의지할 바가 있으니,
날마다 평화롭고 물자에 부족함이 없고.

중흥 천자의 성스러움이여,
뭇 신하들은 바야흐로 의지할 바가 생겼네.

밝은 덕이 그윽하게 드러나니,
따뜻한 바람이 화이를 덮고.

제도와 법규가 문치를 이루니,
밝디 밝게 일월이 드리우네.

신하와 관원의 말이 보고되지 않은 바가 없으니,
녹봉과 제사 마땅히 빛나리.

---

75 紫泥詔: 조서나 공문의 보안을 유지하기 위해 문서 외면에 진흙을 바르고 도장을
찍어서 함부로 개봉하지 못하도록 하였다. 하지만 어떤 진흙을 사용하여야 한다
는 특별한 제한이 없어 각지의 고운 진흙은 사용하였다. 그러다 漢代에 처음 감숙
성 동부에 있는 武都에서 나온 진흙만 사용하여야 한다는 규정이 생겼다. 무도의
진흙은 자색과 청색을 지녀 통상 '武都紫泥' 혹은 '武都靑泥'라고 불렸다. 조정에서
이 무도 진흙을 중앙은 물론 전국 현단위 관공서까지 공급하여 사용하게 하였다.

사방의 일을 들음에 막힘이 없고,
백관이 허리 구부려 백성의 하소연을 듣네.

회서[76]의 서리들에게 물어보면,
청하지 않고 어찌 기다리겠는가?

상주문을 공개하여 그 뜻을 밝히면,[77]
시행에 어찌 감히 능장을 부릴 것인가.

태상시[78]에서 사묘의 편액을 정하니,
금색 편액에 표제가 화려하네.

목숨을 건 절개에 대해 특별히 써서 밝히며,
큰 비석에 큰 글씨로 새기려니.

비석 뒷면 단단한 곳에,
나의 「여주시」를 새기네.

---

76 淮西: 至道 3년(997)에 전국에 15개 路를 설치하면서 신설된 淮南路는 熙寧 5년
(1072)에 회남동로와 회남서로로 분리되었다. 회남서로는 현 안휘성의 장강 이북
에 상당하는 지역이며, 치소는 壽州(현 안휘성 淮南市 壽縣)였고 모두 8개 州·1
개 軍으로 이루어졌다. 북송 멸망 후 최전선이 되자 建炎 2년(1128)에 치소를 廬
州(현 안휘성 合肥市)로 옮겼다. 약칭은 淮西와 함께 淮南·淮右이다.
77 露章: 상주문에 적힌 탄핵 내용을 공개하여 탄핵당한 사람에게 그 사실을 알게 하
고 죄를 자인하게 하는 것을 뜻하지만 상주문에 대한 범칭이기도 하다.
78 太常寺: 고대 중앙정부의 핵심 기관인 9寺의 업무는 魏晉 이후 尙書省의 6부로 이
관되기 시작했지만 9시는 황제의 일상을 챙기는 관서로 바뀌어 명청대까지 이어
졌다. 따라서 자연히 6부와 9시의 업무는 상당 부분 중복되는데, 太常寺는 조회와
예악, 제사와 능묘 관리를 주관하고 관원에 대한 시호 제정 업무를 담당하였다.

僧宗印本陝西士人, 姓趙氏, 棄俗爲僧. 靖康時, 在長安住大利, 好
談世間事, 詞鋒如雲. 方金寇犯闕, 范謙叔左丞帥京兆, 節制五路軍,
一見大喜, 邀使反儒服. 卽往謁華山廟, 自言以身濟世之意, 遂從范公.
范以便宜命之官, 艱難中頗有功, 積遷至直龍圖閣, 已而隸川陝宣撫
司, 亦領兵數千人. 對客輒大言, 常云: "吾留意釋氏, 得大辨才, 在古
佛中當與淨明維摩等. 至於貫穿今古, 精練吏事, 於天下文官, 實爲第
一. 料敵應變, 決機兩陳之間, 於天下武官亦爲第一. 若四方多壘, 煙
塵未淸, 則爲盜賊第一人. 不敢多遜." 坐客畏其言, 無敢答者.

其評議人物, 凶險好罵, 蓋出天資. 旣得志, 前後度僧五百, 皆名曰
"宗印", 使之代己. 時已年六十餘矣, 不復娶, 唯買妾二十人. 後解兵,
閑居數歲而得疾, 藏府洞泄無時, 群妾棄去不視, 趙自取其糞食之. 有
見而怪之者, 答曰: "汝安得知此味?" 經旬乃死. 識者以爲口業之報.
席大光守河中日嘗蒙其力, 適帥湖南, 爲飯千僧以資福. 趙雖通顯, 人
猶呼爲趙和尙云.

승려 종인은 본래 섬서[79]의 사인으로 성은 조씨였는데, 속세를 버

---

[79] 陝西: 현 섬서성 關中지방 이서지역을 포괄하는 지명이며, 陝左라고도 한다. 陝西
와 陝東이란 지명은 西周의 周公과 召公이 陝原(현 하남성 三門峽市 張汴原)을 중
심으로 동서로 나누어 다스린다(分陝而治)는 말에서 나왔다. 즉 서주의 섬서는 현
재의 涇渭平原을 뜻하였다. 安史의 난 이후 陝西節度使를 임명하면서부터 陝西가
행정명이 되었고, 송 초에 전국 15개 轉運使路의 하나로 陝西路를 설치한 뒤 지금
까지 내려온 데 비해 陝東은 河南으로 대치되면서 사라졌다. 전운사로인 섬서로
는 慶曆 2년(1042)에 永興軍路와 秦鳳路로 나누어졌다. 한편 安撫使路는 慶曆 1년

리고 승려가 되었다. 정강 연간(1126~1127)에, 장안의 큰 사찰에 머물고 있었는데, 세간의 일을 이야기하길 좋아했고, 말의 예리함이 청산유수였다. 금군이 궁궐을 침범할 때 자가 겸숙인 상서좌승 범치허[80]는 경조부[81] 지사로서 섬서 5개로의 군대를 통솔하고 있었다. 종인을 한번 보더니 크게 기뻐하며, 그를 불러 유가 복장으로 갈아입게 한 후 함께 화산묘[82]를 배알하였다. 종인은 스스로 세상을 구제하는 데 뜻을 두었다고 말하며 곧 범치허를 따랐다. 범치허는 형편을 봐서 그를 관직에 임명했고, 종인은 국난 속에서 자못 공을 세워 용도각[83] 직

(1041)에 永興軍路・環慶路・鄜延路・秦鳳路・涇原路 등 5개로, 그리고 熙寧 5년(1072)에 다시 熙河路가 추가되었다. 이를 통상 陝西6路라고 칭한다. 단 永興軍路・環慶路・鄜延路 등 3개 安撫使路는 永興軍路 轉運使司에 속하고, 秦鳳路・涇原路・熙河路 등 3개 安撫使路는 秦鳳路 轉運使司에 속한다.

80 范致虛(?~1137): 자는 謙叔이며 福建路 建州 建陽縣(현 복건성 南平市 建陽市) 사람이다. 학식이 뛰어난 吳材・江嶼・劉正夫와 함께 '四俊'이라 불렸다. 太學博士・中書舍人・兵部侍郎・刑部尙書를 지냈으며, 政和 8년(1118)에 尙書右丞과 尙書左丞을 역임하였다. 靖康 1년(1126), 군사적 재능이나 경험이 없이 陝西宣撫使・陝西五路經略使가 되어 20만 대군을 집결시켰다가 千秋鎭에서 대패하였다. 高宗 즉위 후 다시 京兆府 지사가 되었으나 금군에 패하여 경조부를 상실하고 귀양을 갔다. 紹興 7년에 資政殿學士로 복귀하여 鼎州 지사를 지냈다.

81 京兆府: 본래 陝西路의 치소였는데, 慶曆 2년(1042)에 轉運使路인 陝西路를 동쪽의 永興軍路와 서쪽의 秦鳳路로 나누면서 영흥군로의 치소가 되었고, 慶曆 1년(1041)에 安撫使路를 永興軍路・環慶路・鄜延路・秦鳳路・涇原路 등 5개로 나누면서 다시 永興軍路의 치소가 되었다. 따라서 京兆府는 전운사로의 명칭이자 안무사로의 명칭이기도 한 永興軍路의 治所였다. 치소는 長安縣과 萬年縣(현 섬서성 西安市 城區)이고 관할 현은 14개, 軍은 1개, 監은 2개이며 州格은 節度州이다. 지명인 '京兆'는 본래 '도성이 관할하는 지역'이란 뜻으로 西周와 秦의 도성인 西安과 주변 지역의 별칭에서 유래하였다. 현 섬서성 중남부에 해당한다.

82 華山廟: 西嶽大帝 華山神을 위한 사묘로서 西漢 元光 1년(前135)에 集靈宮이란 이름으로 창건되었다. 이후 그 명칭은 西嶽華山廟・華嶽廟 등으로 바뀌었다.

83 龍圖閣: 황제 사후 관련 문서를 총괄 보존하는 건물로 龍圖閣・天章閣・寶文閣・顯謨閣 등이 잇달아 건립하였는데, 龍圖閣은 太祖의 조서 등 유관 문서를 보존하

학사의 자리까지 올랐다. 이어서 사천섬서선무사사[84]에 예속되어 병사 수천 명을 거느렸다. 그는 손님을 대할 때마다 번번이 호언장담하길,

"나는 불교에 뜻을 두어 분별하는 재주를 크게 얻었다오. 불교의 옛 고승 중 마땅히 깨끗함을 논할 때는 유마[85]와 비슷하고, 고금을 관통하는 것과 행정을 간결하게 하는 데는 천하의 문관 가운데 실로 내가 일등이며, 적을 헤아려 적절히 대응하고 대치하고 있는 두 진영 사이에서 시점에 따라 적절한 결정을 내리는 데도 천하의 무관 중 역시 내가 일등이라오. 만약 사방이 보루로 쌓여 있고 연기와 먼지가 채 가시지 않아 혼란스러울 때 도적질하는 것도 내가 제일일 것이오. 감히 양보하지 않을 것이오."

자리에 있던 손님들은 그 말을 경외하며 감히 답하는 자가 없었다. 그가 인물을 평할 때는 사납고 험하며 욕하기를 좋아하였는데, 그것이 대체로 그의 천성이었다. 그가 범치허 밑에서 뜻을 이루고 난 뒤 전후로 500여 명을 승려로 만들었는데, 그들 모두 이름을 '종인'이라 하여 자신을 대신하게 하였다. 그때 이미 종인의 나이 60여 세였는데, 그는 다시 혼인하지 않고, 첩만 20여 명을 사서 두었다. 군대에서

는 건물이므로 太祖가 閣主여서 가장 중시되었고 서열도 최선임이었다.

84 宣撫使司: 국경 부근의 군사적 요충지에 설치한 임시 고위 군 지휘 기구로서 약칭은 宣撫司이다. 직제는 선무사·선무부사·判官·參謀官·參議官·管勾機宜文字 등인데 상설 조직이 아니기 때문에 선무사와 선무부사를 임명하는 것이 상례지만 둘 가운데 하나만 임명하기도 한다.

85 維摩: 淨名을 뜻하는 산스크리트어의 비말라키르티의 音譯語 '維摩詰'의 약칭이다. 재가 신자로서 대승불교의 핵심인 空의 묘체를 체득한 비사리국의 長者로 알려졌다.

나온 후로는 한가로이 몇 년을 지내다 병을 얻었는데, 장기에 문제가 생겨[86] 수시로 설사하였고, 첩들 모두 그를 떠나 돌봐 주지 않았다. 조씨는 스스로 자기가 눈 똥을 먹기도 하였다. 그것을 보고 기이하게 여긴 한 사람이 물어보니 답하길,

"너희들이 어찌 이 맛을 알리오?"

열흘 뒤 종인이 죽자 식자들은 그가 입으로 지은 업에 대한 응보라 여겼다. 자가 대광인 석익[87]이 하중부[88] 지사로 재임하고 있을 때 일찍이 그의 도움을 받은 일이 있었고, 자신이 마침 호남제치대사로 있을 때 천여 명의 승려에게 시주하여 그의 복을 빌어 주었다. 조씨는 비록 높은 관직에 올라 명성을 떨쳤지만, 사람들은 여전히 그를 승려 조씨라 불렀다.

---

86 洞泄: 음기가 성하여 내장이 차가워서 식사하자마자 설사를 하는 질병을 말한다.
87 席益: 자는 大光이며 京西北路 西京 河南府(현 하남성 洛陽市) 사람이다. 紹興 1년 (1131)에 中書舍人 겸 權直學士院, 杭州 · 衢州 지사, 工部尙書 겸 權吏部尙書를 거쳐 紹興 3년(1133)에 參知政事로 승진하였다. 이어 이듬해 潭州 지사 겸 湖南制 置大使를 거쳐 소흥 5년에는 四川制置大使를 지냈다. 본문에서 언급한 석익의 河 中府 지사 재임 기간은 靖康 연간이며, 금군에 패하고 하중부를 상실하여 곧 파직 되었다.
88 河中府: 永興軍路 소속으로 치소는 河東縣(현 산서성 運城市 永濟市)이고 관할 현 은 7개, 軍은 2개이며 州格은 節度州이다. 현 산서성 서남부 運城市의 서남쪽에 해당한다.

이견병지 【一】

達州江外民景氏, 宅甚大. 其側古冡屹然, 時時鬼物出見, 處者不寧,
徙入城避之. 予婦家入蜀, 僦以居. 外舅之弟宗正, 夏夜露宿, 過三更,
見大毛物睢盱而前, 引手拍其項. 宗正矍起, 厲聲叱之曰: "汝豈不見北
斗在上乎? 乃敢爾!" 其物應聲退. 安寢至明.

달주[89]의 강 밖에 사는 촌민 경씨의 저택은 매우 컸다. 그 집 옆에
는 오래된 무덤이 우뚝 솟아 있었는데, 수시로 귀신이 출몰하여 사는
사람들은 편안하지 못했고, 성안으로 이사 들어가 화를 피하기도 하
였다. 내 처가가 사천[90]으로 이사 갔을 때 그곳을 세내어 살았던 적이
있다. 장인어른의 동생으로 자가 종정인 장공은 어느 한여름 밤에 밖
에서 잠을 자고 있었는데 3경이 지났을 무렵 긴 털이 있는 무엇인가
가 눈을 부릅뜨고 앞으로 다가오더니 손을 뻗어 그의 목을 때렸다.
장공이 놀라 일어나 엄한 목소리로 그 괴물체를 꾸짖으며 말하길,

"너는 어찌 북두성이 하늘 위에 있는 것도 보지 못했느냐? 어찌 감
히 이런 짓을!"

그 괴물체는 질책하는 소리에 반응하며 물러났다. 장공은 아침까
지 편안히 잠을 잤다.

89　達州: 夔州路 소속으로 치소는 通川縣(현 사천성 達州市 通川區)이고 관할 현은 5
　　개, 院은 1개이며 州格은 刺史州이다. 현 사천성 북동부에 해당한다.
90　蜀: 사천은 현 成都市를 중심으로 한 촉과 중경시를 중심으로 한 巴로 나눌 수 있
　　다. 송대에 蜀이라고 한 경우 통상 成都府路를 뜻한다.

崇寧三年, 成都人凌戩詣闕告言: "蜀州新津縣瑞應鄕民程遇家葬父母, 其墳山上常有火光紫氣." 詔下本郡, 令速徙它處. 仍命掘其穴成池, 環山三里內, 自今不許爲墓域, 郡每以季月差邑官檢視. 明年, 詔以其地屢有光景動人, 宜爲奉眞植福之所, 乃建道觀, 名曰"寅威", 賜田十頃, 歲度童行[91]二人. 後二年, 光堯太上皇帝誕降, 實始封蜀國公, 竟以潛藩升爲崇慶軍節度, 遂應火光紫氣之祥. 而程氏子名適與帝嫌名同. 天命昭灼如此.

숭녕 3년(1102)에 성도부 사람 능감이 궁궐에 와서 고하길,

"촉주 신진현 서응향에 사는 촌민 정우의 집에서 부모를 장례 치렀는데, 그 봉분이 있는 산 위에 항상 자색 기운이 서린 불빛 같은 것이 있습니다."

이에 황제는 촉주에 조서를 내려 속히 봉분을 다른 곳으로 옮기라고 명했다. 그리고 그 묘혈을 파서 연못으로 만들라고 명하고 산 주위로 3리 안에는 지금부터 못자리로 쓰는 것을 허용하지 않으며 촉주 관아에서는 3개월마다 관원을 파견하여 검사하라 하였다. 이듬해

---

91 童行: 度牒을 받은 정식 승려가 되기 전 단계의 童子僧을 가리키는 말로서 통상 行者·沙彌라고 칭한다. 불교 교단에 대한 국가 통제책의 하나로 수·당·오대는 물론 송대에도 출가 전 과정에 대한 엄격한 법적 규제가 있었다. 우선 조부모와 부모의 출가 동의를 받고 童行 度牒을 구매하여 '童行錄'에 등록한 뒤 일정한 수행을 마치고 소속 사찰의 추천과 관의 심사를 거쳐야 도첩을 받을 수 있었다.

다시 조서를 내려 그곳에서 여러 차례 이러한 광경으로 민심을 동요
케 하였으니, 마땅히 진인을 모시어 복을 쌓는 곳으로 삼아야 한다고
하였다. 이에 도관을 설치하자 '인위관'이라는 편액과 10경의 밭을
하사하였고, 매해 2명 분의 동자승 도첩[92] 판매를 허용해 주었다. 2년
후, 광효태상황제[93]가 탄생하자 실제 처음에는 촉국공으로 봉하고,
잠저를 숭경군[94]절도사사[95]로 승격시키니 이로써 자색 기운이 서린
불빛의 상서로움에 상응한 것이다. 게다가 정씨의 아들 이름이 마침
황제의 이름과 같았으니, 천명의 분명함이 이와 같았다.

---

92 度牒: 불교와 도교 출가자에 대한 관부의 승인 증명서로 僧牒이라고도 한다. 정부
   는 도첩 판매를 통해 재정을 보완하고, 승려와 도사는 부역을 면제받을 수 있었다.
   도첩의 정부 기준 가격은 元豊 7년(1084)에 130관이었지만 元佑 연간(1086~1093)
   에는 300관, 紹熙 3년(1192)에는 800관이었다. 하지만 원풍 7년(1084) 夔州路에
   서는 300관을 받기도 하는 등 시대와 지역에 따른 차이가 컸다.
93 光堯太上皇帝: 남송 고종이 퇴위하자 효종은 '光堯壽聖憲天體道性仁誠德經武緯文
   紹業興統明謨盛烈太上皇帝'라는 尊號를 바쳤다. 통상 光堯皇帝라 칭한다.
94 崇慶軍: 본래 成都府路 蜀州(현 사천성 成都市 崇州市)이다. 大觀 1년(1107), 開封
   에서 출생한 高宗은 출생 직후 定武軍절도사·檢校太尉의 관위와 함께 蜀國公에
   봉해졌다. 고종이 황제에 즉위하고 정국이 안정되자 紹興 10년(1140)에 蜀州의 州
   格을 刺史州에서 崇慶軍節度州로 승격시켰고, 이어서 淳熙 4년(1177)에 행정편제
   도 崇慶府로 승격시켰다.
95 節度使司: 唐代 민정·군정·재정을 총괄하던 大軍區의 군정장관의 관아를 말한
   다. 당은 전쟁이 발발할 때마다 行軍大總管을 임명하여 군을 지휘하게 하였는데,
   번거롭고 효율이 떨어지자 玄宗은 10개 大軍區를 설치하고 절도사에게 권력을 집
   중시켰다. 절도사는 자신이 직할하는 府州 외에도 몇 개의 州를 支郡으로 거느렸
   고 특히 강력한 친위대인 牙軍이 권력의 중추를 형성하여 安祿山의 난 이후 절도
   사가 사실상 반독립 정권으로 변하였다. 이에 송 태조는 절도사의 재정권을 제약
   하고 정예병을 금군으로 차출하는 등 권한을 축소하는 데 힘썼으며, 태종 때에는
   실제 부임하지 않는 명예직으로 전락하였다. 그렇지만 절도사는 계속 무관 최고
   의 명예직으로 인식되었고, 통상 同中書門下平章事나 中書令 등에 수여하는 선망
   의 직책이었다. 품계는 정3품이고 의례는 宰執과 동일하였다.

荊南查氏, 世居沙頭. 有女自幼好食餅, 每食時, 但取其中有糖及麻
者咀之而棄其圈, 亦小兒常態也. 乾道二年, 女十四歲矣, 因步中庭,
雨忽作, 有物挾以騰空, 震雷擊之, 墮地死. 天雨餅椦者, 移時乃止. 群
犬攫食, 與眞者不異.(朱子淵說.)

형남부[96]의 사씨는 대대로 사두진[97]에 살았다. 어린 딸이 어려서부
터 전병을 좋아하였는데, 매번 전병을 먹을 때마다 그 가운데의 설탕
과 깨만 골라 먹고는 그 주변은 버렸다. 어린아이는 늘 그렇게 하곤
한다. 건도 2년(1166), 그 딸애가 14살이 되어서 집 한가운데 뜰을 거
닐고 있는데 갑자기 비가 내리더니 무엇인가가 딸애를 공중으로 들
어 올리더니 천둥으로 내리쳐 땅에 떨어져 죽었다. 하늘에서는 전병
그릇이 비 오듯 내렸는데, 잠시 후 멈추었다. 여러 마리의 개가 와서
그것을 가져가 먹었는데, 진짜와 다르지 않았다.(이 일화는 자가 자연
인 주회안[98]이 말한 것이다.)

---

96 荊南府: 荊湖北路의 치소인 江陵府의 建炎 4년(1130)~淳熙 3년(1176) 간 지명이
　　다. 치소는 江陵縣(현 호북성 荊州市 荊州區)이고 관할 현은 8개이며 州格은 節度
　　州이다. 현 호북성 남중부에 해당한다.

97 沙頭: 荊湖北路 江陵府 江陵縣 沙頭鎭에 있던 장강의 주요 나루터이다. 縣城의 동
　　남 15리 지점에 있으며, 현 호북성 중남부 荊州市 동쪽의 沙市區에 해당한다.

98 朱晞顔(1135~1200): 자는 子淵이며 江南東路 徽州 休寧縣(현 안휘성 黃山市 休寧
　　縣) 사람이다. 興國軍·吉州 지사, 廣南西路·京西路 轉運判官을 거쳐 靜江府 지
　　사를 지냈다. 慶元 1년(1196)에 太府少卿이 되었고, 이후 權工部侍郎·臨安府 지
　　사를 역임하였다.

　　蜀士某, 部綱東下, 出成都, 泊舟江瀆廟. 天未明, 入祠拜謁, 望正殿
內一婦人已先在, 疑其鬼也, 甚懼. 稍定, 倚戶窺之, 婦人焚香亞拜, 泣
而禱曰: "妾本京師人, 早失父. 隨母西入川, 嫁成都人某氏, 今七年,
生男女二人. 良人去年赴敍州小溪令, 不挈家行, 亦無書信來, 近聞負
約別娶矣. 妾窮獨難久處, 四顧孑子, 更無親戚可依. 曉夕思之, 惟有
一死, 願大王監此心." 卽以剃刀自剄, 登時仆地.
　　士人驚怪, 且恐暗昧累己, 亞登舟解維. 過小溪, 所謂縣令者, 乃鄉
人也. 出迎於江亭, 從容及其家事. 令曰: "向買一妾, 留家間, 久未暇
取." 士人略道其形容蹤跡. 令驚曰: "皆是也, 君何由知之?" 乃話所見.
令瞿然, 俛首不語. 俄告去, 喚湯至, 已不能執杯, 曰: "君所言才畢, 此
人卽在傍, 吾不免矣." 遂升車回, 及縣治而死. 此乾道元年事也.(黃仲
秉說, 云某部綱者, 欲再訪其詳未得也.)

　　사천 지역의 사대부 모씨는 관할 부서의 강선[99]을 동쪽으로 보내는
일을 맡게 되어 성도부를 나와 배를 강독묘 앞에 정박하였다. 날이
밝기 전에 신을 배알하러 강독묘에 들어갔는데, 정전 안에 한 부인이
이미 있는 것을 보고 그녀가 귀신인가 의심하여 매우 두려웠다. 조금

---

[99]　綱船: 화물선 선단을 뜻한다. '綱'은 唐代부터 사용하기 시작한 대량 화물의 계량
　　단위로서 일정 규모의 수레나 선단을 한 단위로 계산하는 용어로서 말을 운송할
　　때는 '馬綱', 쌀을 운반할 때는 '米餉綱'이라 칭한다. 운항의 편리와 안전을 위해 통
　　상 선단을 꾸려 운행하였는데, 대운하를 운항하는 경우 갑문 통과 시 개별 개폐를
　　허용하지 않고 일정 규모의 선단 단위로 통과시켰다.

안정이 된 후 문에 기대 살며시 살펴보니, 부인은 향을 피우고 여러 차례 절을 하더니 울며 기도하길,

"저는 본래 도성 사람으로 일찍이 아버지를 여의었습니다. 어머니를 따라 서쪽으로 사천에 들어와 성도부 사람 모씨에게 시집왔는데 이미 7년이 되었고, 아들딸 둘을 낳았습니다. 남편은 작년에 서주 소계현¹⁰⁰ 현령¹⁰¹으로 부임하였는데, 우리를 데리고 가지도 않았고, 또 편지조차 없었습니다. 근자에 듣기로 약속을 어기고 따로 부인을 취했다 합니다. 저는 가난하여 홀로 오래 버티기가 어렵고, 사방으로 돌아봐도 혈혈단신이며 의지할 친척은 더더구나 없습니다. 아침저녁으로 생각해 보니 오직 죽는 길밖에는 없어 원컨대 대왕께서는 제 마음을 살펴 주세요."

그녀는 곧 몸에 지닌 칼을 꺼내 스스로 목을 찔렀고, 곧 땅에 엎어졌다. 사인은 놀라우면서도 기괴했고, 어둠 속에 자기가 연루될까 걱정하여 급히 배에 올라 묶어 두었던 밧줄을 풀었다. 소계현을 지나는데, 그 현령이라는 자가 같은 고향 사람이었다. 현령이 강가의 정자에 나와 맞이하기에 그를 부추겨 집안일을 물었다. 현령이 말하길,

---

100 敍州: 梓州路 소속으로 치소는 僰道縣(宜賓縣, 현 사천성 宜賓市 敍州區)이고 관할 현은 4개이며, 州格은 刺史州이다. 岷江과 金沙江이 합류하여 장강을 이루는 곳으로 현 사천성 동남부의 宜賓市 중앙에 해당한다. 본문의 소계현은 梓州路 遂州(현 사천성 遂寧市 船山區) 관할이다. 아마도 수주 소계현을 잘못 쓴 것이 아닌지 추정한다.

101 縣令: 송조는 본래 현지사를 知縣과 縣令으로 구분하였다. 인구가 많고, 관할지역이 넓으며, 군사적 요충지에 위치한 중요한 현에는 7품 이상의 京官을, 그렇지 않은 현에는 選人을 임명하였다. 정식 직함도 지현은 '權知某縣事'이다. 반면 縣令은 8~9품관인 選人이므로 그냥 '현령'이라고 칭하였고, 개봉부·京畿의 현령을 제외하곤 정9품을 임명하였다.

이견병지【一】

"일전에 첩을 하나 사서 집에 두고 왔는데 오랫동안 그녀를 데려올 겨를이 없었소."

선비는 그녀의 생김새와 살아온 종적을 간단하게 말해 주니, 현령이 놀라 말하길,

"모두 맞습니다. 그대는 어찌하여 그것을 알고 있소?"

이에 그가 본 것을 다 말해 주었다. 현령은 놀라 고개를 숙이며 말을 잇지 못했다. 잠시 후 가겠다고 하며 탕을 가져오라 일렀는데,[102] 이미 그릇을 잡을 수 없는 상태였다. 그가 말하길,

"그대가 막 그 이야기를 마쳤을 때, 그 여자가 바로 내 옆에 있었소. 나는 피할 수 없을 것 같소이다."

곧 수레에 올라 돌아갔는데, 현 관아에 이르렀을 때 죽고 말았다. 이는 건도 1년(1165)의 일이다.(이 일화는 자가 중병인 황균이 한 이야기로서 관할 부서의 강선을 맡은 모인이라고 한 것은 다시 방문하여 자세히 알아보고자 한 것인데, 그렇게 하지 못하였다.)

---

102 湯: 송대에는 손님이 오면 차를 대접하고, 손님이 떠날 때면 탕을 대접하는 것이 관례였다. 탕은 감초 등의 약재를 넣어 만든 뒤 계절에 따라 따뜻하게 또는 차게 대접하였다. 후에 손님의 의사와 무관하게 탕을 내오는 것은 그만 떠나 달라는 의사의 표현이 되었다.

자라를 잡은 영주 사람郢人捕黿

> 郢州江中, 積苦老黿出沒爲隄岸及舟船之害. 郡設百千賞, 募人殺
> 之, 有漁者出應募. 問所須, 但求一渡船, 兩人操楫, 大甕一枚, 猪肝一
> 具, 及鐵鈎環索之屬. 至日, 登舟, 穴甕底, 以鈎絓肝置其內, 順流以
> 行. 移時, 黿出食肝, 併吞鈎, 首不能縮, 怒甚, 引頸出於甕, 欲犯船, 而
> 身礙甕間, 進退不可. 漁者以箠擊其首, 紽然而沒, 則放索隨之, 任其
> 所往. 度已困, 復擧索引鈎, 又擊之, 至于三四, 黿死, 始棹舟檥岸. 邦
> 人觀者如堵, 喜其去害, 爭出錢與之. 蓋黿性嗜猪肝, 漁者知之, 又得
> 操縱之術, 故爲力甚易.(仲秉說.)

영주[103]의 강 가운데 늙은 큰 자라가 제방이나 배에 출몰하여 해를 끼쳐 사람들이 오랫동안 어려움을 겪고 있었다. 영주 관아에서는 10만 전을 현상금으로 내걸고 사람을 모집하여 자라를 죽이려고 하였고, 한 어부가 나와 응모하였다. 어부에게 필요한 것을 물으니 그저 나루를 건너는 데 쓰는 배 한 척[104]과 노 젓는 사람 둘, 그리고 큰 항아리 하나, 돼지 간 한 덩이, 그리고 철로 된 갈고리와 묶는 데 필요한 노끈 등이었다. 잡기로 한 날이 되자, 그는 배에 오르더니 항아리 밑에 구멍을 내고 갈고리에 돼지 간을 걸어 그 안에 두고 물길을 따

---

103 郢州: 京西南路 郢州로서 치소는 長水縣(현 호북성 荊門市 鍾祥市)이고 관할 현은 2개이며 州格은 防禦使州이다. 漢江 중류에 자리하였으며 현 호북성 중앙에 있는 荊門市의 가운데에 해당한다.
104 渡船: 강이나 호수, 또는 가까운 섬을 오가는 단거리 운수용 선박을 말한다.

라 떠내려갔다.

잠시 후, 자라가 나타나 돼지 간을 먹다가 갈고리까지 삼켰고, 머리를 빼낼 수가 없자 몹시 사나워졌다. 목을 길게 늘어뜨려 항아리 밖으로 나와 배를 부수려고 하였지만, 몸이 이미 항아리 사이에 끼어 나아갈 수도 물러설 수도 없는 상황이 되었다. 어부가 채찍으로 그 머리를 때리니 둥둥 소리를 내며 사라졌다. 어부는 노끈을 느슨하게 놓아주며 자라가 가는 데로 풀어 주었다.

자라가 지칠 때를 기다려 다시 끈을 잡고 갈고리를 당겨 다시 자라를 때렸다. 서너 번을 그렇게 하여 자라가 죽자 비로소 노를 저어 언덕에 배를 대었다. 지역 사람들이 담처럼 뻥 둘러 바라보며, 자라를 제거한 것에 기뻐하여 다투어 돈을 내 어부에게 주었다. 이는 자라가 원래 돼지 간을 좋아하는 것을 어부가 알고 있었고, 또 노 젓는 이가 배를 다루는 기술이 좋아 비교적 큰 힘을 들이지 않고 이루어 낸 것이다.(이 일화는 자가 중병인 황균이 말한 것이다.)

建炎三年四月, 鼎州桃源洞大水, 巨石隨流而下. 石間有文, 似天書, 而字畫皎然可識. 凡三十二字, 云: "無爲大道, 天知人情. 無爲窈冥, 神見人形. 心言意語, 鬼聞人聲. 犯禁滿盈, 地收人魂." 其言雖簡, 而有警於人世.

건염 3년(1129) 4월, 정주¹⁰⁵ 도원동에 큰 홍수가 있었는데, 커다란 바위가 물길을 따라 흘러 내려왔다. 바위에는 글이 새겨져 있었는데, 마치 천서天書 같고 자획이 분명하여 식별할 수 있었다. 모두 32개 글자였는데 다음과 같다.

무위는 큰 도이며,
하늘은 세간의 일을 다 안다네.

무위는 아득하여 헤아릴 수 없는 깊은 이치이며,
신은 사람의 형상을 본다네.

마음으로 소리로 뜻을 전하는 말을 한다면,
귀신은 사람의 소리를 듣는다네.

---

105 鼎州: 荊湖北路 소속으로 치소는 武陵縣(치소는 현 호남성 常德市 鼎城區)이고 관할 현은 3개이며 州格은 團練使州이다. 본래 郞州였는데 大中祥符 5년(1012)에 鼎이 출토된 것을 계기로 鼎州로 바꾸었고 乾道 1년 孝宗의 潛藩이라서 常德府로 승격하였다. 沅江 하류로서 현 호남성 북중부에 해당한다.

금하는 일을 범하는 것이 많으면,
땅은 사람의 혼을 거두어들인다네.

그 말은 비록 간결하나 세상 사람들에게 경계의 뜻을 전하는 것이
었다.

張魏公居京師, 赴客飯, 以韭黃雞子爲饌. 公不欲食, 主人强之, 不得已爲食三顆, 而意亦作惡, 不終席而歸. 夜中, 忽足痛不可忍, 秉燭照之, 乃三雞啄其足, 一牡二牝. 金甲大神立於旁, 扣公曰: "發願否?" 公曰: "願盡此生不食雞子." 神曰: "願輕." 公又曰: "某此生不犯戒, 則母氏延無量之壽. 犯此者爲不孝." 神人頷之, 倏忽間與雞皆不見. 迨曉, 視啄處, 赤腫猶寸餘. 自是不復食雞卵.(魏公□□□說.)

후에 위국공에 봉해진 장준張浚이 도성에 살고 있을 때, 어느 날 손님으로 가서 대접하는 밥상을 받았는데, 연한 부추와 계란이 반찬으로 나왔다. 장준은 먹고 싶지 않았으나 주인이 강권하여 부득이 계란 세 개를 먹었는데, 일부러 못되게 군다고 여겨 끝까지 자리를 지키지 않고 집으로 돌아왔다. 밤중에 갑자기 발이 아프기 시작했는데 참을 수 없을 정도였다. 촛불을 가져와 비추어 보니 세 마리의 닭이 그 발을 쪼고 있었다. 한 마리는 수컷이고 두 마리는 암컷이었다. 금색 갑옷을 두른 신장이 그 옆에 서서 공에게 묻길,

"발원하지 않겠는가?"

장준이 답하길,

"이번 생애가 다할 때까지 계란을 먹지 않겠습니다."

신장이 말하길,

"발원의 내용이 너무 가볍구나."

장준이 다시 말하길,

"저는 이번 생애에서는 계율을 범하지 않겠습니다. 그렇게 할 테니 어머니의 수명을 무량하게 늘려주십시오. 계율을 범한다면 불효를 저지르는 것일 겁니다."

신장은 끄덕이더니 갑자기 닭과 함께 사라졌다. 새벽에 이르러 닭에게 쪼인 곳을 보니 1촌 정도 여전히 붉게 부어올라 있었다. 장준은 그 뒤로 다시는 계란을 먹지 않았다.(위공 □□□가 말한 것이다.)

이견병지

夷堅丙志

卷 5

李明微法師, 福州人, 道戒孤高, 爲人拜章伏詞, 報應甚著. 紹興五年, 建州通判袁復一使與天慶觀葉道士同拜醮, 旣罷, 謂葉曰: "適拜章時, 到三天門下, 見此郡張道士亦爲人奏靑詞, 函封極草率, 又已破碎. 天師云: '此不可進御.' 擲去之矣." 葉曰: "張乃觀中道侶也. 但不知今夕在誰人家." 明日, 張自外歸, 葉扣其所往, 曰: "昨在二十里外葉家作醮. 村民家生疎, 靑詞紙絶不佳, 及焚奏之際, 架復傾側, 詞墜于地. 吾急施手板承之, 賴以不甚損, 然鶴氅遂遭爇." 葉爲話明微所見, 張甚懼, 卽日自具一醮謝罪云.

복주 사람인 법사 이명미는 도교의 계율을 매우 엄격하게 준수하였기에 사람들을 위해 신에게 간구하는 글[1]을 써 주면 신의 감응이 매우 뚜렷하게 드러났다. 소흥 5년(1135), 건주[2] 통판 원복일[3]은 이 법

1　拜章伏詞: 하늘에 자기의 잘못을 고백하고 선행을 알려 神明의 도움을 청하는 도교의 符籙 가운데 하나로서 푸른 종이에 붉은 글씨로 쓰는 것이 관행이라서 통상 '靑詞'라고 한다.

2　建州: 福建路 소속으로 치소는 建安縣(현 복건성 南平市 建甌市)이고 관할 현은 7개, 監은 1개이며 州格은 節度州이다. 唐 武德 4년(621)에 처음 설치되면서 福州와 함께 福建省의 유래가 되었다. 建州는 紹興 32년(1162)에 建寧府로 승격했지만, 워낙 오래된 지명이어서 별칭으로 계속 쓰였다. 武夷九曲으로 유명한 武夷山의 소재지이며 현 복건성 북동쪽에 해당한다.

3　袁復一: 자는 太初이며 兩浙路 常州 無錫縣(현 강소성 無錫市) 사람이다. 紹興 5년(1135)에 建州 通判을 지냈고, 紹興 12년(1142)에는 右朝請大夫로서 廣南提擧市舶이었는데, 三佛齊 상인에게 지나치게 폭리를 취하여 항의를 받고 면직된 바가 있다. 紹興 16년에 提擧福建常平을 지냈다.

사에게 천경관의 엽 도사와 함께 재초[4]를 올려 달라고 하였다. 재초가 끝나자 이 법사가 엽 도사에게 말하길,

"마침 기도문을 올리려 3천문[5] 아래 이르렀을 때, 이곳 건주의 장 도사 역시 누군가를 위해 청사를 올리는 것을 보았습니다. 그런데 청사를 싼 봉투가 깔끔하지 않은데다 이미 찢겨 있었습니다. 천사[6]께서 '이것은 그냥 올릴 수가 없다'고 말씀하시기에 그것을 버리고 말았습니다."

엽 도사가 말하길,

"장 도사도 천경관 도사의 한 명입니다. 그런데 오늘 저녁 누구네 집에 가 있는지는 모르겠습니다."

다음 날 장 도사가 외부에서 돌아왔는데, 엽 도사가 그에게 어디를 다녀왔냐고 물었다. 장 도사가 대답하길,

"어제 20리 밖에 있는 엽씨네 집에서 재초를 지내 주었습니다. 촌민의 집이라 잘 몰라서 청사를 쓴 종이가 아주 좋지 않았습니다. 또 막 청사를 태워 신께 아뢸 무렵 제단이 다시 옆으로 넘어지더니 청사

4 齋醮: 醮는 본래 신령에 대한 祭禮를 가리키는 말이지만 점차 재앙을 떨치기 위해 도사가 제단을 설치하고 신에게 제사 지내는 것을 뜻하게 되었다. 그리고 그 과정에서 본래 다른 齋法과 醮法이 점차 합쳐져서 수·당대 이후에는 통상 齋醮라고 칭하였다.

5 天門: 사찰의 山門과 유사한 성격을 지닌 도관의 문이다. 통상 3개의 산문을 만드는 것처럼 도관의 천문도 3개를 만들며, 입구부터 1天門, 2天門, 3天門이라고 칭한다.

6 天師: 도교의 天師道를 창시한 張陵이 사천 鶴鳴山에서 수도한 뒤 天師라 자칭한 이래 그 직위는 직계 자손에게 이어졌다. 그래서 그 후계자를 제 몇 대 천사, 또는 張天師라고 칭하였다. 한편 天師는 東漢의 葛玄, 東晉의 許遜, 北魏의 寇謙之, 唐의 杜光庭, 宋의 薩守堅 등 도교를 대표하는 인물에 대한 존칭으로도 썼다.

가 땅에 떨어졌습니다. 내가 급히 홀[7]을 내밀어 청사를 받아서 다행히 크게 손상되지는 않았습니다. 하지만 학창의[8]는 다 타 버렸습니다."

엽 도사는 장 도사에게 이 도사가 보았던 것을 모두 말해 주니 장도사가 매우 두려워하며 당일로 자신이 제단을 갖추고 사죄하며 신께 아뢰었다.

---

7 手板: 齋醮를 지낼 때 귀신을 제압하기 위해서 도사들은 많은 法器를 사용한다. 귀신을 죽이거나 제압하기 위한 보검과 끈, 관부의 권위를 차용하기 위한 인장과 문서, 만물을 꿰뚫어 보는 상징으로서 거울, 각종 악기 등이 대표적이다. 통상 笏이라고 칭하는 手板은 궁중에서 조회를 할 때 신하들이 들고 있는 가늘고 긴 판인데, 황제에게 상주할 내용을 메모할 때 사용한다. 도사들도 天界의 대신과 같은 권위를 드러내기 위해 홀을 사용한다.

8 鶴氅: 仙鶴은 도교의 상징물이며, 신선이 된다는 말을 '羽化登仙'이라고 표현한다. 학창은 본래 학의 털을 이용해 만든 겉옷이나 의장용 깃발을 말하는데, 후에는 희고 넓은 천의 가장자리에 검은 색 천으로 두른 옷을 뜻하게 되면서 통상 학창의라고 칭한다.

宣和中, 虢州路分都監新到官以代者未去, 寓家于驛. 日未晡, 會食
堂上. 白氣從廷下井中出, 勃勃如霧. 須臾, 靑衣女子出於井, 歷階而
上, 遍視坐人, 丫髻森如, 目光可鑒. 已而入西邊小室, 沿壁而升, 遂失
所在. 擧室皆悚, 至夕不敢寐. 二鼓後, 門窓無故自闢, 由外入者紛紛,
亦未疑爲怪, 就視之, 面目衣冠, 盡與一家人不異. 而家人所見, 又皆
類都監. 憧憧往來, 莫知孰爲人, 孰爲鬼, 雖有刀劍, 懼誤傷人, 不敢
擊. 達旦方止. 老幼驚怖如癡, 卽日徙出.

後月餘, 縉雲人陳汝錫來通判州事, 方葺官舍, 亦暫泊驛中. 都監者
具以前事告, 陳不謂然. 過三日, 群婢悉夢魘, 有見人物極大而無言者,
有遭鬼物自牀昇至地者, 亦至曉乃止, 然別無它.

선화 연간(1119~1125), 영흥군로[9] 곽주[10]에 병마도감[11]이 새로 부임
하였는데, 전임자가 아직 떠나지 않고 있어 역사에서 잠시 머물고 있
었다. 아직 신시가 되지 않았을 때 마침 대청에서 식사하고 있었다.

9　路分: 송대의 路級 행정단위 또는 路級 군지휘관인 經略使나 安撫使를 가리키는
　　말인데, 본문의 부임 관원이 虢州 兵馬都監이라서 永興軍路로 번역하였다.
10　虢州: 永興軍路 소속으로 치소는 虢略縣(현 하남성 三門峽市 靈寶市)이고 관할 현
　　은 4개이며 州格은 刺史州이다. 하남과 섬서를 연결하는 요충지이며 하남성 서북
　　부 三門峽市의 서남쪽에 해당한다.
11　兵馬都監: 唐 후기 환관 출신의 고위직 監軍을 가리키는 말이었는데, 五代 이후 都
　　部署의 부사령관을 뜻하였고 송대에는 行營馬步軍都監・路駐泊兵馬都監・按撫
　　都監 등으로 폭넓게 쓰였다. 兵馬都監은 관할 구역의 군사 업무를 총괄하는 직책
　　으로 路級・州級・縣級이 다 포함되므로 통상 주현의 지사나 통판이 겸직하였다.

하얀 연기가 대청 아래 우물 안에서 일어나더니 안개처럼 자욱하게 퍼졌다. 잠시 후 파란색 옷을 입은 여자가 우물에서 나와 계단을 밟고 올라가며 앉아 있는 사람들을 두루 쳐다보았다. 가닥을 지어 묶은 머리숱은 풍성했고, 눈빛은 비칠 만큼 영롱했다. 잠시 후 서쪽 작은 방으로 들어가더니 벽을 타고 올라가더니 마침내 어디론지 사라졌다.

온 집안사람들이 모두 두려워 떨며 저녁이 되어서도 잠을 잘 수가 없었다. 2경이 지났을 때 창과 문이 아무 이유 없이 저절로 열렸고, 밖에서 무언가 분분히 들어오는 것이 있었다. 이 또한 괴이하다 의심하지 않으며 막 가서 보니 모습과 의관이 집안사람의 모습과 전혀 다르지 않았다. 집안사람들이 본 것도 모두 병마도감이 본 것과 같았다. 쉬지 않고 오가는데 누가 사람인지 누가 귀신인지 알 수가 없었다. 비록 칼과 검을 가지고 있었지만 잘못해서 사람을 해칠까 겁나서 감히 때리지도 못했다. 새벽에 이르러서야 비로소 멈추었다. 늙은이나 어린아이들 모두 놀라 떨며 혼이 빠져 그날 즉시 이사 나왔다.

그 뒤로 한 달쯤 지났을 때 처주 진운현 사람 진여석[12]이 괵주 통판이 되어 왔는데, 마침 관사를 수리하고 있어 잠시 역사에 머물렀다. 병마도감은 앞에 있었던 일을 모두 보고하였지만 진여석은 대수롭지

---

12 陳汝錫(1073~1161): 자는 師予이고 兩浙路 處州 靑田縣(현 절강성 麗水市 靑田縣) 사람이다. 紹聖 4년(1097)에 通山縣尉로 관직을 시작해 虢州 通判과 團練使 등을 지냈다. 建炎 4년(1130)에 臨安府가 金軍에게 함락되자 浙東安撫使로 적극 항전했고 高宗을 보호하여 明州에서 越州로 이동하여 紹興府 지사를 지냈다. 훌륭한 치적에도 불구하고 강직한 성품으로 권신 秦檜와 충돌해 결국 유배되어 사망하였다. 본문의 진운현 사람이라는 설명은 오류가 있어 보인다.

않게 여겼다. 사흘이 지나 많은 여종이 다 악몽에 시달렸다. 어떤 여종은 아무 말도 하지 않고 있는 몸집이 대단히 큰 사람을 보았고, 혹은 귀신이 침상을 들어 땅바닥에 갖다 놓는 것을 보기도 했다. 역시 새벽이 되어서야 멈추었다. 하지만 별다른 일은 없었다.

紹興二年, 處州青田人潘紱・閭丘觀俱爲蕭山尉, 同處一寺. 鄉人
葉議秀才以家貧母老來相依, 日飯尉家, 夜則寢僧舍. 時三衢柴生能相
手紋談禍福, 視葉手, 驚曰:"君色殊不佳, 法當殺人, 否則爲人所殺.
近三日事爾, 切勿妄出, 正恐不得免焉." 葉素怯懦, 且方僑寄爲客, 與
人未款曲, 度必無如是事, 姑應曰:"諾." 越三日, 薄暮, 二尉留與飲,
中夕醉歸. 同室僧已寢, 一盜在外, 尾其後以入. 發篋有聲, 僧覺之, 潛
起, 將取杖擊盜, 正與盜遇, 盜以刃傷僧, 僧絶叫而走. 葉熟睡, 聞呼
聲, 蹶然起. 盜適當前, 葉急持其袂, 盜慮不得脫, 掣其肘曰:"放我! 不
然, 將殺汝!" 葉醉甚, 持之愈急, 盜恐衆至, 乃劉刃而去. 葉卽死.

　二尉聞之, 懼以是坐罪, 迹捕未獲, 見葉從廡下掩腹入僧房, 左右無
一睹者. 邑有女巫, 能通鬼神事, 遣詢之. 方及門, 巫擧止言語如葉平
生, 大慟曰:"爲我謝二尉. 我以宿業, 不幸死, 今已得凶人, 更數日就
擒, 無所憾, 獨念母老且貧. 吾囊中所貯, 可及百千, 望爲火吾骸, 收遣
骨及餘貲與母, 則存沒受賜矣." 尉悉如所戒. 後五日, 果得盜. 盜言殺
葉之次日, 卽見諸百步外, 已而漸近, 昨乃與同臥起, 自知必敗云.

소흥 2년(1132), 처주 청전현[13] 사람 반불과 여구관 둘 다 월주 소산
현[14] 현위에 임명되어 같은 절에서 머물렀다. 마을 사람인 수재 엽의

---

[13] 靑田縣: 兩浙路 處州 소속으로 현 절강성 남중부 麗水市 동남쪽의 靑田縣에 해당
한다.

[14] 蕭山縣: 兩浙路 越州 소속으로 현 절강성 북부 杭州市 동남쪽의 蕭山區에 해당한
다.

는 가난한데다 연로한 어머니가 계셔서 그들에게 의지하려고 와서 낮에는 현위의 집에서 밥을 얻어먹고 밤에는 승려의 방에서 묵었다. 당시 삼구[15] 사람 자씨가 손금을 잘 봐서 앞날에 대해서 말해 주곤 했는데, 엽의의 손금을 보더니 놀라서 말하길,

"그대 손금은 매우 좋지 않군요. 반드시 누군가를 죽이거나 그렇지 않으면 누군가에 의해 살해될 것입니다. 앞으로 사흘 안에 일어날 일이니 절대 함부로 나다니지 마시오. 하지만 공교롭게도 면하기는 힘들 것입니다."

엽의는 본래 심약한데다 또 남의 집에 얹혀 지내다 보니 다른 사람과 터놓고 지내지 않아 그런 일은 생기지 않을 것으로 생각했다. 그래서 잠시 후 "알았소."라고 대답하였다.

사흘이 지나 해가 저물 무렵, 두 현위는 엽의에게 남아서 함께 술을 마시자고 하였고, 한밤에 취하여 절로 돌아왔다. 같은 방의 승려는 이미 잠들었는데, 한 도적이 밖에서 엽의의 뒤를 밟아 따라 들어왔다. 상자를 여는 소리가 나자 승려가 깨어나서 몰래 일어나더니 몽둥이를 가지고 와 도적을 때리려고 하였다. 마침 도적과 마주하였는데 도적이 칼로 승려를 찔렀고, 승려는 비명을 지르며 도망쳤다. 엽의는 깊이 잠들어 있었는데, 비명을 듣고 갑자기 일어났다. 도적이 마침 그 앞에 있었는데, 엽의는 급히 옷소매를 잡았다. 도적은 도망치지 못할까 봐 그 팔꿈치를 잡아당기면서 이르길,

"손을 놓아라! 그렇지 않으면 너를 죽일 것이다!"

---

15 三衢: 兩浙路 衢州의 별칭이다. 三衢는 절강성 구주시 常山縣에 위치한 三衢山을 가리킨다.

이견병지 【一】

엽의는 아주 취한 상태여서 더욱 꼭 잡았다. 도적은 사람들이 몰려올까 봐 겁나서 결국 칼로 찌르고 도망쳤다. 엽의는 즉사했다. 두 현위는 그 소식을 듣고 처벌받을까 두려워 쫓아갔지만 놓치고 말았다. 그들은 엽의가 곁채 아래에서 배를 감싸고 승방으로 들어가는 것을 보았지만, 좌우에서 이를 목도한 이는 아무도 없었다. 현성에 한 무녀가 있었는데, 능히 귀신과 통할 수 있다고 해서 사람을 보내 이를 알아보았다. 그 무녀가 막 문으로 들어오자 무녀의 행동거지와 말투가 엽의가 살아 있었을 때와 똑같았다. 그는 대성통곡하며 말하길,

"두 분 현위께 감사를 드립니다. 저는 전생의 업으로 불행히 죽었습니다. 지금 이미 누가 범인인지 알았고, 다시 며칠 내로 그자가 잡힐 것이기에 여한은 없습니다. 다만 어머니께서 연로하신데다 가난하신 것이 마음에 걸립니다. 내 자루에 모아 둔 돈이 100관은 될 것이니 바라건대 제 시신을 화장한 뒤 유골과 남은 돈을 거두어 저의 어머니께 전해 주십시오. 그렇게 해 주신다면 살아 있는 사람과 죽은 사람 모두 두 분의 은혜를 입는 것입니다."

현위는 모두 그 약속한 대로 했다. 닷새 후 정말 도적이 잡혔다. 도적이 말하길,

"엽씨를 죽인 다음 날 100보 밖에 있는 수재 엽의를 봤는데, 이후 점점 가까워져 어제는 함께 눕고 일어나기에 이르렀습니다. 그래서 나는 반드시 잡힐 것이라 알고 있었습니다."

> 靑田小令村民家婦, 年二十餘, 愚而醜, 爲崇所憑, 能與人言. 唯婦
> 見其形, 用大紙滿書其上, 不能成字. 貼婦房內壁, 仍設一卓, 置香爐,
> 如人家供神佛者. 每日焚香十餘度, 或沉, 或檀, 或柏子和香之屬, 莫
> 知所從來.
> 　富人徐勉, 素木强, 聞其事, 特往驗之. 方及門, 空中語曰: "好客且
> 來, 可設茶." 勉已愕然, 旣坐, 問民曰: "聞汝家有鬼, 胡不令出見我?"
> 語未竟, 一物墜背間, 甚重, 遂墮地. 視之, 則茶磨上扇也, 背亦不覺
> 痛. 勉怖而出, 崇以糞逐而洒之. 有行者善誦穢跡呪, 能祛斥鬼物, 勉
> 邀至民家. 未及施術, 一刈草大鎌刀從空飛舞而下, 揮霍眩轉, 如人執
> 持, 刃垂及衣裾, 急竄去, 僅免. 後頗盜微物以益其家, 山間牧童嘗窺
> 見之, 似十二三歲兒, 遍體皆黃毛, 疑爲猴玃之屬. 至今尙存.

처주 청전현 소령촌¹⁶ 한 민가의 여자가 나이가 스무 살 정도인데, 우둔한데다 박색이었다. 또 요괴¹⁷가 그녀에게 빙의하여 사람과 말을

16　小令村: 兩浙路 處州 靑田縣 소속으로 현성 남쪽에 있다. 현 절강성 麗水市 靑田縣 仁莊鎭 小令村에 해당한다.
17　崇: 귀신과 유사하나 귀신과 구분되는 존재를 가리켜 통상 妖怪라고 한다. 요괴에 해당하는 용어로 『이견지』에 가장 많이 등장하는 것이 崇이며 魖·魅·魖 등도 있다. 崇를 妖崇·崇物이라고도 하였으니 요괴와 유사한 개념이지만 鬼와 명확하게 구분되지 않기 때문에 鬼崇라고도 하였다. 한편 魖·魅·魖 또는 鬼魅·魖魅도 등장하는데, 이는 도깨비에 가까운 개념이다. 崇를 통상 '요괴'로 번역하였으나 맥락에 따라서는 '요물' 또는 '앙화' 등으로도 번역하였고, 魖·魅·魖는 '도깨비'로 번역하였다.

주고받을 수 있었는데, 오직 이 여자만 귀신의 모습을 볼 수 있었다. 그녀는 큰 종이 위에 무언가를 가득 썼는데 제대로 된 글자는 아니었다. 여자는 그 종이를 방 안의 벽에 붙인 뒤 탁자를 하나 갖다 놓고 향로를 두었다. 마치 사람들이 신이나 부처를 모시는 것 같았다. 매일 10여 차례 향을 피웠는데, 침향[18]이나 단향,[19] 또는 백자향[20] 같은 좋은 향을 배합한 향을 피웠다. 그 향을 어디서 구했는지 아는 사람이 한 명도 없었다.

부자인 서면은 본래 호락호락한 사람이 아니어서 그 일을 듣고 특별히 가서 시험해 보았다. 막 대문에 도착하자마자 허공에서 누군가가 말하길,

"좋은 손님이 곧 오시리니 차를 준비하거라!"

서면은 즉시 깜짝 놀라 자리에 앉으며 그 집 사람에게 묻길,

"너희 집에 귀신이 있다고 들었는데, 어찌 불러내어 나를 보라 하지 않는가?"

말이 채 끝나기도 전에 한 물건이 등 사이로 떨어졌는데, 아주 무거운 것이었다. 곧장 땅에 떨어졌기에 그것을 보니 바로 차를 가는 맷돌의 위짝이었다. 하지만 등이 전혀 아프지 않았다. 서면은 두려워

---

18 沉香: 주로 海南島에서 생산되는 白木香 가운데 검은색 수지가 함유된 것을 말하며 海南沉・南沉香・白木香・莞香・女兒香・土沉香 등 다양한 별칭이 있다.

19 檀香: 동남아와 인도 등지에서 주로 생산되는 향나무의 하나로서 가지를 잘라 말린 뒤 그 색깔에 따라 白檀・黃檀・紫檀으로 나눈다.

20 柏子香: 栢子木은 잣나무의 여러 별칭 가운데 하나이며, 柏子香은 잣을 가공해서 만든 향으로서 진정 효과가 좋다. 침향과 단향이 가장 대표적인 향이지만 매우 비쌌기 때문에 사찰에서는 주로 백자향을 사용하였다. 본문의 和香은 여러 향을 합하여 조제한 것을 이른다.

떨며 나가려고 하였고, 요괴는 똥물을 가져와 그에게 뿌리며 쫓아냈다. 한 행자승이 '예적금강'[21]의 법술로 귀신을 쫓아내는 데 능통하다고 하여 서면은 그를 불러 이 촌민의 집에 오게 하였다. 아직 술법을 시작하기도 전에 풀 베는 데 쓰는 큰 낫이 공중에서 춤추듯 아래로 날아와 빠르게 휘둘려지며 어지럽게 선회하였는데, 마치 누군가가 붙잡고 휘두르는 것 같았다. 낫의 날이 내려와 옷자락을 스치려 할 때 행자승은 급히 도망가 숨어서 겨우 피할 수 있었다.

후에 종종 작은 물건들을 훔쳐 그 집안을 이롭게 하기도 했다. 산에 사는 목동이 일찍이 그 귀신을 몰래 엿보았는데, 대략 열두세 살쯤 되는 남자아이 같았고 온몸에 누런 털이 나 있어서 원숭이랑 비슷한 것이 아닐까 싶다고 했다. 지금까지 그곳에 산다고 한다.

---

21 穢迹金剛: 불교의 축귀 방식 가운데 하나이다. '除穢金剛' 또는 '穢迹法'이라고도 한다.

이견병지【一】

建炎中, 靑田小胥陳某者, 嘗上直, 同輩三人皆竊出, 陳素謹畏, 獨
臥吏舍. 明旦, 門不啟, 主吏扣戶連呼之, 不應. 以告縣令陳彦才, 破壁
以入, 衣衾巾屨皆在, 獨不見人, 而窻壁整密如常時, 莫能測. 陳父日
夕悲泣, 山椒水涯, 尋訪略遍. 適路時中過永嘉, 道出靑田, 蔣存誠祭
酒方鄕居, 憐其父老而失子, 爲以情禱之.

時中命具狀訴于驅邪院, 而判其後云: "當所土地里域眞官, 仰來日
辰時, 要見陳某下落. 如係邪祟枉害生人, 亦仰拘赴所屬根治, 餘依淸
律施行." 仍畫玉女于後, 令焚于城隍祠. 明日, 去縣五里曰下浦, 漁者
方收網, 忽潭水沸騰, 聲如雷震, 急橫舟岸側以避. 俄頃, 一物躍出, 高
丈餘, 復墜, 水亦平帖. 徐而觀之, 乃陳胥之尸. 時秋尙熱, 死已旬日,
而面色如生, 竟不測爲何祟, 其身何以能出戶也.

건염 연간(1127~1131), 처주 청전현의 서리인 진모는 일찍이 당직
을 서고 있는데, 함께 당직을 서던 세 사람이 몰래 밖으로 빠져나갔
지만, 진씨는 본래 근면하고 조심스러워 홀로 서리 관사에 누워 있었
다. 이튿날 아침 문이 열리지 않아 선임 서리가 문을 두드리며 연이
어 그를 불렀는데도 대답이 없었다. 현지사인 진언재[22]에게 이를 고

22　陳彦才(1090~?): 자는 用中이며 兩浙路 溫州 平陽縣(현 절강성 溫州市 平陽縣) 사
　람이다. 連江縣 · 靑田縣 · 泉州 지사를 역임하였다. 강직한 성품의 소유자로서 권
　신 秦檜와 出生 年月과 時가 일치하는 인연에도 불구하고 거리를 두었고, 풍수 명
　당으로 알려진 자신의 땅을 진회가 탐내자 孔廟 부지로 기부하여 거절한 일도 있
　었다.

하자 벽을 부수고 들어가 보니 옷과 이불 및 수건과 신발은 모두 그
대로 있는데 사람만 보이지 않았다. 창문과 벽은 보통 때와 같이 빈
틈이 없어서 어찌 된 일인지 추측하기도 힘들었다.

　진씨의 아버지는 밤낮으로 슬피 울며 산마루와 물가 끝까지 자식
을 찾아 두루 돌아다녔다. 마침 도사 노시중[23]이 온주 영가현[24]을 지
나 처주 청전현으로 들어섰는데, 태학[25] 제주[26]를 역임한 장존성[27]이
마침 고향에 머무르고 있었다. 장존성은 노년에 아들을 잃은 아버지
를 가엾게 여겨 노시중을 불러 이런 사정을 신께 기도하여 고하게 하
였다. 노시중은 명하길 글을 갖추어 써서 구사원[28]에 고소하라고 한

---

23 路時中: 자는 當可이며 宣和 연간(1120~1127)에 주로 활동한 도사로 上淸大洞三
　　景法師라고 칭하였다. 大茅山(강서성 上饒市)에 거주하였고, 『無上玄元三天玉堂
　　大法』30권을 편찬하였다.

24 永嘉縣: 兩浙路 溫州 소속으로 현 절강성 동남부 溫州市 북쪽의 永嘉縣에 해당한
　　다.

25 太學: 북송의 태학은 廣文·律學과 함께 3館이라고 하였지만, 과거 응시 때만 1천
　　명을 넘겼을 뿐 평소에는 하급 관원 자제 10~20명이 거주하던 곳에 불과하였다.
　　그러다가 慶曆 4년(1044)에 단독으로 분리 독립해 발전하기 시작했고, 거란 사신
　　접대 시설인 錫慶院을 하사받아 규모를 크게 확대하였다. 특히 변법의 일환으로
　　太學三舍法을 시행하면서 元豊 2년(1079)에 2,400명 규모로 확대되었고, 崇寧 1년
　　(1102)에는 총 3,800명을 수용하는 시설을 신축하고 '辟雍'이라 개칭하였다.

26 祭酒: 太學의 최고 책임자로서 태학 운영 전반을 관리하였다. 북송 초에는 判監事
　　라고 하였으나 元豊개혁 이후 國子祭酒로 고쳤고, 徽宗은 唐代에 國子監을 司成
　　館으로 개칭하면서 국자감 祭酒를 大司成으로 개칭한 전례를 따라 崇寧 2년
　　(1103)에 辟雍 大司成으로, 崇寧 4년(1105)에 다시 太學 대사성으로 개칭하였다.
　　소흥 12년(1142) 명칭을 祭酒로 회복시켰다. 북송 초에는 唐代처럼 종3품이었으
　　나 실제는 임명하지 않았고, 元豊개혁 이후 종4품이 되었으며, 서열은 6部 侍郞과
　　中書侍郞 사이였다.

27 蔣存誠: 자는 逢明이며 兩浙路 處州 靑田縣(현 절강성 麗水市 靑田縣) 사람으로
　　饒州 지사와 국자감 祭酒를 역임하였다.

28 驅邪院: 『道法會元』卷265에 따르면 천계를 총괄하는 紫微北極玉虛大帝 휘하에

뒤 그 뒷면에 판결을 제안하여 이르길,

"이 일은 마땅히 이 지역의 토지신과 이역사 신이 맡아야 하며, 바라옵건대 내일 진시에 진씨가 어디에 있는지 볼 수 있게 해 주십시오. 만약 사악한 요물이 함부로 살아 있는 사람을 해친 것이라면 또한 관할 부서에서 잡아가 끝까지 처벌하기를 바라오며 나머지는 공정한 법률대로 처리해 주십시오."

이에 그 뒤에 옥녀[29]를 그려서 성황묘에서 불태우라고 하였다. 다음 날 현성에서 5리 떨어진 하포라는 곳에서 어부가 막 그물을 거두어들이는데, 갑자기 연못물이 세차게 튀어 올랐고, 그 소리가 천둥과 벼락이 치는 듯했다. 급히 배를 언덕 옆으로 대서 피하였다. 잠시 후 한 물건이 튀어 올랐는데, 1장 높이까지 오르더니 다시 떨어졌다. 연못은 곧 잔잔해졌다. 천천히 가서 보니 곧 서리 진씨의 시체였다. 때는 가을이었으나 여전히 더웠는데, 죽은 지 열흘이 지났지만, 얼굴색은 살아 있는 듯 보였다. 결국 어떤 요물에게 당한 것인지, 그 몸이 어떻게 관사 밖으로 나올 수 있었는지 알 수 없었다.

文을 관장하는 上淸天樞院과 武를 관장하는 北極驅邪院이 있어 모든 귀신을 통어한다고 한다. 또 驅邪院은 雷部에 속한 부서로 사악한 귀신을 죽이거나 소탕하는 일을 담당하며 도교의 4대 護法神으로 통상 '北極4元帥'라고 칭하는 '北極4星眞君'이 그 실무를 처리한다고도 한다. 정식 명칭은 北極驅邪院이다.

29 玉女: 수도 중인 어린 소년 소녀를 말한다. 도교에서는 신선이 사는 모든 洞天福地마다 이들이 시중을 들고 있다고 하여 玉皇殿이나 三淸殿마다 상을 만들어 두었다. 통상 金童玉女라고 칭한다. 본문에서는 이들의 그림을 태워 신에게 바친다는 말이다.

紹興元年, 車駕在會稽, 時庶事草創, 有旨禁私屠牛甚嚴, 而衛卒往
往犯禁. 有水牛, 頂舌刃, 由禹廟側突入城, 見者辟易. 廂卒慮其蹂躪,
欲闌執之, 爲所觸, 幾死. 時府治寓大善寺, 牛逕邏入三門, 過西廊. 一
馬繫廊下, 見牛至, 奮蹄蹴之. 牛怒, 觸其腹, 腹裂, 腸掛于角. 怒愈甚,
逢人則逐, 徑詣廷中. 郡守陳汝錫方治事, 牛望見, 乃緩行, 引首悲鳴,
遂臥階下. 陳令健卒爲去刃傅藥, 兀然不動. 且告以立賞捕屠者, 命牽
付圓通寺作長生牛, 卽就絏而去, 與常牛無以異. 後數年方死.

소흥 1년(1131), 고종 황제가 회계[30]에 있을 당시는 조정의 여러 업
무가 막 시작되던 때였는데, 사사로이 소를 도축하지 못하게 한 금령
이 매우 엄격하였다.[31] 그러나 황실 경호병들이 종종 금령을 어겼다.
한 물소가 정수리에 칼이 꽂힌 채 우묘[32] 옆에서 갑자기 성안으로 달

30　會稽: 북송 兩浙路 越州, 남송 浙東路 紹興府(현 절강성 紹興市)의 별칭으로 인근
　　會稽山에서 유래한 지명이다. 禹가 제후를 모아 회의한 곳이라는 전설이 있을 정
　　도로 오래된 지명이어서 행정명의 변화와 무관하게 소흥의 별칭으로 지금까지 사
　　용되고 있다.
31　소는 농사짓는 데 매우 중요한 가축이자 소뿔과 가죽, 힘줄 등은 활과 갑옷 등 군
　　수품을 만드는 중요한 재료여서 역대 왕조 모두 사사로이 도축할 수 없도록 하였
　　으며, 송조 역시 마찬가지였다.
32　禹廟: 禹임금을 모시는 대규모 祠廟로서 紹興市 동남쪽에 있는 禹陵의 우측에 있
　　다. 남조 梁의 大同 11년(545)에 처음 건립되었다. 도교에서는 치수에 큰 공을 세
　　운 우임금을 水官大帝로 삼았고, 도교에 심취한 徽宗이 政和 4년(1114)에 일시 '告
　　成觀'으로 개칭한 것을 제외하고 계속 禹廟라 칭하였다.

려 들어오자 이를 본 이들은 다른 곳으로 피했다. 상군[33]의 병졸들은 소가 이리저리 날뛸까 봐 가로막고 잡으려 하였다. 소가 들이받은 사람들은 거의 죽을 뻔하였다.

당시 소흥부[34]의 치소가 대선사[35]에 있었는데,[36] 소는 천천히 세 개의 산문 안으로 들어와 서쪽 행랑채를 지났다. 말 한 마리가 행랑채 아래 묶여 있었는데 소가 오는 것을 보고 말발굽을 휘몰아 소를 찼다. 소는 화가 나서 말 배를 들이받았고 복부가 터져 내장이 소뿔에 걸렸다. 소는 더욱 화가 나서 보는 사람마다 쫓아내더니 곧바로 대청 아래 이르렀다.

마침 지사 진여석이 일을 보고 있었는데, 소가 멀리서 그를 보고는 천천히 걸어와 머리를 길게 내밀며 슬피 울더니 마침내 계단 아래 누

---

33 廂軍: 송조는 군대를 중앙군인 禁軍과 지방군인 廂軍으로 나누었는데, 상군은 금군에서 탈락한 병력 내지 신체 조건이 좋지 않은 자들로 구성되어 명의만 정규군이었다. 또 홍수나 기근이 생기면 사회적 혼란을 막기 위해 청년들을 상군에 수용하였다. 그래서 상군이 실제 맡은 역할도 지역 방위보다는 각 관공서의 잡역이 더 많았다.

34 紹興府: 兩浙路 소속으로 紹興 1년(1131)에 紹興府로 승격되었다. 치소는 會稽縣과 山陰縣(현 절강성 紹興市 越城區)이고 관할 현은 8개이며 州格은 節度州이다. 建炎 4년(1130), 越州로 피난 온 高宗은 이듬해 '대대로 내려온 큰 덕을 잇고 백 년 국가 대업을 흥기시키다(紹奕世之宏休, 興百年之丕緒)'라는 뜻의 紹興으로 개명하고 府로 승격시켰다. 현 절강성 중북부, 杭州灣 남쪽에 해당한다.

35 大善寺: 남조 梁의 天監 3년(504)에 처음 건립된 紹興의 대표적인 사찰이다. 慶元 3년(1197)에 화재로 폐사가 되었다가 紹定 2년(1228)에 중건하면서 세운 높이 40m의 6각 7층 전탑이 남아 있다.

36 남송 초 전란으로 인해 많은 관아가 불에 탔다. 그래서 사찰을 관아로 사용하는 경우가 다반사였으며, 강남으로 피난한 관료들의 임시 숙소로도 널리 활용되었다. 본문의 경우 황제가 紹興府의 관아를 行宮으로 사용하였기에 지사의 관아를 大善寺로 옮겼다는 말이다. 紹興 2년(1131), 高宗이 杭州로 옮긴 뒤 관아를 회복하였다.

웠다. 진여석은 건장한 병졸들을 시켜 칼을 제거해 주고 약을 발라 주었다. 소는 맥없이 앉아 꼼짝도 하지 않았다. 이에 이 소를 도살하려 했던 자를 체포하면 상금을 주겠다고 공고하였다. 그리고 소를 원통사[37]로 데려가 장생우[38]가 되게 하였다. 소는 고삐에 묶여 갔는데 다른 소와 다를 게 없었다. 이후 여러 해를 살다가 죽었다.

---

37 圓通寺: 현 紹興市 越城區 馬山街道에 있는 사찰이다.
38 長生牛: 불교에서는 살생을 최대의 금기로 여기기 때문에 대표적인 도축용 가축인 돼지나 소를 잡지 않고 죽을 때까지 돌봐서 불가의 자비 정신을 드러내고자 하였다. 사찰에서 이렇게 키우는 돼지나 소를 가리켜 '長生猪 · 長生牛'라고 한다.

이견병지【一】

大理司直陳棣, 幼嗜鼈, 所居青田山邑, 艱得之, 隨得則食, 初未嘗
起念. 紹興壬戌歲, 夢適通衢, 見鼈二十餘出水中, 行甚遽, 且將齧己,
急走還. 及門, 鼈亦踵至. 復趨堂上, 相逐愈急. 窘甚, 跳登食牀, 鼈競
緣四脚而上. 棣大怖, 謂曰: "我元無食汝意, 何爲迫我?" 叱之而寤. 明
旦, 啓門, 有村僕持所親劉元中書致一竹簍, 餉鼈二十八頭. 發視之,
絶類昨夢所睹. 時元中新得僕, 善捕鼈, 赤手行水際, 察沙石間, 則知
鼈所隱, 日獲數十枚, 以故親黨亦蒙惠. 棣擧所餉放諸溪, 自是不復食.

　　대리시³⁹ 사직⁴⁰ 진체는 어려서부터 자라고기를 좋아하였다. 그가
살던 처주 청전현의 산골 마을에서는 자라를 구하기가 어려워 잡기
만 하면 즉시 먹었지만, 처음에는 별다른 생각을 하지 못했다. 소흥
임술년(12년, 1142), 꿈에 큰길을 가고 있었는데 자라 20여 마리가 물
에서 나오는 것을 보았다. 그 걸음이 매우 빨라서 막 자기를 물려고

39　大理寺: 사법기관으로서 모든 형사 안건 및 민원을 심사한다. 심사 결과는 審刑院
　　으로 이관하여 다시 논의한 뒤 조정으로 상주한다. 대리시의 결정에 대해 민원이
　　제기되면 御史臺에서 심의하며, 그래도 민원이 제기될 경우에는 대신들이 최종 심
　　의 · 결정하도록 하였다. 廷尉 · 理曹 · 法寺 · 法局 · 棘寺 · 棘局 등 다양한 별칭이
　　있다.
40　司直: 사법기관인 大理寺의 정8품관이다. 6품 이하 관리나 군 장교들의 범죄를 전
　　담하고, 전국 州軍에서 올라온 형사사건 가운데 문제가 있는 것은 大理評事와 함
　　께 심의하여 大理寺丞에게 올리는 역할을 맡았다. 약칭은 司直이다. 大理寺의 직
　　제는 大理寺卿 · 大理寺少卿 · 大理寺正 · 推丞 · 斷丞 · 司直 · 評事 · 主簿 순이다.

하기에 급히 도망쳐 돌아왔다. 집의 대문에 이르렀는데, 자라들도 바로 뒤에서 쫓아왔다. 다시 집 안으로 들어가자 서로 쫓아오는 것이 더욱 급해졌다. 매우 급박하여 식탁 위로 뛰어오르자 자라들도 앞다투어 식탁의 네 다리를 타고 기어오르려 했다. 진체는 몹시 두려워하며 말하길,

"나는 원래 너희들을 먹을 뜻이 없었는데, 어찌 이리도 나를 쫓아온단 말이냐?"

자라에게 소리 지르다 깨어났다. 다음 날 아침, 대문을 열자 마을의 한 노복이 친구 유원중의 서찰을 가지고 오면서 자라 28마리를 담은 대광주리 하나를 전해 주었다. 대광주리를 열어서 보니 어젯밤 꿈에 본 것과 똑같았다. 당시 유원중은 새로 노복 한 명을 들였는데, 자라를 잘 잡았다. 아무 도구도 없이 맨손으로 물가를 오가며 모래와 돌 사이를 살피면 곧 자라가 숨어 있는 곳을 찾아내니 하루에도 수십 마리를 잡곤 했다. 그 덕분에 친한 친구들도 자라를 먹을 수 있었다. 진체는 보내온 자라를 모두 계곡에 방생하여 주었고 그 뒤로 다시는 자라를 먹지 않았다.

縉雲縣溪澗淺澁, 尋常無大魚. 漁者嘗獲巨鯉, 異而獻于縣. 縣令方從政, 倍償其直, 付庖人斫鱠, 招邑官開宴共享. 酒數行, 絲竹在列, 鱠至. 未及食, 忽雲霧晝冥, 雷雨驟至. 盤中鱠縷, 舞躍而出, 大風徹屋脊, 瓦落勢如崩. 盛夏凄寒, 坐客毛髮皆立. 火毬如五斗栲栳大, 飛集筵間. 客趨避書閣中, 火亦隨入. 電光中巨人迭往來. 踰數刻, 雨止, 屋內猶黑, 秉燭視令, 則與有兩妓已仆地, 良久乃蘇. 客及從吏衣裾多焦灼, 川流溢溢, 踰旬始平. 識者以爲龍螭之類也.

처주 진운현의 개울물은 얕고 흐름이 더뎌 평소에 큰 물고기가 없다. 한 어부가 일찍이 큰 잉어를 잡았는데 하도 기이하여 현에 바쳤다. 마침 정무를 보고 있던 현지사는 값을 배로 쳐주었고 주방장에게 주어 회를 치라 하였다. 현의 관원들을 불러 연회를 베풀고 함께 즐기고자 하였다. 술이 몇 차례 돌고 풍악을 갖추었다. 회가 나와 막 먹으려 하던 차에 갑자기 안개가 일더니 낮이 밤처럼 어두워졌고, 천둥과 비가 갑자기 쏟아졌다. 그러자 쟁반의 회가 하나하나 춤추듯 뛰어올랐고, 큰바람이 불어 지붕의 용마루를 휩쓰니 기와가 떨어지는 모습이 마치 무너져 내리는 것 같았다.

뜨거운 여름 날씨가 쌀쌀하고 차가워져 앉아 있던 관원들의 털과 모발이 모두 곤두섰다. 다섯 말 크기의 대바구니 정도 되는 둥근 불덩이가 연회석 사이로 날아와 모여들었다. 손님들은 급히 서재로 도망갔는데, 불덩이 역시 따라 들어왔다. 천둥이 쳐서 빛이 발할 때 한 거인이 번갈아 왔다 갔다 하였는데, 몇 각[41]이 지나자 겨우 비가 그쳤다. 실내가 여전히 어두워서 촛불을 들고 현지사를 보니 두 명의 기녀와 함께 땅에 넘어져 있었다. 한참 지난 뒤 겨우 깨어났고, 손님과 서리들의 옷은 대부분 탔다. 흐르던 냇물이 용솟음치며 넘치더니 열흘이 지나 비로소 안정되기 시작했다. 식자층은 그 잉어가 교룡의 하나가 아닐까 생각하였다.

---

41 刻: 하루를 100각으로 구분한 시간의 단위를 가리킨다.

이견병지【一】

永嘉胡漢臣, 世居西洋, 忽爲祟所撓, 始則揚沙擊石, 石之所擊, 自
門廊洞達臥內, 皆鏗然有聲, 而壁戶略無小損. 旣久, 則空中與人語.
時置糞汙於飲食器皿中, 雖買熟物亦皆然. 其家良以爲苦. 幼女始分
雙髻, 見白衣丈夫持剪刀來前, 呼曰:"小娘子與我頭上角." 兒女驚啼
間, 已失一髻. 漢臣從外至, 抱女膝上, 方泣訴, 又呼曰:"彼人復來剪
我髻矣!" 急護其首, 則又失其一. 命道士巫覡百計禳治, 皆不驗. 謀徙
居避之, 家具什物悉膠著于地, 雖至輕者, 亦極力不可擧, 弗克去. 如
是幾二年, 因飲親戚家, 大醉歸. 及所居巷口, 望見小廟, 疑其爲祟, 乘
醉就鄰家假巨斧, 碎土偶幷香案諸物, 鎖鐍其門. 自是怪不作.

온주 영가현의 호한신은 대대로 서양촌에서 살았는데, 갑자기 요
귀에 의해 좌지우지되었다. 처음에는 모래를 날려 돌을 두드려 쳤는
데, 돌을 치는 소리가 문랑⁴²에서 침실까지 들렸다. 쇳소리 같은 것이
계속 들렸지만, 벽이나 문은 조금도 부서진 곳이 없었다. 한참 후에
는 공중에서 사람들의 말소리가 들렸다. 이때, 똥과 오물이 음식 그
릇에 들어가 있었고, 뜨거운 음식을 사 와도 또한 모두 그렇게 되었
다. 온 집식구들이 매우 힘들어했다. 어린 딸은 처음으로 머리를 두
갈래로 따서 묶었는데,⁴³ 흰옷을 입은 어른이 가위를 들고 앞으로 오

---

42 門廊: 건물 문 앞에 만든 주랑을 가리킨다.
43 雙髻: 머리카락을 두 갈래로 나누어 둥글게 묶는 방식으로 어린이나 미혼 성인 남
　　자의 두발 양식이다. 머리카락을 나누어 묶을 정도로 컸다는 말이니 돌을 지난 정

는 것을 보았다. 그자가 큰 소리로 말하길,

"꼬마 아가씨, 나에게 머리 한 갈래만 주거라."

어린 딸이 놀라 우는 사이 갈래머리 하나가 없어졌다. 호한신이 외출하였다 돌아와서 딸을 안아 무릎에 앉히니 막 울며 머리카락이 잘린 일을 일러 주었다. 딸이 또 말하길,

"저 사람이 다시 와서 나머지 한 개를 자르려고 해요!"

급히 머리를 감쌌지만 남은 한쪽 갈래마저 또 없어졌다. 도사와 무속인을 불러 백방으로 이를 다스리고자 하였지만 모두 효험이 없었다. 호한신은 이사를 하여 피하고자 하였는데, 가구와 집기들이 모두 땅에 달라붙어 아주 가벼운 물건조차 제아무리 힘을 써도 들 수가 없어 이사 갈 수 없었다. 이렇게 거의 2년이 흘렀는데 하루는 호한신이 친척 집에서 술을 마시고 크게 취하여 돌아왔다. 그가 사는 골목 입구에 이르렀을 때 작은 사묘를 보았는데 혹 그곳의 요물이 한 짓이 아닐까 생각하였다. 취기에 이웃집에서 큰 도끼를 빌려와 토우와 향을 놓은 탁자 등 물건들을 다 부수고 그 문을 쇠사슬로 막았다. 이때부터 괴이한 일이 일어나지 않았다.

도임을 말한다. 丫鬌이라고도 한다.

永嘉徐秉鈞縣丞有女曰十七娘, 慧解過人, 將笄而死. 母馮氏悼念不能釋. 忽夢女坐庭中, 弄博具, 記其已死, 呼謂之曰:"自汝死後, 我無頃刻不念汝, 汝何得在此?"女曰:"不須見憶, 兒已復生爲男子矣."取骰子示母曰:"此葉子格也, 蓋是我受生處. 他日至黃土山前米鋪之鄰訪我, 彼家亦且作官人."言訖而覺, 以語徐.

徐所居在安溪村, 不知黃土山爲何地. 或曰:"乃南郭外一虛市, 去城財五里."卽往尋跡, 正得一米肆, 其鄰若士人居. 詢之, 云:"葉子羽秀才宅."驗與夢相符. 投刺入謁, 從容及其子弟. 葉曰:"數日前誕一男子."較其日, 乃馮氏所夢之夜. 具以告之, 且求見其子. 眉目宛與女相類, 顧徐有喜笑色. 子羽名之儀, 明年果登科. 兒十餘歲時, 猶間至徐氏, 常稱馮爲安溪媽媽.

온주 영가현의 현승 서병균에게 십칠랑이라고 하는 딸아이가 있었다. 지혜롭기가 남달랐는데, 성년례를 치를 무렵 죽었다. 어머니 풍씨는 애도하는 마음을 금할 길 없었는데, 갑자기 꿈에 딸아이가 대청에 앉아 노름에 쓰는 도구들을 가지고 노는 것을 보았다. 딸아이가 이미 죽은 것이 생각나서 불러 말하길,

"네가 죽은 후로 나는 한 시도 너를 잊은 적이 없는데, 너는 어찌여기에 있느냐?"

딸아이가 대답하길,

"저를 불쌍히 여기실 필요가 없습니다. 저는 이미 다시 남자아이로

태어났어요."

딸아이는 주사위를 들어 어머니에게 보이며 말하길,

"이것은 엽자격⁴⁴이에요. 대체로 내가 다시 환생할 곳이에요. 다른 날 황토산 앞에 미곡상 이웃집으로 와서 나를 찾으세요. 그 집 역시 앞으로 관인이 될 집이랍니다."

말이 끝나자 꿈에서 깨어났다. 풍씨는 이를 남편에게 이야기하였다. 서병균이 사는 곳은 안계촌인데, 황토산이 어디인지 알 수가 없었다. 혹자가 말하길,

"현성 남쪽 교외 밖에 시장⁴⁵이 열리는 곳으로 현성에서 5리 정도 됩니다."

즉시 가서 찾아보니 정말로 한 미곡상이 있었고, 그 이웃에 사인이 사는 것 같았다. 물어보니 말하길,

"자가 자우인 엽수재의 집입니다."

꿈에서의 일과 꼭 맞아떨어졌다. 명함을 보내어 알리고 들어가 만나서 자제에 대해 넌지시 물어보았다. 엽씨가 말하길,

"며칠 전에 사내아이를 낳았습니다."

그 날짜를 계산해 보니, 바로 풍씨가 꿈을 꾼 그날 밤이었다. 이에 모든 사연을 얘기하고 아기를 보게 해 달라고 청하였다. 눈썹과 눈매

---

44 葉子格: 唐太宗 때 만들어진 놀이와 도박 도구로서 북송 초까지 아주 성행하였다. 엽자는 본래 주사위의 2개 점이 찍힌 면이 서로 마주하는 것을 가리킨다. 후대의 骰子格 · 升官圖와 유사한 것으로 보이나 그 구체적인 방법은 알 수 없다.
45 虛市: 향촌에 형성된 정기시장으로서 草市 · 墟市 · 集市라고도 한다. 송대에 상품 작물 재배가 크게 확대되면서 전국 각지 향촌에 시장이 형성 발전되었다. 송조는 商稅를 안정적으로 확보하기 위해 상업 활동에 대해 매우 긍정적으로 대하였다.

가 완연히 딸아이 같았고, 서병균을 보면서 얼굴에 희색이 만연했다. 엽씨의 이름은 지의였고, 이듬해에 과거에 급제하였다. 아이는 십여 세가 될 때까지 종종 서병균의 집에 다녀갔고, 항상 풍씨를 가리켜 안계촌 어머니라고 불렀다.

江安世, 蘭溪人. 好道士說, 受籙於龍虎山張靜應天師, 受法於南嶽
黃必美先生. 所居曰元潭村, 於堂側建小室, 爲奉事之所. 一日, 雨初
霽, 砌下五色光十數道直出簷間, 或大如椽, 或小如竹, 莫知其所起.
疑有伏寶, 命僕劚之. 過丈餘, 無所睹, 復塡甃之, 光出如故. 治之以
法, 又不效. 黃先生至其家, 爲作黃籙醮, 埋金龍於甃下, 光始絶.

嘗淸旦入道室焚香, 見一石當香案前, 周匝皆靑苔. 石體尙溼, 蓋方
自溪澗出者. 江君常時唯用二小童掃洒, 他人莫得入, 意童爲戲. 然石
甚重, 非二人所能擧也. 不復問, 但令昇著門外塘水中. 明日如初, 又
徙置三里外大潭, 而扃此室. 明日, 親啓戶, 石又在焉. 默禱于神, 書符
其上, 投之溪流. 又明日, 乃不見. 江甚喜, 以爲蒙符力, 姎怪不敢至
矣. 正對客飯, 有物擊堂屋上瓦, 犖犖有聲. 墜于廷, 驗之, 蓋元所見
石. 昨符尙存, 題其旁云: "此符有未是處." 反視其背, 別一符存焉, 與
江所書小異. 江自度無可奈, 乃納諸室中.

久之, 得朱書小紙於案, 曰: "公旣無如我何, 盍圖我昆弟之形, 我當
助公行法." 江祝曰: "汝爲何神, 昆弟有幾, 作何形相? 果能助我行法,
當明告我." 復有片紙曰: "我三靈官也." 悉以狀貌衣冠告之. 江不得
已, 爲圖象置壇側, 其家亦時時遇之. 由是生計頓替, 二年, 江亡, 怪亦
絶.

무주 난계현[46] 사람 강안세는 도사들에게 설법 듣는 것을 좋아했다. 용호산[47]의 장정응 천사로부터 부록을 받았고, 남악 형산의 황필미 선생에게서 법술을 배웠다. 원담촌이라는 곳에 살고 있었는데, 집 옆에 작은 방을 꾸며 신을 모시는 곳으로 삼았다. 하루는 비가 막 개려고 하는데, 섬돌 아래에서 오색의 빛 십여 가닥이 나와 처마 사이를 곧바로 비쳤다. 어떤 것은 서까래만큼 두꺼웠고, 어떤 것은 대나무처럼 가늘었다. 어디서 일어나는 것인지 알 수가 없었다. 보물이 묻혀 있나 하는 의심이 들어 노복에게 땅을 파 보라고 하였다. 1장 정도 팠는데도 보이는 것이 없어 도로 메우고 벽돌로 쌓았는데, 여전히 빛이 나왔다. 법술로써 그것을 다스리려고 했는데 역시 효험이 없었다. 황필미 선생이 강안세의 집에 와서 황록초재를 지내 주며 금색 용을 벽돌 아래 묻자 빛이 비로소 사라졌다.

일찍이 맑은 날 아침 기도하는 방으로 들어가 향을 피우는데, 향로를 두는 탁자 앞에 돌 하나가 보였다. 주변에는 푸른 이끼가 빙 둘러 있었다. 돌덩어리는 여전히 젖어 있어 아마도 막 개울가에서 나온 것 같았다. 강안세는 평소 두 어린 동자에게만 청소시키고 다른 사람들은 들어갈 수 없도록 했기에 동자들이 장난으로 한 짓이라 여겼다. 그러나 돌이 매우 무거워 두 동자가 능히 들 수 있는 것이 아니었다.

---

46 蘭溪縣: 兩浙路 婺州 소속으로 현 절강성 중앙 金華市 서북쪽의 蘭溪市에 해당한다.

47 龍虎山: 강서성 鷹潭市 貴溪市에 위치한 산으로 東漢 때 五斗米道의 창시자 張道陵이 연단술을 완성하자 용과 호랑이가 나타났다고 하여 붙여진 이름이다. 張道陵의 4대손 張盛이 삼국·서진 때부터 이곳에 머물러 1900년 동안 天師道의 성지로 간주되어 왔다.

그는 다시 물어보지 않고, 다만 사람을 시켜 그것을 들어 문밖 연못에 버렸다. 다음 날 돌이 다시 방에 여전히 있어서 다시 3리 밖 큰 못에 옮겨 두고 그 방의 문을 걸어 두었다. 다음 날 직접 문을 열어 보니 돌이 또 그대로 있었다.

신에게 묵묵히 기도를 올린 후 돌 위에 부적을 써서 흐르는 시냇물에 그것을 던졌다. 다음 날 비로소 돌이 보이지 않았다. 강안세는 아주 기뻐하며 부적의 효력 덕분에 감히 재앙이 일어나지 않는다고 생각했다. 마침 손님과 식사하고 있는데, 어떤 물건이 대청 지붕 위의 기와를 치는 소리가 분명하게 들렸다. 대청으로 무언가 떨어져 가서 살펴보니 바로 앞서 보았던 그 돌이었다. 어제 써 놓은 부적도 여전히 그대로 있었고 그 옆에 글이 쓰여 있기를,

"이 부적은 잘못된 곳이 있다."

뒤집어 그 뒤쪽을 보니 따로 부적이 하나 있었는데 강안세가 쓴 것이랑 조금 달랐다. 강안세는 스스로 어찌할 수 없다고 여기고 돌을 방 안에 모셔 두었다. 한참 후 작은 종이에 빨간색으로 쓴 글이 책상 위에 있었는데 다음과 같은 내용이었다.

"그대는 이미 나를 어떻게 할 수 없는데, 왜 내 형제들의 모습을 그려 주려고 하지 않소. 그렇게 해 주면 그대가 법술을 행하는 것을 내가 마땅히 도와주리다."

강안세가 기도를 올리며 묻길,

"당신은 어떤 신입니까, 형제들은 몇 명이며 어떤 모습을 하고 있습니까? 실제로 내가 법술을 행하는 것을 도울 수 있다면 나에게 명확히 알려 주셔야 마땅하지 않겠습니까?"

다시 하나의 종이쪽지가 나타나 말하길,

이견병지 【一】

"나는 셋째 영관[48]이다."

그는 형제들의 모습과 의관 등을 모두 알려 주었다. 강안세는 어찌할 수 없어 신상을 그려 제단의 옆면에 두었다. 그 집식구들도 수시로 그들을 보았다. 이때부터 강안세 집안의 형편이 갑자기 쇠락해졌고, 2년 후 강안세가 죽자 괴이한 일도 멈추었다.

---

48 靈官: 도교에서 매우 중시하는 護法尊神으로 500명이 있다고 한다. 그 가운데 가장 유명한 이는 '王靈官'으로 도관의 산문을 鎭守한다고 알려졌으며, 대다수 도관의 첫 번째 전각에 모셔져 있다.

蘭溪祝氏, 大家也, 所居去縣三十里. 一子甫冠, 頗知書. 宅之側鑿
大塘數十畝, 秋冬之交水涸, 得枯骸一具於岸邊樹下, 莫知所從來. 隣
不敢隱, 聞之里正. 先是有道人行丐至祝氏, 需索無厭, 祝怒驅使出.
語不遜, 祝歐之. 道人佯死, 祝蒼黃欲告官, 迫夜未果. 道人知不可欺,
遂謝罪去.

里正夙與祝氏訟田有隙, 遂稱祝昔嘗箠人至死, 今尸正在其塘內, 以
白縣. 縣宰信以爲然, 逮下獄. 凡證佐胥吏訟其冤者, 宰悉以爲受賕託,
愈加繩治, 笞掠無虛日. 祝素富室, 且業儒, 未嘗知官府事, 不勝慘毒,
自誣服. 其母慮不得免, 迎枯骨之魂歸家, 焚香致禱, 日夕號泣. 且揭
牓立賞, 募人捕眞盜.

縣獄具, 將上之郡矣, 前所謂行丐者在鄂岳間, 欲過湘, 南陟衡嶽,
夢人告曰: "子未可遽行, 翌日將有來追者." 寤而異之. 及明, 別與一道
流相遇, 市酒共飮. 問其從何來, 有何新事, 曰: "吾從婺州來, 到蘭溪
時, 聞市人籍籍談祝家冤事." 因具語之. 丐者矍然曰: "詐之者我也. 我
坐此罪, 固已得譴於幽冥. 今彼縶囹圄, 死在旦暮, 我不往直之, 則眞
緣我以死, 冤債何時竟乎?" 乃强後來者與俱東, 兼程抵婺, 自列於縣.
縣宰猶謂其不然, 疑未決. 已而它邑獲盜, 訊鞫間, 自言本屠者, 嘗賒
買客牛, 客督直甚急, 計未能償, 潛害客, 乘夜置尸祝氏塘中云. 祝於
是始得釋.

무주 난계현 사람 축씨는 현성에서 30리 정도 떨어진 곳에 큰 집안
을 이루고 살고 있었다. 한 아들이 겨우 성년이 되었는데, 제법 글을
알았다. 집 옆에는 수십 묘나 되는 큰 연못을 파 놓았는데, 가을에서

겨울로 접어들 무렵 물이 마르자 마른 해골 한 구가 못가 나무 아래서 발견되었다. 어디에서 왔는지 아무도 몰랐다. 이웃들은 이를 감히 숨길 수 없어 이정[49]에게 알렸다.

이에 앞서 한 도사가 구걸하러 다니다 축씨 집에 왔는데, 달라고 하는 것이 한이 없었다. 화가 난 축씨는 도사를 내쫓았고 도사는 불손하게 대들었다. 이에 축씨는 도사를 두들겨 팼다. 도사는 죽은 척하였고 축씨는 황망히 관아에 고하려고 하였지만, 밤이 깊어 어찌할 수 없었다. 도사는 그를 속일 수 없음을 깨닫고 마침내 사죄하고 떠났다. 이정은 일찍이 축씨와 토지 소송 건으로 사이가 좋지 않았다. 그래서 곧장 축씨가 어제 사람을 몽둥이로 때려죽였고 지금 시체가 그 집 연못 안에 있다고 현에 고하였다.

현지사[50]는 그런 것 같다고 믿고 축씨를 체포하여 감옥에 가두었다. 모든 증인과 서리가 그 억울함을 호소하였지만, 현지사는 그들이 축씨의 뇌물과 청탁을 받은 것이라 여겨 더욱 가혹하게 심문하여 매질이 멈출 날이 없었다. 축씨는 본래 부자였고 유학을 배운 사인이었지만 일찍이 관청과 관련된 일에 대해서는 잘 몰랐다. 축씨는 잔혹하고 거친 고문을 이기지 못해 스스로 거짓으로 자복하고 말았다. 축씨 어머니는 처벌을 면하지 못할까 걱정되어 해골의 혼령을 집으로 맞아들여 향을 피우고 기도를 올리며 매일 밤 통곡하였다. 아울러 방문을 붙여 상금을 걸고 사람을 모아 진짜 범인을 잡고자 하였다.

---

49 里正: 송대 향촌에 부과된 差役의 하나로서 戶長·鄕書手와 함께 세금 징수 책임을 맡았으며, 때로는 衙前 役을 맡기도 했다. 里君·里尹·里宰 등의 별칭이 있다.
50 縣宰: 縣지사 가운데 知縣의 별칭이다.

현에서 형이 확정되어 무주[51]로 상신하려고 하였다. 그때 전에 구
걸했던 도사가 형호북로의 악주鄂州[52]와 악주岳州[53] 사이에 머물고 있
다가 상강[54]을 넘어 남쪽의 형산으로 가려고 하였다. 꿈에 어떤 사람
이 나타나 말하길,

"그대는 서둘러 길을 떠나서는 안 되오. 내일이면 누군가가 와서
그대를 잡아갈 것이오."

깨어나 이상하게 생각했다. 다음 날 따로 한 도사를 우연히 만나
술을 사서 함께 마시게 되었다. 그에게 어디서 오는 길이냐고 물으며
무슨 새로운 일이 있냐고 하자 그가 대답하길,

"나는 무주에서 오는 길인데, 난계현에 다다랐을 때 시장 사람들이
자자하게 축씨 집의 억울한 일을 말하는 것을 들었다오."

그리고 그 일에 대하여 상세히 말해 주었다. 구걸했던 도사는 놀라
말하길,

"거짓으로 죽은 척했던 이는 바로 나라오. 내가 이런 죄를 지었으
니 반드시 명계에서 벌을 받게 될 것이오. 지금 그 사람이 감옥에 갇
혀 있으니 조만간 죽을 것이오. 내가 가서 이를 바로잡지 않으면 참
으로 나에게 연루되어 죽는 것이니 그 원한과 업장이 어느 세월에 끝

---

51 婺州: 兩浙路 소속으로 치소는 金華縣(현 절강성 金華市 婺城區)이고 관할 현은 7
개이며 州格은 節度州이다. 錢塘江의 지류인 東陽江과 武義江의 합류점에 있으며
현 절강성 중앙에 해당한다.
52 鄂州: 荊湖北路 소속으로 치소는 江夏縣(현 호북성 武漢市 江夏區)이고 관할 현은
6개이며 州格은 節度州이다. 江漢평야의 일부로서 현 호북성 동쪽에 해당한다.
53 岳州: 荊湖北路 소속으로 치소는 巴陵縣(현 호남성 岳陽市 岳陽樓區)이고 관할 현
은 5개이며 州格은 刺史州이다. 洞庭湖를 안고 있으며 현 호남성 북동부에 해당한
다.
54 湘江: 湖南省의 남쪽에서 발원해 洞庭湖로 유입되어 장강에 합류하는 강이다.

이견병지【一】

나겠소?"

이에 뒤에 온 그 도사를 강제로 끌고 함께 동쪽으로 발걸음을 재촉해 급히 무주로 갔다. 그리고 난계현 관아에 가서 자초지종을 설명하였다. 현지사는 여전히 그럴 리가 없다고 생각하며 판결을 하지 못하고 주저하였다. 잠시 후 다른 현에서 도적을 잡았는데, 심문하는 과정에서 본래 직업이 백정이었다고 자백하였다. 한번은 외상으로 한 나그네의 소를 샀는데, 돈이 매우 급하다며 외상값을 독촉하기에 계산해보니 갚을 수 없어서 몰래 그를 죽이고 밤에 시신을 축씨 집 연못에 버렸다고 하였다. 축씨는 그제야 비로소 풀려날 수 있었다.

紹興二十五年, 沈德和介爲廣德守, 檄司理陳棣兼公使庫. 時□煮
酒畢, 已疊成棧. 一日, 庫吏出酒, 走告云: "第二棧亡酒數百罇." 棣入
視之, 信然. 疑小人爲欺, 但責其蹤跡姦盜. 又旬日, 所亡滋多, 上層宛
然不動, 皆自下失去. 周視牆垣, 總壁鎖鑰, 無纖介疎漏, 殊怪之, 特未
遽信爲鬼物也. 郡兵行子城上, 得一壺於兩竹間, 驗之, 則桐川印記,
莫能究其所以然.

又數日, 與同官沈文司戶偕往觀, 所失蓋不可勝計. 沈恐地有陷處,
秉燭照之, 地平如掌, 一層之下, 空空無餘. 方議以事聞于郡, 吏卒相
謂: "庫舊有神祠, 前官輒去之, 得非其爲孽乎?" 密市牲醪, 羅拜禱請,
許以再立廟. 明日, 衆至, 則亡酒皆如故. 其後給散, 校元數唯欠一罇,
蓋竹間者也. 乃爲立祠.(此卷皆紹雲陳棣說.)

소흥 25년(1155), 자가 덕화인 심개는 광덕군[55] 지사가 되자 사리참
군사 진체를 불러 공사고[56] 관리 업무를 겸직시켰다. 당시 술을 빚는
일을 마무리하였는데, 이미 몇 겹을 포개어 쌓아 여러 칸이 되었다.
하루는 공사고의 서리가 술을 내오려다가 달려와 고하기를,

[55] 廣德軍: 江南東路 소속으로 치소는 廣德縣(현 안휘성 宣城市 廣德市)이고 관할 현
은 2개다. 天目山脈 북단이며 현 안휘성 동남부 宣城市 동쪽에 해당한다.

[56] 公使庫: 송대에는 일반 예산 외에 관리에 대한 접대 및 선물 비용으로 쓰는 公使錢
이란 별도의 예산이 편성되어 있었으며 그 규모도 상당하였다. 공사고는 공사전
으로 관리를 접대하는 기구를 뜻함과 동시에 공사전과 公用銀器 등을 관리하던 秘
書省 창고의 명칭이기도 하다.

"두 번째 칸의 술 단지 수백 개가 없어졌습니다."

진체가 들어가 살펴보니 과연 그러하였다. 소인배들이 기만한 일이라고 의심한 진체는 간악한 도적의 뒤를 쫓으라고 질책하였다. 다시 열흘이 지나자 없어진 것이 더욱 많아졌다. 위 칸은 원 상태 그대로 하나도 변동이 없고 모두 아래 칸의 단지만 없어졌다. 주위의 담장과 벽, 그리고 창을 돌아보니 모두 잠겨 있었고, 털끝 하나 들어 올 구멍도 없어서 매우 괴이하게 여겼으나 특별히 귀신의 소행이라고 쉽게 믿을 수도 없었다. 광덕군의 병사들이 자성子城 위로 올라가던 중 두 대나무 사이에서 단지 하나를 발견하였는데, 살펴보니 동천桐川이란 도장이 찍혀 있었다. 아무도 그리된 까닭을 알 수 없었다.

또 며칠이 지났을 때 동료인 사호참군사[57] 심문과 함께 가서 보았는데, 잃어버린 것이 수를 헤아릴 수 없을 정도였다. 심개는 땅 밑에 구덩이가 있다고 의심하여 촛불을 들고 가서 비추어 보니 땅바닥은 손바닥처럼 평평하였으나, 첫째 칸 아래는 텅 비어 아무것도 없었다. 이 일을 광덕군 관아에 아뢰려고 막 의논을 하던 참에 한 서리[58]가 살펴 말하길,

"이 창고가 예전에는 신을 모신 사묘였다고 합니다. 전임 지사가 갑자기 철거하였으니 그로 인해 재앙이 생긴 것 아니겠습니까?"

이에 남몰래 제사에 쓸 가축과 술을 산 뒤 늘어서서 절을 올리고

---

57 司戶參軍事: 각 州·軍의 호적·조세·창고 관리 등 戶曹 관련 업무를 맡은 관리이다. 州마다 1명을 임명하였으며, 품계는 주의 크기에 따라 종8품~종9품이었다. 약칭은 司戶參軍·司戶·戶曹이다.
58 吏卒: 통상 胥吏와 衙役을 가리키는 말이지만 때로는 官兵을 뜻하기도 한다. 여기에서는 서리로 번역하였다.

기도하며 청을 드리고, 다시 사묘를 세워 주겠다고 약속하였다. 다음 날 많은 사람이 창고에 가 보니 사라진 술이 모두 예전처럼 있었다. 그 후 공급하고 내보낸 것을 원래 수량과 비교하여 보니 오직 단지 한 개만 비었다. 대략 대나무 사이에서 발견된 것이겠다. 곧 사묘를 세웠다.(5권의 일화 모두 진운현 사람 진체가 말한 것이다.)

이견병지

夷堅丙志

卷 6

處州道士范子珉, 嗜酒落魄. 初自鴈蕩游天台, 至會稽, 中道得異石, 寶之, 賞玩不去手. 後爲同行道士竊去, 遂若有所失, 語多不倫, 談人意外事, 時時奇中. 獨善畫, 爲人作煙江寒林, 深入妙品, 而牛最工, 浙東人以故呼爲"范牛". 但好弄溷穢, 或匊於手, 或濡以衣, 或置冠髻間, 或以污神祠道佛象, 或染指作字書人家牕壁, 然不覺有穢氣. 從人乞錢米, 先以若干語之, 如數卽受, 或多或少皆棄去不取, 其所得亦多投厠中.

青田縣吏留光死, 家貧未能葬, 槀殯於城隍祠前. 次年, 家爲雨所壞, 露棺一角. 范過其旁, 取瓦礫敲之曰: "勿悲惱, 更三日有親人伴汝矣!" 時光弟矩亦爲吏, 果以後三日暴死. 諸子幼, 群胥爲葬於光冢之側云. 遂昌葉道士, 結菴山間, 范謁之, 中塗失路. 遇葉之僕, 問津焉. 僕畏其擾也, 紿曰: "左." 左乃山窮絶處, 非人所行. 范知之, 擧手指僕曰: "汝卻從此去." 乃由他路詣菴中. 葉欲具食, 而俟僕不至, 范告之故, 葉自往尋. 僕正危坐大石上, 神氣如癡, 呼問之始醒, 言曰: "適不合欺范先生. 先生指令從此去, 卽覺有物牽引以行, 茫如醉夢. 非尊師見呼, 不可還矣." 葉亦懼, 令僕謝罪焉.

後至婺州赤松觀, 見觀中人無所不狎侮. 每飲必斗餘, 買牛肉就道室煮食, 醉飽卽卧, 已則遺糞滿地, 徐徐起, 引手匊弄, 以十指印壁上, 一室皆滿. 房內人悉捨去, 無敢與校, 但伺其出, 汲水淨滌之而已. 唯陳樂天惡之, 時對衆咄罵. 范笑且怒曰: "汝乃敢毀我." 趨詣三淸殿下再拜, 呫囁有禱, 拂衣出. 過兩日, 樂天無疾死. 以是黃冠益謹事之.

觀前橫小溪, 往來病涉. 道士姓施者, 與弟子一人捐橐中錢爲石橋. 工役已具, 范曰: "勿爲此橋, 君將不利." 施君曰: "吾以私錢爲濟衆事, 何不可之有?" 卒爲之. 范亦不强止, 笑謂之曰: "如此亦大好. 我恰有紅合子兩箇, 將持贈君, 以助費." 施敬謝曰: "諾." 不知何物也. 他日復至, 無所携, 施以爲請, 曰: "吾旣許子矣, 必不妄言." 後三月, 橋成, 二道士繼死, 匠師輿兩紅棺以殮云.

太尉成閔責居婺, 范嘗往謁. 外報潘承宣來, 閔將出迎, 范曰: "勿見此人, 恐公家不免." 閔有子娶秦國大長公主女, 潘之妹也. 以昏姻之故, 竟延入坐. 范曰: "禍作矣! 禍作矣! 急買紙錢, 取公夫婦衣來, 我爲爾解祟." 旣具, 范焚香誦呪, 幷衣與紙同焚之. 居亡何, 秦國薨, 閔與夫人往弔, 俱得疾. 夫人在素幃裹風涎暴作冥不知人. 閔泄利交下, 殊困憊, 强舁以歸, 未幾平安. 而夫人經年僅小愈. 乃知元索衣時, 侍婢但以閔兩袴往, 非夫人者也.

乾道二年, 錢芋爲縉雲守, 范自衢往訪之, 曰: "負公畫四軸, 故來相償, 畢則行矣." 畫成, 儼然就逝. 將殮, 得片紙於席間, 書曰: "庚申日天地詔范子珉." 蓋其亡日也. (陳天與說.)

처주[1]의 도사 범자민은 술을 좋아하지만 곤궁해서 기를 펴지 못하였다. 당초 안탕산[2]에서 천태산[3]으로 놀러 가는 길에 소흥부를 지나쳤는데 중간에 길에서 기이한 돌을 발견하여 그것을 보물처럼 여기고 감상하며 손에서 놓지 않았다. 후에 동행하던 도사가 훔쳐 갔는데, 곧 실성한 것처럼 말에 두서가 없는 경우가 많았고, 사람들이 생각지 못한 일들을 말하였는데 때때로 기이하게 그 말이 맞아떨어졌다. 유독 그림을 잘 그려서 다른 사람들에게 안개 낀 강과 낙엽이 진

---

1 處州: 兩浙路 소속으로 치소는 麗水縣(현 절강성 麗水市 蓮都區)이고 관할 현은 6개이며 州格은 刺史州이다. 현 절강성 남중부에 해당한다.
2 鴈蕩山: 절강성 溫州市에 위치한 산맥으로 甌江에 의해 남북으로 분리되었고, 일부는 台州市에 걸쳐 있다.
3 天台山: 절강성 台州市 天台縣에 있는 산으로서 紹興市·寧波市·金華市와의 교계지를 형성한다. 天台宗의 발상지이자 도교 南宗의 발상지로 유명하다.

숲을 그려 주었는데 신묘한 품격의 깊이 있는 작품이었다. 특히 소를 가장 잘 그렸다. 이런 까닭에 절동[4] 사람들은 그를 '범우'라 불렀다.

다만 뒷간의 오물을 가지고 노는 것을 좋아하여 때에 따라 손으로 움켜쥐거나 옷에 적시기도 하고, 어떨 때는 관 안의 상투 사이에 넣어 두기도 하였다. 또 어떨 때는 사묘의 도인상이나 불상을 더럽히기도 하였고, 손가락에 찍어 다른 집의 창과 벽에 글자를 쓰기도 하였는데, 더러움을 느끼지 못하였다. 다른 사람에게 쌀과 돈을 구걸하는데, 먼저 약간의 필요한 양을 말하고 딱 그만큼만 받았다. 혹 많거나 모자라면 모두 버리고 갖지 않았으며, 얻은 것 대부분을 역시 뒷간에 갖다 두었다.

처주 청전현의 서리 유광이 죽었는데, 집이 가난하여 장례를 치를 수 없자 성황묘 앞에 초빈[5]하여 짚으로 덮어 두었다. 이듬해 관이 비에 손상되어 한 모서리가 드러나게 되었다. 범자민이 그 옆을 지나치며 깨진 기와로 관을 두드리며 말하길,

"슬퍼하거나 번뇌하지 말거라. 사흘이 지나면 아주 가까운 사람이 너와 함께할 것이다!"

---

4 浙東: 至道 3년(997)에 전국에 15개 轉運使路를 설치하면서 신설된 兩浙路는 현 절강성을 중심으로 강소성 남부와 상해를 관장하였다. 치소는 杭州였으며 관할 州는 14개, 軍은 2개였다. 양절로는 熙寧 7년(1074)부터 錢塘江을 기준으로 세 차례 東路와 西路로 분리와 통합을 거듭하다가 建炎 3년(1129) 이후 분리가 지속되었다. 약칭은 浙東과 浙西였고 治所는 紹興府와 臨安府였으며, 절동 관할 주는 紹興府·衢州·明州·婺州·溫州·處州·台州 등 7개였다.

5 藁殯: 장례 치르기 전에 주검을 관에 넣어 임시로 안치하는 것을 가리켜 통상 草殯이라고 하며 草葬·家殯이라고도 한다. 藁殯 또는 藁葬은 草殯 방식의 하나로서 사정상 장례를 치르지도 시신을 방 안에 둘 수도 없을 때 관 위에 이엉 등을 덮어 눈비를 가리는 것을 뜻한다.

당시 유광의 동생 유구 역시 서리였는데, 정말로 사흘 뒤에 갑자기 죽었다. 자식들이 모두 어려서 서리 여럿이서 유광의 관 옆에 초빈해 주었다고 한다.

처주 수창현[6]의 엽 도사가 산골짜기에 암자를 짓자 범자민은 그를 방문하러 가다가 도중에 길을 잃었다. 범자민은 엽 도사의 노복을 만나자 길을 물었다. 노복은 범자민이 성가시게 굴까 걱정하여 거짓말하길,

"왼쪽입니다."

하지만 왼쪽은 산이 다하여 절벽이 있는 곳으로 사람이 갈 수 있는 곳이 아니었다. 범자민은 이를 알고 손을 들어 노복을 가리키며 말하길,

"네가 도리어 그쪽으로 가야겠구나."

그리고 자신은 다른 길로 암자에 이르렀다. 엽 도사가 식사를 준비하려는데, 기다려도 노복이 오지 않았다. 범자민이 그 이유를 말해주자 엽 도사는 혼자 노복을 찾아 떠났다. 그때 노복은 마침 큰 돌 위에 두 무릎을 꿇고 반듯이 앉아 있었는데 넋이 나간 사람처럼 멍청해 보였다. 소리쳐 부르고 이유를 물으니 비로소 깨어나 말하길,

"범 선생을 속인 것은 실로 큰 잘못이었습니다. 범 선생께서 손가락으로 이리로 가라고 했을 때 곧 어떤 무엇인가가 저를 끌고 가는 것을 느꼈습니다. 술에 취한 듯 꿈을 꾸는 듯 멍했습니다. 스승께서 저를 부르시지 않았다면 돌아올 수 없었을 것입니다." 엽 도사 역시

---

6 逡昌縣: 兩浙路 處州 소속으로 현 절강성 중남부 麗水市 서북쪽의 逡昌縣에 해당한다.

이견병지【一】

두려워 떨며 그 노복에게 사죄하라고 시켰다.

　후에 범자민이 무주 적송관[7]에 갔는데, 적송관 사람들 가운데 자신을 멸시하지 않는 이들이 없는 것을 보았다. 매번 술을 마셨다 하면 한 말 이상을 들이켰고 소고기를 사서 수행하는 거처에서 삶아 먹으며, 취하고 배부르면 누웠다가 곧 똥을 방에 한가득 싸고는 서서히 일어나 손을 뻗어 똥을 움켜쥐고 열 손가락으로 벽에 도장을 찍으니 방이 온통 똥투성이였다. 방 안의 사람들은 모두 떠났고 아무도 감히 그와 따지려 하지 않았다. 그저 그가 나가기를 기다렸다 물을 길어다 뿌려 씻어 냈을 뿐이다. 그런데 유독 진락천만 범자민을 미워하여 수시로 여러 사람 앞에서 그를 꾸짖고 욕했다. 범자민은 웃다가 화를 내며 말하길,

　"네가 감히 나를 비방하는가."

　그는 급히 삼청전[8] 아래로 가서 재배하고 소곤거리듯 기도하더니 곧 옷깃을 떨치며 나갔다. 이틀이 지나 진락천은 병에 걸리지도 않았는데 죽었다. 이 때문에 도사[9]들은 더욱 그를 삼가며 섬겼다.

　적송관 앞에 작은 시냇물이 가로질러 흘러서 오가는 이들이 건널

7　赤松觀: 현 절강성 金華市 金東區 赤松山에 있는 도관이다. 적송산은 東晉의 葛洪이 연단을 한 곳이며, 黃初平・黃初起 형제가 신선이 된 곳이라 하여 도교의 제36 洞天으로 중시되었다. 남북조 시대부터 赤松子廟가 세워졌고 五代에 赤松宮으로 충창되었으며, 송대에는 眞宗 이하 7명의 황제가 사액을 하사할 정도로 번성하였다.

8　三淸殿: 불교의 우주관인 三千大千世界 개념에 대응하기 위해 도교에서 설정한 천상계인 三淸境, 즉 玉淸・上淸・太淸을 주재하는 최고의 신인 玉淸元始天尊・上淸靈寶天尊・太淸道德天尊을 모신 곳이다. 太淸道德天尊은 太上老君이라고도 한다.

9　黃冠: 황색 冠을 뜻하는데, 주로 도사들이 사용했기 때문에 道士를 뜻하기도 한다.

때마다 힘들어했다. 도사 중 시씨 성을 가진 이가 제자 한 사람과 함께 주머니의 돈을 털어 돌다리를 만들고자 하였다. 공사 준비가 이미 다 되었는데 범자민이 이르길,

"이 다리를 만들지 마시오, 그대에게 장차 이롭지 못할 것이오."

시 도사가 말하길,

"나는 사재를 들여 많은 이들을 편하게 해 주려고 하는 것인데 어디 잘못된 것이 있단 말이오?"

마침내 다리를 만들었다. 범자민 역시 멈추라 강권하지는 않았다. 단지 웃으며 그에게 말하길,

"그렇게 하더라도 역시 아주 좋은 일이요. 내가 마침 붉은 상자 두 개가 있어 장차 그대에게 줄 테니 비용에 보태시오."

시 도사는 공손히 감사를 표하며 말하길,

"좋습니다."

하지만 시 도사는 준다고 한 것이 어떤 물건인지 몰랐다. 다음 날 범자민이 다시 왔을 때 갖고 온 것이 없자 시 도사는 물건을 달라고 청하였다. 범자민은 이르길,

"내가 이미 그대에게 주기로 약속했으니 반드시 내가 한 말을 지킬 것이오."

석 달 뒤에 다리가 완성되었는데, 시 도사와 제자가 연이어 죽었고, 공사 담당자들이 두 개의 붉은 관을 들고 와 장례를 치러 주었다고 전하였다.

태위[10] 성민[11]은 파직되어 무주에서 지내고 있었는데 범자민이 일찍이 가서 방문하였다. 그때 밖에서 반씨 성을 가진 승선사[12]가 온다고 아뢰었다. 성민이 나가 맞으려고 하는데, 범자민이 말하길,

"그 사람을 보지 마시지요. 아마도 태위 집안은 화를 면하기 어려울 것 같습니다."

성민의 아들 하나가 진국대장공주[13]의 딸을 며느리로 삼았는데, 바로 승선사 반씨의 여동생이었다. 혼인으로 연결된 관계라 거절하지 못하고 마침내 불러들이어 앉혔다. 범자민이 말하길,

"화가 닥칠 것이다! 화가 닥칠 것이다! 급히 명전을 사고 태위 부부의 옷을 가져오시오. 내가 그대를 위해 재앙을 해결해 보겠소."

모두 준비되자 범자민은 향을 피우고 주문을 외우며 옷과 명전을

---

10 太尉: 秦漢代에 군권을 장악하는 최고위 장관으로서 秦代에는 丞相 · 太尉 · 御史大夫를 가리켜 三公이라고 하였다. 군권 장악에 따른 과도한 권력 집중을 우려해 일찍부터 명예직으로 변하여 隋代부터 府와 僚佐를 없애고 宰相 · 親王 · 使相에 대한 加官 · 贈官으로 활용하였다.

11 成閔(1094~1174): 자는 子瓊 · 居仁이고 河北西路 邢州(현 하북성 邢台市) 사람이다. 남북송 교체기에 전공을 세웠고, 특히 고종이 즉위할 때 호위하여 揚州로 갔고 苗傅 · 范汝爲의 반란에도 공을 세워 武功大夫로 승진하였다. 송금화의가 이루어지자 殿前遊突軍統制이 되었고, 紹興 24년(1154)에 慶遠軍節度使에 제수되었다. 금의 海陵王이 침공하였을 때 武昌에서 湖北을 방어하였고, 이어서 湖北 · 京西制置使, 京西 · 河北招討使로 승진하였다. 금군이 철수할 때 군공을 과장하여 太尉가 되어 主管殿前司公事가 되었으나 곧 탄핵으로 파직되어서 婺州에 유배되었다. 乾道 1년(1065)에 鎭江諸軍 都統이 되었고, 건도 9년(1173)에 사직하였다.

12 承宣使: 송대 주의 군편제 등급은 都督州 · 節度州 · 觀察州 · 防禦州 · 團練州 · 刺史州 등 6등급이지만, 都督은 실제 임명하지 않고 節度使 · 觀察使 · 防禦使 · 團練使 · 刺史를 임명하였다. 承宣使는 政和 7년(1117)에 唐代부터 내려온 節度觀察留後를 개칭한 직제로서 正任 무인직제 가운데 절도사에 이은 정4품 고위직이지만, 주로 종실이나 환관에게 제수하는 명예직으로 활용되어 정원이나 직책은 정해지지 않았다.

13 大長公主: 황제의 고모이다. 황제의 姑母나 嫡長女 또는 각별한 공을 세운 공주나 황제의 여형제에게 長公主 작위를 부여하였는데, 漢代에는 제후왕과 같은 직위였다. 東漢 때 다시 황제의 고모에게는 大長公主, 여형제에게는 長公主, 딸에게는 公主를 봉하기로 정해진 뒤 후대로 전해졌다. 송대에는 정1품이었고, 약칭은 大主 · 太主였다.

함께 태웠다. 하지만 오래지 않아 진국대장공주가 죽어서 성민 부부가 가서 조문하고는 둘 다 병에 걸렸다. 부인은 원래 흰 휘장 안에 있었는데, 갑자기 중풍으로[14] 침을 흘리며[15] 정신이 혼미해져 사람을 알아보지 못했다. 성민은 여러 번 설사하더니 몹시 피곤해하여 억지로 가마에 태워 돌아가게 했는데, 오래지 않아 괜찮아졌다. 그러나 부인은 해를 넘겨 앓다가 겨우 조금 나았다. 원래 범자민이 옷을 가져다 달라고 했을 때 시종 드는 여종이 성민의 바지 두 개만 가져왔으며 부인의 것이 아니었다는 것을 그때 비로소 알게 되었다.

건도 2년(1166), 전우가 처주 진운현 지사로 오자 범자민이 구주[16]에서 와서 알현하였다. 범자민이 말하길,

"공에게 그림 네 점을 빚진 것이 있기에 와서 갚으려 합니다. 다 그려서 드리면 곧 가겠습니다."

그림을 다 그리자 엄숙한 모습으로 죽었다. 막 염을 하려는데, 종 잇조각이 자리에서 나왔다.

"경신일, 하늘과 땅이 범자민을 소환한다."

바로 그가 죽은 날짜였다.(이 일화는 진천여가 말한 것이다.)

---

14 風涎: 병으로 인해 침을 흘리는 여섯 가지 증상(六涎) 가운데 하나로 風氣가 위로 솟구쳐 요동하여 痰涎이 盛하고 가슴이 답답하여 卒倒하거나 人事不省하게 되는 병증을 말한다.

15 "夫人在素幃裏風涎暴作": 중화서국본에서는 이 구절에 誤字가 있을 것이라 지적하였다.

16 衢州: 兩浙路 소속으로 치소는 西安縣(현 절강성 衢州市 柯城區)이고 관할 현은 5개이며 州格은 刺史州이다. 현 절강성 중서부에 해당한다.

이견병지【一】

池州青陽主簿斛世將, 官滿還臨安. 縣人劉錄事者, 亦赴調, 寓於它館. 斛過之共飯, 飯才罷, 又欲同詣肆啜湯餅, 劉曰: "食方下咽, 勢不能卽飢, 君盍還邸小憩, 吾徐往相就矣." 斛去移時, 劉往訪之, 已病臥牀上, 望見劉, 悲淚如雨, 良久言曰: "吾死期至矣. 適從君所歸, 穿抱劍營街, 未畢, 逢一婦人, 呼語曰: '君向與我約, 如何始以不娶欺我, 旣而背之? 我病, 君略不相視, 天地間豈有忍人如君比者? 今事已爾, 我亦不復云. 但君亦且得病, 病狀殊類我. 我雖在此, 必不往視君, 君勉之.' 遂別去. 吾行數步, 思之, 蓋昔時所與游倡女紅奴兒者, 其死三年矣. 吾心惘然, 迨反舍, 意緒良不佳. 疾勢已然, 當不能起, 奈何? 奈何?" 劉爲作粥煮藥, 至暮乃歸邸. 後七日果死. 其黨能談其往事者, 云曲折病狀, 皆與鬼言合. 蓋索買湯餅之時, 魂已去幹矣. 時乾道二年. (韓彦端說.)

지주 청양현¹⁷의 주부 곡세장은 임기가 만료되어 임안부로 돌아갔다. 같은 현 사람인 녹사참군사 유씨 역시 전보되어 부임지로 가기 위해 다른 여관에 묵고 있었다. 곡세장은 유씨에게 찾아가 함께 식사하였는데, 식사를 막 끝내자마자 다시 다른 식당으로 가서 함께 탕병¹⁸을 먹자고 하였다. 유씨가 말하길,

---

17 靑陽縣: 江南東路 池州 소속으로 현 안휘성 남중부 池州市 동북쪽의 靑陽縣에 해당한다.
18 湯餅: 원래 밀가루나 보릿가루 등으로 만든 수제비 같은 종류의 음식을 이른다.

"지금 방금 식사했는데, 곧바로 배고플 수가 없잖습니까? 그대는 왜 여관으로 돌아가 조금 쉬려고 하지 않으시오? 나는 천천히 가서 찾아뵙겠습니다."

곡세장이 돌아가고 얼마 후 유씨가 그를 찾아갔는데, 이미 병이 나서 침상에 누워 있었다. 곡세장은 멀리서 유씨가 오는 것을 보더니 슬퍼하며 비 오듯 눈물을 쏟았다. 한참 후 말하길,

"내가 죽을 때가 된 것 같소. 막 그대와 헤어져 돌아오는 길에 포검 영가[19]를 지나왔는데, 그 길에서 한 여인을 만났소. 그녀가 나를 부르며 말하길, '그대는 예전에 저와 약속해 놓고도 왜 저와 결혼하지 않고 기만하더니 결국 배신하였습니까? 제가 병들었을 때 그대는 와서 보지도 않았지요. 천지간에 어찌 그대와 비교할 만큼 잔인한 사람이 또 있겠습니까? 지금 일이 이미 이렇게 되었으니 나 역시 더 말하지 않겠습니다. 하지만 그대 또한 병에 걸릴 텐데 증상이 나와 똑같을 것입니다. 나는 비록 여기 있지만 절대로 그대를 보러 가지 않을 것입니다. 힘을 내세요.' 그러더니 마침내 이별을 고하고 떠나갔다오. 내가 몇 발자국 걸어가면서 생각해 보니 옛날에 함께 놀던 창녀 가운데 홍노아가 있었는데, 그녀가 죽은 지 이미 3년이 흘렀다오. 나는 망연자실하여 집으로 다 돌아와서도 마음이 썩 좋지 않았다오. 병세가 이미 이러하니 결국 일어날 수 없을 것이오, 어찌하면 좋겠소? 어찌하면 좋겠소?"

19　抱劍營街: 吳越은 항주에 6개 군영을 설치하였는데, 그 가운데 하나가 鍾公橋 일대에 설치한 寶劍營이다. 보검영 터는 남송 때는 抱劍營으로 바뀌었고, 鍾公橋를 중심으로 上・下抱劍營街가 형성되었다.

유씨는 죽을 만들고 탕약을 끓여 준 뒤 저녁이 되어 여관으로 돌아왔다. 7일 후 정말로 곡세장이 죽었다. 그를 아는 사람 가운데 곡세장의 과거에 대해 말할 수 있는 자들은 여자와의 사연과 병의 증상을 말하였는데, 모두 그 귀신이 한 말과 일치하였다. 대개 탕병을 사 먹자고 할 때부터 그의 혼은 이미 몸을 빠져나간 것이다. 때는 건도 2년(1166)이었다.(이 일화는 한언단이 말한 것이다.)

秀州魏塘鎮孫拱家養一猴，數年矣．拱妻顧氏嘗晚步門外橋上，呼小童牽至前，猴趨挽顧衣，爲欲淫之狀．顧怒，命僕痛箠之數十，遂歸．迨夜，聞室內牕櫺動搖有聲，謂盜至，起覘之．忽兩毛手自牖執其臂，驚悸大叫，隨卽仆絕．家人聞之盡起，張燈出視，正見猴踞于外，猶堅持臂不肯釋，擊以杖乃退．顧昏然不知人，抉齒灌藥，扶救竟夕，乃甦．方事急時，不暇縛猴，猴得脫走，登木跳踉不可奈．孫氏集其鄰，繞村追躡，射殺之，凡三日乃定．

수주 가흥현 위당진[20]에 사는 손공은 집에서 원숭이 한 마리를 여러 해 동안 키웠다. 손공의 아내 고씨는 일찍이 저녁 무렵 문밖의 다리 위에서 걷고 있었는데 어린 동자를 불러 원숭이를 앞으로 데려오라고 하였다. 원숭이가 달려와 고씨의 옷을 잡아당겼는데, 음란한 짓을 하려는 모양새였다. 고씨가 화가나 시종에게 힘껏 수십 차례 채찍질하라고 시킨 뒤 곧 집으로 돌아왔다. 밤이 되자 방안의 창문이 흔들리며 소리가 들리기에 고씨는 도둑이 든 줄 알고 일어나 살펴보는데, 갑자기 털이 숭숭 난 두 손이 창에서 그녀의 팔을 붙잡았다. 깜짝 놀라 크게 소리 지르며 곧 땅에 엎어져 기절하였다.

가족들이 소리를 듣고 다 일어나 등불을 켜고 나와 보니 원숭이가

---

20 魏塘鎮: 兩浙路 秀州 嘉興縣 소속으로 嘉興縣 縣城이 있던 곳이다. 현 절강성 북동부 嘉興市 동북쪽의 嘉善縣 魏塘鎮에 해당한다.

밖에서 웅크리고 앉아 있는 것을 보았다. 원숭이는 여전히 팔을 꽉 잡고서 풀어 주지 않았다. 몽둥이로 때리자 곧 물러났다. 고씨는 정신을 잃고 사람을 알아보지 못했다. 이를 벌려 탕약을 넣어 주고 부축하고 간호하기를 저녁까지 하자 비로소 깨어났다. 마침 사람 구하는 일이 급해서 원숭이를 잡을 틈이 없어 원숭이는 도망쳤고 나무 위로 뛰어올라 어찌할 수 없었다. 손씨는 이웃들을 불러 모아 온 마을을 둘러싸고 쫓아서 활로 쏘아 죽였다. 고씨는 사흘이 지나자 비로소 안정되었다.

　縉雲人劉甫通判成都日, 遇異人揖於道左, 携一籃, 中貯二板, 堅勁
如鐵. 言: "能刻桃源景物, 恨未有所屬也. 吾視君可受其一." 甫喜, 延
入官舍. 異人求一室獨居, 索斗酒, 引滿入室. 須臾, 出板示甫, 圖已
成, 樓閣人物, 細如絲髮, 儼然可睹. 女仙七十二, 各執樂具. 知音者案
之, 乃霓裳法曲全部也. 其押案節奏, 舞蹈行綴, 皆中音會. 一漁翁檥
舟岸傍. 位置規模, 雕刻之精, 雖世間工畫善巧者所不能到.

　同時爲倅者, 亦欲得其一, 初不閉拒, 卽詣之, 所需如前. 刻纔半, 板
忽碎裂, 遂失其人所在. 時天聖中也. 劉氏世傳寶之, 建炎之亂, 逸於
民間, 今爲毗陵胡氏所有. 郡士孫希記之云: "淵明所志桃源事, 止言桃
花夾岸, 中無雜木. 種作男女衣著, 悉如外人. 黃髮垂髫, 怡然自樂. 今
是圖乃有臺殿, 如仙宮佛國, 又無桃林, 與記頗異. 疑異人所見, 與世
所傳不同. 或神仙方外之事, 不可以常理度也." 予嘗見墨本, 悉如上
說, 豈非仙家境界, 別有所謂桃源者乎!

　처주 진운현 사람 유보가 성도부 통판이 되었을 때, 한 기인을 만
났는데 길옆에서 그에게 읍하였다. 바구니 하나를 들고 있었는데, 바
구니 안에는 두 개의 나무판이 들어 있었고, 쇠처럼 단단해 보였다.
그 기인이 말하길,

　"무릉도원의 경치와 물건들을 능히 새길 수 있으나 이것을 드릴 데
가 아직 없어 유감이었습니다. 제가 보기에 그대는 능히 그 하나를
받을 수 있을 것 같습니다."

　유보는 기뻐하여 그를 관사로 데리고 들어왔다. 기인은 방 하나에

홀로 머물겠다고 하였고, 한 말의 술을 원했기에 술을 가득 채워서 방에 넣어 주었다. 잠시 후 나무판을 가져와 유보에게 보여 주었는데, 그림이 이미 완성되었다. 누각과 인물들은 가늘기가 머리카락 같았지만 사실 그대로이고 명확하여 다 알아볼 수 있었다. 72명의 여자 신선들이 각각 악기를 들고 있었다. 음악을 아는 자가 그 그림을 살펴보더니 곧 '예상법곡'[21] 전체를 새긴 것이라 하였다. 압운을 고려한 가락과 무도의 동작과 연결이 모두 악곡의 박자에 맞았다. 나이 든 한 어부가 강가에 배를 대고 있는 모습은 그 배치와 규모로 볼 때 그 조각의 정교함은 비록 세간에서 가장 그림을 잘 그린다고 하는 자도 능히 도달할 수 없는 경지였다.

당시 함께 통판이었던 자 역시 그 하나를 얻고자 하였다. 당초 거절하지 않았기에 곧 그 기인에게 찾아가 필요한 것을 전처럼 해 주었다. 겨우 반 정도 조각하였을 때 나무판이 갑자기 쪼개지더니 그 기인은 곧 사라졌다. 그때가 천성 연간(1023~1032)이었다.

유보 집안은 대대로 그 그림을 전하며 귀하게 여겼지만 건염 연간(1127~1130)의 동란 속에 민간에 흘러들어 갔다. 지금은 비릉[22]의 호

---

21 霓裳法曲: '霓裳羽衣曲'을 이른다. 仙人을 노래한 唐代의 춤곡으로 太淸宮에서 노자에게 제사를 지낼 때 연주하였다. 玄宗이 신선 羅公遠과 함께 月宮에 이르니, 선녀 10여 명이 廣寒淸虛府의 넓은 뜰에서 춤추고 있어 곡 이름을 물어보니 '예상우의'라 했고, 그 곡조를 기억한 나공원이 돌아와 악공을 불러 그대로 지었다고 한다. 또 河西節度使 楊敬述이 西凉에서 전해진 곡을 玄宗에게 바쳤고, 현종이 가사를 윤색하였다고도 한다. 安史의 난 이후 소멸되었다가 南唐 李煜에 의해 복원되었고, 남송 때 일부가 발견되기도 했다.
22 毗陵: 兩浙路 常州(현 강소성 常州市)의 별칭이다. 前202년에 설치된 毗陵縣을 開皇 9년(589)에 常州로 개칭하였지만, 워낙 오래된 지명이어서 상주의 별칭으로 널리 쓰였다.

씨 소유로 있다. 그 지역 사인인 손희는 그것에 대해 기록하고 말하길,

"도연명[23]이 서술한 도원에 관한 일은 양 언덕 사이 복숭아꽃만 이야기하였고 그 가운데 다른 잡목은 없었다. 밭을 가는 남녀의 옷차림은 모두 이 세상 사람과 다르며 노인과 어린이[24]가 즐거워하며 만족한다고 했다. 그런데 지금 이 조각에는 하나의 누각과 전각이 있는데 마치 신선이 사는 궁전이나 불국토 같다. 게다가 복숭아 숲이 없으니 기록과 자못 다르다. 기인이 본 것은 아마도 세상에서 전하는 도원과 달랐나 보다. 어쩌면 신선이 사는 세계의 일이니, 일반의 이치로는 헤아릴 수 없는 것일지도 모른다."

나도 일찍이 탁본한 것을 본 적이 있는데, 모두 위에서 말한 바와 같다. 신선의 경계가 아니라면 설마 또 다른 소위 도원이라는 곳이 있는 것인가?

---

23 陶潛(365?~427): 자는 淵明 · 元亮이나 본명보다는 陶淵明으로 널리 알려졌으며 현 강서성 九江市 사람이다. 江州 祭酒 · 鎭軍參軍 · 建衛參軍 · 彭澤縣令 등의 관직을 역임하였으나 41세부터 전원에서 농사를 지으며 지냈다. 기교를 부리지 않은 平淡한 시풍 때문에 당시에는 중시되지 않았으나 唐代 이후는 六朝 최고의 시인으로 평가받았고 후대에 지대한 영향을 주었다. 「歸去來辭」 · 「桃花源記」 · 「五柳先生傳」 등이 유명하다.
24 黃髮垂髫: 黃髮은 노인을 이르며, 노인이 되면 백발이 되나 백발이 오래되면 다시 누렇게 변한다고 하여 생긴 말이다. 垂髫은 머리카락이 자라지 않아 묶을 수도 없을 정도의 어린이를 뜻한다.

이견병지 【一】

李綸居福州, 好與方外人處. 嵩山李秀才者, 不知從何來, 一見合意,
卽留館門下. 且數月, 其人尙氣不檢, 嘗毆人折齒, 捕錄送府. 綸爲言
於府帥薛公弼, 得免. 他日, 又毆人. 綸責數之甚至, 自是不復出.

一日, 天正寒, 李生素不擁爐, 忽索火, 邀綸共坐, 謂綸曰: "君好尙
爐鼎, 亦有得乎?" 顧其僕, 取炎餠來. 餠至, 則細嚼, 吐其滓爲四, 以擦
鐵箸, 投火中. 少焉紅焰騰上, 挾而擲之地, 箸中斷, 旣成白金矣. 綸驚
愕, 因言: "頃嘗得小郤先生所呵石炎餠." 生笑曰: "此不足爲也, 吾當
以黃者贈君." 綸大喜, 而未敢言.

子詵之, 甫數歲, 家人敎之拜, 使求戲術. 生脫詵之銀扼臂, 塗以津,
亦置火中. 及取出, 其一純爲黃金, 一變其半. 廷下黃菊已槁, 詵之折
一枝, 請爲戲. 嘘呵少頃, 亦成金花. 後數日, 綸請所謂黃餠者, 生曰:
"君貪心如許, 何由能成道? 姑以紅者示君." 取一餠, 持刀中分之, 嘘其
半邊, 裹以紙. 良久出視, 已成丹砂, 牆壁稜稜, 光明可監. 又索水銀兩
器, 飮其一, 竦身距躍, 珠星從毛竅間踊出, 的皪滿地, 堅凝可掃. 復以
一器漱齒, 隨卽吐之, 皆成銀, 如丸墨之狀. 綸益敬異焉.

會綸將調官臨安, 生緘水四壺授之, 曰: "以是餞行." 是夕反舍, 遂不
見. 綸行至中途, 發水, 悉爲美醴, 於冪紙上大書"麻姑酒"三字. 凡所
化物, 今皆在詵之處, 其銀箸斷處化爲金云.(范元卿說.)

복주에 사는 이윤은 승려나 도사들과 어울리기를 좋아하였다. 숭
산[25]의 수재 이씨가 어떻게 왔는지 알지 못하였지만, 아무튼 보자마

---

25 嵩山: 하남성 鄭州市 登封市에 있는 산으로 武周 萬歲通天 1년(696), 측천무후에

자 의기투합하여 자신의 집에 머물라며 붙잡았다. 몇 개월이 지났을 무렵 이수재는 자기의 감정을 절제하지 못해 한번은 사람을 때리다 이를 부러뜨려 체포돼서 복주 관아로 끌려갔다. 이윤이 그를 위해 복건로 경략안무사인 설필에게 말해 줘서 겨우 처벌을 면하게 해 주었다. 하지만 훗날 또 사람을 때렸기에 이윤이 매우 심하게 나무라자 그때부터 다시 밖으로 나가지 않았다.

하루는 날이 몹시 추웠는데, 평소 화로를 가까이하지 않던 이수재가 갑자기 화로를 찾더니 이윤을 불러 함께 앉았다. 이수재가 이윤에게 말하길,

"그대는 정鼎으로 된 화로를 좋아하는데 하나 얻고 싶으시오?"

이수재는 노복을 보고 찐 전병을 가져오라고 하였다. 전병을 가져오자 잘게 씹었다가 그 찌꺼기를 뱉어 네 개로 만든 후 그것으로 쇠젓가락을 문지른 뒤 젓가락을 불 속에 던졌다. 잠시 후 붉은 연기가 피어오르니 부젓가락으로 집어 땅에 던지자 젓가락은 가운데가 끊어지더니 곧 은이 되었다. 이윤은 매우 놀라서 말하길,

"일전에 일찍이 소치 선생이 내뿜은 돌로 만든 찐 전병을 얻은 적이 있소이다."

이수재가 웃으며 말하길,

"그것으로는 부족하지요. 내가 마땅히 황금으로 된 것을 그대에게

의해 五嶽 가운데 中嶽으로 봉해졌다. 동쪽의 太室山과 서쪽의 少室山의 72개 봉우리로 이루어졌으며, 유·불·도 모두에게 각별한 산으로 간주되고 있다. 소실산에 자리 잡은 少林寺는 達磨大師의 面壁 10년 전설과 함께 禪宗의 출발지이자 무술의 본향으로 유명하다. 태실산에 있는 中嶽廟는 전국 5악묘 가운데 가장 규모가 크고, 崇陽서원은 程顥·程頤 형제가 수학한 곳이자 중국 4대 서원의 하나다.

이견병지【一】

드리겠소이다."

　이윤은 크게 기뻐하였으나 감히 뭐라 말할 수 없었다. 이윤의 아들 선지는 몇 살밖에 안 되었는데, 가족들은 선지에게 이수재께 절을 하고 재미있는 기술을 보여 달라고 청하라 하였다. 이수재는 선지의 팔찌를 벗기더니 침을 바른 뒤 역시 불길에 던졌다. 다시 꺼내왔을 때 팔찌 하나는 순금이 되어 있었는데 또 다른 하나는 반만 황금으로 변하였다. 대청 아래 누런 국화가 이미 말랐는데 선지가 한 가지를 꺾어와 묘기를 청하였다. 이수재가 그것을 '후' 하고 불자 잠시 후 역시 금으로 만든 꽃이 되었다. 며칠 후 이윤은 이른바 황금 전병을 만들어 달라고 청하였다. 이수재가 말하길,

　"그대는 욕심이 이렇게도 많으니 어찌 능히 도를 이룰 수 있겠소? 잠시 단사라는 것을 그대에게 보여 주리다."

　전병 하나를 취하여 칼로 가운데를 나누고 그 반쪽을 입으로 분 다음 종이로 쌌다. 얼마 후 가져와 보여 주니 이미 단사가 되었다. 담과 벽에 한기가 서렸고 반짝여서 거울처럼 비쳤다. 또 수은 두 그릇을 찾아 그 하나를 마시니 몸이 곧추서며 높이 뛰어오르니 구슬이 땀구멍에서 솟아나는 것 같았다. 선명한 것이 온 바닥을 가득 메워 견고하게 굳어 빗자루로 쓸어버릴 수 있을 정도였다. 다시 수은 한 그릇을 마셔서 이를 닦고 곧바로 그것을 뱉어 내니 모두 은이 되었는데, 마치 둥근 먹 같은 모양이었다. 이윤은 더욱 경이로워했다.

　이윤이 다른 관직으로 전보되어 임안부로 가게 되자 이수재는 뚜껑을 봉한 물항아리 4개를 내어주며 말하길,

　"이것으로 당신을 전송하오."

　이날 밤 관사로 돌아가더니 다시는 보이지 않았다. 이윤이 임안부

로 가는 도중 그가 준 항아리를 열어 보니 모두 술이 잘 빚어졌고, 항아리를 덮고 있는 종이 위에는 '마고주' 세 글자가 크게 쓰여 있었다. 그의 묘술로 바뀐 물건은 지금 모두 이선지가 가지고 있는데, 은 젓가락의 끊어진 부분은 금이 되었다고 한다.(이 일화는 범원경이 말한 것이다.)

衢州人徐生爲新喻丞, 被憲司檄, 鞫獄于盧陵. 行未至吉水三十里,
値暮, 將宿客邸. 大姓徐叟者力邀迎止其家, 烹羊置酒, 主禮勤甚. 丞
意以謂叟特以宗盟故耳. 至夜, 密告曰: "老人居此, 未嘗與士大夫接.
昨夕夢大官行李過門, 先牌題云'徐侍郎', 而今日君至, 君必且貴不疑,
願以子孫爲託." 丞少年登科, 自待良不薄, 聞其語欣然, 且約還日復過
之, 遂去.

抵郡踰月而訖事, 東歸, 徑謁叟. 叟館犒如初, 然禮敬頗衰矣. 臨別,
愀然曰: "丞公是行, 得無有欺方寸乎? 疇昔之夜, 夢神人告我, 謂君受
人錢五百千, 鞫獄故不以實, 官爵當削除, 而年壽亦不遠. 君何不自重,
負吾所期?" 丞驚愧不能答. 旣還家, 會薦員滿品, 詣臨安改秩. 甫受
告, 卽得疾, 死逆旅中. 其父本米儈也, 隨子之官, 日夜導以不義. 盧陵
之役, 本富民毆殺人, 丞納民賂, 抑民僕使承, 僕坐死, 故陰譴及之. 旣
亡而父猶在, 凡所獲亦隨手散去, 其貧如初.(劉敏士文伯說.)

구주 사람 서씨가 임강군 신유현²⁶ 현승이 되어 강남서로 제점형옥
사²⁷의 공문을 받고 여릉²⁸으로 형사 안건을 처리하러 갔다. 길수현²⁹

26　新喻縣: 江南西路 臨江軍 소속으로 현 강서성 중서부 新余市 城區인 渝水區에 해
　　당한다.
27　憲司: 提點刑獄司를 가리킨다. 각 路의 법률·사건 수사·형사 업무·권농·관리
　　고과 등을 맡은 부서로서 景德 4년(1007)에 처음 설치하였으며 약칭은 提刑司·
　　刑獄司·憲司·外臺 등이다. 장관은 提點刑獄公事이며 그 지위는 京畿路를 제외
　　하고는 轉運使 바로 아래 직급이기 때문에 주지사를 역임한 고위직 관리로 보임하
　　였다. 약칭은 提刑이다.

까지 30리를 앞두고 저녁이 되어 한 여관에 머무르려 하였다. 그 마을의 큰 유지인 서씨 집안의 노인이 일부러 나서서 현승을 맞이하며 자신의 집에 머물게 한 뒤 양고기를 삶고 술을 대접하는 등 주인으로서의 예가 매우 정성스러웠다. 현승은 서씨 노인이 종친이라 이렇게 각별하게 대하는 것이라 여겼다. 밤이 되자 노인이 남몰래 말하길,

"노인네가 여기에 살면서 일찍이 한 번도 사대부를 대접한 일이 없었습니다. 어젯밤 꿈에 대관의 짐이 문 앞을 지나는데, 선두의 팻말에 '서시랑[30]'이라고 적혀 있었습니다. 오늘 그대가 우리 집에 오셨으니 그대는 반드시 귀하게 될 분이 틀림없습니다. 원컨대 우리 자손들을 부탁드립니다."

현승은 어린 나이에 등과하였고, 타고난 운이 나쁘지 않다고 여기고 있어 노인이 하는 말을 듣고 기뻐하였다. 또한 돌아오는 날 반드시 다시 들리겠다고 약속하고 떠났다. 길주에 도착한 뒤 한 달여 동안 맡은 일을 마치고 동쪽으로 돌아가는 길에 곧바로 서씨 노인의 집에 들렀다. 노인 집에서 준비한 음식은 예전과 같았지만, 손님을 대

---

28 廬陵: 江南西路 吉州(현 강서성 吉安市)의 별칭이다. 秦始皇 26년(前221)에 설치한 廬陵縣에서 유래하였으며, 開皇 10년(590)에 吉州로 개칭한 뒤 唐代에 여릉과 길주로 몇 차례 개칭하였고, 송대에는 길주라 칭하였으나 여전히 여릉이 별칭으로 쓰였다.

29 吉水縣: 江南西路 吉州 소속으로 현 강서성 중서부 吉安市 동북쪽의 吉水縣에 해당한다.

30 侍郎: 본래 황제 측근에서 경호와 시중을 드는 관리를 뜻하였지만, 東漢 이후 尙書省 소속 6부(吏部·戶部·禮部·兵部·刑部·工部) 장관의 명칭이 되었고, 다시 門下侍郎·中書侍郎 등 재상급 반열의 관명이 되었다. 북송 전기에는 품계를 나타내는 寄祿官名으로 吏部侍郎은 정4품상, 그 밖의 시랑은 모두 정4품이었으나, 원풍 관제 개혁 이후에는 尙書를 보좌하는 종3품의 차관급 職事官 명칭으로 바뀌었다.

하는 의례와 공경이 전과 같지 않았다. 떠날 무렵, 노인이 정색하고 말하길,

"현승께서는 이번에 오시면서 조금이라도 누군가를 속인 일이 없었는지요? 전날 밤에 꿈을 꾸었는데, 신령이 저에게 이르시길 그대가 누군가로부터 돈 5백 관을 받고 형사 안건을 고의로 부실하게 처리하였다고 일러 주더이다. 그대의 관작은 당연히 삭탈될 것이고 수명도 길지 않을 것입니다. 그대는 어찌 자중하지 않고 저의 기대를 저버렸는지요?"

현승은 놀랍고 부끄러워 뭐라 대답할 수가 없었다. 집으로 돌아오니 마침 자신을 추천한 관원의 수가 다 채워져서 임안부로 가서 경관으로 승진[31]하려 하였다. 인사 명령을 받자마자 곧 병에 걸려 가는 도중 죽고 말았다. 현승의 아버지는 본래 미곡 상인이었는데, 아들이 부임하는 곳을 따라가서 밤낮으로 불의를 저지르게 했다. 길주에서의 일은 본래 부잣집 사람이 다른 사람을 구타하여 살해한 사건인데, 현승이 그 부자의 뇌물을 받고 그 집의 노복에게 죄를 덮어씌운 것이다. 결국 노복이 사형에 처해졌다. 그러므로 그에게 명계의 처벌이 내려진 것이었다. 그가 죽은 후 아버지는 여전히 살아 있었지만, 돈을 버는 족족 흩어져 도로 예전처럼 가난해졌다.(이 일화는 자가 민사인 유문백이 말한 것이다.)

---

31 改秩: 송대 관원은 중앙정부에서 근무할 수 있는 자격을 갖춘 7품 이상의 京官과 그렇지 못한 8~9품의 選人으로 크게 나눌 수 있다. 7등급으로 나누어진 선인 내에서 승진을 가리켜 循資라고 칭하고, 선인에서 경관으로 승진하는 것을 가리켜 改官·改秩이라고 칭한다.

吳人周舉, 建炎元年自京師歸鄉里, 時中國受兵, 所在寇盜如織. 舉
遇星冠羽服人謂曰: "子明日當死於兵刃, 能誦十字經, 不唯免死, 亦能
解寃延壽." 舉跪以請, 云: "'九天應元雷聲普化天尊'十字是也." 拜而
受之. 明日, 果遇盜, 逼逐至林間, 窘懼次, 猛憶昨語, 亟誦一聲. 猶未
絶口, 雷聲大震, 群盜驚走, 遂得脫.(趙學老說.)

오 지역[32] 사람 주거는 건염 1년(1127)에 도성에서 고향 마을로 돌
아왔는데, 그때 중국[33]은 금군金軍의 침략을 받았고, 각지에는 도적들
이 창궐하였다. 주거는 도사의 의관[34]을 갖춘 한 사람을 만났는데, 그

---

32 吳: 兩浙路 蘇州(현 강소성 蘇州市)의 별칭으로서 春秋시대 吳의 수도였던 데서
　유래하여 춘추 이래 오랫동안 吳縣·吳郡으로 불렸다. 姑蘇라는 별칭도 있는데
　이는 州城의 옆에 있는 姑蘇山에서 유래하였다. 또 孫權이 吳를 건국하면서(229)
　吳는 장강 하류 또는 蘇州 지역을 뜻하는 용어로 정착되었다. 江表라는 별칭과 함
　께 三吳라고도 한다. 三吳에는 吳興·吳郡·會稽 또는 吳興·丹陽·會稽가 포함
　된다. 蘇州라는 지명은 開皇 9년(589)에 비로소 출현하였다.
33 中國: '중국'이라는 용어는 서주 초기 청동기 명문과 『書經』등 문헌에 나타난 이
　후 그 범위는 시대에 따라 다양하게 변하였다. 西周 때는 關中·河洛을, 東周 때는
　주 왕실에 복속하는 모든 지역, 즉 황하 중하류 지역을 뜻하였고, 이후 각 제후국
　의 영토 확장에 따라 범위가 커졌다. 秦漢 이후에는 황하 유역과 무관하게 중원왕
　조의 전 영역을 포괄하는 것으로 바뀌었다. 또 문화적 정통성을 강조할 때 쓰이기
　도 하였는데, 鮮卑족이 건립한 北魏는 스스로 중국을 자처하면서 남조를 島夷라고
　깎아내렸고, 남조 역시 中國을 자처하면서 북위를 魏虜라며 인정하지 않았다. 거
　란과 북송, 금과 남송 역시 각자 중국을 자처하면서 상대를 중국으로 인정하지 않
　았다. 여기에서는 원문 그대로 '중국'으로 번역한다.
34 星冠羽服: 星冠은 道士가 쓰는 冠이고, 羽服은 도사의 복장이다. 星冠은 북두칠성

가 말하길,

"그대는 내일 병사들의 칼끝에 죽을 수밖에 없지만 열 글자로 된 경전을 암송할 수 있다면 죽음을 면할 수 있을 뿐 아니라 억울함을 풀고 수명도 연장할 수도 있다."

주거는 무릎을 꿇고 그 경전을 청하니 그가 말하길,

"'구천응원뇌성보화천존',[35] 이 열 글자가 바로 그것이다."

주거는 절을 하며 그것을 받았다. 다음 날 과연 도적을 만나 쫓기다 숲속에 이르렀는데, 난감하고 두려워 떨던 중 갑자기 어젯밤 들었던 말이 떠올라 곧 한 번 암송하였다. 아직 다 외지도 않았는데 천둥소리가 크게 떨치니 여러 도적이 놀라 도망쳤다. 마침내 위기를 면할 수 있었다.(이 일화는 조학로가 말한 것이다.)

무늬가 새겨져서 五斗冠이라고도 칭하였다고 하며, 羽服은 가벼운 비단으로 만든 옷으로서 아랫단을 깃털 모양으로 장식한 옷으로서 통상 도사의 의관을 의미한다.

35 九天應元雷聲普化天尊: 도교의 신 가운데 하나로 南極長生大帝의 화신이며 神霄 玉淸府 산하 雷部의 주재신이라고 한다. 삶과 죽음, 선악에 대한 상벌, 구름과 비, 요괴에 대한 처단 등을 관장한다고 알려졌다.

密州板橋鎭人航海往廣州, 遭大風霧, 迷不知東西, 任帆所向. 歷十
許日, 所齎水告竭, 人畏渴死, 望一島嶼漸近, 急奔赴之. 登其上, 汲泉
甘甚, 乃悉罄瓶罌之屬, 運水入舟. 彌望皆棗林, 朱實下垂, 又以竿撲
取, 得數斛, 欲儲以爲糧. 大喜過望, 眷眷未忍還, 共入一石嵓中憩息.
俄有巨人四輩至, 身皆長二丈餘, 被髮裸體, 唯以木葉蔽形. 見人亦驚
顧, 相與耳語, 三人徑去, 行如奔馬.

嵓下大石, 度非百人不可擧, 其留者獨挈之, 以塞竇口, 亦去. 然兩
旁小竅, 尙可容出入, 諸人相續奔入船, 趣解維. 一人來追, 跳入水, 以
手捉船. 船上人盡力撐篙, 不能去. 急取搭鉤, 鉤止之, 奮利斧斷其一
臂, 始得脫. 臂長過五尺, 舟中人淹之以鹽, 攜歸示人. 高思道時居板
橋, 曾見之. 沈公雅爲予說. 予『甲志』書昌國人及島上婦人, 『乙志』書
長人國, 皆此類也. 海於天地間爲物最鉅, 無所不有, 可畏哉.

밀주[36] 판교진[37] 사람이 배를 타고 바다를 건너 광주[38]로 향해 가던

---

36 密州: 京東東路 소속으로 치소는 諸城縣(현 산동성 濰坊市 諸城市)이고 관할 현은
5개이며 州格은 節度州이다. 현 산동성 동남부 濰坊市의 동남쪽에 해당한다.

37 板橋鎭: 京東東路 密州 膠西縣 소속으로 송대 장강 이북의 유일한 대외 무역항이
었다. 唐代에 설치한 板橋鎭이 대외무역으로 번성하자 元祐 2년(1087)에 膠西縣
으로 승격시켰고, 이듬해 市舶司를 설치하여 대외무역을 관장하게 하였다. 현 산
동성 靑島市 膠州市 膠城鎭에 해당한다.

38 廣州: 廣南東路의 치소로서 4개 부, 14개 주, 43개 현을 관할하였다. 州의 치소는
番禺縣과 南海縣(현 광동성 廣州市 城區)이고 관할 현은 8개이며 州格은 節度州이
다. 珠江 삼각주에 자리하였으며 秦漢 이래 중국의 가장 중요한 대외무역항이었
다. 현 광동성 중남부에 해당한다.

중 큰바람과 안개를 만났다. 길을 잃고 동서 방향도 알 수 없게 되자 돛이 가는 대로 배를 맡겨 두었다. 열흘쯤 지나자 가져온 물이 모두 바닥나고 말았다. 사람들이 목말라 죽을지도 모른다고 걱정할 무렵 저 멀리 한 섬이 점점 가까워지는 것이 보였고, 급히 노를 저어 그곳에 닿았다. 섬 위에 올라 샘물을 길었는데 매우 달기에 모든 물병과 항아리 등을 갖고 와서 물을 날라 배에 실었다.

멀리 바라보니 대추나무 숲이 무성했고, 붉은 열매가 아래로 흐드러지게 매달려 있어 장대를 가지고 두드려 땄다. 몇 곡斛이나 땄는데 저장하여 식량으로 삼으려고 하였다. 기대 이상이어서 크게 기뻐하며 아까운 마음에 차마 돌아갈 수가 없었다. 그들은 함께 바위굴에 들어가 잠시 쉬었다. 얼마 후 거인 네 명이 다가왔는데, 키가 모두 2장丈[39]이 넘었고, 머리는 풀어헤쳤으며 몸은 나체였다. 단지 나뭇잎으로 몸을 덮고 있었다. 뱃사람들을 보더니, 그들 역시 놀라 서로 돌아보면서 귓속말을 나누었다. 세 사람은 곧바로 돌아갔는데 걷는 것이 달리는 말처럼 잽쌌다.

동굴 아래에 있는 커다란 바위는 백 명은 있어야 들 수 있을 정도였는데, 그 남은 거인 혼자 그 바위를 들어 동굴의 입구를 막은 뒤 역시 어디론가 떠났다. 그러나 양쪽 옆에 조그만 구멍이 있어 여전히 드나들 수 있었다. 뱃사람들은 연이어 달려 나와 겨우 배에 올랐고 급히 밧줄을 풀었다. 그 거인이 혼자 쫓아와 바닷물로 뛰어들어 손으로 배를 잡았다. 배에 탄 사람들이 온 힘을 다해 버티며 삿대질을 하

---

39 丈: 1丈은 3.3m로서 10尺에 해당하나 지역과 시대에 따라 일정한 편차가 있다.

였지만 나아갈 수가 없었다. 급히 갈고리를 가져와 걸어 그를 잡은 다음 날카로운 도끼를 날려 그 팔 하나를 자르니 비로소 도망을 갈 수 있었다.

팔의 길이는 5척이 넘었는데, 뱃사람들은 그것을 소금에 절여서 돌아와 사람들에게 보여 주었다. 고사도는 당시 판교진에 살고 있었는데 일찍이 그것을 보았다고 한다. 심공아[40]가 나에게 말해 주었다. 나는 『갑지』에서 '창국인' 및 '섬에 사는 여인'에 대해 썼고, 『을지』에서는 '거인국'에 대해 썼는데, 모두 이와 비슷한 내용이다. 바다는 천지간의 가장 거대한 것으로 없는 것이 없으니 실로 경외할 만하다!

---

40 沈公雅: 乾道 1년(1165) 平江府 지사를 지내면서 呂本中의 『東萊先生詩集』 20권을 판각한 바 있다. 江東東路 轉運使를 역임하였다.

이견병지 【一】

紹興三十二年七月十三日, 溫州大風震地, 居人屋廬及沿江舟楫, 吹
蕩漂溺, 不勝計. 淨居尼寺三殿屹立, 其二壓焉. 天慶觀鍾樓亦仆, 唯
江心寺在水中央, 山巓二塔甚高峻, 獨無所損. 先是兩日, 有巨商檥舟
寺下, 夢神告曰: "後日大風雨, 爲害不細, 可亟以舟中之物它徙. 吾今
夕赴厤行水陸會, 會罷卽來寺後守塔矣." 商人如其戒. 厤行者, 村中地
名也. 繼往偵問, 果有設水陸於玆夕者. 初, 郡有婦人, 年可四十許, 無
所居, 每乞食於市, 語言不常, 夜則寄宿於淨居金剛之下. 諸尼皆憐之,
不忍逐. 風作之前日, 指泥像語人曰: "身軀空許大, 只恐明日倒了." 去
弗宿. 已而果然.

소흥 32년(1162) 7월 13일, 온주⁴¹에서 땅을 뒤흔들듯 큰바람이 일
었다. 주민들이 사는 집과 강가에 매어 둔 배 가운데 바람에 날아가
거나 떠내려가고 가라앉은 것이 셀 수 없이 많았다. 비구니 사찰인
정거사⁴²의 세 전각만 우뚝 서 있었을 뿐 그 밖의 두 전각은 무너졌
고, 천경관의 종루 역시 무너졌다. 그런데 오직 구강^{甌江43} 가운데 있

41　溫州: 兩浙路 소속으로 咸淳 1년(1265)에 度宗의 潛邸여서 瑞安府로 승격하였다.
　　치소는 永嘉縣(현 절강성 溫州市 永嘉縣)이고 관할 현은 4개이며 州格은 刺史州이
　　다. 현 절강성 동남부 지역으로 복건성과 연한 곳에 해당한다.

42　淨居寺: 北齊 永明 6년(488)에 창건되었으며, 북송 周行己의 「淨居寺蓋造文記」에
　　따르면 "수계를 받은 승려가 천여 명에 달하며 장엄하기가 兩浙路에서 으뜸이다"
　　라고 한 것으로 보아 溫州를 대표하는 비구니 사찰이었던 것으로 보인다.

43　甌江: 절강성 동남부를 흘러 溫州市에서 바다로 유입되는 강이다. 절강성에서 두

는 강심사[44] 언덕 위에 있는 동·서 두 탑만 아주 높은 데도 아무런 손상이 없었다.

바람이 불기 이틀 전, 한 거상이 배를 절 아래에 정박하였는데, 꿈에 신이 나타나 말하길,

"얼마 뒤 큰 비바람이 불어 피해가 적지 않을 것이다. 배 안에 실린 화물을 서둘러 다른 곳으로 옮기도록 하라. 나는 오늘 밤 강 건너편 마행에서 거행하는 수륙재[45]에 갔다가 재를 마치면 즉시 돌아와서 절 뒤에 있는 탑을 지킬 것이다."

상인은 신이 알려 준 대로 하였다. 마행이란 온주 촌락의 지명인데, 그곳에 가서 수소문해 보니 정말로 그날 밤에 수륙재를 지낸 사람이 있었다. 본래 온주에 나이가 40세가량 되는 여자가 한 명 있었다. 그녀는 집도 없고 매일 시장에서 구걸하였는데, 말이 범상치 않았다. 밤이면 정거사 금강역사전 아래서 잠을 자곤 해서 비구니마다 그녀를 불쌍하게 여겨 차마 내쫓지 못하였다. 큰바람이 불기 전날, 점토로 만든 금강역사상을 가리키며 사람들에게 말하길,

---

번째로 큰 강으로 永寧江·永嘉江·溫江·愼江 등의 별칭이 있다.

44 江心寺: 溫州 시내를 가로지르는 甌江 가운데 형성된 모래톱 위에 세워진 절이다. 본래 둘로 나누어진 모래톱을 소흥 7년(1137)에 하나로 연결하고 그 자리에 세웠다. 唐末에서 북송 초에 축조된 28·32m 높이의 동서 두 탑을 비롯해 수려한 풍광과 오랜 고적을 자랑하는 온주의 상징이다. 建炎 4년(1130), 金軍의 공세를 피해 온주로 피난 온 高宗이 일시 머물던 곳이기도 하다.

45 水陸齋: 본래 명칭은 '法界聖凡水陸普度大齋勝會'지만 水陸會·水陸道場·水陸法會라고 약칭하며 통상 水陸齋라고 한다. 수륙재는 十方諸佛과 聖賢을 모두 모시고 六道 중생이 인연과 근기에 따라 설법을 듣고 공양을 받아 救度하는 것이어서 그 규모가 대단히 크다. 南朝 梁武帝때 시작되어 지금까지 내려오는데, 송대에도 매우 성행하였다.

"몸뚱어리만 이렇게 쓸데없이 크니 내일 부서지지 않을까 걱정이
다."

그 여자는 금강역사상 아래서 자지 않고 다른 곳으로 가 버렸다.
그 뒤로 정말 그 여자의 말처럼 되었다.

천상계 부처의 영험함諸天靈應

永嘉許及之深甫之父, 事諸天甚著靈應. 盜嘗夜入門, 家未之覺. 許
老夢寇至, 爲巨人持長槍逐之, 驚寤. 遽起視, 外戶已開, 略無所失. 明
旦, 見一槍于大門之外, 不知從何來, 及入諸天室焚香, 則神手所持槍
失之矣, 始悟昨夢.

온주 영가현 사람으로 자가 심보인 허급지의 아버지는 천상계의
여러 부처를 모셨는데, 매우 영험하였다. 일찍이 밤에 도둑이 몰래
집에 들어와 가족들이 미처 알지 못하였는데, 허급지의 아버지는 도
둑이 들어왔다가 거인이 긴 창을 들고 그들을 내쫓는 꿈을 꾸었다.
놀라서 잠에서 깬 뒤 서둘러 일어나 살펴보니 바깥 문은 이미 열려
있으나 잃어버린 물건은 없는 것 같았다. 다음 날 아침 일찍, 창 하나
가 대문 밖에 떨어져 있는 것을 보았는데, 그 창이 어디서 온 것인지
알 수 없었다. 불상을 모신 방에 들어가 향을 태우며 보니 불상의 손
에 들고 있던 창이 보이지 않았다. 그제야 비로소 어젯밤 꿈이 무슨
뜻인지 알 수 있었다.

11 복주의 박수 대비^{福州大悲巫}

福州有巫, 能持穢跡呪行法, 爲人治祟蠱甚驗, 俗呼爲大悲. 里民家
處女, 忽懷孕, 父母詰其故, 初不知所以然, 召巫考治之. 才至, 卽有小
兒盤辟入門, 舞躍良久, 徑投舍前池中. 此兒乃比鄰富家子也, 迨暮,
不復出. 明日, 別一兒又如是. 兩家之父相聚訴擊巫, 欲執以送官. 巫
曰:"少緩我, 容我盡術, 汝子自出矣, 無傷也." 觀者踵至, 四繞池邊以
待. 移時, 聞若千萬人聲起於池, 衆皆辟易. 兩兒自水中出, 一以繩縛
大鯉, 一從後箠棰之. 曳登岸, 鯉已死. 兩兒揚揚如平常, 略無所知覺.
巫命累瓶甖於女腹上, 擧杖悉碎之. 已而暴下, 孕卽失去, 乃驗鯉爲祟
云.

복주에 한 박수가 있는데, 예적금강 주문에 의지해 술법을 행하며
사람들을 위해 고독蠱毒⁴⁶으로 인한 재앙을 치유하는데, 아주 효험이
있어 사람들이 대비라고 불렀다. 마을 사람 가운데 처녀가 갑자기 임
신하게 되자 부모는 어떻게 된 일인지 캐물으면서도 처음에는 어찌
된 연유인지 알 수가 없었다. 이에 박수를 불러서 치료 방법을 찾아
보라고 하였다. 박수가 막 집에 이르렀을 때, 한 어린아이가 대문에
서 빙빙 돌며 오가다 들어가더니 한참을 춤추고 뛰더니 곧장 집 앞의

---

46 蠱: 일반적으로 蠱毒을 이르며, 蠱毒은 주술을 목적으로 기른 蠱蟲의 독을 활용하
여 상대에게 해를 가하는 일종의 주술 행위이다. 활용하는 동물에 따라 蛇蠱, 犬
蠱, 虱子蠱 등 매우 다양하다. 본문에서는 잉어를 활용한 고독의 화를 입은 것이
다.

연못으로 뛰어들어 갔다. 이 아이는 바로 이웃 부잣집 아들이었다. 저녁이 되도록 다시 나오지 않았다. 이튿날 또 다른 아이가 똑같은 행동을 하였다. 두 집의 아버지가 모여 박수를 욕하며 공격하고는 잡아서 관아로 보내려고 하였다. 박수가 말하길,

"제가 술법을 다 쓸 수 있도록 잠시만 기다려 주시면 댁의 아들이 스스로 나올 것이며, 다친 곳도 없을 것입니다."

구경꾼이 연달아 와서 연못 주변 사방을 둘러싸고 아이들이 나오길 기다렸다. 얼마 지나지 않아 연못 아래서 수천·수만의 사람이 일제히 소리 지르는 듯 큰 소리가 나자 사람들이 모두 뒤로 피하였다. 두 아이가 연못 안에서 나왔는데 한 아이는 큰 잉어를 줄로 묶었고, 또 한 아이는 뒤에서 몽둥이로 때렸다. 잉어는 연못가로 끌고 올라왔을 때 이미 죽어 있었다. 두 아이는 평소처럼 의기양양했지만 아무런 지각도 없는 것처럼 보였다. 박수는 벽돌을 여자의 배 위에 올려 두고 몽둥이로 모두 깨 버렸다. 잠시 후 여자는 갑자기 심하게 설사하고 임신한 것처럼 보였던 것이 없어졌다. 이에 잉어로 인한 앙화임이 밝혀졌다.

溫州市人張八, 居家, 客持檀香觀音像來貨, 張恐其作僞, 欲試之, 而遍體皆采繪, 不可毀, 乃以小刀刮足底香屑爇之. 旣而左足大痛, 如疽毒攻其內者. 藥不能施, 足遂爛. 至今扶杖乃能行.(右四事皆木蘊之說.)

온주의 시장에 사는 장팔이 집에 있는데, 한 객상이 단향목으로 만든 관음상을 가지고 와서 팔았다. 장팔은 관음상이 가짜일까 의심스러워 시험해 보고자 했다. 그런데 불상 전체에 색을 칠해서 훼손할 수 없었다. 이에 작은 칼로 불상의 발바닥을 깎아서 향 조각을 만들어 불살랐다. 그러자 곧 왼쪽 발이 몹시 아프기 시작했는데, 마치 큰 종기의 독이 올라 안에서 쑤시는 것 같았다. 약을 써도 효과가 없었고, 발이 곧 문드러졌다. 지금도 지팡이에 의지해야 비로소 움직일 수 있다.(위의 네 가지 일화 모두 목온이 말한 것이다.)

　　신상의 손가락을 부러뜨린 왕씨네 아들汪子毀神指

> 饒州雙店民汪渙, 世事善神, 龕其像於室中. 幼子五歲, 戲折其中
> 指. 渙夢金甲神訴曰: "吾衛護翁家有年矣, 未嘗令翁家有小不祥事, 奈
> 何容嬰兒毀吾指?" 渙驚謝. 旦而視之, 信然, 亟命工補治. 此子卽日
> 病, 中指間瘡絶痛, 旣愈, 遂拳縮不可展.

요주[47] 쌍점의 주민 왕환은 평생 신을 잘 섬겼다. 신상을 방 안의
감실에 모셨는데, 다섯 살 된 어린 아들이 장난치다 신상의 가운데
손가락을 부러뜨렸다. 왕환의 꿈에 금색 갑옷을 입은 신이 하소연하
길,

"내가 노인의 집안을 잘 보호한 지가 꽤 여러 해 되었소이다. 그동
안 집안에 조금이라도 길상치 않은 일이 발생하지 않도록 해 주었는
데, 어째서 어린아이가 내 손가락을 훼손한 것은 그냥 둔단 말이요?"

왕환이 놀라서 사죄하였다. 날이 밝자 가서 살펴보니 정말 그러하
였다. 서둘러 기술자를 불러 원래 모습대로 되돌려 놓으라고 하였다.
그날부터 아이가 병이 났는데, 가운데 손가락에 악창이 생겼는데 몹
시 아팠다. 얼마 뒤 병이 낫기는 했지만, 곧 손이 오그라들어 펼 수
없었다.

---

[47] 饒州: 江南東路 소속으로 치소는 鄱陽縣(현 강서성 上饒市 鄱陽縣)이고 관할 현은
6개이며 州格은 刺史州이다. 현 강서성 동북부에 해당한다.

　　　　　　　　　　　　　　　　　이견병지【一】

이견병지 夷堅丙志 卷 7

右侍禁姜迪, 蔡州新息人, 爲天長縣大儀鎭巡檢. 寨去縣六十里, 迪
嘗趨縣回, 遇雨, 弛擔道上古驛, 遣從者具食. 迪被酒如厠, 見婦人高
髻長裙, 類唐時裝束, 持朱柄銅㦸來, 直前刺迪, 迪盡力拒之, 且大叫.
從吏繼集, 始捨去. 索室中, 無所見. 是夕不克行, 但徙於西序小閣, 而
戒數卒守門. 迪欲寢, 婦人已先在, 曰: "適相戲爾, 何至是?" 挽使就枕,
迪不得已與同衾. 問其姓名, 不答. 未曉, 趨去. 及迪起行, 又執㦸前
導, 至寨前乃反. 自是每詣驛, 必出共寢.

其出也, 輒導至邑門外, 及還, 又送之, 而左右無一見者. 迪浸惑焉,
率以旬日間假職事一往來. 同僚稍聞其異, 迪亦無所隱. 一夕方寢, 又
有二小手扼其喉甚急, 迪驚呼, 外人至, 已失矣. 卽撤帳明燭, 環以僕
從. 少頃, 皆睡熟, 燭亦滅, 婦人復來曰: "曩亦妹子相戲爾." 便有小婦
一人, 尤美色, 參寢榻上. 明日歸寨, 兩婦皆㦸而前. 如是歲餘, 氣力枯
悴, 漸不能食. 會供奉官孫古者來攝天長稅官, 古嘗受上淸籙, 持天心
法甚驗, 迪家人邀治之. 設壇考召, 佩以靈符.

迪明日出, 雙㦸不至, 行數十步, 始見於道旁. 大婦怒曰: "吾姊妹於
君無負, 豈有心害君, 乃以法遣我耶?" 憤邑之氣, 形於顏色. 幼者從旁
解之曰: "此人無情若木石然, 離合皆定數, 何必戚戚於此?" 遂瞥然而
逝. 古戒之曰: "百日內勿再經是驛." 迪以疾故, 亦解官還鄉, 沉縣累
月, 乃得脫.(王翰之時爲天長宰, 曰嚴內翰伯父也.)

우시금¹인 강적은 채주² 신식현³ 사람인데, 양주 천장현⁴ 대의진⁵

---

1 右侍禁: 淳化 2년(991)에 처음 설치한 무관 직급으로 左侍禁의 바로 아래이다. 본

의 순검사[6]가 되었다. 순검채는 현성으로부터 60리 떨어진 곳에 있었다. 하루는 강적이 현성에 갔다가 돌아오는 길에 비를 만났다. 짐을 내려놓고 길가의 오래된 역참에 들어가서, 수행하는 병졸에게 음식을 준비하라고 하였다. 강적은 술에 취해서 변소에 갔다가 머리를 높이 틀어서 올리고 긴 치마를 입은 여인을 보았다. 마치 당대의 복식 같았고, 손에는 붉은 자루의 청동제 미늘창을 들고 곧장 앞으로 와서 강적을 찌르려 하였다. 강적이 힘껏 창을 밀어붙이며 크게 소리 질렀다. 수행하던 병졸들이 계속 몰려오자 그녀는 비로소 강적으로 두고 가 버렸다.

방안을 다 뒤져 보았으나 아무것도 보이지 않았다. 그날 밤은 비가 와서 길을 재촉할 수 없어 서쪽 편 작은 방으로 숙소를 옮겼고, 몇몇

래 8품이었으나 元豐 3년(1080) 관제 개혁 이후 정9품이 되었으며, 政和 2년 (1112)에 左·右侍禁 모두 忠翊郎으로 개칭하였다.

2 蔡州: 京西北路 소속으로 치소는 汝陽縣(현 하남성 駐馬店市 汝南縣)이고 관할 현은 10개이며 州格은 節度州이다. 淮北평야 지대로 현 하남성 남동부 駐馬店市의 동쪽에 해당한다.

3 新息縣: 京西北路 蔡州 소속으로 현 하남성 동남부 信陽市 서북쪽의 息縣에 해당한다.

4 天長縣: 淮南東路 揚州 소속으로 현 안휘성 중동부 滁州市 동쪽의 天長市에 해당한다.

5 大儀鎮: 淮南東路 揚州 天長縣 소속으로 현 강소성 남부 揚州市 남서쪽의 儀征市 大儀鎮에 해당한다.

6 巡檢使: 군사·치안·소방·전매 위반 규찰 업무를 담당하는 巡檢司의 책임자로서 통상 州에는 종8품 閤門祗侯 이상의 무관을 임명하였으나 軍·監·縣·鎮·寨·驛에는 종8품 供奉官 이하의 무관을 임명하였다. 후자의 경우 巡檢이라 하여 순검사와 구분하였지만 순검사의 약칭이 순검이고, 순검의 약칭이 巡이어서 사실상 구분이 모호하다. 또 巡檢司 소재지를 가리켜 巡檢寨라고 하였기 때문에 巡檢使를 가리켜 知寨라고도 하였다. 巡檢司는 路의 提點刑獄司에 속하였고, 巡檢使의 실질적 권한이 縣尉와 다를 바 없었지만, 정원과 임용에 융통성이 컸다.

이견병지 【一】

병졸이 문 앞을 지키고 있었다. 그런데 강적이 잠자리에 들려고 하자 여인이 이미 먼저 침상에 와 있었다. 그 여인이 말하길,

"그저 함께 장난삼아 한 일인데, 어찌 그렇게까지 하십니까."

그리고는 강적을 끌어당겨 함께 잠자리에 들게 하였다. 강적은 부득이 그녀와 동침하게 되었다. 여자의 이름을 물어보았으나 대답하지 않았고, 날이 밝기도 전에 서둘러 가 버렸다. 그리고 강적이 출발하자 미늘창을 들고 앞장을 섰는데, 순검채 앞에 이르자 비로소 돌아갔다. 그때부터 강적이 역참에 갈 때마다 반드시 나와서 동침하였고, 강적이 역참을 나오면 매번 현성 성문 앞까지 앞장서서 갔고, 순검채로 돌아갈 때면 또 호송하곤 하였다. 하지만 강적의 좌우에 있는 사람 가운데 그 여자를 본 이는 하나도 없었다. 강적은 점차 그 여자에 미혹되어 대략 열흘마다 공무를 처리해야 한다는 핑계로 역참을 오갔다. 동료들도 조금씩 그가 이상하다는 것을 알게 되었고, 강적 역시 조금도 숨기는 바가 없었다.

하루는 막 잠을 자려는데, 또 누군가가 작은 두 손으로 그의 목을 몹시 세게 졸랐다. 강적은 놀라서 소리를 질렀고, 바깥에서 사람들이 오자 문득 사라졌다. 즉시 장막을 젖히고 촛불을 밝힌 뒤 노복들이 빙 둘러쌌지만 잠시 후 모두 깊이 잠이 들었고, 촛불도 꺼졌다. 그러자 그 여인이 다시 와서 말하길,

"조금 전에도 여동생이 와서 함께 장난친 것입니다."

곧 젊은 여인이 한 명 왔는데, 언니보다 더 예뻤다. 이에 나란히 침상으로 올라갔다. 다음 날 순검채로 돌아가는데, 두 여인 모두 미늘창을 들고 앞장섰다. 이러기를 한 해 넘도록 하자 기력이 고갈되고 야위었으며 점차 식사도 하지 못할 지경이 되었다. 그때 천장현 조세

담당관 대리[7]로 공봉관[8]인 손고가 와서 강적과 만나게 되었다. 손고
는 일찍이 가장 높은 수준의 「상청록」[9]을 받은 바 있고, 천심법[10]을
이용하였는데 매우 영험하였다. 강적 집안 식구들이 손고를 불러 여
귀를 다스려 달라고 청하였다. 손고는 제단을 쌓고 요괴를 소환하며
영험한 부록을 허리에 찼다.

강적이 다음 날 순검채 밖으로 나왔는데, 미늘창을 든 두 여인이
오지 않았다. 수십 걸음을 걸으니 비로소 길옆에 있는 모습이 보이기
시작하였다. 언니 되는 여인이 분노하며 말하길,

"우리 자매는 당신을 저버린 일이 없소. 당신을 해치려는 마음이
어디 있다고 이렇게 술법을 써서 우리를 내쫓는단 말이요."

---

7 攝: 대리나 겸직을 뜻한다. 본래 파견직 관원의 업무 성격에 따라 '知·權·攝·
   判·同·守·試' 등으로 구분하던 당대 제도가 송대에는 더욱 세밀해졌다. 知는
   주관 관원임을, 權은 임시 대리를, 同은 자신의 품계보다 높은 직급을 대행하는 것
   을, 守는 자신의 품계보다 높은 직급을 임시 署理하는 것을, 判은 자신의 직급보다
   낮은 직급을 겸직하는 것을, 試는 일종의 試補를 뜻한다.
8 供奉官: '공봉'은 황제의 좌우에서 시중을 들다는 뜻으로 唐代에는 侍御史 9명 가
   운데 3명을 內供奉으로 임명하였고, 玄宗은 翰林供奉을 임명한 사례도 있기에 이
   일이 환관 고유 직책은 아니었다. 송대에도 東·西頭供奉官은 무관 품계에, 內
   東·西頭供奉官은 환관 품계에 두었으나 품계만 표시할 뿐 실직은 아니었다. 조
   세 징수를 위해 환관을 파견한 경우도 많은데, 內東·西頭供奉官의 정식 명칭은
   入內內侍省內東·西頭供奉官이었고, 政和 2년(1112)에 入內內侍省供奉官으로 개
   칭하였다. 궁중 숙직·요리·파견 등 다양한 업무를 맡았으며 품계는 종8품이다.
9 上淸籙: 재앙이나 사악한 기운을 물리치기 위한 도교의 부적 가운데 가장 낮은 단
   계가 「五千文籙」이고, 그다음이 「三洞籙」, 그다음이 「洞玄籙」이며 가장 높은 단
   계가 「上淸籙」이라고 한다. 籙은 神明의 이름을 뜻하므로 도교의 최고신인 上淸
   靈寶天尊의 符籙이란 뜻이다.
10 天心法: 사악한 妖魔를 물리치고 백성을 구하는 데 쓴다는 '上淸北極天心正法'의
   약칭이다. 도교 符籙派의 하나로 淳化 연간(990~994)때 창시된 天心派의 소의경
   전에 해당한다.

분하면서도 근심스러운 기색이 얼굴에 드러났다. 동생이 옆에서 달래며 말하길,

"이 사람은 무정하기가 목석과 같아. 만나고 헤어지는 것이 다 정해진 운명이니 이 일로 속상해할 필요가 어디 있다고 그래."

곧 홀연히 어디론가 가 버렸다. 손고가 강적에게 훈계하길,

"백 일 이내에 다시는 이 역참을 지나서는 안 되오."

강적이 병을 핑계 삼아 관직을 그만두고 고향으로 돌아갔다. 의식이 혼미하여 몇 달 동안 병석에 누워있다가 비로소 나았다.(왕한지는 당시 천장현 지사였고, 한림학사[11] 왕일엄[12]의 큰아버지이다.)

---

11 內翰: 황제의 조칙 초안을 작성하는 翰林學士의 별칭이다. 조칙은 황제의 명령을 직접 받아 작성하는 內制, 재상의 명을 받아 작성하는 外制로 구분하며 내제는 한림학사가, 외제는 知制誥가 담당하였다. 內翰 외에도 翰林·翰墨·內相·內制·學士·詞臣·鳳·坡 등 다양한 별칭이 있다.

12 王日嚴: 端明殿學士로 사망하였다. 周必大의 『玉堂雜記』 卷下에 고종 즉위 이래 20여 년 동안 한림학사로 제수된 사람이 7~8명에 불과하고 그들 모두 宰執 반열에 들었는데 유일하게 왕일엄만 그렇지 못하다며 안타까워한 기록이 있다.

京師安氏女, 嫁李維能觀察之子, 爲祟所憑, 呼道士治之, 乃白馬大
王廟中小鬼也. 用驅邪院法, 結正斬其首, 安氏遂甦. 越旬日復作, 又
治之. 祟憑附語曰: "前人罪不至殊死, 法師太不恕." 須臾考問, 亦廟鬼
也, 復斬之. 後半月, 病勢愈熾. 道士至, 安氏作鬼語曰: "前兩祟乃鬼
爾, 法師可以誅. 吾爲正神, 非師所得治. 且師旣用極刑損二鬼矣, 吾
何畏之有? 今將與師較勝負." 道士度力不能勝, 潛遁去.

李訪諸姻舊, 擇善法者拯之. 纔至, 安氏曰: "勿治我, 我所訴者, 隔
世寃也. 我本蜀人, 以商賈爲業. 安氏, 吾妻. 乘吾之出, 與外人宣
淫, 伺吾歸, 陰以計見殺. 寃魄棲棲, 行求四方, 二十有五年不獲. 近詣
白馬廟, 始見二鬼, 言其詳, 知前妻乃在此. 今得命相償, 則可去, 師無
見苦也." 道士曰: "汝旣有寃, 吾不汝治. 但曩事歲月已久, 寃寃相報,
寧有窮期? 吾今令李宅作善緣薦汝, 俾汝盡釋前憤, 以得生天, 如何?"
安氏自牀趨下, 作蜀音聲唶, 爲男子拜以謝.

李公卽命載錢二百千, 送天慶觀, 爲設九幽醮. 安氏又再拜謝, 欻然
而蘇. 李擧家齋素, 將以某日醮. 前一夕, 又病如初. 李大怒, 自詣其室
譙責之. 拱而言曰: "諸事蒙盡力, 冥塗豈不知感? 但明日醮指, 當與何
州何人, 安氏前生爲何姓, 前日失於稟白, 今如不言, 則功德失所付
矣." 李大驚異, 悉令道所以然. 又曰: "有舍弟某, 亦同行, 乞幷倂賜薦
拔, 庶幾皆得往生." 李從其請, 安氏遂無恙. 安氏之姊嫁趙伯儀, 伯儀
居湖州武康, 爲王盻說.

　　도성에 사는 여성 안씨는 관찰사[13] 이유능의 아들에게 출가하였다.
그런데 요괴에 의해 빙의되자 이유능은 도사를 불러서 치유하도록 하였다, 알아보니 백마대왕묘[14]의 작은 귀신이었다. 도사는 구사원의 법인[15]을 이용하여 귀신을 참수형에 처하는 것으로 판결하고 안건을 매듭지었다. 그러자 안씨는 곧 회복되었다. 그러나 열흘이 지나자 다시 빙의되어 또 도사를 불러 귀신을 다스렸다.

그러자 귀신이 안씨에게 빙의하여 말하길,

"앞서 저지른 귀신의 죄는 참수형에 처할 정도는 아니오. 법사가 너무 혹독하게 처벌한 것이외다."

잠시 후 조사하고 심문하니 역시 백마대왕묘의 귀신이었다. 다시 참수형에 처하였다. 그 뒤로 보름이 지나자 병세가 더욱 악화되었다. 도사가 오자 안씨가 귀신의 말을 대신 전하길,

"앞서 두 번의 일은 귀신이 한 것이 맞다. 그래서 법사가 그 귀신들을 죽일 수 있었지만, 나는 잡신이 아닌 정신[16]이니 법사가 어찌할 수

---

13 觀察使: 唐代에 지방 주현을 감찰하기 위해 파견한 중앙관 명칭은 巡察使 · 按察使 · 采訪處置使(약칭 采訪使) 등으로 다양하였는데, 점차 고위직 지방관으로 변하였다. 758년 채방처치사를 觀察處置使(약칭 관찰사)로 개칭하였는데, 군권이 없어 節度使보다 힘이 없었다. 송대에는 주지사급의 무관 명예직으로 元豊 3년 (1080) 관제 개혁 때 정5품으로 조정되었으며 서열은 節度使의 아래, 防禦使 · 團練使 · 刺史의 위였다.

14 白馬大王廟: 본래 閩越王 郢의 셋째 아들로서 백마를 즐겨 타던 용맹한 인물이었는데 백성을 구하다 익사한 뒤 주민들이 사묘를 세우고 모셨다. 唐代 이래 조정에서 거듭 賜額을 하였고, 송대에도 '沖濟 · 廣應 · 靈顯 · 孚祐王' 등의 편액을 하사하였다. 복건에서 가장 성행하였다.

15 法印: 도교에서는 황제의 옥새나 관부의 관인을 모방하여 각종 의식마다 신이나 도교 조직의 명의로 된 도장을 사용하는데, 이를 가리켜 法印이라고 칭한다. 법인의 종류와 격식, 형태 등은 종파와 신의 위상에 따라 매우 다양하며 통상 관료조직에 대응하여 만들어졌다. 예를 들어 城隍印은 縣 지사에 준하였다.

16 正神: 국가로부터 공인된 天帝 · 玉皇上帝 · 석가모니 · 관세음보살 등을 가리키는 말이나 잡신의 상대적 개념일 뿐 양자를 명확하게 구분할 수는 없다.

없는 존재요. 게다가 법사가 이미 극형으로 두 귀신을 죽였으니 내가 겁낼 것이 무엇이 있겠소이까. 지금 법사와 누가 강한지 승부를 보고 야 말겠소."

도사는 자신의 능력으로는 이길 수 없을 것이라 여기고 몰래 달아 나 버렸다. 이유능은 여러 인척과 친구들을 찾아가 법력이 뛰어난 도 사를 골라 며느리를 구하게 했다. 도사가 집에 도착하자마자 안씨의 입을 빌려서 말하길,

"나를 처벌하려 하지 마시오. 내가 하소연하고자 하는 바는 여러 세대 전에 맺혀진 오랜 원한이요. 나는 본래 사천사람으로 장사가 본 업이었소이다. 그리고 안씨는 내 아내였소. 내가 장사하러 나간 틈을 타서 외간 남자와 드러내 놓고 바람피웠고 내가 돌아오길 엿보다 몰 래 계략을 꾸며 나는 피살되었소. 원한에 찬 혼백은 안정을 찾을 수 없었고, 사방을 돌아다니며 안씨를 찾았으나 25년 동안 잡을 수가 없 었다오. 최근에 백마대왕묘에 이르러 두 귀신을 처음 만났고, 내 사 정을 상세히 말해 주었소, 그리고 전처 안씨가 이곳에 살고 있음을 알게 되었기에 지금 안씨 목숨으로 보상하라는 것이요, 그렇게만 해 준다면 내 즉시 떠날 것이고, 법사께서도 고생하실 일이 없을 거요."

도사가 말하길,

"너에게 그런 원한이 있었다니 내가 너를 벌주지는 않겠다. 그러나 과거의 그 일은 세월이 이미 오래 지났으니 원한이 생길 때마다 서로 복수하면 언제 그것이 끝나기를 기대할 수 있단 말이냐. 내가 지금 관찰사댁에 말씀드려 좋은 인연으로 너를 천도해 달라고 할 터이니 네 과거의 울분을 모두 해소할 수 있도록 해서 천계에서 태어나게 해 주겠다. 네 생각은 어떠냐?"

안씨가 침상에서 서둘러 내려오더니 사천 사투리로 좋다고 응낙하고 남자를 위해서 절하며 사례를 표하였다. 이유능은 즉시 200관의 돈을 수레에 실어 천경관으로 보내서 구유초[17]를 올리라고 명하였다. 안씨는 다시 거듭하여 절하며 감사의 인사를 올렸다. 그리고는 문득 깨어났다. 이유능은 모든 집안 식구에게 목욕재계하고 소식을 하며 준비하게 하였다. 초제醮祭를 지내기로 한 날의 전날 밤, 안씨의 병세가 다시 예전과 같아졌다. 이유능은 대노하여 스스로 백마대왕묘를 찾아가 그 원귀를 질책하였다. 그러자 원귀는 공손히 두 손을 모은 채 말하길,

"이 모든 일이 관찰사의 정성에 힘입은 것인데 저승길에서라도 어찌 그 고마움을 모르겠습니까. 다만 내일 초제를 지낼 때 마땅히 어떤 주의 누구를 위한 것인지, 안씨의 전생에 성이 무엇이었는지를 밝혀야 하는데, 지난번에 말씀을 올리는 것을 깜빡 잊어버렸습니다. 지금이라도 말씀을 드리지 않으면 누구의 공덕인지 알 수 없게 됩니다."

이유능은 경탄해 마지않으며 모두 그 전후 사정을 전부 말하게 하였다. 그러자 또 말하길,

"집안에 동생이 하나 있는데, 동생도 동행했으면 합니다. 동행할 수 있도록 함께 추천해 주시길 부탁드립니다. 그러면 함께 왕생할 수 있을 것 같습니다."

이유능은 그의 부탁을 다 들어주었다. 안씨는 곧 아무 일도 없게

---

17 九幽醮: 도가의 『黃籙九幽醮無得夜齋次第儀』에 적힌 순서와 의례에 근거해 제단을 설치하고 기도문을 올리는 것을 말한다.

되었다. 안씨의 언니가 조백의에게 시집갔고, 조백의는 호주[18] 무강현[19]에 살았는데, 이 일화는 그가 왕분에게 말한 것이다.

18 湖州: 兩浙路 소속으로 치소는 烏程縣과 歸安縣(현 절강성 湖州市 吳興區)이고 관할 현은 6개이며 州格은 節度州이다. 太湖 남쪽 평야지대로 현 절강성 북쪽에 해당한다.
19 武康縣: 兩浙路 湖州 소속으로 현 절강성 북부 湖州市 남쪽의 德淸縣 武康鎭에 해당한다.

이견병지【一】

上官彦衡侍郎, 家居揚州. 夫人楊氏白晝在堂中與兒女聚坐, 忽雷
雨大作, 奇鬼從空隕於地, 長僅三尺許, 面及肉色皆靑, 首上加幘, 如
世間幞頭, 乃肉爲之, 與額相連. 顧見人, 掩面如笑. 旣而觀者漸衆, 笑
亦不止. 頃之, 大霆激於屋表, 雲霾晦冥, 不辨人物, 倏爾乘空而去.

시랑인 상관언형의 가족들은 양주[20]에 살고 있었다. 부인 양씨가
낮에 집안에서 딸들과 함께 앉아 있는데 갑자기 천둥이 치며 큰비가
내렸다. 그때 기괴하게 생긴 귀신이 공중에서 땅으로 떨어졌다. 키는
겨우 3척 정도밖에 되지 않았고, 얼굴색과 피부색 모두 파랬다. 머리
에는 건을 썼는데, 건의 모습은 세간의 두건처럼 생겼다. 건으로 살
을 감쌌는데, 높이는 이마와 잇닿았다. 뒤돌아서 사람을 보더니, 얼
굴을 가리고 웃는 것 같았다. 잠시 후 보러 온 사람들이 점차 늘어나
자 웃음을 그치지 않았다. 곧 큰 벼락이 지붕 위에 내리쳤고, 구름과
흙비로 어두워서 사람을 분간할 수 없을 정도였다. 갑자기 귀신이 하
늘로 올라가 어디론가 가 버렸다.

---

20 揚州: 淮南東路의 치소로서 10개 주, 2개 군을 관할하였다. 치소는 江都縣(현 강소
성 揚州市 江都區)이고 관할 현은 3개이며 州格은 節度州이다. 현 강소성 중서부
에 있다.

練師中爲臨安新城丞, 丞廨有樓, 樓外古桐一株, 其大合抱, 蔽蔭甚廣. 師中女及笄, 嘗登樓外顧, 忽若與人語笑者. 自是日事塗澤而處樓上, 雖風雨寒暑不輟. 師中頗怪之, 呼巫訪藥治之, 不少衰. 家人但見其對桐笑語, 疑其爲祟, 命伐之. 女驚嗟號慟, 連呼'桐郎'數聲, 怪乃絶, 女後亦無恙. 詢其前事, 蓋恍然無所覺也.

　연사중이 임안부 신성현[21] 현승이 되었는데, 현승의 관아에 누각이 있었다. 누각 바깥쪽에 오래된 오동나무 한 그루가 있는데, 그 굵기는 두 사람이 마주 안아야 할 정도로 컸다. 가지와 잎이 무성해 그늘이 매우 넓었다. 연사중의 딸이 15세 성년이 되었는데, 하루는 누각에 올라가 밖을 둘러보았다. 그때 갑자기 마치 누군가와 말을 주고받으며 웃는 것 같았다. 이때부터 매일 화장하고 누각 위에 올라가는 것이 일과처럼 되어 비바람이 불거나 날씨가 춥거나 덥거나 관계치 않고 거르는 일이 없었다. 연사중은 자못 괴이하게 여겼다. 이에 박수를 불러 살펴보고 약으로 치유해 보라고 하였으나 조금도 나아지지 않았다.

　집안 식구들은 딸이 오동나무를 보고 웃으며 말하는 것만 보았다.

21　新城縣: 兩浙路 臨安府 소속으로 본래 신성현인데 新登縣으로 바뀌었고 太平興國 4년(979)에 다시 신성현이 되었다. 杭州가 임안부로 승격하고 紹興 8년(1138)에 畿縣으로 승격하였다. 현 절강성 북부 杭州市 城區의 서남쪽 富陽區에 해당한다.

아무래도 요괴의 장난 같다고 의심하여 오동나무를 베라고 하였다. 딸은 깜짝 놀라 탄식하곤 통곡하며 '오동나무 신랑' 등 몇 마디를 계속 소리쳐 불렀다. 나무를 베자 괴이한 일이 비로소 없어졌고 그 뒤로 딸에게 아무 일도 없었다. 그전에 있었던 일을 물어보면 무엇인가가 순간 지나간 것처럼 아무런 기억도 없다고 하였다.

朝散大夫池州通判丁餗妻壽昌縣君施氏病卒於官舍. 越十四日, 子愉夢母如存, 且曰: "我將往生於淮南, 然猶爲女人, 壽復不永, 所以然者, 以宿負未償也. 汝與汝父言, 亟營勝事, 使我得轉爲男子." 愉覺, 以告父. 後數日, 孫百朋又夢經官府, 衛卒羅陳, 方趨而過, 或呼於後曰: "縣君在此, 安得不省謁?" 遽回, 入府門, 至東廡簾下, 果見之. 言曰: "吾於此蕭然無親舊, 而且暮有趨府之勞, 幸以命婦得乘車, 不然, 則徒行嬰拘繫之苦矣."

語未畢, 簾外吏曰: "可疾去, 判司知之, 不可也." 施氏亦曰: "可去矣." 旣出門, 又有呼者曰: "判司召." 乃由西廡進, 見綠衣人據案, 熟視之, 則故潭州通判李綱承議也. 百朋憶其與乃祖同年進士, 升堂再拜曰: "公與祖父同年, 世契不薄, 願母答拜." 綱受之. 旣坐, 詢大夫安否甚悉. 少頃, 吏引施氏就訊, 百朋離席. 綱曰: "施縣君與子親歟?" 曰: "新亡祖母." 綱曰: "天屬也." 百朋曰: "如聞已有往生之緣, 而未脫女身, 信否?" 曰: "然. 昨日符已至." 百朋泣曰: "祖父昔從公遊, 今祖母生緣在公聲欬, 苟得轉爲男, 存沒被厚德矣." 綱曰: "奈事已定何?" 百朋哀祈數四, 綱曰: "子少俟, 當試爲圖之."

於是綱出, 循廡而上, 迤邐升殿中, 若無影響. 須臾復下, 則左右翼扶, 步武詳緩. 笑曰: "已遂所請, 然須歸誦佛說 『月上女經』 及 『不增不減經』, 以助度生, 可也." 百朋拜謝而退, 視祖母, 猶立階下, 大言曰: "二經多致之, 勿忘也." 遂寤, 盡記其說. 餗且驚且疑曰: "二經之名, 所未嘗聞." 使訪諸乾明院, 果得之. 乃月上女以辨才聞道, 如來授記, 轉女身爲男, 及慧命舍利弗問佛以三界輪迴, 有無增減之義, 餗始歎異. 擇僧之賢, 及令家人女子皆齋累持誦, 數至千卷, 設冥陽水陸齋以侑之. 迫百日, 餗夢妻來曰: "佛功德不可思議, 蒙君追薦恩, 今生於廬州霍家爲子矣." 謝訣而去.

조산대부[22]로서 지주[23] 통판이 된 정속의 아내인 수창현군[24] 시씨가 관사에서 병으로 세상을 떴다. 사망한 지 14일이 지나 아들인 정유의 꿈에 생전과 같은 모습으로 나타나 말하길,

"나는 앞으로 회남에서 다시 사람으로 태어나겠지만, 아쉽게도 이번에도 여자이며, 명도 짧을 것 같다. 만약 그렇다면 내 오랜 소망이 이루어지지 못하는 것이란다. 너는 아버지에게 말해서 서둘러 절에 가서 법회를 열어 내가 남자로 바뀌어 태어날 수 있도록 해라."

정유가 꿈에서 깨어난 뒤 이를 아버지에게 알렸다. 다시 며칠 뒤 손자인 정백붕이 또 꿈속에 한 관아를 지나는데, 경비를 서던 군졸이 나열해 서 있었다. 막 서둘러 관아를 지나는데, 누군가가 뒤에서 부르며 말하길,

"할머님께서 여기 계시는데, 어찌 찾아뵙지도 않는단 말이요?"

급히 오던 길을 되돌려 관아의 대문으로 들어갔는데, 동쪽 곁채 주렴 아래에서 정말로 할머니를 만났다. 시씨가 말하길,

"나는 여기서 친구도 없고 아주 쓸쓸하단다. 게다가 아침저녁으로 관부에 가야 하는 힘든 일도 있고. 다행히도 외명부[25]에 속해서 수레를 탈 수 있어서 그렇지, 그렇지 못하다면 걸어가면서 고삐를 잡아야

---

22 朝散大夫: 문관 寄祿官 29개 품계 중 11위로 종5品下였으나 원풍 3년(1080) 관제 개혁 후 문관 寄祿官 30개 품계 중 18위, 종6품으로 바뀌었다.
23 池州: 江南東路 소속으로 치소는 貴池縣이고 관할 현은 7개, 監은 1개이며 州格은 刺史州이다. 현 안휘성 남중부에 해당한다.
24 縣君: 封地를 縣級으로 한 內命婦의 封號로서 宗室女와 관리의 부인에게 부여하였다.
25 外命婦: 황후를 비롯한 황제의 처첩과 결혼하지 않은 공주를 가리켜 '內命婦'라 총칭하고 결혼한 공주나 책봉을 받은 관원의 모친·아내 등은 '外命婦'라고 하였다.

하는 고역을 감당해야 한단다."

말을 다 마치기도 전에 주렴 밖에 있던 서리가 말하길,

"서둘러 가야만 합니다. 이렇게 만나고 있는 것을 만약 판사가 안다면 큰일 납니다."

시씨도 말하길,

"이제 돌아가도 괜찮다."

관아의 대문을 나갔지만, 또 누군가가 부르며 말하길,

"판사께서 부르십니다."

이에 서쪽 곁채로 들어가 가 보니 탁자에 기대어 앉아 있는 녹색 관복을 입은 사람이 보였다. 자세히 살펴보니 그는 전에 담주[26] 통판이었던 승의랑[27] 이강이었다. 정백붕은 이강이 할아버지 정속과 같은 해 진사에 급제한 동기생인 것이 생각났다. 이에 관아의 당상으로 올라가 두 번 절하고 말하길,

"공께서는 저의 조부와 동년 진사로 세교가 결코 가볍지 않습니다. 원컨대 답배를 하시지 않으셨으면 합니다."

이강은 정백붕의 말을 받아들였다. 자리에 앉은 뒤 조산대부인 할아버지 정속의 안부를 상세히 물었다. 잠시 후 서리가 시씨를 데리고 오자 이것저것을 물었다. 정백붕이 자리를 뜨려고 하자 이강이 묻길,

"수창현군 시씨는 자네의 친조모 아니신가?"

---

26 潭州: 荊湖南路의 치소로서 7개 주, 1개 군, 1개 감, 39개 현을 관할하였다. 치소는 長沙縣과 宣化縣(현 호남성 長沙市 長沙縣)이고 관할 현은 12개이며 州格은 節度州이다. 湘江과 장강의 합류지로 현 호남성 북동부에 해당한다.

27 承議郎: 문관 寄祿官 30개 품계 중 23위로 품계는 종 7품이다. 元豐 3년(1080) 관제 개혁 이후 左·右正言·太常博士·國子博士 등을 대신하였다.

이견병지【一】

답하길,

"근래 돌아가신 할머니십니다."

이강이 말하길,

"천성으로 맺어진 사이로다."

정백붕이 말하길,

"할머니께서 곧 왕생하실 인연이 있다고 들었습니다. 다만 여자의 몸을 벗어나지 못한다고 하는데, 정말로 그러합니까?"

이강이 말하길,

"그렇다. 어제 명부가 이미 도착하였다."

정백붕이 울며 말하길,

"할아버지께서 예전에 공과 함께 교류하셨습니다. 지금 할머니 왕생의 인연이 공의 한마디 말씀에 달려 있습니다. 실로 남자로 태어날수 있도록 해 주신다면 죽으나 사나 큰 은덕을 입는 것입니다.

이강이 말하길,

"이 일이 이미 결정되었으니 어찌하면 좋을까?"

정백붕이 네 번이나 애절하게 간청하자 이강이 말하길,

"자네는 조금만 기다려 보게, 내가 가서 어떻게 좀 해보도록 하겠네."

이에 이강이 밖으로 나가서 곁채를 따라서 위로 올라가더니 천천히 전각 안으로 들어갔다. 아무런 동정도 소리도 없었지만, 곧 다시 내려왔는데, 좌우에서 부축하여 평온하게 걸어왔다. 그리고 웃으며 말하길,

"이미 청한 바가 이루어졌다. 그러나 돌아가면 반드시 부처께서 말씀하신 『월상여경』[28]과 『부증불감경』[29]을 반드시 암송하여 환생에

보탬이 되도록 해야 할 것이야."

정백붕이 감사의 절을 올리고 물러났다. 할머니를 보니 여전히 계
단 아래에 서 있었다. 정백붕은 큰 소리로 말하길,

"두 경전을 많이 암송하세요. 잊으시면 안 돼요."

그리고 곧 잠에서 깨어났는데, 그 일에 대하여 모두 기록해 두었
다. 정속은 한편으로는 놀랍기도 하고 한편으로는 의아하기도 해서
말하길,

"두 경전의 명칭은 내가 한 번도 들어 본 일이 없구나."

사람을 시켜 건명원[30]에 가서 찾아보게 했는데, 두 경전을 구할 수
있었다. 『월상여경』은 본래 월상이 불법을 잘 알고 변론의 재능이
있어 석가모니불은 특별히 그녀가 성불할 것이라 예언하고,[31] 여성의
몸을 남성의 몸으로 바꾸어 주었다는 내용이었다. 『부증불감경』은
법신[32]인 사리불[33]이 석가모니불에게 삼세의 윤회와 법계에 늘어나

---

28 『月上女經』: 수 開皇 11년(591)에 번역된 2권의 불경이다. 석가모니가 비야리국
   (毘耶離國)에 있을 때 큰 부잣집에서 딸을 낳았는데, 전생의 善業이 커서 모든 복
   을 타고났기에 달보다 낫다고 하여 月上이란 이름을 지어 주었다. 그러자 모든 남
   성이 월상을 차지하려고 싸움이 날 지경이었으나 모두에게 깨달음의 게송을 읊고
   舍利弗을 만나 불법을 논한 뒤 석가모니를 만나게 하였다. 월상은 후에 남자로 변
   신하여 출가하였다는 내용이다.
29 『不增不減經』: 北魏 正光 6년(525)에 번역된 불경이다. 깨달음을 얻은 법신이나
   그렇지 못한 중생이나 모두 如來藏을 본질로 한다. 따라서 법신은 깨달음과 미혹
   에 따라 늘거나 줄어들지 않으니 중생계가 곧 법계라는 내용이다. 원효대사가 만
   든 주석본이 있으나 전해지지 않는다.
30 乾明院: 건명원은 梅堯臣의 '乾明院碧鮮亭', 陸游의 '乾明院觀畫' 등의 시에 등장하
   지만, 본문에 나오는 乾明院과의 관계는 확인하기 어렵다. 아마도 紹興 4년(1134)
   에 '乾明院阿羅漢圖錄'을 간행한 江陰의 건명원을 말하는 것이 아닐까 생각한다.
31 授記: 석가모니가 특정인을 대상으로 그가 장차 성불할 것임을 예언한다는 불교
   용어이다. 불교에서는 이런 예언을 석가모니 고유의 권능이라고 한다.

고 줄어드는 의미가 있는지를 물어본 내용이었다. 정속이 비로소 경탄하며 뛰어난 승려에게 의뢰하게 하고 여자를 포함한 모든 가족에게 목욕재계하고 두 경전을 천 번 암송하게 하였다. 그리고 저승과 이승의 모든 이에게 보시하는 큰 수륙재를 지내서 천도를 돕게 하였다. 거의 백일이 되자 정속의 꿈에 아내가 나타나서 말하길,

"부처님의 공덕이 불가사의할 정도입니다. 당신께서 천도해 준 은혜 덕분에 이번 생에는 여주의 곽씨 집안 아들로 태어나게 되었습니다."

이별의 인사를 하고 갔다.

---

32 慧命: 중생의 몸(色身·肉身)은 음식을 먹어야 생명을 유지하는 존재지만 法身은 지혜를 생명의 원천으로 하기에 慧命이라고 구분한다.

33 舍利弗: 산스크리트어의 음역어이며, 인도 중부 마가다왕국의 수도인 王舍城 부근에 살던 브라만 출신의 인물로 지혜가 가장 뛰어나 석가모니의 10대 제자 가운데 수제자로 간주된다. 석가모니를 대신해 설법한 경우도 많다.

> 政和中, 太平州修利國圩, 工徒甚衆. 忽有鴉千數, 噪集於別埂之
> 傍. 主役者異之, 使人驗視, 乃一役夫已斃, 而鴉銜土以覆之, 蔽瘞幾
> 半. 又令啓土, 於死者胸臆間得小卷軸, 乃『金剛經』也. 衆莫不敬歎,
> 爲徒諸高原, 殮而葬之. 舊事多有此比者.

정화 연간(1111~1117)에 태평주[34]에서는 이국우[35]를 수리하였다. 공사에 동원된 인부가 매우 많았다. 그런데 갑자기 까마귀 수천 마리가 옆의 제방 가장자리에 모여 시끄럽게 울었다. 공사를 주관하던 사람이 이상하게 여겨 사람들 보내 살펴보게 하였다. 가 보니 한 인부가 이미 죽어서 쓰러져 있었고 까마귀들이 흙을 물어다 시신을 덮어 주고 있었는데, 이미 몸의 절반 가까이 덮었다.

이에 사람들에게 흙을 파서 죽은 자를 묻어 주도록 하였는데, 죽은 사람의 가슴 주위에서 작은 두루마리가 있었으니 바로 『금강경』이

---

34 太平州: 江南東路 소속으로 치소는 當塗縣(현 안휘성 馬鞍山市 當塗縣)이고 관할현은 3개이며 州格은 刺史州이다. 본래 雄遠軍이었는데 開寶 8년(975)에 平南軍으로 바꿨고 太平興國 2년(977)에 태평주가 되었다. 현 안휘성 동중부 長江의 남쪽에 해당한다.

35 利國圩: 圩田은 호수나 강의 저지대에 제방을 쌓아 논을 만든 뒤 갑문을 이용해 수량을 조절하는 방식의 논을 말한다. 호수나 강변의 비옥한 충적토를 이용한 데다 논의 높이가 주위 수면보다 낮아서 가뭄 걱정이 없어 높은 수확량을 거둘 수 있었다. 강남지방에서는 일찍부터 만들어졌지만, 오대 南唐과 吳越에서 본격적으로 개발하기 시작하였으며 송대에 절정을 이루었다.

었다. 사람들 가운데 경탄하지 않는 이가 없었다. 그의 시신을 높은 언덕으로 옮겨 염한 뒤 장례 를 치러 주었다. 이와 비슷한 일은 예로 부터 아주 많다.

錢令望大夫之妻陳氏, 天性殘忍, 婢妾雖微過, 必箠之, 數有死於杖下者. 其後臥疾, 有發語於冥暗中, 自言爲亡妾某人, 具道欲殺陳之意. 錢君具衣冠, 焚香拜之, 且許誦佛飯僧, 助其超生, 以贖妻過. 妾答曰: "妾賤隸爾, 何敢當官人之拜? 但已訴於陰官, 必得縣君一往乃可. 功德雖多, 無益也." 陳竟死.

　　대부 전영망의 아내 진씨는 천성이 잔인하여 첩과 여종에게 비록 조그만 잘못이라도 있으면 반드시 몽둥이로 때리곤 하였다. 매를 맞아 죽은 이도 여럿 있었다. 그 뒤로 병나서 누웠는데, 어두운 곳에서 누군가 말하는 이가 있었다. 스스로 말하길 자신은 죽은 첩 모모라면서 진씨를 죽이고 싶다는 뜻을 상세히 말하였다. 전영망은 의관을 갖춰 입고 분향한 뒤 그녀에게 절을 하였다. 그리고 불경을 낭송하고 승려들을 초대해 대접하여 그녀의 극락왕생을 도와주겠다고 말하면서 아내의 잘못을 용서해 달라고 하였다. 그러자 첩이 말하길,

　　"첩은 천한 신분이니 어찌 감히 관인의 절을 받을 수 있겠습니까. 다만 이미 명계의 관부에 고소하였으니 현군께서는 반드시 명계에 한 번 가야만 합니다. 공덕을 많이 쌓는다고 해도 아무 소용이 없을 것입니다."

　　진씨 부인은 마침내 죽고 말았다.

채십구랑蔡十九郎

紹興二十一年, 秀州當湖人魯璵赴省試. 第一場出, 憶賦中第七韻
忘押官韻, 顧無術可取. 次日, 彷徨於案間, 惘然如失. 皁衣吏問知其
故, 言曰: "我能爲君盜此卷. 然吾家甚貧, 當有以報我." 丁寧至三四,
璵許謝錢二百千, 乃去. 猶疑其不然. 未幾, 果取至, 卽塗乙以付之.
詢其姓氏, 曰: "某爲蔡十九郎, 居於暗門裏某巷第幾家. 差在貢院, 未
能出." 且以批字俾璵達其家. 璵試罷, 持所許錢及書訪其家. 妻見之,
泣曰: "吾夫亡於院中, 今兩擧矣, 尙能念家貧邪?" 是年璵登第, 復厚
恤之, 仍攜其子以爲奴. 二十六年考試湖州, 以此奴行, 因爲人言之.
此事與唐人所載郭承嘏事相類, 而近年士大夫所傳或小誤云.

소흥 21년(1151), 수주 가흥현 당호진[36] 사람 노율이 성시를 보러
갔다. 첫 시험을 마치고 과거 시험장을 나온 뒤 부賦 가운데 7번째 운
韻에 관에서 정한 관운[37]을 써야 하는데, 그것을 깜박한 것이 생각났
다. 하지만 아무리 생각해 봐도 별다른 방법이 없었다.

다음 날[38] 탁자 사이를 오가며 무엇인가를 잊어버린 듯 어찌할 줄

36　當湖鎭: 兩浙路 秀州 嘉興縣 소속으로 현 절강성 북동부 嘉興市 동쪽의 平湖市 當
　　湖街道에 해당한다.

37　官韻: 중국은 지역마다 발음이 다르므로 과거를 볼 때 시부의 韻은 관에서 정한
　　표준음을 사용하도록 하였다. 따라서 수험생마다 중요한 글자의 운을 외워야만
　　했지만, 다 외울 수 없었다. 그래서 과거 시험장에 들어갈 때 韻書의 휴대만 예외
　　적으로 허용하였다.

38　과거는 통상 사흘에 걸쳐 진행된다. 그래서 시험장에 들어올 때 사흘분의 먹을 것

몰라 쩔쩔매었다. 검은 옷을 입은 관아의 하인이 무슨 일이 있느냐고 묻더니 말하길,

"나는 그대를 위해서 그 답안지를 몰래 훔쳐 올 수 있습니다. 하지만 우리 집은 몹시 가난하니 마땅히 무엇인가 나에게 보답해 주셔야 합니다."

이렇게 서너 차례나 간절히 당부하였다. 노율은 200관의 돈을 사례비로 주겠다고 허락하자 곧 갔다. 그렇게 할 수 있을지 여전히 의심스러웠으나 얼마 지나지 않아서 정말로 답안지를 가지고 왔다. 노율은 즉시 글을 고친[39] 뒤 그에게 주면서 이름을 물어보았다. 그가 대답하길,

"저는 채십구랑입니다. 암문[40] 안쪽 모항의 제 몇 번째 집에 살고 있는데, 과거 시험장에 차역[41]을 나왔다가 그만 나갈 수 없게 되었습니다."

또 편지를 써서 노율에게 집으로 전해 달라고 부탁하였다. 노율은 과거 시험을 마친 뒤 허락했던 액수의 돈과 편지를 가지고 그 집을 방문하였다. 채십구랑의 아내는 편지를 보자 울면서 말하길,

"제 남편이 과거 시험장에서 죽고 지금까지 두 번의 과거가 있었습니다. 아직도 집이 가난한 것을 마음에 두고 있는가 봅니다."

과 침구 등을 휴대해야 하며, 각 개인에게 배정된 공간에서 잠을 자며 시험을 봐야한다.

39 塗乙: 글을 고치는 것을 뜻한다.

40 暗門: 출병해서 적을 기습하는 데 쓰려고 만든 성벽의 비밀 출입구를 말한다.

41 差役: 관아에서 백성에게 무상으로 노동을 시킨다는 뜻과 함께 관아에서 실무를 처리하는 낮은 직위 또는 그런 사람을 뜻한다.

이견병지 【一】

그해에 노율이 과거에 급제하자 다시 후하게 위로금을 주었고, 이
를 계기로 채십구랑의 아들을 노복으로 받아들였다. 소흥 26년
(1156), 노율이 호주의 과거 감독관이 되자 이 노복도 함께 갔다. 이
로 인해 사람들에게 그때 일을 말했다. 이 일은 당대 사람이 기록한
곽승하[42]의 일과 서로 비슷하나 근래 사대부들이 전하는 바에는 작은
착오가 있는 것 같다.

---

42 郭承嘏(?~837): 자는 復卿이며 華州 鄭縣(현 섬서성 渭南市 華州區) 사람이다. 唐
   의 중흥 공신인 郭子儀의 증손자로서 監察御史 · 起居舍人 · 侍御史 · 兵部郎中 ·
   諫議大夫 · 給事中 · 御史中丞 · 刑部侍郎 등을 역임하였다. 『尙書談尋』에 실린 野
   史에 따르면 郭承嘏가 과거를 보면서 답안지 대신 지니고 있던 서첩을 잘못 내고
   고민하던 중 한 서리를 만났는데, 돈을 주면 바꿔 주겠다고 제안하였다. 郭承嘏가
   다음 날 서리의 집을 찾아가 보니 그 서리는 죽은 지 3개월이 되었는데 돈이 없어
   장례를 치르지 못한 귀신이었다고 한다.

湖州學, 每歲四仲月, 堂試諸生, 三場謄錄封彌, 與常試等. 其中選
首者, 郡餉酒五尊, 第二·第三人三尊, 第四·第五人兩尊. 紹興二十
一年, 唐嘉猷爲敎授, 旣試, 將揭榜, 遊學進士福州人陳炎夢登大成殿,
夫子賜之酒五尊. 子夏怒形於色, 擧足蹴其二. 覺而異之, 以語同舍生.
及榜出, 名在第二. 嘉猷告之曰: "君本居魁選, 坐誤引子夏事, 故少
貶." 始驗所夢.

　　호주의 주학에서는 매해 4분기의 가운데 달에 모든 학생을 상대로
시험[43]을 보았다. 세 번의 시험을 마치면 서리들이 답안지를 옮겨 적
고[44] 봉하여 이름을 가리는[45] 등 정식 과거와 똑같은 방식으로 진행하
였다. 그 가운데 1등에 선발되면 호주 지사가 술 다섯 통을, 2등과 3

43　堂試:『朝野類要』권2의 기록에 따르면 송대 府學이나 州學에서 주관하는 정기 시
　　험이다. 성적이 우수한 자는 上庠, 즉 태학에 입학할 수 있었다.
44　謄錄: 수험생이 제출한 답안지를 제3자가 옮겨 적어서 학생의 필적을 알아볼 수
　　없게 하는 것으로 송대에 도입되었다. 답안지는 糊名官에 의해 답안지의 윗부분
　　을 가린 뒤 謄錄院으로 보내졌고, 謄錄官은 서기를 시켜 답안지를 옮겨 적었다. 처
　　음 謄錄法이 도입된 것은 景德 2년(1005)의 殿試였다.
45　封彌: 과거의 부정행위를 방지하기 위해 則天武后 때부터 도입된 제도로 답안지에
　　적은 수험생의 이름을 가리는 것이다. 수험생의 이름과 籍貫 등을 종이로 덮고 풀
　　로 붙인 뒤, 번호를 매기고 도장을 찍어 채점의 공정성을 담보하였다. 彌封 또는
　　糊名이라고 한다. 송은 淳化 3년(992)부터 殿試에, 咸平 2년(999)부터 省試에, 明
　　道 2년(1033)부터 解試에 도입하는 등 그 범위를 확대하였고 景德 4년(1007)부터
　　省試에 별도의 糊名官을 배치하였다.

등에게는 세 통을, 4등과 5등에게는 두 통을 보내 주었다.

소흥 21년(1151), 당가유가 호주 주학 교수가 되어 시험을 마치고 방문을 게시하려고 할 때, 호주로 공부하러 온 복주 사람 진염은 꿈에 자신이 대성전[46]에 올랐고, 공자[47]가 술 다섯 통을 하사하였는데, 자하[48]가 화난 표정으로 그 가운데 두 통을 발로 차 버렸다. 꿈에서 깨어나 이상하게 여기고 같은 기숙사 동학에게 말해 주었다. 방문에 붙었는데 진염은 2등이었다. 당가유가 그에게 알려 주길,

"자네가 본래 1등에 선발되어야 하는데, 자하에 관한 일을 잘못 인용한 것 때문에 등수가 조금 밀렸다네."

이 일로 비로소 꿈이 증명되었다.

---

46 大成殿: 공자를 모신 孔廟의 정전이다. 崇寧 3년(1104), 徽宗은 『孟子 · 萬章下』의 "공자를 집대성한 분이라 하는데, 집대성했다는 것은 금속 소리와 옥 소리가 조화를 이룬 것이다(孔子之謂集大成, 集大成也者, 金聲而玉振也)"를 취하여 공묘 정전을 대성전으로 개칭하라고 조서를 내리면서 지금에 이르고 있다.

47 夫子: 儒家에서 孔子에 대한 존칭으로 쓰인다.

48 子夏(前507~?): 성은 卜, 이름은 商, 자는 子夏이며 魏나라 사람이다. 공자와 44세 차이가 나는 후기 제자로서 문학적 자질이 뛰어나 유가 경전의 편찬에 큰 공을 세웠고 『春秋』를 중시하였다. 공자 사후 魏의 西河(현 섬서성 渭南市)에 학당을 열고 西門豹 · 吳起 · 李克 등 많은 인재를 양성하였다.

周莊仲, 建炎二年登科. 夢至殿廷下, 一人持文字令書押, 視其文, 若世間願狀, 云: "當作閻羅王." 辭以母老, 初入仕, 不肯從. 使者強之, 再三令押字, 不得已從之, 覺而殊不樂. 明日, 遂改花書. 至夜, 夢昨夕人復來云: "汝已書押, 豈可更改? 但事猶在二十年後." 紹興十七年, 爲司農寺主簿, 又夢人持黃牒來, 請受閻王敕: "更二年當復來." 愈惡之, 秘不語人. 逮十九年七月, 恰及二年, 方爲戶部郎官, 自謂必無事, 始爲家人話前夢. 其夜, 夢門神土地之屬來拜辭, 若有金鼓騎從相送迎者. 翌旦, 在部中欲飯, 覺頭昏不淸, 急歸, 不及治藥而卒.

주장중은 건염 2년(1128)에 과거에 급제하였다. 꿈에 궁궐 전각 아래에 갔는데, 한 사람이 문서를 가지고 와서 서명하라고 하였다. 문서의 내용을 보니 세상의 청원서 같았다. 거기에 적혀 있길,

"마땅히 염라대왕이 된다."

그래서 연로한 어머니가 계시고, 이제 막 관리가 되었다며 지시를 따르고 싶지 않다고 하였다. 하지만 그 사람은 거듭하여 서명하라고 강요하였다. 이에 주장중은 부득이 그의 말에 따를 수밖에 없었다. 잠에서 깨어난 뒤 기분이 매우 좋지 않았다. 다음 날 곧 자신의 서명을 바꾸었다. 밤이 되자 꿈에 어젯밤에 봤던 사람이 다시 와서 말하길,

"당신이 이미 문서에 서명하였는데, 어떻게 서명을 바꿀 수 있단 말인가? 다만 서명한 일은 20년 뒤의 일이다."

소흥 17년(1147), 주장중은 사농시[49] 주부[50]가 되었는데, 또 꿈에 그 사람이 누런 문서를 들고 와서 염라대왕에 임명한다는 칙서를 수령할 것을 요청하면서 "2년 뒤에 마땅히 다시 오겠소."라고 하였다. 주장중은 더욱 꺼림직해서 비밀로 하고 아무에게도 말하지 않았다. 소흥 19년(1149) 7월이 되자 딱 2년이 되었다. 그때 막 호부의 낭관[51]이 되자 꿈에서 본 일은 절대 없을 것으로 생각하고, 비로소 가족에게 전에 꾸었던 꿈 이야기를 해 주었다. 그날 밤, 대문신과 토지신 등이 와서 절을 하며 작별 인사를 했고, 군대의 악대와 말을 탄 시종들이 와서 환송과 환영 의식을 행하는 것 같았다. 다음 날 이른 아침에 호부에서 식사하려던 중 머리가 혼미해지는 것을 느껴서 서둘러 귀가했지만 약을 쓰기도 전에 사망하고 말았다.

49 司農寺: 북송 초에는 籍田의 관리와 국가 제사의 제수 공급 등만 담당하였으나, 熙寧 3년에 신법의 재정 분야를 담당하는 정무 기관으로 그 위상이 대폭 강화되었다. 元豊 5년부터 戶部 소속으로 환원되었지만, 창고 관리, 도성 관리의 녹봉용 곡식 출납, 도성으로 공급된 군량의 관리, 양조와 연료 공급 등을 전담한 중요한 기관이었다.

50 主簿: 문서 작성, 문서·인장 관리, 물품 출납을 맡은 관리로서 중앙 및 지방관에 모두 두었다. 司農寺 主簿는 司農寺卿·少卿·丞에 이어 네 번째 직책이며 정원은 1명이나 신법 추진기에는 6명까지 늘어나기도 했다. 사농시의 문서와 법률 위반 여부를 관장하였으나 神宗의 신법 추진 시기에는 丞과 교대로 按察諸路常平等事로 파견되기도 하였다.

51 戶部郎官: 송조는 元豊 5년(1082)에 戶部 소속 4개 司를 左曹·右曹·度支·金部·倉部 등 5개로 늘리고 그 책임자로 주지사 경력이 있으면 郎官, 없으면 員外郎을 임명하였다. 元豊 3년(1080) 관제 개혁 이후 郎中은 종6품, 員外郎은 정7품이 되었다.

紹興二十三年七月, 湖州敎授趙夜夢人投刺來謁, 曰: '莫仔.' 旣入坐, 起而言曰: "仔, 城南人. 適聞天符下, 除敎授爲陰司判官, 仔副之. 方有聯事之幸, 不敢不修謁." 趙大駭, 扣其何人, 答曰: "仔, 郡之富民也, 行第七十一, 嘗以入粟得助敎." 趙覺而惡之. 明日詣學, 具以所見語諸生. 諸生言, 果有此人, 名族排行皆不妄, 然已墮鬼籍二年矣. 趙意色愴然, 退卽感疾, 不藥而死.

소흥 23년(1153) 7월, 호주 주학 교수인 조씨가 밤에 꿈을 꾸었는데, 누군가가 명함을 보내고 들어와 인사하며 막자라고 소개하였고 곧 방 안으로 들어와 앉았다. 그리고 일어나면서 말하길,

"저는 호주 주성의 남쪽에 사는 사람입니다. 방금 하늘에서 공문이 내려와 교수를 명계의 판관으로 임명하고 저에게는 판관을 보좌하라고 했다는 말을 들었습니다. 이처럼 함께 사무를 처리하는 행운이 생겼으니 감히 찾아와 뵙지 않을 수 없었습니다."

조 교수는 몹시 놀라서 당신은 어떤 사람이냐고 물었다. 그가 답하길,

"저는 호주의 부자입니다. 항렬은 71이고, 일찍이 조정에 곡물을 헌납⁵²하고 주학의 조교 자리를 얻었습니다."

---

52 納粟: 정부에 곡물을 납부하고 관직을 사는 것인데, 송 초에는 죄를 代贖하는 데 그쳤으나, 熙寧 1년(1068)부터 主簿·조교 등의 명예직을 주고 변방의 군량 수송

조 교수는 잠에서 깬 뒤 몹시 꺼림직하였다. 다음 날 주학에 가서 자신이 꿈에서 본 바를 모두 학생들에게 말해 주었다. 여러 학생이 실제로 그 사람이 있다고 말하였다. 호주의 유지 집안이며, 그 항렬이며 모두 꿈에서 본 것과 부합하였다. 하지만 이미 사망한 지 2년이나 되었다는 말에 조 교수는 슬픈 기색이 역력하여 집으로 돌아갔는데 곧 병이 났고 그만 약도 쓰지 못한 채 사망하였다.

업무를 맡겼다. 高宗 때에는 700석은 無品 무관 가운데 4위인 進義副尉, 4천 석은 2위인 進武校尉 등을 수여하는 등 더 상세한 규정을 두었다.

紹興二十七年冬, 湖州長興縣沈押錄, 因公事追赴郡獄, 繫兩月乃得釋. 時已逼冬至, 沈晚出門, 欲通夕步歸, 雖天氣昏暝不暇止. 行四十餘里, 夜過半, 逢一民居, 駐立戶外. 須臾, 女童開門, 問何人, 告之故. 女曰: "村落近多盜, 緩急或生事, 不若入門內宿." 沈亦念不可前進, 乃從之. 女又曰: "娘子今夜獨宿後房, 君試入, 當有好事." 沈不答, 又言之. 沈曰: "恰打官方了來, 那敢作此罪過?" 女曰: "無妨也." 强邀至數四. 沈求湯洗足, 女童卽入, 以大盆盛湯付沈. 沈洗足已, 取腰間小書刀削爪, 刀纔出鞘, 宅與人及盆皆不見, 身正坐一冢上. 急捨去, 乃免.

소흥 27년(1157) 겨울, 호주 장흥현[53]의 압록[54]인 심씨는 공무로 인해 체포되어 호주 감옥에 갇혔다. 두 달 동안 잡혀 있다가 겨우 석방되었는데, 계절은 이미 동지가 다 되었다. 심씨는 저녁 무렵에 감옥 문을 나서게 되었는데, 밤새 걸어서라도 집으로 가고 싶었다. 비록 날이 어두웠지만, 잠시도 멈출 틈이 없이 걸었다. 하지만 40여 리를 가니 이미 밤이 너무 깊었다. 그때 한 민가가 있어 대문 밖에 서자, 그 순간 여자아이가 대문을 열더니 어떤 사람이냐고 물었다. 그 여자

---

[53] 長興縣: 兩浙路 湖州 소속으로 현 절강성 북부 호주시 서북쪽의 長興縣에 해당한다.

[54] 押錄: 관아에서 문서의 작성과 관리, 조세 징수와 법률 문제를 맡은 서리로 통상 押司라고 한다. 통상 1개 현에 8명을 두었다. 중앙부서나 남송의 臨安府에도 押司官을 두었는데 이들은 말단 관원이지만 사실상 서리의 업무를 담당하였다. 그래서 주현의 압록도 통상 압사라고 높여서 불렀다.

아이에게 사정을 이야기해 주자 여자아이가 말하길,

"요즘 마을에 도둑이 많이 출몰하고 있으니 완급을 조절하지 않으시면 탈이 날 수도 있습니다. 집 안으로 들어오셔서 주무시고 가시는 것이 나을 것입니다."

심씨도 더는 길을 갈 수 없다고 생각하고 있었기 때문에 그 여자아이의 말에 따랐다. 여자아이가 또 말하길,

"낭자께서는 오늘 밤 뒷방에서 혼자 주무시는데, 혹 방에 들어가신다면 분명히 좋은 일이 있을 것입니다."

심씨가 아무 말도 하지 않자 다시 권하였다. 이에 심씨가 말하길,

"지금 막 관아의 일을 해결하고 오는 길인데, 어찌 감히 이런 잘못을 저지를 수 있단 말이냐?"

여자아이가 말하길,

"거리낄 것이 무엇이 있습니까?"

억지로 잡아끌기를 네 차례나 하였다. 심씨는 발을 닦으려고 뜨거운 물을 달라고 하자 여자아이가 곧 안으로 들어가서 큰 대야에 뜨거운 물을 가득 담아서 심씨에게 주었다. 심씨가 발을 다 닦고, 손톱을 깎으려고 허리춤의 칼집에서 작은 책칼[55]을 막 꺼내는 순간 집과 사람은 물론 대야까지 모두 사라져 버렸고, 심씨의 몸은 한 무덤 위에 앉아 있었다. 서둘러 다 떨치고 떠나서 겨우 앙화를 면할 수 있었다.

---

[55] 書刀: 본래 죽간에 글자를 새기거나 수정하는 데 쓰는 작고 뾰족한 칼이다.

> 馬述尹年十八, 隨父肅夫調官京師, 抱疾而終. 有姊嫁常州稅官秉
> 義郎李樞, 母留姊家, 不知子之亡. 李氏婢忽如狂, 作男子聲曰: "我即
> 馬述尹也, 某月某日以疾死, 今幾月矣. 欲一見吾母與大姊, 故附舟來,
> 欲丐佛果, 以助超生." 母與姊始聞之悲駭, 扣之而信, 遂許其請. 婢乃
> 不言. 卽召太平寺僧誦經具饌, 寫疏以薦. 明日, 婢復語云: "荷吾母與
> 姊姊如此, 但某僧看經至某處止, 某僧至某處止, 功德不圓, 爲可惜
> 爾." 其母未深信, 試呼僧責之, 皆慚謝而退, 亟更誦焉.

　　마술윤은 나이가 18세인데, 아버지 마숙부가 도성으로 전보되자 따라갔다가 병이 나서 그만 세상을 떴다. 마술윤의 누나는 병의랑[56]으로 상주[57]에서 세금을 징수하는 관리인 이추에게 시집갔다. 어머니는 딸의 집에 머물고 있었는데, 아들이 죽었는지 모르고 있었다. 어머니 이씨의 여종이 홀연 미쳐서 남자의 목소리로 말하길,

　　"저는 마술윤입니다. 모월 모일 병으로 세상을 떴습니다. 지금 몇 월이지요? 저는 어머니와 큰누나를 한번 뵙고 싶었습니다. 그래서 배를 따라서 이곳에 왔습니다. 제가 잘 환생할 수 있도록 재[58]를 지내

56　秉義郎: 무관 寄祿官 52개 품계 중 46위이며 종8품에 해당한다. 政和 2년(1112)에 西頭供奉官을 개칭하여 신설하였고, 紹興 연간(1131~1162)에 秉節郎으로 개칭하였다.
57　常州: 兩浙路 소속으로 치소는 晉陵縣과 武進縣(현 강소성 常州市 城區)이고 관할 현은 4개이며 州格은 刺史州이다. 현 강소성 장강의 가운데에 해당한다.

주셨으면 합니다."

어머니와 누나가 처음으로 그 말을 듣고 한편 놀라며 또한 슬퍼하면서 이것저것을 묻고는 그 말을 믿게 되었다. 곧 그의 부탁을 들어주기로 하였다. 노비도 이에 더는 말하지 않았다. 즉시 태평사[59] 승려를 불러 독경을 하고 음식을 갖춰 진설하였으며, 축고문[60]을 태워 천도하였다. 이튿날 노비가 다시 말하길,

"어머니와 누나께 이렇게 과중한 부담을 드렸습니다. 하지만 어떤 승려는 독경하면서 끝까지 다하지 않고 어느 곳까지만 했고, 또 어떤 승려는 어디까지만 읽어서 공덕이 원만하게 이루어지지 못하였습니다. 그것이 애석할 뿐입니다."

마술윤의 어머니는 그 말을 곧이듣지는 않았지만, 혹시나 해서 승려를 불러 그 점을 질책하자 모두 부끄러워하며 사죄하고 물러나더니 몹시 서둘러서 다시 독경을 시작하였다.

---

58 佛果: 오랜 수행을 통해 證果를 얻는다는 말로서 成佛을 뜻한다. 또 證果를 얻기 위해 佛因을 쌓아야 하므로 善根·功德을 뜻하기도 하며 망자를 위한 재를 통해 지옥의 고해에서 벗어나게 함을 뜻하기도 한다.

59 太平寺: 南齊 建元 연간(479~482)에 창건된 상주에서 가장 오래된 사찰이며 규모도 상주에서 가장 컸다. 太平興國 연간(976~984)에 太平興國禪寺로 이름을 바꾸었고, 建炎 1년(1127)에 화재로 파괴되어 元 초에 중건되었다.

60 寫疏: 승려나 도사 등이 재를 지내고 태우는 祝告文을 뜻한다. 글에는 재를 지내는 사유와 재주의 이름 등을 적는다. 疏頭라고도 한다.

마선각^{馬先覺}

馬肅夫次子先覺, 嘗與其友遊神祠, 見壁間所繪執樂妓女中姝麗者,
心悅之, 戲指曰: "得此人爲室家, 素願足矣." 是夕, 婦人見於夢寐, 耽
溺旣久, 視以爲常. 始猶畏人知, 秘不敢言, 後亦無復忌憚, 每切切然
私語於室中. 外人或入, 遇之, 則曰: "家人在此." 蓋荒惑之甚, 不悟其
爲非也. 父母以爲憂, 百方禳治, 弗少衰, 竟至不起.

　마숙부의 둘째 아들 마선각이 한번은 친구와 함께 사묘에 놀러 갔
었다. 사묘의 벽화 속에 그려진 악기를 든 기녀 그림 속에서 한 아름
다운 여인을 발견하였다. 그 여인을 좋아하는 마음에서 손가락으로
가리키며 농담 삼아 말하길,
　"이런 여인을 얻어 가정을 이루면 오랜 소원이 이루어질 텐데!"
　그날 밤, 여인이 꿈에 나타났고 그녀에 푹 빠져 지내게 되었다. 그
렇게 한참 지나자 당연한 일처럼 여겼다. 처음에는 사람들이 알까 두
려워하는 것 같아서 비밀로 하고 감히 말하지 않았다. 그러나 나중에
는 거리끼는 바가 조금도 없이 매번 방 안에서 아주 절절하게 이야기
를 주고받았다. 바깥사람이 혹 방에 들어가 그 여인을 만나면 서슴지
않고 말하길,
　"집식구가 있어."
　전반적으로 미혹함이 심하여 자기가 하는 일이 잘못되었음을 깨닫
지 못하였다. 부모가 근심하여 백방으로 신에게 제사를 지내 다스리
려 했지만 조금도 나아지지 않았고, 결국은 죽고 말았다.

　　## 번갯불이 금속을 녹이다雷火爍金

姑蘇人徐簡叔之祖居鄉里, 日震雷發於房宇間, 煙火蔽塞, 移時始
散, 棟柱破裂, 龍跡存焉. 其後, 啓木鑽欲取白金器皿, 乃類多穿蝕, 皆
成珠顆, 流散於下. 鑽之扃鐍元不動, 而內自融液, 蓋神龍之火, 尤工
於敗金石也.

　　고소[61] 사람 서간숙의 할아버지는 향촌에 살고 있었는데, 하루는
천둥과 벼락이 집에 떨어져 연기와 불이 온 집을 뒤덮었다가 잠시 뒤
비로소 흩어지기 시작하였다. 기둥이 부러졌는데 용이 남기고 간 흔
적이 있었다. 그 뒤로 은그릇을 꺼내기 위해 나무로 만든 함을 열어
보니 은그릇 대다수가 녹아서 구슬처럼 되어 바닥에 흩어졌다. 함의
빗장과 자물쇠는 원래 그대로 있었으니, 그렇다면 함 내부에서 스스
로 녹아 버린 것이다. 이는 대체로 신룡神龍의 불길이 금속이나 돌을
녹이는 데 더 효과적인 것 같다.

61　姑蘇: 兩浙路 蘇州(현 강소성 蘇州市)의 별칭이다. 州城의 옆에 있는 姑蘇山에서
　　유래한 가장 오래된 지명이며 춘추전국 이후 오랫동안 吳縣·吳郡으로 불렸다.
　　소주라는 지명은 開皇 9년(589)에 비로소 출현하였다. 江表라는 별칭도 있다.

長洲人尤二十三者, 富民也, 居於大瀆村. 紹興三年, 感疾死. 初無它異, 旣而鄰邑崑山之東, 農家牛生白犢, 脅下黑毛成七字, 曰: "尤廿三曾作牢子", 蓋尤始貧時, 曾爲縣獄吏, 有隱惡云. 尤氏子欲贖以二萬錢, 其家不許.

평강부 장주현[62] 대독촌에 사는 우이십삼은 부자였는데 소흥 3년 (1133)에 병이 나서 사망하였다. 처음에는 별다른 이상이 없었으나 얼마 후 이웃한 평강부 곤산현[63]의 동쪽에 있는 한 농가에서 소가 흰 송아지를 낳았는데, 옆구리 아래 검은 털이 아래와 같이 일곱 자를 만들어졌는데,

"우이십삼은 일찍이 감옥에서 일했다."

대략 우이십삼이 처음 가난했던 시절에 일찍이 현의 감옥에서 형리로 있으면서 숨겨진 악행이 있어 그것을 말하는 것 같았다. 우씨 아들이 20관을 주고 송아지를 사고자 했으나 그 집에서 허락하지 않았다.

---

62 長洲縣: 兩浙路 平江府 소속으로 현 강소성 남동부 蘇州市의 城區인 相城區에 해당한다.
63 崑山縣: 兩浙路 平江府 소속으로 현 강소성 남동부 蘇州市 동쪽의 崑山市에 해당한다.

秉義郞李樞妻之乳媼, 好以消夜圖爲博戲. 每於彩繪時, 多捕蠅虎,
取血和筆塗之, 蓋俗厭勝術, 欲使己多勝也, 習以爲常. 後老疾將終,
語人曰: "無數蠅虎兒咬殺我, 爲我捕去!" 而旁人略無所見, 知其不永,
久之乃死.(此卷皆王日嚴所傳, 日嚴多得於其弟昐.)

병의랑 이추 아내의 유모는 소야도[64]를 가지고 도박하는 것을 즐겼
다. 매번 소야도를 그릴 때면 거미를 여러 마리 잡아서 피를 뽑아 붓
으로 칠했다.

그것은 세속의 염승술[65] 가운데 하나로서 자신이 많이 이길 수 있
게 하려는 것이었는데, 늘 습관처럼 그렇게 하였다. 후에 늘어서 병
이 들어 임종을 앞두고 사람들에게 말하길,

"무수하게 많은 거미가 나를 물어 죽이려고 한다. 나를 위해 거미
좀 잡아 줘!"

하지만 옆에 있던 사람들에게는 보이는 거미가 없었다. 그래서 오

---

[64] 消夜圖: 升官圖 놀이와 유사하게 주사위를 던져 端門부터 도성의 각 사찰과 도관
을 들리는 말을 움직이는 놀이다. 蔡絛의 『鐵圍山叢談』 卷4의 기록에 따르면 본
래 밤새 불을 켤 수 있는 원소절 밤을 보낸다는 데서 유래한 명칭으로 주로 여자들
이 즐겼다고 한다.

[65] 厭勝術: 고대 方士들의 사용하는 巫術의 일종으로 주술·주문으로 상대를 제압하
거나 해를 준다는 것이다. 상대방을 상징하는 인형인 鎭物을 만들어 땅에 파묻고
밟고 다니거나 바늘로 찌르는 등의 행위를 말한다.

래가지는 못하리라고 생각했는데 그렇게 한참을 보내다가 마침내 사
망하였다.

(7권의 일화는 모두 왕일엄이 전해 준 것이다. 왕일엄은 대부분 동생인 왕
분에게 들은 것이다.)

이견병지

夷堅丙志
卷 8

발이 없는 여인 無足婦人

關子東說, 其兄博士演在京師, 見婦人丐於市, 衣敝體垢, 無兩足, 但以手行, 而容貌絕冶. 有朝士見而悅之, 駐馬問曰: "汝有父母乎?" 曰: "無". "有姻戚乎?" 曰: "無." "能縫衽乎?" 曰: "頗亦能之." 朝士曰: "與其行乞棲棲, 孰若爲人妾?" 斂眉歎曰: "形骸若此, 不能自料理. 若爲婢子, 則役於人者也, 安能使人爲己役乎? 且誰肯用之?" 士歸語其妻, 妻亦惻然. 取致其家, 爲之沐浴更衣, 調視其飲食, 授以針指, 敏捷工緻, 一家憐愛焉, 士亦稍與之昵.

居一年許, 出游相國寺, 遇道人, 駭曰: "子妖氣甚盛, 奈何?" 士以爲誑已, 怒不應. 異日, 再見, 曰: "祟急矣! 子其實語我, 我無求於子也. 家豈有古器若折足鐺鼎之屬乎?" 曰: "無之." 問不已. 士不能掩, 始以妾告. 曰: "是矣, 是矣. 亟避之! 明日宜馳往百里外, 藉使不能及, 姑隨日力所至. 託宿, 深關固拒, 中夜聞扣戶者, 無得開, 或可以免. 捨是無策也."

士始怖, 不謀於家, 假良馬, 盡日極行. 逼暮, 舍於逆旅. 歇未定, 道上塵起, 旗幟前驅, 一偉丈夫乘黑馬亦詣焉, 長揖而坐, 指一房相對宿, 略不交談. 士愈懼, 閉戶不敢寢. 夜艾, 外間疾呼曰: "君家忽値喪禍, 令我持書來." 時燈火尙存, 自隙窺覘, 乃無足婦人, 負兩肉翼, 翼色正靑, 士駭汗如雨. 偉人遽撤關出, 揮劍擊之, 婦人長嘯而去. 明旦, 士起見偉人, 拜而謝之曰: "微尊官, 吾不知死所矣. 敢問公爲誰?" 曰: "子識我乎? 乃相國寺道人也. 曩固告子矣. 我卽子之本命神, 以子平生虔心奉我, 故來救護." 言訖, 與車馬皆不見.

관자동이 말하길, 그 형인 박사[1] 관자연이 도성의 시장에서 구걸하

는 한 여인을 보았는데, 옷이 몹시 남루하고 때가 덕지덕지했으며 두
발이 없어서 두 손에 의지해 돌아다니고 있었다. 하지만 얼굴은 더할
나위 없이 예뻤다. 한 조정의 관원이 그 여인을 보고 좋아하였다. 말
을 세우고 묻길,

"너는 부모가 계시는가?"

그녀가 없다고 말하자,

"인척은 있느냐?"

그녀가 없다고 말하자, 다시 묻길,

"바느질을 할 줄 아느냐?"

"제법 잘하는 편입니다."

관원이 말하길,

"네 구걸하는 모습이 불안 불안하구나. 무엇 때문에 첩으로 들어가
지 않았느냐?"

그러자 눈썹을 움츠리고 탄식하며 말하길,

"생긴 것이 이래서 제 몸 하나 추스르지 못합니다. 만약 누군가의
여종이 된다면 그 사람을 위해 일해야 합니다. 어찌 다른 사람에게
저를 위해 일하라고 시킬 수 있겠습니까? 그러니 누가 저를 첩으로

---

1 博士: 戰國시대는 서적을 관리하고 역사에 해박하여 저술과 교육을 담당하는 學官
을 뜻하였다, 漢武帝 때 五經博士를 설치하여 전문적인 학관으로 자리 잡아 후대
로 이어졌다. 송대 박사에는 문과를 위한 太常寺博士(정8품)・國子監博士(정8
품)・太學博士(종8품)・律學博士(종8품)・宗子學博士(종8품)와 무과를 위한 三
衛博士(종7품), 武學博士(종8품) 등이 있고, 국자감 소속의 분과 박사로 五經博
士・春秋博士・廣文館博士 등이 있다. 한편 민간에서는 다관이나 식당의 주방장
을 가리켜 茶飯博士, 量酒博士라고 칭하는 등 특정 직업에 종사하는 사람에 대한
존칭어로도 널리 쓰였다.

받아들이겠습니까?"

관원은 집으로 돌아가 아내에게 그 여인에 대하여 말하니 아내 역시 측은하게 여겼다. 이에 그 여인을 집으로 들여서 목욕시키고 옷을 갈아입힌 뒤 음식을 주고 바느질감을 주었다. 일솜씨가 매우 민첩하고 치밀해서 온 가족이 동정하며 아껴 주었다. 관원 역시 조금씩 그녀와 친근해졌다.

그 여인이 집에서 산 지 1년쯤 되던 무렵, 관원이 대상국사²에 놀러 갔다가 한 도인과 마주쳤다. 도인은 깜짝 놀라 말하길,

"그대에게 요기가 아주 성하니 이를 어찌할까?"

관원은 그가 자기를 현혹하려는 것이라고 여겼고, 화가 나서 대꾸하지 않았다. 다른 날 도인을 다시 만났다. 도인이 말하길,

"앙화가 곧 닥칠 것이요, 그대는 솔직하게 나에게 말해 보시오, 나는 그대에게 아무것도 바라지 않소, 집에 혹시 다리가 부러진 탕관이나 정 같은 오래된 물건이 있지 않소?"

관원이 "그런 것은 없다"고 했지만 계속 이것저것을 물었다. 이에 관원은 더는 숨기지 못하고 처음으로 첩에 관한 일을 알려 주었다. 그러자 도인이 말하길,

"그렇군요. 그렇군요. 서둘러 피해야 합니다. 내일 100리 밖으로

---

2 大相國寺: 원래 戰國시대 信陵君의 집터였다고 전해지는 곳에 北齊 天保 6년(555)에 창건된 고찰이다. 延和 1년(712)에 唐 睿宗으로부터 '大相國寺' 편액을 받았으며, 송대에는 도성의 황실 사원으로 공인되어 황제의 방문이 관례화되었고 국가 제례의 중심지가 되었다. 또 외국 사신이나 승려가 개봉에 오면 꼭 방문하는 곳의 하나였으며 많은 사람이 찾는 곳이라서 각종 기예와 문예활동의 중심지로 유명하였다.

재빨리 달아나야만 합니다. 만약 100리 밖까지 갈 수 없다면 하루 동안 힘닿는 데까지 가서 투숙하되 문을 꼭 닫고 절대 열어 주지 마시오, 만약 깊은 밤에 문을 두드리는 소리가 들리거든 문이 열리지 않도록 해야만 합니다. 그러면 혹 앙화를 면할 수 있을지 모르나, 그렇지 않으면 다른 방법이 없소이다."

관원은 비로소 공포를 느꼈다. 그는 가족들과 상의하지도 않고 좋은 말을 빌려서 하루 내내 서둘러 달렸다. 어두워지자 여관에 머물렀는데, 제대로 쉬기도 전에 길에 먼지가 일며 기치를 든 말이 앞서 달려왔고, 한 위풍당당한 장부가 검은 말을 타고 역시 숙소에 이르렀다. 그는 두 손을 모아 장읍³을 한 뒤 자리에 앉았다. 그리고 맞은편 방을 가리켜 투숙하겠다고 하였는데, 별다른 말을 주고받지 않았다. 관원은 더욱 두려워서 문을 닫고는 감히 잠들지 못하였다. 어둠이 가실 무렵, 밖에서 급하게 부르는 소리가 들리길,

"댁에 갑자기 사람이 죽어 장례를 치러야 합니다. 저에게 편지를 전해 드리라고 해서 가지고 왔습니다."

그때 등불이 아직 꺼지지 않아서 틈새로 몰래 엿보니 바로 발이 없는 여인이었다. 등 양쪽으로 날개가 솟아올라 있고, 날개 색은 순청색이었다. 관원은 놀라서 땀이 비 오듯 흘렀다. 위풍당당한 대장부가 급히 문을 열고 나와 검을 휘두르며 그녀를 공격하자, 여인은 길게

---

3 長揖: 揖은 손을 맞잡아 얼굴 앞으로 들어 올리고 허리를 앞으로 공손히 구부렸다가 몸을 펴면서 손을 내리는 전통적인 인사법으로서 『周禮』에 기록이 있을 정도로 오래되었다. 손을 잡는 방식에 따라 西周부터 魏晉南北朝까지 유행한 周揖禮, 唐부터 元까지 유행한 叉手揖禮, 明代부터 지금까지 유행하고 있는 抱拳揖禮로 나눌 수 있다.

이견병지【一】

울면서 사라졌다. 다음 날 이른 아침 관원이 일어나 그 장부를 뵙고 절을 하며 사례하고 말하길,

"공이 아니면 제가 어디서 죽을지 알 수도 없는 상황이었습니다. 공은 누구신지 감히 여쭙고자 합니다?"

그러자 말하길,

"그대는 나를 알아보겠는가? 나는 바로 대상국사에서 만난 도인이다. 지난번에 분명히 너에게 말하지 않았는가. 나는 너의 본명신⁴이다. 네가 평소 정성을 다해 나를 모셨기 때문에 내가 와서 너를 구하고 보호한 것이다."

말을 마치자 수레와 말 모두 사라져 보이지 않았다.

---

4 本命神: 甲子年부터 癸亥年까지 60년의 매년을 가리켜 本命이라고 칭하고, 매년 태어난 사람을 보호하는 60명의 신을 60元辰本命神이라고 총칭하고, 매년 주관하는 신을 太歲大將軍이라고 칭한다. 12년마다 자기가 속하는 띠의 신이 보호해 준다고 한다.

> 姜補之在太學, 與胡秀才同舍. 胡指上病贅疣, 欲灼艾去之. 或告曰: "今日人神在指, 當俟他日." 胡不以爲信, 遂灸焉. 七日而創發, 皮剝去一重, 見人面在中, 如鏡所照. 惡之, 亟覆以膏. 又七日, 稍瘳, 痒甚, 因爬搔, 皮起, 人面如故. 歷四十餘日, 創益大, 且痛, 竟不起.

　강보지는 태학에서 수재 호씨와 같은 기숙사에서 생활하였다. 호씨는 손가락 위에 사마귀가 생기자 태워서 없애려고 하였다. 누군가가 알려 주길,

　"오늘은 인신[5]이 손가락에 머무는 날이니 마땅히 다른 날을 기다렸다가 태워야 한다."

　하지만 호씨는 그 말을 믿지 않고 곧 사마귀를 태웠다. 그런데 7일 만에 부스럼이 나서 피부가 한 겹 벗겨졌다. 그러자 상처 안에 어떤 사람의 얼굴이 보였는데, 마치 거울에 비친 것 같았다. 너무 싫어서 서둘러 고약으로 상처를 덮었다. 다시 7일 지나자 조금 나아졌지만, 몹시 간지러웠다. 손톱으로 긁자 피부가 부어올랐는데, 사람 얼굴은 여전히 있었다. 40여 일이 지나자 상처가 더욱 커지고 통증까지 심해지더니 결국 병석에서 일어나지 못하였다.

5　人神: 針灸에서는 인신이 시간에 맞춰 몸을 돌아다니므로 신이 머무는 시간에 침구를 사용해서는 안 된다고 하였다. 1년, 60갑자일, 4계절 등 시간에 따른 여러 人神이 있다고 한다.

　　武功大夫閤門宣贊舍人黃某爲江東兵馬鈐轄. 紹興二十二年正月秩
滿, 將歸弋陽, 過池州, 值雪小留, 郡守假以敎授廨舍, 遇舊同官趙士
遏. 趙訝其顏色靑黑而欬不已, 語言動作, 非復如疇昔時, 從容問所苦.
黃愀然久之, 曰: "吾家不幸, 祖傳瘵疾, 緣是殞命者, 世世有之. 自半
年來, 此證已萌芽, 吾次子沆亦然, 殆將死矣." 遂悲傷出涕. 趙曰: "每
聞此疾可畏, 間亦有愈者, 而不能絶其本根. 吾能以太上法籙治之, 但
慮人不知道, 因循喪軀. 公果生信心, 試爲公驗."

　　於是焚香書符, 以授黃及沆, 使吞之. 吞未久, 遍手指內外皆生黃毛,
長寸餘. 趙曰: "疾深矣, 稍復遷延當生黑毛, 則不能救療. 今猶可爲
也." 於是擇日別書符, 牒城隍, 申東嶽, 奏上帝. 訖, 令黃君汎掃寓舍
之西偏小室, 紙糊其中, 置石灰於壁下, 設大油鼎一枚, 父子著白衣,
閉門對牀坐. 吞符訖, 命數童男秉燭注視. 有頃, 兩人身中飛出黑花蟬
蛾四五, 壁間別有蟲, 作聲而出, 或如蜈蜋, 如蜘蛛, 大小凡三十六, 悉
投沸鼎中, 臭不可聞, 啾啾猶未止. 繼一蟲細如絲髮, 蜿蜒而行, 入於
童袖間, 急捕得, 亦投鼎中, 便覺四體泰然, 了無患苦.

　　黃氏擧室歎異, 知其靈驗, 默禱於天, 願爲先世因此疾致死者, 作九
幽大醮, 拔度之. 未醮數日, 黃之妻夢先亡十餘人, 內有衣皁小團花衫
者, 持素黃籙白簡來拜謝曰: "汝救我則我救汝." 妻覺, 以告夫. 黃泣
曰: "衣小花衫者, 吾父也. 吾父死於兵戈中, 衣服不備, 但得一衫以殮.
夢中所見者, 眞是矣." 遂以二月朔設醮於天慶觀. 是夕, 陰雲四垂, 雨
意欲作, 中夜隱隱聞雷聲, 所供聖位茶皆白如乳. 道衆恐雨作不能焚
詞, 旣而至五鼓, 醮事畢, 雨乃大至. 黃氏歷世惡疾, 自此而絶. 士遏字
進臣, 時右朝請大夫魏彥良通判池州, 爲作記.

무공대부[6]로서 합문선찬사인[7]이었던 황씨가 강동병마검할[8]이 되었다. 소흥 22년(1152) 1월, 임기가 종료되자 신주 익양현[9]으로 돌아가려고 지주를 지나던 중 눈이 내려서 잠깐 머물기로 하였다. 황씨는 지주 지사에게 부탁하여 주학 교수의 관사를 빌렸는데, 거기서 우연히 옛 동료였던 조사알을 만났다. 조사알이 보기에 황씨의 안색이 청흑색인 데다가 그치지 않고 기침했으며, 말하는 것과 움직임이 다시는 예전과 같지 않았다. 조사알은 차분하게 무슨 어려움이 있느냐고 물었다. 황씨는 한참을 근심스러운 모습으로 있다가 말하길,

"우리 집안이 불행하게도 조상 대대로 폐결핵을 앓아 왔고, 그로 말미암아 사망한 분이 대대로 있었지요. 근래 반년 동안 그런 병증이

---

6 武功大夫: 궁성 출입과 순시 등을 주관하는 禁軍 皇城司의 책임자인 皇城使를 政和 2년(1112)에 武功大夫로 개칭하였다. 원풍 3년(1080) 관제 개혁 후 정7품이었고, 紹興 연간(1131~1162)에는 무관 寄祿官 52개 품계 중 15위, 정7품이었다.

7 閤門宣贊舍人: 황제가 조회 참석차 紫宸殿에 갈 때 자신전 양옆의 문을 통해 의장대가 들어오는 의례를 가리켜 합문이라고 하였는데, 후에 관서 명칭이 되었다. 東·西上閤門司에는 閤門使·副使를 비롯해 합문通事舍人·합문祗候·합문看班祗候 등을 두고 조회·연회·접견과 함께 경비업무도 맡았다. 정화 6년(1116)에 합문통사사인을 閤門宣贊舍人으로 개칭하였다. 선찬사인은 사신단 안내와 소개, 행동의 시작을 알리는 신호와 유도, 증정물 알림과 통역 내용의 전달(傳奏) 등을 맡았다. 주로 외척이나 대신 자제들로 선임하였고, 승진 등에 유리하였으며, 품계는 종8품이다.

8 兵馬鈐轄: 鈐轄은 지역 군대를 관할하는 무관의 관직명이다. 북송 초에는 임시 파견직이었으나 후에 상근 파견직으로 바뀌었다. 관할 지역은 2,3개 路·1路·1州 등 다양하였으며, 직급에 따라 都鈐轄·副都鈐轄·鈐轄·副鈐轄로 나누는데, 經略安撫使兼路分鈐轄 또는 知州兼州鈐轄 등의 겸직도 있다. 都鈐轄은 轉運使의 아래지만 고관에게 부여하였고, 鈐轄은 군에 관한 사항을 知州와 함께 상의하는 직위였으나, 王安石 變法 후에 將兵法이 실행되면서 鈐轄의 地位는 점차 낮아져 南宋代에는 虛銜 내지는 閑職이 되었다.

9 弋陽縣: 江南東路 信州 소속으로 현 강서성 동북부 上饒市 서남쪽의 弋陽縣에 해당한다.

이견병지 【一】

나타나기 시작했습니다. 제 둘째 아들 황항도 그러하니 아마도 곧 세
상을 뜰 것 같습니다."

그리곤 눈물을 흘리며 슬퍼하였다. 조사알이 말하길,

"매번 이 병에 대해서 들을 때마다 실로 두렵군요. 간혹 나은 사람
도 있기는 하지만 병의 뿌리를 근절시키지 못하더군요. 내가 태상법
록[10]으로 병을 치료할 수 있으나, 걱정스러운 것은 사람들이 그 도를
알지 못한다는 점입니다. 그래서 남들 하는 방식으로 치료했다가 결
국 목숨을 잃고 말지요. 공께서 정말로 나를 믿으신다면 내가 공을
위해서 한 번 치료해 보겠습니다."

이에 분향하고 부적을 써서 황씨와 작은아들 황항에게 주어서 삼
키게 하였다. 부적을 삼키고 얼마 되지 않아서 전체 손가락 안팎에 1
촌 조금 넘는 길이의 누런 털이 잔뜩 났다. 조사알이 말하길,

"병이 깊이 들었습니다. 조금이라도 더 늦어졌다면 검은 털이 났을
것입니다. 그랬다면 치료할 수가 없습니다. 지금은 그런대로 치료할
수가 있을 것 같습니다."

이에 날을 잡아서 별도로 부적을 써서 성황신에 서찰을 보내어 동
악대제에게 알린 뒤 상제에게 상주해 달라고까지 하였다. 그리고 황
씨에게 숙소의 서쪽 편 작은 방을 물 뿌리고 청소를 하게 한 뒤 그 가
운데를 종이로 발랐다. 벽 아래에는 석회를 가져다 두고 큰 솥 하나
에 기름을 넣고 끓이게 하였다. 황씨 부자는 흰옷을 입고 문을 닫은

---

10 太上法籙: 太上은 '至高無上'이란 뜻이고, 法籙은 도교에서 즐겨 쓰는 부적으로 도
    교 가운데서도 正一道에서 가장 중시하였으며 송대의 이른바 三宗(三山符籙)으로
    는 茅山上淸派·閣皂山靈寶派·龍虎山天師道를 꼽는다.

뒤 침상을 마주하고 앉았다. 부적을 삼킨 뒤 사내아이 몇 명에게 촛불을 들고 주목해서 보라고 하였다.

잠시 후 검은색 꽃무늬의 나비 4~5마리가 황씨 부자의 몸 안에서 나왔고, 벽 사이에는 또 다른 벌레가 소리를 내며 나왔는데, 모양이 마치 풍뎅이 같기도 하고 거미 같기도 하였다. 크고 작은 벌레가 36마리나 나와서 모두 펄펄 끓는 솥 안으로 뛰어들어 갔다. 냄새가 얼마나 지독한지 차마 맡을 수 없을 정도였고, 찍찍거리는 소리가 그치지 않았다. 이어서 머리카락처럼 가는 실 같은 벌레가 꿈틀거리며 움직여 사내아이들의 옷소매 사이로 들어가기에 재빠르게 잡아서 역시 솥 안에 던져 넣었다. 그러자 비로소 온몸이 편안해짐을 느꼈고, 근심과 고통이 없어진 것 같았다.

황씨네 온 가족들이 경탄하면서 태상법록의 영험함을 비로소 알게 되었고, 하늘에 조용히 기도하며 조상 가운데 폐결핵으로 죽은 이들을 위해 구유초제를 지내서 천도하기를 원하였다. 초제를 지내기 며칠 전, 황씨 부인의 꿈에 먼저 세상을 뜬 10여 명이 나타났는데, 그중에는 단화[11]가 섬세하게 새겨진 검은 적삼을 입은 이가 흰 명주에 쓴 황록과 흰색 서간을 들고 와서 사의를 표하며 말하길,

"네가 나를 구해 주었으니, 나도 너를 구해 주겠다."

황씨 부인은 꿈에서 깨자 남편에게 이를 알려 주었다. 황씨가 울면서 말하길,

---

11 團花: 중국 전통 장식 문양의 하나로 방사형 또는 회전형의 둥근 꽃무늬 문양을 말한다. 종이를 접어서 자르면 만들어지는 데 둥근 청동기나 도자기 문양에 사용하기도 한다.

"세밀한 단화가 새겨진 적삼을 입은 이는 바로 아버님이오. 아버님께서 전란 중에 돌아가셨기 때문에 의복을 제대로 갖추지 못하고 그저 적삼 한 벌만 얻어서 염하였소, 당신이 꿈에서 본 바는 모두 사실이라오."

곧 2월 초하루에 천경관에서 구유초제를 진설하였다. 그날 밤 검은 구름이 사방을 덮고 비가 곧 오려는 것 같았다. 밤중에는 천둥소리도 은은하게 들렸는데, 신위 앞에 올린 차가 모두 우유처럼 하얗게 변하였다. 도사들은 비가 와서 기도문을 태우지 못할까 걱정하고 있었는데 잠시 후 5경이 되어 제례를 모두 마치자 비로소 큰비가 내리기 시작하였다. 황씨 집안은 대대로 이 나쁜 질병에 시달렸으나 이때부터 그 병이 사라졌다. 조사알의 자는 진신이며 당시 우조청대부[12]로 지주 통판에 부임한 위언량이 이를 기록하였다.

---

12 朝請大夫: 문관 寄祿官 29개 품계 중 12위이며 從5品上이었으나 元豊개혁 후 30개 품계 중 17위, 從6品으로 바뀌었다. 承務郎(從9品)부터 朝請大夫까지는 4년에 1단계 승급할 수 있으나 朝議大夫부터는 결원이 있어야 가능하였다.

信州玉山縣塘南七里店民謝七妻, 不孝於姑, 每飯以麥, 又不得飽, 而自食白秔飯. 紹興三十年七月七日, 婦與夫皆出, 獨留姑守舍. 游僧過門, 從姑乞食, 笑曰: "我自不曾飽, 安得有餘?" 僧指盆中秔飯曰: "以此施我." 姑搖手曰: "白飯是七嫂者, 我不敢動, 歸來必遭罵辱." 僧堅求不已, 終不敢與. 俄而婦來, 僧徑就求飯, 婦大怒, 且毀叱之. 僧哀求愈切, 婦咄曰: "脫爾身上袈裟來, 乃可換." 僧卽脫衣授之, 婦反復細視, 戲披於身, 僧忽不見, 袈裟變爲牛皮, 牢不可脫. 胸間先生毛一片, 漸遍四體, 頭面□成牛. 其夫走報婦家, 父母遽至, 則儼然全牛矣. 今不知存亡.(右四事亦得於王日嚴.)

신주 옥산현[13] 남쪽 둑[14]의 칠리점 주민 사칠의 아내는 시어머니에 불효하여 매일 보리밥만 주었을 뿐 아니라 배불리 먹을 만큼 주지도 않았다. 그러면서 자신은 흰 멥쌀로 지은 밥을 먹었다. 소흥 30년 (1160) 7월 7일, 사칠 부부가 모두 밖에 나가서 시어머니 혼자 남아서 집을 보고 있었다. 한 행각승이 대문을 지나면서 시어머니에게 와서 걸식하였다. 시어머니는 웃으며 말하길,

"나 자신도 배부르게 먹어 본 일이 없는데, 남은 음식이 어디 있어

13　玉山縣: 江南東路 信州 소속으로 현 강서성 동북부 上饒市 동북쪽의 玉山縣에 해당한다.

14　塘南: 信州 玉山縣에는 下塘鄉을 비롯하여 塘西村·塘項村·塘尾村·洋塘村·新塘村·石塘村·山塘村·清水塘村·方塘村 등 塘과 관련된 지명이 유난히 많다.

서 드릴 수 있겠소."

행각승은 그릇 가운데 쌀밥을 가리키며 말하길,

"이 밥을 나에게 시주해 주시지요."

시어머니가 손을 가로저으며 말하길,

"흰쌀밥은 내 며느리 것입니다. 내가 감히 손댈 수 없답니다. 돌아오면 반드시 나에게 욕해 대고 창피를 줄 것입니다."

승려가 쌀밥을 달라며 계속 고집부렸지만 끝내 감히 주지 못하였다. 잠시 후 며느리가 돌아왔고, 승려가 직접 밥을 달라고 요구하자 며느리가 노발대발하여 승려에게 욕하며 소리를 질렀다. 그런데도 승려는 더욱 간절하게 밥을 달라고 애걸했다. 그러자 며느리는 승려를 꾸짖길,

"만약 네 몸의 가사를 벗어 준다면 밥과 바꿔 줄 수도 있다."

승려는 즉시 가사를 벗어 며느리에게 주었고, 며느리는 가사를 거듭 꼼꼼히 살펴보더니 장난삼아 자기의 몸에 걸쳤다. 그러자 승려는 갑자기 어디론가 사라졌고, 가사는 소가죽으로 변하여 몸을 에워싼 뒤 벗겨지지 않았다. 먼저 가슴 부근에 털이 하나 나더니 점차 사지를 덮고 얼굴은 소로 변하였다. 남편 사칠이 처가로 달려가 이 일을 알리니 장인 장모가 급히 달려왔지만 완연한 소의 모습이었다. 지금 살았는지 죽었는지 알지 못한다.(위의 네 가지 일화 역시 왕일엄에게 들은 것이다.)

> 福州人陳祖安之父, 待兗州通判闕, 夢黃衣吏持符至, 曰:"帝命公爲
> 白石大王." 問所在, 曰:"今未也. 俟公見巨石玷一角, 乃當去. 及期,
> 復來迎矣." 覺而大惡之. 後赴官兩月, 謁泰山, 宿山下一寺, 適見庭下
> 大石, 其一角正缺, 悵然不樂. 還郡未久, 而黃衣至, 遂以其日卒.

복주 사람 진조안의 아버지는 연주[15] 통판 자리가 비기를 기다리고 있었는데, 꿈에 누런 옷을 입은 서리가 공문서를 들고 와서 말하길,

"공에게 백석대왕[16]을 맡으라는 동악대제의 명이 내려왔습니다."

그곳이 어디냐고 묻자 서리가 답하길,

"오늘은 아닙니다. 공께서 한 귀퉁이가 나간 큰 바위를 보시길 기다렸다가 그때 가시면 됩니다. 때가 되면 다시 와서 모시고 가겠습니다."

꿈에서 깨고 난 뒤 몹시 불쾌하였다. 그 뒤로 통판으로 부임하여 두 달이 지나서 태산[17]을 참배하러 갔다가 산 아래 절에서 숙박하였

---

15 兗州: 京東西路 소속으로 政和 8년(1118)에 襲慶府로 승격하였다. 치소는 瑕邱縣(현 산동성 濟寧市 兗州市)이고 관할 현은 7개, 監은 1개이며 州格은 節度州이다. 현 산동성 서남부에 해당한다.
16 白石大王: 저승을 관장하는 泰山神 수하의 神明 정도로 보인다.
17 泰山: 산동성 泰安市에 있는 산으로 五嶽 가운데서도 가장 신성한 산으로 숭배의 대상이 돼서 封禪의 장소가 되었다. 하늘에 대한 제사인 封은 태산의 정상에서, 땅

다. 절의 뜨락에서 우연히 큰 바위를 보게 되었는데, 모퉁이 한쪽이
이지러져 있었다. 크게 실망하고 우울해하더니 연주 관아로 돌아와
오래지 않아 누런 옷을 입은 서리가 찾아왔고, 그날로 사망하였다.

에 대한 제사인 禪은 태산 아래 高里에서 거행하였다. 그런데 東漢 말쯤 도교에서
태산신은 모든 귀신을 다스리며 사람들의 생사와 혼백, 귀천과 관운을 장악하는
존재로 간주되었고, 태산 자락의 蒿里山은 혼백이 명계로 들어가는 입구로 알려졌
다.

> 吳興莫伯甄爲奉議郎時, 三子皆未官. 嘗夢以恩澤補第二孫東, 寤
> 而喜曰: "東於子孫數爲第五, 吾得以延賞恩及之, 足矣." 至紹興三十
> 二年, 以朝請郎爲潼川轉運判官, 遇登極恩, 當遣子弟奉表入賀. 時長
> 子澄已登科, 仲季以母服不可往, 乃命吏持函, 空其名, 令至吳興以授
> 澄, 使自處之. 澄長子果, 次子東, 果讀書頗有聲, 謂必能繼取名第, 乃
> 以官與東. 伯甄聞之, 念前夢, 憮然不樂. 是年以覃恩及磨勘, 進秩朝
> 散大夫, 不及拜而卒. 生前所蒙, 但一孫得官爾.(右二事倪文擧說.)

　　호주 오흥현[18] 사람 막백견이 봉의랑[19]으로 재직하던 시절, 세 아들
이 모두 아직 관직에 나가지 못하였다. 그런데 하루는 은택[20]에 힘입
어 둘째 손자 막동이 관리가 되는 꿈을 꾸고는 잠에서 깨어 매우 기
뻐하며 말하길, "막동은 자손 가운데 다섯째이니 내가 받을 음보의

---

18 吳興縣: 兩浙路 湖州 소속으로 현 절강성 북부 湖州市의 城區인 吳興區에 해당한
다.

19 奉議郎: 元豊 3년(1080) 관제 개혁 후 문관 寄祿官 30개 품계 중 24위로 정8품이
다.

20 恩澤: 과거를 통하지 않고 관리가 되는 蔭補制의 하나로서 황제가 고위 관료의 자
손에게 관직을 부여하는 것인데, 황제의 특별한 은덕에 힘입어 관리가 되었다고
하여 '은택'이라고 칭한다. 국가에 경사가 있을 때 허용하는 大禮·聖節 은택과 고
위 관료의 사임이나 사망에 따른 致仕·遺表 은택으로 구분한다. 송대가 과거제
도의 전성기라고 하지만 과거 출신보다 蔭補 등용이 더욱 많아서 冗官 문제의 근
원이 되기도 했다. 단 음보 출신 관리는 일정한 시험제도와 함께 승진 제한 등의
조치가 있었다.

혜택[21]이 그 애까지 미친다면 만족스럽다."

소흥 32년(1162)이 돼서 조청랑[22]으로서 동천부로[23] 전운판관[24]이 되었다가 효종 황제가 등극하는 기회를 맞아 자식을 보내 황제 즉위를 축하하는 표문[25]을 올렸다.

당시 큰아들인 막정은 이미 과거에 급제하여 관리가 되었고, 둘째와 넷째는 모친상을 치러야 하므로 도성에 갈 수가 없었다. 이에 서리에게 명하여 표문을 전하면서 은택을 입을 자식 이름을 비워 둔 채 호주 오흥현에 가서 표문을 막정에게 전해 주고 알아서 처리하라고

21 延賞: 본래는 상을 줘야 할 사람의 공적이 커서 그 주변인에게까지 상을 나눠 준다는 말이다. 부모가 고관을 지내거나 공적이 커서 자식에게 蔭序의 혜택을 준다는 말로도 쓰였다.

22 朝請郎: 문관 寄祿官 29개 품계 중 18위이며 正7品上이었으나, 元豊 관제 개혁 후 30개 품계 중 20위, 正7品으로 바뀌었다. 朝請郎부터 從9品 承務郎까지를 郎官이라고 칭하였고, 21위인 朝散郎, 22위인 朝奉郎과 함께 이른바 三朝郎의 하나이다.

23 潼川府路: 乾德 3년(965), 북송은 後蜀을 멸망시키고 成都府(현 成都市)를 치소로 한 西川路를 설치하였다. 開寶 6년(973)에 서천로 동부지역을 분리하여 夔州를 치소로 하는 峽路를 신설하여 至道 3년(997)의 전국 15개 路 체제를 완성하였다. 그러다 咸平 4년(1001), 峽路를 夔州路로 개칭하고, 서남부 지역을 분리하여 梓州를 치소로 하는 梓州路를 신설하였다. 川南이라고도 한 梓州路는 11개 州·1개 軍·1개 監을 관장하였다. 梓州는 重和 1년(1118)에 潼川府로 승격되었고, 梓州路도 乾道 6년(1170)에 潼川府路로 개칭되었다.

24 轉運判官: 각 路의 재정을 총괄하며 조세의 징수와 중앙정부로의 上供을 책임진 부서인 轉運司는 眞宗 때부터 관할 구역 관리에 대한 감찰과 추천 기능이 추가되었으며, 다시 형사사건에 대한 감독과 심리, 민정 업무까지 담당하였다. 책임자는 轉運使이며 부책임자는 轉運副使·轉運判官인데, 상황에 따라 모두 또는 일부만 임명하기도 하는데 모두 監司라고 칭하였으며 각각의 약칭은 運使·運副·運判이다.

25 表: 신하가 제왕에게 올리는 글을 가리켜 전국시대에는 모두 書라고 했는데, 漢代부터 章·奏·表·議로 나누었다. 章은 謝恩, 奏는 탄핵, 表는 陳情, 議는 다른 의견을 올리는 글이다. 表는 주로 제왕에 대한 충성과 감사를 표하는 글이며, 통상 '臣某言'으로 시작해 '臣某誠惶誠恐, 頓首頓首, 死罪死罪' 등으로 끝난다.

하였다. 막징의 큰아들은 막과이고 작은아들은 막동인데, 막과는 공부를 잘해서 자못 명성을 날렸다. 그래서 막징은 막과가 자신을 이어서 꼭 과거에 급제할 것이라고 여겼다. 그래서 막동에게 관직을 주고자 했다.

막백견은 그 소식을 듣고 전에 꾸었던 꿈이 생각났고, 실망스러워 우울했다. 이해에 황제의 특별 포상으로 인사 고과 평정[26]이 이루어져 조산대부로 승진하였다. 하지만 보임을 받기도 전에 사망하고 말았다. 생전에 받은 황제의 은혜가 겨우 손자 하나가 관직을 얻는 데 그쳤다.(위의 두 가지 일화는 예문거가 말한 것이다.)

---

26 磨勘: 唐代 이래 관리에 대한 정기 근무 고과 평정 제도를 말한다. 송대의 마감제도는 매우 복잡한데, 8~9품의 하급 관리인 選人은 매년 1회씩 3년의 평정을 받아야 1회 임기를 마치며, 3회 임기를 마쳐야 京朝官 승진 자격을 갖춘다. 이를 가리켜 循資라고 한다. 또 이때 추천자가 관련 서류를 吏部의 南曹에 보내 주어야 한다. 남조는 이력 검토 후 流內銓으로 보내 확인케 한 뒤 다시 남조에서 중서성으로 보내 재상의 비준을 받아야 경조관 승진이 가능하다. 이를 改官·改秩이라고 한다. 경조관은 吏部 審官院에서 문관 3년, 무관 5년마다 고과 평정 및 인사 배치안을 만들어 中書省과 樞密院에 상신하고, 심사와 비준을 거쳐 확정하였다.

이견병지 【一】

　　黃十翁者, 名大言, 浦城人, 寓居廣德軍. 紹興二十七年十一月四日, 因病久心悸, 爲黃衣童呼出門. 行大衢路, 雨旁植垂柳, 池水淸澈可愛, 荷花如盛夏時. 經十餘里, 更無居民. 望樓觀嵯峨, 金碧相照, 童引入門, 罪人萬數立廷下. 殿上四人, 冠通天冠, 衣縷金袍, 分席而坐. 一吏喚黃大言云: "汝數未盡, 誤追汝來." 命靑衣童引出東門.

　　回顧餘人, 已驅之北去. 東門外如陽間市肆, 往來闐闐. 行未遠, 別見宮闕甚麗, 內外多牛頭阿旁, 王者旒晃秉圭坐, 威嚴肅然. 紫衣吏問曰: "汝住世作何因果?" 對曰: "頃歲兵亂時, 曾爲二寇掠財物, 徐就擒捕, 保伍欲戮之, 大言愍焉, 以錢二十千贖其死." 及平生戒殺持經造像數十事. 俄持巨鏡下照, 了無寃業, 卽令詣總管司照對.

　　總管司之長稱舍人, 其副乃廣德出攝吏王珣, 與大言素厚, 謂之曰: "汝當再還人世, 若見世人, 但勸修善, 敬畏天地, 孝養父母, 歸向三寶, 行平等心. 莫殺生命, 莫愛非己財物, 莫貪女色, 莫懷疾妬, 莫謗良善, 莫損他人. 造惡在身, 一朝數盡, 墮大地獄, 永無出期. 受業報竟, 方得生於餓鬼・畜生道中. 佛經百種勸戒, 的非虛語."

　　又囑曰: "爲吾口達信於我家, 我在公門, 豈能無過? 但曾出死罪三十一人, 有此陰德, 故得爲神. 可造衣服一襲, 多誦經文, 化錢萬七千貫, 具疏奏城隍司, 以達我要贖餘過." 且言: "世人以功德薦亡, 須憑城隍證明, 方得獲福. 若歲時殺物命祭祀, 亦祖先不享, 此二事不可不知. 後二日, 陰府會善男女於無憂閣下, 隨其善行, 俾證道果. 至於地獄囚人, 亦驅至彼, 如州郡囚聽赦罪, 輕者亦脫苦受生, 宜往觀之."

　　至則睹所謂無憂閣者, 衆寶所成, 高出雲表, 祥光徹天, 男女皆在其下. 其善者衣服盛麗, 持香花經卷, 徜徉采雲之間, 玉砌金階之上. 而地獄之衆, 皆鎖梏囚執, 尪劣憔悴, 跪伏門外, 喜懼相半. 方顧視感歎, 忽蕩無所睹. 王總管云: "已憑今日佛蔭脫地獄苦, 然皆失人身矣." 回至總管司, 見對事者亦衆, 其相識者, 託爲囑子孫, 丐功德. 所付之語, 皆生平閨門隱祕, 非外人所得知.

事畢, 童導之歸, 望一鐵山, 烈火熾然燒灸, 群囚號叫不絶. 又一山, 有樹無葉, 垂植刀劍, 囚扳援而上, 受剮割之苦, 積屍無數. 大言合掌誦觀世音・地藏二菩薩, 忽震雷一聲, 二山皆不見. 前行過一巖洞, 臭河不可近. 童子云:"世人棄殘飲食酒茗於溝渠, 皆爲地神收貯於此, 俟其命終, 則令食之." 又行數里, 再至王所, 王敕云:"汝還世五年, 傳吾語於人間, 作善者卽生人世, 受安樂福; 作惡者萬劫不回, 受無間苦. 令聞此者口口相傳." 遂別. 命一靑衣童引出長春門, 有花如初, 過橋失足而寤, 已初八日矣. 黃翁時年八十五, 崇仁縣主簿秦絳爲作記.

본래 이름이 황대언인 건주 포성현[27] 사람 황십이라는 노인이 광덕군에 잠시 살고 있었다. 소흥 27년(1157) 11월 4일, 심장이 아주 심하게 두근거리는 병을 오랫동안 앓던 황대언은 누런 옷을 입은 동자가 부르는 소리를 듣고 대문을 나서서 큰 사거리를 지나가게 되었다. 길가에는 가지가 늘어진 버드나무가 심겨 있었고, 연못의 물은 속이 다 보일 정도로 맑고 시원해 보였다. 연꽃이 한여름처럼 무성하게 피어 있었다.

10여 리를 지나자 더는 민가가 보이지 않았고, 멀리 누각이 우뚝 솟아 있는 것이 보였다. 누각은 황금빛과 푸른빛이 눈부시게 빛나고 있었다. 동자가 안내하여 대문 안으로 들어서니 만 명쯤 되는 많은 죄인이 대청 아래에 서 있었고, 전각 위에는 네 명이 통천관[28]을 쓰

---

27 浦城縣: 福建路 建州 소속으로 현 복건성 북부 南平市 최북단의 浦城縣에 해당한다.

고, 금실로 수를 놓은 도포를 입고 각기 자리를 나누어 앉아 있었다. 한 서리가 황대언을 소환하여 말하길,

"너의 운수가 다하지 않았는데 너를 잘못 잡아 왔구나."

푸른 옷을 입은 동자에게 황대언을 데리고 동쪽 문으로 나가라고 명하였다. 황대언이 뒤를 돌아보니 자신을 제외한 나머지 사람들을 이미 북쪽으로 몰아가고 있었다. 동문 밖은 마치 이승의 시장과 같아서 오가는 사람들로 분주하였다. 멀리 가지 않아 또 아주 화려한 궁궐이 보였는데, 궁궐 안팎으로는 소머리를 한 지옥의 옥졸[29]이 많이 있었다. 왕은 면류관[30]을 쓰고 옥홀[31]을 들고 앉아 있었는데, 위엄이 넘치고 분위기가 숙연하였다. 자주색 관복을 입은 관리가 묻길,

"너는 이승에서 살면서 어떤 선한 일과 악한 일을 했느냐?"

황대언이 대답하길,

"몇 년 전 전쟁이 났을 때, 두 명의 도둑이 재물을 약탈하다가 둘다 체포되었습니다. 향병[32]이 그들을 죽이려고 했습니다만, 저는 그

---

28 通天冠: 높이가 9寸으로 산처럼 높다고 하여 高山冠 또는 卷雲冠이라고도 칭하는 황제의 禮帽로서 冕旒冠 다음가는 것이다. 정면은 쇠로 틀을 만들어 수직으로 만들었고, 윗부분은 비스듬하게 만들었다. 秦代부터 사용되어 元代를 제외하고 明代까지 사용하였다.

29 牛頭阿旁: 머리가 소의 모습을 한 지옥의 鬼卒을 뜻한다. 산스크리트어에서 유래한 단어로서 '阿傍'이라고도 한다.

30 冕旒: 통상 冕旒冠이라고 하는데 冕은 머리에 쓰는 둥근 모자 위에 있는 직사각형 판을 말하며, 旒는 얼굴을 가리기 위해 구슬을 엮어 만든 발을 말한다. 상고시대부터 周의 천자까지 쓴 禮帽 가운데 가장 존엄한 것으로 즉위식이나 祭天 등 공식 석상에 사용하였으며, 秦始皇이 없앴으나 漢明帝에 의해 다시 사용되어 후대로 이어졌다.

31 圭: 제후를 봉할 때 주는 신표로서 제사를 지낼 때 그림자로 시간을 측정하기 위해 만든 위는 둥글고 아래는 네모난 장방형의 옥기이다.

들을 불쌍히 여겨 20관의 돈으로 그들의 죽음을 대속한 일이 있습니다. 또 평생 살생을 하지 않고 불경을 지니고 다녔으며 불상 수십 존을 만들었습니다."

잠시 후 커다란 거울을 가지고 와서 비춰 보니 정말로 원한으로 인한 업보가 없었다. 즉시 도총관사[33]에 가서 대조해 보라는 명이 떨어졌다. 도총관사의 장관을 가리켜 사인[34]이라고 칭하였는데, 그를 보좌하는 이가 바로 광덕군 대리지사로 나왔던 왕순이었다. 황대언과는 본래부터 친밀한 사이여서 황대언에게 일러 말하길,

"자네는 당연히 이승으로 다시 돌아갈걸세. 만약 세상 사람을 보거든 그저 좋은 일 많이 하고, 천지신명을 경외하고, 부모에게 효도하고 잘 봉양하라고 권해 주게나. 또 삼보에 귀의하고 평등심을 발휘하고, 살생하지 말며, 남의 재물을 탐하지 말고, 여색을 탐하지 말며, 시기와 질투하는 마음을 품지 말라고 권해 주게. 좋은 사람 착한 사람을 비방하지 말고 타인을 깎아내리지 말라고 말일세. 악행이 내 몸에 남아 있으면 하루아침에 운을 다하고 큰 지옥에 떨어지게 되네.

---

32 保伍: 다섯 집으로 하나의 조직인 伍를 구성하여 서로 보호하고 통제한 데서 유래한 향촌의 오래된 鄕兵 조직이다. 송조는 전국 향촌을 都保 · 大保 · 少保로 조직하여 운영하였다.

33 總管司: 송 초, 전선에 파견한 대규모 부대를 통제하는 조직으로 설치한 行營都部署는 英宗의 이름을 피휘하여 都摠管司로 개칭하였다. 총책임자는 都總管이고 그 휘하에 각 路의 군대를 총괄하는 路分馬步軍總管司를 두어 소속 군대의 훈련과 검열을 관장하였다. 路의 군사 및 치안을 담당한다는 점에서 路分都總管은 經略安撫使와 유사한 직무를 수행하였다. 남송 때는 전방을 담당하는 大都統司와 후방의 路를 담당하는 都總管司로 나누었으며, 총관사는 약칭이다.

34 舍人: 송대 舍人은 太子舍人 · 中書舍人 · 起居舍人 · 閤門宣贊舍人 · 閤門舍人 등 보좌관직 관직명에 사용하였다.

한번 지옥에 가면 다시는 나오길 기대할 수가 없고, 오직 지은 업보를 다 치러야만 비로소 아귀도[35]와 축생도에서 환생할 수 있다오, 그래서 불경에서는 온갖 방법으로 계율을 지키라고 권고하는 것인데, 이는 절대로 빈말이 아니오."

또 왕순은 황대언에게 부탁하길,

"내가 한 말을 우리 가족들에게 전달해 주시게나. 내가 관아에서 일하면서 어찌 잘못이 없을 수 있었겠는가? 그래도 일찍이 죽을죄를 지은 31명을 살려 준 그 음덕이 있어서 내가 죽어 신이 된 것이지. 가족들에게 나를 위해 옷 한 벌을 만들어 시주하고 독경을 많이 하고, 명전 1만 7천 관을 태운 뒤 이런 사정을 성황신께 아뢰어 내가 미처 풀지 못한 죄를 대속하고자 하였음을 알려 주라고 해 주시게."

그리고 또 말하길,

"세상 사람들은 공덕을 쌓아 죽은 이를 천도하는 데 반드시 성황신의 증서가 있어야 그것을 증명을 할 수 있고, 그래야만 복을 얻을 수 있다오. 연말연시에 짐승을 잡아 제사를 지내는 일이 있는데, 그렇게 하면 조상들이 흠향하지 않으니 이 두 가지 일은 반드시 알아야만 할 것이요. 이틀 후 명계에서는 선남선녀를 무우각 아래에 모이게 한 뒤 그들의 선행 정도에 따라 선업의 결과를 입증하게 할 것이오. 지옥에 잡혀 온 죄수들 역시 그곳으로 몰고 가서, 주현의 감옥에 갇힌 죄수

---

35 餓鬼道: 일체중생은 자신의 지은 업에 따라 天道·人道·修羅道·畜生道·餓鬼道·地獄道란 육도의 세계를 끊임없이 輪廻轉生하게 된다는 불교의 六道輪廻 가운데 하나이다. 최악인 지옥도보다는 낫지만 늘 음식과 물을 먹을 수 없어 배가 고프고 목이 마르는 고통 속에 살며, 설령 무엇을 먹는다 해도 그것이 불로 변해 늘 굶주림에 시달리며, 매를 맞는 고통까지 더해지는 곳이라고 한다.

들에게 하는 것처럼 사정을 들어 보고 사면하거나 처벌하는데, 죄가 가벼운 자라고 해도 고해를 벗어나 새로운 삶을 받아야 합니다. 한 번 가서 보는 것이 좋을 것 같소이다."

이에 가서 이른바 무우각이라 칭하는 누각을 바라보니 많은 보석을 쌓아서 만들진 것이었다. 구름을 뚫고 솟아 있을 정도로 높은 무우각에는 상서로운 빛이 하늘에서 비추고 있었다. 남녀 모두 무우각 아래에 모여 있는데, 선한 업을 쌓은 이는 아주 화려한 옷을 입고, 향과 꽃 그리고 불경을 들고 영롱한 구름 사이에서 배회하더니 곧 금과 옥으로 쌓은 계단을 올라가고 있었다. 반면 지옥에 속할 무리는 모두 수갑을 찬 채 구금되어 있었는데 병약하고 초췌해 보였다. 무우각 문 밖에서 꿇어앉거나 엎드려 있는 이 가운데 기뻐하는 자와 두려워 떠는 이가 서로 반쯤 되었다. 이러한 모습을 둘러보고 막 감탄하고 있는데 홀연 아무것도 보이지 않았다. 총관 왕순이 말하길,

"저들은 오늘 부처님의 공덕에 힘입어 지옥의 고통에서 벗어날 수 있게 되었소, 그러나 모두 사람의 몸을 잃어버려 짐승으로 환생할 것이오."

도총관사 관아로 돌아왔는데, 생전의 업을 대조하려는 자가 매우 많은 것을 보았다. 그 가운데 황대언을 알아보는 이들이 있어 자손에게 말을 전해 달라고 부탁하였는데, 모두 자신들을 위해 공덕을 쌓아 달라는 간청이었다. 부탁한 말은 모두 생전 집안의 은밀한 일이어서 외부 사람은 알래야 알 수 없는 것이었다. 이렇게 일을 다 마치고 길을 안내하는 동자를 따라 돌아오다가 불에 달궈진 쇠로 이루어진 철산지옥을 보게 되었다. 뜨거운 불꽃이 활활 타오르는데, 쇠붙이를 달궈서 지져 대니 죄수들의 비명이 그치지 않았다.

이견병지 【一】

또 하나의 산이 있었는데, 나무만 있을 뿐 잎사귀는 없고 수직으로 세워 놓은 칼만 가득하였다. 죄인들은 칼날을 잡아끌면서 위로 올라가야 하는데, 살이 베이고 잘리는 고통을 견디다 못한 시체가 무수히 쌓여 있었다. 황대언이 합장하고 관세음보살과 지장보살을 암송하자 홀연 천둥소리가 한번 나더니 철산지옥과 도산지옥 모두 사라졌다. 앞으로 가다가 동굴이 있는 한 암벽을 지나갔는데, 냇물에서 악취가 나서 가까이 갈 수가 없었다. 동자가 말하길,

"세상 사람들이 먹다 남기고 버린 음식과 술, 찻잎이 도랑에 쌓여서 그렇습니다. 모두 지신이 이곳에 쌓아 두었다가 그들의 수명이 다하길 기다린 뒤 이것을 먹으라 명합니다."

또 몇 리를 간 뒤 다시 왕의 궁궐에 이르렀다. 왕이 칙명을 내리길,

"네가 세상으로 돌아가면 5년의 기간이 있으니 내 말을 사람들에게 전하거라. 선한 일을 한 사람은 인간 세상에 태어나 안락한 복을 누릴 것이나 악한 일을 한 사람은 만겁 세월이 흘러도 인간으로 환생하지 못하고 무간지옥의 고통을 당해야만 할 것이다. 이 말을 들은 사람들은 이 말을 널리 전하도록 하라."

곧 궁궐을 떠나게 되자 한 푸른 옷을 입은 동자에게 장춘문으로 인도하여 나가도록 하였다. 장춘문 밖에는 그가 왔을 때처럼 꽃이 만발하였다. 다리를 지나다가 실족하여 잠에서 깨었는데 이미 11월 8일이었다. 황대언의 당시 나이는 85세였다. 무주 숭인현[36] 주부인 진강이 이 일화를 기록하였다.

---

36 崇仁縣: 江南西路 撫州 소속으로 현 강서성 중동부 撫州市 서남쪽의 崇仁縣에 해당한다.

乾道初元, 衡山民以社日祀神, 飲酒大醉. 至暮獨歸, 跌於田坎水中, 恍忽如狂, 急緣田埒行. 至其家, 已閉門矣, 扣之不應, 身自從隙中能入. 妻在牀績麻, 二子戲於前, 妻時時咄罵其夫暮夜不還舍. 民叫曰: "我在此." 妻殊不聞, 繼以怒罵, 亦不答. 民驚曰: "得非已死乎?" 遽趨出, 經家先香火位過, 望父祖列坐其所, 泣拜以告. 父曰: "勿恐, 吾爲汝懇土地." 卽起. 俄土地神至, 布衫草屨, 全如田夫狀, 具問所以, 顧小童令隨民去. 童禿髮赤脚, 類牧牛兒, 相從出門, 尋元路, 復至坎下, 敎民自抱其身, 大呼數聲, 蹶然而寤. 時妻以夫深夜在外, 倩鄰人持火炬求索之, 適至其處, 遂與俱歸.(子婦姪張寅說.)

　　건도 1년(1165), 담주 형산현[37]의 농민이 토지신에 제사를 지내는 날, 몹시 취하도록 술을 마셨다. 저녁이 되어 혼자 집으로 돌아가던 중 밭에서 발을 헛디뎌서 그만 물구덩이에 빠지고 말았다. 그러자 갑자기 미친 사람처럼 되어 서둘러 밭두둑을 따라서 갔다. 집에 도착해서 보니 이미 대문이 닫혀 있었다. 그래서 문을 두드렸지만 아무런 반응도 없었다. 그래서 문틈 사이로 몸을 끼워서 들어갔더니 아내가 평상에서 삼을 잣고 있었고, 두 아들은 그 앞에서 놀고 있었다.

　　그런데 아내는 날이 저물어 밤이 늦었는데도 남편이 돌아오지 않

[37] 衡山縣: 荊湖南路 潭州 소속으로 현 호남성 남동부 衡陽市 북동쪽의 衡山縣에 해당한다.

는다며 쉬지 않고 욕을 하고 있었다. 농민은 크게 소리쳐 말하길,

"나 여기 돌아왔지 않소."

하지만 아내는 전혀 듣지 못하고 계속해서 화를 내며 욕을 해대며 대답하지 않았다. 그제야 농민이 놀라서 말하길,

"그렇다면 내가 이미 죽었단 말인가?"

급히 밖으로 달려 나와 조상들에게 향을 태워 바치는 집안의 신위 앞을 지나며 선친과 조상의 신주가 있는 곳을 바라보며 울면서 절을 하고 자신의 사정을 고하였다. 아버지가 말하길,

"두려워하지 말아라. 내가 너를 위해서 토지신께 간청을 드렸다."

그래서 즉시 일어났는데, 잠시 후 토지신이 다가왔다. 토지신은 마로 된 적삼과 짚신을 신고 있어 완전히 평범한 농부의 모습이었다. 토지신은 어찌 된 연유인지를 상세히 묻고는 뒤를 돌아보더니 어린 동자에게 농민을 따라가라고 시켰다. 아이는 빡빡머리에 맨발로 마치 소를 키우는 목동 같았다. 둘이 함께 문밖으로 나가서 원래 왔던 길을 찾아서 그 물구덩이에 다시 갔다. 동자는 농민에게 자신을 감싸라고 시킨 뒤 몇 차례 큰 소리로 이름을 불렀다. 그러자 갑자기 깨어났다. 그때 아내는 남편이 늦은 밤에도 밖에서 돌아오지 않자 이웃 사람에게 부탁해 횃불을 들고 남편을 찾으러 나섰다가 마침 물구덩이까지 왔다. 곧 함께 집으로 돌아왔다.(이 일화는 며느리의 조카인 장인이 말한 것이다.)

平江常熟縣僧慈悅, 結庵於縣北頂山絶巘白龍廟之傍, 凡三十餘年.
以至誠事龍, 得其歡心, 有禱必應, 邑人甚重之. 紹興三十二年, 年七
十八矣, 忽得蠱病, 水浮膚革間, 累月不瘳, 朝夕呻吟, 殆無生意, 棺衾
皆治辦, 待盡而已.

一客不知從何來, 戴碧紗方頂巾, 著白苧袍, 眉宇軒昂, 與常人異.
自山下至龍祠禮謁, 因歷僧舍, 見慈悅病, 問之曰: "病幾何時矣? 此乃
水腫, 吾有藥能療." 悅欣然請其術. 命解衣正臥, 以爪甲畫其腹幷臍
下, 應手水流, 溢於榻下, 宿腫卽消. 又探藥一餅, 如彈丸大, 色正黑,
戒曰: "宜取商陸根與菉豆同水十椀, 煮至沸, 去其滓, 任意飲之, 藥盡
則病愈矣. 兼師壽可至八十五歲." 悅愧謝數四, 且詢其姓氏鄕里, 曰:
"我回客也, 臨安人." 又曰: "和尙, 如今世上人, 識假不識眞." 語訖, 揖
而去.

悅如言飲藥, 味殊甘美, 越兩日乃盡, 病如失去, 亦不復知客爲何人.
後兩月, 別一客言, 來從都下, 因觀普陀山觀音至此. 出一卷畫贈悅曰:
"此我所爲者." 卽去. 旣而展視之, 乃畫薜荔纏結, 中覆呂眞人象, 始知
所謂回客者, 此云. 縣主簿趙彦淸爲作記.

평강부 상숙현[38]의 승려 자열이 상숙현 북쪽 정산의 험준한 산봉우
리에 자리한 백룡묘 옆에 암자를 만들었다. 그리고 무릇 30여 년 동
안 정성을 다해 백룡을 모셔 신의 환심을 샀다. 자열의 기도에 대해

38　常熟縣: 兩浙路 平江府 소속으로 현 강소성 최남단 蘇州市 북쪽의 常熟市에 해당
　　한다.

백룡이 반드시 응답하자 현성 사람 모두 자열을 대단히 존중하였다. 소흥 32년(1162), 나이가 78세였는데 갑자기 독충의 해를 입어 피부 안에 생긴 부종이 심해져서 몇 달이 지나도록 낫지 않았다. 자열은 온종일 고통으로 신음하면서 거의 살고 싶은 생각이 없을 정도였다. 그래서 관과 수의를 모두 준비하고 숨이 끊어지기만 기다렸다.

그때 어디서 왔는지 알 수 없지만, 푸른색 고운 비단으로 만든 네모난 건을 쓰고 흰색 모시 도포를 입은 한 길손이 왔다. 이마와 눈썹이 높이 솟아서 보통 사람과 다른 풍채를 지녔다. 길손은 산 아래에서 올라와 백룡묘에 들러 배알하고 요사채를 두루 둘러보다가 자열이 병들어 있는 것을 보고 그에게 묻길,

"병이 난 지 얼마나 되었습니까? 이 병은 수종인데, 나에게 이 병을 치료할 약이 있답니다."

자열은 흔쾌하게 길손에게 치료해 줄 것을 청하였다. 길손은 자열에게 옷을 벗으라고 한 뒤 반듯이 누우라고 하였다. 길손은 손톱으로 자열의 배와 배꼽 아래까지 금을 그었는데, 손길에 따라 수종의 물이 흘러나와 침상 아래 흥건하게 되었다. 오랜 부종이 즉시 사라졌다. 그리고 다시 약을 찾아 주었는데, 크기가 탄환처럼 컸고, 색깔은 검은색이었다. 길손은 주의하라며 말하길,

"상륙[39]의 뿌리와 녹두에 물 10그릇을 붓고 펄펄 끓인 뒤 그 찌꺼기를 버리고 수시로 마시세요, 약이 다 떨어질 때면 병이 나을 겁니다. 스님께서는 85세까지 수를 누리실 것입니다."

---

39 商陸: 통상 자리공이라고 하는 식물이다. 뿌리는 대소변을 통하게 하여 수종·脹滿을 치료하는 약재로 쓴다.

자열은 네 차례나 크게 감사 인사를 한 뒤 길손의 이름과 고향을 물어보았다. 그러자 답하길,

"저는 회객이라고 하며 임안부 사람입니다."

또 말하길,

"스님, 지금 세상의 사람들은 가짜를 알 뿐 진짜는 알지 못합니다."

말을 마치자 읍을 한 뒤 가 버렸다. 자열은 회객이 말한 대로 약을 마셨는데, 맛이 아주 달고 감미로웠다. 이틀이 지나자 약이 다 떨어졌고, 병이 사라진 것 같았다. 하지만 그 회객이 어떤 사람인지 더는 알 수가 없었다. 그 뒤로 2개월 뒤 도성에서 왔다는 또 다른 길손이 자신은 보타산[40] 관세음보살을 참견하고 이곳에 왔다며 두루마리 그림 하나를 자열에게 주면서 말하길,

"이 그림은 내가 그린 것입니다."

그리고 가 버렸다. 잠시 후 두루마리를 펼쳐서 보니 바로 줄사철나무 덩굴이 얽혀 있는 가운데 진인 여동빈의 화상이 숨겨져 있었다. 그제야 비로소 회객의 회回가 여呂를 뜻하는 말임을 알 수 있었다. 상숙현 주부인 조언청이 이 일화를 기록하였다.

---

[40] 普陀山: 浙江省 항주만의 舟山群島 동쪽 해안에 있는 산이다. 南인도에 있다는 관세음보살의 성지 補陀落에서 유래한 것으로 관음보살의 도량으로 알려졌다. 文殊菩薩의 도량으로 알려진 五臺山, 普賢菩薩의 도량으로 알려진 峨眉山, 地藏菩薩의 도량으로 알려진 九華山과 함께 불교의 4대 도량이다.

宗室鄆康孝王孫女曰粉縣主者, 年十四五時, 與家人會飲于堂. 忽
大風從庭起, 雷雨繼至, 火光如毬, 縱橫飛掣, 煙霧四合, 對面不相睹.
男子號哭乞命, 婦人掩耳仆卓上, 或有墮地者, 移時方止, 天晴如初.
點檢坐中人, 獨不見縣主. 久之, 但得雙目睛於庭砌下, 屍失所在矣.
縣主之父曰士驤.

종실 가운데 순강효왕에 추증된 조중어[41]의 손녀 분현공주[42]가 14,
15세 무렵 가족들과 집에서 음식을 먹고 있었는데, 갑자기 뜰에서 큰
바람이 일더니 천둥과 함께 비가 쏟아지기 시작하였다. 공처럼 둥근
불덩어리가 이리저리 빠르게 날아다녔고, 연무가 사방을 둘러싸서
얼굴을 마주 대해도 알아볼 수 없을 정도였다. 남자들은 울면서 살려
달라고 애원했고 여자들은 귀를 막고 탁자 위로 엎어지거나 바닥에
쓰러졌다. 얼마쯤 시간이 지나자 비로소 비가 그쳤고 하늘은 처음처
럼 맑게 개었다. 자리에 있던 사람들을 세어 보니 현공주만 보이지

---

[41] 鄆康孝王(1052~1122): 종실 趙仲御로서 순전히 명예직이지만, 철종 때 鎭寧軍·
保寧軍·昭信軍·武安軍 절도사와 汝南郡王·華原郡王에 봉해졌고, 휘종 때 泰
寧軍 절도사와 開府儀同三司에 봉해졌다. 71세로 사망한 뒤 太傅로 추증되었고,
鄆王에 봉해졌다.

[42] 縣主: 본래 황실의 딸을 가리켜 公主라고 칭하였으나 후에 분화되어 郡公主(郡
主), 縣公主(縣主) 등의 봉호를 주었다. 東漢 때는 모든 황실 딸을 현공주로 봉하
였으나 隋唐代부터 친왕의 딸에게만 현공주를 봉하였다.

않았다. 한참 뒤에 현공주의 두 눈알만 뜰의 섬돌 아래에서 찾았을 뿐 시신은 어디에 있는지 찾지 못하였다. 현공주의 아버지는 조사려이다.

大觀中, 京師醫官耿愚買一侍婢, 麗而黠. 踰年矣, 嘗立於門外, 小
兒過焉, 認以爲母, 眷戀不忍去. 婢亦拊憐之, 兒歸告其父曰: "吾母乃
在某家." 時其母死旣祥矣, 父未以爲信, 試往殯所視之, 似爲盜所發,
不見屍. 還家, 攜兒謁耿氏之鄰, 密訪婢姓氏, 眞厥妻也. 卽佯爲販鬻
者, 徘徊道上, 伺其出而見之. 妻呼使前, 與敍別意, 繼以泣, 語人曰:
"此爲吾夫, 小者吾子也."

耿聞之, 怒, 詬責之曰: "去年買汝時, 汝本無夫, 有契約牙儈可驗,
何敢爾?" 夫訴諸開封, 迹所從來. 婢昏然不省憶, 但云: "因行至一橋,
迷失路, 爲牙媼引去. 迫於飢餒, 故自鬻." 牙媼亦言: "實遇之於廣備
橋, 求歸就食, 遂鬻以償欠." 京尹不暇究始末, 命夫以餘直償耿氏而取
其妻. 耿氏不伏, 夫又訴於御史臺, 整會未竟, 復失婦人, 訟乃已. 不一
年, 耿愚死, 家亦衰替.

대관 연간(1107~1110)에 도성 개봉부에서 경우라고 하는 의관이 한
여종을 샀는데, 그녀는 매우 예쁘고 총명하였다. 그렇게 1년이 지난
뒤 한번은 대문 밖에 서 있었는데, 지나가던 한 어린아이가 여종을
보더니 아는 체하였을 뿐만 아니라 엄마라고 부르고 좋아하면서 차
마 떠나지 못하였다. 여종 역시 아이를 어루만지며 예뻐하였다. 아이
는 집으로 돌아가 아버지에게 말하길,

"엄마가 바로 어떤 이의 집에 있어요."

당시 아이 엄마는 죽어서 대소상大小祥을 모두 치른 뒤였다. 그래서
아이 아버지는 그 말을 믿지 않았으나 혹시 몰라서 무덤에 가서 살펴

보기로 했다. 아마도 도둑의 소행인 듯 무덤은 파헤쳐져 있었으나 시신은 보이지 않았다. 이에 집으로 돌아와 아이를 데리고 경우의 이웃집에 가서 몰래 여종의 성씨를 물어보았다. 그랬더니 정말로 자기 아내였다. 이에 죽을 파는 사람인 양 꾸미고 길거리를 배회하면서 그여자가 나오기를 기다렸다가 만나 보려 하였다. 여자는 남편과 아이를 불러서 오라고 한 뒤 사별한 뒤의 보고픈 마음을 털어놓고는 계속울기만 했다. 그리고 사람들에게 말하길,

"이 사람은 내 남편이고 이 어린이는 내 아들이라오."

경우가 이 일을 알고는 화가 나서 그 여자에게 꾸짖고 질책하길,

"작년에 네가 너를 살 때, 너는 본래 남편이 없다고 하지 않았느냐. 계약서와 중개인[43]이 있으니 얼마든지 확인할 수 있을 것이다. 어떻게 감히 이럴 수 있단 말이냐?"

여종의 남편이 이 일을 개봉부에 제소하자, 개봉부에서는 그 전후사정을 살펴보았다. 그러나 여종은 모든 것이 모호하고 기억이 나지않는다고 하며 단지

"어느 다리에 이르러 그만 길을 잃어버렸습니다. 그때 한 중개인할머니가 나를 데리고 갔고, 너무 배가 고파서 제 몸을 팔았습니다."

중개인 노파 역시 말하길,

"실제로 이 여자를 광비교[44]에서 만났습니다. 음식과 머물 곳을 구하기에 그것을 주고 자신을 팔아 빌려준 것을 갚으라 했습니다."

개봉부윤[45]은 이 사안의 시말을 살펴볼 틈이 없어서 남편에게 나머

---

43 牙儈: 중개인이란 뜻으로 썼다. 牙人·市儈라고도 한다.
44 廣備橋: 개봉의 동북쪽을 흐르는 五丈河에 있던 다섯 개의 다리 가운데 하나이다.

이견병지【一】

지 돈은 경우에게 주고 아내를 되찾아 가라고 명하였다. 하지만 경우가 이 명령에 불복하자 여종의 남편은 다시 어사대[46]에 제소하였다, 하지만 어사대에서 심사 결과를 정식으로 통보하기도 전에 그 여인이 다시 실종되어 소송은 자연히 중단되었다. 1년도 지나지 않아서 경우는 사망하였고, 그의 집안도 쇠락하고 말았다.

---

45 府尹: 都城과 陪都 또는 京畿 지역의 수장을 뜻하며 州 가운데서 중요한 곳이어서 府로 승격된 곳의 지사인 知府와 구분된다. 西漢 武帝가 京兆尹을 설치한 뒤 역대 왕조 모두 도성의 수장을 '尹'이라 칭하였으나, 송대에는 태종과 진종이 역임하여 일시 폐지하였다가 崇寧 3년(1104)에 다시 설치하였다. 종3품이며 서열은 6부 尙書와 侍郎 사이였다. 知府와 달리 항상 임명하지는 않았으며, 통상 親王이 겸직하였다. 京兆 · 開封尹 · 京尹 · 府尹 · 尹京 · 尹臣 · 南衙 등 다양한 별칭이 있다.

46 御史臺: 서한 때 御史府란 명칭으로 출발해 동한 때 御史臺라는 명칭이 확정된 뒤 2,000년을 유지한 대표적인 감찰 기관이다. 天禧 연간에 어사와 臺官을 통합한 뒤로 어사대의 권한이 더욱 강해졌고, 인종은 재상의 어사대 관원 추천권을 황제 고유의 권한으로 변경하여 관료와 정부 기구에 대한 황제의 장악력을 더욱 높여서 中書省 · 樞密院과 서로 鼎立관계를 유지하였다. 어사대부(종2품), 御史中丞(종3품), 侍御史(종6품), 殿中侍御史(정7품), 監察御史(종7품), 檢法官 · 主簿(종8품) 등의 편제로 이루어졌으나, 실제로는 어사대부를 임명하지 않고 어사중승으로 대행시켰다. 侍御史가 있는 臺院, 殿中侍御史가 있는 殿院, 監察御史가 있는 察院을 가리켜 御史臺 3院이라고 하였다. 모든 형사 안건 및 민원은 大理寺가 심사하고, 그 결과를 審刑院으로 이관하여 재논의한 뒤 조정으로 상주하였다. 대리시의 결정에 대해 민원이 제기되면 御史臺에서 심의하고, 그래도 다시 민원이 제기되면 대신들이 최종적으로 심의 · 결정하였다.

江遲學宣和中爲虹縣令, 長子自嚴州奉其母往官下. 有白鶉白雀各
一, 皆瑩潔可觀, 共一籠, 置諸舟背. 入汴數十里, 過靈惠二郎祠, 舟人
入白曰: "神素愛此等物, 願收秘之." 卽攜入臥處. 一婢從庖所來, 至籠
畔, 無故失足, 觸籠墜, 視之, 鶉死矣.(鳴玉說.)

　　강하거는 선화 연간(1119~1125)에 숙주 홍현[47]의 현지사가 되었다.
큰아들이 엄주[48]에서 어머니를 모시고 아버지가 근무하는 홍현으로
갔다. 큰아들은 흰색 메추라기와 참새를 각각 한 마리 갖고 있었는데
모두 윤기 있고 깨끗하여 볼만하였다. 두 마리 새를 한 조롱에 넣고
배 뒤편에 두었다. 배가 변하[49]로 들어와 수십 리를 가다가 영혜이랑
사[50]를 지나는데, 뱃사공이 들어와서 말하길,

---

47 虹縣: 兩浙路 宿州 소속으로 현 안휘성 북부 宿州市 동쪽의 泗縣에 해당한다.
48 嚴州: 兩浙路 소속으로 宣和 3년(1121), 方臘의 난을 진압하고 난 뒤 기존의 睦州
　를 개칭한 지명이며 咸淳 1년(1265)에 建德府로 승격하였다. 치소는 建德縣(현 절
　강성 杭州市 建德市)이고 관할 현은 6개이며 州格은 刺史州이다. 錢塘江 상류 지
　역이며 현 절강성 북부의 杭州市 서남쪽에 해당한다.
49 汴河: 隋煬帝 때 대운하를 개착하면서 만든 通濟渠 구간으로 강남의 물자를 도성
　인 개봉으로 보급하는 역할을 수행하였다. 唐代 이후 廣濟渠라고 칭하였지만, 속
　칭인 汴河로 더 널리 알려졌다. 현 하남성 鄭州 滎陽市 동북쪽에서 황하의 물을 받
　아들여 개봉 성곽 서쪽에 있는 宣澤·利澤 두 수문을 거쳐 성 안으로 들어와 通
　津·上善 두 수문을 거쳐 흘러나갔다.
50 靈惠二郎祠: 수리와 수해 방지, 농경 등 다양한 분야를 관장하는 민간신을 모시는
　사묘이다. 五代부터 사천의 지역신으로 숭상되어 송대 중기 이후 개봉에서 널리

"이랑신이 본래 이런 새들을 매우 좋아하니 보이지 않게 은밀한 곳에 두었으면 좋겠습니다."

이 말을 듣고 즉시 조롱을 가져다가 배 안의 숙소에 두었다. 한 여종이 주방에서 와 조롱 옆을 지나치다가 별다른 까닭 없이 넘어지면서 조롱을 건드려 떨어뜨렸다. 조롱을 쳐다보니 메추라기가 죽어 있었다.(이 일화는 명옥이 말한 것이다.)

숭배되면서 조정의 정식 제사 대상이 되었다. 정식 명칭은 郎君神이지만 민간에서는 통상 二郎神이라고 칭하였고 사묘의 명칭도 二郎祠라고 하였다. 하지만 灌口神을 비롯해 灌口二郎·二郎眞君·二郎顯聖眞君·清源神·清源妙道眞君·赤城王·靈顯王·昭惠顯聖仁佑王 등 수많은 별칭이 있다.

이견병지

夷堅丙志

卷 9

紹興二年, 兩浙進士類試於臨安. 湖州談誼與鄉友七人, 謁上天竺觀音祈夢. 誼夢人以二櫟貯六茄爲餽, 惡之. 惟徐揚夢食巨蟹甚美. 迨旦, 同舍聚坐, 一客語及海物黃甲者, 揚問其狀, 曰:"視蟷蜅差小, 而比螃蟹爲大." 揚竊喜, 乃以夢告人, 以爲必中黃甲之兆. 洎牓出, 六人皆不利, 揚獨登科.

後二年, 誼復與周元特赴漕司擧, 又同詣寺. 前一夕, 周夢與諸人同登殿, 誼先抽籤, 三反而三不吉. 餘以次請禱. 周立於後曰:"所以來, 唯欲求夢爾, 何以籤爲?" 衆強之. 方詣籤下, 遇婦人披髮如新沐者, 從佛背趨出, 謂其貴家人, 急避之, 遂寤. 明晨入寺, 誼所啓三籤果不吉, 餘或吉或否. 周但焚香再拜, 願得夢.

是夜, 夢鄉人徐廣之持省牓至, 凡列三等, 己爲中等第一人. 已而賀客四集, 有道士在焉. 明年七月, 省試罷, □□與待牓. 他日閱市, 聞呼於後曰:"元特, 奉賀!" 回顧, 乃徐廣之也. 云:"適過郡門, 見□□□司牓內一人, 與君姓名同, 聊相戲耳." 周方譙責之, 則又有言曰:"省牓自南門入矣." 遂相與散, □及家而報至.

次日, 數客來賀, 一道士儼然其中. 周曰:"與君不相識, 何以辱顧我?" 道士笑曰:"君豈忘之邪? 去年君過我□(卜), 我推君五行, 知今年必及第. 今而實然, 故來賀, 以印吾術, 非有所求也." 遽辭去. 沉思其人, 乃開元寺賣卜者, 始驗昨夢, 無□(少)不合. 周果居中等, 雖非首選, 而於吳興爲第一人. 夫廣之之戲談, 黃冠之旅賀, 皆偶然細事也. 而夢寐魄兆, 已先見於旬月之前. 人生萬事, 不素定乎!(元特說.)

소흥 2년(1132), 임안부에서 양절로 유시가 열렸다. 호주의 사인 담의는 고향 친구 일곱 명과 함께 상천축사[1]에 가서 관음[2]을 알현하고 과거 결과에 대해 현몽해 주기를 기도하였다. 담의는 어떤 사람이 두 개의 접시에 6개의 가지를 담아서 보내 주는 꿈을 꾸었고, 기분이 자못 우울하였다. 하지만 서양은 맛까지 아주 좋은 큰 게를 먹는 꿈을 꾸었다.

아침이 되자 집에 모두 모여 앉았는데, 한 과객이 이야기하던 중 해산물 가운데 황갑[3]에 대하여 언급하였다. 서양이 황갑의 모양에 관하여 물어보았더니 그가 말하길,

"꽃게보다 조금 작지만, 참게보다는 크다."

서양은 속으로 기뻐하며, 비로소 자신이 꿈꾼 것을 사람들에게 말해 주었다. 서양은 황갑이란 누런 종이에 갑과 진사 명단을 적은 것을 뜻하니 자신이 반드시 급제할 징조라고 여겼다. 합격자 명단을 적은 방문이 나왔는데, 여섯 명은 모두 낙방하였고, 서양 혼자 급제하였다.

2년 뒤 담의는 다시 주원특과 함께 전운사사에서 주관하는 과거[4]

---

1 上天竺寺: 10세기에 창건되었으며 북쪽에 있는 靈隱寺와 함께 항주를 대표하는 사찰이다. 상천축사·중천축사·하천축사가 함께 있어 天竺三寺라고도 한다. 하천축사가 가장 먼저 창건되었고 상천축사가 가장 늦게 창건되었지만 모두 천년고찰을 자랑한다. 현 절강성 杭州市 西湖區에 있다.

2 上天竺寺 觀音:『咸淳臨安志』에 따르면 後晉 天福 4년(939)에 큰 나무를 구해 관음상을 조각하였는데, 吳越王 錢弘俶은 흰옷을 입은 사람이 나타나 머물 곳을 청하는 꿈을 꾸었다고 한다. 이에 상천축사에 天竺看經院을 짓고 관음상을 모시게 하였다. 이에 상천축사와 함께 중천축사·하천축사 모두 白衣관음보살을 모신 최초의 도장이 되었다. 洪邁의 부친 洪皓은『松漠紀聞』에서 관음보살은 늘 흰옷을 입고 있으며, 白頭山이 白衣觀音의 거처라고 기록하였다.

3 黃甲: 본래 등딱지가 누렇고 큰 게를 말하나 과거에서 甲科 진사 급제자 명단을 누런 종이에 쓰기 때문에 '진사급제자'를 뜻하기도 한다.

에 응시하러 가면서 다시 상천축사에 들렀다. 상천축사에 가기 전날 밤, 주원특이 꿈을 꾸었는데, 자신이 여러 사람과 함께 대웅전에 올랐고, 담의가 먼저 점대를 뽑았는데, 세 번을 뽑았지만 모두 불길한 괘가 나왔다. 다른 사람도 차례로 좋은 징조를 간구하며 기도하였다. 주원특이 뒤에 서서 말하길,

"우리가 여기에 온 까닭은 현몽을 바라서가 아니겠소, 무엇 때문에 점대를 뽑아서 알아보려 하시오."

하지만 모두가 점대를 뽑아 보라고 강권하기에 막 점대를 담은 통 아래로 갔을 때 방금 목욕한 것처럼 머리를 흩트린 한 여인과 마주쳤다. 불상의 뒤에서 달려 나온 것 같았는데, 귀한 집 여인이라 여기고 모두 서둘러 피하였다. 그때 꿈에서 깨었다.

다음 날 새벽 상천축사에 들어갔는데, 담의가 고른 세 개의 점대는 결과가 모두 불길로 나왔고, 다른 사람은 누구는 길하고 누구는 길하지 못하였다. 주원특은 점대를 뽑지 않고 단지 분향하고 재배한 뒤 현몽해 줄 것만 간구하였다. 그날 밤, 고향 사람 서광지가 예부에서 주관한 성시의 합격자 방문을 들고 오는 꿈을 꾸었다. 방문은 모두 3등급으로 나누어졌고, 자신은 중등에서 1등이었다.[5] 잠시 후 축하객

---

4 漕司擧: 漕司는 각 路의 재정을 총괄하며 지방관에 대한 감사와 추천권을 지닌 轉運使司의 별칭이며, 漕司擧는 전운사사가 주관하는 解試에 준하는 과거를 말한다. 景祐 연간(1034~1037)에 각 路 轉運司 주관으로 로에 거주하는 현직 관원의 자제 및 친척, 종실녀의 남편 등을 대상으로 解試에 준하는 별도의 과거를 개설하도록 하여 제도화되었다. 모든 절차와 방식은 州·府 解試와 같아 합격하면 省試에 응시할 수 있는 자격을 부여하였다.
5 三等: 송대 殿試 합격자를 등수에 따라 1甲~5甲으로 구분하고 1~2甲에는 진사급제, 3~4甲에는 진사출신, 5甲에는 同진사출신이라는 칭호를 하사하였는데, 후대

들이 사방에서 몰려들었고, 그 가운데 도사도 있었다.

이듬해 7월 성시를 마치고 합격자 방문이 나오길 기다리던 중 하루는 시장을 구경하는데, 누군가 뒤에서 부르는 소리가 들렸고, 그가 말하길,

"원특, 삼가 축하하오."

고개를 돌려 보니 바로 서광지였다. 서광지가 말하길,

"조금 전에 개봉부 관아를 지나다가 어떤 관서에서 붙인 방문에 한 사람의 이름이 자네하고 똑같더군. 그래서 내가 장난한 걸세."

주원특이 막 그를 질책하려는데, 또 누군가 말하길,

"성시의 합격자 방문이 남문을 통해 들어왔답니다."

곧 모두 흩어져 집에 도착했는데, 합격의 소식이 전해졌다. 다음 날, 여러 사람이 와서 축하해 주었는데, 그 가운데 도사 한 명이 분명히 있었다. 주원특이 말하길,

"내 그대와 서로 알지 못하는데, 어찌 이렇게 내게 인사하러 오셨소?"

도사가 웃으며 말하길,

"그대는 어찌 나를 잊었단 말이요? 작년 그대가 나에게 와서 점을 쳤고, 나는 그대의 운세를 봐 주었잖소. 그리고 올해 반드시 급제할 것이라 알아맞히었는데 지금 실제로 그렇게 되지 않았습니까. 그래서 내가 축하하러 온 것이지요. 이로써 내 점술이 사실과 딱 맞았음을 확인하려는 것일 뿐 내 따로 요구할 바는 없소이다."

에 3단계로 간략해졌다. 省試에서는 3甲이라 칭하지 않고 3等으로 칭하였음을 알 수 있다.

도사는 서둘러 인사하고 가 버렸다. 그 사람이 누구인지 잘 생각해 보니 바로 항주 개원사[6]에서 점을 치던 사람이었다. 그제야 비로소 그동안 꾼 꿈 가운데 맞지 않은 것이 거의 없음을 알 수 있었다. 주원특은 실제로 중등으로 급제하였고, 비록 1등으로 합격한 것은 아니지만 그래도 호주 오흥현에서는 1등을 한 셈이었다. 서광지가 농담을 한 일, 도사가 와서 축하한 일 등 모두 우연하고 별것 아닌 일이 아니었다. 꿈에서 본 신기한 조짐이 이미 열 달 전에 나타났으니 인생에 모든 일은 본래부터 정해진 것이 아니겠는가!(이 일화는 주원특이 말한 것이다.)

---

6 開元寺: 唐 開元 연간(713~741)에 玄宗은 전국 각 州縣에서 가장 큰 사찰을 하나씩 선발하여 자신의 연호가 들어간 사액을 내려서 開元寺로 바꾸게 하였다. 항주에서는 梁武帝 天監 4년(505)에 창건된 方興寺를 개원사로 고쳤다.

林乂, 字材臣, 姑蘇人, 剛正尙誼, 鄕里目爲林無差, 以其名近乂字
也. 晚以貢士特奏名得官, 調嘉興主簿. 任滿還家, 夢吏士來迎, 入官
府, 升堂正坐. 掾屬數十輩, 或衣金紫銀章, 列拜廷下, 出文牘, 摘紙尾
使書. 視官階, 乃印銜闊徑三寸, 不可辨, 但識其下文五字, 曰: "酆都
宮使林." 如是凡數紙. 乂平生讀道書, 頗慕神仙事, 顧謂吏曰: "學道之
人, 皆當爲仙官, 此乃冥司主掌, 非以罪譴謫者不至. 且吾聞居此職者
率二百四十年始一遷, 非美官也." 不願拜. 吏曰: "此上帝命也, 安得
拒? 恐得罪於天, 將降充下列, 雖此官不復可得矣." 乂不得已, 乃書名,
遂寤.

知其命不得長, 以告所善道士呂山友. 乂弟乂之婦虞氏, 尙書策女
也, 不食豬肉. 乂誚之曰: "吾家寒素, 非汝家比, 安得常有羊肉? 盡隨
家豐儉勉食之." 婦謝曰: "何敢爾! 但新婦自少小時, 聞燒豬氣輒頭痛
不可忍, 今見則畏之, 非有所擇也." 乂曰: "我若眞爲酆都官, 必使汝
食." 婦笑曰: "幸蒙伯力, 爲增此食料, 新婦大願也."

久之, 乂調官京師, 還, 及泗上, 卒於舟中. 初, 乂父挈家過泗, 謁普
照王寺, 其母生乂於舟中, 及其死也亦然. 訃未至吳, 家人臄豬爲麵,
弟婦問曰: "何物盛饌, 芬香如此?" 家人曰: "豬肉也." 婦曰: "試以與
我." 取食之, 立盡一器, 自是遂能食. 時乂卒已半月云." (自山□□□宅
編作記, □一□□不甚詳. 又□以乂爲毅.)

자가 재신인 고소 사람 임예는 성품이 올곧고 의를 중시하였다. 마
을에서는 임무차라고 불렀는데, 그의 이름 '예乂'가 '차叉'와 비슷하기
때문이다. 늘그막에 거듭 과거에 응시한 사인[7]에 대한 특주명[8]으로

관직을 얻어 수주 가흥현[9] 주부로 발령받았다. 임기를 마치고 집에 돌아왔는데, 한 명의 관리가 와서 자신을 맞이하는 꿈을 꾸었다. 꿈 속에서 한 관부에 들어가서 당상에 올라가 정좌하였다.

보좌관이 수십 명이나 되는데, 그 가운데 일부는 고위 관원만 입는 자주색 관복에 어대를 패용하고[10] 대청 아래에 줄을 서서 절하였다. 또 문서를 꺼내어 종이 아래쪽을 가리키며 서명해 달라고 하였다. 문서에 적힌 관직을 보려고 직경 3촌 크기의 관인에 찍힌 직함을 살펴보았지만 무슨 글자인지 식별할 수 없었다. 다만 그 아래쪽의 다섯 글자가 '풍도[11]궁사 임예'라는 것만 식별할 수 있었다. 이 같은 문서

7 貢士: 송대 주현의 시험인 解試, 즉 鄕試 · 漕試 · 學館試 등에서 합격해 조정에 추천된 擧人이라는 뜻이다.

8 特奏名: 省試에 합격한 수험생의 명단을 황제에게 상신하여 심의 재가를 받는 것을 가리켜 奏名 또는 正奏名이라고 한다. 한편 성시에 거듭 불합격한 자 가운데 나이가 많은 자들의 명단을 따로 작성하여 황제의 특별 재가를 거쳐 특별 합격과 함께 하위 관직에 제수시키는 것을 가리켜 特奏名이라고 한다. 特奏名 대상자는 대부분 낮은 직급을 제수하였다.

9 嘉興縣: 兩浙路 秀州 소속으로 현 절강성 북동부 嘉興市의 城區인 南湖區 · 秀州區에 해당한다.

10 金紫銀章: 金紫는 본래 3품관 이상의 고위 관료가 입는 복식을, 銀章은 漢代에 연봉 2천 석 이상의 고위 관리가 사용하는 은 도장을 뜻한다. 永徽 2년(651)부터 도장 대신 5품 이상의 관원에게 물고기 모양의 魚符를 넣은 魚袋를 허리에 차게 하여 궁궐 출입증으로 활용하였다. 송대의 경우 3품관 이상은 金紫 옷을 입었는데 元豐 3년(1080)의 관제 개혁 이후 4품 이상으로 확대되었다. 또 송대에는 별도의 어부를 휴대하지 않고 어대 표면에 물고기 모양을 장식하여 6품 이상 관리 모두에게 허리에 차게 하였다.

11 酆都: 東漢 말 張陵이 창시한 五斗米道는 장릉의 손자 張魯에 이르러 漢中을 중심으로 한 종교적 색채가 강한 일종의 할거 정권을 세웠다. 이때 도교에 불교의 일부 교리가 결합되어 현 중경시 酆都縣 名山鎭에 자리한 풍도가 泰山과 함께 저승으로 통하는 또 하나의 통로로 주목받았다. 北陰 酆都大帝가 다스린다는 명계이며 이곳의 신들이 인간의 생사화복을 주관한다고 한다. 羅酆山 북쪽에 있다고 하여 北

가 모두 여러 장에 달하였다. 임예는 평생 도가 서적을 읽고 신선에 관한 일을 자못 흠모해 왔기 때문에 관리를 돌아보며 말하길,

"도를 배운 사람 모두 선계의 관리가 됨은 당연한 일이다. 이 직책은 명계의 관아에서 전권을 장악하는 것인데, 죄를 짓고 지상으로 유배된 자가 오를 수 있는 자리가 아니다. 게다가 내가 듣기로는 이 직책을 맡은 자는 모두 240년이 지나야 비로소 한 번 승진할 수 있다고 하니 결코 좋은 관직이라고 할 수 없다."

임예는 그 직책을 맡으려 하지 않았다. 이에 관리가 말하길,

"이는 상제의 명령입니다. 어떻게 거절하실 수 있겠습니까? 하늘에 죄를 짓지 않을까 우려됩니다. 앞으로 강등하여 아래 관직에 충임할 수도 있습니다. 그렇게 되면 비록 이 관직이 좋지 않더라도 그마저도 다시 얻기 어렵게 될 것입니다."

임예는 부득이하여 문서에 서명하고 곧 잠에서 깨었다. 그리고 자신의 수명이 얼마 남지 않았음을 알게 되었다. 임예는 이 일을 친하게 지내던 도사 여산우에게 말해 주었다. 임예의 동생 임우의 아내인 우씨는 상서인 우책[12]의 딸이었다. 그녀는 돼지고기를 먹지 않았는데, 임우가 그것을 비꼬아 말하길,

"우리 집은 가난하여 당신 친정과는 비교할 수도 없으니 어찌 늘 양고기를 먹을 수 있겠소. 우리 집안 형편에 따라서 억지로라도 돼지

酈이라고도 한다.

12 虞策: 자는 經臣이며 兩浙路 杭州 錢塘縣(현 절강성 杭州市) 사람이다. 철종과 휘종 때 杭州 지사, 永興軍 지사, 成都府 지사를 비롯해, 형부·호부·이부상서를 역임하였고, 龍圖閣學士가 되었다. 언관으로 많은 간언을 했지만 극단적이지 않아 신구법당의 당쟁에 휘말리지 않았다.

이견병지 【一】

고기를 먹어 보시구려."[13]

그러자 아내가 미안하다며 말하길,

"제가 어찌 감히 그러겠어요. 단지 어려서부터 돼지고기를 굽는 냄새만 맡으면 번번이 참을 수 없을 만큼 두통이 심했고, 지금은 보기만 해도 소름이 끼칠 정도여서 그래요. 제가 음식을 가려 먹기 때문이 아니랍니다."

임예가 말하길,

"내가 만약 진짜로 풍도의 관원이 된다면 반드시 제수씨가 돼지고기를 먹을 수 있게 해 드리리다."

부인이 웃으며 말하길,

"시아주버니 덕분에 돼지고기까지 먹을 수 있는 좋은 일이 있길 진심으로 바랄 뿐입니다."

한참 뒤에 임예가 도성으로 근무지가 바뀌었기에 돌아오는 길에 사수[14]에 이르러 배에서 사망하였다. 원래 임예의 아버지가 가족을 데리고 사수를 지나면서 보조왕사[15]를 참배하였다. 그때 임예의 어머

---

13 송대에 귀한 식재료로 여긴 것은 양고기였고, 값도 가장 비쌌다. 반면 돼지고기는 건강에 그다지 유익하지 않은 것으로 여겨 값이 저렴하였다.

14 泗水: 산동성 泗水縣 東蒙山에서 발원하여 산동성 서남부를 흘러 濟寧市 부근에서 대운하로 유입되었다. 강의 발원지가 4곳이라서 泗水라는 이름이 붙었다. 金代부터 황하가 남쪽으로 이동하면서 수계에 일대 혼란이 발생하였고, 그 와중에 사수의 원래 물길이 사라졌다.

15 普照王寺: 貞觀 5년(631)에 창건한 고찰로서 泗州城 동북쪽에 있었다. 사주 출신 승려와 현장법사를 모신 것으로 유명하며 전란으로 파괴와 중창을 거듭하였다. 1194년 황하가 남쪽으로 물길을 바꿔 淮河와 합쳐지면서 수량이 늘어나 주변 소택지가 합쳐서 洪澤湖가 만들어졌고, 그 뒤로 사주성과 함께 보조왕사 일대가 호수로 변하였다.

니가 배 안에서 임예를 낳았는데, 임예의 죽음 또한 출생 때의 상황과 다르지 않았다. 부고가 아직 오에 전해지기 전인데, 가족들이 돼지고기를 갈아 넣고 국수를 만들었다. 그러자 임우의 아내가 물어보길,

"무엇을 넣고 음식을 만들었길래 이렇게도 향내가 좋지?"

가족들이 말하길,

"돼지고기예요."

임우의 아내가 말하길,

"내가 한번 먹어 보게 좀 주렴."

음식을 가져다가 먹어 보고는 즉시 한 그릇을 다 비웠다. 이때부터 돼지고기를 먹을 수 있게 되었다. 그때가 임예가 죽은 지 이미 보름이 지난 뒤였다.(산□□□가 편집하여 기록하였다. □□□는 아주 상세하지는 않다. 또 임예를 임의라고 잘못 기록하였다.)

　　政和七年, 京師市中一小兒騎獵犬揚言於衆曰：“哥哥遣我來, 昨日申時, 灌口廟爲火所焚, 欲於此地建立.” 兒方七歲, 問其鄕里及姓名, 皆不答. 至晚, 神降於都門, 憑人以言, 如兒所欲者. 有司以聞, 遂爲修神保觀, 都人素畏事之. 自春及夏, 傾城男女, 負土助役, 名曰：“獻土.” 至飾爲鬼使巡門, 催納土者之物憧憧, 或牓於通衢曰：“某人獻土.” 識者以爲不祥, 旋有旨禁絶. 旣而蜀中奏, 永康神廟火, 其日正同. 此兒後養於廟祝家, 頑然常質也.

　　정화 7년(1117), 도성의 시장에 한 어린아이가 사냥개를 타고 나타나 사람들에게 큰 소리로 말하길,

　　"형님이 나를 이곳에 보내서 왔습니다. 어제 신시(15~17시)에 사천의 관구묘가 화재로 다 타 버려 이곳 개봉에 관구묘를 세우길 원한답니다."

　　아이는 겨우 일곱 살이었고 어디에 사는 누군지 물어보았지만 아무런 대답도 하지 않았다. 밤이 되자 이랑신이 도성의 성문에 내려와 사람에게 빙의하여 아이가 원했던 것과 똑같은 말을 하였다. 담당 관아에서 조정에 보고하자 곧 신보관¹⁶을 신축하게 하였다. 도성 사람

16　神保觀: 개봉에 세워진 二郞神 사묘의 정식 명칭으로 『東京夢華錄』에 따르면 萬勝門 밖 1里 지점에 있었다. 도교에 심취한 휘종은 '神保觀'이란 편액을 하사하였고 이랑신의 생일인 6월 24일에는 御前獻送后苑作과 書藝局 등에서 각종 행사 도구를 제작해 공급하게 했으며, 敎坊이 직접 연주하고 太官局에서 음식을 제공하도

들이 정성을 다해 경외하며 이랑신을 모셨다. 봄부터 여름이 될 때까지 온 도성의 남녀들이 흙을 지고 나르며 공사를 도왔고, 이를 가리켜 '이랑신에게 흙을 헌납하는 일'이라고 이름하였다. 심지어 이랑신의 사신처럼 꾸미고 집마다 돌아다니며 헌토하라고 재촉하는 이들이 끊임없이 오갔다. 또 사거리에 방을 붙여 "누가 헌토하였다"고 알리기도 하였다.

이런 소동에 대하여 식자들은 불길하다고 여겼고, 얼마 뒤 헌토를 금지한다는 성지가 내려왔다.[17] 이어서 사천에서 상주하길, 영강군의 관구묘에 화재가 발생하였다고 하였다. 바로 그 어린아이가 말했던 것과 같은 날이었다. 그 아이는 후에 관구묘를 관리하는 묘축[18]의 집에서 키웠는데, 우둔하고 평범하여 여느 사람과 다를 바가 없었다.

록 하는 등 각별한 예우를 표하였다. 이는 都江堰을 만든 李冰의 화신인 二郞神을 숭배하는 것이 늘 황하의 홍수를 우려할 수밖에 없던 개봉의 민심 안정에 도움이 되었던 것과 무관하지 않을 것이다.

17 개봉에 관구묘를 세우고 이랑신을 숭배하기 시작한 지 10년도 되지 않아 북송이 멸망하였다(1126). 당시 개봉을 공략하고 북송을 멸망시킨 금의 총사령관 斡離不는 금태조의 둘째 아들이어서 개봉 주민들은 그를 가리켜 '二太子'라고 불렀다. 이 태자라는 명칭과 위세가 관구묘의 二郞神과 겹쳐서 알리부를 이랑신의 화신으로 여기는 민심이 조성되기도 하였다.

18 廟祝: 사묘에서 금전이나 곡물을 관리하는 사람을 말한다.

宣和元年五月, 京師大雨連日. 及霽, 開封縣前茶肆家, 未明起, 拂
拭案榻, 見若犬蹲其旁, 至旦視之, 龍也, 有聲如牛, 驚而仆. 茶肆與軍
器作坊鄰, 諸卒適赴役, 見之, 殺而分其肉. 街吏懼不敢□(奏), 都人圖
玩其形, 長六七尺, 鱗色蒼黑. 首如□(驢), 兩頰如魚頭, 色正綠. 頂有
角, 坐極長, 於其際始分兩歧, 與世間所繪龍相類. 後十餘日, 忽大水
犯都城, 高出十丈, 自西北牟駝岡至萬勝門外馬監, 民居盡沒. 時以爲
大河決溢, 然水色淸澄, 河又未嘗決, 終莫知所從來. 居數日, 水已入
汴渠, 達曉將溢, 朝廷募人乘風水之勢, 決其下流, 乃由城北入五丈河,
下注梁山濼, 首尾幾月乃已. 故俗傳爲龍復仇云. (見蔡條『後史補』.)

선화 1년(1119) 5월, 도성 개봉에 연일 폭우가 쏟아졌다. 비가 갤
무렵 성내 개봉현[19] 관아 앞에 있는 찻집에서 날이 밝기 전부터 다탁
등을 청소하다가 개처럼 생긴 것이 그 옆에 쭈그리고 앉아 있는 것을
보았다. 날이 밝아서 다시 보니 바로 용이었고, 부르짖는 소리는 소
와 같았다. 찻집 주인은 놀라서 땅에 쓰러졌다. 찻집과 개봉의 군기
작방[20]이 붙어 있어서 군졸들이 부역하러 가다가 용을 보고 죽인 뒤

---

19 開封縣: 開封府 소속으로 浚儀縣(祥符縣)과 함께 개봉 성내에 설치된 2개의 赤縣
이며 각각 성내의 동남·서북을 관리하였다. 赤縣이라서 지사의 품계, 봉록, 재임
기간, 승진 등에 있어 모두 일반 현과 달리 매우 특별한 대우를 받았다. 현 하남성
개봉시 城區에 해당한다.

20 軍器作坊: 송조는 개봉에 군수용품 제작을 전담하는 남·북作坊과 弓弩造箭院을
두었다. 남·북作坊은 총 51개 분야로 나누어 군수용품 전반을 생산하였고, 궁노

그 고기를 나누어 가졌다.

거리를 순찰하던 관리가 이 사실을 알았으나 두려워하며 감히 보고하지 못하였다. 도성 사람들이 장난삼아 용의 형태를 그림으로 그렸는데, 길이는 6~7척 정도였고, 비늘은 검푸른색이었다. 머리는 마치 당나귀 같았고, 정녹색의 양쪽 뺨은 물고기 대가리처럼 생겼다. 대가리 위에는 뿔이 있었는데, 대단히 길었고, 끝은 다시 두 갈래로 나누어져서 세간에서 그린 용 그림과 서로 비슷하였다.

그 뒤로 십여 일이 지나 갑자기 홍수가 도성을 덮쳤다. 물의 높이가 10장을 넘어서, 서북쪽의 모타강[21]부터 만승문[22] 바깥의 말 사육 관리기구까지 주민의 집들이 모두 침수되었다. 당시는 황하[23]의 제방이 무너져서 홍수가 났다고 생각했지만, 이상하게도 물이 맑았으며, 황하의 제방도 무너진 일이 없었다. 그래서 끝까지 그렇게 된 까닭을

조전원은 궁노와 갑옷, 칼과 등자 등을 전담하였다. 전문적인 기술자 외에도 廂兵 등이 생산에 동원되었다. 熙寧 6년(1073)에는 軍器監에서, 말기에는 御前軍器所에서 전국의 군수용품 생산을 관장하였다. 어전군기소에 3,700명, 동·서작방에는 5,000명의 기술자가 있었다.

21 牟駝岡: 개봉성 서북쪽 15리에 있는 언덕인데, 지세가 마치 모래톱처럼 야트막하고 삼면이 물에 둘러싸여 있다. 말의 사육을 담당하는 天駟監과 번식을 전담하는 孳生馬監이 있던 곳이어서 기병 위주의 金軍이 개봉을 공격할 때 영채를 설치하였던 곳이기도 하다. 현 鄭州市 中牟縣에 속한다.

22 萬勝門: 개봉성의 서쪽 3개 성문 가운데 중앙에 있는 성문이다. 서쪽에 있는 군 주둔지이자 나루터로서 교통의 요충지인 萬勝鎭(현 하남성 鄭州市 中牟縣)으로 가는 길에 있어서 붙여진 이름이다. 성문 바로 앞 서남쪽에 金明池가 있다.

23 大河: 춘추시대까지 맑은 물이 흘렀던 황하의 본래 명칭은 '河' 또는 '河水'였고, 『史記』에서는 '大河'라고 하였다. 그러나 황하 주변의 삼림 파괴가 심해지던 전국시대부터 물 색깔이 혼탁해지기 시작했고, 西漢 때부터는 아예 '濁河' 또는 '黃河'라고 칭하기 시작하였지만, 일반적으로는 여전히 '大河'라 칭하였다. 黃河라는 명칭이 보편화되기 시작한 것은 당·송대 이후이다.

이견병지【一】

알지 못하였다. 며칠 뒤 물이 변하[24]로 유입되어 새벽 무렵 범람하려
하자 조정에서는 사람들을 모아 지형과 물 흐름을 이용하여 물이 흘
러갈 수 있게 물길을 텄다. 그 결과 개봉성 북쪽에서 직접 오장하[25]로
물이 흘러서 동쪽의 양산박[26]으로 유입되기까지 모두 몇 개월이나 소
요되었다. 그래서 민간에서는 용이 복수한 것이라는 말이 전해졌다.
(이 일화는 채도[27]의 『국사후보』에 실려 있다.)

---

24 汴渠: 汴河의 별칭이다. 隋 煬帝 때 대운하를 개착하면서 만든 通濟渠 구간으로 강
　　남 지역의 물자를 도성인 개봉으로 보급하는 역할을 수행하였다. 唐代 이후 廣濟
　　渠라고 칭하였지만, 속칭인 汴河로 더 널리 알려졌다. 현 하남성 鄭州 滎陽市 동북
　　쪽에서 황하의 물을 받아들여 개봉 성곽 서쪽에 있는 宣澤 · 利澤 두 수문을 거쳐
　　성으로 들어와 通津 · 上善 두 수문을 거쳐 흘러나갔다.

25 五丈河: 후주 세종이 개봉과 산동을 잇는 운하를 개착하면서 그 깊이를 5丈으로
　　해서 붙여진 이름이다. 개봉성 동쪽의 咸通門에서 시작해 동쪽의 濟州에서 梁山
　　泊과 연결되고 다시 남쪽의 濟水와 이어졌다. 북송 중기 이후 황하의 잦은 범람으
　　로 수심이 얕아졌고, 금대에는 운하 기능이 완전히 상실되었다. 開寶 6년(973)에
　　廣濟河로 개칭하였지만, 속칭인 오장하로 더 널리 알려졌다.

26 梁山濼: 현 산동성 태안시 동평현에 있는 東平湖의 전신으로서 『水滸志』의 무대
　　인 梁山泊으로 유명하다. 황하 하류 저습지여서 황하의 범람에 따라 호수의 크기
　　와 지형의 변화가 매우 컸다.

27 蔡絛(1096~1162): 자는 約之이며 福建路 興化軍 仙遊縣(현 복건성 莆田市 仙遊
　　縣) 사람으로 권신 蔡京의 아들이다. 徽猷閣待制 · 禮部尚書 겸 侍講을 거쳐 龍圖
　　閣直學士 겸 시강이 되었다. 宣和 6년(1124) 채경이 다시 집권했지만 78세여서 실
　　무를 처리하기 힘들어하자 채도가 업무를 대행하여 국사를 처리했고 조회에도 대
　　리 참석하였다. 권력을 자의적으로 행사하며 부정을 일삼았으며 후에는 권력을
　　놓고 채경과 갈등을 빚기도 했다. 靖康 1년(1126), 금군의 전면 공세를 맞아 廣南
　　西路 白州로 유배되었으나 紹興 말년까지 살아남았다. 정치적으로 발호를 일삼았
　　지만 박학했고 문재가 뛰어나 채도가 지은 『鐵圍山叢談』에는 乾德~紹興 연간의
　　많은 일화가 기록되어 있고, 『國史後補』에는 궁중의 일부 금기사항도 기술하였으
　　며, 元祐 구법당 인사의 작품이 많이 수록된 『西淸詩話』 등을 남겼다. 본문의 條
　　는 絛로 써야 맞다.

溫州城中一宅, 素凶怪. 先是仲監稅居之, 一家盡死. 後數年, 呂監稅者自福州黃崎鎭罷官來, 亦居之, 常見仲君露首禿髮往來西舍間. 女子年十二三, 最惱人, 伺客至, 輒映壁窺之而笑, 翻弄什器, 塗浣窗几, 不可摶逐. 唯一嫗頗恭謹, 每女子出, 必叱去. 呂妻病, 數日不愈, 嫗敎之曰: "縣君無它疾, 但煎五苓散, 下半硫丸, 足矣." 呂以其言有理, 亟從之, 一服而愈.

然人鬼雜處, 家之百物, 震動無時, 或空轎自行於廳上, 擧室殊以爲憂. 他日, 嫗又告曰: "我輩相與共議, 欲迎君作主, 約用後月某日. 此計若成, 君必不免, 宜急徙以避禍." 呂以告胡季皋. 季皋爲福州幹官時識之, 亦勸使去. 去之日, 西舍男女數十輩騈肩出觀, 相顧嗟惜, 似恨謀之不早也. 後無復有敢僦舍者. 經一月□□(未畢), 邑胥挈家來, 或告其故, 胥笑曰: "我乃人中鬼也. 彼罔兩爾, 何足畏?" 處之不疑, 群鬼亦掃跡.

온주 성내의 한 주택은 본래부터 기괴한 일이 많았다. 앞서 감세[28]인 중씨가 그 집에 살았는데, 일가 모두 죽고 말았다. 그 뒤로 몇 년이 지나서 감세 여씨가 복주 민현 황기진[29]에서 임기를 마치고 온주

---

28 監稅: 각종 조세 징수·창고 관리·전매 담당하는 파견직을 총칭하여 監當官이라고 하는데, 행정단위마다. 업무영역마다 방대한 수의 하급관리로 이루어졌다. 통상 연간 징수액이 정해져 징수액에 따라 고과를 매겼다. 監稅는 監當官 가운데서 상세를 징수하는 관리로서 근무처의 명칭은 상황에 따라 都稅院·都稅務·都商院·商稅務·城商稅 등 매우 다양하였다.

로 돌아와 역시 이 집에 머물렀다. 죽은 중씨가 대머리인 얼굴만 노출한 채 서쪽 건물에서 오가는 것이 늘 보였고, 또 열두세 살가량 되는 여자아이가 가장 사람들을 골치 아프게 하였다. 손님이 오기를 기다렸다가 곧장 영벽[30] 뒤에서 엿보고는 웃으면서 집기를 뒤집어엎고, 창문과 집기에 오물을 칠하곤 했다. 하지만 붙잡거나 내쫓을 수가 없었다. 다만 한 할머니에게만 제법 공손하게 대하였다. 매번 여자아이가 나타날 때마다 할머니가 큰소리로 꾸짖어 내쫓았다.

여씨 아내가 병이 나서 여러 날이 되도록 낫지 않았다. 그러자 할머니가 알려 주길,

"현군께서는 별다른 병이 없습니다. 그저 오령산[31]만 달여 드시고 거기에 반류환[32]을 쓰면 그것으로 족할 것입니다."

여씨 아내는 그 말이 일리가 있다고 생각하고 급히 시키는 대로 따라 했다. 약 한 첩을 먹었더니 곧 병이 나았다. 그러나 사람과 귀신이 섞여 사는 곳이라서 집안의 모든 물건이 시도 때도 없이 흔들렸고, 때로는 빈 가마가 대청 위에서 저절로 움직여서 온 집안이 아주 골머리를 앓았다.

---

29 黃崎鎭: 福建路 福州 閩縣 소속으로 당말 오대에 복건 일대를 지배하던 王審知에 의해 개발된 항구이며 한국 및 동남아와의 무역 중심지로 번성하였다. 본래 甘棠港이라고 하였으며 黃岐鎭으로 표기하기도 한다. 현 복건성 북동부 福州市 서북쪽의 閩侯縣에 해당한다.

30 映壁: 외부에서 집안이 보이지 않게 대문 안에 병풍처럼 만든 벽을 가리킨다. 고대에는 蕭墻이라고 했고, 통상 影壁, 또는 照壁이라고 칭한다. 큰 저택의 경우 대문 밖에도 설치한다(외영벽과 내영벽).

31 五苓散: 갈증이 나고 소변이 잦아지되 잘 나오지 않고 배가 붓는 증상, 구역질과 설사 등의 증상에 쓰는 약이다.

32 半硫丸: 신장 기능을 도와 노인의 변비를 치료하는 데 쓰는 약이다.

하루는 할머니가 다시 말하길,

"우리 동료들이 함께 논의해 본 결과 현군을 우리의 주인으로 맞아들이는 것이 좋겠다고 결정하였습니다. 대략 다음 달 며칠에 모시기로 했는데, 이 계획이 만약 이루어진다면 현군께서는 면할 길이 없을 겁니다. 그러니 서둘러 이사를 하셔야만 재앙을 피할 수 있을 것입니다."

여씨는 이 일을 호계고에게 말해 주었다. 호계고는 여씨가 전운사 간판공사로 복주에서 일하면서 알게 된 사람이었는데, 호계고도 역시 이사할 것을 권하였다. 이사하던 날 서쪽 건물에서 남녀 수십 명이 어깨를 맞대고 나와서 구경하면서 서로 마주 보며 안타까워하였다. 마치 너무 늦게 일을 추진한 것을 한스러워하는 것 같았다. 그 뒤로 누구도 감히 다시 이 집에 세를 들려 하지 않았다.

한 달이 지난 뒤 온주의 서리가 가족들을 데리고 이 집에 이사를 왔다. 누군가가 예전에 있었던 일을 알려 주었지만 서리는 웃으며 말하길,

"내가 바로 사람 가운데 귀신인데, 저들 하찮은 요괴 둘쯤이야 겁낼 것이 어디 있겠소."

서리는 이 집에 살면서 조금도 겁내지 않았다. 그랬더니 귀신들이 흔적도 없이 사라졌다.

현몽한 석상^{應夢石人}

席大光帥蜀, 丁母朱夫人憂, 將葬於靑城山. 議已定, 夢兩人入謁,
行步重遲, 遍體瘡痍可憎, 告曰:"太夫人葬地, 蓋在溫州, 地名徐家上
奧, 庚山甲向者是也, 公必往求之. 異時畢事, 幸爲我療吾瘡." 席公嘗
寓居永嘉, 心亦欲還, 顧憚遠未決. 覺而異之, 書其事於策. 卽具舟東
下, 幷奉其父中丞柩歸於溫.

窆日已迫, 而宅兆殊未定, 招蕭山人張藻卜之, 偕止山寺中. 其姪七
郎, 適買食於田舍, 主人翁問所往, 告之故. 翁曰:"去此一里許, 名徐
家上奧, 有一穴庚山甲向者, 人多以爲吉地, 用善價求之者甚衆, 徐氏
皆不許, 君試往觀之." 會日暮, 不克往. 歸而言之, 語未竟, 席曰:"得
非庚山甲向者乎?" 取所書夢驗焉, 無少異. 明日, 親訪其處. 一媼出言
曰:"吾徐翁妻也. 昔吾夫嘗欲用此地以葬父, 夢金甲大神持挺見逐, 指
蘆席上坐者一人曰:'此席相公家地, 汝安得輒爾?' 自是以來四十年,
今以與公, 不取錢. 吾兒方爲里正, 得爲白邑大夫免其役足矣." 席大喜
過望, 但不曉夢中所見爲何人. 旣葬二親, 又自爲壽塋於左次. 役夫劇
土, 有聲丁丁然, 視之, 乃兩石人臥其下, 埋沒旣久, 身皆穿穴. 席祭之
以酒, 舁出外, 命和泥補治, 而爲立祠, 牓曰:'應夢石人'云.(張大猷說.)

자가 대광인 석익이 성도부로³³ 안무사로 재직하던 중 어머니 주부

33　成都府路: 乾德 3년(965), 북송은 後蜀을 멸망시키고 成都府(현 사천성 成都市)를
　　치소로 한 西川路를 설치하였으며 開寶 6년(973)에는 서천로 동부지역을 분리하
　　여 夔州를 치소로 하는 峽路를 신설하였고, 太平興國 2년(977)에는 서천로의 북동
　　지역을 분리하여 利州를 치소로 하는 東川路를 신설하였다. 이로써 西川路 · 東川
　　路 · 峽路 등 3개 路가 만들어졌지만 太平興國 7년(982)에 東川路를 다시 西川路

인의 상을 당하였다. 어머니를 청성산에 모시기로 하고 논의를 마쳤다. 그런데 꿈에 두 사람이 찾아와서 인사했는데, 걸음걸이가 매우 무겁고 느릿느릿하였으며 온몸이 상처투성이여서 보기에 끔찍하였다. 그들이 말하길,

"태부인[34]의 장지는 아마도 온주일 것입니다. 그곳의 지명은 서가상오[35]이며, 산소의 좌향은 서쪽이고, 동쪽을 바라보는 곳이 바로 그 자리입니다. 안무사께서는 반드시 온주로 가서 산소 자리를 구해 보시지요, 이후에 일을 다 마치시고 제 상처를 치료해 주시면 감사하겠습니다."

석익은 일찍이 온주 영가현에 산 일이 있었다. 그래서 마음속으로 돌아가고 싶었으나 너무 멀어서 결심하지 못하였을 뿐이다. 잠에서 깬 뒤 꿈의 내용이 참 기이하다고 생각하였다. 그래서 꿈꾼 일을 문서에 기록하였다. 그리고 즉시 배를 마련해 동남쪽으로 내려갔다. 아울러 어사중승[36]을 지낸 아버지 석단[37]의 영구를 모시고 온주로 돌아

에 편입시킴으로써 2개 路가 되어 至道 3년(997) 전국 15개 路 체제가 이루어졌다. 그러나 咸平 4년(1001), 서천로를 益州路로 바꾸고 일부 지역을 분리하여 興元府를 치소로 하는 利州路를 신설하였으며 익주로를 곧 成都府路로 개칭하였다. 성도부로는 興元府, 劍州·閬州·文州·蓬州·洋州·利州·政州 등 9개 주, 직속 京縣인 三泉縣, 劍門關 1개 관을 관장하였다. 사천은 현 成都市를 중심으로 한 蜀과 중경시를 중심으로 한 巴로 나눌 수 있으며 송대 蜀은 통상 成都府路를 뜻하며, 川西라고도 하였다.

34 太夫人: 漢代에는 부친 사후 작위를 계승한 列侯가 모친을 부를 때 쓰는 존칭으로 쓰였으나 후에는 모든 관원의 모친에 대한 존칭으로, 다시 자기나 타인의 모친에 관한 존칭으로 널리 쓰였다.

35 徐家上奧: 서씨의 집성촌 위쪽에 있는 외진 곳이란 정도로 해석할 수 있겠다. 여기에서는 고유명사의 성격도 지니고 있어 그대로 번역하였다.

36 御史中丞: 관리를 감찰하는 기구인 御史臺의 실질적인 장관이다. 원래 어사대의

갔다.

하관할 날이 가까워졌지만, 산소[38] 자리를 정하지 못하였다. 이에 월주 소산현 사람 장조를 청해서 점을 쳐 달라고 하였다. 모두 산 위의 절에 머물고 있었는데, 조카인 석칠랑이 마침 농가에 음식을 사러 갔다. 주인인 노인이 어디를 가느냐고 묻기에 온 까닭을 말해 주었다. 그러자 노인이 말하길,

"여기에서 1리쯤 가면 서가상오라는 곳이 있다오. 그곳에 한 산소 자리가 좌향은 서쪽이고, 동쪽을 바라보는 곳이 있어 많은 사람이 명당이라고 여깁니다. 그래서 비싼 가격을 주더라도 그 산소 자리를 사려는 사람이 아주 많은데 서씨는 누구에게든 팔려고 하지 않는다오. 당신이 한번 시험 삼아 가 보시오."

하지만 이미 날이 어두워질 무렵이라서 가 볼 수 없었다. 절로 돌아와 이 일을 이야기했는데, 말을 다 마치기도 전에 석익이 묻길,

"혹 좌향이 서쪽이고 동쪽을 바라보는 곳이 아니냐?"

즉시 꿈의 내용을 기록한 종이를 꺼내서 확인해 보니 조금도 차이가 없었다. 다음 날 석익은 직접 그 산소 자리를 찾아가 보니 한 할머

장관은 御史大夫지만 권한이 막강하므로 부장관인 어사중승만 임명하고 품계도 다소 낮게 하는 것이 역대 왕조의 오랜 관례로 내려왔다. 따라서 통상 中丞이라고 칭하는 御史中丞이 어사대의 실질적인 장관이었으며, 正3品에서 正4品관으로 임명하되 반드시 황제가 직접 임명하였다. 中丞·中司·執法·司憲 등의 별칭이 있다.

37 席旦: 자는 晉仲이며 京西北路 西京 河南府(현 하남성 洛陽市) 사람이다. 원풍 연간에 진사에 급제하였으며 휘종 때 太常少卿·中書舍人·給事中을 거쳐 御史中丞 겸 侍講, 吏部侍郎을 역임하였다. 두 차례 성도부로 안무사로 있으면서 사천의 안정에 공을 세웠고, 직언을 아끼지 않았던 인물이다.

38 宅兆: 宅은 관을 놓는 자리인 墓穴을 뜻하며, 兆는 묘에 속한 땅을 이른다.

니가 나와서 말하길,

"나는 서씨 노인의 아내입니다. 예전에 제 남편은 이 땅에 시아버지를 모시려고 했습니다. 그런데 꿈에 금빛 갑옷을 입은 신이 몽둥이를 들고 나타나 쫓아낸 뒤 갈대로 엮은 자리에 앉아 있는 한 사람을 가리키며 '이곳은 석상공 집안의 땅이다. 네가 어찌 함부로 얻으려 하느냐?'고 말하였습니다. 그로부터 40년이 지났는데, 지금 공께 이 땅을 드리겠습니다. 그리고 돈은 받지 않겠습니다. 다만 제 아들이 지금 이정을 맡고 있는데 현지사[39]에게 말씀해 주셔서 제 아들의 역을 면하게만 해 주신다면 그것으로 족합니다."

석익은 기대 이상의 상황에 더 바랄 나위 없이 기뻤다. 하지만 꿈에 본 상처투성이 사람이 어떤 사람인지는 알 수 없었다. 부모 장례를 다 마치고 좌측 아래에 자신의 가묘를 만들었다. 인부들이 땅을 파내는데 돌과 부딪치는 소리가 났다. 자세히 살펴보니 두 개의 석상이 그 아래 쓰러져 있었다. 땅에 파묻은 지 아주 오래되었는지 침식으로 몸통에 온통 구멍이 나 있었다. 석대광은 그들을 위해 술을 따르고 제사를 지낸 뒤 밖으로 들어 올리게 한 뒤 석회[40] 등으로 수리하게 하고 석상을 위해 사당을 세웠다. 그리고 사당의 편액을 '현몽한 석상'이라고 하였다.(이 일화는 장대유가 말한 것이다.)

---

39 邑大夫: 춘추 때는 縣令을 뜻하던 통칭으로 邑宰라고도 하였다. 전국 때는 卿大夫가 封地로 받은 封邑을 관장하던 縣尹·縣公의 별칭이다.
40 和泥: 가루 상태에 물을 붓고 저어서 접착용으로 사용하는 물건을 통칭하는 말인데, '和沙子灰'라고도 하므로 석회로 번역한다.

乾道三年, 武經郎王瓘幹辦蔣參政府. 其弟琮, 以冬至日游天竺, 先一日, 從瓘假馬, 瓘令廐□(卒)以省院大黑馬給之. 是夜琮夢老僧來謁, 前致辭曰: "老去乏筋力, 或得從君, 願少寬鞭箠之罰." 琮驚謝而寤. 明日馬至, 卽乘之以行. 旣出都門, 跉踦不肯進, 方擧鞭擊之, 忽悟曰: "疇昔之夢, 豈非此乎?" 亟以付馭者歸, 而步入寺. 蔣府聞之, 亦不復留, 命反諸故處.(瓘說.)

건도 3년(1167), 무경랑**41** 왕관은 참지정사 장불**42**의 재상부**43**에서 속관인 간판공사**44**로 일하고 있었다. 왕관의 동생 왕종은 동짓날에

---

41 武經郎: 무관 寄祿官 52개 품계 중 40위이며 종7품이다. 政和 2년(1112)에 신설되었다.

42 蔣芾(1117~1188): 자는 子禮이며 兩浙路 常州 宜興縣(현 江蘇省 無錫市 宜興市) 사람이다. 紹興 21년(1151)에 과거에 2등으로 급제하였고, 乾道 2년(1166)에 參知政事에 임명되었으며 乾道 4년(1168)에 재상으로 승진하였다. 후에 효종의 북벌에 반대하여 사실상 정계에서 물러났다.

43 政府: 唐代에는 尙書省 내의 재상 집무실을 가리켜 都堂, 中書門下省의 재상 집무실을 政事堂으로 구분하였는데, 송대에 이르러 尙書省은 유명무실해졌고 中書門下省에 政事堂을 설치하여 재상부로 운영하였다. 이후 熙寧 연간(1068~1077)에 조정의 동쪽에 中書門下省을, 서쪽에 樞密院을 설치하여 東府에는 재상이, 西府에는 樞密使가 머물렀다. 이 東府를 가리켜 政府, 西府를 가리켜 樞府, 東西 兩府를 합하여 二府라고 칭하였다.

44 幹辦: 중앙의 六部, 三司 및 지방의 路와 安撫使·轉運使·招討使 등 거의 모든 기관에 속관으로 설치되어 해당 기관의 중요 실무 처리를 하던 幹辦公事의 약칭이다. 본래 勾當公事라고 하였는데, 남송에서는 고종의 이름 趙構를 피휘하여 '幹辦公事'로 바꾸었다.

임안부의 천축사에 놀러 갔다. 하루 전날, 형 왕관을 찾아가 말을 빌려 달라고 하자 왕관은 마구간을 관리하는 병졸에게 성마원[45]에 있는 크고 검은 말을 빌려 주라고 하였다.

이날 밤 왕종의 꿈에 한 노승이 찾아와서 앞으로 나와 인삿말을 전한 뒤 말하길,

"제가 늙어서 근력이 다 빠져서 기운이 없는데, 아마도 그대를 모셔야 할 텐데, 채찍질을 하는 벌을 조금만 줄여 주시기를 바랍니다."

왕종은 깜짝 놀라 답례를 하고 잠에서 깨었다. 다음 날 말이 도착하자 즉시 그 말을 타고 천축사로 갔다. 하지만 도성의 성문을 나서자마자 절뚝거리며 앞으로 가려고 하지 않았다. 막 채찍을 들어서 때리려고 하다가 갑자기 무엇인가를 깨달은 듯 말하길,

"어젯밤의 꿈이 어찌 바로 이 일이 아니겠는가?"

서둘러 말고삐를 잡고 있던 이에게 말을 데리고 돌아가라고 하고 자신은 걸어서 천축사에 들어갔다. 장불의 재상부에서 이 일에 대하여 듣고는 말을 더는 마구간에 둘 수 없었다. 그래서 원래 살던 곳으로 돌려보내라고 명하였다.(이 일화는 왕관이 말한 것이다.)

---

45 省馬院: 도성의 문무관원이 필요한 官馬를 사육 관리하고 분배하는 역할을 담당한 추밀원 소속 기관이다. 본 명칭은 樞密院省馬院이다.

이견병지【一】

　　晶賁遠, 靖康元年冬以同知樞密院爲和議使, 割河東之地以賂北虜.
閏十一月十二日至絳州, 州門已閉, 郡人登諸城上, 抉其目而臠之. 時
其父用之尙無恙. 紹興十一年, 張銖自北方南歸, 過絳驛, 見壁間有染
血書詩一章, 絳人言晶之靈所作也. 其詞曰: "星流一箭五心摧, 電徹雙
眸兩脅開. 車馬踐時頭似粉, 烏鳶啄處骨如灰. 父兄有感空垂念, 子弟
無知不擧哀. 回首臨川歸不得, 冥中虛築望鄕臺." 銖錄之以示其子昻,
載於行狀.

　　자가 분원인 섭창[46]은 정강 1년(1126) 겨울, 동지추밀원사[47]로서 금
군과의 강화를 전담한 사신(화의사)으로 임명되어 하동로[48]를 할양하

---

[46] 晶昌(1078~1127): 본명은 晶山이고 자는 賁遠이며 江南西路 撫州 臨川縣(현 강서
　　성 撫州市 臨川區) 사람이다. 태학 上舍 出身으로 湖南轉運使・戶部侍郎을 거쳐
　　靖康 1년(1126)에 戶部尙書 겸 개봉부 지사가 되었고, 李綱과 吳敏의 지시를 받아
　　王黼를 주살하였다. 이강이 실각한 뒤 개봉의 소요사태를 진정시키자 흠종은 그
　　기개를 높이 사서 晶昌으로 개명하게 하였다. 섭창은 同知樞密院事가 되어 耿南
　　仲과 함께 하북3진 할양문제를 논의하기 위해 금군에 사절로 파견되어 가던 중 할
　　양에 반대하는 민중에 의해 살해되었다.
[47] 同知樞密院事: 同은 자신의 품계보다 높은 직급을 대행하는 것을, 뜻하므로 형식
　　상 동지추밀원사는 추밀원의 차관을 가리킨다. 하지만 宣和 3년(1121)부터 樞密
　　院 장관인 知樞密院事를 임명하지 않고 기안권이 제한된 장관인 簽書樞密院事에
　　게 대행하도록 하였다가 政和 7년(1117)에 첨서추밀원사를 領樞密院事로 바꿔 靖
　　康 1년(1126)까지 임명하였다. 따라서 簽書・領・同知 모두 형식상 제한은 있지
　　만, 실질적으로는 지사에 해당하였다.
[48] 河東路: 하동은 秦・漢代에는 수도인 長安을 기준으로 황하의 동쪽, 즉 현 산서성
　　서남부 지역을 가리키는 말이었으나 唐代부터는 산서성 전체를 뜻하였고, 오대에

여 북로北虜를 달래고자 하였다. 윤11월 12일 하동로 강주[49]에 도착하
였는데, 강주 성문이 이미 굳게 닫힌 데다 강주 군민이 성벽 위에 올
라가 있었다.[50] 강주 군민은 화의사인 섭창의 눈을 도려내고 시신으
로 육장을 만들었다.[51] 당시 자가 용지인 섭창의 아버지는 여전히 건
강한 상태였다.

소흥 11년(1141), 장수[52]가 북방의 금조에서 남쪽으로 귀환하던 중
강주 역참을 지나다가 강주 성벽에 피로 쓰여진 시 한 수가 있는 것
을 발견하였다. 강주 사람들은 섭창의 영혼이 쓴 것이라고 말하였다.
그 시의 내용은 다음과 같다.

화살 하나 유성처럼 날아와 내 몸을 쓰러뜨리니,[53]

는 10국의 하나였던 '北漢(951~979)'을 가리켰다. 치소는 幷州(현 산서성 太原市)
이고 宣和 5년(1123)에는 3개 府, 14개 州 · 8개 軍 · 81개 縣을 관장하였다. 현 산
서성의 運城市 지역을 제외한 장성 이남 지역에 해당한다.

49 絳州: 河東路 소속으로 치소는 正平縣(현 산서성 運城市 新絳縣)이고 관할 현은 7
개이며 州格은 防禦使州이다. 현 산서성 서남부 運城市의 북쪽, 臨汾市의 남쪽에
해당한다.

50 당시 絳州 군민은 성문을 굳게 닫고 열어 주기를 거절하였다. 이에 聶昌은 황제의
조서를 들고 왔음을 밝히고 성벽에서 내려 준 줄을 타고 성벽을 올라가 성안에 들
어갔다가 할양을 거부하는 군민들에게 변을 당한 것이다.

51 전란이나 반란이 일어나면 적을 처벌한 뒤 그의 신체를 저미고 소금을 넣어 肉醬
을 만든 뒤 그것을 주변 사람들에게 먹도록 함으로써 강한 적개심을 표하거나 적
에 동조하는 자를 색출하는 수단으로 사용하였다. 강주를 포함한 하동을 금조에
할양하려는 송조의 정책에 반대한 사람들이 화의사인 섭창을 살해하고 그의 눈을
도려내고 시신을 저며서 육장을 만들어 결사 항전의 의사를 밝힌 것이다.

52 張銖: 廣南東路 轉運判官을 지냈고, 소흥 5년(1135)에 權太常少卿 신분으로 太廟
의 神主를 溫州에서 臨安府에 봉행하는 일을 맡았다. 금조에 사신으로 다녀온 것
인지 아니면 포로로 잡혀 있다가 돌아온 것인지는 확인하기 어렵다.

53 五心: 마음에 품고 있는 생각을 뜻하는데, 그 구체적인 내용은 각기 다르다. 『宗鏡
錄』에서는 率爾心 · 尋求心 · 決定心 · 染淨心 · 等流心을 오심이라고 하였다. 또

번쩍하는 순간 내 두 눈이 뽑히고 두 옆구리가 찢겨 나갔네.

수레와 말이 내 몸을 짓밟을 때 내 머리 가루처럼 으깨졌고,
솔개가 쪼아먹듯 내 살은 찢어졌고 뼈는 먼지처럼 부서졌네.

부형이 감응하고 나에게 관심을 지니고 있어도 아무 효험이 없으니,
아이들은 내 죽음을 알지 못하고 장례조차 치르지 않았네.

고개 돌려 고향 무주 임천현[54]을 바라보지만 고향으로 가려 해도 갈 수 없으니,
명계에서 헛되이 망향대를 세울 뿐일세.

　장수가 이를 기록하여 섭창의 아들 섭앙에게 보여 주고 이를 행장에 기록하게 하였다.

　오심을 마음의 주체인 몸으로 해석하기도 한다.
54　臨川縣: 江南西路 撫州 소속으로 현 강서성 중동부 撫州市의 城區인 臨川區에 해당한다.

권9　　　　　　　　　　　　　　　　　　　　　　　393

> 　沈先生者, 和州道士也, 不知始所以得道. 常時默默, 不深與人往
> 來. 値其從容時, 肆意談說未來休咎事, 無不中的, 然不可問也. 人與
> 之食, 受之不辭. 居無事, 或至經月不食. 宣和間, 有言其名於朝者, 召
> 入禁中, 偃蹇不下拜. 扣其所學, 亦泛然無言, 不合旨. 猶以爲正素大
> 夫, 遣歸故郡. 建炎元年秋, 忽著衰麻, 立於譙門外, 拊膺大哭. 良久,
> 回首望門內而笑, 三日乃止. 未幾, 劇賊張遇攻破城, 郡守率州兵保子
> 城, 賊不能下, 遂去. 凡居民在外者皆被害. 後二年, 徧詣廛市, 與人相
> 別, 且告之曰: "有米莫做粥, 有錢莫做屋." 人不能領其意, 自是不知所
> 如往. 是歲, 虜犯淮西, 和州受禍最酷云.

　심 선생이라는 사람은 화주[55]의 도사이다. 처음에 어떻게 득도하였
는지는 알 수 없는데, 평소에 말이 별로 없고 다른 사람과 왕래도 그
다지 하지 않으며 지냈다. 별일 없이 한가하게 지낼 때면 남의 눈치
를 보지 않고 미래의 길흉사를 거리낌 없이 말했는데, 적중하지 않는
것이 없었다. 하지만 미리 묻지는 못하게 하였다. 사람들이 먹을 것
을 주면 사양하지 않고 받았지만, 별일 없이 지날 때면 때로는 한 달
이 넘도록 음식을 먹지 않았다.

　선화 연간(1119~1125), 누군가가 그의 이름을 조정에 알려서 궁궐

---

[55] 和州: 淮南西路 소속으로 치소는 歷陽縣(현 안휘성 馬鞍山市 和縣)이고 관할 현은
3개이며, 州格은 防禦使州이다. 현 안휘성 중동부 馬鞍山市의 장강 서안에 해당한
다.

에 들어오라고 부름을 받았다. 하지만 교만하고 무례하게 행동하며 황제에게 절하지도 않았다. 그가 깨우친 바에 관하여 물어본 것 역시 제멋대로 굴 뿐 제대로 대답하지 않아 황제가 마음에 들어 하지 않았다. 그래도 정소대부 직을 하사하여 화주로 돌아가도록 하였다.

건염 1년(1127) 가을, 갑자기 삼베로 만든 상복을 입고, 누각이 있는 성문의 밖에 서서 가슴을 부여잡고 대성통곡하였다. 한참 뒤에는 머리를 돌려 성문 안을 바라보며 빙긋이 웃었다. 사흘이나 이런 행동을 하고는 멈췄다. 얼마 지나지 않아 큰 도적 떼를 이끄는 장우가 화주성을 공격해 격파하자 지사는 화주의 병사를 이끌고 자성을 방어하였다. 도적들은 자성을 함락시키지 못하자 곧 물러갔다. 성밖에 살던 모든 주민이 다 피해를 보았다. 그 뒤로 2년이 지난 뒤 시장의 점포를 두루 돌아다니며 사람들과 이별의 인사를 나누며 특별히 사람들에게 이르길,

"쌀이 있으면 죽을 쑤지 말고, 돈이 있다고 집을 짓지 마시게."

그 말이 무슨 뜻인지 아는 사람이 없었다. 이때부터 그가 어디로 갔는지 아무도 모르는데, 그해에 북로北虜가 회서를 쳐들어왔고, 화주는 전란의 피해가 가장 극심한 곳이 되었다.

范寅賓自長沙調官於臨安, 與客買酒昇陽樓上. 有賣燻雞者, 向范
再拜, 盡以所攜爲獻. 視其人, 蓋舊僕李吉也, 死數年矣. 驚問之曰:
"汝非李吉乎?" 曰: "然." "汝旣死爲鬼, 安得復在?" 笑曰: "世間如吉輩
不少, 但人不能識." 指樓上坐者某人及道間往來者曰: "此皆我輩也,
與人雜處, 商販傭作, 而未嘗爲害, 豈特此有之? 公家所常使浣濯婦人
趙婆者, 亦鬼耳, 公歸, 試問之, 渠必諱拒." 乃探腰間二小石以授范曰:
"示以此物, 當令渠本形立見." 范曰: "汝所烹雞, 可食否?" 曰: "使不可
食, 豈敢以獻乎?" 良久乃去.

范藏其石, 還家, 以告其妻韓氏. 韓曰: "趙婆出入吾家二十年矣, 奈
何以鬼待之?" 他日, 趙至, 范戲語之曰: "吾聞汝乃鬼, 果否?" 趙慍曰:
"與公家周旋久, 無相戲." 范曰: "李吉告我如此." 示以石, 趙色變, 忽
一聲如裂帛, 遂不見. 此事與小說中所載者多同, 蓋鬼技等耳.(右二事
皆唐少劉說.)

범인빈[56]이 담주에서 임안부로 전보되어 임안부로 가던 중 과객과
함께 술을 사서 승양관[57]의 누각에 올라가 마셨다. 그런데 훈제 닭을

---

56 范寅賓: 자는 元觀이며 福建路 建州(현 복건성 南平市) 사람이다. 紹興 2년(1132)
에 진사가 되었고, 4년에 秘書省 正字가 되었다. 潭州 통판과 筠州 지사 등을 역임
하였다.

57 昇陽觀: 송대 민간에서 가장 환영받는 신선 가운데 하나인 呂洞賓을 모신 도관이
다. 여동빈의 道號가 純陽子여서 그를 모신 도관을 純陽宮 또는 昇陽觀이라고 하
며 속칭은 呂祖廟이다.

팔던 상인이 범인빈을 향해 두 번 절을 하고 가지고 있던 모든 닭을 바쳤다. 그 사람을 보니 예전 자기의 노복이었던 이길 같았다. 그런 데 이길은 이미 죽은 지 여러 해가 되었기 때문에 놀라서 묻길,

"너는 이길이 아니냐?"

답하길 "그렇습니다."

"너는 이미 죽어 귀신이 되었을 터인데 어떻게 다시 여기에 있단 말이냐?"

그러자 이길은 웃으며 말하길,

"세상에는 저 같은 사람들이 적지 않습니다. 다만 사람들이 알아보 지 못할 뿐입니다."

이길은 승양루에 앉아 있는 어떤 사람, 그리고 길을 오가는 사람들 을 가리키며 말하길,

"이들이 다 우리와 같은 무리입니다. 살아 있는 사람들과 뒤섞여 살면서 장사도 하고, 고용되어 일하기도 합니다. 하지만 누구에게도 해를 끼치지는 않으니 어찌 이들만 그렇겠습니까? 공의 댁에서 늘 빨 래 시키는 조씨 할머니 역시 귀신일 뿐입니다. 공께서 집으로 돌아가 시면 시험 삼아 물어보시지요. 조씨는 분명히 답하지 않으려 할 것입 니다."

그리고 허리춤에서 두 개의 작은 돌을 꺼내서 범인빈에게 주며 말 하길,

"이것을 조씨에게 보여 줘 보세요. 그러면 조씨의 본래 모습이 즉 시 명확하게 드러날 것입니다."

범인빈이 말하길,

"네가 구운 닭은 먹어도 괜찮으냐?"

"만약 먹을 수 없는 것이라면, 어찌 감히 드렸겠습니까?"

이길은 한참 뒤에 비로소 갔다. 범인빈은 그 돌을 숨겨서 집으로 돌아간 뒤 아내인 한씨에게 말해 주었다. 한씨가 말하길,

"조씨 할머니가 우리 집을 드나든 것이 이미 20년인데, 어떻게 귀신으로 대할 수 있겠어요."

며칠 뒤 조씨가 오자 범인빈은 장난삼아서 그녀에게 말하길,

"내가 듣기에 너는 귀신이라던데 정말 그러냐?"

조씨는 발끈해서 말하길,

"제가 공의 댁을 오간 지 이렇게 오래되었지만 단 한 번도 희롱하신 일이 없었습니다. 왜 그러십니까."

범인빈이 말하길,

"이길이 나에게 이렇게 해보라고 알려 주었다."

그러면서 돌을 보여 주자 조씨의 얼굴색이 변하더니 갑자기 비단을 찢는 듯한 소리를 내면서 순간 사라지고 말았다. 이 일은 다른 소설에 실린 내용과 아주 비슷한데 대략 귀신의 기량 등에 관한 것이 그러하다.(위의 두 가지 일화 모두 당소유가 말한 것이다.)

吳松江石塘, 西連太湖, 舟楫去來, 多風濤之虞, 或致覆溺. 乾道三
年, 趙伯虛爲吳江宰, 念幽冥間滯魄無所訴, 集道士設九幽醮於縣治以
拔度之. 汴人薛山爲館客, 因以故友黃昇司理并其子溺水之由白之, 就
設二位以祀. 旣罷三日, 伯虛被提擧常平, 符按所部營田, 與山共載,
絕湖抵九里寺. 夜過半, 夢黃君來訪如平生, 斂袵蕭容, 若特有所謂者.
山猶意其赴官而告別也, 徐問之, 則曰: "向自吳門分袂, 狼狽於此久
矣. 比蒙縣尹大賜周旋, 其行方從是脫去." 山曰: "何不一謁之以謝此
意?" 曰: "固屢往矣, 而門庭甚峻, 非復可入, 敢以誘吾故人." 旣而告
退, 就階登馬. 廷下立者數百人, 山戲之曰: "車騎一何都邪?" 黃曰: "不
然, 此皆平時留滯, 同荷趙君恩而去者也." 已別, 山驚寤, 以語伯虛,
乃知昨朝所絕湖, 正黃父子沒處也.

　　오송강[58]의 석당촌은 서쪽으로 태호[59]와 이어져 배들이 오가는데,
바람과 파도 때문에 걱정이 많았고, 배가 전복되어 침몰하는 일도 있
었다. 건도 3년(1167), 조백허[60]가 소주 오강현[61] 지사가 된 뒤 생각해

58　吳松江: 절강성 서쪽의 天目山脈과 茅山산맥 수계가 太湖에 모인 뒤 吳淞江을 거
　　쳐 바다로 흘러간다. 송대에는 태호의 동북쪽이 장강의 퇴적작용으로 언덕이 형
　　성되어 동쪽의 오송강이 배수를 전담하였지만, 유입량을 감당하지 못해 호수 면적
　　이 계속 확대되면서 피해가 커졌다. 송대 이후 오송강은 강의 기능을 잃기 시작해
　　서 13세기 말에는 현 瀏河가 오송강을 대신하게 되었다.
59　太湖: 長江 삼각주에 있는 담수호이다. 본래 분지 형태인 단층이 침강하고, 절강성
　　서쪽의 天目山脈과 茅山산맥 수계가 모여 대형 호수가 되었다. 주변 평야는 송대
　　최고의 농경지를 이루었다.

보니 명계에 체류하고 있는 혼백은 하소연할 곳이 없었다. 그래서 도사들을 모아서 현의 관아에서 구유초를 지내 이들 혼백을 천도해 주었다. 개봉부 사람 설산이 식객으로 있으면서 사리참군이었던 죽은 친구 황승과 그의 아들이 익사한 사유를 조백허에게 말해 주었다. 그리고 두 사람을 위해 제사를 지내 주었다.

제사를 지내고 사흘이 되던 날, 조백허는 제거상평[62]이 되었다. 공문에는 상평사[63] 소속 영전[64]을 순찰하라고 하였다. 이때 설산과 함께 배를 타고 태호를 가로질러 구리사에 도착하였다. 밤이 절반을 지난 시간, 설산의 꿈에 황승이 살아 있을 때와 같은 모습으로 나타나서 옷깃을 여미고 엄숙한 표정으로 있었는데, 특별히 말하고자 하는 무엇인가가 있는 것처럼 보였다. 설산은 그가 명계의 관직에 임명되

60　趙伯虛: 『乾隆吳江縣志』에 따르면 건도 2년(1166)에 부임하였고, 3년(1167)에 釣雪灘에 三高祠를 중건하였다고 한다.

61　吳江縣: 兩浙路 蘇州 소속으로 현 강소성 최남단 蘇州市 남쪽의 吳江區에 해당한다.

62　提擧常平主管官: 전매와 救濟를 관장하는 提擧常平司의 실무 담당관이나 당시 전란으로 인해 명목상의 관직에 불과하였다. 紹興 6년(1136)부터 설치하기 시작하여 소흥 15년(1145) 提擧常平茶鹽司幹辦公事를 신설할 때까지 10년 동안 유지하였으며 약칭은 常平主管官이다.

63　常平倉: 기근이나 곡가 폭등에 대비하여 곡식을 저장하는 관서로서 州마다 2,000~20,000貫의 기금을 마련하여 곡식을 수매하게 하였다. 熙寧 9년(1076)의 경우, 전국 상평창의 자산은 3739만 貫石이었다. 하지만 남북송교체의 혼란으로 乾道 3년(1167)에는 곡식 358만 석, 錢 287만 관으로 대폭 감소하였고 그것도 장부상의 숫자인 경우가 대부분이었다.

64　營田: 군인을 동원해 경작하는 경작지여서 屯田이라고도 한다. 본래 전방 지역으로 군량을 공급하는데, 막대한 운송비가 소요되므로 재정난을 해소하기 위해 군인에게 직접 경작하게 한 것이다. 하지만 영전의 생산성은 매우 낮았고, 정부는 부득이 일반 농민에게 소작을 주고 조세나 소작료를 징수하는 방식으로 바꿔 운영하는 것이 상례였다.

어 고별인사를 하려는 것이 아닐까 생각이 들어 천천히 물어보자 황승이 말하길,

"전번에 우리가 오강현 관아 대문에서 헤어진 뒤 이곳에서 낭패를 본 지 참 오래되었는데, 최근 현 지사께서 주선해 주신 큰 은혜에 힘입어 여기에서 벗어날 수 있게 되었네,"

설산이 묻길,

"그렇다면 왜 한번 찾아뵙고 이런 생각을 전하면서 감사 인사를 드리지 않았나?"

황승이 답하길,

"실제는 여러 번 찾아갔었지. 그런데 문과 뜰에서 너무 엄격하게 지키고 있어서 다시는 들어갈 수가 없었다네. 그래서 감히 내가 아는 친구에게 말을 전해 달라고 부탁하는 거야."

곧 하직 인사를 하고 물러나 계단에서 말 위에 올라탔다. 뜰 아래에는 수백 명이 서 있었다. 설산이 농담 삼아서 말하길,

"수레와 말이 단번에 이렇게 많아졌네?"

황승이 대답하길,

"그렇지는 않아. 이들 모두 평소에 오가지 못하고 여기에 있던 사람들이라네. 모두 다 조 지사의 은덕을 입어 이곳을 떠나갈 사람들이야."

이별한 뒤 설산은 잠에서 깨어났다. 이 일을 조백허에게 말해 주고 난 뒤 비로소 어제 아침 호수를 가로질러 온 곳이 바로 황승 부자가 익사한 곳임을 알게 되었다.

> 福州人奉議郎鄭某, 宣和中知樂平縣, 自鄕里攜一犬來, 常時馴擾不噬人. 邑有販婦, 以賣花粉之屬爲業, 出入縣舍, 鄭氏甚重之. 嘗白晝入堂, 犬迎齧其乳, 仆地幾死. 鄭叱家童縛犬, 念其遠至, 不忍殺, 持以與報本寺僧. 是夜鄭被盜, 後半月捕得, 鞫之, 乃此婦爲囊橐導賊至, 始悟犬之靈識, 復呼以歸.(僧德滔說.)

복주 사람인 봉의랑 정모는 선화 연간(1119~1125)에 요주 낙평현⁶⁵ 지사가 되었다. 낙평현에 오면서 고향에서 개 한 마리를 데리고 왔는데, 평소에 잘 길들여서 사람을 물지 않았다. 현성 내에 물건을 파는 여인이 있었는데, 꽃가루 같은 것을 팔면서 관아를 드나들었다. 정씨는 그 여인에게 깍듯이 대하여 주었다.

하루는 그 여인이 대낮에 관아의 건물에 들어왔는데, 개가 막아서더니 가슴을 물어뜯었다. 여인은 땅에 쓰러져 거의 죽을 지경이 되었다. 장씨는 노복에게 개를 묶어 두라고 소리 질렀으나 멀리 고향에서부터 데리고 왔기 때문에 차마 죽일 수 없었다. 그래서 개를 데리고 가서 보본사 승려에게 주었다.

그날 밤 정씨는 도둑을 맞았는데, 보름 뒤에 도둑을 잡았다. 도둑

---

65 樂平縣: 江南東路 饒州 소속으로 현 강서성 북동부 景德鎭市 남쪽의 樂平市에 해당한다.

　　　　　이견병지【一】

을 심문한 결과 꽃가루 파는 여인이 물건을 훔친 뒤 숨겨 두었다가 도둑을 데리고 와서 운반했던 것이었다. 그때 비로소 개가 매우 영민함을 알게 되었고, 다시 불러 집으로 데리고 왔다.(이 일화는 승려 덕도가 말한 것이다)

撫州后土祠, 靈響昭著. 宜黃士人鄒極未第時, 致禱求夢, 夢入廟詹
敬畢, 轉眄東壁, 有大書一詩, 眤而讀之, 旣覺, 歷歷可記. 詩曰: "天道
本無成, 明從公下生. 溫黃前後幷, 黑闇裏頭行. 大十口止各, 常常啼
哭聲. 兩箇齊六十, 只此是前程." 鄒玩其語多不佳, 懼或死於疫. 後以
治平三年鄕薦, 賦題曰: '天道無爲而物成'. 次年省試, 賦題曰: 『公生
明』. 列坐之次, 溫州人居前, 黃州人居後. 時亮陰罷廷對, 始驗前詩二
聯之意. 鄒仕終江西提刑, 蓋大十口止各, "本路"字也. 常常啼哭聲, 刑
獄象也. 與其妻並年六十五而卒. 夫六十字之微, 而場屋二題, 坐次先
後, 朝家之變故, 官壽之終極, 與妻室之年, 靡不先見. 吁! 其異矣.

무주[66] 후토사[67]는 매우 영험한 것으로 유명하였다. 무주 의황현[68]

66 撫州: 江南西路 소속인데 紹興 1~3년(1131~1133)에는 江南東路에 속하였다. 치소
는 臨淄縣(현 강서성 撫州市 臨川區)이고 관할 현은 5개이며 州格은 刺史州이다.
鄱陽湖의 남쪽이며 현 강서성 중동부에 해당한다.

67 后土祠: 천신에 대응하는 토지신으로서 수확과 출산의 신인 后土를 모신 사묘이
다. 천신이 남성으로 인격화된 것처럼 후토는 여성으로 인격화되어 민간에서는
통상 后土娘娘이라고 칭하였다. 漢代부터 송대까지 황제가 후토사를 찾아 제사
지낸 횟수가 총 24회에 이를 정도로 국가 祠廟로 중시되었다. 漢代 郊祠에 황후가
한 차례 참여한 전례를 들어 則天武后가 郊祠에 참여하면서 황후가 후토 제사를
주관하기 시작하였다. 송 眞宗이 태산에서 封祭를 지낼 때 황후는 후토사에서 禪
祭를 지내면서 각국 사신을 불러 모으는 등 천신과 대등하게 대하였다. 그러나 황
후의 정치적 발언권에 축소되면서 후토의 위상도 점차 약화되어 후대에는 蠶業의
신으로 격하되었고, 제사도 북경의 天壇에 합사되었다.

68 宜黃縣: 江南西路 撫州 소속으로 현 강서성 중동부 撫州市 남쪽의 宜黃縣에 해당
한다.

의 사인 추극은 아직 급제하지 못하였을 때 현몽해 줄 것을 후토에게 간절히 기도하였다. 꿈에 한 사묘에 들어가 참배를 마치고 난 후 눈을 돌려 오른쪽 벽을 바라보니 큰 글자로 쓴 시 한 수가 있었다. 고개를 돌려 그 시를 읽어 보았는데, 곧 잠에서 깨었지만 그래도 역력하게 기억할 수 있었다. 시의 내용은 다음과 같았다.

천도는 본래 아무것도 하지 않는 듯하나 자연스레 만물을 이루고,[69]
공정해야 비로소 사리를 밝게 살필 수 있네.[70]

온溫과 황黃이 앞뒤에서 함께 하고,
어두움 속에서 일이 시작되네.

큰 대, 열 십, 입 구, 그칠 지, 각각 각,
항상 울고 곡하는 소리.

둘 다 가지런히 60이니,
그저 이것이 그대의 앞날일세.

추극은 그 시구를 곰곰이 생각해 보니 시어 대부분이 길상하지 않았다. 그래서 혹 죽거나 병드는 것이 아닌가 싶어 겁이 났다. 그 뒤로 치평 3년(1066)에 해시에 합격하였는데,[71] 부의 제목이 바로 '천도는

---

69 天道本無成:『禮記』권27「哀公問」의 "無爲而物成, 是天道也"에서 유래하였다.
70 明從公下生:『荀子』「不苟」의 "公生明, 偏生暗"에서 유래하여, 후에 관아 정당에 잠언으로 많이 붙여 놓았다.
71 鄕薦: 송대 과거의 1차 과정은 3년마다 실시하는 解試인데, 해시에는 州學에서 주관하는 鄕試, 轉運司에서 주관하는 漕試, 국자감에서 주관하는 太學試 등이 있었다. 鄕薦은 향시에 합격하여 상서성 예부에서 주관하는 省試에 응시할 수 있는 자

본래 무위하나 자연스레 만물을 이룬다'였다. 이듬해 성시에 참여했
는데, 부의 제목은 '공정해야 비로소 사리를 밝게 살필 수 있다'였다.
과거 시험장의 자리 배치를 보니 앞에는 온주 사람이, 뒤에는 황주[72]
사람이었다. 당시 황제가 상중[73]이어서 전시가 취소되었으니 비로소
앞의 시구 2줄이 무슨 뜻인지 비로소 분명하게 드러났다.

추극이 강남서로[74] 제점형옥공사로 관직을 마쳤으니 '큰 대, 열 십,
입 구, 그칠 지, 각각 각'을 합하면 '본로本路'라는 글자가 된다. '항상
울고 곡하는 소리'란 감옥을 상징하는 것이다. 추극과 그의 아내 모
두 65세에 사망하였으니, 60과 조금 차이가 있기는 하지만 과거[75]의
두 시험 문제, 과거 시험장에 앉은 앞뒤의 두 사람, 조정과 집안의 변
고, 관직과 수명의 정도, 심지어 아내의 수명까지 사전에 예견되지
않을 것이 없었다. 아 그 기이함이여!

격을 취득했다는 말이다.
72 黃州: 淮南西路 소속으로 치소는 黃岡縣(현 호북성 黃岡市 黃州區)이고 관할 현은
    3개이며 州格은 刺史州이다. 많은 호수와 수로가 형성된 곳이며 현 호북성 동부에
    해당한다.
73 亮陰: 황제가 상을 당한다는 뜻으로 상중에는 정사를 모두 대신에게 위임하여 처
    리하고 한다. 황제는 침묵하며 말을 삼가야 하기에 諒陰이라고도 한다.
74 江南西路: 至道 3년(997)에 전국에 15개 路를 설치하면서 신설된 江南路는 天禧 4
    년(1020)에 동로와 서로로 분리되었다. 치소는 洪州(현 강서성 南昌市)이고 모두
    9개 州·4개 軍으로 이루어졌다. 建炎 4년(1130)에 일시 江西路로 개칭하였으나
    이듬해 다시 강남서로로 바꾸었다. 약칭은 江西이다. 현 강서성에 상당하는 지역
    이다.
75 場屋: 과거 응시생에게 각각 좁은 방을 하나씩 마련해 준 데서 과거시험장 또는 과
    거에 응시한다는 말로도 쓰였다.

臨川雷度, 字世則, 性剛介, 好讀書, 雖登名鄉貢, 而不肯赴省試. 其甥蔡直夫爲永康軍通判, 旣之官. 是年九月晦, 蔡妻徐氏夢人持尺書類漕臺檄, 徐讀之竟. 迨寤, 但憶紙尾大書云: "泰山府君雷度押", 畏其不祥, 且未知度之安否. 不旬日, 蔡卒, 妻孥護柩以歸. 明年至鄉里, 始知度以故歲八月卒矣. 泰山之夢, 其然乎!(右二事皆臨川吳☐說.)

자가 세칙인 임천[76] 사람 뇌도는 성품이 강직하고 올곧았고 책 읽기를 좋아하였다. 비록 향시에는 합격하여 거인[77]이 되었지만, 성시에 응시하기를 원하지는 않았다. 뇌도의 조카로 영강군 통판이 된 채직부가 이미 현지에 부임하였을 때다. 그해 9월 그믐날, 채직부의 아내 서씨가 꿈에 어떤 사람이 1척 크기의 문서를 들고 나타났는데, 그 문서는 마치 전운사[78]에서 발행한 공문서 같았다. 서씨는 문서를 다

---

76 臨川: 현 강서성 撫州市에 臨川郡이 처음 설치된 것은 東吳 太平 2년(257)이고, 撫州가 처음 설치된 것은 隋 開皇 9년(589)이다. 그 뒤로 임천과 무주가 주의 지명으로 번갈아 사용되었다. 또 臨川縣이 무주의 치소라서 통상 임천 사람이라고 하면 무주 사람을 가리킨다.

77 鄉貢: 본래 禮部의 貢院에서 주관하는 진사과에 응시할 수 있는 지방 수험생이란 뜻의 唐代 용어다. 唐代에는 과거 응시생을 관학 출신의 生徒, 鄉試와 府試를 거친 지방 출신의 鄉貢으로 나누었다. 鄉貢에 해당하는 송대의 용어는 府州에서 주관하는 解試에 합격한 擧人이다. 본문에서 鄉貢이라고 한 것은 唐代의 관습에 따른 것이어서 擧人으로 번역하였다.

78 漕臺: 각 路의 재정을 총괄하며 조세의 징수와 중앙정부로의 上供을 책임진 부서다. 眞宗 때부터 관할 구역 관리에 대한 감찰과 추천 기능이 추가되었으며, 다시

읽자 곧 잠에서 깨어났다. 하지만 문서 가장 아래에 큰 글자로 '태산부군[79] 뇌도'의 서명이 있었던 기억이 났다. 불길하다고 여기곤 두려웠으나 뇌도의 안부에 대해서는 알지 못하였다. 채 열흘도 지나지 않아서 채직부가 사망하였다. 아내 서씨와 자식들이 채직부의 영구를 모시고 귀향하였다. 이듬해 고향에 도착해 비로소 뇌도가 작년 8월에 죽었음을 알게 되었다. 태산부군에 관한 꿈이 바로 뇌도와 관련된 것이었다.(위의 두 가지 일화 모두 무주 임천현의 오모가 말한 것이다.)

형사사건에 대한 감독과 심리 및 민정 업무까지 담당하였다. 속칭은 漕 · 漕司이다. 책임자는 轉運使이며 부책임자는 轉運副使 · 轉運判官이며, 각각의 약칭은 運使 · 運副 · 運判이다.

79　泰山府君: 불교의 영향을 받아 사람이 죽으면 그 영혼이 어디로 가는지, 저승이 있다면 그 입구가 어딘지라는 질문에 대한 답으로 東漢 때 처음 등장한 신이다. 사람이 죽으면 태산을 통해 저승으로 가고 태산을 관장하는 신인 태산부군이 저승의 지옥을 관장하며, 염라대왕도 태산부군의 관할 하에 있다는 등의 논리가 위진시기에 만들어졌다.

　　　　　　　　　　　　　　　　　　　　　　　이견병지 【一】

이견병지

夷堅丙志
卷 10

婺州浦江方氏女, 未適人, 爲魅所惑. 每日過午, 則盛飾插花就枕,
移兩時乃寤, 必酒色著面, 喜氣津津然. 女兄問其故, 曰: "不可言, 人
世無此樂也." 道士百法治之, 反遭困辱, 或發其隱慝, 曰: "汝與某家婦
人往來, 道行如此, 安得敢治我?" 或爲批煩抵冠, 狼狽而出. 近縣巫術
聞之, 皆莫敢至.

其家掃室焚香, 具爲訴牒, 遣僕如貴溪, 告於龍虎山張天師. 僕至彼
之日, 女在堂上, 見兩黃衣卒來追己, 初猶不肯行, 卒曰: "娘子無所苦,
纔對事畢卽歸矣." 遂隨以去. 凡所經途, 皆平日所識, 俄至東嶽行祠,
引入小殿下, 殿正北向. 主者命呼女升殿, 女竊視其服, 紫袍紅鞓帶佩
魚, 全如今侍從之服. 戒之曰: "汝爲山魈繳繞, 曲折吾已盡知, 但當直
述, 將釋汝."

初, 女被崇時, 實其亡叔爲媒妁, 是日先在廷下, 瞬目招女, 使勿言.
女竟隱其事, 但說魅情狀及所與飮狎者. 主者判云: "元惡及其黨十人
皆杖脊遠配, 永不放還而不刺面. 餘五六十人亦杖臀編管." 傳囚決遣,
與世間不少異. 又敕兩卒送女還. 時家人見女仆地, 踰兩時, 口眼皆閉,
抉齒灌藥, 施鍼灼艾, 俱不省, 但四體不冷, 知其非死也. 僕歸云: "旣
投狀, 天師判送東嶽, 限一時內結絶, 故神速如此." 自是女平安如常.
踰年而嫁, 則猶處子云.

무주 포강현[1] 방씨의 딸은 아직 시집가기 전이었는데 도깨비에게
홀렸다. 매일 정오가 되면 옷을 갖춰 입고 꽃을 꼽은 뒤 잠을 자곤 하

1　浦江縣: 兩浙路 婺州 소속으로 현 절강성 중앙 金華市 북동쪽의 浦江縣에 해당한다.

였다. 4시간이 지나면 비로소 잠에서 깨어났는데, 그때마다 술에 취해 붉어진 얼굴에 아주 기분 좋고 신나는 모습을 하곤 했다. 자매들이 무슨 일이냐고 물어보자, 답하길,

"말해 줄 수 없지만, 아무튼 이 세상에는 이런 즐거움이 없지."

도사가 온갖 방법을 다 동원해서 도깨비를 다스리려 했지만, 오히려 도깨비는 도사를 곤욕에 처하게 하거나 숨겨 놓은 치부를 까발려 망신을 주기도 하였다. 도깨비가 말하길,

"너는 어느 집 부인과 은밀히 오가지 않느냐? 도덕과 행실이 이 지경인데 어떻게 감히 나를 다스리려 한단 말이냐?"

혹은 도사의 뺨을 때리거나 관을 떨어뜨려 도사가 낭패를 보고 도망가기도 하였다. 인근 현의 무당이 이 소식을 듣고 감히 어떻게 해 보려는 자가 하나도 없었다. 방씨네 가족은 집을 청소하고 분향한 뒤 이 도깨비를 고발하는 글을 써서 노복을 시켜 신주 귀계현[2] 용호산의 장천사에게 알렸다. 노복이 용호산에 도착하던 날, 방씨의 딸은 집안에서 두 명의 누런 옷을 입은 포졸이 자신을 잡으러 온 것을 보았다. 처음에는 가지 않으려 하며 망설였지만, 포졸이 말하길,

"낭자가 고초를 겪지는 않을 것입니다. 대질하여 확인하는 일만 마치면 즉시 돌아갈 수 있습니다."

그래서 포졸을 따라갔는데, 가다가 들리는 곳마다 모두 평소 알던 곳이었다. 잠시 후 동악대제의 행궁에 도착하였다. 포졸은 방씨 딸을 데리고 작은 전각 아래로 들어갔는데, 전각의 좌향은 정북이고 남쪽

---

2 貴溪縣: 江南東路 信州 소속으로 현 강서성 동북부 鷹潭市 동쪽의 貴溪市에 해당한다.

을 바라보고 있었다. 주관하는 관리가 방씨 딸에게 전각으로 올라오라고 명하였다. 방씨 딸이 몰래 그 옷을 보니 자색 도포에 붉은 가죽 허리띠에 어대를 패용하고 있어 지금 시종관[3]의 복장과 다를 바가 전혀 없었다. 관리가 주의를 주길,

"너에게는 산도깨비가 달라붙어 있다. 그 곡절에 대해서는 내가 모두 알고 있다. 하지만 마땅히 솔직하게 진술해야 너를 석방해 줄 수 있다."

처음 방씨 딸에게 도깨비가 달라붙은 게 실은 죽은 숙부가 중매를 섰기 때문이다. 이날 숙부는 먼저 대청 아래에 서서 눈을 깜박여 조카딸을 부르더니 자신에 대해서는 아무 말도 하지 말라고 하였다. 방씨 딸은 결국 숙부와 관련된 일은 숨기고 단지 도깨비와 함께 술을 마시고 놀던 이에 대해서만 진술하였다. 그러자 주관 관원이 판결하길,

"주모자와 그 무리 열 명 모두에게 척장형[4]에 처하고 먼 곳으로 유배하여 영원히 돌아올 수 없게 하라. 다만 얼굴에 문신[5]은 하지 않는

---

3 侍從官: 본래 황제 옆에서 시중을 드는 사람이란 말이지만 실제로는 황제의 측근에서 근무하는 고위직의 총칭이다. 唐 太宗 때 5품 이상의 京官에게 中書省과 門下省에서 숙직하며 황제의 명령 하달에 대비하게 한 데서 유래한 관직으로 매우 영예롭게 여겼다. 송대에도 龍圖閣·天章閣·寶文閣 등 궁중 주요 전각마다 종4품관 이상의 고관인 待制를 두었다. 시종관은 재상과 부재상인 宰執 다음 서열의 고위 관료 집단으로 구체적으로는 6부 尙書와 侍郎·翰林學士·給事中을 뜻한다. 또 품계는 낮지만, 황제의 측근이라는 점에서 中書舍人·起居郞·起居舍人을 가리켜 小侍從, 諸閣학사를 外侍從이라고도 칭한다.

4 脊杖: 몽둥이로 척추를 때리는 형벌을 뜻한다. 엉덩이를 때리는 곤장은 사망하는 경우가 드물지만 척장은 대부분 출혈이 있고 사망에 이르는 경우가 많아 杖刑 가운데 가장 무거운 형에 속한다. 杖脊이라고도 한다.

5 刺面: 문신은 형벌의 일종으로 고대부터 시행되었다가 唐代에 일시 중단되었으나

다. 나머지 56명은 곤장으로 엉덩이를 때리고 편관[6]에 처하라."

　체포한 죄수에 대한 판결 처리가 이승의 상황과 조금도 다르지 않았다. 또 두 포졸에게 방씨 딸을 돌려보내라고 명하였다. 당시 가족들은 딸이 땅에 엎어져 있는 것을 보았는데, 4시간이 지나도록 눈과 입이 굳게 닫혀 있어서 입을 벌리고 약물을 부어 넣었다. 침을 놓고 뜸을 들였지만, 전혀 깨어나지 못하였다. 그래도 사지가 냉하지는 않아 딸이 죽지 않은 것은 알 수 있었다. 노복이 돌아와 말하길,

　"이미 고소장을 보냈습니다. 천사께서 판결문을 동악대제에게 보내면서 한 시진 내에 모든 일을 다 처리해 달라고 하였기에 이처럼 신속하게 마무리되었습니다.

　이때부터 딸은 평소처럼 평안해졌고, 이듬해에는 시집을 갔는데, 여전히 처녀 같았다고 한다.

後晉 天福 연간(936~943)에 刺配에 관한 법이 제정된 뒤부터 다시 성행하였다. 송대에는 죄질에 따라 이마 · 뺨 · 팔 등에 글자를 새겨 범죄 사실 및 유배지 등을 표기하였다. 군에서도 탈영 등을 막기 위해 사병 이마에 卒 · 兵 등을 새겼고, 장교들은 상두박에 忠 · 勇 등을 새겼다. 죄수들에게 행하던 문신을 군인에게 의무화한 것이 송대 군인에 대한 경시 풍조를 낳게 한 또 하나의 요인이었다.

6 　編管: 관직을 박탈당하는 勒停 처분을 받은 뒤 임관 이래 모든 관직 경력서를 파손시키고 유배지에서 통제받게 하는 것을 말한다. 安置보다 무거운 처벌이다. 編隸는 노비 호적에 편입시키는 더욱 무거운 처벌에 속하는 것으로 보인다.

> 鄉人高遹, 字廣聲, 爲秦昌時婿, 居於會稽外邑, 與詹道子友善. 紹
> 興辛巳, 淮上受兵, 遹入城, 舍於詹氏, 與館客陳確日同處, 相得甚歡.
> 隆興二年, 遹爲太學錄, 確夫婦同夢遹來, 而身絶短小. 確語妻曰:“不
> 見高廣聲才數月, 一何短如此?”俄相隨入臥內, 妻慍曰:“高敎授當識
> 道理, 何爲至吾牀闈間?”逐之. 不見, 遂驚窹. 明日以告道子, 時遹已
> 病困, 道子方以爲憂, 聞其事, 良不懌, 是夕而訃至. 明年, 確妻復夢人
> 舁柩入門, 問之, 曰:“高官人也.”覺而語確, 確心知遹之來爲己子, □
> (預)戒産具, 卽日得一男.(右二事皆詹道子說.)

　자가 광성인 고향 사람 고휼은 진창시[7]의 사위가 되어 회계 성 밖
마을에 살았는데 자가 도자인 첨항종[8]과 아주 친하게 지냈다. 소흥
신사년(31년, 1161), 회하에서 병란을 겪은 고휼은 회계성으로 이사하
여 첨항종 집에 살았다. 그리고 첨항종 집안의 가정교사인 진확과 매
일 함께 지내며, 매우 친해졌다. 융흥 2년(1164), 고휼이 태학록[9]이 되

7　秦昌時: 權臣 秦檜의 조카이다. 左朝奉郎으로 提擧兩浙東路常平茶鹽公事를 지냈
　으며 숙부인 진회에게 공적을 과장하는 등 아첨하였다.

8　詹亢宗: 자는 道子이며 兩浙路 越州 山陰縣(현 절강성 紹興市) 사람이다. 州學 敎
　授·秘書省著作佐郎·嚴州 지사를 지냈다.

9　太學錄: 태학에서 太學正을 보좌하여 학칙을 위반한 학생을 찾아내고 계절별 시험
　(季考)을 마치고 10일 후에 있는 시험을 감독하는 직책을 맡은 정9품의 學官이다.
　皇祐 연간(1049~1054)에 胡瑗이 처음 맡은 직책이며 정원은 3~5명이었고 별칭은
　學錄·太學錄事이며, 약칭은 錄이다.

었는데, 진확 부부의 꿈에 고흅이 왔는데, 몸이 아주 작았다. 진확이 아내에게 말하길,

"고흅을 못 본 지 몇 달 되지 않았는데, 어쩌면 이렇게 단번에 작아졌을까?"

잠시 후 고흅은 진확 부부를 따라 침실 안으로 들어왔다. 진확의 아내가 화를 내며 말하길,

"교수께서는 당연히 사람의 도리를 아실 텐데 어떻게 우리 침실에까지 들어오십니까?"

나가 달라고 하자 진확이 사라졌다. 그리고 곧 놀라서 깨었다.

다음 날 진확은 첨항종에게 꿈 이야기를 해 주었다. 당시 고흅은 이미 병이 나서 위중한 상태였기 때문에 첨항종이 막 걱정하던 중이었다. 그래서 꿈 이야기를 듣자 아주 마음이 불편하였다. 그날 밤 부고가 전해졌다. 그다음 해 진확의 아내는 다시 꿈에 사람들이 관을 메고 문 안으로 들어오는 꿈을 꾸었다. 진확의 아내가 그 사람들에게 누구냐고 묻자 답하길,

"교수 고흅이십니다."

잠에서 깨어 남편 진확에게 꿈에서 본 것을 이야기해 주자 진확은 고흅이 장차 자기 아들로 태어날 것임을 알았다. 출산에 필요한 것을 미리 준비하라고 시켰는데, 바로 그날 부인이 아들을 낳았다.(위의 두 가지 일화 모두 자가 도자인 첨항종이 말한 것이다.)

揚州節度推官沈君, 居官頗强直, 通判饒惠卿尤知之. 惠卿受代歸
臨川, 一府僚屬出祖於瓜洲. 前一夕, 沈聞書窗外人語曰: "君明日祿盡
馬絕." 爲妻子言, 愀然不樂. 明日, 將上馬, 厥子牽衣止之, 沈曰: "饒
通判相與甚厚, 方爲千里別, 安得不送?" 策馬徑行. 所乘馬蓋借於軍
中者, 惡甚. 始出城, 奔而墜, 足絓鞿間, 不可脫, 馳四十里, 及瓜洲方
止. 馭吏追及之, 則面目俱敗, 血肉模糊, 不可辨識. 舁歸舍, 氣息殊
殊, 經一日而絕.

惠卿憐其以己死, 賻錢二十萬. 郡遣夫力十餘輩護柩歸, 諸人在道
相顧, 如體挾冰霜, 或時稍怠, 則頭輒痛, 類有物擊之. 兩旁行者皆見
一綠袍官人坐柩上, 執梃而左右顧, 至家乃已. 後歲餘, 其妻閣氏白晝
見旗幟奄冉行空中, 一人跨白馬跕蹴而下, 至則沈也, 相慰拊良久. 又
徧呼諸子, 誨以讀書耕稼之務, 曰: "吾今爲掠剩大夫, □(勳)業雄盛,
無憶我." 翩然而去, 自是不復來. 閣氏之弟榕傳其事.

양주 회남절도사사淮南節度使司의 절도추관인 심씨는 관직에 있으면
서 자못 강직하였고, 통판 요혜경은 그의 품성에 대해 아주 잘 알고
있었다. 요혜경은 임기가 만료되어 업무를 인수인계하고 무주 임천
현으로 돌아가려는데, 부[10]의 관리들이 과주[11]까지 나가서 전별[12]하

10　府: 송대 주의 등급은 행정 등급과 군사 등급 2개를 동시에 부여하였는데 행정 등
　　급인 地望은 인구를 기준으로 9등급제였고, 군사 등급인 州格은 전략적 중요성과
　　주둔군의 규모에 따라 6등급제였다. 또 주 가운데 중요한 곳을 府로 승격하여 일
　　반 주와 구분하였는데, 揚州는 府는 아니었지만, 淮南東路의 치소이고 地望도 최

였다. 그 전날 심씨는 서재 창문 밖에서 어떤 사람이 말하는 것을 들었다. 그 이야기는,

"내일이면 그대의 녹봉도, 타고 다닐 말도 다 떨어질 것이오."

심씨는 그 말을 아내에게 한 뒤 우울해하며 언짢아하였다. 다음 날 말을 타려 하는데, 어린 아들이 옷을 붙잡고 전별하러 가지 말라고 말렸다. 하지만 심씨는 말하길,

"나는 요혜경 통판과 우의가 깊고 지금 그가 먼 길을 떠나는데, 어찌 전송하지 않을 수 있단 말이냐?"

그리곤 말을 채찍질하며 서둘러 갔다. 심씨가 탄 말은 군대에서 빌린 것으로 매우 사나웠다. 성문을 나서자마자 마구 달렸고, 심씨는 그만 말에서 떨어지고 말았다. 하지만 발이 등자 사이에 걸려 몸을 뺄 수도 없어 거꾸로 매달렸지만 말은 쉬지 않고 40리를 달렸다. 말은 과주에 이르러 비로소 멈췄다. 말을 몰던 서리가 쫓아와 보니 얼굴이 몹시 상하였는데, 피와 살이 뒤엉켜 알아보기 힘들 정도였다. 심씨를 메고 건물 안으로 들어갔지만, 겨우 가쁜 숨만 내쉬더니 하루를 지나 절명하고 말았다.

요혜경은 자기 때문에 그가 죽게 된 것을 애석해하면서 20만 전을 부조하였다. 양주 관아에서도 인부 10여 명을 보내 그의 시신을 집까지 옮기게 하였다. 여러 사람이 길에서 서로 보고 있는데, 갑자기 얼

상급인 大都督府여서 '부'라 칭한 것 같다.
11 瓜洲: 장강과 경항대운하가 만나는 교통의 요지이자 전략적 요충지이다. 현 강소성 揚州市 邗江區 瓜洲鎮에 해당한다.
12 出祖: 본래 길을 나설 때 路神에게 제사를 지낸다는 말로 송별·전별을 뜻하기도 한다. 『詩經』 「大雅」 '韓奕'에서 유래하였다.

이견병지 【一】

음을 끼고 있는 것처럼 몸이 차가워짐을 느꼈다. 잠시 후 조금 나른해지더니 마치 무슨 물건에 맞은 것처럼 곧 머리가 아팠다.

양쪽 길가에서 오가는 이 모두 녹색 도포를 입은 관인이 손에 몽둥이를 들고 관 위에 앉아서 좌우를 살피고 있는 모습을 보았다. 그 모습은 집에 이르자 비로소 사라졌다. 그 뒤로 1년여 시간이 지나 심씨의 아내 염씨는 대낮에 깃발이 공중에서 천천히 휘날리는 데 한 사람이 백마를 타고 와서 종종걸음으로 가까이 내려오기에 보니 바로 남편 심씨였다. 부부가 서로 붙잡고 한참을 위로한 뒤 다시 여러 자식을 모두 불러 독서와 농사일에 힘쓸 것을 당부하고 말하길,

"내가 지금 약잉대부[13]가 되어 맡은 직무가 대단히 크고 힘이 있으니 내 죽음에 대해 마음에 두지 말거라."

그리고는 가볍게 날아가 버렸다. 그 뒤로 다시는 나타나지 않았다. 염씨 부인의 동생 염용이 이 일을 전해 주었다.

---

13 掠剩大夫: 모든 사람이 거둬들일 수 있는 수입은 운명적으로 정해져 있는데, 만약 이를 초과할 경우, 명계의 관아에서 잉여분을 빼앗아 가는데 그것을 실행하는 관리를 '掠剩使', 포졸을 '掠剩鬼'라고 한다. '약잉대부'는 그 상급관리로 보인다.

생고기 안주로 술을 권하다^{生肉勸酒}

南豐曾氏爲臨川李氏壻, 初親迎時, 舅母張氏送之, 逼歲求歸, 李氏
置酒餞別. 張歸而慍曰: "我在李家十數日, 蒙渠主禮不爲薄, 但臨行
時, 忽以生肉勸酒, 使我心惡不可堪." 人問其狀, 曰: "羊一槃, 豬一槃,
鴨·雞各一槃, 凡四品槃, 各四巨楪, 皆生物也. 飣飣雖豐, 豈復可食?"
家人亦皆咄咄曰: "不謂李官人家野陋乃如此."

村婦鄧八嫂, 實從張爲客, 私語人曰: "安得是事, 縣君豈別有所睹
乎?" 張之夫先爲光化軍司理, 不挈家行. 久之, 得訃云死矣. 後其子
歸, 乃言以去臘未盡三日死, 死之日, 同僚隨土俗具祭, 用生物四大槃,
其器皿名物, 悉與張所見同. 蓋張從李氏歸時, 司理君始死受奠. 千里
影響, 符契若是, 異哉! 異哉!(右二事皆李德遠說.)

건창군 남풍현[14]에 사는 증씨는 무주 임천현에 사는 이씨의 사위였
다. 친영[15]차 처음 처가에 갈 때 외숙모 장씨가 신랑을 따라갔는데 연
말[16]을 넘기지 않고 돌아가려 하였다. 이씨 집에서는 술과 음식을 준

---

14 南豐縣: 江南西路 建昌軍 소속으로 현 강서성 중동부 撫州市 동남쪽의 南豐縣에
해당한다.

15 親迎: 『예기』에 수록된 혼인 의례인 육례(納采·問名·納吉·納徵·請期·친영)
가운데 마지막 절차로서 신랑이 신부의 집에서 신부를 맞아와 자기 집에서 혼인을
진행하는 절차를 말한다. 송대에는 육례가 너무 번잡하다 하여 議婚·납채·納
幣·친영의 사례로 간소화하였다.

16 逼歲: 설을 앞둔 연말에 한 해 동안 밀린 세금이나 갚아야 할 돈이 있으면 반드시
해를 넘기지 말고 갚아야 하는 풍속에서 연유한 말이다. 한 해를 넘기는 것이 관문
을 통과하는 것과 같다하여 '逼歲年關'이라고도 한다.

비해서 전송하였는데, 장씨는 집으로 돌아와 화내며 말하길,

"내가 사돈집에서 10여 일 있는 동안 그쪽 가장의 대접을 받았는데, 소홀한 것이 없었다. 하지만 집으로 돌아오던 날, 갑자기 생고기 안주와 함께 술을 권하였다. 나는 속으로 몹시 괘씸해서 견딜 수가 없었다."

사람들이 어떻게 된 일이냐고 물어보자 대답하길,

"양고기 한 접시, 돼지고기 한 접시, 오리고기와 닭고기 각각 한 접시로 모두 4품 요리였고, 접시마다 아주 커다란 고기를 얹어 놓았지만, 모두 생고기였다. 음식을 푸짐하게 쌓아 두긴 했지만 어떻게 먹을 수 있단 말인가?"

그러자 가족들도 모두 이상한 일이라고 하며 말하길,

"사돈인 관인 이씨 집안이 이렇게 무지하고 천박하리라고는 생각하지 못했다."

마을에 사는 등팔의 아내가 실제로 장씨를 따라가서 대접을 받았는데, 다른 사람에게 슬쩍 말하길,

"어쩌면 이런 일이 다 있는지 몰라. 현군께서 어쩌면 다른 것을 본 것이 아닐까?"

장씨의 남편은 일찍이 광화군[17]의 사리참군이 되어 부임하면서 가족을 데리고 가지 않았다. 한참 뒤에 집에서 사망했다는 부고를 받았다. 그 뒤 아들이 돌아와서 말하길, 작년 12월, 연말을 사흘 앞두고 사망하였는데, 죽은 날 동료들이 현지 풍속에 따라 제사를 지내면서

17　光化軍: 京西南路 소속으로 치소 겸 관할 현은 建德縣(현 호북성 襄陽市 老河口市) 1개이다. 현 호북성 북중부 襄陽市의 서쪽에 해당한다.

생고기를 큰 접시 4개에 진설하였다고 하였다. 그 제기며 제수가 모두 장씨 부인이 본 것과 같았다. 아마도 장씨가 이씨 집에 갔다가 돌아오던 시간이 바로 죽은 남편인 사리참군이 처음 제사를 받은 때였던 것 같다. 천 리나 떨어져 있었지만 서로 영향을 주고받으며 부합함이 실로 이와 같았으니, 참으로 기이하고 기이할 따름이다.(위의 두 가지 일화 모두 이덕원이 말한 것이다.)

　　魏道弼參政夫人趙氏, 紹興二十一年十月十六日以病亡. 至四七日,
女壻胡長文延洞眞法師黃在中設九幽醮, 影響所接, 報應殊偉, 魏公敬
異之. 及五七日, 復命主黃籙醮. 先三日, 招魂入浴. 幼子叔介, 年十二
歲, 以念母之切, 願自入室持幡伺視. 旣入, 慟哭, 云:"母自白幡下, 坐
椅上, 垂足入浴盆, 左右挂所著衣. 正擧首相顧, 忽焉不見, 所以哀泣."

　　已而迎魂至東偏靈位. 黃師見夫人在坐, 叔介至前, 卽仆地曰:"媽媽
在此."家婢小奴先因病腫死, 亦從而至. 語言甚久. 黃慮鬼氣傷兒神,
乃布氣吹其面, 取湯一杯令飲. 卽醒, 云:"適往市門下看迎仙女, 見數
十人衣金錦袍, 擁一轎, 四角皆金鳳, 口銜金絲毬, 二仙童行前, 捧金
香爐唾壺. 到吾家門, 仙女出轎, 見先生再拜請符. 才得符, 收置袖間,
却乘金毛羚羊, 二童導而去, 遂覺."

　　蓋所見者, 乃是夕壇上所供神虎堂追召魂魄者也. 時已五鼓, 方就
睡, 又夢入大門, 將軍長丈許, 金甲靑韀, 引而行. 殿上人服靑服, 戴靑
冠, 執靑圭, 坐龍椅上, 云:"太一救苦天尊也."聞呼:"第二曹請九天司
命第□主者同坐."俄空中靑雲起, 玉女數百, 捧紅幡幢, 迎上淸宮第
六位至, 共食仙果. 叔介前觀之, 爲異鬼如師子形者, 逼逐令去, 將軍
叱曰:"救苦天尊請來對罪, 安得輒逐!"命獄卒碎斫之.

　　左右天仙無數, 嬉戲自如. 或戴碎玉花冠, 動搖有聲, 云是狼茫冠,
上天眞宰下降檢察地獄. 將軍曰:"三界各有體, 天界逍遙自在, 故多快
樂; 人世務禮法, 故尙恭敬謙遜; 地府治人罪, 故尙威猛, 正自不同."
又聞呼都案判官追在獄囚列廷下, 約萬人, 皆荷鐵校. 傳呼引第十人,
直符使乘雲持牒下取, 牒闊可二尺, 長丈丈, 徑至地, 挾此人同上雲去.
其餘火輪銅柱‧銅狗鐵蛇, 鍛冶於前, 楚毒備極. 三人著公服在其中,
將軍曰:"一爲臨政酷虐, 二爲事父不孝, 三爲作監官不廉. 監官乃吾
弟, 曾任潭州稅官, 盜用公家錢而逃, 至今在獄. 而酷虐者獲罪尤重."

叔介問：“如何可救?”曰：“除是轉九天生神章一萬遍，卽可救拔.”又
引至鑊湯・碪石・矗律等獄縱觀諸囚. 叔介言：“敢問將軍何姓?”曰：
“舊在人間姓王，此間無姓. 每見世人設水陸，請地府諸司，稱崔判官・
李判官之類，皆不肯赴，不若只稱第幾司・第幾案判官便了.” 又曰：
“吾得一幕次甚窄，身却不在彼，常在壇上聽指揮，不敢離一步，便一兩
字亦從吾手中過，然後奏上. 吾一看三淸，二看法師至誠，便是喫一盞
白湯，也奏去. 只爲排得幕次不是，左右多有穢觸. 又黃衣人炷香，衣
服不潔，負水人身體腥穢，一靑衫小兒抱嬰孩來天尊位前戲狎，天尊
怒，皆追來枷了. 靑詞甚好，宣開地獄，赦亦至誠，特以判官聲雄，道字
不眞，有一字讀作‘潭’字，數人猜不出，天尊・主者皆怒. 已而辨之，乃
‘濤’字也. 主者白：‘請放六人.’判官密言赦文不明白，再墮其四，只赦
兩人，其一則趙氏也.”

將軍曰：“汝父常誚汝懶惰不讀書，我敎汝聰明呪.”云：“無礙無遮廣
聰明，矗律莎訶無緊揭.”又聰明偈云：“大廣天地無礙遮，三界遅奇比
江海. 一磨二磨轉不覺，才管一覺無礙空.”戒令勿泄，每遇節序，焚香
默誦百過. 且謂人心如鏡，須管常磨，勿令塵染汚，自然聰明. 又言：
“吾一身五職，第一，三天門下引進主者；第二，黃先生主掌文字；第三，
自然山主；第四，監灰河主；第五，職事微，不可說.”

遂引叔介至灰河. 無罪者過橋，業重者解其下服，著度河褌，由河中
過. 岸上大枯木數株，鬼卒以所脫衣挂於上，續以車載從橋行，衣上各
書姓名，窺其一標云：“屠氏十娘.”叔介臨欲歸，拜將軍曰：“自到冥間，
荷將軍慈顧.”答曰：“汝何所謝，吾實當謝汝. 憶昔嘗與汝同官，曾緣公
累，賴汝調護得免，至今不忘. 今歸時，凡此中所見所說，盡爲人道之，
使知省戒，無得隱情.”

揖別而行，望其家已近，母在一室塗澤畢，令引至壇，對曰：“黃先生
不許孝子登壇.”母乃獨登之，徧禮列位，詣黃君幕前，焚香拜曰：“謝救
苦黃法師.”便冉冉翔空，回首言：“宿世寃家皆得解脫，汝勿復悲惱.”
令從者取盂水噗叔介面，仍叱之，遂寤. 天方明，自寢至覺僅數刻，而
所經歷聞見連日言之不能盡.

魏公以其事物色之, 蓋醮筵置龍虎堂於四廂, 偪近外庖, 往來喧雜,
炷香者乃老卒, 而汲水一兵患疥瘡, 圄中兒每放戲聖位前, 皆符其語.
乃告白龍虎神, 徙位於靜處, 而易執事者, 禁兒勿得至. 又考所謂'潭'字
之誤, 蓋詞文舊語內云: "或死於水濤之中." 道童書'濤'爲'淘', 以唾潤
指, 揩作'濤'字, 不甚明了, 故讀者誤焉. 魏公自作記五千言, 今撫取其
大要如此.

자가 도필인 참지정사 위양신[18]의 부인 조씨가 소흥 21년(1151) 10
월 16일 병으로 세상을 떴다. 세상을 뜨고 네 번째 7일이 되던 날,[19]
자가 장문인 사위 호원질이 동진법사 황재중을 초청하여 구유초를
지냈다. 초재의 영향을 체험하고 감응함이 각별하게 컸기에 위양신
도 경이롭게 여기며 공경하였다.

세상을 뜨고 다섯 번째 7일이 되던 날, 다시 황 법사에게 황록초재
를 주관해 달라고 청하였다. 초재를 지내기 사흘 전, 혼을 불러 목욕
을 하라고 했는데, 12세의 어린 아들 위숙개가 어머니를 생각하는 마
음이 간절하여 자기가 좁고 긴 깃발을 지니고 방에 들어가 어머니를

---

18 魏良臣(1094~1162): 자는 道弼이며 江南東路 江寧府 溧陽縣(현 강소성 남경시 高
淳區) 사람이다. 주화파로서 금에 두 차례 사신으로 파견되어 紹興화의를 체결하
였기 때문에 후대에 진회와 함께 많은 비판을 받았다. 吏部侍郎과 紹興·潭州·
洪州 지사 등을 지냈으며 진회 사후 參知政事가 되어 주전파에 대한 대대적 사면
에 힘썼다.

19 四七日: 사람이 죽으면 7일을 하나의 忌日로 간주하여 제사를 지내다 7번째 기일,
즉 49일에 망자를 위한 제사를 마친다. 불교에서는 사람이 죽고 새로운 인연으로
출생하기까지의 기간을 '中有'라고 하는데, 그 최장기간이 49일이라고 한다. 도교
에서도 사람은 3魂7魄을 갖추고 있는데 출생 후 49일이 되어야 7魄이 이루어지고,
죽은 뒤 49일이 되어야 7魄이 흩어진다고 한다. 그래서 7일을 1魄으로 간주한다.

뵙고 돌봐 드리고 싶다고 하였다. 위숙개는 방에 들어가더니 곧 통곡하며 이르길,

"어머니께서 흰색 깃발 아래로 내려오신 뒤 의자에 앉아 발을 대야에 담그셨습니다. 그리고 입고 있던 옷을 양쪽에 거셨습니다. 하지만 막 얼굴을 들어 뵈려고 하자 홀연 보이지 않게 되었습니다. 그래서 슬프게 울었던 것입니다."

잠시 후 영혼을 모셔오는 의식을 올려 동쪽 편 영위로 모셨다. 황법사는 조씨 부인이 영위에 앉아 있는 것을 보았다. 위숙개는 영위 앞으로 가서 땅에 엎드려 말하길,

"어머니 여기 계시는군요."

위씨 집안의 여종인 소노가 부스럼을 앓다가 먼저 죽었는데, 소노도 조씨 부인을 따라서 영위가 놓인 곳으로 왔다. 그리고 두 사람은 한참 말을 주고받았다. 황 법사는 혼귀의 기가 아이의 정신을 상하게 할까 우려하여 기를 펼쳐 얼굴에 대고 분 다음 뜨거운 물 한 사발을 마시게 하였다. 그랬더니 즉시 정신을 차리고 말하길,

"조금 전에 시장 입구에 가서 대문 아래에서 선녀를 영접하는 것을 봤어요. 금색 비단으로 만든 도포를 입은 수십 명이 가마 하나를 둘러싸고 있었는데, 주둥이에 금색 실로 짠 공을 물고 있는 금색 봉황이 가마의 네 모퉁이에 있더군요. 두 명의 동자가 가마 앞에서 금색 향로와 타구를 들고 앞장서서 갔답니다. 우리 집 대문에 도착하자 선녀가 가마에서 나와 선생님을 보더니 두 번 절을 하고 부적을 달라고 하더군요. 그리고 부적을 받자마자 소매 사이에 넣고 곧장 금색 털의 영양을 타고 두 동자가 인도하며 갔습니다. 그리고는 깨어났답니다."

위숙개가 본 것은 사실은 그날 밤 제단에 모신 신호당[20]의 혼백을

소환하는 자였다. 당시 시간이 이미 5경이 돼서 위숙개는 곧 다시 잠
이 들었는데, 꿈속에서 또 대문 안으로 들어갔다. 한 장군이 있는데
키는 1장쯤 되고, 금색 갑옷에 청색 가죽신을 신고 있었다. 그가 위
숙개를 데리고 갔는데, 전각 위의 사람은 청색 옷을 입고, 청색 관을
쓰고, 청색 홀을 쥐고 용으로 장식한 의자 위에 앉아 있었다. 장군이
말하길,

"저 분은 태일구고천존이시다."

이어서 천존의 호령이 들리길,

"제2관청에서는 사명진군의 제□번째 주관 관원에게 함께 자리하
라고 청하거라."

잠시 후 공중에서 푸른 구름이 일어나더니 수백 명의 선녀가 붉은
번당21을 들고 상청궁에서 여섯 번째 지위에 있는 선관을 맞이하여
온 뒤 함께 선계의 과일을 먹고 있었다. 위숙개가 앞으로 가서 자세
히 보았더니 마치 사자의 모습을 한 기괴하게 생긴 귀신이었다. 누군
가 그에게 당장 가 버리라고 윽박질러 내쫓았다. 그러자 장군이 질책
하길,

"구고천존께서 오라고 청해서 죄에 대한 처벌 문제를 논하려 한 것
인데, 어찌 이렇게 내쫓는단 말이냐?"

장군은 옥졸에게 그를 박살 내라고 명하였다. 좌우에 천계의 신선

---

20 神虎堂: 北斗七元眞君·北斗玄冥太一夫人·太一紫元神虎夫人 등 최고위 12聖位
를 모신 帳幕으로 招魂 의식을 행하는 곳이다.
21 幡幢: 幡는 위아래로 길게 늘어진 만장처럼 생긴 깃발이고 幢은 지휘용 깃발 또는
불경이 쓰인 원통형 깃발(經幢)을 말한다. 幢幡은 불교와 도교에서 법회 등을 공
지하는 깃발로 쓰인다.

이 무수하게 많았고, 그들은 자유자재로 즐기고 있었다. 그들 가운데 일부는 작은 옥이 매달린 화관을 쓰고 있었는데, 움직일 때마다 흔들리며 옥소리가 울렸다. 그 화관을 가리켜 '낭망관'이라고 한다고 누군가 말하였다. 상천을 주재하는 신이 내려와 지옥을 시찰하였다. 장군이 말하길,

"3계는 각기 준칙이 있다. 천계는 자유자재로 소요하는 곳이니 자연히 즐거움이 많은 법이다. 인간 세상은 예법에 힘써야 하니 공경과 겸손을 숭상하는 법이다. 지옥은 사람의 죄를 다스리는 곳이기 때문에 맹렬한 위세를 숭상하기 마련이다. 이것이 바로 각기 다른 바이다."

또 도안판관에게 옥중의 죄수를 대청 아래에 세워 놓으라는 호령이 들렸다. 죄수들은 약 만 명이었고 모두 쇠로 만든 형구를 차고 있었다. 앞의 10명을 데리고 오라는 호령이 전달되자 부록을 든 신관[22]이 곧장 문서를 가지고 죄인을 데리러 구름을 타고 내려갔다. 문서는 폭이 2척 정도이고, 길게 1장이나 이어졌다. 곧장 땅에 내려가더니 그 죄인들을 데리고 함께 구름을 타고 올라왔다. 그 나머지 사람들은 불에 달군 수레바퀴와 구리 기둥, 구리로 만든 개와 쇠로 만든 뱀이 앞에서 반복해서 물고 지져서 고통이 이루다 말할 수 없을 정도였다.

불려온 열 명 가운데 세 사람이 관복을 입고 있었다. 장군이 말하길,

"이들 가운데 첫 번째 사람은 관리로 있으면서 백성을 혹독하게 대

---

22 符使: 도교에서 守護符籙을 지닌 神官을 가리키는 말이다.

했고, 두 번째 사람은 아버지에게 불효했으며, 세 번째 사람은 감관[23]으로 있으면서 청렴하지 못하였다. 감관은 바로 내 동생인데, 담주에서 조세 담당관으로 근무하면서 공금을 도둑질해서 도망쳤다가 지금 감옥에 갇혀 있다. 하지만 백성에게 혹독하게 한 자의 죄가 더 무겁다."

위숙개가 묻길,

"어떻게 해야 저들을 이 지옥에서 구할 수 있나요?"

그러자 답하길,

"『구천생신장경』을 1만 번 외우는 것만이 그들을 구해 줄 수 있다."

또 확탕지옥과 배석지옥, 율률지옥[24] 등에서 여러 죄수를 둘러보았다. 위숙개가 묻길,

"장군의 성이 무엇인지 여쭤봐도 될까요?"

장군이 답하길,

"예전 인간 세상에 있을 때의 성은 왕씨였으나, 여기는 성이 없다. 매번 사람들이 수륙재를 지내는 것을 보면 명계의 각 부서의 관리에게 와 주길 청하면서 최 판관 또는 이 판관 등으로 부르는데, 그렇게 하면 누구도 가려고 하지 않는다. 차라리 몇 번째 부서의 몇 번째 판

---

23 監官: 곡물 창고의 출납 및 보관을 관장하는 관직으로 監倉官의 약칭이다. 모든 주마다 설치한 것은 아니고 衛州 黎陽倉, 潭州 永豐倉 등 주요 곡물 집산지에 설치하였다. 監倉官 모두 재정 관련 관리인 監當官의 일원이며, 대부분 選人으로 충당하였지만 京朝官이 파견되기도 하였다. 별칭은 物務·總幹·監局이다.

24 碻石·喬律地獄: 배석지옥은 石磨지옥을, 율률지옥은 劍樹지옥을 가리키는 것 같으나 불교의 8대 지옥, 또는 18층 지옥에는 포함되지 않았다.

관이라고 칭하는 것이 좋다."

또 말하길,

"내게 장막 하나를 주었는데, 너무 좁아서 그곳에 있을 수가 없다. 또 늘 단상에서 구고천존의 지휘를 받아야 하므로 감히 한 발자국도 떠날 수가 없다. 게다가 한두 글자의 짧은 문서라도 내 손을 거친 뒤에야 비로소 구고천존께 상주할 수 있다. 나는 가장 먼저 삼청진인의 요청을 살펴봐야 하고, 그다음이 황 법사의 요청인데, 얼마나 정성을 다하였는가를 본다. 만약 청한 것에 문제가 없으면 뜨거운 물 한 잔을 마신 뒤 상주하러 간다.

그런데 구유초를 위해 준비한 장막이 제대로 된 것이라 할 수 없다. 장막 좌우에 오물이 너무 많고, 또 향을 사른 누런 옷 입은 사람의 옷이 깨끗하지 않았다. 물을 길어 오는 사람의 몸도 더럽고 냄새가 났으며, 푸른 옷을 입은 한 아이가 아기를 안고 구고천존 신위 앞에 와서 아무 생각 없이 장난을 쳤다. 그래서 구고천존께서 대노하여 모두 잡아서 족쇄를 채우라고 하셨다. 다만 청사의 내용은 매우 좋았다. 특히 지옥문을 열어 달라는 사면의 청원 또한 지성을 다하였다. 하지만 청사를 읽는 판관의 목소리가 너무 거칠고, 글자를 제대로 알지 못하여 한 글자를 '담'자로 잘못 읽었다. 그랬더니 여러 사람이 무슨 뜻인지 이해하지 못했고, 구고천존과 주관 관원 모두 노하셨다. 잠시 후 다시 살펴보니 바로 '담'이 아니라 '도'자였다. 주관 관원이 구고천존에게 청하길,

'이들 여섯 명을 석방해 주시지요.'

하지만 판관은 사면을 요청하는 글이 명확하지 않다고 몰래 구고천존에게 보고하여 여섯 명 가운데 네 명은 다시 탈락시키고 겨우 두

명만 사면해 주었다. 그런데 그 가운데 한 명이 조씨였다."

장군이 위숙개에게 알려 주길,

"너의 아버지는 네가 평소 게으르고 책을 읽지 않는다고 꾸짖지만, 네게 총명주를 가르쳐 주마."

총명주는 다음과 같았다.

아무런 막힘도 가림도 없는 광대한 총명이여,
율률사바하,[25] 그 무궁무진함이여.

또 총명게를 일러 주었는데 다음과 같았다.

넓고 넓은 천지, 그 가없음이여,
삼계에 머무는 기이한 인연 강과 바다 같으리니.

한 번 갈고, 두 번 갈고 계속 돌려도 깨닫지 못하나,
한 가지 깨달음을 조응하면 공함이 가없으리니.

그리고 함부로 발설하지 말 것을 당부하고 매번 계절이 바뀔 때마다 분향하고 100번씩 묵송하라고 하였다. 또 사람의 마음은 거울 같아서 늘 갈고 닦으며 관리하여 먼지로 더러워지지 않도록 하면 자연히 총명해지는 법이라고 하였다. 또 말하길,

"내 한 몸이 다섯 가지 직책을 맡고 있는데, 첫째는 삼천[26]의 대문

---

25 莎訶: 산스크리트어 '사바하'의 음역으로 娑婆訶 등으로 표기한다. 사바하에는 '원만한 성취가 이루어지길 기원한다'는 등의 뜻이 있다.
26 三天: 삼천에는 여러 가지 뜻이 있는데, 도교에서는 최고의 신이 거주하는 天界인

아래에서 주관 관을 안내하는 역할이다. 둘째는 황 법사가 주관하는 초재의 문서이며, 셋째는 자연산의 산주이며, 넷째는 회하를 감독하는 주관 관원 역할이며, 다섯째는 맡은 일이 미미해 굳이 말할 것이 못 된다."

곧 위숙개를 안내하여 회하에 이르렀다. 죄가 없는 자는 다리를 이용해 강을 건널 수 있지만, 죄가 무거운 자는 자신의 아랫도리를 벗고 강을 건널 때 입는 잠방이로 갈아입어야 한다. 그리고 강물을 건너면 맞은편 언덕에 말라죽은 큰 나무 몇 그루가 있다. 귀졸들은 사람들이 벗어 놓은 아랫도리를 그 나무에 걸어 놓았다. 이어서 사람들을 수레에 태워서 다리를 지나갔다. 그 옷에는 각자의 이름이 쓰여 있었다. 그 위숙개가 옷에 달아 놓은 표를 살짝 보니 '도씨 10량'이라고 쓰여 있었다. 위숙개는 집으로 돌아가고 싶어서 장군에게 절을 한 뒤 말하길,

"명계에 온 뒤로 장군의 각별한 보살핌을 받았습니다."

장군이 답하길,

"너는 나에게 무슨 감사를 한단 말인가? 실제로는 내가 당연히 너에게 감사를 해야지. 생각해 보면 과거에 나는 너와 함께 관직에 있었는데, 내가 공무에 연루되어 곤란에 처했을 때 네가 잘 조정하고 지켜 주어 겨우 처벌을 면할 수 있었지. 그 일은 지금까지 잊을 수 없었네. 지금 돌아갈 때가 되었는데, 여기에서 보고 들은 모든 것을 사람들에게 남김없이 말해 주어 사람들이 깨닫고 조심하게 해야 해. 조

淸微天·禹餘天·大赤天을 뜻한다. 元始天尊이 거주하는 淸微天玉淸境, 靈寶天尊이 거주하는 禹餘天上淸境, 道德天尊이 거주하는 大赤天太淸境이다.

이견병지 【一】

금이라도 숨기는 것이 있어서는 안 될 것이야."

읍을 하고 이별한 뒤 길을 떠났다. 멀리서 집이 보이고 집 근처에 이르자 어머니가 방에서 화장을 마치고 위숙개를 데리고 제단으로 데리고 갔다. 제단에 있던 사람이 말하길,

"황 선생께서는 아드님이 제단에 오르지 말라고 하십니다."

이에 조씨 부인 혼자 제단에 올라가서 여러 영위에 인사를 한 뒤 황 법사가 있는 장막 앞으로 와서 향을 사르고 절을 한 뒤 말하길,

"고해에서 구해 주신 황 법사께 감사를 드립니다."

그리고 서서히 하늘로 날아올라 가면서 고개를 돌려 말하길,

"이 세상에서 서로 원수가 되었던 집들이 모두 해탈하였으니 너는 다시 슬퍼하거나 고뇌하지 말거라."

그리고는 시종에게 바리에서 물을 떠 위숙개의 얼굴에 뿌려 주라고 하고, 계속 소리를 질렀다. 그러자 위숙개가 곧 깨어났다. 그때 날이 막 밝았으니 잠든 뒤부터 깨어날 때까지 겨우 수십 분밖에 지나지 않은 것이다. 하지만 위숙개가 명계에 가서 보고 들은 것은 며칠을 이야기해도 다할 수 없을 정도였다.

위양신은 이 일을 가지고 곰곰이 살펴보았더니 초재를 지낸 장막을 네 번째 곁방에 설치하였는데, 그곳이 바깥 부엌에 가까워서 오가는 사람으로 시끄러웠다. 향을 사른 사람은 늙은 사졸이었고, 물을 길어 나른 사졸은 옴을 앓고 있었다. 채마밭의 아이는 매번 늘 구고천존 영위 앞에서 멋대로 장난을 쳤으니 이 모든 것이 위숙개가 한 말과 부합하였다. 이에 백룡호신에게 이런 일들을 모두 고하고 신위를 조용한 곳으로 옮겼다. 그리고 일하는 사람들을 바꾸고 아이에게는 다시 영위를 모신 곳에 오지 못하도록 하였다.

그리고 '담'자로 잘못 읽었다는 것을 살펴보니 청사의 원문에 "설령 파도 속에서 죽더라도"라는 내용이 있는데, 청사를 쓰던 중 '파도 도濤'를 '일 도淘'로 잘못 썼고, 손가락에 침을 발라 문지른 뒤 다시 '파도 도濤'를 덧썼다. 그래서 무슨 글자인지 불분명하게 되어 읽는 사람이 잘못 읽게 된 것이다. 위양신은 이에 대해 5천 자 분량의 글을 써서 기록하였고, 내가 지금 그 가운데 중요한 부분만 발췌하여 이렇게 적은 것이다.

朱新仲待制, 紹興二十八年守嚴州, 夢至大山下, 左右指云:"崑山
也." 未幾, 徙宣州. 宣城獻地圖, 有鄉名"崑山"者, 謂前夢已應. 又一
歲, 徙平江, 崑山正其屬縣. 在平江日, 夢典謁報洪內翰來, 亟出迎, 則
予仲兄也, 時自翰林學士奉祠居鄉里. 旣坐, 乃居東道, 覺而異之. 不
兩月, 新仲罷□(去), 仲兄實踵其後云.

대재 주신중²⁷은 소흥 28년(1158)에 엄주 지사가 되었다. 꿈에 큰
산 아래를 지나가는데, 좌우의 수행원들이 그 산을 가리키며 말하길,
"이 산은 곤산입니다." 얼마 뒤 선주²⁸ 지사로 전보되었는데, 선성 관
아에서 지도를 올렸는데, 지도를 보니 마을 이름에 '곤산'이라는 곳이
있었다. 그래서 앞서 엄주에서 꾼 꿈이 맞았음을 알게 되었다. 또 1
년이 지나 평강부²⁹ 지사로 옮겼는데, 곤산현이 바로 평강부 소속 현
이었다. 하루는 평강부 관아에서 낮잠을 자다가 꿈을 꾸었는데, 접대

27　朱新仲: 蘇州 지사와 中書舍人을 지냈다. 저자 홍매와 절친하였던 것으로 보이며
『容齋五筆』卷3에 수록된 '生計·身計·家計·老計·死計'란 주신중의 '人生五計'
로 유명하다.

28　宣州: 江南東路 소속으로 乾道 2년(1166)에 寧國府로 승격하였다. 치소는 宣城縣
(현 안휘성 宣城市 宣州區)이고 관할 현은 6개이다. 晉 太康 2년(281)에 宣城郡을,
隋代에 宣州를 설치한 뒤 宣城과 宣州가 여러 차례 번갈아 쓰였다. 현 안휘성 남동
부에 해당한다.

29　平江府: 兩浙路 平江府(현 강소성 蘇州市)로서 본래 兩浙路 蘇州였는데 政和 3년
(1113)에 平江府로 승격되었다.

를 담당하는 서리[30]가 빈객 명단을 들고 와서는 한림학사 홍준[31]이 왔다고 보고하였다. 서둘러 나가 맞이하였는데, 그는 바로 내 둘째 형님이다. 당시 둘째 형님은 한림학사[32]를 마치고 사록관[33]으로 고향에서 지내고 있었다. 그런데 자리에 앉고 보니 둘째 형님이 바로 주인 자리에 앉았다.[34] 주신중은 꿈에서 깨어 이상하다고 여겼는데, 두 달도 되지 않아 주신중은 평강부 지사에서 파직되었고, 둘째 형님이 그 후임자로 부임하였다.

---

30 典謁: 만나길 원하는 빈객의 요청을 전달하고 접대하는 업무를 담당한 하급 관리나 서리를 말한다.

31 洪遵(1120~1174): 자는 景嚴이고 江南東路 饒州 鄱陽縣(현 江西省 上饒市 鄱陽縣) 사람이다. 저자 洪邁의 둘째 형으로 紹興 12년(1142) 博學鴻詞科에 응시하여 큰형 洪适이 2등, 자신은 장원급제한 수재이다. 강직하고 공정한 성품으로 민정에 힘썼고 太平州 · 平江府 지사, 翰林學士承旨 · 同知樞密院事 · 端明殿學士 · 提擧 太平興國官 등을 역임하였다. 화폐 관련 전문서인 『泉志』, 전해 오는 의방을 모은 『洪氏集驗方』 등의 저서를 남겼다.

32 翰林學士: 황제의 조칙 초안을 작성하는 직책으로 정3품관인데 요직이어서 직급 이상으로 모두가 선망하는 직책이라서 정원 규정이 잘 지켜지지 않았고 순수한 명예직도 많아 실제 업무를 담당하는 경우, 한림학사 겸 知制誥라 칭하여 구분하였다. 조칙은 황제의 명령을 직접 받아 작성하는 內制와 재상의 명을 받아 작성하는 外制로 구분하는데, 내제는 한림학사가, 외제는 中書舍人이 담당하였다. 學士 · 翰林 · 翰墨 · 內翰 · 內相 · 內制 · 學士 · 詞臣 · 鳳 · 坡 등 다양한 별칭이 있다.

33 祠祿官: 국가 사원의 관리 책임자라는 명예직에 제수되어 녹봉을 받는 관리를 가리킨다. 大中祥符 4년에 玉淸昭應宮使 임명을 시작으로 宰執 등의 고관을 지내고 퇴임한 관료를 대상으로 점차 범위를 넓혔고, 熙寧 이후로는 지방 거주도 허용하기 시작하였다. 실제 업무도 없고 부임도 하지 않지만 致仕하지 않은 상태로 제사 주관이란 명목상 직책을 받았기 때문에 祠祿官 · 宮觀官이라고 하였다. 사록관은 왕안석 신법 기간에 반대파 무마책으로 대폭 증가하였다.

34 東道: 춘추시대 秦과 晉이 鄭을 협공하려 하자 정에서는 秦에 사신을 보내서 자신들을 지켜 준다면 秦을 동방으로 나가는 길의 주인이 되게 해 주겠다는 데서 유래한 용어이다. 예법에 손님이 서쪽으로 들어오면 주인을 가리켜 東道主라고 하고, 남쪽으로 들어오면 주인을 北道主라고 칭하는데, 후에는 집주인을 뜻하는 말로 널리 쓰였다.

中大夫吳溫彦, 德州人, 累爲郡守, 後居平江之常熟縣. 建第方成, 每夕必夢七人, 衣白衣, 自屋脊而下. 以告家人, 莫曉何祥也. 未幾, 得疾不起. 其子欲驗物怪, 命役夫升屋, 撤瓦遍觀, 得紙人七枚於其中, 乃圬者以傭直不滿志, 故爲厭勝之術, 以禍主人. 時王顯道爲郡守, 聞之, 盡捕群匠送獄, 皆杖脊配遠州. 吳人之俗, 每覆瓦時, 雖盛暑, 亦遣子弟親登其上臨視, 蓋懼此也. 吳君北人, 不知此, 故墮其邪計.

중대부[35]인 오온언은 덕주[36] 사람이다. 관직 생활을 계속하여 주지사까지 승진하였으며, 후에 평강부 상숙현에 거주하였다. 저택 공사가 막 마무리되었는데, 매일 밤 흰옷을 입은 7명이 집의 용마루에서 내려오는 꿈을 꾸었다. 그래서 가족들에게 꿈 이야기를 해 주었지만 무슨 징조인지 알 수 없었다. 그러다 얼마 지나지 않아 병이 났는데, 영 낫지 않았다.

아들이 생각하기에 꿈에 나타난 것이 어떤 요물인지 밝히고 싶었다. 그래서 인부를 시켜 지붕에 올라가게 한 뒤 기와를 걷고 두루 살펴보게 하였다. 그 결과 종이로 만든 인형 7개가 그 안에 있었다. 바

---

35 中大夫: 문관 寄祿官 29개 품계 중 9위이며 종4품上이었으나 元豐 3년(1080) 관제 개혁 후 문관 寄祿官 30개 품계 중 12위이며 정5품에 해당한다.

36 德州: 河北東路 소속으로 치소는 安德縣(현 산동성 德州市 陵城區)이고 관할 현은 3개이며 州格은 刺史州이다. 현 산동성 서북부에 해당한다.

로 흙일을 하던 인부들이 품삯에 불만을 품고 고의로 염승술을 써서 집주인에게 재앙이 생기도록 한 것이었다.

당시 상숙현 지사로 있던 왕현도는 이 일에 대해 듣고 인부들을 모두 체포해 투옥한 뒤 척장형에 처한 다음 머나먼 주로 유배를 보냈다. 소주 사람의 풍속에는 매번 기와를 바꿀 때는 비록 무더운 한여름이라도 자식들을 지붕에 올려보내 직접 공사를 감시하게 한다. 바로 이런 일이 있을까 우려해서이다. 오온언은 북방 사람이라서 이런 일을 알지 못하였기에 인부들의 음모에 빠지게 된 것이다.

이견병지 【一】

乾道五年六月, 平江茶肆民家失其十歲兒, 父母連日出求訪, 但留幼女守舍. 一黃衣卒來啜茶, 告云:"爾家幾郎使我寄語, 早晚當附木栿還家." 女喜, 祈客少駐, 以俟父母歸, 堅不可, 臨去又云:"明日幾郎自別寄信來." 遂去. 迨暮, 父母歸, 女具道其故, 莫測所以然, 而憂其非吉語也. 明旦, 外傳有浮屍在升平橋河岸木栿側, 奔往視之, 乃所失子. 傍人言, 頃年一急足溺於此, 則民女所見, 殆其鬼乎!

건도 5년(1169) 6월, 평강부의 찻집 주인이 열 살짜리 아들을 잃어 버렸다. 부모는 매일 돌아다니며 아이를 찾았다. 그리고 집을 보도록 어린 딸만 남겨 두었는데, 누런 옷을 한 군졸이 찻집에 와서 차를 마시고 난 뒤 말하길,

"너희 집 몇째 아들이 나에게 말을 전해 주라고 하더구나. 조만간 나무 뗏목을 타고 집으로 돌아올 거라고."

딸아이는 기뻐하며 그에게 부모가 돌아올 때까지 잠시만 더 머물러 있으면 좋겠다고 부탁하였다. 하지만 군졸은 완강하게 거절하고 떠나면서 다시 말하길,

"내일 그 아들이 별도로 편지를 보내올 것이다."

그리고 곧 가 버렸다. 저녁이 되자 부모가 돌아왔고, 딸아이는 낮에 있었던 일을 모두 이야기해 주었다. 하지만 부모는 그 말이 무슨 뜻인지 알 수 없었고, 불길한 일이 아닐까 걱정스러웠다. 다음 날 아침, 승평교³⁷ 부근 강변에 있던 나무 뗏목 옆에서 시신이 하나 떠 올

랐기에 뛰어가 보니 바로 잃어버린 아들이었다며 밖에서 알려왔다. 옆에 있던 사람이 말하길, 작년에 한 급족[38]이 이곳에서 익사하였다고 하였는데, 딸아이가 본 군졸이 바로 그 귀신이었던 것 같았다.

---

37 升平橋: 皇祐 5년(1053)에 건립된 다리로서 吳縣 縣學의 서쪽에 있었다. 현 소주시 姑蘇區 서쪽의 學士河에 있었다.

38 急足: 달리기를 잘하는 하급 군졸을 선발해 공문·서신·소식을 전하는 심부름을 맡겼는데, 힘들고 천한 일로 간주되어 경시되었다. 急足은 속칭이고 통상 走卒이라 칭하였으며 馹卒·馹步·走吏라고도 하였다.

平江樂橋民家女, 旣嫁, 每夕爲妖物所擾, 母念之切, 乃與同榻臥, 將伺察之. 財日暮, 則一人從地踴起, 垂兩髻於背, 紅繻突然, 大聲如疾雷, 地亦隨合, 凡數夕如是. 以告其夫, 夫穿地覓之, 僅二尺許, 得一銅鈴, 以紅帶繫其鼻. 始憶數年前朝廷申嚴銅禁, 故瘞鈴土中, 久而忘之矣. 卽擊碎棄之, 女疾遂愈.(右四事皆朱似叔召說.)

　　평강부 낙교[39] 일대의 한 민가의 딸이 시집을 가기로 이미 결정하였는데, 매일 밤 요괴에 시달렸다. 딸의 어머니는 이 일로 크게 걱정하다가 딸과 한 침상에서 같이 자면서 어떤 요괴인지 살펴보려고 하였다. 날이 저물자 한 사람이 땅에서 솟구쳐 올라왔는데, 틀어서 묶은 두 개의 머리카락이 등 뒤로 늘어져 있고, 머리를 묶은 비단 끈의 붉은색이 아주 선염하였고 목소리는 천둥처럼 컸다. 그가 솟구쳐 오른 뒤 곧 땅이 합쳐졌다. 여러 날 밤 이런 일이 계속되었기에 이 사실을 남편에게 알렸다.

　　그러자 남편은 땅을 파서 무엇이 있는지 찾아보기로 했는데, 겨우 2척쯤 파자 구리 방울이 나왔다. 방울에는 붉은 띠가 매달려 있었다. 그때 비로소 기억이 났는데, 몇 년 전 조정에서 구리를 사용하지 말라는 엄명이 떨어진 일이 있어서 방울을 땅에 묻은 일이 있었는데,

---

39　樂橋: 삼국시기 처음 만들어진 다리로서(239), 현 蘇州市 姑蘇區에 있다.

오래되어 그것을 잊어버린 것이다. 즉시 방울을 산산조각 내어 갖다 버렸더니 딸의 병이 곧 나았다.(위의 네 가지 일화 모두 자가 사숙인 주소가 말한 것이다.)

　承議郎任隨成, 劉景文甥也. 言景文知忻州時, 每數日輒一謁晉文公祠, 至必與神偶語移時乃出. 神亦時時入郡, 郡吏見景文閉閤與客語, 則神至也. 他日, 於廣坐中謂一曹掾曰: "天帝當來召君, 君卽去, 吾且繼往." 坐客相視失色. 未幾, 掾果無疾而逝, 景文亦相繼亡. 經夕, 蹶然復甦, 索筆作三詩, 詩成, 語家人曰: "吾今掌事雷部中, 不復爲世間人矣." 瞑目竟死.

　其一章云: "中宮在天半, 其上乃吾家. 紛紛鸞鳳舞, 往往芝術華. 揮手謝世人, 竦身入雲霞. 公暇詠天海, 我非世人譁." 二章云: "仙都非世間, 天神繞樓殿. 高低霞霧勻, 左右虯龍徧. 雲車山岳聳, 風響天地擅. 從茲得舊渥, 萬動毫端變." 其三云: "從來英傑□(自)消磨, 好笑人□事更多. 艮上巽中爲進發, □(一)車安穩渡銀河." 其語皆不可曉. 予案『東坡集』, 景文爲隰州守以沒, 此云忻州, 恐非. 何薳『春渚紀聞』云: "景文夢爲文公之代而卒." 其說不同. 坡公稱景文詩句云: "四海共知霜鬢滿, 重陽曾插菊花無." 其淸警如此. 今三詩乃爾, 生死之隔, 一至是乎?

　승의랑 임수성은 자가 경문인 유계손[40]의 조카인데, 유계손이 흔주[41] 지사로 있을 때, 며칠에 한 번씩 진문공사[42]를 배알하였다고 하

40　劉季孫(1033~1092): 자는 景文이며 開封府 祥符縣(현 하남성 開封市) 사람이다. 隰州 지사·文思副使를 지냈다. 兩浙兵馬都監으로 杭州에서 근무하면서 항주 지사로 부임한 蘇軾과 막역지교를 맺었다. 호방한 성격에 시문에 능하였다.

41　忻州: 河東路 소속으로 치소는 秀容縣(현 산서성 忻州市 忻府區)이고 관할 현은 2

였다. 사묘에 갈 때마다 꼭 신과 대화를 나누며 한 시진이 지나야 비로소 나오곤 했다. 신 역시 수시로 흔주 관아를 방문하였으며, 유계손이 협문을 닫고 찾아온 손님과 이야기 나누면 관아의 관리들도 신이 왔음을 곧 알게 되었다.

하루는 많은 사람이 앉아 있는 가운데, 한 연관[43]에게 말하길,

"천제께서 자네를 소환하러 오시리니 자네는 곧 가게나, 나 또한 따라가겠네."

좌중의 손님들이 깜짝 놀라 서로 쳐다보았다. 얼마 지나지 않아 정말로 그 연관은 병을 앓지도 않고 사망하였으며, 유계손 역시 그 뒤를 이어 사망하였다. 그런데 하룻밤이 지난 뒤 갑자기 되살아나더니 붓을 달라고 하여 시를 세 수나 썼는데, 다 쓰고 난 뒤 가족들에게 말하길,

"내가 지금 벼락신의 일을 관장하게 되었으니 더는 이 세상 사람이 아니다."

눈을 감더니 결국 사망하고 말았다. 첫 번째 시는 다음과 같다.

개, 州格은 團練使州이다. 현 산서성 중북부 흔주시 城區와 그 주위에 해당한다.

42 晉文公(前697~前628, 재위 前636~前628): 성은 姬, 씨는 晉, 이름은 重耳이며 春秋時代 晉의 22대 군주이다. 驪姬가 권력을 쥐자 19년 동안 망명하다 秦穆公의 도움을 받아 즉위하여 인재를 등용하고 신상필벌의 원칙으로 국정을 개혁하여 3軍6卿제도를 만들어 부국강국을 이루었다. 周의 子帶의 난을 평정하고 城濮 전투에서 楚를 격파하여 齊桓公에 이어 두 번째 패자가 되었다.

43 掾官: 부책임자나 보좌관을 뜻하며, 송대는 기존의 曹官과 오대 幕職官 계통이 공존해 상당한 혼선이 있었지만, 점차 행정직 위주로 바뀠다. 州의 보좌관 정원은 6개 등급에 따라 달랐는데 大觀 2년(1108), 曹官 위주로 통합해서 六曹參軍을 두고 별도로 土·戶·儀·兵·刑曹掾 등 5掾官을 두어서 주현 서리 수가 대폭 증가하였다.

천제의 궁궐은 하늘 가운데 있고,
그 위가 바로 내 집일세.

난새와 봉새가 분분히 춤을 추는데,
틈틈이 영지와 꽃의 향기 풍기네,

손을 흔들어 세상 사람들과 작별하고
몸 한번 쭝긋 세워 구름과 노을 속으로 들어가네.

그대 한유하면 하늘과 바다를 노래하리니,
나는 세상 사람처럼 떠들썩할 수 없으리.

두 번째 시는 다음과 같다.

신선이 사는 곳은 이 세상이 아니리니,
하늘의 신만이 누각과 전각을 둘러서 다니네.

높은 곳 낮은 곳 할 것 없이 노을과 안개 자욱하고,
좌우 모두 교룡이 두루 돌아다니며 호위하네.

구름 수레 나아가니 높이 솟은 산처럼 아득하고,
큰바람 일면 온 천지를 휩쓸고 지나가네.

여기에서 예전의 도타운 은혜를 얻게 되나,
천변만화 속에 터럭 하나 움직인 것일 뿐일세.

세 번째 시는 다음과 같다.

예로부터 영웅을 자신을 스스로 마멸하였을 뿐,
가소로운 인간사 알고 보면 더 많은 법.

그쳐야 할 곳에 그치고, 공손함에서 나아가니,[44]
평온한 수레로 은하수를 건너감일세.

시어가 모두 알 수 없는 말로 이루어졌다. 내가 『동파집』에 근거
하여 살펴본 바로는 유계손은 습주[45] 지사로 재직 중 사망하였는데,
여기에서는 흔주라고 하였다. 아마도 잘못된 것일 것이다. 하원[46]의
『춘저기문』에서는 "유계손이 진문공의 대리인이 되는 꿈을 꾸고 사
망하였다"라고 하여 임수성의 말과 또 다르다. 소동파[47]는 일찍이 유
계손의 아래 시구가 매우 참신하고 놀라울 정도라며 칭찬하였다.

---

44 艮巽: 『周易』의 艮卦는 우뚝 선 산의 모습을 상징하여 억제와 멈춤을 강조한다.
   巽卦는 바람을 상징하며 공손함과 순종을 강조한다.
45 隰州: 河東路 소속으로 치소는 隰川縣(현 섬서성 臨汾市 隰縣)이고 관할 현은 6개,
   州格은 團練使州이다. 현 산서성 서남부 臨汾市 서북쪽과 呂梁市 남부에 해당한
   다.
46 何薳(1077~1145): 자는 子楚‧子遠이며 福建路 建州 蒲城縣(현 복건성 南平市 蒲
   城縣) 사람이다. 『春渚紀聞』은 모두 10권으로 앞의 5권 雜記는 『이견지』와 유사
   한 志怪소설이고, 뒤의 5권은 다양한 내용이 실려 있다. 6권 「東坡事實」에는 『東
   坡集』에 누락된 내용도 수록되어 있다.
47 蘇軾(1037~1101): 자는 子瞻, 호는 東坡이며 成都府路 眉州 眉山縣(현 사천성 眉
   山市 東坡區) 사람이다. 부친 蘇洵, 동생 蘇轍과 함께 당송팔대가에 속하는 탁월
   한 문인으로 문학과 서예 등에서 절찬을 받았다. 22세에 과거에 급제하였으나, 왕
   안석과 정견이 달랐고, 자유분방한 성격에 필화사건까지 있어 정치적으로 자신의
   뜻을 펴지는 못하였다. 杭州‧密州‧徐州‧湖州 지사와 翰林學士‧禮部尙書를
   역임하였으나 말년에는 신법당의 공격을 받아 광동성 惠州와 해남성 儋州 등지에
   유배되었다. 유배에서 풀려 돌아오던 중 常州에서 병사하였다.

온 세상 사람이 흰 수염 가득한 이를 아는데,
중양절에 일찍이 국화를 꽂은 일이 없네.[48]

　유계손이 남긴 이 3편의 시는 아마도 삶과 죽음의 갈림길에서 쓴
것이어서 이러한 경지에 이른 것이 아닐까?

---

[48] 유계손은 희고 긴 멋진 수염을 기른 것으로 유명하다. 중양절에 국화주를 마시고
　　국화꽃을 머리에 꽂는 풍속은 고대부터 있었으며, 당대와 송대에 더욱 유행하였
　　다.

> 　姑蘇雍熙寺, 每月夜向牛, 常有婦人往來廊廡間, 歌小詞, 且笑且歎,
> 聞者就之, 輒不見. 其詞云: "滿目江山憶舊游, 汀洲花草弄春柔. 長亭
> 橫住木蘭舟, 好夢易隨流水去. 芳心空逐曉雲愁, 行人莫上望京樓." 好
> 事者往往錄藏之. 士子慕容崇卿見而驚曰: "此予亡妻所爲, 外人無知
> 者, 君何從得之?" 客告之故, 崇卿悲歎. 此寺蓋其旅櫬所在也.(右二事
> 皆見周紫芝少隱『竹坡詩話』.)

　소주의 옹희사[49]는 매달 깊은 밤이면 한 여인이 나타나 회랑 사이를 오가며 짧은 사를 노래하곤 했다. 그녀는 웃었다 탄식하기를 반복하였는데, 노랫소리를 듣고 달려가 보면 순간 사라져 보이지 않았다. 그 여인이 부른 가사는 다음과 같다.

눈앞의 강산 모두 옛 노닐던 일을 기억하게 하니,
강가 모래톱의 꽃과 풀은 봄날의 고운 정취를 더하네.

모란 우거진 저 정자에 댄 기다란 배,
달콤한 꿈속에서 흐르는 물 따라 내려가니,

49　雍熙寺: 天監 2년(503)에 창건된 오랜 사찰로서 본래 이름은 法水寺였다. 송 태종이 연호를 옹희로 바꾸면서 전국 다수의 사찰에 옹희라는 편액을 하사하여 옹희사로 바뀌었다.

꽃다운 마음, 공연한 근심에 새벽 구름만 쫓아내나,
지나가는 이여, 망경루⁵⁰에 오르지 마소서.

호사가들은 왕왕 이것을 기록하여 지니고 다녔다. 사인⁵¹ 모용암경
이 그것을 보고 놀라서 말하길,

"이 글은 내 죽은 아내가 지은 것이라서 바깥사람이 알 수 없는 것
이다. 당신은 이것을 어디서 얻었소?"

그 사람이 사실대로 말하자 모용암경은 슬퍼하며 탄식하였다. 그
절은 그 아내의 관⁵²을 임시로 보관한 곳이었다.(위의 두 가지 일화는
모두 자가 자지인 주소은의 『죽파시화』에 실려 있다.)

---

50 望京樓: 당·송대에 도시의 발달로 蒲州의 鸛雀樓, 洪州의 滕王閣, 岳州의 岳陽樓,
    潤州의 芙蓉樓, 湖州의 銷暑樓 등 현재까지 이름이 전해지는 유명한 누각이 각지
    에 출현하였다. 누각은 통상 아름다운 경승지에 만들기 마련이지만 망경루는 지
    방관으로 있으나 마음은 늘 도성의 천자를 생각한다는 충절을 표현하기 위한 독특
    한 건축양식으로 송대에 유행하였다.
51 士子: 남자에 대한 경칭으로서 통상 젊은 남자에게 사용한다. 士子와 士人의 뜻이
    같지 않지만 우리말로 적합한 용어를 찾기 힘들고, 讀書人이라는 범주에서 큰 차
    이가 없다는 점을 고려하여 사인으로 번역하였다.
52 旅櫬: 객사한 사람의 관 또는 장례 치를 여건이 되지 않아 임시 보관한 관이다.

저 자_ **홍 매 (洪邁)**

홍매洪邁(1123~1202)는 남송南宋 시기 사람으로 자가 경로景盧이고 호는 용재容齋·야처野處이며, 강남동로江南東路 요주饒州 파양현鄱陽縣(지금의 강서성 上饒市 鄱陽縣) 사람이다. 아버지는 예부상서禮部尚書를 지낸 홍호洪皓(1088~1155)로, 금조에 사신으로 갔다가 15년간 억류 생활을 마치고 돌아와 『송막기문松漠紀聞』을 편찬한 바 있으며, 형 홍괄洪适(1117~1184)과 홍준洪遵(1120~1174) 역시 모두 송조의 재상과 부재상의 자리에 올랐다. 후대 사람들은 이렇듯 활약이 뛰어난 홍씨 네 부자父子를 두고 '사홍四洪'이라 일컬었다.

홍매는 소홍紹興 15년(1145) 진사가 되어 관직에 올랐고, 금조에 사신으로 다녀온 바 있다. 일찍이 길주吉州지사, 감주贛州지사, 무주婺州지사 등을 역임하였고, 순희淳熙 13년(1186)에는 한림학사翰林學士가 되었다. 이후 영종寧宗 시기 단명전학사端明殿學士에 오른 후 관직에서 물러났다. 만년에는 향리에 머물면서 저술에 전념했으며, 남긴 저술로는 『이견지』 외에 『용재수필容齋隨筆』과 『야처유고野處類稿』 및 『사기법어史記法語』 등이 있다.

역주자_ **유원준(兪垣濬, Yoo WonJoon)**

경희대학교 사학과를 졸업하고 대만 중국문화대학 사학과에서 송대사 전공으로 석사 및 박사학위를 취득하였으며, 현재 경희대학교 사학과 교수로 재직 중이다. 저서로는 『중국역사지리』(2023, 내일의 나), 『대학자치의 역사와 지향Ⅰ·Ⅱ』(2020, 내일의 나), 공저로 『대학정책』(2022, 내일의 나) 등이 있으며, 역서로는 『중국문화의 시스템론적 해석』(천지, 1994), 공역으로 『이견지(갑·을지)』(세창출판사, 2019) 등이 있다. 이 외에 송대 경제사·군사사 등에 대한 다수의 논문이 있다.

역주자_ **최해별(崔해별, Choi HaeByoul)**

이화여자대학교 사학과를 졸업하고 중국 북경대학 역사학과에서 당송시대로 석사 및 박사학위를 취득하였으며, 현재 이화여자대학교 사학과 부교수로 재직 중이다. 저서로는 『송대 사법 속의 검시 문화』(세창출판사, 2019), 공저로 『질병 관리의 사회문화사』(이화여자대학교출판문화원, 2021) 등이 있으며, 역서로는 『공주의 죽음—우리가 모르는 3-7세기 중국 법률 이야기』(프라하, 2013), 공역으로 『이견지(갑·을지)』(세창출판사, 2019) 등이 있다. 이 외에 송대 법제사·사회사·의료사 등에 대한 다수의 논문이 있다.